DuMonts Kriminal-Bibliothek

Die Amerikanerin Mary Roberts Rinehart (1876–1958) schuf mit ihren »romantic thrillers« einen neuen Typ der Geheimniserzählung, der größte Anerkennung bei Publikum und Kritik fand und sie zu einer der erfolgreichsten Autorinnen ihrer Generation werden ließ.
Von Mary Roberts Rinehart sind in DuMonts Kriminal-Bibliothek bereits erschienen: »Die Wendeltreppe« (Band 1004) und »Das Album« (Band 1020).

Herausgegeben von Volker Neuhaus

Mary Roberts Rinehart

Der große Fehler

Aus dem Englischen
von Sascha Mantscheff

DuMont

Die der Übersetzung zugrundeliegende Originalausgabe erschien unter dem Titel
The Great Mistake bei Dell Publishing Co., Inc., New York

Umschlagmotiv von Pellegrino Ritter
Umschlag- und Reihengestaltung: Groothuis, Lohfert, Consorten (Hamburg)
Druck und Verarbeitung: Clausen & Bosse, Leck
Printed in Germany
ISBN 3-8321-6705-6

Kapitel 1

Zum ersten Mal sprach ich mit Maud Wainwright in ihrem Boudoir im Kloster. Sie saß vor ihrem berühmten Ausziehtisch, an dem sie ihre Abendgesellschaften plazierte, mit einem Stoß Tischkarten in der Hand und sah völlig ratlos aus.

»Kommen Sie herein und setzen Sie sich, Miss Abbott«, sagte sie. »Ich kann nicht aufstehen. Wenn ich mich bewege, bricht dieser verflixte Tisch zusammen. Ich habe diese Sitzordnung schon dreimal gemacht.«

Es wunderte mich nicht, daß der Tisch zusammengebrochen war. Er war auf seine volle Länge ausgezogen, und an der Kante müssen an die hundert Schlitze gewesen sein. Die Idee ist folgende: Man kann den Tisch ausziehen oder zusammenschieben, und die schon geschriebenen Karten werden aufrecht in die Schlitze gesteckt. Man blickt sozusagen aus der Vogelperspektive im voraus auf die kommende Party, was später ein harmonisches Arrangement garantieren soll. Allerdings war man allgemein der Ansicht, daß Maud Wainwright die Karten einfach mischte und austeilte. Ich weiß, daß sie einmal den alten Joseph Berry neben Mrs. Theodore Earle gesetzt hat, die seit Jahren nicht mehr miteinander gesprochen hatten.

In diesem Moment muß sie sich doch bewegt haben, denn der Tisch teilte sich in genau diesem Augenblick in der Mitte und fiel erneut auseinander, so daß sich die bereits aufgestellten Karten über den weißen Velourteppich verstreuten. Sie lehnte sich zurück und schloß die Augen.

»Nehmt ihn weg«, sagte sie. »Ich kann ihn nicht mehr sehen. Einer von unten soll ihn reparieren, und bringt ihn nicht wieder her, bis er weiß, daß er kein Zwilling ist.«

Jetzt erst bemerkte ich in einer Ecke eine besorgt blickende Haushälterin und eine Zofe. Während ich die Karten aufsammelte, brachten sie den Tisch aus dem Zimmer, und Mrs. Wainwright ließ sich mit einem erleichterten Seufzer zurücksinken.

Das war das erste Mal, daß ich Maud Wainwright aus der Nähe sah, eine große, ungewöhnlich gutaussehende Frau von vielleicht fünfzig Jahren, derer sie sich nicht schämte, angetan mit einem alten Morgenmantel und Pantöffelchen. Sie hatte volles, naturblondes Haar, das sie an jenem Tag in einem lang auf den Rücken herabhängenden Zopf trug. Seit ich aus dem Internat war, hatte ich keinen Zopf mehr gesehen, und schon damals war eine solche Frisur selten. Sie bemerkte, daß ich auf den Zopf schaute, und lächelte.

»Stören Sie sich nicht an meinem Zopf«, sagte sie. »Mein guter alter John mochte mein Haar, deswegen habe ich es nie abgeschnitten. Hilda haßt es.«

Hilda, so folgerte ich, war die Zofe.

Ich mochte sie auf Anhieb. Sie war so nett wie die Frau von nebenan. Seltsam, wie man jahrelang von Leuten hören und sie aus Prinzip verabscheuen kann, und wenn man sie dann kennenlernt, sich in sie verliebt. An jenem Tage verliebte ich mich Hals über Kopf in Maud Wainwright – mit Zopf, Pantöffelchen und allem Drum und Dran.

Sie bot mir eine Zigarette an und nahm selbst eine. Dann sah sie mich lächelnd an.

»Also, Miss Abbott, was wissen Sie über diese Schwierigkeiten, in denen ich stecke?«

»Ich weiß nicht«, sagte ich vorsichtig. »Stecken Sie in Schwierigkeiten?«

»Das scheint man allerdings anzunehmen. Hören Sie, wie heißen Sie mit Vornamen? Oder würde es Sie stören? Es ist netter, finde ich.«

»Im allgemeinen nennt man mich Pat.«

»Pat«, wiederholte sie, »das gefällt mir. Eine Abkürzung für Patricia, nehme ich an.«

»Ja.«

»Ein hübscher Name. Der meine ist Maud. Sie kennen den Vers ›Komm in den Garten, Maud‹. Unsäglich, nicht wahr?«

Trotz ihres ungezwungenen Auftretens hatte ich den Eindruck, sie nähme mich genau unter die Lupe. Ohne Hintergedanken – so eine Frau war sie nicht –, sondern mit der indirekten Freimütigkeit, mit der Kinder Fremde beobachten. Und weiß Gott, ich muß fremd für sie gewesen sein, wie ich da in ihrem riesigen Haus saß: ein Musterexemplar der unbehüteten jungen Frau, in die

Welt geworfen, um zu schwimmen oder unterzugehen. Als ich an jenem Tag mit einem alten Wagen den Hügel hinaufgefahren war und vor den gewaltigen Mauern des Klosters gestanden hatte, wäre ich beinahe umgekehrt. Es ragte am Ende der Zufahrt auf wie eine Mischung aus dem Capitol in Washington und der neuen High School von Beverly, mit einigen Zutaten aus unserem Amtsgericht, und es hatte mich schlichtweg erschreckt.

Aber jetzt hatte ich keine Angst. Ich glaube, wenn überhaupt, war ich amüsiert. Sie drückte ihre Zigarette aus und richtete sich auf.

»Erzählen Sie mir ein bißchen über sich, Pat. Das ist nur fair. Wenn Sie – wie ich hoffe – bleiben, werden Sie bald alles über mich erfahren. Dr. Sterling sagt, Sie sind – na, alleine. Haben Sie keine Familie?«

»Mein Vater und meine Mutter sind beide tot«, sagte ich mit einem Kloß im Hals.

»Ach so. Das tut mir leid, meine Liebe. Ich nehme an, die Dinge standen nicht allzu gut nach ihrem Tod.«

»Sie stehen ziemlich schlecht«, sagte ich freiheraus. »Ich habe ein paar Immobilien, größtenteils leerstehend oder belastet. Sonst nicht viel. Wenn Sie glauben, ich kann die Arbeit tun –«

»Natürlich können Sie. Ich hoffe nur, Sie mögen uns hier. Wir werden unser Bestes tun, Sie glücklich zu machen.«

Ja, genau das hat sie gesagt. Ich sollte glücklich werden. Alles sollte so heiter wie ein Maienmorgen werden. Damals war es leicht zu glauben: Eine Junibrise wehte durch die Fenster herein, Maud Wainwright lächelte freundlich, und die Glastüren öffneten sich zu ihrem – auf einem niedrigeren Seitenflügel angelegten – Dachgarten, in dem die Frühlingsblumen leuchteten und eine große Bulldogge in der Sonne schlief. Glücklich und im Luxus fühlte ich mich, damals in dem Boudoir mit seinem dicken, weißen Teppich, seinen hellgrauen Wänden und den ultramarin und rosa und gelb bezogenen Sesseln und der Chaiselongue. Und draußen, zum Teil vom Buschwerk verborgen, lag jene gräßliche Spielhalle, die später eine so große Bedeutung für uns haben sollte.

Sie richtete sich plötzlich auf, als ob alle Details geklärt wären und wir nun an die Arbeit gehen könnten.

»Also los«, sagte sie. »Was ist mit meinem Dinner, Pat? Ist es ein Fehler oder nicht?«

Insgeheim hielt ich es für einen Fehler. Um das – oder auch nur diese Geschichte – zu verstehen, muß ich die merkwürdige Beziehung zwischen dem erläutern, was wir in Beverly den »Hügel« nannten, und dem, was der »Hügel« das »Dorf« nannte. Beverly betrachtete sich nie als Vorstadt. Es war eine abgeschlossene Einheit, mit seinem eigenen Club und seinem eigenen, konservativen gesellschaftlichen Leben. Die hier Ansässigen arbeiteten meist in der zehn Meilen entfernten Stadt. Vom Frühzug um acht Uhr dreißig bis zu dem Abendzug um siebzehn Uhr dreißig hielt die Stadt sie gefangen. Aber ihre eigentliche Heimat war Beverly, sein Fluß war ihr Fluß, seine freundlichen alten Häuser und Gärten gehörten ihnen, und das hatte auch bis vor zwanzig Jahren für das Hügelland gegolten, das jenseits des Flußtales anstieg.

Ich hatte mein ganzes Leben hier gelebt. Auf dem Fluß hatte ich gelernt, im Kanu zu paddeln, war mit dem Fahrrad zur Schule gefahren, bevor ich ins Internat kam, und im Ballsaal des Beverly Clubs hatte ich meine ersten Tanzstunden, in denen Miss Mattie, die zierlichen Füßchen auswärts gekehrt, ihr langes, tiefschwarzes Taftkleid hochhielt und zwei Reihen kleiner Jungen und Mächen unbeholfen herumhopsten, »Eins-zwei-drei, eins-zwei-drei«. Das Klavier spielte, der Tanzboden glänzte, und die zukünftigen Bürger der Stadt kicherten und lernten tanzen.

Dann begann eines Tages mit dem Hügel etwas zu geschehen. Bislang hatte er uns gehört – für Picknicks, für Wanderungen auf den grünen Wegen, für Ausritte mit den ruhigen Familienpferden – wir Kinder mit einem Pferdeknecht, gewöhnlich dem Stalljungen, der ein Auge auf uns haben sollte, oder mit Mr. Gentry, dem Reitlehrer, um springen zu lernen. Sprünge über niedriges Buschwerk, und Mr. Gentry hochaufgerichtet auf seinem großen Pferd.

»Also, Patricia. Du bist dran.«

Ein klammes Gefühl in der Magengrube, meine kleinen Hände feucht, und Charlie oder Joe setzte über die Hürde, als wäre es der Mount Everest. Eines Tages warf Mr. Gentrys Gaul den Kopf hoch, und er brach sich die Nase – Mr. Gentry natürlich –, und sie sah ziemlich platt aus und blutete fürchterlich.

Ich war damals sieben, und ich weinte auf dem ganzen Heimweg.

Ich nehme an, was dem Hügel geschah, geschah überall, nur hier ging es uns persönlich an. Eines Tages kam der alte John C.

Wainwright in seinem Wagen aus der Stadt, fuhr auf den Hügel, suchte einen Bauplatz aus, von dem man das Dorf nicht sehen konnte, wohl aber den Fluß, und verbrachte die nächsten zwei Jahre damit, seinen Architekten zum Wahnsinn zu treiben, indem er durch Europa reiste und gewaltige Kisten voller Steine, Marmor, Mosaike, Kacheln und was nicht sonst noch allem nach Hause schickte. Einer seiner Einkäufe war ein kompletter steinerner Kreuzgang aus einem alten Kloster. Der Architekt drohte mit Selbstmord, aber der alte J. C. blieb eisern. Abermals wurden die Pläne geändert, ein offener Innenhof wurde im Zentrum des Hauses geplant, und dahin kam der überdachte Umgang mit Säulen, Steinplatten und allem Drum und Dran.

So hatte das Kloster seinen Namen erhalten.

Natürlich folgten weitere Leute. Der Exodus aus der Stadt hatte begonnen. In den nächsten zehn Jahren – bis ich siebzehn wurde – waren unsere geliebten Wege zu Asphaltstraßen geworden, der George-Washington-Brunnen, wohin das ganze Tal seine Wagen mit riesigen Trinkwasserkruken geschickt hatte, war zu einer Tonröhre geworden, aus der es in einen Abfluß sickerte, die alte Coleman-Farm war ein Country Club mit einem Golfplatz mit achtzehn Löchern, und bald wurde auch ein Jagdclub samt Hundemeute organisiert.

Die beiden Ansiedlungen befehdeten sich natürlich nicht. Beverly war einfach weiterhin Beverly. Der Hügel blieb der Hügel. Wenn man einander begegnete, wie es schließlich im Country Club der Fall war, ignorierte man einander einfach. Und jetzt hatte Maud Wainwright vor, beide Seiten zusammenzubringen.

»Warum nicht?« fragte sie und musterte mich von der Seite. »Ich wohne seit achtzehn Jahren hier und kenne keine einzige Frau in Beverly mit Vornamen.«

Ich lächelte. Es fiel mir schwer zu glauben, daß sie nicht mit jedermann auf Duzfuß stand.

»Meine Mutter hat zehn Jahre gebraucht, um sich dazu zu überwinden, ihre Visitenkarte hier oben zu hinterlassen. Dann hat sie sie einfach abgegeben und ist wieder gegangen.«

»Aber warum?« wollte Maud wissen. »Das ist dumm.«

»Sie waren Städter. Natürlich haben Sie Ihre Freunde von dort mitgebracht.«

»Und Beverly wollte uns nicht?«

»Beverly hatte auch sein eigenes gesellschaftliches Leben. Es war ziemlich in sich geschlossen. Das ist es immer noch. Sie müssen bedenken, daß wir kaum je einen von Ihnen gesehen haben, insbesondere die Frauen, und es sind die Frauen, die gesellschaftliche Kontakte knüpfen. Sie sind mit ihren Autos immer nur in die Stadt gefahren und wieder zurück. Die Männer haben sich natürlich getroffen, im Zug oder in Clubs in der Stadt. So ist es gekommen«, fügte ich hinzu. »Komisch, wenn man es recht bedenkt. Ich habe mein ganzes Leben lang in Beverly gewohnt. Sie sind seit achtzehn Jahren hier. Und ich habe Sie genau zweimal gesehen.«

Das amüsierte sie. Sie lachte ein bißchen und mischte die Tischkarten mit ihren großen, gut geformten Händen.

»Ich verstehe«, sagte sie. »›Im Schatzhaus saß die Königin und zählte ihre Taler.‹ Ist es nicht albern, Pat? Und was zum Teufel soll ich wegen dieser Party unternehmen? Dr. Sterling hat vorgeschlagen, ich soll krank werden und absagen.«

»Machen Sie weiter«, riet ich ihr impulsiv. »Alle werden kommen, und allen wird es gefallen. Hinterher können Sie die jungen Leute sogar tanzen lassen. Wenn Sie wollen, kann ich eine Liste machen und herumtelefonieren.«

Die Idee entzückte sie – sie mochte junge Leute. In ein paar Minuten hatte ich die beste Kapelle der Stadt am Apparat, und wir stellten eine tolle Liste auf. Vor ein paar Tagen erst bin ich wieder darauf gestoßen. Audrey Morgan stand drauf und Larry Hamilton, und für mich war es wieder der Morgen im vergangenen Herbst, als Audrey mir im Auto von dem Revolver erzählt hatte. Sie hatte ihr schwarz gesäumtes Taschentuch hervorgezogen und hysterisch hervorgestoßen: »Sie haßte ihn. Sie wollte, daß er stirbt.«

An jenem Tag hätte ich beinahe selbst einen Mord begangen.

Schließlich wurde der Tisch zurückgebracht – nicht als Zwilling –, und wir plazierten die Dinnergesellschaft. Sie sollte im Innenhof selbst stattfinden, die Tische im Karree um den Seerosenteich in der Mitte und ein Mondlicht-Scheinwerfer auf die Wasserfläche gerichtet.

»Ich glaube, es wird hübsch. Ich hoffe wirklich, es wird ihnen gefallen«, sagte sie beinahe sehnsüchtig.

Ich persönlich fand es vielleicht ein bißchen theatralisch, aber das sprach ich nicht aus. Wir arbeiteten hart daran, die Plätze zu verteilen. Um fünf Uhr wurde Tee gebracht, und wir legten eine Pause ein. Sie erzählte ein bißchen über sich, ihren Sohn Tony, den sie offensichtlich vergötterte und den ich im Lauf der Jahre hie und da gesehen hatte, ohne ihn kennenzulernen, über ihre Witwenschaft und sogar über John Wainwright.

»Er war so wunderbar gut zu mir«, sagte sie und seufzte.

Ich mochte sie immer mehr. Offensichtlich hatte sie wirklich um ihren Mann getrauert, obwohl er in meiner Erinnerung ein großer, kahler Mann mit grauem Schnurrbart und so romantisch wie eine Zahnbürste war. Umgeben von Luxus, war sie ihrem Wesen nach einfach geblieben. Als wir uns wieder an die Arbeit machten, war mir, als ob ich sie schon jahrelang kennen würde.

Ab und zu fragte sie bei einer Karte nach. Ich erinnere mich, wie sie es bei der für Lydia tat.

»Diese Mrs. Morgan«, sagte sie. »Ist sie Witwe?«

»Mehr oder weniger. Ihr Mann ist vor Jahren mit einem Mädchen aus seinem Büro durchgebrannt. Damals war es ein schrecklicher Skandal. Sie hat sich natürlich scheiden lassen.«

»Wie traurig. Hat sie Familie?«

»Sie hat eine Tochter«, antwortete ich. »Sie ist noch nicht aus dem Haus, aber in gewissem Sinn ist sie aus dem Haus, seit sie zwölf ist. Ein süßes Ding. Sie heißt Audrey.«

»Und Sie mögen sie nicht?« fragte sie scharfsinnig.

»Nicht besonders. Mir liegt wohl zuviel an ihrer Mutter.«

Sie ließ es dabei bewenden, und wir machten mit dem Dinner weiter. Irgendwann im Lauf der Arbeit bat sie mich, eine Karte für mich zu schreiben, und danach war zumindest ein Teil von mir mit der Frage beschäftigt, was ich anziehen sollte und wie sich eine Privatsekretärin unter solchen Umständen zu benehmen hatte. Endlich aber waren wir fertig. Sie stand auf und reckte ihren schönen Körper, und ich erinnere mich, wie ich dachte, sie sehe aus wie aus irgendeiner Wagneroper: groß, vollbusig und mit diesem langen, dicken, goldenen Zopf ohne ein graues Härchen darin.

»Ich möchte Ihnen das Haus zeigen«, sagte sie. »Sie werden sich zumindest auskennen müssen.« Und sie fügte hinzu: »Ich fürchte, es ist ein bißchen überwältigend. Aber mein John hatte viel Spaß daran, deshalb habe ich es nicht verändert.«

Fünf Minuten später, sie noch im Morgenmantel, aber mit dem Zopf wie ein Krönchen um den Kopf gelegt, begannen wir unsere

Besichtigung des Klosters. Überwältigend war bestimmt das richtige Wort. Wir wanderten von Louis XIV. bis zum Empire, von traumhaften Tapisserien und Gemälden zu offensichtlich unbedeutenden Statuen, von Savonnerie-Gobelins zu Billard- und Gewehrzimmern, vom Spieltisch einer Orgel zu einem chinesischen Rauchzimmer und in einem Flügel zu einem gewaltigen Ballsaal mit einer hohen Kassettendecke, der bereits geöffnet war, um für den spontan geplanten Ball zu lüften. Ein Großteil der Räume wurde nur bei festlichen Anlässen benutzt. Später entdeckte ich, daß Tony und Maud selbst nur etwa ein halbes Dutzend Zimmer bewohnten, obwohl es an die zwanzig Bedienstete im Haus gab.

»Tony gibt seine Parties meistens in der Spielhalle«, sagte sie. »Die jungen Leute mögen sie.«

Aber an diesem Tag habe ich die Spielhalle nicht gesehen. Später sollte ich sie gut kennenlernen, kennen und schon ihren Anblick hassen. Die Dämmerung war angebrochen, als ich ging, und Maud Wainwright stand auf der Terrasse und sah zu, wie ich in meinen alten Wagen stieg und ihn mit einem Krachen des abgenutzten Getriebes in Gang setzte, und sie winkte mir lächelnd Gute Nacht zu. Sie sah einsam aus, wie sie da unter den hohen, weißen Säulen stand, und ich stelle fest, daß ich sie mir immer so vorstelle: einsam inmitten von all diesem Reichtum, liebenswürdig und völlig hilflos gegenüber dieser Welt. Vielleicht lag es daran, daß sie ihren großen Fehler beging. Denn begangen hat sie ihn, mit schrecklichen Folgen.

Jemand hat einmal gesagt, daß Mord der große Fehler ist, der einzige unwiderrufliche Irrtum, den der einzelne begehen kann. Und Morde waren es, die uns bevorstanden. Aber hinter diesen Verbrechen lag die seltsame Hilflosigkeit der Maud Wainwright und ihre Unfähigkeit, in irgend jemandem, Mann oder Frau, das Böse zu erkennen.

Ein paar Tage, bevor ich mit diesem Bericht anfing, habe ich Jim Conway besucht. Er war gerade wieder zum Polizeichef gewählt worden, und er grinste mich über einen blumenbedeckten Schreibtisch an – darunter ein enormes Hufeisen weißer Nelken von einer der örtlichen Organisationen.

»Tut mir leid, wenn es bei mir so aussieht wie bei einer Gangsterbeerdigung«, sagte er. »Ist das ein Gratulationsbesuch, oder bin ich bloß zur lieben Gewohnheit geworden?«

»Ich brauche Hilfe, Jim.«

Er stöhnte.

»Nicht schon wieder, Pat!« meinte er. »Hör zu, Schwester: Ich hab' es satt. Ich habe einiges mitgemacht. Ich habe genug erlebt für mein ganzes Leben. Jetzt will ich nur noch friedlich hier rumsitzen und mich vielleicht ab und zu um ein gestohlenes Huhn oder ein verschwundenes Auto kümmern. Und schau mich nicht so an. Ich bleibe hart wie Granit, wenn du weißt, was das ist.«

Als ich ihm aber erzählte, was ich vorhatte, war er besänftigt und höchst interessiert. Er zündete sich eine Zigarette an und lehnte sich im Stuhl zurück.

»Aufschreiben willst du es also?« sagte er. »Na, es sollte schon eine anständige Geschichte abgeben. Fang am besten mit was an, was einen am Lesen hält, wie Evans' Hosen. Oder wie Haines in dieser Nacht splitterfasernackt rumgehüpft ist. Man sieht nicht oft einen Polizisten ohne seine Kleider.«

Aber ich konnte die Sache nicht so unbeschwert betrachten. An diesem Tag bekam ich einige Papiere von ihm und notierte mir anhand seiner Aufzeichnungen die Daten. Dann ging ich zu meinem Wagen hinaus, demselben, den mir Maud voriges Jahr zum Geburtstag geschenkt hatte, und beschloß, die Geschichte so zu erzählen, wie sie sich Tag für Tag zugetragen hat, und damit zu beginnen, wie ich Maud Wainwright und das Kloster kennengelernt habe. Und Tony.

Kapitel 2

Ich kann nicht behaupten, daß die beiden Leute, die ich an diesem Abend noch sah, meine neue Stellung mit nennenswerter Begeisterung begrüßt hätten. Die vergangenen sechs Jahre hatte ich bei Miss Mattie gewohnt, deren hübsche Füßchen jetzt herumtrippelten, um es einer Handvoll Pensionäre gemütlich zu machen. Sie war eine Aristokratin im alten Sinne des Wortes, und als ich es ihr erzählte, sah sie entsetzt aus.

»Ich hoffe wirklich, Sie überlegen es sich noch einmal, Patricia. Ich kann nicht umhin, mir vorzustellen, was Ihre Mutter sagen würde.«

»Meine Mutter legte ziemlichen Wert darauf, daß ich drei Mahlzeiten am Tag esse.«

»Aber meine Liebe! Als ob Sie nicht so lange hier wohnen könnten, wie es Ihnen beliebt. Ich meine wirklich, Patricia, eine Art bessere Dienerin in diesem Haus –«

»Sie kennen Mrs. Wainwright nicht«, sagte ich heiter; dann küßte ich sie flüchtig und ging nach oben in mein Zimmer.

Mein anderes Gespräch mit Lydia Morgan war von ähnlicher Art. Ich fand sie auf der kleinen Ziegelterrasse hinter ihrem Haus. Offensichtlich war Audrey fort, wie gewöhnlich, denn der für eine Person gedeckte Abendbrottisch stand noch da, und sie hielt ihre Tasse Kaffee in der Hand und schaute auf den Fluß am Fuße ihres Gartens. Sie blickte auf und lächelte.

»Hallo, Pat«, sagte sie. »Komm her und trink einen Kaffee. Der Fluß ist bezaubernd heute.«

»Du auch, Liebste! Ja, ich nehme einen Kaffee. Es ist mir egal, wenn ich die ganze Nacht wach bleibe.«

»Was ist passiert? Du siehst aufgeregt aus.«

»Das bin ich auch«, sagte ich beschwingt.

Aber als ich ihr alles berichtete, sah sie nachdenklich drein.

»Ich hoffe, es ist in Ordnung«, meinte sie. »Ich würde dich natürlich lieber in einer Firma sehen.«

»Ich meine, ich hätte das Wort schon einmal gehört. Was meinst du mit Firma?«

Sie lachte ein bißchen.

»Na gut, du hast gewonnen. Das Haus würde mich das Gruseln lehren, aber du bist jünger. Ich nehme an, du lachst einfach darüber. Was zahlt sie dir?«

»Ich habe gar nicht gefragt«, fiel mir plötzlich ein, und wir beide kicherten wie Backfische.

Wie alt war Lydia damals? Vielleicht achtunddreißig, und ich fünfundzwanzig, denn ich entsinne mich, wie sie und Don Morgan hierhin gezogen waren, in das Haus am Fluß neben unserem eigenen. Ich war damals ein junges Ding und verliebte mich hemmungslos in sie. Sie war heiter und schön, und ich war rasend eifersüchtig, als etwa ein Jahr darauf Audrey geboren wurde.

Sie war immer noch schön. Sie hatte ein bescheidenes Einkommen geerbt, und damit schaffte sie es, das Haus zu führen, Audrey elegant zu kleiden und stets besser auszusehen als jede andere Frau, die ich kenne. Sie war schlank und hatte ein paar graue Strähnen in ihrem glänzenden schwarzen Haar und die feinsten Hände, die ich je gesehen habe. Nützliche Hände zudem. Sie war nie eine müßige Frau.

An jenem Abend plauderten wir ein wenig über das Kloster, über Audreys Garderobe für den Ball und darüber, was eine Privatsekretärin bei solch einem Anlaß tragen sollte, wobei Lydia dafür plädierte, ich solle die Arbeit vergessen und so gut aussehen wie möglich. Sie hatte in der Stadt ein langes blaues Taftkleid gesehen, das mir gut stehen würde. Aber wir schwiegen auch für lange Momente – Lydia war mit ihren eigenen Gedanken beschäftigt und ich, wie immer in diesem Haus, mit der Erinnerung an die Tage, als meine Mutter und mein Vater noch lebten, als ich sonntags morgens immer Don – Don Juan, wie das Dorf ihn nannte – begegnete, wie er auf seinem großen Pferd ausritt. Dann lächelte er zu mir herab und sagte: »Hallo, Pat. Wie steht's mit dem Springen?«

»Gestern bin ich runtergefallen.«

»Das gehört zum Spiel, Herzchen. Laß dich nicht unterkriegen.«

Ich war elf gewesen, als er verschwand. Den einen Tag war er noch da, elegant und liebenswürdig. Am nächsten war er verschwunden, und ich sollte nicht über ihn sprechen.

»Warum nicht, Mutter? Ist er krank?«

»Ich kann nicht darüber reden, Patricia.«

»Wird Lydia auch gehen?«

»Ich hoffe nicht.«

Das hatte mich beruhigt. Und Lydia war nicht gegangen. Sie war in ihrem Haus nebenan geblieben, nicht mehr ganz so heiter, aber immer noch schön, und nur die grauen Strähnen in ihrem schwarzen Haar ließen eine Veränderung an ihr erkennen. Als ich größer wurde, wurde mir klar, was passiert war, aber Lydia war es und nicht Don, die ein Teil meines Alltags gewesen war. Lydia war es, die an meine Schule in der Schweiz telegrafiert hatte, als mein Vater gestorben war, und die mich bei meiner überstürzten Rückkehr in New York abgeholt hatte.

»Es ist schon gut, Pat, Liebste. Er wußte nicht, was er tat. Die Ärzte sagen –«

Aber ich wußte es damals schon. Im vorigen Jahr hatte er seine Pferde aufgegeben und Weaver entlassen, den alten Butler und Hausdiener, der bei uns gewesen war, solange ich zurückdenken kann. Er hatte es geschafft, mich ins Ausland zu schicken, aber der Winter davor muß für ihn schrecklich gewesen sein. Ich pflegte ihn abends mit dem Wagen abzuholen, und er stieg aschgrau im Gesicht und erschöpft aus dem Zug.

»Schlechten Tag gehabt, Daddy?«

»Nicht allzu gut.«

Eines Abends erzählte er mir, er sei hoch genug versichert, daß für uns beide gesorgt sei, falls ihm etwas zustoßen sollte. Ich nahm es nicht besonders ernst. Er war immer dagewesen, ein kleiner, fröhlicher Mann, adrett und ordentlich, der ruhige Pol meines Lebens. Und sechs Monate später fanden sie ihn tot in einem Hotelzimmer in New York. Er hatte sich unter anderem Namen angemeldet, und es dauerte zwei oder drei Tage, bis sie ihn identifiziert hatten.

Das fiel mir ein, als wir in jener Nacht dort saßen; der Neumond hing über den Hügeln jenseits des Flusses, Lydia hatte die Hände im Schoß gefaltet, und gleich nebenan hatte ich meine sorglose Kindheit verbracht, dort am Fuß des Gartens stand die Bank, auf der meine Mutter Abend für Abend allein und still gesessen hatte, nachdem Vater gestorben war.

Sie überlebte ihn nicht lange. Etwa ein Jahr darauf gelang es ihr noch, mir eine Art Debüt zu geben: einen Nachmittagstee, sie in

Schwarz und ich in weißem Organdy mit einem Rosenstrauß. Lydia hatte mir das Kleid gemacht, und ich habe es immer noch. Aber Mutter hat sich nie mehr richtig erholt. Sie lebte danach noch ein paar Monate weiter, verloren und hilflos. Die Dinge standen jedenfalls ziemlich schlecht. Eines Tages wurde das Haus zum Verkauf angeboten, und an unserem letzten Tag dort machte sie eine Art Wallfahrt von Zimmer zu Zimmer. Dann ging sie hinaus in den Garten. Einen großen Teil davon hatte sie mit eigenen Händen bearbeitet, und ich sah ihr vom Fenster aus besorgt zu.

Sie wirkte normal. Sie ging zum Flußufer und stand dort. Dann setzte sie sich auf die Bank, wo sie und Vater so oft an Sommerabenden gesessen hatten. Sie blieb lange da, und schließlich machte ich mich wieder ans Packen. Als ich aufsah, stand Lydia neben ihr.

Ich werde nie vergessen, was Lydia an diesem Tag für mich tat. Sie ging still zum Haus und hinten in die Küche, wo die Mädchen bereitstanden, sich zu verabschieden. Dann kam sie zu mir herein.

»Hast du eine Minute Zeit, hinüberzulaufen und nach Audrey zu sehen?« fragte sie. »Es ging ihr nicht gut, und ich habe sie ins Bett gesteckt.«

»Ich warte besser auf Mutter.«

»Ich bringe sie herein, damit sie sich ausruhen kann«, sagte sie. »Es ist eine schwere Zeit für sie gewesen, aber sie hat ein glückliches Leben gehabt. Daran muß du immer denken, Pat.«

Als ich von nebenan zurückkam, hatte Lydia sie wirklich zur Ruhe gebracht. Sie legte die Arme um mich und berichtete mir.

»Keine Schmerzen, nichts, Pat«, sagte sie. »So eine wunderbare Art zu gehen. Und ich glaube, sie wollte bei deinem Vater sein.«

Ich bin nie wieder in das Haus zurückgegangen. Lydia nahm mich mit zu sich, und dort blieb ich während jener ersten verzweifelten Wochen. Ich glaube, ich hätte dort ewig wohnen bleiben können, aber ihr Haus war klein, und allmählich merkte ich, daß Audrey mich verabscheute. Damals schon war sie verzogen und eifersüchtig, obwohl sie das hübscheste Kind war, das ich je gesehen habe. Schließlich nahm ich ein Zimmer bei Miss Mattie und stellte mich einer Welt, die keine besondere Verwendung für ein Mädchen von neunzehn Jahren hatte, das gut Tennis und mäßig Golf spielt, anständig Französisch spricht und reiten kann, wenn sie ein Pferd zum Reiten hat.

Es war Lydia, die den Sekretärinnenkurs vorschlug. Lydia, die mir abends diktierte, während ich mich mit Stenographie und einer Schreibmaschine abmühte. Sie ließ mich nie den Mut verlieren.

»Im Moment sieht es ziemlich düster aus, Pat, ich weiß. Aber die Dinge haben es so an sich, wieder ins Lot zu kommen. Ich weiß das. Es braucht Zeit und Mut, und schließlich bist du noch jung. Eines Tages wirst du heiraten.«

Näher ist sie auf ihre eigenen Probleme nie eingegangen, aber manchmal hatte ich gesehen, wie sie Audrey beobachtete, als ob sie befürchte, sie habe nicht nur Don Morgans Charme, sondern auch etwas von seiner Unstetigkeit geerbt. Man erzählte sich immer noch in Beverly, daß Don Morgan, als der bösartige Papagei der alten Mrs. Anderson wegflog und sich in einen Baum setzte, einfach von unten mit ihm gesprochen hatte, und der Vogel war heruntergekommen. Und obendrein war er an Dons Hosenbein hochgeklettert und hatte sich auf seine Schulter gesetzt und sanft gegirrt.

Aber Don war mittlerweile seit Jahren verschwunden, und wie ich Audrey kannte, würde ihr hübscher kleiner Kopf immer die robuste Pumpe beherrschen, die sie ihr Herz nannte.

Schließlich fand ich eine Stellung in der Stadt, die ich aber durch einen Konjunkturrückgang rasch wieder verlor. Eine Zeitlang bezog ich ein kleines Einkommen aus Vaters Grundbesitz. Dann wurde ein Teil davon der Steuern wegen verkauft, und der Rest trug sich kaum selbst. Da seine Versicherung dafür draufgegangen war, seine Schulden zu bezahlen, stand ich praktisch mittellos da.

Jene Jahre rufe ich mir nicht gerne in Erinnerung, die kargen Mittagessen in der Stadt, das ständige Kleiderproblem, die Wechsel von einem Büro ins nächste. Irgendwie schaffte ich es während dieser Zeit, Miss Mattie zu bezahlen und mich selbst stets modisch zu kleiden. Und zu Beginn jenes Abschnitts in meinem Leben verliebte ich mich natürlich.

Heute kann ich darüber lachen. Bill Sterling war ein Mann aus der Nachbarschaft und unser bester Arzt. Er war vierzehn Jahre älter als ich mit meinen neunzehn, ein großer, breitschultriger Mann, sicherlich nicht ansehnlich; aber ich nahm die Sache schrecklich schwer. Ich erfand Vorwände, um in seiner Praxis anzurufen, und ging abends an seinem Haus vorbei – nur in der Hoffnung, ihn zu sehen, wie er in seinen Wagen ein- oder ausstieg.

Die einzige Entschuldigung, sich diese Erinnerung ins Gedächtnis zu rufen, ist, daß Bill in dieser Geschichte seine eigene Rolle spielt. Was die Liebesgeschichte betrifft, löste Bill das Problem eines Tages auf seine ganz eigene Weise. Er hatte mir ein Thermometer in den Mund gesteckt, es ernst beäugt, als er es herausnahm, sich in seinem Bürostuhl zurückgelehnt und mich angelächelt.

»Lassen Sie uns das klären, Pat«, sagte er. »Ich kann Ihnen nicht ewig Rechnungen für nichts ausstellen. Sie sind ein so gesundes Exemplar, wie ich nur je eines gesehen habe.«

Ich glaube, ich wechselte die Farbe, denn er beugte sich herüber und tätschelte mir die Hand. »Schon gut«, sagte er. »Wir sind gute Freunde, nicht? Ich mag Sie, und Sie mögen mich. Aber das nächste Mal, wenn ich Ihnen ein Thermometer in den Mund stecke, zeigt es besser was an, und es an eine Wärmflasche halten, gilt nicht.«

Es dauerte ein Jahr, bis ich ihn wieder anschauen konnte, ohne zu erröten, aber die Medizin hatte gut angeschlagen. Jetzt war er seit langem Lydia ergeben. Ich glaube, sie hätten geheiratet, aber Audrey mochte ihn nicht. Sie sollte noch gräßliche Auswirkungen haben, diese Antipathie Audreys gegen Bill Sterling.

Er kam an diesem Abend vorbei, bevor ich Lydia verließ. Er küßte Lydia flüchtig und klopfte mir auf die Schulter.

»Na, wie hat Ihnen Maud gefallen?«

»Gut, Bill. Danke, daß Sie ihr von mir erzählt haben.«

»Ich habe ihr erzählt, Sie seien ein Muster an Können, Takt und Diplomatie«, sagte er bescheiden. »Und auch, daß Sie ihren Tony in Ruhe lassen würden, weil Sie im Herzen eine alte Jungfer sind. Sie konnte es gar nicht erwarten, Sie zu engagieren. Wie kommt die Party voran?«

Bald darauf ging ich, aber nicht sofort zu Miss Mattie zurück. Ich fuhr langsam die Straßen auf und ab, sah mir die Häuser an und wunderte mich über das Bild, das sich einige Bewohner von Maud Wainwright machten. Es stimmte so wenig. Aber ich hatte auch das Dinner im Kopf und den Ball, der da kommen sollte, und im Geiste überprüfte ich meine Listen.

Ich entsinne mich, daß an diesem Abend im Beverly Club ein Ball war, und als ich dort vorbeikam, sah ich Audrey Morgan auf die Terrasse treten und dort stehen, und sie sah aus wie eine Fee vor dem Himmelstor.

Natürlich war sie nicht allein. Es ist das Schicksal der Audreys dieser Welt, immer etwas Männliches um sich herumscharwenzeln zu haben. Diesmal war es Larry Hamilton, und ich ging schnell noch einmal die Liste durch. Ja, Larry stand drauf, also ging ich in mein Zimmer zurück und schlief miserabel, und durch meinen Kopf wirbelten die hundert Goldbrokatstühle, die aus der Stadt gebracht werden sollten, das blaue Taftkleid mit langer Schleppe und nicht zu tief ausgeschnitten am Hals, eine Maniküre und Haarwäsche und wann sie möglich waren, Tischkarten, Blumen, Kerzen und Herren ohne Damenbegleitung für den Ball.

Die nächsten drei Tage lang bestand mein Leben aus genau diesen Dingen. Tony Wainwright war fort und zeigte sich erst am Nachmittag des Dinners selbst. Ich war mittlerweile völlig hektisch. Als in meinem neuen Büro mein Füller unter ein Ledersofa rollte, kroch ich ihm hinterher. Dann blieb ich einfach liegen und benutzte Worte, die, wie der alte Weaver zu sagen pflegte, für eine kleine Dame nicht ganz passend waren.

Da hörte ich eine kühle Stimme hinter und über mir.

»Solche hübschen Beine«, sagte sie tadelnd, »und so schlimme Wörter. Je, je!«

Ich krabbelte unter dem Sofa hervor und richtete mich wütend auf.

»Machen Sie sich bitte keine Sorgen wegen meiner Beine«, sagte ich wütend. »Wenn es Sie interessiert, sie tun höllisch weh.«

»Ich habe mir keine Sorgen gemacht. Miss Abbott, nehme ich an?«

So sah ich Tony Wainwright das erste Mal aus der Nähe, einen großen, liebenswürdigen jungen Mann mit kühlen grauen Augen und einem amüsierten Lächeln.

»Schauen Sie«, meinte er. »Sie haben sich überarbeitet. Warum kommen Sie nicht mit hinaus und schnappen ein bißchen Luft? Ich habe Maud nach oben ins Bett geschickt. Für eine Frau, die die meiste Zeit ihres Lebens damit verbracht hat, Parties zu geben, ist sie ein Wrack. Was ist los?«

Ich machte mir nicht die Mühe, es ihm zu erzählen. Ich sagte nur, ich hätte daran gedacht, irgendwohin zu verschwinden, vorzugsweise nach Burton, unserer örtlichen Anstalt für Geisteskranke. Ich würde zwar mit ihm hinausgehen, wenn er aber mir gegenüber die Dinnerparty erwähnte, würde ich wahrscheinlich in hysterisches Geschrei ausbrechen. Danach wusch ich mir im Waschraum des Büros Gesicht und Hände, während er den Vorgang interessiert beobachtete.

»Ich hab' gedacht, kein Mädchen nimmt mehr Seife für sein Gesicht«, bemerkte er. »Muß der Einfluß der Anzeigen sein. Ziemlich schöne Haut haben Sie, nicht?«

»Einer meiner großen Vorzüge«, sagte ich und folgte ihm nach draußen.

Das war das erste Mal, daß ich in der Spielhalle war, die sich – wie alles im Kloster – als viel größer herausstellte, als ich gedacht hatte. Am Hang einer kleinen Senke gebaut, war das Dach der Tennishalle nicht viel höher als der Rest. Aber die Spielhalle bestand nicht nur aus einem Schwimmbassin und einem Tennisplatz. Es gab ein langes Wohnzimmer mit einer Galerie über dem Tennisplatz, so daß die Zuschauer die Spieler unten beobachten konnten, ein Kartenzimmer mit einer Bar, eine kleine Küche und sogar zwei oder drei Schlafzimmer mit Bad.

»Für wüste Junggesellen«, sagte Tony, wobei er mich beobachtete. »Der ideale Platz für einen Kater, was? Bett, Frühstück und Schwimmen, Kopfschmerztabletten in jedem Zimmer. Mein Beitrag.«

»Es ist nicht das, was ich eine Spielhalle nennen würde.«

»Na, was ist dann Spiel, meine liebe Miss Patricia?«

»Schwer zu sagen«, erwiderte ich und machte mich auf den Rückweg ins Haus.

Den größten Teil des Wegs schwiegen wir. Ich dachte, er verhielte sich gönnerhaft und ärgere mich bewußt, und er sah, daß ich gereizt war.

»Nicht sehr begeistert von mir, was?« sagte er und lächelte auf mich herab. »Nachdem ich Sie unter Sofas und wahrscheinlich noch anderen Möbeln hervorziehe und Sie auf einen Spaziergang mitnehme. Ist das Dankbarkeit?«

»Sie hätten auch noch den Hund mitnehmen sollen«, sagte ich zuckersüß. »Dann hätten wir beide ein bißchen von der Welt gesehen.«

Kapitel 3

Das Dinner an diesem Abend war ein glänzender Erfolg. Es hatte bestimmt den Effekt, den es haben sollte. Es schloß die Kluft zwischen dem Hügel und dem Dorf.

Ich schöpfte das erste Mal Atem, als alle ihren Platz gefunden hatten, ohne daß jemand übriggeblieben war – ein Alptraum bei jeder großen Party. Ich glaube, auch das Essen war wunderbar. Pierre, der Koch, war zwei Tage lang kaum ansprechbar gewesen. Maud – sie hatte mich gebeten, sie so zu nennen – strahlte. Sie trug ein langes, eisblaues Kleid, und mit dieser goldenen, hoch aufgesteckten Haarkrone sah sie beinahe jung und auf jeden Fall glücklich aus.

Ich nehme an, alle Dinner sind ähnlich. Vielleicht lag es daran, daß ich sechs Jahre nicht am gesellschaftlichen Leben teilgenommen hatte, daß ich dieses Dinner so eindrucksvoll fand.

Wichtig ist an dieser Party vor allem, daß sie bis auf ein oder zwei Leute alle zusammenbrachte, die in unsere Tragödie verwikkelt werden sollten: Bill Sterling und Lydia, Julian Stoddard, der Vorsitzende des Jagdclubs, und seine Frau Margery, Mauds Rechtsanwalt Dwight Elliott, dann Jim Conway, unser beliebtester Junggeselle von Beverly, der wegen einer Wette für den Posten des Polizeichefs kandidiert und die Wahl gewonnen hatte, und sogar Audrey und Larry Hamilton.

Audrey war bezaubernd an diesem Abend, und sie wußte es. Sie trug ein weißes Spitzenkleid über einer Krinoline, und sie hätte aus *Godeys's Lady's Book* entsprungen sein können. Tony tanzte mit ihr, wann immer er konnte, und ich sah, wie Maud sie beobachtete. Aber ich war zu beschäftigt, um viel zu bemerken. Im chinesischen Zimmer und der Bibliothek sollten Viererrunden zum Bridge arrangiert werden, die Herren ohne Damenbegleitung mußten von allzuviel Sekt fern- und im Ballsaal gehalten werden, und einmal zeigte Roger – die Bulldogge – eine Entschlossenheit, nach draußen zu gehen, die nicht ignoriert werden konnte, und ich mußte ihn selbst hinauslassen.

Nur Audrey ärgerte mich. Sie tanzte gerade mit Tony, als sie mich sah, und kam herüber und gab mir herablassend die Hand.

»Wie geht's dir, Pat?« sagte sie kühl. »Eine nette Party, nicht? Aber ich wünschte wirklich, du würdest ein bißchen mehr darauf achten, daß sie den Sekt kalt stellen. Er ist widerlich, wenn er warm ist.«

Das war natürlich Absicht. Die kleine Audrey verwies mich an meinen Platz. Ich wußte, daß der Sekt nicht warm war.

»Bist du nicht ein kleines bißchen zu jung für Sekt, Audrey?« fragte ich freundlich. »In der Halle steht Punsch. Der hat ziemlich wenig Alkohol.«

Tony sah wohl, daß es an der Zeit war einzuschreiten, denn er trat vor, streckte die Hand aus und grinste.

»Miss Abbott, nicht wahr?« sagte er. »Ich bin der kleine Junge von Mrs. Wainwright. Haben wir uns nicht schon einmal getroffen?«

»Möglich. Leider erinnere ich mich nicht. Es sind so viele junge Männer hier«, erwiderte ich und schenkte ihm ein vages, aber vergnügtes Lächeln.

Etwas später fand ich Maud an meiner Seite. Die Tänzer waren zur Spielhalle gegangen, wo ein Essen serviert wurde, und die Musiker waren ihnen gefolgt. Die plötzliche Stille überraschte fast.

»Es ist wirklich ein Erfolg, Pat, nicht?« sagte sie. »Diese kleine Morgan ist ein hübsches Geschöpf. Wenn ich ein Mann wäre, würde ich mich selbst in sie verlieben.« Sie seufzte und sah nachdenklich drein. »Macht es Ihnen was aus, zur Spielhalle zu gehen? Ich möchte nicht, daß einer beschließt, im Abendanzug schwimmen zu gehen.«

Wie sich herausstellte, kam ich gerade noch rechtzeitig. Ich fand einen Jüngling aus der Stadt, der dies plötzlich für eine gute Idee gehalten hatte und mit Frack und allem Drum und Dran auf dem Sprungbrett über dem Schwimmbassin balancierte. Aber auf dem Weg hatte ich ein verwirrendes Erlebnis.

Der Weg zur Spielhalle hat zwei große Kurven. Das Gebäude liegt etwa zweihundert Meter hinter dem Haupthaus. Um dorthin zu kommen, geht man eine Art grasbewachsenen Alleeweg zwischen Bäumen auf einen Brunnen am Ende zu und biegt dann nach einem Gebüsch nach rechts ab. Die Spielhalle ist nur ein paar Meter weiter.

Der weiße Marmorbrunnen war in dieser Nacht von den Bäumen aus angestrahlt, und die Spielhalle funkelte vor Licht und Lachen und Musik. Draußen stand ein Mann und spähte hinein.

Er war nicht im Abendanzug, und zuerst dachte ich, er sei ein Reporter und vielleicht ein Photograph, der versuchte, ein Photo zu bekommen. Da wir Wachen an den Toren hatten, um alle Eindringlinge fernzuhalten, war ich überrascht, um es milde auszudrücken.

Er schien jemanden drinnen zu beobachten, intensiv zu beobachten, mit den Händen auf der Fensterbrüstung und gespanntem Körper. Da ich auf dem Rasen ging, hörte er mich nicht, bis ich sehr nahe war. Da tat er etwas Überraschendes. Er wandte sich um und rannte fort, und eine kleine Weile konnte ich ihn durch das Unterholz brechen hören, in Richtung des Golfplatzes vom Country Club, der an das Anwesen des Klosters grenzt. Ich war erstaunt, aber nicht besorgt; und, wie gesagt, hatte ich danach alle Hände voll zu tun mit dem sprungbereiten Jüngling und einem der Lohndiener aus der Stadt, der in einem Gästezimmer ins Bett gekrochen war und friedlich neben einer leeren Flasche schlief. Daher erzählte ich Maud nicht von unserem Besucher, weder sofort noch später. Vielleicht hätte ich es tun sollen. Aber was hätte es genutzt? Sie hätte nicht mehr gewußt als ich damals.

Am nächsten Tag dann bat sie mich, mein Zimmer bei Miss Mattie aufzugeben und im Kloster zu wohnen. Sie sah so frisch aus, als hätte sie die ganze Nacht geschlafen, obwohl sie nach einem improvisierten Frühstück aus Rühreiern und Würstchen für alle um sechs Uhr morgens zu Bett gegangen war.

»Ich hätte es gern«, sagte sie. »Tony ist den ganzen Tag und viele Abende in der Stadt, und wenn ich nicht eine Party gebe oder auf eine gehe, bin ich zuviel allein. Früher machte ich immer die Orgel an, aber eine mechanische Orgel ist ein trübseliger Ersatz für die menschliche Stimme.«

Schließlich willigte ich ein, und an diesem Tag zeigte sie mir das Anwesen. Zum ersten Mal wurde mir klar, wie groß es war. Es war nicht nur das Haus mit seinen über fünfzig Zimmern und zwanzig oder noch mehr Dienstboten. Das Anwesen umfaßte über hundert Morgen Land, das vierzig Leute in Ordnung hielten. Es gab Treibhäuser und ein Orchideenhaus und sogar einen Stall, wo Tony seine Jagd- und ein oder zwei Reitpferde hielt. Ich lernte Andy McDonald kennen, den alten Schotten, der die Ländereien beaufsichtigte, und Gus, den ersten Chauffeur. Überall schienen Leute zu sein, obwohl Maud sagte, sie habe sowohl das Personal für draußen wie auch für drinnen eingeschränkt. Wir gingen durch den Westflügel zurück, und im Haus zeigte sie mir, wo der Schlüssel zur Spielhalle aufbewahrt wurde: in der Schublade eines Tisches in der Halle bei der Eingangstür.

»Sie können selbstverständlich dort schwimmen, wann immer Sie Lust haben«, sagte sie, »aber schließen Sie ab, wenn Sie gehen. Früher haben wir sie immer offengelassen, bis Evans, der Nachtwächter, abends seinen Dienst antrat. Aber dann fanden wir heraus, daß sich die Caddies vom Golfplatz einschlichen.«

Wochen später sollte der Schlüssel überragende Bedeutung bekommen und die Spielhalle selbst zu einem Ort des Schreckens werden. Unzählige Fragen mußte ich über beide beantworten:

»War der Schlüssel immer in dieser Schublade?«

»Wenn die Spielhalle nicht benutzt wurde, ja.«

»Dann hatten alle Zugang zur Spielhalle?«

»Alle im Haus.«

»Und das wären?«

»Das Personal beim Saubermachen und natürlich die Familie. Ich bin manchmal selbst dort geschwommen. Und zweimal in der Woche ließ ein Gartenarbeiter das Wasser ab und reinigte das Becken. Das ist alles, bis auf geladene Gäste.«

Als wir an jenem Tag zurückkamen, war das Haus wieder in einen ordentlichen Zustand versetzt worden; der Lastwagen des Partydienstes hatte die rosa-goldenen Damaststühle mitgenommen, die Tische waren aus dem Atrium verschwunden und der Ballsaal war geschlossen. Tony erschien zum Lunch und sah ziemlich angeschlagen, aber fröhlich aus.

»Was für eine Nacht«, sagte er und küßte seine Mutter. »Wirklich, was für eine Nacht! Es ist erstaunlich, aber ich habe anscheinend mehr Gehirn, als Platz dafür da ist. Was meinen Sie dazu, Miss Abbott?«

»Das muß ungewöhnlich sein.«

Er wandte sich Maud zu.

»Sie mag mich nicht«, beschwerte er sich. »Und ich mag es, wenn man mich mag. Mußt du sie um dich haben?«

Maud lächelte nur.

»Sie wird bei uns wohnen«, antwortete sie friedfertig. »Und um Himmels willen nenn sie Pat, und bitte sie, dich Tony zu nennen. Sie ist ein nettes Mädchen, und sie wird dir gefallen.«

»Das ist das Problem«, sagte er. »Sie gefällt mir schon, aber gestern abend hat sie mich abblitzen lassen. Ich mußte auf die Damentoilette gehen und mich ausweinen.«

Sie war seinen Unsinn offenbar gewohnt. Sie ging nicht auf ihn ein, sondern warnte mich nur davor.

»Kümmern Sie sich nicht um ihn«, sagte sie. »Die ganze Woche über ist er ein hart arbeitender Geschäftsmann. Ich weiß nicht, was die Fabrik ohne ihn anfinge. Oder ich«, fügte sie hinzu.

Das war das erste, was mir auffiel, dieses vollkommene Verständnis zwischen Mutter und Sohn. Er gebrauchte ihren Vornamen, weil er sie mochte, und später, als sie in Schwierigkeiten war, wurde sie wieder »Mutter«. Und ich weiß heute, daß sein albernes Verhalten größtenteils gespielt war, zum Teil, um mir die Hemmungen zu nehmen.

»Na gut«, sagte er zu mir, als wir uns zum Lunch setzten. »Sie sind Pat, und ich bin Tony. Wahrscheinlich werden Sie mich ab und an anders nennen, aber mein Name ist Tony. Alter dreißig, Gewicht zweiundachtzig Kilo, Golf schlecht, Tennis gut, auf dem Pferd brauchbar bis mittelmäßig, liebenswertes Gemüt und keine Leberflecken.«

Es war lange her, seit ich diese Art sorgloses Geplänkel gehört hatte. Tags zuvor, als ich müde und gereizt gewesen war, hatte es mich geärgert. Jetzt nahm ich es als das, was es war.

»Ich bin Patricia Abbott«, sagte ich. »Gewicht zweiundfünfzig Kilo, Alter fünfundzwanzig, Französisch anständig, Golf schlecht, Tennis gut und auf dem Pferd ausgezeichnet.«

»Keine Leberflecken?« fragte er besorgt.

»Keine Leberflecken.«

Maud ließ mich an diesem Nachmittag unter acht Gästesuiten auswählen, jede mit Bad und Wohnzimmer. Ich wählte die schlichteste und fühlte mich wie in einer Traumwelt, wo solche Sachen wie französische Seifen, neue Zahnbürsten in durchsichtigen Hüllen, seidige Handtücher und weiche, luxuriöse Betten als selbstverständlich galten.

Ich erzählte Lydia davon, als ich an diesem Abend, nachdem ich meinen Koffer gepackt hatte, auf dem Rückweg zum Hügel bei ihr vorbeischaute. Sie sah ziemlich beunruhigt drein.

»Laß sie dich nicht allzusehr verwöhnen, Pat«, warnte sie. »Zuviel Geld kann ganz schön korrumpieren. Was ist mit Tony?«

»Er ist in Ordnung«, sagte ich ausweichend.

»Audrey hat den ganzen Tag von ihm geschwärmt«, sagte sie und seufzte.

Kapitel 4

Das war, wie gesagt, im Juni letzten Jahres. Ich richtete mich in einem Leben ein, das begann, wenn Nora, eines von dem halben Dutzend Hausmädchen, mir um acht Uhr ein Frühstückstablett brachte, und das nachts mit einer doppelten Patience mit Maud oder einer Dinnerparty für dreißig Leute enden konnte.

Ganz allmählich gewöhnte ich mich an die Routine des großen Haushalts. Ich sprang nicht mehr auf, wenn Evans um Mitternacht seine erste Runde im Haus drehte, seine schweren, kräftigen Schritte an meiner Tür vorbeikamen oder wenn ich seine Taschenlampe auf dem Grundstück sah. Ich glaube, mehr als alles andere haben diese Runden von Evans mir einen Eindruck der mit Reichtum und Besitz verbundenen Verantwortung gegeben. Um neun ging ich in mein Büro, öffnete die Post und schickte Mauds persönliche Briefe mit einem Boten nach oben. Um zehn ging ich in ihr Boudoir oder manchmal in den angrenzenden Dachgarten, und wir machten Pläne für den Tag. Sie hatte dann bereits mit Mrs. Partridge, der Haushälterin, gesprochen und nutzte diese Zeit mit mir, um sich von Hilda frisieren zu lassen.

Um elf hatten wir alles erledigt. Dann zog sie sich fertig an und ging nach draußen. Manchmal drehte sie nur eine Runde auf ihrem Grundstück und überprüfte mit dem alten Andy an ihrer Seite die Gärten. Manchmal wanderte sie zum Haus der Stoddards hinüber, das über einen Fußweg nur einen Kilometer entfernt lag. Man nannte es die »Farm«; und wenn Maud eine enge Freundin hatte, war das Margery Stoddard.

Ihre Beziehung war seltsam. Margery war vielleicht fünfunddreißig, eine ziemlich stille Frau mit zwei kleinen Töchtern. Sie war eine attraktive Frau mit vorzeitig weiß gewordenem Haar, das ihr vorzüglich stand, und offensichtlich vergötterte sie ihren Gatten. Aber merkwürdigerweise konnte sie nicht reiten.

»Ich habe Angst vor Pferden«, erzählte sie mir einmal mit ihrem flüchtigen, scheuen Lächeln. »Komisch, nicht, wo Julian so am Jagdclub interessiert ist. Was das betrifft, ist er sehr verständnisvoll, aber nachdem er mir nach unserer Heirat ein oder zwei Monate beim Runterfallen zugesehen hat, hat er es schließlich aufgegeben.«

Mauds Haltung ihr gegenüber war immer die einer älteren Schwester. Außerdem war ihr vermutlich klar, daß Margery zuweilen einsam war, denn sie nahm kaum am Leben auf dem Hügel teil. Aber Monate später sollte ich daran denken, wie sie damals waren: an Maud, groß, fröhlich und selbstsicher, mit ihrem herzlichen Lachen, und Margery, klein, scheu und unsicher, und beide wußten nichts von der Geschichte, die sie schließlich so eng miteinander verbinden sollte.

Während jener ersten Wochen wurde ich auf Trab gehalten. Nicht nur mit Dinnerparties. Da schneiten Leute am Spätnachmittag herein, um auf der Terrasse Highballs oder Cocktails zu trinken oder bei schlechtem Wetter in der Spielhalle Tennis zu spielen. Saison war immer im Sonner, sowohl für den Hügel als auch in Beverly. Im Winter fuhren die Leute weg, nach Florida, nach Kalifornien, nach Europa. Im Sommer blieben sie zu Hause, mit ihren Geschäften befaßt, mit den Gärten, mit Golf oder Tennis.

Und der letzte Sommer verlief besonders ausgelassen. Es schien so, als würden wir ständig Feste veranstalten. Ich erinnere mich an eine Gartenparty spät im Juni mit einem Zelt auf dem Rasen, und Audrey tanzte mit Tony und schaute ihn unter einem weiten Hut hervor an, der ihre Schönheit hervorhob wie ein Rahmen. Es wurde auch eine Reihe sonntäglicher Frühschoppen für die Reiter veranstaltet, und im Juli lud Maud, die Kinder gern hatte, alle Sprößlinge der Familien vom Hügel und aus dem Dorf ein und überließ ihnen die Spielhalle. Sie hatte ein Kasperletheater und einen Zauberer für sie engagiert, aber es war kein ungetrübter Erfolg. Die lieben Kleinen machten sich daran, mit den Erbsen zu flitschen, die es zu ihrem Hühnerfrikassee gab, und in letzter Minute mußte ich in meinem besten Sommerkostüm ins Schwimmbecken springen und einen Fünfjährigen retten, der hineingeplumpst war.

Während dieser ersten zwei Wochen sah ich nicht viel von Tony. Die Fabriken arbeiteten auf Hochtouren. Wenn ich ihn sah, war er entweder von Leuten umringt oder irgendwohin unterwegs. Aber er war immer freundlich und begrüßte mich mit einem Grinsen:

»Krabbeln Sie immer noch unter den Möbeln rum und benutzen schlimme Wörter?«

»Nein. Ich gehe nach oben und beiße in die Kopfkissen auf meinem Bett. Das ist einfacher.«

Dann lachte er und ging davon.

Ich hörte, daß er Audrey sehr häufig traf, aber es vergingen Wochen, ohne daß ich auch nur Lydia sah. Ab und zu eilte ich zum Kleiderkauf in die Stadt – Maud hatte schließlich das Gehalt zur Sprache gebracht, das sehr gut war –, aber ich hatte sehr wenig Zeit.

Vor allem waren wir selten allein. Es war nicht unüblich, daß Nora, die mir das Frühstück brachte, mich fragte, ob ich Mrs. Partridge, der Haushälterin, sagen könne, wer die Nacht hier verbracht habe. Nicht nur Tonys Freunde. Einer unserer häufigsten Besucher war Dwight Elliott, Mauds Rechtsanwalt. Er lebte allein in der Stadt, und an warmen Abenden fuhr er oft her, um sich abzukühlen, wie er es nannte.

Manchmal dachte ich, er liebte sie. Er war ein großer Mann in den Fünfzigern, nicht schön, aber mit beträchtlicher Eleganz in Kleidung und Auftreten. Er war, wie sich herausstellte, entfernt mit ihr verwandt. Tatsächlich erfuhr ich von ihm, daß Tony nicht John Wainwrights Sohn war.

»Als sie noch keine zwanzig war, brannte sie durch und heiratete einen Taugenichts«, sagte er. »Als er starb, stand es ziemlich schlecht um sie. Sie kam mit Tony, der damals noch ein Kind war, hierher zurück, wo sie geboren war; aber ich konnte ihr nicht helfen. Ich war gerade erst bei Gericht zugelassen. Ich konnte kaum meine Büromiete bezahlen.«

Durch ihn allerdings hatte sie Wainwright kennengelernt. Er war ein bißchen stolz darauf.

»J. C. fühlte sich bei ihr sofort wohl«, sagte er. »Und ich würde sagen, sie hat ihn glücklich gemacht. Sie ist eine wundervolle Frau, Miss Abbott. Solche wie sie gibt es heute nicht mehr.«

Ich mochte ihn ganz gern. Er war nur ein paar Jahre älter als Maud, und manchmal fragte ich mich, ob sie ihn heiraten würde. Auf jeden Fall verließ sie sich auf ihn. Bei jedem Notfall war ihre umgehende Reaktion, ihn holen zu lassen. Aber an jenem Abend sagte er etwas, was mich überraschte. Es hatte eine kleine Dinnerparty gegeben, und da ich nicht gebraucht wurde, war ich allein auf der Terrasse, mit Roger, dem Hund, zu meinen Füßen.

Er kam heraus, sagte, er sei beim gerade stattfindenden Bridgespiel der Strohmann, und setzte sich zu mir, nachdem er sich eine Zigarette angezündet hatte.

»Sie können etwas für uns tun, Miss Abbott«, sagte er. »Ich spreche nicht gern darüber, aber ich muß. Maud Wainwright gibt zuviel Geld aus.«

»Es kostet eine Menge, dieses Haus zu führen, Mr. Elliott.«

»Na ja, das Vermögen des alten J. C. war groß, aber nicht grenzenlos. Ich weiß zufällig, daß sie Bessie eine große Summe geschenkt hat, und –«

»Bessie?« hakte ich ein.

Aber genau an diesem Punkt wurde er wieder zum Spiel gerufen, und ich erfuhr nicht, wer Bessie war. Ich nahm als gegeben an, daß sie eine Verwandte sei, eine der weniger bemittelten Wainwrights, die in der Stadt am Rande der Gesellschaft lebten, und ließ es dabei bewenden. Aber am nächsten Tag fragte ich Maud, ob wir nicht eine Menge Geld ausgäben, worauf sie beinahe ärgerlich wurde, ärgerlicher als je zuvor.

»Natürlich gebe ich eine Menge aus«, sagte sie. »Aber ich kann doch nicht das Personal entlassen oder die Gärtner.«

»Trotzdem geben wir ziemlich viel Geld aus«, sagte ich hartnäckig. »Die Fleischerrechnung letzten Monat –«

»Sagen Sie nichts«, unterbrach sie. »Ich könnte wohl aufhören, Parties zu geben. Ich habe es satt, und es liegt mir sowieso nichts daran. Ich sehe die Leute gerne glücklich, das ist alles. Aber ich habe eine Menge für wohltätige Zwecke ausgegeben. Vielleicht erkaufe ich mir den Weg in den Himmel!«

»Dieses Haus kommt dem Himmel schon ziemlich nahe.«

Sie schüttelte den Kopf.

»Ich habe dieses Haus nie gewollt«, sagte sie. »Es war Johns Idee. Nichts war gut genug für mich. Aber ich habe es jetzt, und was kann ich machen? Sie sollten einmal etwas über die armen Reichen schreiben, die mit ihrem Personal und ihren Häusern und ihrer Wohltätigkeit alleingelassen werden, während die Regierung ihnen das meiste Geld abnimmt.«

Sie hatte immer die naive Vorstellung, ich könne schreiben, weil ich eine Schreibmaschine benutzte.

»Sie könnten mich entlassen«, schlug ich vor. »Schließlich ist der Sommer so gut wie vorbei. Sie werden nach Weihnachten nach Palm Beach fahren.«

Aber das lehnte sie mit einer Handbewegung ab. »Das ist das letzte, was ich täte«, sagte sie, stand auf, kam herüber und legte ihren Arm um mich. »Ich bin wirklich glücklich, seit Sie gekommen sind. Bleiben Sie bei mir, Pat. Ich brauche Sie.«

Das war an einem Montag im August. Am nächsten Tag fuhr sie in ihrer glänzenden Limousine in die Stadt, fuhr fröhlich und heiter, als habe sie keine Sorgen oder sie vergessen. Sie nahm Margery Stoddard mit und ließ sie in der Stadt, damit sie mit Julian zurückkäme. Margery war zu Fuß über den Pfad hergekommen. Sie hatte ihre beiden kleinen Mädchen und deren englisches Kindermädchen mitgebracht.

»Julian läßt unser Schwimmbecken reparieren«, sagte sie. »Dürfen sie in der Spielhalle schwimmen?«

Ich holte den Schlüssel, und sie machten sich davon. Margery setzte sich auf die Terrasse und fächelte sich Luft zu, aber sie kam mir besorgt vor. Sie schaute sich um, bevor sie sprach.

»Hören Sie, Pat«, sagte sie, »hat Evans hier nachts irgend jemanden herumstrolchen sehen?«

»Er hat nichts dergleichen erwähnt.«

Sie senkte die Stimme.

»An der Farm war letzte Nacht ein Mann. Ich konnte nicht schlafen wegen der Hitze und bin nach draußen gegangen. Er verschwand, als er mich sah. Er war keiner von unseren Leuten. Ich habe gefragt. Es sind meine Kinder, an die ich denke, Pat. Wenn ihnen irgend etwas zustößt –«

Da erschien Maud, und ich entsinne mich noch, wie ich ihnen zuwinkte und zurück in mein Büro ging, ohne auch nur im geringsten zu ahnen, daß die erste glückliche Zeit meines Lebens im Kloster vorbei war.

Tony kam an diesem Tag früh nach Hause. Ich saß an meinem Schreibtisch, als er hereinkam, und zum ersten Mal hatte er anscheinend nichts zu tun. Er setzte sich auf die Schreibtischkante und griff einen Brief für Maud heraus, der gerade angekommen war. Böse musterte er den blauen Umschlag.

»Wann ist das gekommen?« fragte er.

»Mit der Nachmittagspost.«

»Hat Mutter es gesehen?«

»Nein. Noch nicht.«

»Dann wird sie es auch nicht«, sagte er und steckte ihn in die Tasche.

Ich protestierte, aber er blieb fest.

»Schauen Sie, meine Liebe«, sagte er, »mischen Sie sich nicht in Dinge, die Sie nichts angehen. Das ist eine Privatangelegenheit. Und noch etwas, Herzchen: Wenn Sie Maud davon erzählen, beiße ich Ihnen eines Ihrer hübschen Ohren ab. Das steht fest. Und ich meine es ernst.«

Dann ging er hinaus, und bald darauf hörte ich seinen Wagen wegfahren. Er fuhr immer schnell, aber an diesem Tag spürte ich, daß etwas Ernsthaftes ihn forttrieb, als ob er von allen Hunden der Hölle verfolgt würde.

Er war noch unterwegs, als Maud zurückkam. Ich war in der unteren Halle und sortierte Walzen für die Orgel, als ich ihren Wagen vorfahren hörte. Thomas, einer der beiden Hausdiener, war an der Tür, und als ich aufsah, half ihr Gus, ihr persönlicher Chauffeur, beim Aussteigen. Ich warf einen Blick auf ihr Gesicht, und einen Moment lang glaubte ich, sie würde sterben. Sie war völlig weiß, und Gus hielt sie beim Arm, als ob sie nicht gehen könnte. Ich eilte hinaus und nahm ihren anderen Arm.

»Sind Sie krank?« fragte ich.

Sie antwortete nicht, schüttelte aber kaum merklich den Kopf.

»Bringt mich rein«, sagte sie schwach. »Und ruft Hilda.«

Wir brachten sie in die Halle, und dann kam Tony von der Garage herein und sah sie. Er sah bestürzt drein.

»Was ist passiert?« fragte er. »Was hast du, meine Liebe?«

Er kniete neben ihr nieder und streichelte ihr die großen, schöngeformten Hände. Aus irgendeinem Grund denken die Männer immer, das würde helfen. Aber als er aufblickte, standen tiefe Zuneigung und Angst in seinem Gesicht, und ich mochte ihn besser leiden als vorher. Gus war uns nach drinnen gefolgt, und Tony wandte sich ihm zu.

»Jemanden mit dem Wagen umgefahren?« fragte er scharf.

»Nein, Sir. Bis vor einer Stunde oder so war sie in Ordnung. Wir fuhren aus der Stadt, und ich sah zufällig in den Rückspiegel. Sie war irgendwie im Sitz zusammengekrümmt, also hab' ich angehalten und gefragt, ob sie einen Arzt will. Sie sagte nein, ich solle sie nach Hause bringen.«

Während alledem saß Maud still; unsere fröhliche Maud, die so gerne lachte, saß da, als ob sie allein wäre, nichts hörte, nichts sah. Hilda brachte etwas Riechsalz, und sie nahm es folgsam. Ich fühlte ihren Puls und fand ihn schwach und dünn, aber regelmäßig. Die Halle schien mittlerweile voller Leute zu sein: Reynolds und die Hausdiener Thomas und Stevens, Hilda, Mrs. Partridge, die die Hände rang, und Tony und ich.

Ich meisterte die Situation, so gut ich konnte, schickte Hilda, um das Bett aufzuschlagen, Reynolds zum Fahrstuhl und Tony, um Bill Sterling anzurufen. Aber da raffte sich Maud zusammen. Sie versuchte, sich aufzurichten und ihren Hut geradezurücken.

»Ich will keinen Arzt«, sagte sie. »Es war die Hitze. Mir geht es gut.«

Und dann wurde die Sache zur reinen Farce, denn wir schafften sie in den Aufzug, nur, damit dieser auf halbem Weg zwischen den Geschossen steckenblieb. Glücklicherweise war ein Sitz darin, und ich hielt sie, während Tony allen Leuten in Hörweite Befehle und Beschimpfungen zubrüllte. Es dauerte eine ganze Stunde, bis der örtliche Elektriker eintraf, eine Stunde, in der Bill Sterling versuchte, seine Anweisungen von unten heraufzurufen und Tony abwechselnd auf Knöpfe drückte und seine Mutter beobachtete.

Als wir schließlich wieder in die Halle herabgelassen worden waren, hatte sich Maud ein wenig erholt. Zum ersten Mal schien sie uns Umstehende zu bemerken.

»Meine Güte, was für ein Wirbel«, sagte sie. »Schau nicht so bekümmert, Tony.« Sie nahm ihren Hut ab und fuhr sich mit der Hand durchs Haar. »Ich muß ja vielleicht aussehen! Ich glaube, ich gehe ins Bett. Wo ist Hilda?«

Diesmal lehnte sie den Aufzug ab und stieg langsam die Treppe hinauf, Bill auf der einen Seite und Tony auf der anderen. Auf halbem Wege versuchte sie, die beiden abzuschütteln. »Ich komme schon zurecht«, sagte sie ungeduldig. »Was ich will, ist eine kalte Kompresse auf den Kopf und allein gelassen werden.«

Sie bekam beides. Sie konnte ziemlich störrisch sein, wenn sie wollte, und es dauerte keine Viertelstunde, bis der leicht aus der Fassung gebrachte Bill Sterling die Treppe herabkam. Tony war bei ihm, und da standen wir drei und wußten nicht, was wir nun tun sollten. Es war Bill, der vorschlug, Gus zu rufen.

Er kam herein, wie immer makellos in seinen mattweißen Breeches und glänzenden Gamaschen. In der Garage war ein halbes Dutzend Männer beschäftigt, aber Gus war Mauds persönlicher Chauffeur. Er fuhr sie seit Jahren, und jetzt war er sichtlich erschüttert.

Seine Geschichte war in all ihren Einzelheiten rätselhaft. Wie er berichtete, waren Maud und Margery zusammen einkaufen gewesen. Sie hatten heiter, fast ausgelassen gewirkt. Um fünf Uhr hatte er Margery vor Julians Büro abgesetzt und auf Mauds Anweisung hin den Heimweg angetreten.

Er war vielleicht ein halbes Dutzend Blocks weit gefahren, als sie ihn plötzlich ansprach. Die Trennscheibe hinter ihm war offen, so daß sie nicht die Sprechanlage benutzt hatte. Jetzt war er der Meinung, ihre Stimme habe seltsam geklungen.

»Was meinen Sie mit seltsam?« fragte Tony.

»Gar nicht wie sie selbst. So gepreßt.«

»Um Himmels willen, warum haben Sie sich nicht umgeschaut? Was hat sie gesagt?«

»Sie befahl mir, zu Mr. Elliotts Büro zu fahren«, sagte Gus steif. »Das tat ich dann. Sie war noch nicht krank, aber sie sah irgendwie blaß aus.«

Der Rest der Geschichte brachte uns nicht weiter. Vor dem Bürogebäude war sie ausgestiegen, aber als sie die Beschäftigten um fünf Uhr herausströmen sah, hatte sie auf die Uhr geblickt, etwa eine Minute unsicher auf dem Trottoir gestanden, war wieder in den Wagen gestiegen und hatte Gus befohlen, sie nach Hause zu bringen.

Das war alles, bis er, schon fast wieder zu Hause, bei einem Blick in den Rückspiegel sah, daß sie auf dem Rücksitz zusammengebrochen war. Er hatte angehalten und gefragt, ob sie krank sei, aber sie hatte ihm bedeutet weiterzufahren.

»Sie wissen nicht, warum sie sich entschieden hat, Mr. Elliott nicht aufzusuchen?« fragte Tony.

»Nein, Sir. Bis darauf, daß es spät wurde. Vielleicht hat sie gedacht, er ist schon weg.«

Da standen wir nun. Wir akzeptierten die Hitze-Hypothese, weil uns nichts anderes übrigblieb, aber ich glaube nicht, daß Bill oder Tony daran geglaubt haben. Maud war an diesem Tag in der Stadt etwas widerfahren, etwas, worüber sie nicht reden wollte. Das war der Beginn der Kette rätselhafter Ereignisse, die unser Leben verändern sollte.

Bill Sterling schickte am selben Abend eine Krankenschwester und am nächsten Morgen eine andere, da es das traurige Schicksal der sehr Reichen ist, nur selten allein und in Ruhe gelassen zu werden. Durch das Haus marschierte eine Prozession von Eisbeuteln, dünnen Suppen und gestärkten Schwesterntrachten. Und drei Tage lang lag Maud in ihrem Empire-Bett, von dessen vergoldeter Krone die pfirsichfarbenen Taftvorhänge herabhingen, lag sehr still, nahm kommentarlos hin, was man für sie tat, schlief ab und zu nach den von Bill verordneten Barbituraten, erholte sich langsam und focht still und einsam die Schlacht ihres Lebens aus.

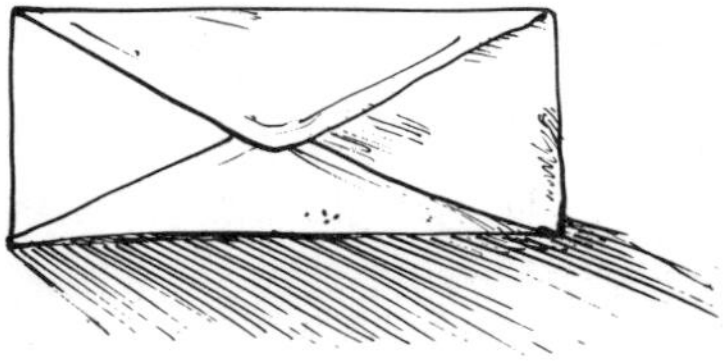

Kapitel 5

Es war eine schwierige Zeit. Tony, der gewöhnlich mit seiner Mutter recht ungezwungen umging, war besorgter, als ich ihn je gesehen hatte. Zwei oder drei Tage lang verließ er kaum das Haus. Morgens und abends ging er in ihr Zimmer und setzte sich kurze Zeit zu ihr. Sie streckte dann ihre Hand aus, und er hielt sie, und als ob die Berührung sie beruhigte, döste sie ein. Sie sprach allerdings kaum.

Er war verstört und unglücklich. Ich glaube, er hat nicht einmal Audrey Morgan angerufen, was sie geärgert haben muß. Tatsächlich meine ich, daß er in dieser Zeit reifer geworden ist. Er versuchte es kein einziges Mal mit seinen üblichen dummen Sprüchen. Während der wenigen Mahlzeiten, die wir gemeinsam einnahmen, war er schweigsam, fast mürrisch, aber was seine Mutter betraf, verfiel er auf die übliche männliche Erklärung:

»Sie hat den ganzen Sommer zuviel getan«, meinte er eines Tages. »All diese verrückten Parties. Wer wollte die überhaupt? Sie?«

Ich ließ mich nicht beleidigen. »Sie haben mir eine Menge Arbeit bereitet«, erwiderte ich. »Nein, sie hat sie selbst gewollt. Sie mochte es, Menschen um sich zu haben. Und ich glaube nicht, daß sie ihr geschadet haben. Schließlich war ich da, um die meiste Arbeit zu übernehmen.«

Er sah mich an, als ob er mich eine Weile nicht gesehen hätte, was, so glaube ich, im wahrsten Sinne des Wortes zutraf.

»Sie sehen selbst aus, als ob Sie eine ziemlich schlimme Zeit hinter sich haben«, sagte er. »Warum nehmen Sie nicht ein oder zwei Tage frei und ruhen sich aus? Oder gehen raus und spielen ein bißchen Golf?«

Ich fürchte, meine Augen füllten sich an diesem Tag aus reinem Selbstmitleid und Nervosität mit Tränen. Im Grunde hatte ich meine Situation eher untertrieben dargestellt. Ich hatte den ganzen Sommer auf Hochtouren gearbeitet. Und nicht nur das. Ich hatte Mauds Freunden auf dem Hügel und meinen eigenen im Tal auf den leisesten Wink hin zur Verfügung gestanden. Ich war bei unzähligen Dinners eingesprungen, wenn eine Frau in letzter Minute ausgefallen war, war in mein Zimmer gehetzt, hatte mich blitzschnell umgezogen und danach stundenlang und pausenlos versucht, liebenswürdig zu sein. Und aus demselben Grund hatte ich recht viel beim Bridge verloren, indem ich um Einsätze spielte, die ich mir nicht leisten konnte.

»Es macht Ihnen doch nichts, mitzuspielen, Miss Abbott? Diese verflixte Jamison besteht darauf, früh nach Hause zu gehen.«

Jedenfalls weinte ich an jenem Tag, und Tony klopfte mir verlegen auf den Rücken, als ob mir etwas in den falschen Hals geraten wäre. »Nun schauen Sie«, sagte er, »jetzt lassen *Sie* mich nicht im Stich. Es ist schlimm genug, daß Mutter schlappgemacht hat. Einer muß die Fahne hochhalten.«

Ich glaube, es war am selben Tag, daß der Anruf für Maud kam. Das Telefon hatte natürlich ständig geklingelt, aber diesmal war es anders. Es war eine Männerstimme, gedämpft und ziemlich rauh. »Ich möchte Mrs. Wainwright sprechen«, sagte sie.

»Das geht leider nicht. Mrs. Wainwright ist krank.«

Es folgte eine Pause, und ich dachte schon, die Verbindung sei unterbrochen. Dann: »Ja, dann sagen Sie ihr – nein, sagen Sie ihr nichts. Wir sehen uns noch.« Er legte auf, und ich war ziemlich verwirrt, als ich das Telefon verließ.

Am vierten Tag von Mauds Krankheit wachte sie aus ihrer teilweisen Erstarrung auf, die von Medikamenten und dem ursprünglichen Schockerlebnis, was auch immer es verursacht haben mochte, herrührte. Sie entließ beide Krankenschwestern, nachdem sie sie großzügig entlohnt hatte, ließ Hilda ihr Haar aufstecken und rief mich das erste Mal zu sich. Ich war erschrokken, wie sehr sie sich verändert hatte.

Zunächst einmal war sie dünner. Die Haut im Gesicht und am Hals sah schlaff aus, und ihre volle herzliche Stimme war verschwunden. Aber die eigentliche Veränderung lag in ihrer Miene. Vor dem Hintergrund aus Spitzenkissen wirkte sie fast grimmig.

»Kommen Sie herein, Pat«, sagte sie. »Ich möchte mit Ihnen sprechen. Schließen Sie die Tür, und sagen Sie Hilda, sie soll draußen bleiben. Wo ist Tony?«

»Er ist mit Roger irgendwo draußen.«

Sie schloß die Augen, als ob sie bereits die Mühe des Sprechens erschöpfte. Ich setzte mich und wartete, und schließlich reichte sie ihre Hand herüber, und ich ergriff sie. »Sie sind ein gutes Mädchen, Pat«, sagte sie. »Ich habe einen wundervollen Sommer gehabt. Ich bin glücklich gewesen.«

»Sie werden noch viele glückliche Sommer erleben.«

»Da bin ich nicht so sicher. Nicht so sicher«, wiederholte sie. »Alles muß einmal zu Ende gehen. Hören Sie, Pat, ich möchte Dwight Elliott sobald wie möglich sehen, und ich möchte nicht, daß Tony davon erfährt. Können Sie das arrangieren?«

»Wann möchten Sie ihn sehen?«

»Wenn möglich, morgen«, sagte sie fast fieberhaft. »Es ist Samstag. Ich nehme nicht an, daß Tony in die Stadt geht.«

Ich dachte einen Moment nach. »Er hat mir gesagt, ich müsse an die Luft. Er hat mir sogar ein bißchen Golf empfohlen. Vielleicht läßt er sich dazu herab, mich mitzunehmen. Ich bin gerade schlecht genug, um ihn bei Laune zu halten.«

Sie nickte. »Fein«, sagte sie. »Natürlich wird das Personal es erfahren müssen – wenn wir es nicht ändern können. Dwight könnte seinen Wagen auf der Straße lassen und zu Fuß zum Haus kommen. Er könnte die Westtür benutzen, wenn Sie sie offenlassen, und ich sorge hier oben dafür, daß Hilda nichts merkt.«

Ihr Vorschlag kam zu schnell. Ich wußte, daß sie es schon genau so geplant hatte. Wahrscheinlich bemerkte sie meinen Gesichtsausdruck, denn sie lächelte schwach.

»Sie sind ein kluges Mädchen, Pat«, sagte sie. »Ich habe zwei Tage gebraucht, um mir das auszudenken, und das wissen Sie, nicht? Es ist nichts wirklich Ernstes, aber ich möchte nicht, daß Tony davon erfährt. Es würde ihm Kummer machen. Ich möchte, daß Dwight Elliott ein Testament für mich aufsetzt. Das hätte ich schon lange tun sollen.«

Ich hörte Tony irgendwo dicht beim Haus nach Roger pfeifen, daher versprach ich, Mr. Elliott anzurufen, sobald ich die Möglichkeit hätte, und schlüpfte schnell hinaus. An der Tür allerdings rief sie mich zurück.

»Holen Sie mir doch bitte meinen Schmuckkasten, Pat! Meine Beine sind immer noch wacklig.«

Ich holte den Kasten aus ihrer Frisierkommode, und sie öffnete ihn und nahm einen kleinen Schlüssel heraus. Der Schmuckkasten war eine große Lederkassette, in der sie die Sachen aufbewahrte, die sie jeden Tag trug. Der Rest – ihre Smaragde, ihre lange Diamantenkette, ihre beiden Perlenketten und Dutzende anderer Dinge – befand sich in einem Wandsafe, der in die Täfelung ihres Schlafzimmers eingelassen und nur zu entdecken war, wenn man wußte, wo er sich befand. Nein, meine Geschichte handelt nicht von einem Raub. Die Juwelen waren immer noch dort, als alles aufgeklärt war. Aber die Polizei kam immer wieder auf dieses Thema zurück.

»Wie viele Leute wußten von diesem Schlüssel, Miss Abbott?«

»Ich habe keine Ahnung. Ich nehme an, ihre Zofe wußte davon. Ich selbst wußte es. Aber es handelte sich nur um den Schlüssel für die Wandtäfelung. Der Safe selbst hatte ein Kombinationsschloß.«

Das war, wie gesagt, an einem Freitag. Es gelang mir, Mr. Elliott vom Apparat in der Bibliothek anzurufen, und er erklärte sich bereit, am nächsten Nachmittag herauszukommen. Er hatte jeden Tag wegen Maud angerufen, schien aber überrascht, als ich ihm sagte, warum sie ihn sehen wollte.

»Ein Testament?« meinte er. »Möchte sie das alte ändern?«

Jetzt war ich an der Reihe, verblüfft zu sein. »Ich weiß es nicht«, sagte ich ihm. »Sie möchte nicht, daß Tony erfährt, was sie tut.«

»Sie enterbt ihn doch nicht, oder?« fragte er trocken.

Aber als ich ihm von den ausgeklügelten Vorbereitungen erzählte, um seinen Besuch geheimzuhalten, schwieg er eine ganze Minute lang.

»Ich verstehe das nicht«, sagte er schließlich. »Ich tue es natürlich, aber wozu der ganze Unsinn? Das sieht ihr nicht ähnlich.«

Ich sagte ihm, sie dürfe keine Besucher empfangen, worüber er verächtlich schnaubte. Schließlich aber willigte er ein, und ich legte darauf auf, als Tony ins Zimmer geschlendert kam.

Vielleicht sollte ich hier das komplizierte Telefonnetz im Kloster erläutern. Selbstverständlich gab es überall Haustelefone. Es war ein altmodisches System mit beschrifteten Knöpfen: *Mrs. Wainwright, Mr. Wainwright, Haushälterin, Blaue Gästesuite, Rosa Gästesuite, Anrichteraum* und so fort. Außerdem gab es in praktisch jedem Zimmer des Hauses ein Telefon nach draußen. Diese Apparate liefen über dieselbe Leitung, so daß man fast überall den Hörer abnehmen und hören konnte, wie Mrs. Partridge mit ihrer hohen, dünnen, klagenden Stimme die täglichen Vorräte bestellte: »Der letzte Braten war zu leicht, Mr. Keeler. Ich habe ihn selbst auf die Waage gelegt. Ich meine wirklich –«

Nur die Bibliothek hatte ihre eigene Leitung nach draußen. All unsere Privatgespräche wurden über dieses Telefon geführt, eine Tatsache, die später von Bedeutung sein sollte.

Tony war an jenem Tag fröhlicher. Er kam pfeifend herein, beschuldigte mich, einen Liebhaber zu haben, mit dem ich gesprochen hätte, und machte sich daran, nach einem Highball zu läuten. Dann beäugte er mich spöttisch. »Sie sehen so aus, als hätten Sie etwas getan, was Sie nicht sollen.«

Ich versuchte, sehnsüchtig und wenn möglich hinfällig auszusehen. »Ich brauche wohl wirklich Bewegung. Frische Luft und Bewegung. Ich glaube, ich sollte morgen nachmittag etwas Golf spielen. Mir ist nicht nach Tennis.«

»Sicher. Prima. Machen Sie mal.«

»Ich werde sehen, ob ich einen Partner finden kann. Wenn nicht, werde ich alleine rumlaufen.«

Vielleicht hatte ich meinen Versuch, mitleiderregend zu wirken, etwas übertrieben, denn er lachte leicht. »Ein trauriges Bild«, sagte er. »Na gut. Ich nehme Sie mit. Morgen um halb drei, ja? Und geben Sie sich gefälligst Mühe!«

Gedankenversunken kehrte ich in mein Büro zurück. Warum hatte Maud es für nötig gehalten, mich zu belügen? Sie hatte bereits ein Testament. Tony mußte es wissen. Dwight Elliott wußte es bestimmt. Und ich war nicht bedacht. Warum also?

Ich wurde nicht klug aus der Geschichte. Am nächsten Nachmittag spielte ich so schlecht Golf, wie ich konnte, während Tony immer vergnügter wurde. Als ich schließlich einen Ball von oben schlug und ihn zwanzig Meter weit rollen und liegenbleiben sah, stand ich kurz davor, Tony zu beißen. Aber er lachte nicht.

»Irgendwas geht Ihnen im Köpfchen herum, nicht?« fragte er. »Erzählen Sie es Papa, dann fühlen Sie sich besser.«

»Nichts liegt mir auf der Seele«, erwiderte ich wütend. »So spiele ich eben Golf, und Sie können mitmachen oder es lassen.«

Danach war ich besser, aus reiner Wut; aber alles in allem war es ein schlechter Nachmittag. Mein einziger Trost – und das war nicht viel – war, daß die gekränkt wirkende Audrey Morgan auf der Clubveranda saß, wohin wir nach dem Spiel gingen. Tony gab sich betont unbekümmert.

»Was, kein Tennis?« fragte er sie lächelnd.

»Es ist zu heiß für Tennis«, gab sie kühl zurück.

Larry Hamilton war bei ihr, aber weiter wurde nicht viel gesprochen. Sie war offensichtlich den Tränen nahe, und ich vermutete, daß Tony sie versetzt hatte, um mit mir zu spielen. Es endete damit, daß Tony sie für den Abend zum Dinnerball im Club einlud, und ich ging, so recht an meinen Platz verwiesen, nach Hause.

Als wir ankamen, stellte ich allerdings erleichtert fest, daß unsere List offenbar geglückt war. Reynolds berichtete von einem halben Dutzend Anrufer, die nach unserer Kranken gefragt hatten, acht Schachteln Blumen und einem Telegramm für Maud, das Tony öffnete und prompt mit finsterem Blick beschlagnahmte. Aber Mr. Elliott war anscheinend ohne Wissen des Personals hereingekommen und gegangen, also ging ich nach oben und duschte und zog mich für das Dinner um.

Auch wenn der Himmel einstürzte, mußte die Tagesroutine des riesigen Hauses beibehalten werden, und ich glaube, in dieser Nacht ging mir das Haus zum ersten Mal auf die Nerven. Bis zu jener Woche hatten entweder Maud oder Tony mit mir diniert. Gewöhnlich benutzten wir, wenn wir alleine waren, ein kleines Frühstückszimmer statt des riesigen, gespenstischen Eßsaals, dessen Wände mit Tapisserien verhängt waren und in dem Kerzen nur kleine Lichtflecke auf den Tisch und hier und da auf die Wände warfen. Ich aß mein Dinner allein, aber selbst der Frühstücksraum, so freundlich er war mit seinem gefliesten Boden, seinen Treibhausfrüchten und -blumen, konnte mich nicht aufheitern. Ich hätte mit Freuden die hervorragende Bedienung von Reynolds, der irgendwo hinter meinem Stuhl die Hausdiener dirigierte, mit Miss Matties Speisezimmer vertauscht, seinem glitzernden Kronleuchter und Miss Matties Sarah, die mir sagte, ich solle die Soße umrühren, um an das Gänseklein zu kommen.

Und nach dem Dinner war es nicht besser. Die Lichter im Hof waren aus und machten ihn zu einem schwarzen Loch, so daß die Glastüren zu Spiegeln wurden, die nur mich in meinem dünnen, weißen Kleid reflektierten. Der Dienstbotenflügel war sorgfältig abgeschottet. Ich wußte, daß dort Licht und Trubel herrschten. Das Personal hatte seinen eigenen großen Aufenthaltsraum mit einem Klavier und einem Billardtisch. In jener Nacht aber schien er meilenweit entfernt.

Ich schöpfte einen Moment lang Hoffnung, als Tony auf dem Weg zu Audrey und dem Club pfeifend die Treppe herabkam; aber wir wechselten nur ein paar Worte, als er, im weißen Abendanzug, in der Tür stehenblieb. »Was ist los mit Mutter?« fragte er besorgt. »Sie sieht fiebrig aus.«

»Ich habe sie nicht gesehen. Hilda sagte, sie will sich ausruhen.«

»Verflucht sei dieser Ball. Ich möchte, daß Sie Bill Sterling sie anschauen lassen.«

Als Hilda sie fragte, weigerte sich Maud entschieden, Bill zu sehen. Ich selbst war unruhig. Aber ich konnte nichts tun. Ich legte eine Patience und begnügte mich mit Rogers Gesellschaft. Um halb zehn ließ ich Roger aufgrund seiner nachdrücklichen Forderung eine Weile hinaus. Um zehn kam er zurück, schmiegte sich an mich, um seine Dankbarkeit auszudrücken, und legte sich majestätisch zu meinen Füßen nieder. Und um elf, als ich mein weites Kleid zusammenraffte, um nach oben zu Bett zu gehen, hatte ich das erste der schrecklichen Erlebnisse, die noch folgen sollten. Wo Roger mich berührt hatte, waren Blutflecken vorne und am Saum meines Kleides.

Mein erster Gedanke war, daß der Hund sich verletzt hätte, aber als ich versuchte, ihn zu untersuchen, wälzte er sich bloß spielerisch auf den Rücken, streckte seine großen Beine in die Luft und betrachtete die ganze Angelegenheit als ein neues Spiel. An ihm war aber trotzdem Blut, und zwar frisches Blut. Es klebte an seinen Pfoten und seiner Schnauze.

Ich beugte mich noch über ihn, als Reynolds hereinkam, um für die Nacht abzuschließen. Er wollte wieder hinausgehen, aber ich rief ihn zurück.

»Kommen Sie her«, sagte ich, »sehen Sie sich das Blut an dem Hund an.«

»Vielleicht hat er irgendwo ein Huhn gefunden, Miss«, meinte Reynolds.

»Oder vielleicht ist er selbst verletzt«, fügte er hinzu und beugte sich seinerseits hinab. »Wie diese Autos heutzutage fahren, das ist verteufelt, Miss.«

Aber Roger war nicht verletzt. Weder konnten wir irgendeine Wunde an ihm finden, noch glaubte ich, er habe ein Huhn gefunden. Es war nur zu grauenvoll offenkundig, daß er regelrecht in Blut gewatet war.

Da fiel mir Tony ein. Er fuhr immer wie ein Wahnsinniger, und wo die Zufahrt vom Kloster auf die Landstraße trifft, war eine üble Ecke. Ich glaube, ich geriet sofort in Panik, wie Jahre zuvor, als unser Haus in Brand geraten war und man mich in meinem Bademantel drei Blocks weiter fand und ich immer noch rannte. Jedenfalls lief ich aus dem Haus und die Zufahrt hinab zum Tor. Aber dort war alles ruhig. Kein zertrümmertes Auto, kein zerschmetterter Tony. Und schließlich war es Roger, der mich zur Spielhalle führte.

Er lief über den Rasen davon, und ich folgte ihm. Zu meiner Überraschung stand die Tür auf, und die Lichter waren an. Immer noch folgte ich dem Hund und ging hinein, wo ich den Nachtwächter Evans fand, der mit dem Gesicht nach unten neben dem Schwimmbassin lag, bewußtlos und aus einer Wunde am Hinterkopf blutend. Und ohne seine Hosen.

Auch Wochen später konnten wir nur Vermutungen anstellen, was ihm widerfahren war. Er behauptete, er habe seinen Angreifer, der ihm gefolgt sein mußte, nachdem er die Tür aufgesperrt hatte, nicht gesehen.

»Ich stand einfach da neben dem Bassin«, sagte er. »Ich weiß nicht, wieso ich nicht reingefallen bin.«

Tatsache war, daß er hineingefallen war. Er war triefnaß, als wir ihn fanden. So mußten wir folgern, daß ein Unbekannter ihn zuerst niedergeschlagen und dann herausgefischt hatte. Das schien keinen Sinn zu haben, aber für die meisten Dinge, die folgten, fanden wir damals auch keine Erklärung. Vielleicht am seltsamsten war der Umstand, daß die Hosen fehlten, obwohl Tony sich weigerte, ihn für wichtig zu halten, als er an jenem Abend nach Hause geeilt kam. »Das ist doch klar«, sagte er. »Der Kerl hat sie mit seinen eigenen vertauscht, nachdem er im Schwimmbecken naß geworden war. Hat den Mantel ausgezogen, als er reingesprungen ist. Hat keine Zeit gehabt, die Hosen auszuziehen.«

»Aber Evans muß auch naß gewesen sein.«

Er lachte, sah aber ziemlich geknickt aus.

»Stimmt. Spielverderber«, sagte er. »Aber was zum Teufel wollte er mit den Hosen von dem alten Knaben? Meistens sieht er wie eine Vogelscheuche aus.«

Darauf gab es keine Antwort, und bald darauf fuhr der Krankenwagen vor. Tony begleitete den Verletzten ins Krankenhaus.

Aber Maud erzählten wir erst später, was tatsächlich passiert war. Vielleicht wäre es anders besser gewesen. Sie wußte natürlich nichts, aber sie hätte es erraten können. Oder?

Kapitel 6

Alles in allem war es keine angenehme Nacht. Nach einigen Einbrüchen vor ein oder zwei Jahren hatten sich die Ortschaften am Fluß um Beverly zusammengeschlossen, um einen eigenen Streifenwagen mit Funkgerät zu finanzieren, und ein Junge aus einem der Dörfer, Graham Brown – der natürlich Cracker genannt wurde –, betrieb über der Polizeiwache und dem Gefängnis eine kleine, aber schmucke Funkzentrale.

Ich hatte nicht viel von der Einrichtung gehalten, nachdem ich bemerkt hatte, daß der Wagen nachts die meiste Zeit auf dem Gartenweg hinter Miss Matties Haus stand, wo die beiden Beamten sich beim Schlafen abwechselten. Und ich zweifle nicht daran, daß er dort war, als ich die Polizei benachrichtigte, nachdem ich Tony und den noch bewußtlosen Evans hinausbegleitet hatte. Jedenfalls traf Jim Conway vor ihnen ein, kam auf der Zufahrt schleudernd zum Halten und sprang heraus, ohne den Motor abzustellen. Ich wartete auf der Terrasse auf ihn.

»Was ist passiert, Pat?« fragte er. »Du hast dich angehört, als wäre hier ein Mord passiert.«

»Ich weiß nicht, was passiert ist«, sagte ich und begann, heftig zu zittern.

Er packte mich am Arm. »Hör auf«, befahl er. »He, Sie«, sprach er Reynolds an, der im Hintergrund herumstand, »holen Sie doch bitte etwas Whisky! Also Pat, wer war in dem Krankenwagen? Ich bin ihm begegnet.«

»Evan Evans, der Nachtwächter.«

»Nicht tot, oder?«

»Nein. Man hat ihm einen Schlag auf den Kopf versetzt. Er –«

Da kam der Streifenwagen an, und er ließ mich stehen, um die Männer im Wagen mit ein paar ausgewählten Kraftausdrücken zu bedenken. Als er zurückkam, hatte ich den Whisky getrunken und fühlte mich gestärkt.

»Also gut«, sagte er. »Evans hat einen Schlag auf den Kopf bekommen. Wo war er? Auf dem Grundstück?«

»In der Spielhalle, neben dem Schwimmbecken.«

Aber natürlich war der Streifenwagen nicht heimlich hereingekommen, und Maud hatte ihn gehört. Ich erblickte sie auf der Treppe, das Haar zu ihrem üblichen Zopf geflochten und das Gesicht aschfahl.

»Tony!« keuchte sie. »Ist er – ist er verletzt?«

»Es ist nicht Tony, Maud«, rief ich. »Es ist Evans. Es ist nicht schlimm. Er ist in der Spielhalle gestürzt und hat sich den Kopf verletzt. Er ist ins Krankenhaus gefahren. Es ist nichts Ernstes.«

»Was macht die Polizei hier?« wollte sie wissen, während die Farbe allmählich in ihr Gesicht zurückkehrte.

»Ich bin wohl in Panik geraten. Ich habe sie gerufen.«

Damit war sie anscheinend zufrieden. Sie ging in ihr Zimmer zurück, um im Krankenhaus anzurufen, und ich führte die Männer zur Spielhalle. Jim war höchst interessiert, insbesondere, als ich ihm von Evans' Hosen erzählte.

»Seine Hose?« sagte er ungläubig. »Du meinst, sie war weg?«

»Das war sie.«

»Hat er irgendwas darin gehabt?«

»Ich wüßte nicht was, bis auf Schlüssel. Er hatte eine Menge davon. Für das Haus und alle Gebäude auf dem Grundstück.«

»Du hast sie nicht gesehen, als du ihn gefunden hast?«

»Ich erinnere mich nicht.«

»Wie hat er sie getragen?«

»An einer Kette.«

»Er hat die Kette vielleicht irgendwie an sich befestigt. Die Schlüssel waren ganz schön wichtig. In diesem Haus muß Beute für eine Million Dollar stecken. Hatte er eine Schußwaffe?«

»Ich glaube ja. Ich habe sie nie gesehen.«

»Heute abend hast du sie nicht gesehen?«

»Nein. Aber hör mal, Jim. Es ist jemand hier gewesen. Ich habe ihn am Abend dieser Party im Juni ins Spielhallenfenster spähen sehen, und am letzten Montag erzählte mir Margery Stoddard, es sei jemand bei der Farm herumgeschlichen.«

Aber er war nicht beeindruckt.

»Einer, der hinter Stoddards Hühnern her war«, meinte er und ging zum Schwimmbecken, auf der Suche nach Evans' Revolver. Er war nicht dort, und in dieser Nacht fand er nichts Wichtiges mehr in der Spielhalle; nur die Blutflecken auf den Fliesen und, noch im Wasser, Evans' alten, weichen Hut. Jim sagte, er habe wahrscheinlich seinen Schädel, wenn nicht sogar sein Leben gerettet, und mit der Hilfe eines Golfschlägers gelang es ihm, ihn herauszufischen. Aber als er in jener Nacht ging, hatte er jeden Zollbreit des Terrains abgesucht: Kartenzimmer, Wohnzimmer, Gästeschlafzimmer und die Tennishalle.

Bevor er ging, kam er noch einmal ins Haus zurück. »Nichts da«, sagte er. »Aber die Spielhalle ist schon ein Ding, was? Mir war nie klar, wie groß sie ist. Komisch, was Geld alles zuwege bringt. Ich wette, du hattest mehr Spaß an dem Fleckchen Erde bei euch im Hinterhof, als die Wainwrights je hieran gehabt haben.«

Sofort war ich in der Defensive. »Sie benutzen es nicht viel, aber ihre Freunde.«

Er warf mir einen schnellen Blick zu. »So ist es also«, sagte er. »Na, ich behaupte, es ist etwas, womit man angeben will!«

Bevor er ging, sagte er, er werde einen Polizeibeamten an Evans' Stelle das Haus bewachen lassen, und morgen werde er das Schwimmbecken ablassen. Vielleicht sei der Revolver noch darin. Aber es sollte noch lange dauern, bis Evans' Revolver gefunden wurde.

In dieser Nacht berichtete ich Maud einen Teil der Wahrheit, bevor ich zu Bett ging. Sie wirkte besorgt, deshalb erzählte ich ihr nicht von den Schlüsseln und der fehlenden Schußwaffe. Obwohl sie jetzt wußte, daß Evans überfallen worden war, waren die Neuigkeiten, die sie hatte, ermutigend. Er hatte eine schwere Gehirnerschütterung, aber nichts gebrochen, und Tony war auf dem Heimweg. Roger war mit mir in ihr Zimmer gekommen, und es erleichterte mich festzustellen, daß jemand die Blutflecken abgewaschen hatte. Sie bat mich, den Hund bei ihr im Zimmer zu lassen, als ich ging, und zum ersten Mal bemerkte ich, daß sie beunruhigt war.

Ich munterte sie auf, so gut ich konnte.

»Jim Conway meint, es war nur ein Vagabund auf der Suche nach einem Nachtquartier«, sagte ich. »Evans hat ihn wohl überrascht, und da hat er ihn niedergeschlagen. Es kann nichts anderes sein, Maud. Dort gibt es nichts zu stehlen.«

»Vielleicht nicht«, meinte sie. »Sagen Sie Tony, ich will ihn sprechen, wenn er zurückkommt, Pat.«

Ich blieb auf, um es ihm auszurichten. Dann ging ich in meine Zimmer. Nicht ins Bett allerdings. Als ich hinausschaute, sah ich, daß das gesamte Gelände von etwas wimmelte, das wie gigantische Glühwürmchen aussah, und mir wurde klar, daß Jim immer noch Evans' Hosen und die Schlüssel suchte. Dazu hatte er offenbar das gesamte männliche Personal einschließlich der Gärtner, Chauffeure und Stallburschen verpflichtet. Aber erst am folgenden Tag fand ein Caddy vom Club, der im Gestrüpp nach einem verlorenen Golfball suchte, die Hosen als feuchten Haufen zwischen dem zehnten und dem elften Loch. Die Schlüssel waren verschwunden.

Mittlerweile hatte Jim Conway meilenweit in beide Richtungen entlang der Bahnlinie jeden Vagabunden aufgestöbert. Später sagte er, er hätte eine erstaunliche Sammlung von Hosen jeglichen Alters und Zustands zusammengetragen. Keine davon zeigte irgendwelche Spuren davon, im – wie die Presse schrieb – Millionen-Dollar-Schwimmbad des Klosters gewesen zu sein, aber im Krankenhaus konnte Evans, der sich langsam erholte, berichten, warum sie verschwunden waren.

Die Schlüssel, sagte er, waren an eine dünne Stahlkette geschlossen, die wie ein Gürtel um seine Taille lief. Sie führte durch die Gürtellaschen, und wenn kein Messer zur Hand war, um sie abzuschneiden, konnte man sie nur mit der Hose mitnehmen. Dafür schien auch zu sprechen, daß die Laschen, als die Hose gefunden wurde, säuberlich aufgeschnitten waren. Also waren die Schlüssel weg und auch der Revolver, den Evans in einem Schulterhalfter getragen hatte.

Wir erzählten Maud nichts davon, daß ein Unbekannter jetzt nicht nur den Revolver in seinem Besitz hatte, sondern auch die Schlüssel zum Kloster. Aber binnen weniger Tage waren an allen Türen im Parterre des Hauses Ketten angebracht, die die Schlösser ergänzten, und Tony selbst drehte Abend für Abend eine sorgfältige Runde, um zu sehen, ob sie vorgelegt waren.

So stand es bei uns gegen Ende August letzten Jahres. Maud kam langsam zu Kräften und saß manchmal abends auf ihrem Dachgarten und betrachtete den Sonnenuntergang hinter dem Fluß. Aber etwas war ihr verlorengegangen, ihre unendliche Lebensfreude, aber auch ihre körperliche Vitalität. Tony saß oft mit ihr abends dort. Mir schien es, als würde er sie beobachten, obwohl er scheinbar so unbekümmert war wie immer.

»Wie wär's mit einem Schal, altes Mädchen? Die Nacht wird kühl.«

Um sie zu unterhalten, hinterbrachte er ihr den Lokalklatsch. Das Grünflächenkomitee vom Country Club diskutierte darüber, den steilen Abhang am zehnten Loch einzuebnen. Theodore Earle verkaufte sein Haus in Florida. Und eines Abends erzählte er ihr, es kursiere ein Gerücht, daß Bill Sterling und Lydia diesen Herbst heiraten wollten und daß Audrey großes Theater deswegen mache.

»Sie ist ein verzogenes Gör«, sagte er. »Man sollte sie mal übers Knie legen und ihr den Hintern versohlen.« Eine Feststellung, die mir überaus zusagte.

Maud war nur mäßig interessiert.

»Ich hoffe, sie werden glücklich«, sagte sie und sank wieder in ihre eigene, unglückliche Welt zurück, in die keiner von uns ihr folgen konnte.

Wie unwichtig das alles an jenem Abend schien, als der Fluß als ferner Silberstreif im Mondlicht lag und ein Schlepper, der einen Pulk Lastkähne vor sich herschob, sich langsam vorankämpfte. Lydia und Bill und Audrey. Cracker Brown und sein Funkgerät. Ein gelangweilter Wachstubensergeant im Halbschlaf am Schreibtisch in der Wache. Der Fluß selbst. Sogar der Friedhof auf halbem Weg hügelab, friedlich und ruhig und ordentlich.

Abgesehen von meinem Interesse an Lydia kamen sie mir sehr fern vor. Aber sogar das Tal und der Hügel, die jahrelang nebeneinander hergelebt hatten, kamen sich allmählich näher, und Unheil in Gestalt einer jungen Frau in einem glänzenden Sportwagen war von Osten her unterwegs.

Ich erinnere mich, daß Maud sich nach langem Schweigen räusperte.

»Ich bin froh, daß Lydia Morgan heiratet«, sagte sie. »Es ist ein einsames Unterfangen, eine alleinstehende Frau zu sein. Und ich vermute, Audrey wird in Kürze heiraten.« Sie hielt inne und schaute Tony an, aber er grinste nur.

»Sie ist ein gutaussehendes Kind«, sagte er kühl, »aber ein kleiner Teufelsbraten, Maud. Setz dir keine Flausen in den Kopf.«

Das schien sie zu erleichtern. Ich entsinne mich, daß sie sich an jenem Abend nach Evans erkundigte, und schließlich berichtete ihr Tony alle Einzelheiten. Sie war verblüfft, aber bestimmt nicht schockiert. Im Rückblick bin ich jetzt sicher, daß sie die Wahrheit nie vermutet hat. Trotzdem blieb die Tatsache, daß jemand vorgehabt hatte, ins Haus einzubrechen, und an jenem Abend bedrängte Tony sie, sie solle ihn ihren Schmuck in die Stadt bringen lassen. Aber sie schüttelte bloß den Kopf. Manchmal hatte sie einen seltsam eigensinnigen Zug an sich. Das ärgerte ihn.

»Ich wünschte wirklich, daß du Vernunft annimmst«, sagte er gereizt. »Was nützt er da in diesem Safe? Die halbe Zeit trägst du ihn gar nicht.«

»Niemand kommt daran. Ich bin die einzige, die die Kombination weiß.«

»Das wird dir auch eine Menge nützen, wenn einer an deinen Fußsohlen Streichhölzer abbrennt.«

Aber sie blieb störrisch, und schließlich stand er mürrisch auf und verließ uns.

Ich glaube, daß Tonys Unruhe sich in dieser Zeit auf mich übertrug. Trotz der Wache, die Jim Conway auf dem Gelände postiert hatte, schlief ich schlecht. Außerdem fühlte ich mich einsam. Ich vermißte Mauds herzliches Lachen, ihre gescheiten Ansichten über Leute und Ereignisse, die Abende, an denen Tony unterwegs war und wir da saßen und sie strickte, während ich Notizen zu diesem und jenem machte, was am nächsten Tag zu tun war.

Als sie sich damals erholte, war Tony die meiste Zeit fort. Er hatte eine Woche lang nicht gearbeitet. Jetzt, wo in einer der Fabriken gestreikt wurde, sah ich ihn selten. Die Zeit, die er hatte, verbrachte er bei Maud.

Mr. Elliott sahen wir während Mauds Rekonvaleszenz recht häufig. Er wirkte so distinguiert wie immer, aber allmählich spürte ich, daß sie über irgend etwas uneins waren. Ich hatte die Theorie, daß er sie heiraten wollte und sie sich weigerte. Er sah besorgt und unglücklich aus, wenn er sich unbeobachtet wähnte. Und ich erinnere mich, wie er mich einmal fragte, ob ich eine Ahnung hätte, was ihren Zusammenbruch verursacht habe.

»Hat sie darüber gesprochen?« fragte er. »Schließlich sollte eine kräftige Frau wie sie –«

»Mit mir nicht, Mr. Elliott.«

Er war auch wegen des Überfalls auf Evans beunruhigt. Ich mußte jede Einzelheit, wie ich sie kannte, wiederholen, das Blut an Roger, wie ich Evans selbst gefunden hatte, die fehlenden Schlüssel und der Revolver.

»Ich nehme an, Evans hielt sich an ziemlich regelmäßige Zeiten?« fragte er.

»Ich glaube schon. Er machte jede Stunde eine Runde durchs Haus und drückte die Stechuhr. Dann sah er sich zwei- oder dreimal des Nachts auf dem Gelände um. Ich glaube nicht, daß er dafür eine bestimmte Zeit hatte.«

»Ist er immer in die Spielhalle gegangen?«

»Das weiß ich nicht, Mr. Elliott.«

Die ganze Sache stellte ihn offenbar vor ein Rätsel. Wie Tony einmal sagte, konnte das Haus bis auf Mauds Schmuck kaum einen Dieb reizen, wenn er keinen Möbelwagen dabei hatte. Aber der Schmuck war da, und man hätte versuchen können, daran zu gelangen. Ich erfuhr, daß Mr. Elliott versucht hatte, Maud zum Verreisen zu bewegen, und daß sie sich geweigert hatte.

»Sie ist eine sehr eigenwillige Frau«, sagte er und seufzte.

Während jener Zeit war ich viel alleine. Ab und zu kam Margery Stoddard auf eine Tasse Tee herüber. Sie hatte nichts mehr von dem Eindringling auf der Farm gesehen, aber der Überfall auf Evans machte ihr Sorgen.

»Einen alten Mann!« sagte sie. »Es war so brutal, Pat. Schließlich kann er wohl nicht gekämpft haben. Ihn niederzuschlagen und dann halb zu ertränken . . . !«

Ich dachte, sie sehe schlecht aus, aber das taten wir damals wohl alle.

Ich vertrieb mir die Zeit, so gut ich eben konnte. Eines Tages zeichnete ich einen rohen Grundriß des Klosters, und da das Haus in den Tragödien, die noch kommen sollten, seine eigene Rolle spielte, will ich es hier beschreiben. Abgesehen vom offenen Innenhof in der Mitte war die Anlage recht einfach. Die Eingangshalle mit einem Deckengemälde und einer Galerie an der hinteren Wand war zwei Geschosse hoch. Hohe Fenster darunter und darüber gingen auf den Hof hinaus, und von der Halle aus zweigten zwei lange Korridore ab, der Ostflur und der Westflur genannt. Der Westflur war der, der zur Spielhalle führte, und über seinem Ende lagen Mauds Räume mit Blick auf den Golfplatz und den Fluß. Beide Flure hatten Türen am Ende, die nach draußen aufs Grundstück führten. Der Haupteingang lag natürlich in der Mitte des Gebäudes, wo sich eine breite Terrasse mit einem Portikus und hohen weißen Säulen befand.

Das Innere des Hauses war größtenteils abscheulich. Boden und Treppe der Haupthalle bestanden aus weißem Marmor, der jeden Morgen geschrubbt werden mußte. Tatsächlich war eine meiner ersten Erinnerungen an das Haus das verstohlene Wischgeräusch feuchter Aufnehmer, die sozusagen den Tagesanbruch verkündeten. Und da standen Bilder, Statuen, Plastiken, Gobelins und die Orgel, mit denen der alte J. C. Wainwright die wahrscheinlich ausgezeichnete Architektur des Hauses verunstaltet hatte.

Im Westflügel lagen – in dieser Reihenfolge – ein unpersönliches französisches Wohnzimmer, eine lange, düstere Bildergalerie, eine Bibliothek – der einzige bewohnbare Raum dort –, Mauds unbenutztes Damenzimmer und mein Büro am Ende des Ganges, während auf der anderen Seite des Flures Doppeltüren zu dem riesigen, weißen Ballsaal führten. Der Ostflügel barg eine Gräßlichkeit namens chinesisches Zimmer, das mit Teak, rotem Lack und Bronze gefüllt war, das Gala-Speisezimmer, Tonys privates Arbeitszimmer und am Ende das heitere Frühstückszimmer mit einem gekachelten Fußboden.

Es gab selbstverständlich noch mehr Zimmer: ein kleines Spielzimmer, neben der Eingangshalle eine Damentoilette, einen entsprechenden Raum für die Herren und einen Raum zum Blumenschneiden und -arrangieren. Dahinter und über den Hof lagen die Personalräume, die Vorratskammern, die riesige Küche, Mrs. Partridges Aufenthaltsraum, die Diele für das Personal und so fort.

Der Aufzugschacht ging auf den Westflur hinaus. Tatsächlich war es die Westseite des Hauses, die bis auf die Mahlzeiten gewöhnlich benutzt wurde. Dort vor meinem Büro war eine Tür, die zur Spielhalle und der Garage führte, und direkt davor stand ein Tisch, in dem der Schlüssel zur Spielhalle aufbewahrt wurde. Wer von der Familie kam oder ging, passierte diesen Flur, und die Bibliothek war der einzige Raum im Parterre, der normalerweise benutzt wurde.

Das Personal war im zweiten Stock untergebracht, während der erste – bis auf Mauds Suite – die üblichen Schlafzimmer enthielt. Waren es wirklich die üblichen? Ich sehe auf meinem Grundriß, daß das Ende des Ostflügels im ersten Stock freigelassen ist und ein Fragezeichen in der Mitte steht. Der Platz ist mit »Verschlossene Suite« bezeichnet, und mir fällt ein, daß ich gedacht hatte, vielleicht sei der alte John Wainwright dort gestorben und Maud habe die Suite sentimentalerweise unberührt gelassen; wie jene alte Tante meines Vaters, die das Zimmer ihres Mannes zwanzig Jahre lang so belassen hatte, wie er es hinterließ, einschließlich der Beerdigungsblumen.

Diese verschlossenen Zimmer faszinierten mich. Maud hatte sie allerdings nie erwähnt, und so blieben sie während dieser ersten Monate im Kloster ein Geheimnis. Ich nehme an, sie wurden ab und zu geöffnet und gereinigt, aber ich habe es nie gesehen, und als ich ihre wahre Bedeutung erfuhr, änderte sich die Welt für mich.

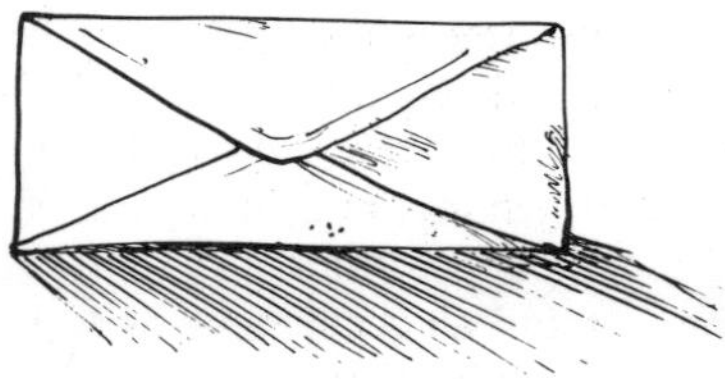

Kapitel 7

Diese späten Augusttage waren angenehm. Maud ging es besser, die Hitze war vorüber, und die Nächte waren kühl. Jim Conway hatte inzwischen die Wachen vom Grundstück abgezogen, aber Maud weigerte sich, einen neuen Nachtwächter einzustellen.

»Ich warte auf Evans«, sagte sie. »Ich möchte nicht, daß nachts irgendein Fremder im Haus herumspaziert.«

Ich war wieder einmal beschäftigt. Es war erstaunlich, wie viele Einladungen beantwortet und wie viele Dankesbriefe abgeschickt werden mußten und wie viele Briefe sich während Mauds Krankheit angesammelt hatten. Ich hatte Lydia angerufen, sobald ich von der Neuigkeit gehört hatte, und als sie antwortete, lag ein glückliches Beben in ihrer Stimme.

»Ich glaube, ich bin albern«, sagte sie. »Es steht noch nichts wirklich fest, aber ich bin schrecklich glücklich. Komm doch bitte herunter.«

Tatsächlich wurde es der erste September, bis ich sie besuchte, und ich bemerkte sofort eine Veränderung an ihr. Sie nähte im Garten, und ich dachte, sie hätte geweint. Ich küßte sie und meinte, sie habe Glück gehabt und daß ich jahrelang in Bill verliebt gewesen sei. Aber sie wirkte immer noch deprimiert.

»Audrey gefällt es nicht«, sagte sie mit gedämpfter Stimme. »Sie hat eine alberne Vorstellung von ihrem Vater. Es ist wohl meine Schuld. Ich habe ihr nie die volle Wahrheit erzählt, und natürlich auch sonst niemand. Sie glaubt, er hätte mich verlassen, weil er uns nicht mehr ernähren konnte. Jetzt hat sie ein Idol aus ihm gemacht. Das macht es furchtbar schwierig, Pat.«

»Dann sag es ihr«, meinte ich. »Es wird Zeit, daß sie es erfährt. Sie ist kein Kind mehr.«

»Es wäre ein schrecklicher Schlag. Sie ist stolz, weißt du. Diese garstige Geschichte, Pat. Ich kann es einfach nicht. Man kann nicht fünfzehn Jahre lang ein bestimmtes Bild von einem Mann zeichnen und es dann vernichten. Ich vermute, sie würde mir nicht einmal glauben.«

Ich war empört. »Wenn du Donald Morgan noch einmal dein Leben ruinieren läßt, habe ich keine Geduld mehr mit dir. Was Audrey betrifft, wird sie es irgendwann erfahren müssen. Außerdem heiratet sie sowieso bald. Wo bleibst du dann?«

Ich glaube, ich überzeugte sie an jenem warmen Frühseptembermorgen, an dem die Dahlien und Astern in ihrem Garten in voller Blüte standen und ihr Gesicht dem Fluß und den Hügeln dahinter zugewandt war, als ob sie dort Hoffnung und Glück erblickte. Sie sah sehr jung aus an diesem Tag, sehr jung und sehr schön.

»Vermutlich hast du recht, Pat«, sagte sie. »Es wird nicht leicht sein, aber ich muß auch an Bill denken.«

»Heirate du Bill Sterling, und vergiß den Rest«, riet ich ihr und ließ sie zurück mit einem neuen, entschlossenen Gesichtsausdruck.

In meiner eigenen Welt schien an jenem Tag alles in Ordnung zu sein, als ich mein altes Auto hügelan lenkte. Maud erholte sich, war vielleicht noch nicht wieder die alte, machte aber gute Fortschritte. Evans war auf dem Wege der Besserung. Bislang hatte keiner versucht, in das Kloster einzudringen, und ich plante, mir ein paar neue Kleider für den Herbst zu kaufen. Um meine Zufriedenheit zu vervollständigen, dinierte Tony an diesem Abend zu Hause und mit mir allein.

Maud hatte ausrichten lassen, sie sei müde und lasse sich ein Tablett ans Bett bringen; daher reichte er mir gravitätisch den Arm und geleitete mich den langen Flur hinab.

»Letzten Endes sind Sie ganz einfach ein altmodisches Mädchen«, sagte er und lächelte auf mich herab. »Verhalten Sie sich nie wie eine moderne Frau bei mir, Pat. Das habe ich satt. Sie sind nicht moderner als Maud selbst.«

»Nein«, sagte ich und fühlte mich unsinnig glücklich. »Ich bin wohl von der Sorte, die abends die Zähne putzt und ihr Gebet spricht und dann in wohligen Schlummer sinkt. Zumindest war ich es früher. In letzter Zeit habe ich nicht so gut geschlafen.«

Er warf mir einen raschen Blick zu. »Hören Sie, Pat. Sie sind intelligent, und Sie mögen Mutter. Haben Sie eine Ahnung, was mit Maud los ist?«

»Sie macht sich Sorgen. Ich weiß nicht, warum.«

»Hat sie nichts gesagt? Sie haben ihr doch nichts von diesen Briefen erzählt?«

»Bestimmt nicht.«

Dann waren wir im Frühstückszimmer, wo Thomas und Stevens Reynolds umkreisten wie die Ringe den Saturn, und Tony grinste mich an.

»Jetzt wissen Sie, wie sich ein Kanarienvogel fühlt«, meinte er. »Wie wäre es mit ein paar Körnern, Reynolds?«

»Körner, Sir?«

»Egal«, sagte Tony. »Was meine Körner betrifft, bin ich sehr eigen, Reynolds. Ich kann sonst nicht singen.«

»Ich verstehe, Sir«, antwortete Reynolds mit verwirrtem Blick und zog sich zur Anrichte zurück.

Es war eine fröhliche Mahlzeit, aber später in der Bibliothek war Tony nüchterner. Er erzählte mir vom Streik in der Fabrik und über ein Treffen der Kleinaktionäre, geleitet von einem von J. C.s Verwandten.

»Sie wollen die Kontrolle«, sagte er. »Sie werden sie nie kriegen, aber das ist es, worauf sie aus sind. Sie haben es dem alten Mann nie verziehen, daß er Mutter die Firma hinterlassen hat.«

Wie so vieles schien das damals unwichtig. Was zählte, war, daß Tony wieder der alte war und daß wir wieder freundschaftlich zueinander standen. Nicht, daß er unfreundlich gewesen wäre, aber seit Mauds Krankheit und dem Überfall auf Evans hatte ich mich gefühlt, als sei ich vor allem ein nützliches Möbelstück. »Fragen Sie Miss Abbott. Sie wird es wissen.« Oder: »Sind Sie beschäftigt, Pat? Würden Sie vielleicht einen Anruf für mich erledigen?«

Es war wohl albern von mir, aber an diesem Abend tappte ich mit einem Lied im Herzen die Marmortreppe hinauf – auch ohne Vogelfutter.

Am nächsten Tag traf Bessie ein. Maud war an jenem Nachmittag unten, und wir hielten uns in der Haupthalle auf, als sie in einem cremefarbenen Sportwagen vorfuhr. Ich hatte im Blumenraum ein paar Vasen gefüllt, kam herein und sah, wie Maud hilflos durch die offene Tür auf die Einfahrt starrte.

»Mein Gott«, flüsterte sie tonlos, »es ist Bessie.«

Eine junge Frau stieg aus dem Auto und kam die Treppe zur Terrasse herauf. Sie war aschblond, hatte einen langen Pferdeschwanz, ein unschuldiges Gesicht und die kältesten blauen Augen, die ich je gesehen habe. Maud wirkte wie gelähmt. Sie rührte sich nicht einmal. Und Bessie kam die Stufen hinauf und ins Haus, als ob sie dorthin gehöre. Die Halle muß nach dem Sonnenlicht draußen dunkel gewesen sein, denn sie blinzelte. Dann sah sie Maud und warf ihr ein kaltes, flüchtiges Lächeln zu.

»Tja, Maud«, sagte sie, »da bin ich.«

Da regte sich Maud, obwohl sie keine Geste der Begrüßung machte. »Das sehe ich«, erwiderte sie. »Obwohl ich nicht genau weiß, warum.«

»Warum nicht?« meinte Bessie, während sie den Hut absetzte und sich mit den Fingern durchs Haar fuhr. »Ich habe dir geschrieben und telegrafiert. Sag nicht, ich hätte dich nicht gewarnt.«

In diesem Moment ließ ich eine Vase fallen. Altes Meißner überdies, aber Maud achtete nicht darauf.

»Ich dachte, wir hätten eine Vereinbarung«, sagte sie kalt. »Ich habe dich bezahlt, damit du gehst und wegbleibst. Ich habe dir eine Menge gezahlt, wie du dich vielleicht erinnerst. Was mich betrifft, gilt die Vereinbarung noch.«

Aber das Scheppern hatte Bessies Aufmerksamkeit auf mich gelenkt. Sie schaute mich interessiert an.

»Das können wir besprechen, wenn wir allein sind, nicht wahr? Jetzt im Moment würde ich gern ein Bad nehmen. Ich bin zwei Tage lang gefahren.«

Ich glaube, jetzt erkannte Maud, daß sie nichts tun konnte. Sie bat mich zu läuten, und Stevens, der zweite Hausdiener, kam und holte Bessies Taschen aus dem Auto. Bessie war völlig gelassen. Sie wies Stevens an, ihren Wagen in die Garage zu bringen. Dann zog sie ein kleines, goldenes Etui hervor und steckte sich eine Zigarette an.

»Wo ist Tony?« fragte sie.

»In der Stadt. Er arbeitet, wie du dich vielleicht erinnerst.«

»Und wie!« sagte Bessie. Sie sah sich um und schaute mich lange prüfend an.

»Kennen wir uns?« fragte sie. »An Sie erinnere ich mich wohl nicht.«

»Miss Abbott wohnt hier«, sagte Maud schnell. »Sie ist meine Sekretärin und meine Freundin. Ich hoffe, daran wirst du dich immer erinnern.«

Bessie zog die Brauen hoch. »Bestimmt«, sagte sie sanft. »Muß eine hübsche, gemütliche Beschäftigung sein, Miss Abbott. Gratuliere.«

Einen Moment lang sah ich rot, was mich wahrscheinlich davor bewahrte, etwas Scharfes zu entgegnen. Aber inzwischen war Reynolds erschienen und stand, nach einer Verbeugung, die Bessie ignorierte, sozusagen bereit. Ich habe oft gedacht, wie viele Szenen durch Diener verhindert werden, vor allem bei der Oberschicht. An diesem Tag hat Reynolds bestimmt eine verhindert. Sofort wurde Maud zur Herrin und Gastgeberin, wenn ihre Miene auch starr blieb.

»Miss Bessie nimmt ihre früheren Zimmer«, befahl sie Reynolds. »Sagen Sie Miss Partridge, sie soll sie öffnen. Und wir sind vier zum Dinner. Oder bleibst du nicht zum Dinner?« fragte sie.

»Ich habe dir geschrieben, daß ich beabsichtige, eine Weile zu bleiben«, sagte Bessie und hob die Brauen. »Sag bloß nicht, daß Tony meine Briefe abgefangen hat!«

Als Bessie die Briefe zum ersten Mal erwähnt hatte, wußte ich, daß es die waren, die Tony an sich genommen hatte. Nun begann ich, die Blumen aufzuheben, um meine Miene zu verbergen, aber keine der beiden achtete auf mich.

»Ich sehe, das hat er getan«, sagte Bessie und lächelte ihr amüsiertes Lächeln. »Das sieht ihm ähnlich! Na, sagen Sie der alten Partridge, sie soll keinen Anfall kriegen – und, Reynolds, bringen Sie mir einen Scotch mit Soda hoch. Ich habe Durst!«

Ich hätte es wohl wissen müssen. Es scheint unmöglich, daß ich es nicht gewußt habe. Ich hatte drei Monate in diesem Haus gelebt. Meine Beziehung zu Maud Wainwright war recht eng gewesen. Bis zu jenem Tage, als sie aus der Stadt zurückkam und bettlägerig wurde, hätte ich gesagt, daß sie keine Geheimnisse habe, daß sie vom Wesen her unfähig sei, ein Geheimnis zu bewahren.

Doch die Sache war überhaupt kein Geheimnis. Das Dorf wußte es ebenso wie der Hügel. Beide hatten es akzeptiert. Es war nicht einmal mehr etwas, worüber man redete. Meine einzige Entschuldigung ist, daß ich sechs Jahre lang beschäftigt und zu sehr vom gesellschaftlichen Leben abgeschnitten gewesen war. Ich war abends zu müde gewesen, um mehr zu tun, als schlafen zu gehen, und wie ich bereits sagte, war der Hügel eine Welt für sich, die mich nicht kümmerte.

Aber als ich an diesem Tag Maud auf die Terrasse folgte, hatte ich keine Ahnung, wer Bessie war. Maud erschien mir eher aufgebracht als verstört, mit einer kalten Wut erfüllt, die ich noch nie zuvor gesehen hatte. Sie blickte mich an und versuchte, sich zusammenzunehmen.

»Diese Teufelin«, sagte sie. »Es langt ihr nicht, Tonys Leben zu verderben. Sie ist zurückgekommen, um es alles wieder von vorn beginnen zu lassen. Was hat sie hergeführt? Sie führt irgend etwas Böses im Schilde. Das sieht man ihr an der Nasenspitze an.«

»Wer ist sie, Maud?« fragte ich. »Ich habe sie noch nie gesehen.«

Sie sah mich völlig ungläubig an. »Wer sie ist?« wiederholte sie. »Meinen Sie, Sie kennen sie nicht?«

»Nein.«

»Gütiger Himmel«, sagte sie. »Ich dachte, die ganze Welt wüßte davon. Es ist nicht ihre Schuld, wenn dem nicht so ist. Die Zeitungen haben es weidlich ausgeschlachtet, es mit Pauken- und Trompetenschall, wie es immer so schön heißt, verkündet.« Sie schaute mich an, und ich muß blaß gewesen sein, denn sie seufzte: »Ich dachte, Sie wüßten davon, Pat. Es tut mir leid.«

Bessie, sagte sie, war Tonys Frau.

Ich entsinne mich nicht, wieviel ich an diesem Tag gehört habe oder wieviel später herauskam. Ich dachte einfach nichts. Nicht, daß ich mich in Tony verliebt hatte, aber ich muß auf dem Wege gewesen sein, ohne es zu wissen. Vielleicht wußte es Maud. Wie gesagt, sie war trotz ihrer gelegentlichen Naivität scharfsichtig genug.

Sie waren nicht einmal geschieden. Als Maud mir an jenem Tag die Geschichte erzählte, sagte sie, Bessie habe sich geweigert, nach Reno zu gehen, und Tony habe sie zwar im Verdacht gehabt, aber keine Beweise. Außerdem sei er nun ein gebranntes Kind gewesen. Er habe nicht noch einmal heiraten wollen. Er habe sich einfach treiben lassen.

»Sie hat ihn von Anfang an für dumm verkauft«, sagte Maud, wobei sie, wie sie es manchmal tat, in die Umgangssprache verfiel. »Das war vor fünf Jahren. Es hat nur ein Jahr oder so gehalten, und ihr hat es hier nie gefallen. Wir seien zu provinziell, sagte sie. Dann begann sie einen Flirt oder etwas Schlimmeres mit einem Mann in der Stadt, und ich habe ihr eine halbe Million Dollar gezahlt, damit sie verschwindet und nach Reno geht. Tony habe ich das nicht erzählt«, fügte sie hinzu. »Er war wirklich schwer getroffen. Soviel er weiß, hat sie ihn einfach verlassen.« Sie seufzte und stand auf. »Ich werde es ihm so schnell wie möglich beibringen müssen. Das wird ihm ein wenig Zeit geben.«

Ich sah, daß sie sehr erschüttert war. Sie war immer ihren Weg gegangen, groß, ruhig und einfach, mit einem fast kindlichen Vertrauen in ihre Mitmenschen.

»Sie ist noch nicht in Reno gewesen«, sagte sie. »Ich glaube nicht, daß sie vorhat zu fahren. Und sie ist ein Nichts, Pat. Einfach ein Nichts. Tony hat sie in irgendeiner Bar in New York kennengelernt. Nicht, daß sie viel tränke. Ihre Schwäche ist Geld, Geld und Männer. Ich glaube, ich werde Dwight anrufen«, fuhr sie fort. »Ich frage mich – könnten Sie Tony am Bahnhof abholen und es ihm beibringen, Pat? Er hat heute den Zug genommen. Er mag Sie. Vielleicht verkraftet er es so besser.«

Ich stellte fest, daß ich zitterte, und Maud muß es bemerkt haben, denn sie kam herüber und legte mir eine Hand auf den Arm. »Wenn ich an die Pläne denke, die ich hatte –« sagte sie.

Es gelang mir, meine Stimme zu beherrschen. »Liebt er sie noch, Maud?«

»Ich glaube nicht, daß er sie je geliebt hat.«

Dann erzählte sie mir ein bißchen über Bessie. Nicht viel. Sie war ein New Yorker Mädchen gewesen, eine dieser jungen Frauen, die sich am Rande der Gesellschaft bewegen. Sie war allerdings auf eine gute Schule gegangen und hatte es irgendwie geschafft, in einen der exklusiven Schülerclubs zu kommen. Ihre Familie war ruhig und respektabel, aber Maud vermutete, daß Tony die Hochzeit finanziert hatte, von den weißen Orchideen und der Sankt-Bartholomäus-Kirche bis zum Empfang bei Sherry's.

»Ich habe später ein paar Rechnungen gesehen«, sagte sie niedergeschlagen.

Um halb sieben an diesem Abend fuhr ich hinab, um den Zug abzupassen. Die Tage wurden bereits kürzer, und es dämmerte fast schon, als er einfuhr. Ich sah Tony aussteigen, der die Abendzeitungen in der Hand hatte und sich mit einem beiläufigen Nicken verabschiedete, wie es Pendler eben tun. Mein Herz bebte, als er auf den Wagen zukam und mich erblickte.

»Was ist los? Ein Jubiläum oder was?« fragte er lächelnd.

»Ein Jubiläum?«

»Daß Sie mich abholen«, erläuterte er. »Oder haben meine persönlichen Vorzüge endlich Ihr hartes Herz zum Schmelzen gebracht?«

»Ich habe ein paar Besorgungen erledigt. Maud bat mich, Sie abzuholen.«

Er stieg neben mir ein und überließ mir das Fahren. Mein altes Auto ächzte unter seinem Gewicht, und er hatte Mühe, seine langen Beine unterzubringen.

»Das ist es also«, sagte er. »Ich hätte mir denken können, daß es nicht Ihre Idee war.«

Wir waren beide schweigsam, als wir das Dorf verließen und den Hügel hinauffuhren. Ich erinnere mich, daß bereits ein Hauch von Herbst in der Luft lag, obwohl es erst Anfang September war. Meine Hände zitterten am Lenkrad, und auf halbem Wege nach oben, wo eine ebene Stelle war, fuhr ich den Wagen an den Straßenrand und hielt an. Er schien überrascht.

»Kein Benzin mehr?«

»Nein. Ich bin ein bißchen nervös. Tony, ich muß Ihnen etwas sagen.«

Er drehte sich auf dem Sitz um und sah mich an.

»Mutter ist nicht wieder krank?«

»Nein, das ist es nicht. Es hat mit Ihnen zu tun. Maud meinte, ich sollte es Ihnen besser erzählen, bevor Sie nach Hause kommen. Ich weiß aber nicht, wie. Das Ganze geht mich nichts an.«

»Sie verlassen uns doch nicht, oder?«

Ich schüttelte den Kopf, und ich glaube, er sah erleichtert aus. Dann spürte ich seinen Blick auf mir, und plötzlich straffte er sich und holte tief Luft.

»Ich nehme an, es ist Bessie«, sagte er.

»Ja. Sie ist im Haus.«

»Ich verstehe.«

Darauf ließ ich den Motor an. Er sagte nichts mehr, als ob er seinen Mut für das zusammenraffte, was ihn erwartete. Erst als wir die Einfahrt zum Kloster erreichten, fragte er mich, ob es mir etwas ausmache, noch ein Stückchen zu fahren. Das tat ich, und es verging eine halbe Stunde, bis ich ihn am Haus herausließ und zur Garage zurückfuhr. Er hatte mir wenig erzählt, außer daß er versucht hatte, sie fernzuhalten. Sie hatte Maud geschrieben und telegrafiert, aber er hatte die Briefe und das Telegramm abgefangen.

»Ich sagte ihr, sie solle wegbleiben, aber wenn Sie sie kennen würden, wüßten Sie, was das genutzt hat«, meinte er.

Ich war froh, daß er die halbe Stunde gehabt hatte, um sich vorzubereiten. Es war alles, was er tun konnte. Ich setzte ihn am Haus ab, und Bessies kühle Stimme ertönte von einer Liege auf der Terrasse.

»Hallo, Tony«, sagte sie gedehnt, »na, einen Ausflug mit der hübschen Sekretärin gemacht?«

Ich kochte, als ich meinen Wagen in die Garage brachte und zum Haus zurückging. Weder Bessie noch Tony waren zu sehen, aber Maud kam gerade die Treppe herab, und ich richtete mich nach ihrem Verhalten. Ihre Miene war gefaßt. Außerdem hatte sie sich zum Dinner ein langes, schwarzes Kleid mit einer Schleppe angezogen und trug ihre Perlen. Offenbar hatte sie vor, so zu tun wie immer.

»Sie beeilen sich besser, Pat«, sagte sie. »Wo um alles in der Welt sind Sie gewesen?«

»Wir sind ein bißchen herumgefahren.«

Sie nickte, und ich wußte, daß sie verstand.

Ich zog an diesem Abend ein bedrucktes Chiffonkleid an. Es war das, was nach Bessies Meinung eine Sekretärin wohl tragen sollte, mit kurzen Ärmeln und hochgeschlossen, wenn es auch fast bis auf den Boden reichte. Aber ich hätte mir die Mühe sparen können, denn Bessie übersah mich geflissentlich. Nicht, daß sie zu dieser Zeit einen Gedanken an mich verschwendet hätte. Es war einfach ihre Art, mich an meinen Platz zu verweisen. Abgesehen davon hätten wir vier wohlerzogene Leute sein können, die irgendwo dinierten – von den Cocktails in der Bibliothek bis zu Pierres ausgedehntem und wohlüberlegtem Dinner. Meistens führte Bessie das Wort: Paris, London, Wien. Tony sprach kaum, und ich war bloß die Sekretärin, die da sein, aber nicht gehört werden sollte. Aber ich war stolz auf Maud. Mit ihrem hochaufgetürmten blonden Haar und ihrem schönen Hals und Schultern, die im Kerzenlicht glänzten, sah sie an diesem Abend wie eine große Dame aus – ruhig und königlich. Daneben wirkte Bessie, stark geschminkt und in einem weißen Abendkleid mit einem roten kurzen Jäckchen, billig und gewöhnlich.

Zum Kaffee und Likör gingen wir in die Bibliothek zurück. Bessie war unruhig, und ich wußte, daß sie darauf wartete, mit Tony reden zu können. Aber Maud war auf der Hut.

»Wir könnten ein bißchen Bridge spielen«, sagte sie munter, und ohne zu warten, gab sie Anweisungen, einen Tisch aufzustellen.

Das war eine seltsame Partie. Niemand paßte wirklich auf. Ich sah selbst, wie Maud zweimal falsch bediente, ohne daß es einer bemerkte. Am Schluß hatte ich zehn Dollar gewonnen, das meiste davon von Bessie, und sie zahlte sie widerwillig.

»Ich hatte miserable Karten«, sagte sie. Dann lachte sie. »Vielleicht habe ich Glück in der Liebe«, fügte sie hinzu und sah Tony an.

Aber Tony hatte genug. Er hastete aus dem Haus, und wir sahen ihn nicht mehr.

Maud und ich gingen früh zu Bett. Ich sah, daß die verschlossene Suite geöffnet worden war; damit war *ein* Geheimnis aufgeklärt. Aber in dieser Nacht schlief ich nicht viel. Die Vögel zwitscherten im Morgengrauen, als ich eindämmerte. Mir schien es, als sei ein Abschnitt meines Lebens vorbei, und ein anderer merkwürdiger, unglücklicher Lebensabschnitt sei angebrochen. Beim Einschlafen fragte ich mich, ob Maud an dem Tag, an dem sie zusammengebrochen war, Bessie in der Stadt gesehen hatte.

Ich irrte mich natürlich. So einfach war es nicht, obwohl Bessie uns noch genug Ärger machen sollte. Sie verlor auch keine Zeit, damit anzufangen. Um zwei Uhr morgens hörte ich Roger vor meiner Tür, wo er schlief, knurren, stand auf und öffnete sie vorsichtig.

Das Licht in der Halle war an, und Bessie kam, mit einem Tweedmantel über dem Pyjama, die Treppe herauf.

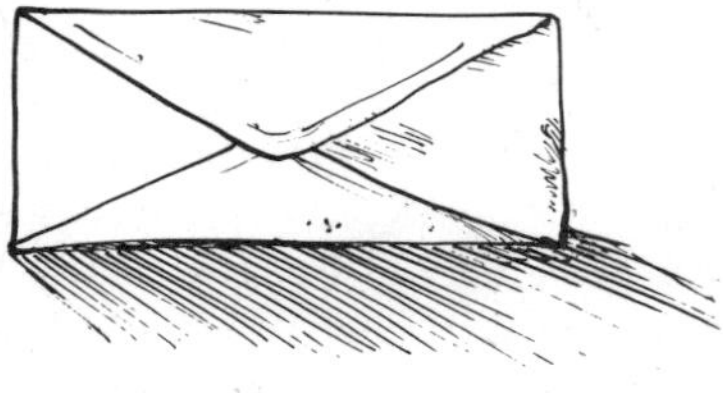

Kapitel 8

Bessies Ankunft veränderte alles für uns. Es gab keine ruhigen Tage mehr, keine stillen Abende, an denen wir die Sonne über dem Fluß untergehen sahen und uns ganz nach Lust und Laune unterhielten oder schwiegen. Nicht, daß sie immer unangenehm oder auch nur arrogant gewesen wäre, aber sie hatte manchmal etwas amüsiert Triumphierendes an sich, das Maud zu verwirren schien und mich fast zur Raserei trieb.

Tony fing an, soviel wie möglich wegzubleiben. Maud war unsicher und unglücklich. Sogar das Personal wirkte bedrückt. Das Haus, das schon immer überwältigend gewirkt hatte, entwikkelte sich zu einer unheilvollen Last. Und am dritten Tag nach ihrer Ankunft schickte Bessie Nora zu mir, um mich zu sich ins Wohnzimmer zu bestellen.

Ich war noch nie in ihrer Suite gewesen, und sie nahm mir den Atem. Vielleicht hatte ich dem Kloster unrecht getan. Das Haus war in mancher Hinsicht schlimm, aber es steckte voll schöner Gegenstände. Bessies Räumlichkeiten, die sie nach ihrer Hochzeit möbliert hatte, waren ein fast schockierender Kontrast. Die Einrichtung bestand aus einer Menge Glas, Chrom und grellen Farben, und ich stand da und blinzelte in die Morgensonne.

Sie saß vor einem Berg Papieren an ihrem Schreibtisch. Sie war noch nicht angekleidet, aber der Duft von Badesalz und Puder ließ mich annehmen, daß sie bereits gebadet hatte. Ohne Makeup war sie nicht hübsch, und ihre Stimme klang verdrießlich, als sie mich erblickte.

»Hallo, Miss Abbott«, sagte sie. »Ich möchte, daß Sie mir hierbei zur Hand gehen. Gott weiß, wo diese ganzen Rechnungen herkommen. Ich weiß es nicht.«

Vor Wut hätte ich ihr beinahe gesagt, sie solle sich sonstwohin scheren, aber ich hielt mich im Zaum.

»Ich werde nachschauen, ob Mrs. Wainwright mich braucht«, sagte ich steif. »Wenn nicht –«

Sie steckte sich eine Zigarette an und lächelte mich an. »Hören Sie«, sagte sie, »ich werde Sie nicht viel belästigen. Oder nicht lang. Nicht für eine Million Dollar würde ich in diesem Mausoleum bleiben. Aber wir werden eine Weile miteinander auskommen müssen. Sollen wir es nicht versuchen?«

Sie lächelte wieder, diesmal freundlicher, und an diesem Morgen war ich näher daran, sie zu mögen, als je zuvor oder danach. Sie sah jünger und natürlicher aus und nicht allzu selbstsicher.

»Ich bin einverstanden«, erwiderte ich. »Natürlich helfe ich Ihnen. Möchten Sie die Rechnungen bezahlen?«

»Meine Güte, nein«, sagte sie mit verblüffter Miene. »Ich möchte wissen, auf wieviel sie sich belaufen. Ich kann nicht rechnen, und wenn es um mein Leben ginge.«

Das dauerte etwas. Sie schuldete überall Geld, besonders in New York, und insgesamt waren es über zwanzigtausend Dollar. Es handelte sich um Modistinnen- und Kleiderrechnungen und eine oder zwei Rechnungen von Juwelieren. So weit ich es überblickte, hatte sie die letzten zwei Jahre nur das Notwendigste bezahlt. Nicht einmal das Auto war bezahlt, und das – sie hatte sich inzwischen an den Frisiertisch gesetzt und schminkte sich – drohte man ihr abzunehmen, wie sie einwarf.

Während sie ihr Gesicht bearbeitete, erzählte sie. Gewöhnlich reise sie mit einem Mädchen, aber das habe sie entlassen müssen. Es sei die Hölle, arm zu sein, oder? Aber ihre Laune hatte sich verbessert, als ob sie die Rechnungen dadurch, daß sie sie mir übergeben hatte, losgeworden sei.

Was auch stimmte, denn ein paar Tage später beglich Maud sie. »Ich bin wohl ein Dummkopf, Pat«, meinte sie, als sie sie mir gab. »Das ist der Preis, den ich für den Frieden zahle. Aber was um alles in der Welt hat sie mit dem Geld gemacht, das ich ihr gegeben habe? Oder Tonys Unterhalt? Der ist beträchtlich.« Sie seufzte. »Ich frage mich, wie lange sie bleiben will«, sagte sie ärgerlich. »Hilda sagt, ihre Koffer sind angekommen. Ich glaube, ich kann nicht viel mehr ertragen, Pat. Ich habe ihre Rechnungen bezahlt. Warum geht sie nicht?«

Ich berichtete ihr, daß Bessie gesagt hatte, sie habe nicht vor zu bleiben, aber das konnte sie nicht trösten.

»Sie führt etwas im Schilde«, sagte sie grübelnd. »Diesmal ist sie anders, Pat. Sie hat irgend etwas Böses im Sinn. Beinahe macht sie mir Angst.«

Ich glaube nicht, daß Bessie und Tony in diesen ersten vier Tagen irgendein privates Gespräch hatten. Sie hatte angefangen auszugehen, alte Freunde und Bekannte zu besuchen, und eines Nachmittags fragte sie mich nach Audrey Morgan.

»Wie ist sie?« fragte sie. »Ich habe gehört, daß Tony mit ihr herumspielt.«

»Sie ist sehr jung und sehr hübsch.«

»Will er sie heiraten?«

»Ich habe keine Ahnung.«

Sie lachte. »Das wird er nicht«, sagte sie kalt. »Er wird niemanden heiraten. Da werde ich drauf aufpassen.«

Irgendwie kamen wir zurecht, obwohl der konservative Teil der Bewohner des Hügels uns geflissentlich ignorierte. Selbst Margery Stoddard kam nur, wenn sie wußte, daß Bessie ausgegangen war, und dann gewöhnlich, um die Kinder in unserem Bassin schwimmen zu lassen, weil ihr eigenes noch nicht fertig repariert war. Ein- oder zweimal kam Julian mit, ein ansehnlicher, stämmiger Mann, der spät geheiratet hatte und seine kleinen Mädchen vergötterte. Natürlich kam Dwight Elliott. Eines Abends hörte ich zufällig, wie er Tony bedrängte, sich scheiden zu lassen oder Bessie dazu zu zwingen.

»Seien Sie kein Dummkopf«, sagte er. »Angenommen, Sie und Ihre Mutter verschwinden ganz zufällig von der Bildfläche. Sie ist die gesetzliche Erbin. Möchten Sie die Kontrolle über die Wainwright Company in ihre Hände legen?«

Darauf suchte Tony Bessie auf, aber sie lachte ihn nur aus.

»Mich scheiden lassen?« meinte sie mit hochgezogenen Brauen. »Wozu? Damit du die kleine Morgan heiraten kannst oder Pat Abbott? Warum sollte ich?«

»Ich mache das nicht mehr länger mit, Bessie.«

»Ach nein!« sagte sie und errötete vor Zorn. »Denk besser noch mal drüber nach. Du könntest eine unliebsame Überraschung erleben.«

»Was soll das heißen? Wenn das eine Drohung ist –«

»Das ist alles, was ich sage«, erwiderte sie etwas ruhiger. »Und denk daran: Du hast nichts gegen mich in der Hand. Und außerdem habe ich dir, seit ich hier vor drei Jahren rausgeschmissen wurde, ein Dutzend Briefe geschrieben, in denen ich dir anbiete zurückzukommen, und mein Anwalt hat Kopien davon. Ganz schön gute Briefe, muß ich sagen.«

Er glaubte nicht an die Überraschung, mit der sie drohte. Er glaubte ihr überhaupt nichts. Aber seine Hände waren gebunden. Nicht nur durch die Firma. Bill Sterling hatte gesagt, Maud habe ein schwaches Herz. Es war nicht die richtige Zeit, mit Bessie zu streiten, und sie wußte es ebensogut wie er. Aber um diese Zeit begann er sich wirklich zu verändern. Seine Fröhlichkeit war dahin, seine jungenhafte Ausgelassenheit. Er aß fast nichts, trank mehr als gewöhnlich und sah müde und ruhelos aus. Er war auch ruhelos. Immer häufiger nahm er seinen Wagen und verschwand für Stunden.

Nur eine Sache rettete uns. Während der Hügel Bessie ablehnte, hatte sie Freunde in der Stadt. Es gab lange, ruhige Abende, an denen sie einfach ging, in die Stadt fuhr und gegen Morgen zurückkam, um den größten Teil des Tages zu verschlafen. Einer der Männer mußte allerdings aufbleiben, um sie hereinzulassen, und weil sie zu so unregelmäßigen Zeiten nach Hause kam und unzählige Forderungen hatte, stand das Personal kurz vor einer Revolte.

Eines Tages erzählte sie mir, sie habe abends zuvor beim Bridge fünfhundert Dollar verloren.

»Ich habe einen ungedeckten Scheck dafür hinterlassen«, sagte sie beiläufig. »Sie wird es nicht mögen, wenn er platzt.«

Sie war schon eine Woche oder länger im Kloster, bevor ich Gelegenheit hatte, mit Tony zu reden. Dann, als Bessie eines Abends wieder in der Stadt war, bat er mich, mit ihm spazierenzugehen.

»Das heißt, wenn Sie es aushalten«, meinte er. »Ich bin im Moment keine passende Gesellschaft für Mensch und Tier.«

Selbstverständlich ging ich mit. Wir schlenderten zum Brunnen mit seinen Scheinwerfern und dann zur Spielhalle, während Roger neben uns hertrottete. Aber Tony war schweigsam und verschlossen. Er ging mit gesenktem Kopf und den Händen in den Hosentaschen, bis wir außer Sicht des Hauses waren. Dann hielt er an.

»Hören Sie«, sagte er, »es tut mir furchtbar leid. Wegen Bessie, meine ich. Mutter sagt, Sie hätten nichts gewußt.«

»Ich habe wohl damals etwas davon gehört. Ich habe es einfach nicht registriert.«

Er zögerte. »Ich sage nur eins, dann wollen wir es gut sein lassen: Jeder macht ab und zu einen Fehler. Meiner war Bessie.

Ich habe dafür bezahlt. Sie vielleicht auch. Nur lassen Sie sich nicht von ihr verletzen, meine Liebe. Darin ist sie ziemlich gut.«

Danach war er fröhlicher, als ob er sich etwas von der Seele geschafft hätte.

»Wie steht es mit Ihrem Tennis?« fragte er. »Mir ist heute danach, was zu schmettern. Besser als Ihr Golf?«

Er machte die Lichter in der Spielhalle an, fand in einem Spind ein Paar Tennisschuhe für mich, und wir spielten ein paar Sätze. Er spielte wie besessen an diesem Abend, aber zum Schluß war seine Miene entspannt, als ob er sich einer tiefsitzenden Wut entledigt hätte. Er grinste mich an, als wir fertig waren.

»Ich wette, so zu spielen haben Sie nicht auf der Handelsschule gelernt.«

»Können Sie mich meine Arbeit nicht eine Minute vergessen lassen?«

»Das ist das einzige an Ihnen, was ich je vergesse.«

Zu meiner Überraschung legte er seine Arme um mich und legte mir den Kopf auf die Schulter, wie ein kleiner Junge, der getröstet werden will.

»Was soll ich tun, Pat?« sagte er gepreßt. »Was soll ich nur tun?«

Das war alles. Er ließ mich los, und nachdem wir die Spielhalle zugemacht und abgeschlossen hatten, machten wir uns auf den Rückweg. Er war schweigsam. Er sprach nur einmal, und zwar von seiner Mutter.

»Sie ist nicht sie selbst«, sagte er. »Sie ist verändert. Es ist nicht Bessie. Sie war davor schon anders. Erzählen Sie mir nicht, es sei die Hitze gewesen. Sie ist ein Salamander, was auch immer das ist. Was stimmt nicht, Pat?«

»Ich weiß es nicht«, antwortete ich aufrichtig. »Wenn es nicht unmöglich schiene, würde ich sagen, sie hat Angst vor irgend etwas.«

»In ihrem ganzen Leben hat sie noch nie vor etwas Angst gehabt«, sagte er beinahe schroff. »Nie.«

Ich lag in dieser Nacht noch lange wach. Ich hörte, wie Stevens Bessie um zwei Uhr hereinließ, aber kurz danach fiel ich in Schlaf, und ich schlief fest. Infolgedessen erfuhr ich erst am Morgen, daß jemand ins Haus eingedrungen war.

Ich hatte nicht einmal Roger anschlagen hören oder gemerkt, wie Tony hinunterging, um nachzuschauen. Er hatte seine Automatik dabei, aber mittlerweile war der Eindringling verschwunden. Die Tür am Ende des Westflurs stand sperrangelweit offen, und es sah so aus, als sei die Kette nicht vorgelegt gewesen.

Als Stevens allerdings von Tony darüber befragt wurde, bestand er darauf, daß sie verschlossen gewesen war. »Ich habe Mrs. Wainwright durch diese Tür hereingelassen, nachdem sie ihren Wagen in die Garage gebracht hatte«, sagte er steif. »Sie stand daneben, als ich die Kette vorlegte. Sie zündete sich eine Zigarette an. Ich bin sicher, daß sie das bestätigt, Sir.«

Aber Bessie, die zu der unmöglichen Zeit von acht Uhr morgens geweckt worden war, sagte, sie wisse nichts davon.

»Warum sollte ich?« sagte sie mit schriller Stimme. »Ich kam herein und bin ins Bett gegangen, und wenn ihr mich in Ruhe laßt, bleibe ich auch da.«

Nichts war gestohlen worden, aber Jim Conway, der an diesem Tag heraufkam, um sich umzusehen, war geneigt, Stevens' Geschichte zu bezweifeln.

»Der Mann war halb im Schlaf«, sagte er. »Vielleicht hat er die Kette ganz vergessen. Aber es paßt alles zusammen. Der Kerl, der Evans' Schlüssel hat, fängt an, ihn zu benutzen. Nur wußte er nichts von dem Hund.«

»Jeder, der wußte, daß Evans die Schlüssel hatte, hätte von Roger gewußt«, erwiderte ich. »Und Roger verbellt nur Fremde.«

Jim war unbeeindruckt. »Bestimmt war es ein Fremder«, meinte er. »Was meinst du denn, wer er war? Ein alter Hausfreund?«

Aber die Polizei entdeckte nichts. Auf dem trockenen Boden draußen waren keine Fußspuren, und das Endergebnis war bloß, daß alle Hausbewohner wachsamer als zuvor waren, so daß der zweite Einbruch – als er passierte – noch rätselhafter erschien. Aber sogar abgesehen von diesem Vorfall hatten wir wohl schon damals alle Elemente für eine drohende Familientragödie beisammen. Ganz normal verhielt sich bestimmt keiner von uns. Nach dem Abend in der Spielhalle war Tony wieder bitter und verschlossen. Maud wirkte seltsam, fast weit weg, und Bessie war ebenso arrogant wie unangenehm. Da kommt es einem merkwürdig vor, daß das erste Anzeichen des wirklichen Problems, das schließlich auftauchte, anscheinend keinen von uns betraf.

Es passierte ein paar Tage später, und die Betroffene war ausgerechnet Lydia Morgan.

Der Tag zeichnet sich in meiner Erinnerung noch aus mehreren Gründen aus. Zunächst einmal war es mein Geburtstag, und zudem mein sechsundzwanzigster. Ich hatte es fast vergessen, bis Maud, nachdem Tony in die Stadt gefahren war, mich über das Haustelefon anrief und mich bat, nach draußen auf die Zufahrt zu gehen.

»Dort ist etwas für Sie«, sagte sie. »Herzlichen Glückwunsch zum Geburtstag, meine Liebe.«

Ich war gerade in meinem Büro. Ich eilte hinaus, und vor dem Haus standen der grinsende Gus und ein brandneues Auto. Ich traute meinen Augen nicht.

»Aber das kann nicht –« stotterte ich. »Was soll ich mir denn laut Mrs. Wainwright ansehen?«

»Das Auto, Miss«, sagte Gus und sah sehr selbstgefällig aus. »Es ist für Sie. Herzlichen Glückwunsch zum Geburtstag, Miss Pat.«

Natürlich tat ich das Idiotischste. Ich legte meine Hand auf den funkelnden, neuen Kotflügel und brach in Tränen aus. Gus' Grinsen erstarb.

»Es ist die Freude, Gus«, sagte ich. »Ich habe nie zu hoffen gewagt, solch ein Auto zu haben. Ich habe nie –« Ich fing wieder an zu weinen, und es war überhaupt eine ziemlich rührselige Situation. Bevor ich hineinging, fuhr ich ein bißchen herum. Das Auto reagierte wie ein gutes Pferd: Eine Berührung, und es setzte sich in Bewegung. Ich brachte es zur Garage hinunter, wo die Männer es prüfend betrachteten und ein befriedigendes Urteil fällten, und zum Stall, wo der alte James, der langjährige Stallmeister, der jetzt nur noch einen oder zwei Stallburschen zur Hilfe hatte, sagte, es könne wahrscheinlich alles außer Springen.

Auf dem Weg ins Haus zurück begann meine Vernunft, sich wieder zu melden. Maud hatte kein Recht, mir ein Auto zu schenken. Sie gab schon zuviel Geld aus. Aber als ich sie aufsuchte, machte mir ein einziger Blick auf ihre Miene jedes Protestieren schwer.

»Gefällt es Ihnen, Pat?«

»Gefallen! Ich bin so aufgeregt, daß ich schreien könnte. Es ist wundervoll. Aber meinen Sie wirklich –«

Sie hob eine Hand. »Hören Sie«, sagte sie, »ich habe in meinem Leben eine Menge abscheulicher Dinge tun müssen. Bessies Rechnungen zu bezahlen, ist nur eins davon. Lassen Sie mir das kleine Vergnügen, Pat. Es ist so ungefähr alles, was mir geblieben ist.«

Darauf gab es natürlich keine Erwiderung. Sie küßte mich und sagte, ich solle den Tag freinehmen, aber als ich sie verließ, war sie schon wieder in ihre befremdliche Lethargie zurückgesunken.

Das zweite, was an diesem Tag passierte, war ein Anruf von Lydia. Ihre Stimme klang angestrengt, aber ruhig. »Ich möchte dich sehen«, sagte sie. »Es ist etwas passiert, und ich weiß nicht, was ich tun soll.«

»Was ist los?«

»Ich erzähle es dir, wenn wir uns sehen«, sagte sie und legte auf.

Sobald ich konnte, fuhr ich in dem neuen Wagen in den Ort hinab. Ich war besorgt und nicht erleichtert, als ich Bill Sterlings altes Auto in der Einfahrt stehen sah. Als ich anhielt, stürzte er aus dem Haus, und ich rief ihn an.

»Ist jemand krank?« fragte ich.

Er schaute mich an, aber ich glaube, er nahm mich gar nicht wahr. Im nächsten Moment war er verschwunden, und ich stand da und starrte ihm nach. Dann ging ich ins Haus und fand Lydia im Wohnzimmer. Sie sah entsetzlich angegriffen aus, und es dauerte einige Zeit, bis sie auch nur sprechen konnte. Als sie es tat, war ich entsetzt.

Don wollte zurückkommen. Nachdem er sie vor fünfzehn Jahren im Stich gelassen und sich nicht um sie gekümmert hatte, wollte er wieder nach Hause kommen.

Vor ein oder zwei Tagen hatte er sie aus New York angerufen und gesagt, er sei hoffnungslos erkrankt und praktisch mittellos. Er wolle nur eine Stätte, um sich kurze Zeit auszuruhen, hatte er gesagt. Sie schulde ihm nichts. Er habe kein Recht, darum zu bitten. Aber er wolle Audrey vor seinem Tod noch einmal sehen, und er brauche für ein paar Wochen eine Zuflucht.

Grimmig hörte ich ihr zu. »Hier in der Gegend scheint eine Art Gedächtniswoche für die alte Heimat stattzufinden«, sagte ich und dachte an Bessie. »Ich hoffe, du hast ihm gesagt, was du denkst.«

»Wie konnte ich, wo Audrey zuhörte?«

»Um Gottes willen, Lydia! Was hast du ihm gesagt?«

Mit einer hilflosen Geste warf sie die Hände empor. »Was konnte ich tun?« sagte sie. »Ich habe ihm gesagt, ich würde es überdenken und ihm telegrafieren. Dann wurde Audrey hysterisch, und ich mußte Bill anrufen. Es war fürchterlich, Pat.«

»Ich glaube es nicht. Es ist ein Trick, Lydia. Er ist nicht mehr dein Mann. Er hat keinerlei Ansprüche an dich.«

»Bis auf Audrey«, sagte sie niedergeschlagen. »Bill denkt natürlich, ich bin verrückt. Manchmal glaube ich es selbst. Aber wo es Audrey so viel ausmacht –«

»Ach, zum Teufel mit Audrey«, unterbrach ich ungeduldig. »Erzähl mir bloß nicht, daß er kommt, Lydia.«

Sie nickte hilflos. Er kam.

Schließlich kriegte ich die Geschichte heraus. Sie hatte ihm telegrafiert, er solle kommen, um sich kurze Zeit auszuruhen, und hatte ihm das Fahrgeld geschickt. Das war am vorigen Abend gewesen, und sie erwartete ihn in etwa einem Tag.

»Das Gerede ist mir egal«, sagte sie betrübt. »Es macht mir nicht einmal etwas aus, ihn nach all den Jahren wiederzusehen. Was mir furchtbar viel ausmacht, ist die Sache mit Bill, Pat. Das ist aus und vorbei.«

Ich war zu empört, um viel zu sagen. Immer noch kochend vor Wut fuhr ich langsam wieder auf den Hügel zurück. Aber selbst wenn mir jemand in diesem Augenblick erzählt hätte, daß Don Morgan und Maud und Bessie und sogar das, was Evans widerfahren war, letzten Endes zu einer Geschichte gehören würden, behaupte ich heute noch, ich hätte ihn ausgelacht.

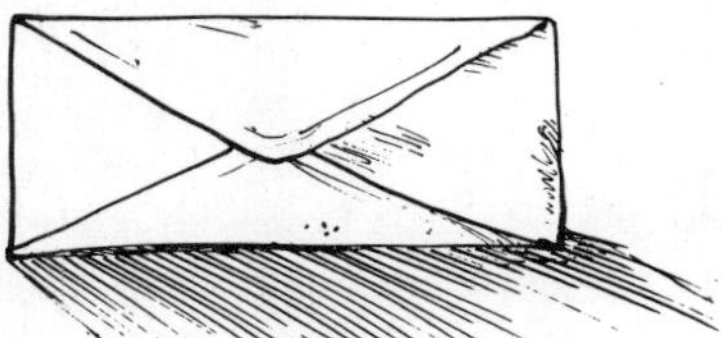

Kapitel 9

Das war an meinem Geburtstag, dem zwölften September, und am vierzehnten kam Donald Morgan nach Hause. Stieg wie ein kranker Mann aus dem Zug, gab Lydia die Hand, und zu Hause angekommen, schaltete er seinen magischen Charme ein und nahm Audrey in die Arme.

»Mein Baby«, sagte er, »mein kleines Mädchen.«

Ja, er hatte einen Bombenerfolg bei Audrey. Das gehört mit zu dieser Geschichte.

Das Tal und der Hügel waren gleichermaßen vom Klatsch erfüllt. Es gab zwei Lager: Die Mehrheit hielt Lydia für einen charakterschwachen Dummkopf; die Minderheit – vor allem die jungen – stellte sich auf Audreys Seite. Sehr wenig davon kam uns zu Ohren. Wie gesagt, hatten uns seit Bessies Ankunft der Hügel wie auch das Tal zwar nicht gerade ignoriert, aber sie hatten sich von uns ferngehalten.

»Als ob wir einen Anflug von Lepra hätten«, war Mauds trockener Kommentar.

Ich nehme an, daß so ziemlich dasselbe, nur in verstärkter Form, Lydia widerfuhr. Die Situation dort war zu anormal, als daß man sich mit ihr hätte arrangieren können. Alle wußten, daß Bill Sterling nicht mehr im Haus gewesen war, seit Don es betreten hatte, und daß Lydia einen Arzt für Don aus der Nachbargemeinde hatte rufen müssen. Ich selbst war immer noch voller Empörung, und es vergingen zwei oder drei Tage, bevor ich sie anrief.

»Na, wie steht es mit der Gedächtniswoche in der alten Heimat?« fragte ich.

»Bist du es, Pat? Ich dachte, du hättest mich im Stich gelassen wie die andern.«

»Du hast alle in eine unmögliche Lage gebracht, Lydia. Du kannst niemandem etwas vorwerfen. Willst du mich sehen?«

»Herzlich gerne«, sagte sie einfach.

Ich kam am selben Nachmittag, aber ich war erschrocken, wie sehr sie sich verändert hatte. Sie sah nicht nur krank aus, sie sah älter aus, als ob alles Leben aus ihr gewichen wäre.

»Das ist nett, daß du kommst, Pat.«

»Sei nicht albern. Warum sollte ich nicht kommen? Wie geht es dem – dem Invaliden?«

Ich dachte, daß sie mich eigenartig ansähe.

»Anscheinend besser. Obwohl man bei Angina pectoris –«

»Wer sagt, daß er Angina pectoris hat?« Ich konnte meine Verachtung nicht verhehlen. »Ich würde ihm nicht glauben, und wenn er schwört.«

Dann kam diese kleine Närrin Audrey die Treppe herab, mit einem Tablett in der Hand und Augen wie Sterne.

»Er hat alles aufgegessen, Mutter«, sagte sie. »Es hat ihm anscheinend geschmeckt.«

»Da wette ich drauf«, sagte ich wild. »Aufgegessen und nach mehr gefragt. Schau mich nicht so an, Audrey. Ich gebe dir eine Woche, bis du damit durch bist und es satt hast.«

Sie warf mir einen bösen Blick zu und ging zurück in die Küche. Lydia seufzte und wechselte das Thema, indem sie mich ziemlich unvermittelt nach Bessie fragte.

»Es ist eine verrückte Welt, Pat«, sagte sie hilflos. »Hier mit mir, und was dich betrifft – ich hatte gehofft, Tony würde sich von ihr scheiden lassen und dich heiraten.«

»Keine Chance«, sagte ich so obenhin, wie ich konnte. Da rief von oben eine Männerstimme nach Lydia, und so jung ich auch gewesen war, als ich sie zum letzten Mal gehört hatte, elf Jahre oder so, erkannte ich sie wieder.

»Wenn das die kleine Pat Abbott ist«, sagte sie, »bring sie herauf, Lydia.«

Ich konnte nicht anders, und dort und damals habe ich Don Morgan nach seiner Rückkehr zum ersten und letzten Mal gesehen. Wie alt war er zu dieser Zeit? Über fünfzig, denke ich, aber er hatte sein lockiges Haar und sein entwaffnendes Lächeln behalten. Ansonsten hatte er sich natürlich verändert. Er sah verlebt und krank aus. Unter seinen Augen hingen Tränensäcke, und seine gepflegten Hände zitterten leicht. Als ich hereinkam, saß er in einem Stuhl am Fenster.

»Na«, sagte er, »das kleine Mädchen ist also zur Frau geworden! Und zu einer hübschen obendrein. Setz dich einen Moment,

Pat, und rede mit einem einsamen alten Mann.« Das war reine Rhetorik. Die Don Morgans dieser Welt mögen sich verändern, aber alt werden sie nicht.

Ich setzte mich, und er zündete sich eine Zigarette an und reichte mir eine. Dabei bemerkte ich das Zittern.

»Jetzt erzähl mir etwas von dir. Audrey sagt, du bist oben auf dem Hügel. Gefällt es dir da?«

»Mir gefällt Mrs. Wainwright«, sagte ich brüsk.

»Sie hat einen Sohn, nicht? Was ist mit ihm?«

»Ich sehe ihn nicht sehr oft.«

Er warf mir einen schnellen, prüfenden Blick zu, bemerkte aber nichts dazu. Statt dessen redete er von sich, und ich begann den Einfluß zu verstehen, den er offensichtlich auf Audrey hatte: die angenehme, schöne Stimme, das jugendliche Lächeln, sogar die nonchalante Manier, in der er verkündet hatte, daß er nicht mehr lange von dieser Welt sein würde.

»Nicht, daß es mich störte«, sagte er heiter. »Ich habe meine Fehler gemacht, und sie tun mir verdammt leid, und Lydia ist eine Heilige. Aber ich habe mein Leben gelebt, meine Liebe.«

Ich ließ ihn in dieser leicht melancholischen Stimmung zurück, am Fenster zum Fluß hinaus sitzend, eine Zigarettenschachtel neben sich und ein Buch auf den Knien, bekleidet – unter einem exklusiven Morgenmantel – mit einem schweren blauen Seidenpyjama. Mittellos mag er gewesen sein, aber seine Garderobe hatte er offenbar mitgebracht.

Ich habe ihn nie wiedergesehen.

Es war Spätnachmittag, als ich zum Kloster zurückkam und Bessie im Westflur stand. Sie hatte anscheinend telefoniert, denn sie hatte eine Liste in der Hand.

»Schauen Sie, Pat«, sagte sie, »ich bin heute abend mit ein paar Leuten in der Spielhalle. Sagen Sie es doch bitte der alten Partridge. Sandwiches und dergleichen für zwanzig Leute und reichlich zu trinken.«

Ich schaute auf meine Armbanduhr. »Die Läden schließen bald«, meinte ich, »aber ich glaube, es ist zu schaffen.«

»Es muß zu schaffen sein«, sagte sie kühl und ging weiter die Treppe hinauf.

Ich fuhr selbst in den Ort, um Zeit zu sparen. Die arme Mrs. Partridge war außer sich und Pierre steif und mürrisch in seiner Kochmütze und Schürze. Aber wir hatten das Essen und die

Getränke fertig, bevor die Gäste eintrafen. Sie waren größtenteils aus der Stadt, einige der nicht so angenehmen Bewohner des Hügels waren auch dabei. Keiner von ihnen kam allerdings ins Haus, wo Maud und ich in ihrem Boudoir doppelte Patiencen legten, und Tony war einfach entkommen, indem er in seinen Wagen gestiegen und weggefahren war.

Ich weiß nicht viel von der Party. Ich weiß nur, daß es sehr laut war und daß spät in der Nacht die Diener ins Haus zurückgeschickt und die Fenster geschlossen wurden. Aber wenn dort nackt gebadet wurde, wie man später munkelte, wußte ich nichts davon. Tatsächlich dauerte es einige Tage, bis ich überhaupt wieder etwas wußte.

Denn das war die Nacht, in der ich in den Aufzugschacht fiel.

Es war eine dumme Geschichte, von Anfang bis Ende, obwohl mich immer noch fröstelt, wenn ich daran denke. Die Tatsachen selbst sind einfach.

Bessies Party war um zwei Uhr morgens immer noch im Gange, und sie machte Roger unruhig. Ich lag lesend im Bett, als er winselnd an meiner Tür kratzte. Mir fiel ein, daß ich ihn nicht hinausgelassen hatte, daher stand ich auf, zog mir einen Morgenmantel und Pantoffeln an und ging zur Tür des Westflures. Der Flur selbst war dunkel, aber ich kannte den Weg im Schlaf. Ich ließ Roger hinaus und stand dort, während ich auf ihn wartete. Er war einige Zeit weg, aber als ich pfiff, kam er gehorsam zurück. Ich schloß die Tür und legte die Kette vor. Dann sah ich, daß die Fahrstuhltür offenstand. Der Fahrstuhl wurde seit einem oder zwei Tagen repariert, und aus reiner Neugier stieg ich hinein, um zu sehen, ob er funktionierte.

Die Sache war nur die, daß die Kabine nicht da war. Ich erinnere mich, wie ich fiel, an das abscheuliche Gefühl zu fallen. Aber ich erinnere mich auch an etwas, was noch grauenvoller war. Ich fiel nicht auf den Boden. Ich fiel direkt auf jemanden unter mir, jemanden, der entweder dort stand oder kauerte. Ich hörte ein Ächzen, dann stürzten wir beide nieder, und ich wurde prompt ohnmächtig.

Ich muß ziemlich schnell wieder zu mir gekommen sein. Mittlerweile war ich allein, und die Tür zum Keller stand offen. Außerdem kam von irgendwoher kühle Luft, die mir half, mich aufzurappeln. Aber mein Knöchel brannte vor Schmerz. Ich tastete nach etwas, mit dessen Hilfe ich auf die Füße kommen konnte, und fühlte deutlich eine Leiter. Schließlich stand ich fast wieder auf den Füßen, aber der Schmerz war entsetzlich. Ich muß wieder ohnmächtig geworden sein, denn als ich zu mir kam, jaulte Roger über mir an der offenen Tür, und die Leiter war verschwunden.

Da erst wurde mir klar, was passiert war. Jemand, der hier nichts zu suchen hatte, war unten im Schacht gewesen, als ich stürzte. Vielleicht war er noch da, lauerte in der Dunkelheit, bereit, mich zu überfallen, wenn ich mich rührte. Derselbe Mann, der Evans verletzt hatte. Derselbe, der schon einmal ins Haus eingedrungen war. Es war gräßlich.

Ich rührte mich nicht. Ich lag einfach da und wartete. Und nichts passierte. Überhaupt nichts.

Wann Bessie in dieser Nacht hereinkam, weiß ich nicht, wahrscheinlich, während ich bewußtlos war. Wann der Einbrecher sich davonschlich, werde ich nie erfahren. Es war halb acht Uhr morgens, als Stevens, der dabei half, das Haus für den Tag aufzusperren, meine Stimme unten aus dem Schacht hörte und Hilfe holte. Ich sehe noch sein verblüfftes Gesicht vor mir, als er in den Schacht hinabspähte.

»Ist da jemand?«

»Ich bin hier, Stevens. Ich habe mir den Knöchel verletzt«, sagte ich schwach. »Holen Sie mich bitte hier raus, und machen Sie schnell.«

Danach gab es eine beträchtliche Aufregung. Mir kam es so vor, als sei der ganze Haushalt herbeigeeilt, und ich weiß, daß ein aufgeregtes Küchenmädchen mich mit einer Tasse Wasser begoß, bevor sie jemand daran hindern konnte. Reynolds behielt wie gewöhnlich den Kopf. Er ließ einen Stuhl bringen, ich wurde darauf gehievt, und eine kleine Prozession trug und eskortierte mich aus dem Keller und die Haupttreppe hinauf. Ich muß schon einen merkwürdigen Anblick geboten haben, denn als ich aufblickte, sah ich Tony, das Gesicht halb mit Rasierschaum bedeckt, von der Galerie auf mich herabstarren.

»Um Gottes willen!« rief er. »Sind Sie verletzt, Pat?«

So gut ich konnte, imitierte ich ein fröhliches Lächeln. »Ich bin in Ordnung. Ich habe mir nur den Knöchel verletzt.«

»Sie ist in den Aufzugschacht gefallen«, keuchte Reynolds unter meiner Last. »Sie ist die ganze Nacht dort gewesen.«

»In den Aufzugschacht! Unmöglich!«

»Das freut mich zu hören«, sagte ich. »Ich bin mit Sicherheit irgendwo heruntergefallen.«

Da stand er neben mir, und sie trugen mich in mein Zimmer. Tony folgte, und irgendwie fand ich mich auf dem Bett wieder – mein Bein schmerzte zum Wahnsinnigwerden, und alles drehte sich im Kreis. Ich konnte Tony Befehle brüllen hören: Dr. Sterling zu rufen, eine Schwester vom Krankenhaus zu holen, etwas Whisky zu bringen. Dann wurde ich vor Schmerz und Aufregung endgültig ohnmächtig. Später muß ich in einen Schlaf der Erschöpfung gefallen sein, denn es war Mittag, als ich erwachte. Mein Bein lag auf einem Kissen, und Amy Richards in ihrer Schwesterntracht legte Kompressen auf meinen Knöchel. Ansonsten lag ich wie vorher mit einer Wolldecke zugedeckt und immer noch im Morgenmantel auf meinem Bett.

Amy lächelte mich an. Sie war ein Mädchen aus dem Tal und eine alte Freundin.

»Na«, meinte sie, »für ein Mädchen mit so einem Fuß kannst du ausgezeichnet schlafen. Ich wette, du hättest das Erdbeben von San Francisco verschlafen.«

»Du hättest auch geschlafen, wenn du die ganze Nacht da gelegen hättest, wo ich drin war«, sagte ich verdrossen. »Wie schlimm ist es mit dem Fuß, Amy? Ich brauche ihn.«

»Du wirst ihn längere Zeit nicht mehr brauchen«, sagte sie in dem energischen Ton, den Krankenschwestern haben. »Wie wäre es mit etwas zu essen? Du bist doch nicht auf dem Bauch gelandet, oder?«

Ich setzte mich auf und betrachtete meinen Fuß. Er sah recht eindrucksvoll aus, und ich legte mich wieder hin und stöhnte. »Ich kann nicht im Bett bleiben«, sagte ich. »Ich habe zuviel zu tun.«

Sie lachte mich nur aus, und nach einem Bad und einer Kombination aus Frühstück und Mittagessen fühlte ich mich besser. Amy versuchte, ihre Aufregung nicht merken zu lassen. Ich vermute, sie war gehalten, mit mir nicht über die vergangene Nacht zu sprechen, aber auch ohne das gab es genug, worüber man sprechen konnte.

»Du sorgst vielleicht für Aufregung!« sagte sie. »Sie halten große Stücke auf dich, Pat. Mrs. Wainwright ist den ganzen Morgen hier rein- und rausgelaufen, und dein Freund hatte die Aufzugleute hier und hat ihnen mit Gefängnis gedroht. Das Mädchen mit dem Kater ist wohl seine Frau?«

»Ja.«

»Na, das ist eine Zigeunerin, wenn ich je eine gesehen habe«, sagte Amy bestimmt und nahm mein Tablett weg. »Ich dachte, sie wären geschieden. Was macht sie hier?«

»Ich weiß es nicht.«

»Für mich sieht sie aus wie reines Gift«, meinte Amy und legte eine frische Kompresse auf mein Bein.

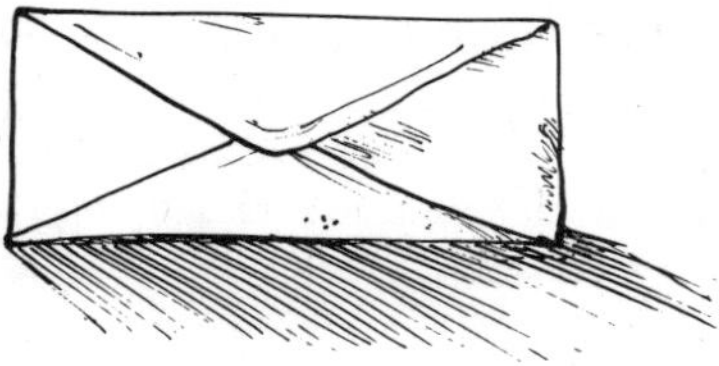

Kapitel 10

Dieser Tag brachte, wie die folgenden, nichts Aufregendes. Am Nachmittag erschien Maud, gefolgt von Hilda, die seidene Bettlaken und Kissenbezüge mitbrachte. Sie wirkte besorgt, war aber sachlich und praktisch.

»Der Arzt meint, es ist nichts gebrochen«, sagte sie. »Wir werden Sie röntgen lassen, sobald Sie transportfähig sind. Wie um alles in der Welt ist es nur passiert?«

Ich berichtete es ihr, erwähnte aber weder den Körper, auf den ich gefallen war, noch die Leiter. Aber an diesem Abend erzählte ich es Tony. Er saß neben dem Bett, und ich berichtete die ganze Geschichte. Zuerst war er ungläubig. Er sagte, die Aufzugleute hätten den Aufzug offengelassen und den Strom abgeklemmt, die Tür habe einen Spalt aufgestanden, aber sie hätten einen schweren Stuhl aus der Halle und ein Warnschild davorgestellt.

»Gestern nacht stand beides nicht da.«

»Sind Sie da sicher?«

»Völlig.«

Er holte tief Luft. »Na, Gott sei Dank sind Sie in Ordnung«, sagte er. »Hören Sie, Pat, sind Sie absolut sicher, daß Sie auf jemanden gefallen sind?« fragte er. »Immerhin, nach so einem Sturz –«

»Es ächzte. Und es bewegte sich. Ich habe noch nie gehört, daß ein Kellerfußboden so etwas tut.«

»Und die Sache mit der Leiter? Auch da sicher?«

»Ich habe versucht, mich daran hochzuziehen. Dann muß ich wieder ohnmächtig geworden sein. Als ich zu mir kam, war sie verschwunden.«

Darauf ließ er Jim Conway holen. Ich mußte die Geschichte vor ihm wiederholen, und er schien sie stellenweise höchst unterhaltsam zu finden.

»Wetten, daß es einer von Bessies Bande war«, meinte er. »Die Diener hatten Schnaps vom Keller rüber in die Spielhalle gebracht und wahrscheinlich die Tür aufgelassen. Irgendein Betrunkener kam vorbei und ist hereinspaziert. Wie hört sich das an?«

»Es wäre viel komischer, wenn es sich nicht jemand zur Gewohnheit machte, in dieses Haus einzubrechen«, sagte ich verdrießlich.

»Na, nach dieser Sache solltest du Roger für sich selbst sorgen lassen, insbesondere nachts«, riet er mir und ging.

Ich weiß jetzt, daß Jim und Tony die Affäre an jenem Tag absichtlich herunterspielten. Damals machte es mich natürlich einfach nur wütend. Denn ein paar Dinge kamen ans Licht, die einen Teil meiner Geschichte untermauerten. Stevens gab zu, daß die Hoftür zum Keller unter dem Westflügel offenstand, als er mich fand. Es gab Anzeichen, daß ein Wagen über den Rasen innerhalb der Umzäunung gefahren war und dort hinter dem Gebüsch geparkt hatte. Und auf Befragen Tonys rückte Maud mit einem sonderbaren kleinen Vorfall heraus, der wichtiger war, als er damals schien.

Wie ich hatte sie nicht schlafen können, und kurz bevor ich mit Roger hinabging, hatte das Haustelefon an ihrem Bett geklingelt. Sie hatte gedacht, es sei Bessie, die von der Spielhalle aus telefonierte, aber als sie abhob, war niemand in der Leitung.

Bessie stritt verdrossen ab, das Telefon überhaupt benutzt zu haben. »Ich hatte Besseres zu tun«, sagte sie. »Warum um alles in der Welt sollte ich Maud anrufen, egal, ob nachts oder tagsüber?«

Ich hatte danach ein paar recht angenehme Tage, in denen Maud mich umsorgte und Tony jeden Abend vor dem Dinner brüderlich eine Stunde oder so bei mir verbrachte. Außerdem waren meine Räume voller Blumen. Die Leute vom Hügel hatten sie bergeweise geschickt, und das Tal hatte dasselbe gemacht. Amy sagte, es sähe aus wie eine Leichenhalle für bessere Leute, aber insgeheim war sie stolz.

»Meine Güte«, sagte sie gewöhnlich, wenn Thomas oder Stevens noch mehr Schachteln heraufbrachten. »Ich wurde nicht eingestellt, um mich um ein Gewächshaus zu kümmern.«

Mein Knöchel wurde stetig besser. Einmal am Tag kam Bill Sterling herein, um den Verband zu wechseln. Er war von einer entschlossenen Fröhlichkeit, sah aber mit seinem abgespannten, häßlichen, attraktiven Gesicht und Augen, die einen Mangel an Schlaf verrieten, mitgenommen aus. Eines Abends schickte er

Amy mit einem Vorwand aus dem Zimmer, lehnte sich zurück und sah mich an.

»Hören Sie, Pat«, sagte er, »was hat das alles zu bedeuten?«

»Sie wissen soviel wie ich, Bill.«

»Da bin ich nicht sicher. Was tut Bessie hier? Was ist Maud Wainwright letzten Monat zugestoßen? Sie hat irgendeinen Schock erlitten. Das ganze Gerede über die Hitze war dummes Zeug. Und was ist mit Tony los? Er sieht aus, als hätte er ein Gespenst gesehen.«

Na, so ungefähr sah er selbst aus. Ich hatte keine Antworten für ihn, sagte aber, daß Maud, als Bessie angekommen war, gedacht hatte, sie sei des Geldes wegen gekommen. Er schüttelte den Kopf.

»Leute wie sie kümmern sich nicht um Geld«, meinte er. »Es ist etwas anderes.«

Lydia erwähnte er selbstverständlich nicht, und Amy war empört, als er ging. Sie hatte ihn seit Jahren unverhohlen leidenschaftlich verehrt. »Diese Leute, die hoffnungslose Romanzen pflegen und nichts dafür tun!« sagte sie. »Warum bringt er Don Morgan nicht um? Es wäre einfach genug.«

»Und du? Du bist verrückt nach ihm, aber Lydia hast du nicht umgebracht!«

»Das heißt nicht, daß ich nicht daran gedacht habe«, meinte sie düster. »Dreh dich um, und laß mich deinen Rücken massieren.«

Ein- oder zweimal in dieser Zeit spazierte Bessie herein. Sie fand meine Tür offenstehen und sah mich im Bett vor Mauds blaßrosa und blauen Kissen, blickte auf mich herab und erkundigte sich beiläufig nach meinem Fuß. Ihr eigentliches Interesse galt allerdings nicht mir. Sie fragte mich wiederholt über den Unfall aus, als ob sie dachte, ich hätte nicht die ganze Wahrheit erzählt. »Sie müssen diesen Stuhl beiseite gestoßen haben«, sagte sie. »Vorher war er da. Ich habe ihn selbst gesehen.«

»Ich nicht. Er war nicht da.«

Nachdem sie mehr als einmal dagewesen war, begann ich mich zu fragen, ob sie den Stuhl selbst weggerückt hatte. Natürlich war es lächerlich. Wie hätte sie wissen können, daß Roger nachts hinaus wollte? Oder warum hätte sie mich überhaupt verletzen oder töten wollen? Sie war weiß Gott hartherzig genug, aber ich hatte nie gedacht, daß sie vorsätzlich ein Verbrechen begehen würde. Doch etwas beunruhigte sie offensichtlich. Es war, als sei etwas passiert, das ihre sorgfältige Planung durcheinanderbrachte, und sie war so verwirrt wie ich. Bei ihrem zweiten Besuch sprach sie es dann tatsächlich aus: »Sind Sie wirklich auf jemanden gefallen?« fragte sie. »Oder haben Sie das dazuerfunden, um die Geschichte aufregender zu machen?«

»Warum sollte ich? Ich habe nicht versucht, eine gute Geschichte daraus zu machen.«

»Sie haben nicht gesehen, wer es war?« fragte sie und beobachtete mich gespannt.

»Ich bin ohnmächtig geworden. Mehr weiß ich nicht.«

»Sie waren nicht die ganze Nacht ohnmächtig.«

Das hörte Amy in meinem Wohnzimmer und kam mit einem harten Glitzern in den Augen herein. Aus irgendeinem Grund hatte sie Bessie vom ersten Moment an, als sie hergekommen war, gehaßt. Jetzt schickte sie sie hinaus und knallte heftig die Tür hinter ihr zu.

»Ich werde diese verdammte kleine Unruhestifterin draußen halten, und wenn es das letzte ist, was ich tue«, zischte sie. »Was will sie denn überhaupt? Weswegen schnüffelt sie rum? Ich wette, sie spielt selbst ein schmutziges Spielchen.«

Was im Rückblick ein milder Ausdruck für die Art von Spiel war, das Bessie Wainwright spielte und noch einige Zeit spielen sollte.

Auch ich hatte meine schlechten Zeiten. Seit dem Abend in der Spielhalle war Tony freundlich, aber zurückhaltend. Er pflegte sich an mein Bett zu setzen und über belanglose Dinge zu plaudern oder sogar in langes Schweigen zu verfallen. Ich fragte mich, ob er trank, und eines Abends war ich sicher. Er schlief in seinem Sessel ein, und Amy konnte ihn kaum aufwecken, um ihn hinauszuführen. Als sie zurückkam, wischte ich mir die Augen. Sie warf mir einen scharfen Blick zu.

»Stell dich nicht so an«, sagte sie. »Laß ihn ab und zu seine Frau vergessen. Was soll er sonst tun? Hingehen und sich richtig ausweinen?«

Er tat es nicht wieder, und bis auf Bessies Besuche verlief meine Genesung ungestört. Blumen und Karten kamen in Massen, und am vierten Tag, einem Freitag, kam eine riesige Schachtel Rosen von Don Morgan, mit einer offensichtlich von ihm selbst geschriebenen Karte: *Werde bald gesund, meine Liebe, Lydia vermißt dich.*

Ich war ziemlich gerührt, aber Amy war wütend.

»Sieht ihm ähnlich, was?« meinte sie. »Er hat wohl angerufen und sie bestellt, und Lydia zahlt die Rechnung. Was für eine Närrin sie doch war, ihn wieder aufzunehmen und zu pflegen. Zu pflegen! Er wird sie um Jahre überleben. Seine Sorte lebt ewig.«

Sie irrte sich. Don Morgan lebte nicht ewig. In diesem Augenblick hatte er nur noch ein paar Stunden zu leben.

Am Samstag gab Maud ihr erstes Dinner seit ihrer Krankheit – nur ein Dutzend Leute oder so, aber es heiterte alle gewaltig auf. Sie sah erfreut aus, als sie mir davon erzählte. »Tony geht in den Club«, sagte sie. »Er haßt Bridge. Was mit Bessie ist, weiß ich nicht. Sie hat gewöhnlich ihre eigenen Pläne.«

Und das hatte Bessie auch. Eine atemlose Amy, die an diesem Abend aus dem Fenster schaute, berichtete mir davon.

»Na, hast du Töne«, sagte sie. »Dein Freund fuhr gerade weg, als die kleine Giftnatter rausrannte und in seinen Wagen stieg. In großer Garderobe noch dazu. Dein Bein kommt besser schnell in Ordnung, Pat. Sie sieht aus, als ob sie Blut sehen will.«

Ich legte mich zurück. Es gab nichts, was ich wegen Tony unternehmen konnte, und wegen Bessie ebensowenig. Ich konnte mir vorstellen, was unten los war: wie Pierre die Küchenmädchen auf Französisch anblaffte, das Haus vor Licht und Blumen erstrahlte und Autos kamen und wegfuhren. Ich konnte hören, wie ihre Türen zuschlugen, wenn Gus sie schloß, und ich fühlte mich ziemlich elend, als Margery Stoddard heraufkam.

»Ich habe nur eine Minute Zeit«, sagte sie. »Es tut mir so leid, Pat. Unten sieht es seltsam aus ohne Sie.«

Ich stützte mich auf einen Ellbogen. »Ein schönes Kleid haben Sie da an«, meinte ich. »Aber Sie sind schlanker geworden, nicht wahr?«

»Ich? Ich bin immer schlank. Aber ich habe verflixte Kopfschmerzen. Ich werde mich zeitig davonmachen, wenn ich kann.«

Sie sah in der Tat fiebrig aus. Sie benutzte nie Rouge, aber an diesem Abend hatte sie auf beiden Wangen einen leuchtenden Fleck. Amy sah ihr hinterher, als sie ging.

»Wenn ich die besorgt aussehenden Leute zählen sollte, die ich hier gesehen habe, seit ich gekommen bin«, verkündete sie feierlich, »hätte ich nicht genug Finger. Was ist denn los mit allen?«

Das war am Samstag, dem dreiundzwanzigsten September letzten Jahres.

Soweit ich weiß, war nichts vorgefallen, was die Tragödie ankündigte, die sich vorbereitete. Der Hügel hatte sich vom Golf ab- und der Jagd zugewandt, das Wetter war schon seit Wochen trocken, so daß die Blätter bereits fielen, und unten im Tal ging es Don Morgan besser – er hatte sich sogar angewöhnt, über das Grundstück zu spazieren und in der Sonne auf der Bank zum Fluß hin zu sitzen. Amy sagte, sie habe ihn einmal auf der Straße gesehen, und er habe gut ausgesehen und gut gekleidet gewirkt, aber ein großes Aufheben darum gemacht, ein kranker Mann zu sein. »Einen Stock hat er gehabt, um sich drauf zu stützen«, sagte sie. »Dazu noch einen aus Malakka mit Gold dran. Man kann sich drauf verlassen, daß der alte Don ein goldenes Malakkaröhrchen hat. Und Audrey bei ihm untergehakt. Das kleine Biest macht mich krank.«

Die erste Warnung erhielt ich, als Lydia mich an diesem Abend um kurz vor zwölf anrief. Amy war nebenan und schlief mittlerweile, aber die Tür war geschlossen.

»Habe ich dich geweckt, Pat?« fragte Lydia.

»Nein. Hier war heute abend ein kleines Dinner, und ein paar Unentwegte gehen gerade erst.«

»Ist Tony da?«

»Ich glaube, er ist noch nicht zurück. Er hat im Country Club gegessen. Was ist, Lydia?«

Sie senkte die Stimme. »Ich mache mir schreckliche Sorgen«, sagte sie. »Ich möchte nicht, daß Audrey mich hört. Pat, Don ist nicht in seinem Zimmer.«

»Vielleicht konnte er nicht schlafen und ist spazierengegangen.«

»Ich bin draußen gewesen. Außerdem hatte er seinen Pyjama an. So kann er nicht weit gegangen sein. Pat, glaubst du – er ist in den letzten paar Tagen niedergeschlagen gewesen, und wo der Fluß so nahe ist –«

»Sei nicht albern. Das würde er nie tun. Schau mal, ich glaube, Bill Sterling ist hier. Er ist heute abend, nachdem er mich besucht hat, für Margery beim Bridge eingesprungen. Laß mich ihn herunterschicken.«

Das lehnte sie ab. Sie sagte, sie würde noch etwa eine Stunde warten, bis sie etwas unternähme, und legte auf. Aber ich konnte nicht schlafen. Genau um Mitternacht brach die Gesellschaft unten auf. Ich konnte die Wagen vorfahren und wegfahren hören, und etwas später hörte ich Maud die Treppe heraufkommen. Einige Zeit darauf kehrte Bessie vom Club im Auto nach Hause zurück, und ich humpelte zum Fenster, um sie allein von der Garage herüberkommen zu sehen, und fragte mich, wo Tony war. Schließlich schlenderte er um halb zwei aus der Richtung des Golfplatzes herbei. Er hatte keinen Hut auf und war offenbar erschöpft. Ich sah, wie er stehenblieb und zum Haus hinaufschaute, aber da das Licht bei mir aus war, erblickte er mich nicht.

Um zwei Uhr rief Lydia noch einmal an. Don war nicht zurückgekommen. Alle seine Kleider waren da, aber sein Mantel war verschwunden. Und sie war in der Garage gewesen. Ihr Wagen fehlte.

Jim Conway hatte sie bereits benachrichtigt. Er war jetzt bei ihr, und der Streifenwagen war unterwegs, um nach Don zu suchen. »Obwohl bei diesen vielen Straßen –«, sagte sie hilflos. Allerdings schien sie in gewisser Weise erleichtert zu sein. Der Wagen bewies, daß er nicht zum Fluß gegangen war, und es bestand die Möglichkeit, daß er einfach nicht hatte schlafen können und eine Spazierfahrt unternommen hatte.

Trotzdem weckte ich Amy, und sie fuhr hinab, um den Rest der Nacht bei Lydia zu verbringen. »Nicht, daß mich Don Morgan einen Pfifferling scheren würde«, sagte sie, »aber sie tut mir leid. Es wäre gut für sie, wenn er nie wieder auftauchen würde.«

Ich bin immer noch froh, daß ich das getan habe – Amy geschickt, meine ich. Denn sie war dort, als die Nachricht kam, daß sie Donald Morgans Leiche am Sonntagmorgen bei Tagesanbruch gefunden hatten – in einem Graben neben der Straße, die vom jenseitigen Ende des Tales in die Hügel führt. Er war schon seit Stunden tot.

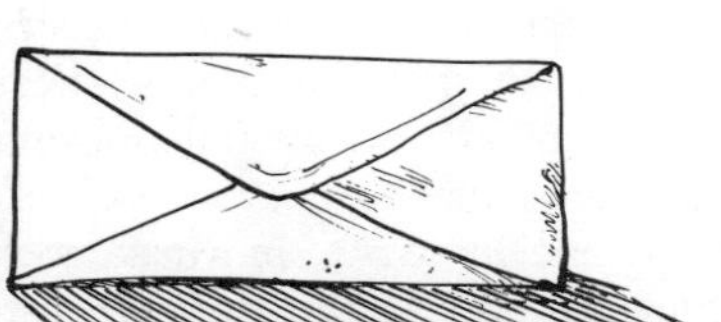

Kapitel 11

Maud brachte mir die ersten Nachrichten, als sie in ihrem Schlafrock und einem Négligé hereinkam, den langen Zopf auf dem Rücken. Sie wußte allerdings nur die bloße Tatsache, daß man ihn entdeckt hatte.

»Das wird wohl hart für Lydia«, sagte sie und schenkte sich eine zweite Tasse Kaffee von meinem Tablett ein. »Sie wird sich die Schuld geben, wenn ich auch nicht weiß, wieso. Wenn er herzkrank war, hätte er jederzeit sterben können. Sie kann ihn natürlich noch gemocht haben.« Sie seufzte. »Der Fluch, den Gott den Frauen auferlegt hat, waren nicht die Schmerzen des Gebärens. Er gab ihnen einfach ein vertrauensvolles Gemüt und ließ sie damit allein.«

Die einzige Tatsache, die wir an diesem Morgen wußten, war, daß Don tot am Straßenrand gefunden worden war. Die weiteren Einzelheiten erreichten uns erst mittags, als Tony vom Club zurückkam, wo, wie ich erfuhr, den ganzen Vormittag eine Art nachbarschaftliche Untersuchungskommission getagt hatte.

Die Tatsachen allerdings waren schon seltsam genug. Der arme alte Don, zu nichts nutze, immer galant und auf sein Äußeres bedacht, war mit dem Gesicht nach unten in einem Straßengraben gefunden worden, nur mit einem blauen Seidenpyjama bekleidet. Um das Geheimnis zu vergrößern, war Lydias Auto nirgendwo in der Nähe, und daß er es nicht stehengelassen hatte und dorthin, wo er entdeckt worden war, zu Fuß gegangen war, lag auf der Hand. Er trug nur einen Pantoffel, und es wies nichts darauf hin, daß der andere Fuß überhaupt den Boden berührt hatte.

Der Streifenwagen hatte ihn um sieben Uhr morgens gefunden. Sie hätten ihn beinahe übersehen, da der Graben ziemlich überwuchert war. Aber einer der Männer hatte etwas Blaues schimmern sehen, angehalten und war ausgestiegen. Er kletterte in den Graben hinab und schaute zwischen das hohe Gras. Dann richtete er sich auf.

»Hier ist er, Nick«, rief er. »Schätze, es ist alles vorbei. Der arme Teufel ist tot.«

Nick stieg aus, und die beiden Männer betrachteten die Leiche. Sie wußten, daß sie besser nichts berühren sollten, obwohl einer der beiden einen Arm anhob.

»Seit Stunden tot«, sagte er. »Ich bleibe hier. Ruf besser den Chef an.«

Ein Wachsergeant hatte Dienst, aber er hatte offenbar geschlafen. Als er die Nachricht erhielt, wachte er allerdings auf. »Tot? Wie?« fragte er. »Fahrerflucht?«

»Sieht aus, als hätte er einen Herzschlag gehabt«, sagte der Beamte. »Hol den Chef, ja?«

Er gab die Stelle an, und eine halbe Stunde darauf fuhr Jim Conway mit quietschenden Bremsen vor. Er hatte Bill Sterling mitgebracht, und Bill hatte sich seine Tasche geschnappt und auf dem Weg hinaus eine Spritze vorbereitet. Aber ein Blick sagte ihm, daß Don erneut gegangen war, und diesmal weit, weit weg.

»Tot«, sagte er. »Sieht so aus, als habe er die ganze Nacht hier gelegen.«

»Woran ist er gestorben? Irgendeine Vermutung?«

»Er sagte, er hätte ein schwaches Herz«, erwiderte Bill kurz. »Ich habe ihn nie untersucht. Kann ich ihn jetzt umdrehen?«

Jim nickte. Hier war nicht die Großstadt mit einer Mordkommission, die auf die Fingerabdruckexperten und die Photographen wartete, und außerdem vermutete noch niemand, daß etwas nicht stimmte. Blut war zumindest nicht zu sehen.

»Armer Teufel«, meinte Nick und half, ihn umzudrehen. »Sagen Sie, Chef, ich dachte, er hatte einen Mantel an?«

»Das sagte Mrs. Morgan«, erwiderte Jim. »Schauen Sie sich um, ob er da ist. Es fehlt auch ein Pantoffel.«

Aber es waren weder Mantel noch Pyjama, die Bill Sterling und Jim, nachdem sie die Leiche umgedreht hatten, einander anstarren ließen. Der Pyjama war triefnaß. Auf dem Rücken war er ein bißchen getrocknet, und die Feuchtigkeit hätte der schwere Tau sein können. Nach dem Umdrehen war keine Frage mehr, was passiert war. Der Körper war im Wasser gewesen. Jim war verblüfft.

»Scheint so, als sei er in den Fluß gesprungen«, sagte er. »Das hatte Lydia befürchtet. Vielleicht hat er es getan und sich dann anders besonnen.«

»Und ist dann mit einem fehlenden Pantoffel eine Meile gelaufen und hat einen Herzschlag gekriegt!« sagte Bill schroff. »Gebrauchen Sie Ihren Verstand, Jim.«

»Was meinen Sie?«

»Wenn er ertrunken ist, ist er ermordet worden. Ich glaube sowieso, er ist ermordet worden.«

Das änderte natürlich alles. Bevor er Beverly verließ, hatte Jim die Ambulanz bestellt, die kurz darauf eintraf. Aber er ließ sie die Leiche nicht entfernen. Er benachrichtigte das Büro des Coroners und ließ seine Kamera aus dem Dorf holen. Er hatte ein halbes Dutzend Aufnahmen gemacht, bis der Coroner eintraf.

Inzwischen untersuchten die beiden Polizisten die Umgebung. Die Straße war diejenige, die einst zum George-Washington-Brunnen geführt hatte, aber die Leiche lag nur ein kleines Stück abseits der Hauptstraße. An dieser Stelle verbreiterte sich das Tal, und es war ein Kilometer oder noch mehr bis zum Fluß. Die Polizisten fanden nichts. Es war trocken gewesen, und die Straße, kaum mehr als ein Feldweg, zeigte keine Reifenspuren.

Aber Jim hatte etwas bemerkt, wenn er es auch für sich behielt. Als die Leiche umgedreht wurde, hatte er gesehen, daß ein Knopf von der Pyjamajacke abgerissen war. Er erwähnte es nicht, kniete sich aber hin und suchte den Graben gründlich ab. Danach ging er mit gesenktem Kopf umher und suchte, wie er später sagte, nach Gottweißwas. »Ich mußte die einzelnen Schritte nachvollziehen«, so stellte er es dar. »Ich mußte einen Knopf, ein Auto, einen Mantel und einen Pantoffel finden, und ich mußte herausbekommen, was ein Mann wie Don Morgan da hinten auf der Straße im Pyjama machte. Du weißt, wie er war, Pat. Pflegte Handschuhe und Gamaschen zu tragen. Ich hatte ihn tausendmal gesehen, als ich klein war. Aber da war er nun, als ob er gerade aus dem Bett gestiegen wäre.«

Als der Coroner kam, fand er allerdings etwas, was Jim übersehen hatte. Don war auf den Hinterkopf geschlagen worden. Man konnte eine Verletzung unter seinem dichten Haar bemerken – nicht schwer genug, um ihn zu töten, aber ausreichend, um ihn bewußtlos zu machen. Er fand außerdem einige Prellungen am Körper, und zwar ältere, und wirkte verwirrt.

Aber er war sicher, daß es Mord war, obwohl er sich weigerte, sich vor der Autopsie festzulegen. Bill Sterling stand gerade daneben, und beim trockenen Kommentar des Coroners blickte

Jim ihn an. In diesem Moment, sagte er später, sei ihm zum ersten Mal klargeworden, daß Dons Tod für mehrere Leute eine Erleichterung darstellte. Und einer davon war Bill Sterling selbst.

»Schließlich haßte er Don wie die Pest«, sagte er ohne Umschweife. »Er hat nicht einmal so getan, als täte es ihm leid. Er sah beunruhigt aus, aber das war auch so ziemlich alles.«

Wie auch immer – als die Leiche weggeschafft worden war und die beiden Männer zum Dorf zurückfuhren, wagte Jim einen Versuch aufs Geratewohl.

»Ich glaube kaum, daß Lydia Morgan sehr trauern wird«, meinte er. »Sie hat sich anständig benommen, aber was bedeutete er ihr schon?«

Er merkte, wie sich Bill neben ihm straffte. »Halten Sie Lydia da raus«, sagte Bill abrupt. »Sie hat nichts damit zu tun.«

Jim setzte Bill am örtlichen Krankenhaus ab, wo Dons Leiche bereits in der Leichenkammer für die Autopsie bereitlag. Danach hatte er einen betriebsamen Morgen. Zunächst machte er sich daran, Lydias Auto ausfindig zu machen, setzte Cracker Brown an den Polizeifunk für den Fall, daß es weit weggefahren worden war, und telefonierte selbst bei den Gemeinden flußauf und flußab herum. Aber er hatte eine starke Ahnung, wie er es ausdrückte, daß der Wagen nicht weit entfernt war.

»Für mich mußte es jemand aus der näheren Umgebung gewesen sein«, sagte er. »Jemand hatte das Auto so stehengelassen, daß er die Stadt oder den Hügel zu Fuß erreichen konnte. Jedenfalls ging ich davon aus.«

Er selbst glaubte noch, daß Don im Fluß gewesen sei. Er schickte den Polizeiwagen in die Hügel, übernahm selber das Tal und suchte jeden Weg und jede Straße ab, die zum Ufer führte. Aber Lydias Auto sollte nicht gefunden werden, und um ein Uhr warf er den Fluß sozusagen über Bord und ging zum Mittagessen nach Hause.

Der Streifenwagen war ebenso erfolglos gewesen. Es war Sonntag, und die kleinen Straßen und Wege waren mit Autos gesäumt, von denen viele für ein Familienpicknick abgestellt worden waren.

Dann rief um drei Uhr, als der Urteilsspruch des Coroners, daß Don ertrunken war, vor Jim auf dem Schreibtisch lag und Cracker Brown im Funkraum mit wichtiger Miene ein Schinkenbrot kaute, Julian Stoddard bei der Polizeiwache an.

»Einer meiner Leute hat ein verlassenes Auto in dem Hohlweg unterhalb meines Hauses gefunden, Mr. Conway«, sagte er. »Meines Wissens suchen Sie eines.«

»Ich komme sofort«, sagte Jim, »wenn ich Flügel hätte, würde ich fliegen.«

Julian hielt das nicht für witzig. Er war ein reservierter Mann und achtete auf seine Würde. »Wenn Sie zu mir kommen, zeige ich es Ihnen«, sagte er kühl und legte auf.

Es war Lydias Auto. Man hatte es einen Waldweg entlang in eine tiefe Senke hinter dem Stoddardschen Anwesen gefahren und sorgfältig versteckt. Der Gärtner, der es gefunden hatte, stand noch Wache, als Jim und Mr. Stoddard eintrafen. Er hatte ein kleines Gewehr dabei und behauptete, er habe nichts berührt.

»Ich war hinter den Stinktieren her, die den Rasen aufgewühlt haben«, erklärte er. »Ich kam den Hügel herunter, weil ich hier unten ein paar gesehen hatte. Dann sah ich den Wagen. Ich glaube, es ist ein Mantel oder so was drinnen.«

Das Auto war nicht abgeschlossen, und mit einem Taschentuch öffnete Jim die Tür. Da lag Dons Mantel, ein hellbrauner mit dem Etikett eines englischen Schneiders. Er war noch naß, genauso wie die hintere Fußmatte. Vom Pantoffel oder dem Knopf fand sich keine Spur.

Julian Stoddard stand daneben und sah wie gewöhnlich förmlich und distanziert aus. Außerdem wirkte er verärgert.

»Ich hoffe, das kommt nicht in die Zeitungen«, sagte er. »Ich möchte nicht, daß die Photographen und Reporter mein Haus belagern.«

»Ich fürchte, da kann ich nichts machen, Mr. Stoddard«, antwortete Jim. »Ich habe gehört, aus der Stadt kommt ein Sonderzug mit ihnen! Wir werden den Wagen wegschaffen, sobald er nach Fingerabdrücken untersucht worden ist. Das ist alles, was ich tun kann.«

Auf dem Rückweg den Hügel hinauf fiel Jim etwas ein. »Sie haben doch irgendwo ein Schwimmbassin, nicht wahr?«

»Das habe ich. Warum?«

»Ich würde es mir gerne mal anschauen.«

»Meine Güte, Sie glauben doch nicht, daß Don Morgan in meinem Becken war!«

»Na, schauen Sie«, sagte Jim vernünftig. »Sie kennen die Geschichte. Sie ist überall bekannt. Morgan ist irgendwo im

Wasser gewesen. Dann ist sein Auto hier oder das seiner Frau. Etwas Nasses ist darin gewesen, und es ist nicht weit den Hügel hinab bis zum Auto.«

»Das ist lächerlich. Wieso mein Schwimmbad? Es gibt Dutzende auf dem Hügel, das im Club nicht mitgezählt.«

Er war empört. Er war einer der wichtigsten Männer in der Gemeinde, und da stand dieser Amateurpolizist und versuchte, ihn möglicherweise in einen Mordfall zu verwickeln. Nichtsdestotrotz führte er Jim zum Bassin und stand daneben, während Jim es betrachtete. Am flachen Ende war es klar genug, aber im tiefen Teil war der Boden nicht zu erkennen.

»Ich muß Sie bitten, es nicht abzulassen, bis wir es abgesucht haben«, sagte Jim so bestimmt, wie er konnte. »Sie benutzen es besser auch nicht, Mr. Stoddard.«

»Meine Mädelchen haben für heute nachmittag Kinder zum Schwimmen eingeladen.«

»Tut mir leid«, sagte Jim, »sie müssen Mensch-ärger-dich-nicht spielen oder so was.« Und als er Julians Miene sah: »Wenn nötig, werde ich eine Wache postieren. Ich möchte nicht, daß jemand hineingeht, bevor es untersucht ist, und vielleicht muß ich es ablassen. Sie halten besser jemanden dafür bereit.«

Damit ging er, und eine halbe Stunde später hatte Julian das zweifelhafte Vergnügen mitanzusehen, wie ein alter Ford hereinfuhr, auf seiner gepflegten Zufahrt parkte und sich ein Mann in gewöhnlicher und sicherlich nicht ansprechender Kluft auf einer Bank neben dem Bassin niederließ und sich gemütlich eine Pfeife ansteckte.

Um vier Uhr nachmittags wurde jedes Schwimmbassin im Bezirk genauso bewacht, einschließlich unseres eigenen in der Spielhalle. Denn mittlerweile hatte man das Ergebnis der Autopsie veröffentlicht. Donald Morgan war ertrunken. In seinen Lungen fand sich Wasser, und da man, wie beschrieben, seine Leiche gefunden hatte, ging man natürlich von Mord aus.

Tony war es, der uns diese letzten Neuigkeiten brachte. Bessie war noch nicht erschienen und hatte ausrichten lassen, sie ruhe sich aus, und Maud und ich hatten die langen Stunden gemeinsam in meinem Zimmer verstreichen lassen. Tony hatte uns angerufen, als die Leiche gefunden worden war; dann hatte er sich dem inoffiziellen Suchtrupp angeschlossen, der der Polizei half, nach Lydias Wagen zu schauen. Wo er sich befand, als er die offizielle

Feststellung des Tatbestandes durchgab, daß Don ermordet worden sei, weiß ich nicht.

»Wahrscheinlich erst niedergeschlagen und dann in irgendein Schwimmbecken geworfen, damit er ertrank«, sagte er. »Das ist jedenfalls Conways Idee. Gräßlicher Gedanke, nicht?«

Kurz darauf kam er zurück und sah müde aus. Er hatte nicht zu Mittag gegessen, und Maud ließ etwas holen. Ich hatte es mittlerweile geschafft, mit Hilfe von Thomas und Stevens nach unten zu gelangen, und wir waren im Innenhof, als er kam. Ich erinnere mich, wie friedlich es dort an jenem Tag war, als das Wasser vom Brunnen leise plätscherte, Maud wegen Lydia besorgt war, ansonsten aber den Frieden durch Bessies Abwesenheit genoß, und Tony hungrig aß, während er berichtete.

Ich erinnere mich sogar, wie ich aufstand und ein paar Schritte ging, um vorzuführen, wie sehr ich mich erholt hatte. Dann kam Reynolds herein, um das Eintreffen eines Aufpassers zu melden, der unser Schwimmbecken bewachen sollte, und plötzlich waren wir von der ganzen Tragödie unmittelbar betroffen.

»Unser Schwimmbecken!« sagte Maud. »Aber die Spielhalle ist immer abgeschlossen. Haben Sie ihm das gesagt?«

Reynolds sah verlegen aus. »Es tut mir leid, Madam. Gerade eben habe ich sie unverschlossen vorgefunden. Sie ist vor kurzem benutzt worden. Es liegen feuchte Handtücher herum. Ich dachte, vielleicht hat Mr. Tony sie benutzt.«

Tony blickte rasch auf. »Ich bin seit Tagen nicht in der Nähe gewesen, Reynolds.«

Maud sah unglücklich aus. »Was meinen Sie mit ›benutzt‹, Reynolds? Doch nicht – das Schwimmbecken?«

»Ich fürchte doch. Es ist Wasser auf den Kacheln. Die Wache ruft gerade aus der Bibliothek Mr. Conway an.«

Da saßen wir nun und waren schließlich doch in den Mord an Don verwickelt. Ich glaube, ein paar Minuten lang rührte sich keiner von uns. Reynolds stand dabei und wirkte wichtig und von jenem merkwürdigen heimlichen Vergnügen erfüllt, mit dem anscheinend alle Dienstboten schlechte Nachrichten überbringen. Da erschauerte Maud, und Tony sprang auf.

»Mach dir keine Sorgen, Mutter«, sagte er. »Das bedeutet nicht das Geringste. Vielleicht ist Bessie unten gewesen.«

Aber Bessie war nicht dort gewesen. Sie erschien gerade, und Maud berichtete ihr die ganze Geschichte. Ich glaube, keiner von uns war darauf gefaßt, wie sie reagierte. Ihr Gesicht nahm eine grünlichweiße Farbe an, und sie ließ sich in einen Sessel fallen.

»Tut mir leid«, sagte sie mühsam, »mir geht es heute nicht gut. Es ist ein Schock. Jeder Mord ist ein Schock, oder?«

Tony beobachtete sie.

»Kanntest du ihn zufällig?« fragte er.

»Kennen? Natürlich nicht. Er war seit Jahren verschwunden, oder nicht?« Sie hatte sich ein wenig erholt. Sie ergriff ihr Schminktäschchen und betrachtete ihr Gesicht. »Was ist mit dem Schwimmbecken in der Spielhalle?« wollte sie wissen.

»Es besteht die Möglichkeit, daß er dort ertränkt worden ist«, antwortete Tony trocken.

Da stand Maud auf. »Wir gehen besser rüber«, meinte sie. »Es kann nicht wahr sein, aber ich muß mich selbst überzeugen.«

Sie gingen durch die Westtür hinaus, und auf dem Weg schaute Tony in die Tischschublade. Der Schlüssel war wie gewöhnlich dort, und Tony sah verwirrt aus.

Jim Conway traf ein, bevor sie das Gebäude erreicht hatten. Er hatte zwei Männer dabei, und unmittelbar darauf folgte ein Wagen, der, wie ich später erfuhr, voller Reporter war.

Sie hefteten sich an seine Fersen, am Brunnen gebot er ihnen jedoch Einhalt. Sie schienen mit ihm zu streiten, aber einer seiner Leute blieb zurück, um auf sie aufzupassen, während Jim weiterging. Danach blieben sie, offenbar irritiert, wo sie waren. Dann steckten sie sich – das Unvermeidliche wie wohl üblich akzeptierend – Zigaretten an und warteten.

Ich stand in der Tür des Westflügels, als das passierte, und ich war noch dort, als vielleicht eine Viertelstunde später Maud allein über den Rasen zurückkam und blaß und besorgt aussah.

»Sie werden das Becken absuchen«, sagte sie. »Jim Conway sucht nach etwas, ich weiß nicht, wonach. Er läßt gerade einen Polizisten tauchen. Deswegen mußte ich gehen.« Im hellen Nachmittagslicht sah sie abgehärmt aus. Sie verharrte einen Moment. »Wonach um alles in der Welt suchen die bloß, Pat?«

»Ich würde mir keine Sorgen machen. Kommen Sie herein und trinken Sie ein Glas Sherry.«

Sie schüttelte den Kopf. »Er wird das Becken auch ablassen. Er will ein Stück Drahtgitter. Ich nehme an, Reynolds kann etwas besorgen. Pat, glauben Sie, hier geht vielleicht ein Wahnsinniger um? Wenn man an Evans denkt, und jetzt das –«

Aber sie kam herein, und der Sherry belebte sie. Ich begleitete sie – im Aufzug, der jetzt tadellos funktionierte – nach oben, und von einem Fenster in ihrem Schlafzimmer sahen wir, wie Reynolds etwas, das wie ein ganzes Fliegengitter aussah, und eine schwere Schere über den Rasen trug. Er kam nicht wieder, und die Gruppe beim Brunnen rührte sich nicht. Sie rauchten und schwatzten, aber ständig beobachteten sie die Spielhalle, so wachsam wie gute Hunde auf der Fährte. Es war fast dunkel, als Jim Conway und Tony wieder ins Blickfeld kamen. Der Brunnen war angestrahlt, und ich sah Jim dort stehenbleiben. Er trug etwas, das wie ein Badehandtuch aussah, in das etwas eingerollt war, und er hielt an, um zu den Reportern zu sprechen.

Heute weiß ich, was er ihnen mitteilte. Er faßte sich kurz: »Ich kann keine letztendliche Erklärung abgeben. Dafür ist es noch zu früh. In diesem Augenblick kann ich nur sagen, daß ich aufgrund bestimmter, soeben entdeckter Indizien annehme, daß Mr. Donald Morgan in diesem Schwimmbecken hier zu Tode gekommen ist.«

Sie umringten ihn und versuchten, mehr zu erfahren. Sie wollten das Bassin sehen, wollten wissen, was er in der Hand trug, was für Indizien das waren. Als klar war, daß sie nichts erreichen konnten, machten sie sich zu ihrem Auto auf, und Tony, der ernst und unglücklich aussah, kam zum Haus.

An diesem Abend führten Maud und er vor dem Dinner ein langes Gespräch. Es endete damit, daß er nach Dwight Elliott schickte und ihn bat, ihn sofort auf der Polizeiwache im Dorf zu treffen; denn mittlerweile bestand kein Zweifel mehr, wo oder wie Donald Morgan gestorben war.

Bill Sterling wurde unten in Jim Conways Büro verhört, und vor ihm auf dem Schreibtisch lagen ein durchnäßter Pantoffel und ein großer Perlmuttknopf.

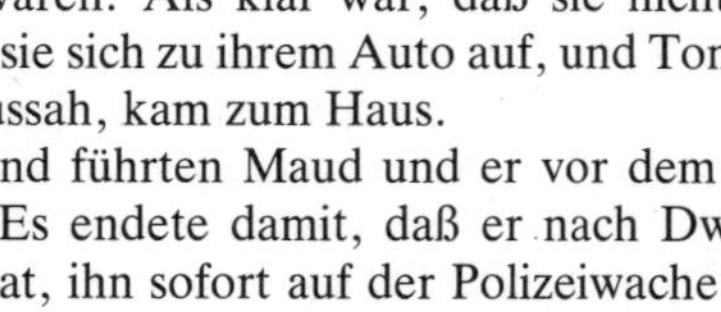

Kapitel 12

Es war völlig zwanglos, dieses Verhör. Es hätte eine Plauderei zwischen zwei Männern sein können, die Bekannte, wenn nicht Freunde waren. Im späteren Verlauf des Falles sagte Jim, er habe keine Ahnung gehabt, wie weit seine Befugnisse reichten, und Bill Sterling sei es anscheinend gleichgültig gewesen.

Bill sagte sofort, daß er kein Alibi habe.

»Ich habe ihn nicht umgebracht«, sagte er. »Ich habe ihn für einen dreckigen Schurken gehalten. In diesem Punkt denke ich immer noch so. Er hat Lydia vor Jahren verlassen. Als er dann krank wurde – und ich ziehe diese Krankheit in Zweifel: bei der Leichenschau war sein Herz in Ordnung –, kam er zurück. Finden Sie heraus, warum er zurückgekommen ist, und Sie wissen einiges mehr.«

»Vielleicht. Sie müssen nicht betonen, was Sie von ihm gehalten haben, Bill. Es ist verständlich, aber es könnte – tja, ungeschickt sein.«

»Sie wollen sagen, daß es so gedeutet werden könnte, als sei ich vielleicht schuldig. Na, ich bin kein Dummkopf, Conway. Wenn ich vorgehabt hätte, ihn zu beseitigen, hätte ich ein Dutzend Möglichkeiten gewußt – nicht nur einfachere, sondern auch weniger gefährliche. Jeder Mediziner kennt sie. Und ich hätte mit Sicherheit ein Alibi, und das habe ich nicht.«

»Sie haben sich nicht mit ihm gestritten?«

»Ich habe ihn bis auf einmal nie zu Gesicht bekommen. Da ging er gerade spazieren, und Audrey stützte ihn. Stützte ihn! Sie haben ihn heute gesehen. Meinen Sie, er war schwach?«

Jim grinste. »Ich vermute, Sie sind fest entschlossen, eine Anklage gegen sich zusammenzutragen«, sagte er. »Ich schlage vor, wir verfahren zur Abwechslung mal streng nach den Spielregeln. Wo waren Sie beispielsweise letzte Nacht?«

»Das wissen Sie. Ich bin hochgefahren, um Pat Abbott im Kloster zu besuchen. Es gab eine Dinnerparty dort, und Mrs.

Stoddard ging zeitig. Ich bin beim Bridge für sie eingesprungen, und wenn Sie alle Einzelheiten wissen wollen: Ich habe genau elf Dollar verloren.«

»Wann sind Sie gegangen?«

»Gegen zwölf.«

»Und dann?«

»Die übliche Geschichte. Ich war nicht müde und bin deswegen ein bißchen rumgefahren.«

»Wo war das, Bill? Wohin sind Sie gefahren?«

»Durch die Berge. Es war eine schöne Nacht. Ich war auf der Beaver Creek Road, und zwar dort, wo dieser Weg unterhalb des Grundstücks der Stoddards abzweigt«, fügte er heftig hinzu. »Machen Sie was draus, wenn Sie können.«

Bislang war er relativ offen gewesen, wütend und offensiv. Aber danach ging es nicht mehr so glatt. Die Frage, ob er irgendwann Lydias Auto gesehen habe, verneinte er, aber nicht mehr so überzeugend. Tatsächlich veränderte sich sein ganzes Verhalten. Er war nicht länger empört und aggressiv, sondern wurde vorsichtig. Nach der Spielhalle im Kloster befragt, sagte er, er sei nur ein- oder zweimal in seinem Leben darin gewesen, um mit Tony Tennis zu spielen. Natürlich habe er keinen Schlüssel dazu. Was solle er mit so einem Schlüssel? Er habe seine Schlüssel dabei. Hier seien sie. Er möge sie sich anschauen.

Sie lagen noch da, als eine Stunde später Tony und Dwight Elliott hereingelassen wurden. Die Befragung war pausenlos fortgesetzt worden.

»Sagen Sie mir folgendes, Bill: Wie lange würde es dauern, bis ein Mann ertrinkt, wenn man ihn zuerst niederschlägt?«

»Nicht sehr lange, wenn er sich nicht wehren kann. Andernfalls eine ganze Weile. Und wenn man ein Beatmungsgerät da hätte und versuchte, ihn wiederzubeleben –«

»Na, niemand hat versucht, Morgan wiederzubeleben«, sagte Jim und lächelte. »Hören Sie, Bill, wie gut kannten Sie Evans, den Nachtwächter im Kloster?«

»Ich habe ihn mal gesehen. Ich kannte ihn überhaupt nicht, bis er verletzt wurde. Seither kümmere ich mich um ihn.« Dann ging ihm die Bedeutung der Frage auf. »Ich verstehe. Ich habe Evans niedergeschlagen, um seine Schlüssel zu stehlen. Dann –«

»Woher wissen Sie, daß Evans' Schlüssel gestohlen worden sind?«

»Tony Wainwright hat es mir erzählt, als Pat Abbott in den Aufzugschacht gefallen ist. Wir haben das Haus an jenem Morgen abgesucht.«

Aber die Erwähnung der Schlüssel hatte Jims Blick wieder auf den Tisch gelenkt. Er hatte Bills Schlüsselring ergriffen, als Tony und Dwight Elliott erschienen, und er hielt ihn noch in der Hand.

»Wir reden gerade von den Schlüsseln zu Ihrer Spielhalle«, sagte er zu Tony. »Ich nehme an, Sie würden einen erkennen, wenn Sie ihn sehen?«

»Das würde ich. Ich bin verdammt sicher, daß Bill Sterling nie einen gehabt hat, wenn Sie das meinen.«

Aber Bill starrte auf die Schlüssel, als hätte er sie noch nie gesehen. »Schauen Sie«, sagte er gepreßt, »einer dieser Schlüssel gehört mir nicht. Ich habe bloß vier. Es sind fünf an diesem Ring.« Er hielt sie empor. »Sehen Sie«, sagte er, »zwei Autoschlüssel, Praxistür, Haustür. Wofür ist der andere?«

Man mußte nur auf Tonys Miene schauen, um ihn zu identifizieren. Es war Evans' Schlüssel zur Spielhalle.

Nach Tonys bestätigendem Nicken waren alle offensichtlich bestürzt. Nicht einmal Dwight Elliott hatte etwas zu sagen, obwohl er später protestierte, Jim sei an jenem Tag über seine Befugnisse hinausgegangen. Gegen Bill habe damals nichts vorgelegen außer seinem Haß auf Don, und es habe keinen Grund gegeben, ihn zu verhören. Bis der Schlüssel auftauchte, natürlich. Und das war reiner Zufall. Hätte ein Schuldiger bei vollem Verstand den Schlüssel so hervorgezogen, wie Bill es getan hatte? Nein. Tausendmal nein.

Jim Conway muß sehr ernst ausgesehen haben an diesem späten Sonntagnachmittag, als die Septembersonne in sein schmuckes Büro schien und die drei Männer ihm gegenübersaßen. Verwirrt war er bestimmt.

»Ich wußte nicht, was zum Teufel ich als nächstes tun sollte«, erzählte er mir später. »Ich konnte mir den alten Bill nicht als Mörder vorstellen, und dazu noch als einen grausamen. Und warum hätte er mir diese Schlüssel hinhalten sollen, wenn er einer war?«

Bill war der erste, der an jenem Tag wieder sprach. Er legte die Schlüssel ruhig auf den Schreibtisch.

»Tja«, sagte er, »ich nehme an, Sie müssen mich wohl festnehmen, Jim. Sie werden es nicht wollen, aber so ist es nun mal.«

»Irgendeine Ahnung, wie der Schlüssel dahingekommen ist?«

»Nicht die blasseste. Gewöhnlich lasse ich sie im Wagen, wenn ich Visite mache. Das halbe Tal und fast der ganze Hügel hätten es tun können.«

»Sie hätten überhaupt nichts bemerkt?«

»Meinen Sie, ich hätte ihn dann da drangelassen? Nein. Ich glaube, keiner achtet besonders auf seine Schlüssel, und das ist außerdem ein kleiner. Wir könnten die ungefähre Zeit überprüfen. Ich habe den Wagen und die Schlüssel am Freitag bei Tim Murphy gelassen, um die Zylinder entrußen zu lassen. Vielleicht erinnert sich Tim, wie viele da waren.«

Sie riefen Tim an. Er war draußen im Garten bei einem Sonntagsnickerchen, und es dauerte etwas, ihn an den Apparat zu bekommen. Als er dran kam, bekräftigte er Bills Geschichte. Es waren nur vier Schlüssel an dem Ring gewesen.

»Ich habe es bemerkt, weil seine Hausschlüssel dran waren. Ich mußte den Wagen vor dem Abend zurückbringen, für den Fall, daß er sie brauchte.«

Also war, wenn Bills Geschichte stimmte, irgendwann zwischen Freitagabend und diesem Sonntagnachmittag Evans' Schlüssel zur Spielhalle im Kloster an Bills Schlüsselring angebracht worden. Dwight Elliott, der bisher geschwiegen hatte, hatte einen Vorschlag.

»Dieser Morgan«, meinte er, »war er wirklich ein kranker Mann? Gab es irgendeine Möglichkeit, wie er an den Schlüssel hätte kommen können?«

»Worauf wollen Sie hinaus?«

»Tja, es ist nur so eine Idee. Ich rate nur. Könnte er beispielsweise derjenige gewesen sein, der Evans niedergeschlagen und seine Schlüssel entwendet hat?«

»Warum um alles in der Welt sollte er? Er hatte seine Fehler, aber ein Straßenräuber war er nicht. Außerdem glaube ich nicht, daß er schon zurückgekehrt war, als das passierte. Tatsache ist, er war es noch nicht.«

Tony hatte sich etwas gefangen. Es hätte amüsant sein können, wenn es nicht so ernst gewesen wäre, diese drei Männer dort mit Bill, die sich alle an Strohhalme klammerten, um seine Unschuld zu beweisen. Und jetzt war Tony an der Reihe.

»Es gibt natürlich einen Nachschlüssel«, sagte er. »Er wird im Haus aufbewahrt.«

»Wo?«

»In einer Tischschublade in einem Nebenflur. Die Leute benutzen ihn, um das Gebäude morgens sauberzumachen. Dann wird er zurückgebracht. Die Spielhalle ist hinter den Büschen vom Haus aus nicht zu sehen, deswegen ist sie normalerweise abgeschlossen. Jeder, der sie benutzen will, weiß, wo er zu finden ist. Der Schlüssel, meine ich.«

»Wo ist er jetzt?«

»Er ist noch da. Selbstverständlich hätte ihn jemand zurücklegen können«, sagte Tony halsstarrig. »Jeder wußte, wo er aufbewahrt wurde.«

Aber keiner von ihnen glaubte daran, obwohl Jim das Stichwort sofort aufnahm. »Was ist mit Ihrem Haushalt, Tony? Mit den Bediensteten natürlich. Hat irgendeiner einen Groll gegenüber Morgan?«

»Er war seit fünfzehn Jahren verschwunden«, erwiderte Tony steif. »Das ist eine lange Zeit, um sich einen Groll, wie Sie es nennen, zu bewahren. Was meine Mutter und meine Frau angeht, kannten sie ihn nicht einmal. Ich nehme an, das schließt sie aus.«

»Ich dachte nicht an sie«, sagte Jim knapp. »Das hätte sowieso keine Frau tun können. Er war ein großer Mann. Wie Bill Sterling sagt, sah er wie ein gesunder Mann aus. Und sein Körper wurde bewegt. Man hat ihn ins Schwimmbecken geworfen und wieder herausgeholt. Danach mußte er zu einem Auto getragen oder geschleift und darin verstaut werden. Das war eine Arbeit für einen Mann. Vielleicht für zwei Männer.«

Sie schwiegen eine Zeitlang. Bill hatte sich ein wenig entspannt, und Jim stopfte sich eine Pfeife.

»Sie waren bei der Autopsie zugegen, Bill«, sagte er. »Was ist mit diesen Spuren am Körper?«

»Ein oder zwei ältere Prellungen am Rücken. Eine Schramme an der Stirn, wo er vermutlich niedergeschlagen wurde. Aber eine merkwürdige Sache war da: eine Narbe auf der Brust.«

Jim schaute auf. »Was ist damit?«

»Er behauptete immer, er sei im Krieg von einem Granatsplitter getroffen worden. Sie haben sie wahrscheinlich gesehen, Jim. Er pflegte im Schwimmbecken des Clubs zu baden. Ich glaube nur nicht, daß es ein Granatsplitter war, das ist alles. Für mich – und das sagt auch der Coroner – sah die Verletzung so aus, als sei sie nur oberflächlich gewesen.«

»Und was würde das bedeuten?«

Fast zum ersten Mal an diesem Tag lächelte Bill Sterling.

»Sie haben Don nicht gut gekannt, oder? Sie waren ziemlich jung, als er verschwand. Jedenfalls war er ein großer Frauenheld oder noch mehr; und es sieht so aus, als wäre mal ein Mädchenname auf seiner Brust eintätowiert gewesen. Dann schämte er sich, so daß er ihn wegschneiden ließ.«

»Muß ein Jüngling gewesen sein, als das passierte. Das ist doch Kinderkram.«

»Anzunehmen. Es handelt sich um einen langen, senkrechten Schnitt und einen, der quer dazu verläuft, als ob der Anfangsbuchstabe des Namens einen Bogen unter der Grundlinie hatte. Vielleicht war es ein J. Nicht viele Buchstaben haben Bogen, insbesondere in Schreibschrift.« Er zögerte. »Dann gibt es noch etwas, Jim. Diese Prellungen am Rücken. Was glauben Sie, woher er sie hat? Ich habe Lydia gefragt. Sie weiß nichts davon. Sie sagt, er sei nicht gestürzt, seit er nach Hause gekommen ist. Er verbrachte die meiste Zeit im Bett oder im Sessel.«

»Was glauben *Sie?*«

»Ich habe mich gefragt, ob er der Mann war, auf den Pat in der Nacht gefallen ist, als sie in den Aufzugschacht stürzte.«

»Allmächtiger«, sagte Jim gereizt. »Erst schlägt er Evans nieder und stiehlt ihm Hosen und Schlüssel und auch noch seinen Revolver. Dann steht er unten im Aufzugschacht und läßt Pat Abbott auf sich drauffallen. Ich wußte nicht viel über Morgan, aber was zum Teufel sollte er im Kloster? Soweit ich weiß, ist er nie im Leben dort gewesen.«

Er stand auf. Er war geistig und körperlich müde und machte kein Hehl daraus. »Na gut, Bill«, meinte er. »Sie gehen jetzt besser Ihre Visiten machen. Das ist alles für heute.«

»Sie halten mich nicht fest?«

»Zu was?« fragte Jim Conway grammatikalisch falsch. »Vielleicht sieht der Distriktstaatsanwalt etwas, was ich nicht sehe. Er ist übers Wochenende irgendwohin gefahren. Alles, was ich im Moment gegen Sie habe, ist, daß Sie Don Morgan nicht leiden konnten und daß Sie kein Alibi haben. Der Schlüssel zählt nicht. Es gab zwei, und ich halte Sie nicht für dumm genug, mir diesen Schlüsselring auszuhändigen, wenn Sie schuldig wären – oder schlau genug.« Er lächelte trocken. »Ich bin wohl ein miserabler Polizeichef, aber was ich jetzt will, ist mein Abendessen.«

Bill wirkte ziemlich verstört, als er ging. Tony kam, wie gesagt, nach Hause, aber Dwight Elliott hielt beim Krankenhaus, um Evans zu besuchen. Es ging ihm viel besser: Er durfte aufstehen, sein Verband war klein und sein Appetit – so berichteten die Schwestern – enorm. Aber er konnte immer noch keine Aufklärung über den Überfall geben. Er blieb dabei, daß er nicht wußte, wer ihn niedergeschlagen hatte oder wer seine Schlüssel hätte haben wollen.

Aber an jenem Tag wirkte er mürrisch. Er hatte von dem Mord gehört und sagte, Dons Tod sei für niemanden ein Verlust, soweit er es beurteilen könne. Dann gab er zu erkennen, daß er gerne allein gelassen würde, und ließ Mr. Elliott verwirrt stehen.

»Er ist nicht er selbst«, berichtete er an diesem Abend beim Dinner. »Ich kenne ihn seit Jahren, aber er wollte nicht reden. Ich glaube nicht, daß er Morgan kannte, oder?«

»Seien Sie nicht albern«, sagte Maud scharf. »Er ist alt, und im Moment ist er einfach geschwächt. Warum hätte er Don Morgan umbringen sollen? Das ist doch lächerlich.«

Seltsam, denn es sollte die Zeit kommen, da sogar Evans unter Verdacht stand. Aber das taten auch alle anderen, einschließlich der meisten von uns im Kloster. Tatsächlich fingen die Verdächtigungen schon in derselben Nacht an.

Wir saßen bei Kaffee und Cognac, als Jim Conway angekündigt wurde. Wir waren alle da: Maud, Bessie, Tony, Dwight Elliott und ich. Bessie war während des Essens still gewesen, und sie kam mir blaß vor unter ihrem Make-up. Maud wirkte besorgt, aber nicht mehr. Aber Tony war müde und ließ es erkennen.

»Noch mehr Detektivkram?« sagte er, als er Jim erblickte. »Na, kommen Sie rein, und trinken Sie etwas. Wen verdächtigen Sie jetzt?«

»Alle«, sagte Jim munter. »Morgan ist gestern um Mitternacht gestorben. Vielleicht ein bißchen früher. Das wissen wir nicht. Jetzt im Moment möchte ich gerne mit Pat Abbott sprechen.«

»Ich nehme an, sie ist mit dem lahmen Knöchel rausgehumpelt und hat ein Verbrechen begangen, um sich die Zeit zu vertreiben!«

»Na, irgend jemand hat es getan«, sagte Jim immer noch liebenswürdig. »Jetzt hör mal, Pat. Du hast die ganze Zeit darauf bestanden, daß du auf jemanden gefallen bist, als du in den Aufzugschacht gestürzt bist. Ich vermute, da bist du sicher?«

»Das bin ich.«

»Besteht die Möglichkeit, daß es der Hund war, auf den du gefallen bist?«

»Roger war zu diesem Zeitpunkt im Haus. Als ich zu mir kam, jaulte er über meinem Kopf in der Halle. Und es war auch kein Hund.«

Jim schaute mit freundlicher Miene entschuldigend in die Runde. »Es ist folgendes«, sagte er. »Es tut mir leid, irgend etwas Unangenehmes zu erwähnen. Tatsache ist, daß heute bei der Autopsie ein paar Prellungen an Morgans Rücken gefunden wurden. Sie waren nur ein paar Tage alt. Lydia weiß nichts davon. Wenn du auf ihn gestürzt bist –«

In diesem Moment ließ Bessie ihre Kaffeetasse fallen. Als die Ordnung wiederhergestellt war, schaute Maud immer noch erstaunt drein.

»Was sollte er in diesem Haus gewollt haben?« fragte sie. »Ich habe den Mann nicht einmal gekannt.«

»Ich bin nicht sicher, daß er es war. Jedenfalls war er kein kranker Mann. Wenn er letzte Nacht Lydias Auto genommen hat, kann er es schon früher getan haben. Er könnte seine eigenen Gründe gehabt haben, vor – na, vor letzter Nacht hierherzukommen. Sie haben ihn nicht gekannt, Mrs. Tony, oder?«

Bessie funkelte ihn an. »Nein«, sagte sie, »woher denn? Und es ist unfein, wie Sie eine Schreckensnachricht nach der anderen verkünden. Ich hasse dieses Haus sowieso. Es macht mir Angst. Das hat es schon immer. Jetzt kann ich nicht mal mehr einen ruhigen Abend verbringen. Das macht mich alles krank hier.«

Sie eilte türenschlagend aus dem Raum und ließ uns sprachlos und betreten zurück. Wie üblich war es Maud, die die Situation in die Hand nahm.

»Ich werfe ihr nichts vor«, sagte sie ruhig. »Mir war selbst den ganzen Tag danach, als könnte ich wahnsinnig werden. Ich werde Hilda schicken, sie soll nachsehen, ob sie in Ordnung ist. Also, Mr. Conway, was können wir für Sie tun?«

Was wir tun konnten, war oberflächlich betrachtet relativ einfach. Er wollte die Einzelheiten des Dinners vom letzten Abend, die Gästeliste, wann die Gäste gegangen waren und so fort. Ich habe diese Liste gerade vor mir. Von den unmittelbar Betroffenen waren die meisten kurz vor Mitternacht gegangen. Bill Sterling war noch ein paar Minuten geblieben und hatte auf der

Terrasse mit Maud über ihren Zustand gesprochen. Es war genau zwölf Uhr gewesen, als er ging. Alle waren mit dem Auto weggefahren, bis auf Julian Stoddard, der gesagt hatte, er wolle ein wenig laufen, und zu Fuß nach Hause gegangen war.

Was die übrigen betrifft, waren Tony und Bessie im Club gewesen und ich auf meinem Zimmer. Unzufrieden ging Jim seine Liste noch einmal durch.

»Anders gesagt: Um die Zeit, als Morgan getötet wurde, waren mindestens ein Dutzend Leute in der Nähe«, meinte er. »Das Personal nicht mitgerechnet. Wo waren die Autos, in denen die Gäste gekommen waren, Tony?«

»Ich war nicht hier. Die Chauffeure warten gewöhnlich unten bei der Garage.«

»Sie waren vor Mitternacht weg?«

»Alle bis auf das Auto des Doktors«, sagte Maud. »Wir haben auf der Terrasse ein paar Minuten geplaudert.«

»Haben Sie kein Licht in der Spielhalle gesehen?«

»Man konnte die Spielhalle nicht sehen.«

Er verhörte noch das Personal, als ich nach oben ins Bett ging. Sie kamen herein und wirkten verschüchtert und verlegen, aber sie hatten keinerlei Informationen für ihn. Alle versicherten nachdrücklich, daß sie nicht in der Spielhalle gewesen seien – weder in der vergangenen Nacht noch irgendwann in letzter Zeit.

Während dieser langen Vernehmung beobachtete ich meist Tony. An diesem Abend trank er in schneller Folge drei Highballs. Dann verließ er unvermittelt das Zimmer, und als ich hinaufging, war ich überrascht, ihn aus der Tür zu Bessies Wohnzimmer kommen zu sehen. Er wirkte verwirrt und aufgebracht. Als er mich sah, kam er herbei und nahm mich beim Arm, und ich spürte, daß er zitterte. Er folgte mir in mein Zimmer.

»Lassen Sie mich eine Minute bleiben, Pat«, sagte er. »Ich muß mich beruhigen, sonst gehe ich raus und bringe selbst jemanden um. Stört es Sie, wenn ich darüber rede? Ich muß entweder reden oder mich betrinken. Vielleicht beides.«

Zunächst schien er allerdings nichts zu sagen zu haben. Er zündete sich eine Zigarette an und fing an, mit den Händen in den Taschen und gesenktem Kopf, auf und ab zu laufen. Als er dann sprach, klang seine Stimme gepreßt.

»Was weiß Bessie über die ganze Sache, Pat?« fragte er. »Sie weiß etwas oder vermutet etwas.«

»Ich glaube, sie verdächtigt jemanden. Ich würde mich nicht darüber aufregen, Tony. Das ist doch ziemlicher Unsinn. Was kann sie schon wissen?«

Ich hielt ein Streichholz ans Kaminfeuer und brachte ihn dazu, sich in einen großen Sessel daneben zu setzen. Er lehnte den Kopf zurück und schloß die Augen.

»Wenn ich es nicht besser wüßte«, meinte er, »würde ich sagen, sie verdächtigt mich! Meine Güte, das einzige Mal, wo ich Morgan gesehen habe, hat mir der Kerl gefallen.«

Er blieb nicht lange und hatte auch nicht viel mehr zu sagen. Er erhob sich und gähnte, als ob er körperlich erschöpft sei.

»Entschuldigung, Pat«, sagte er. »Ich wollte Sie nicht stören. Es ist nicht wichtig. Gehen Sie ins Bett und schlafen Sie ein bißchen. Sie sehen ziemlich erledigt aus.«

Aber ich nehme an, in jener Nacht hat niemand im Kloster viel geschlafen. Amy rief mich ziemlich spät an, und ich hatte den Eindruck, daß jemand am Telefon mithörte. Die Nachricht war belanglos. Sie sagte, Lydia hielte sich gut, aber Audrey habe, wie Amy es nannte, einen Anfall.

»Ich habe ertragen, was ich konnte. Dann habe ich sie bis zu den Nasenlöchern mit Tabletten vollgestopft.«

Ich erfuhr, daß Audrey sich wie üblich produziert hatte und daß Amy sie satt hatte. Aber wegen des Lauschers sagte ich wenig.

Ich hatte es mir gerade erst wieder im Bett bequem gemacht, als Bessie hereinkam. Ich erinnere mich an ihr aschblondes Haar und an den Morgenmantel aus blauem Satin, den sie trug. Aber als sie sich hinsetzte und eine Zigarette aus meinem Etui nahm, sah ich, daß ihr für die Nacht abgeschminktes Gesicht farblos und beinahe alt wirkte. Zum ersten Mal fragte ich mich, wie alt sie wohl sein mochte und ob sie älter als Tony war.

»Es tut mir leid wegen heute abend«, sagte sie. »Ich bin wohl übermüdet, und diese Sache mit dem Schwimmbassin –« Sie erschauerte. »Vor ein paar Abenden erst haben wir alle dort geschwommen. Wer hätte gedacht –« Sie beließ es dabei und blickte nachdenklich auf ihre Zigarette.

»Was meinen Sie dazu, Pat?« fragte sie.

»Gar nichts. Natürlich hat Bill Sterling es nicht getan.«

»Es gibt vielleicht noch andere Leute, die ihn aus dem Weg haben wollten.« Sie sah mich flüchtig an. »Ich glaube wirklich, es gibt sie.«

Ich setzte mich im Bett auf und starrte sie an. »Sie hören sich an, als hätten Sie ihn gekannt. Oder etwas über ihn gewußt.«

Sie dachte mit kühlem, berechnendem Blick darüber nach. »Ich glaube nicht. Natürlich kenne ich eine Menge Leute. Vor Jahren habe ich in Paris einen Mann namens Morgan kennengelernt, aber das ist ein verbreiteter Name.«

Ich glaubte ihr nicht. Ich war sicher, daß sie Don Morgan gekannt – und zwar gut gekannt – hatte und daß sie sich einen Ausweg schaffte für den Fall, daß es herauskäme. Aber sie ging mit einer Handbewegung darüber hinweg.

»Ich dachte, ich sollte Ihnen einen kleinen Rat geben«, sagte sie glatt. »Halten Sie sich aus Dingen heraus, die Sie nichts angehen, und halten Sie meinen Mann aus Ihrem Zimmer heraus. Das sieht nicht gut aus.«

Sie stand auf und drückte die Zigarette aus. »Sie sehen sehr hübsch aus, wie Sie da liegen«, sagte sie. »Sehr nett und gesund. Sie sind doch so ein Golf- und Pferdemädchen, oder? Aber wenn ich Sie wäre, würde ich von Tony Wainwright nicht einmal träumen. Ich kann ihn jederzeit zerquetschen, wenn ich will.«

Kapitel 13

Am nächsten Morgen hätten wir beinahe Maud verloren. Nach diesem Besuch von Bessie hatte ich Stunden gebraucht, um einzuschlafen, und ich wachte erst auf, als Nora mein Frühstückstablett und eine ziemlich verwirrende Neuigkeit hereinbrachte. Das Schwimmbassin bei den Stoddards, sagte sie, war über Nacht abgelassen worden, und Julian Stoddard war außer sich.

»Er hat die ganzen Leute zu sich gerufen, Miss«, sagte sie. »Sie leugnen alle, aber irgend jemand hat es getan.«

Ich legte mich zurück und dachte nach. Niemand außer den Polizisten und den Männern, die sich tags zuvor in Jim Conways Büro versammelt hatten, wußte mit Sicherheit, wo der Knopf und der Pantoffel gefunden worden waren. Jim hatte zwar die Wachen von all den anderen Bassins abgezogen, aber erst spät am Tag. Doch warum sollte überhaupt jemand das Bassin der Stoddards ablassen? Der Mörder wußte, daß er unsere Spielhalle benutzt hatte, und ein Unschuldiger hätte nichts davon gehabt.

Das sollte noch lange Zeit ein Rätsel bleiben. »Immer wenn ich dachte, ich wäre auf dem richtigen Weg«, sagte Jim später, »tauchte dieses verdammte Bassin von den Stoddards auf und warf alle meine Theorien über den Haufen.«

Aber an jenem Tag hatte ich über andere Dinge nachzudenken. Bislang hatte Maud auf die Ereignisse reagiert, wie zu erwarten war. Sie war schockiert, insbesondere, weil der Mord gerade an dieser Stelle passiert war. Lydia tat ihr leid, und sie hatte ihr bergeweise Blumen aus dem Treibhaus schicken lassen. Sie hatte sogar daran gedacht, Audrey ins Kloster einzuladen, zumindest bis nach der Beerdigung. Aber sie hatte sich nie richtig von ihrer Krankheit im August erholt. Sie brach zu einem Spaziergang über das Grundstück auf, nur um nach etwa zehn Minuten umzukehren.

»Ich muß wohl alt werden«, sagte sie dann. »Gehen Sie weiter, Pat. Ich verschnaufe ein bißchen und gehe zurück.«

Und an diesem Morgen brach sie schließlich zusammen.

Ich war noch in meinem Zimmer, als gegen zehn Uhr Hilda hereingestürzt kam und aussah, als sei die Welt in Scherben gegangen.

»Bitte kommen Sie schnell, Miss Pat, Mrs. Wainwright ist ohnmächtig geworden.«

Ich ging hinüber, so wie ich war, warf mir im Laufen einen Morgenmantel über, aber kümmerte mich nicht um Pantoffeln. Maud lag in ihrem Badezimmer auf dem Boden, jenem prachtvollen Marmorraum mit der eingelassenen Badewanne und den vergoldeten Armaturen. Sie lag flach auf dem Boden, war aber bei Bewußtsein. Sie sah mich mit kreideweißem Gesicht an.

»Sagen Sie Tony nichts«, flüsterte sie, »schaffen Sie mich erst hier raus.«

Sie war zum Teil angezogen, zitterte aber, als ob sie fröstelte. Ich fand etwas Riechsalz und gab es ihr, während Hilda ihr ein Kissen unter den Kopf schob. Aber sie wollte nicht, daß wir Tony oder Bill Sterling anriefen, bevor wir sie ins Bett zurückgeschafft hatten. Ich stützte sie auf der Bettkante, während Hilda sie auskleidete und ihr ein Nachthemd über den Kopf zog. Ich glaube, sie war kaum bei Bewußtsein, und als sie dann im Bett lag, brach sie völlig zusammen.

Darauf holten wir Tony. Er sah verzweifelt und hilflos aus, wie alle Männer angesichts von Krankheiten. Er stand da und blickte auf sie hinab, sein Gesicht war fast so weiß wie das ihre.

»Was ist passiert?« fragte er. »Gestern abend ging es ihr gut.«

»Heute morgen ging es ihr auch gut«, sagte Hilda unter Tränen. »Sie aß ein herzhaftes Frühstück und sah ihre Post und die Zeitungen durch. Dann nahm sie ein Bad, und ich habe sie angezogen, oder wenigstens zum Teil. Ich verließ sie, um etwas zu holen, was ich gebügelt hatte, und als ich zurückkam, lag sie auf dem Boden im Bad. Ich dachte, sie wäre tot.«

Sie brach in Tränen aus, und es dauerte etwas, bis sie unsere Fragen beantworten konnte. Nein, sie sei sicher: Weder habe das Telefon geklingelt, noch habe Mrs. Wainwright irgendwelche schlechten Nachrichten erhalten. Die Post lag auf dem Schreibtisch im Boudoir. Es waren nur vier Briefe gewesen, und nach flüchtiger Musterung hatte Maud ihr gesagt, sie solle sie mir geben. »Einladungen und Rechnungen«, hatte sie gesagt, »geben Sie sie Miss Pat, Hilda.«

Plötzlich sah Tony sie an.

»Ist meine Frau hier drin gewesen, Hilda?«

»Ich glaube nicht. Sie ist wohl noch gar nicht auf.«

Während der ganzen Zeit warteten wir auf Bill. Tony lief zwischen Bett und Fenster hin und her, Hilda jammerte leise, und ich stand an Mauds Bett und fühlte mich hilflos. Einmal öffnete sie die Augen, und ich sah, daß sie etwas sagen wollte. Ich beugte mich über das Bett.

»Dwight holen«, sagte sie flüsternd. »Dwight«, und sie sank wieder in die Bewußtlosigkeit zurück.

Es war ein schlimmer Tag. Bill Sterling, der aussah, als sei er die ganze Nacht aufgewesen, kam mit einem Sauerstoffkanister und einer Maske, die ausreichen mußten, bis das Sauerstoffzelt vom Krankenhaus kam. Er gab ihr sofort eine Spritze. Danach gab es nichts zu tun, außer zu warten. Tony, der auf seine Zigaretten verzichten mußte – denn der Sauerstoff war feuergefährlich –, ging im Flur auf und ab. Ich zog mich an und kehrte wieder zurück. Amy Richards kam und warf Hilda aus dem Zimmer, die sich immer noch hysterisch aufführte. Ein Herzspezialist aus der Stadt fuhr eilig vor, hatte eine Unterredung mit Bill und fragte Tony, ob sie einen Schock gehabt oder länger unter Streß gestanden habe. Tony erwiderte trocken, es habe einige Aufregung gegeben, seine Frau wohne mit im Haus. Der Herzspezialist nickte ernst, und später aß er ein kräftiges Mittagessen.

Das ist alles von diesem Morgen, woran ich mich erinnere. Nachmittags ging es Maud besser. Bis auf ihre Lippen war der bläuliche Schimmer verschwunden, aber sie stand noch unter Morphium. Sie lag halb betäubt unter den Cellophanvorhängen des Sauerstoffzeltes, es war Abend geworden, und ich löste gerade Amy ab, damit sie zu Abend essen konnte, als Maud die Augen öffnete und mich ansah.

»Was ist das?« flüsterte sie und deutete auf das Zelt. »Und wer ist dieser Mann, Pat?«

Ich wunderte mich nicht. Man hatte ihr gewaltiges Bett mitten ins Zimmer gestellt, um Platz für die großen Zylinder dahinter zu machen, und während sie sprach, kam ein fremder Mann auf Zehenspitzen in den Raum, um den Druck zu überprüfen und Eis zur Sauerstoffkühlung in einen Tank zu packen.

»Sie sollen nicht sprechen«, sagte ich. »Sie sind heute morgen ohnmächtig geworden. Bill Sterling meinte, Sie brauchen Sauerstoff. Das ist alles.«

Das schien sie zu beruhigen. Dwight Elliott erwähnte sie nicht wieder, obwohl er zu diesem Zeitpunkt im Haus war. Sie schloß die Augen, und diesmal schien sie normal zu schlafen. Trotzdem verbrachten wir einen sorgenvollen Tag. Bill schlief in dieser ersten Nacht im Haus, und zwei weitere Krankenschwestern kamen, um Amy abzulösen. Ich erinnere mich, wie ich durch das Haus wanderte und mir verloren und vergessen vorkam, und auch Bessie war bedrückt, als sie mich lange nach Einbruch der Dunkelheit auf der Terrasse fand.

Sie war still. Tatsächlich glaubte ich damals, Mauds Erkrankung sei ein echter Schock für sie.

»Was sagen die Ärzte?« fragte sie. »Wird sie sterben?«

Das war drastisch, aber typisch. Niemand hat Bessie je einer besonderen Feinfühligkeit bezichtigt.

»Es geht ihr ein bißchen besser«, sagte ich, »und sie ist eine kräftige Frau. Das ist alles, was ich weiß.«

»All diese Schwestern hier, die erschrecken mich zu Tode«, bemerkte sie und verstummte. Es muß spät gewesen sein, als Tony uns dort fand und sie offen beschuldigte, den Zusammenbruch seiner Mutter verursacht zu haben. Es war keine hübsche Szene. Beide ignorierten mich, und ich glaube, Tony war in jener Nacht die Mordlust selbst. Aber an eines entsinne ich mich.

»Du hast sie gehaßt«, sagte er. »Du hast uns beide immer gehaßt. Es würde dir nicht das Geringste ausmachen, wenn sie stirbt.«

Sie sah ihn mit einem etwas schiefen Lächeln an.

»Glaub es mir oder nicht«, sagte sie, »das ist das letzte, was ich will. Wenn ich du wäre«, fügte sie hinzu, »würde ich mir ein Alibi für Samstagabend erfinden. Du bist ziemlich spät zurückgekommen. Angenommen, ich erzähle es der Polizei?«

»Erzähl es, und geh zum Teufel«, sagte er wütend und ging ins Haus zurück.

An diesem Tag, dem Montag, fand die gerichtliche Leichenschau statt; natürlich war keiner von uns anwesend. Mauds Zustand war zu kritisch. Aber man konnte unmöglich übersehen, was passierte. Frühmorgens sperrte Jim Conway die Spielhalle ab, und stündlich konnte ich einen Beamten in Uniform um sie patroullieren sehen. Tony hatte befohlen, die Zufahrt am Tor mit einer Kette abzusperren, aber das hinderte die Leute nicht daran, ihre Autos auf der Straße zu lassen und über die Mauer und durchs Gebüsch hereinzuschwärmen. Sie ließen zwar das Haus in Ruhe, aber das Gelände sah zuweilen beinahe aus wie bei einer Gartenparty.

Es waren immer noch Reporter da. Sie schossen von allem und jedem Bilder, und in einer der Abendzeitungen erschien ein besonders aufregendes, wie Thomas der Wache ein Lunchtablett bringt. Und eines, wie ein Sauerstoffkanister ins Haus geschafft wird, mit der Unterschrift: *Millionärin bricht unter Schock zusammen.*

Alles in allem war es ziemlich fürchterlich, aber wenigstens kam Maud durch. Das war alles, was damals für uns zählte.

Was ich über die Leichenschau erfuhr, entnahm ich größtenteils den Zeitungen: daß das Rathaus von »Prominenten« überfüllt war und daß die Zeugenvernahme dramatisch verlief. Das glaube ich wohl, wenn auch der erste Teil nichts Neues erbrachte: das Auffinden der Leiche, die ungefähre Todesstunde, die Entdeckung von Wasser in den Lungen und so fort. Es gab einige Aufregung, als der Pantoffel und der Knopf vorgelegt wurden und Jim berichtete, wie er sie im Bassin der Spielhalle gefunden hatte. Aber das wirklich Sensationelle kam später. Ein Hilfsgärtner der Stoddards, der in den Zeugenstand gerufen wurde, sagte aus, er habe etwas gesehen, was er für Lydias Auto hielt, wie es den Weg dorthin hochfuhr, wo es später gefunden wurde, und ein zweiter Wagen sei ihm einen Teil des Weges gefolgt.

Das war um ein Uhr morgens gewesen. Da es Samstag war, war er ins Kino im Dorf gegangen und hatte dann ein bißchen Poolbillard gespielt. Um halb eins hatte er sich auf den Rückweg den Hügel hinauf gemacht, und zwar auf der Hauptstraße bis zur Abzweigung der Beaver Creek Road. Er war der Beaver Creek Road etwa hundert Meter gefolgt und war von dort auf den Feldweg zu der Senke abgebogen, wo man Lydias Auto gefunden hatte. Er hatte den Weg benutzt, so erläuterte er, weil er nicht wollte, daß ihn jemand so spät heimkommen sähe. Am Anfang des Weges hatte er das Auto der Morgans erblickt.

»Haben Sie es erkannt?«

»Nicht sofort. Ich habe mich in die Büsche geschlagen. Aber keiner benutzt diese Straße. Sie führt nirgendwohin. Als sie am nächsten Tag den Wagen oben auf dem Weg fanden, war ich ziemlich sicher, daß es derselbe war.«

»Der Wagen ist an Ihnen vorbeigefahren?«

»Ja. Er fuhr den Weg bis ganz nach oben.«

»Können Sie uns die Uhrzeit angeben?«

»Genau eins. Ich habe auf die Uhr gesehen. Sie geht nie eine Minute falsch, weder vor noch nach.«

»Haben Sie gesehen, wer diesen Wagen fuhr?«

»Nein, Sir.«

»Haben Sie den Wagen wiedergesehen?«

»Nein, Sir. Die Stelle, wo er gefunden wurde, ist oberhalb von meinem Haus.«

»Nun zu diesem zweiten Wagen. Berichten Sie den Geschworenen davon.«

»Na, den habe ich besser zu sehen bekommen. Er kam etwa zwei Minuten später an. Für mich sah es so aus, als hätte er den ersten verfolgt und verloren. Er hielt am Anfang vom Feldweg an, setzte zurück und wendete. Ein Mann war darin. Ich konnte nicht sehen, wer.«

»Haben Sie den Wagen erkannt?«

Der Zeuge zögerte und drehte seinen Hut in den Händen.

»Sicher bin ich nicht. Ich dachte, es ist der von Dr. Sterling.«

Das war eine Sensation, und Bill sah fast wie erstarrt aus, als er wieder aufgerufen wurde. Aber seine Geschichte klang ganz plausibel. Es sei zwölf gewesen, als er das Kloster verlassen hatte. Er habe spät Kaffee getrunken und sei nicht müde gewesen. Er sei ein oder zwei Stunden spazierengefahren. Das tue er oft, wie seine Haushälterin bezeugen könne.

Der Coroner war ein nüchterner, kleiner Mann, und er nickte bloß. Er hatte eine Karte des Bezirks vor sich und schaute flüchtig darauf.

»Sind Sie im Verlauf dieser Fahrt an den Weg gekommen, der von der Beaver Creek Road abgeht?«

»Das bin ich. Ich habe dort gewendet und bin zurückgefahren.«

»Nun hat ein früherer Zeuge behauptet, daß Sie offenbar einem anderen Wagen gefolgt sind, Doktor. Trifft das zu?«

»Ja. Auf der Hauptstraße hatte ich etwas gesehen, das wie der Wagen der Morgans aussah. Es war recht spät für Mrs. Morgan oder ihre Tochter, unterwegs zu sein, insbesondere in Anbetracht des Geschehenen, dem Überfall auf Evans und bestimmter anderer Dinge. Ich wendete und folgte ihm, aber er fuhr sehr schnell. Wo die Beaver Creek Road von der großen Landstraße abzweigt, hatte ich ihn schließlich aus den Augen verloren.«

»Dort ist eine Gabelung?«

»Ja.«

»Warum haben Sie sich für die Beaver Creek Road entschieden?«

Bill errötete ein bißchen. »Weil ich wußte, daß das ein Lieblingsweg von Mrs. Morgan ist.«

»Haben Sie Mrs. Morgan oder ihre Tochter in dem Auto gesehen?«

»Nein. Ich habe niemanden gesehen.«

»Um welche Zeit war das, Doktor?«

»Ein Uhr. Ich habe auf die Uhr geschaut, als ich wendete.«

Als er den Zeugenstand verließ, herrschte tiefes Schweigen. Alle dort wußten, daß er Don verabscheut hatte und Lydia liebte. Jetzt war er beim Schauplatz, am »Mordauto«, wie die Presse es nannte, gesehen worden, und man war verwirrt. Bill Sterling, an den sie fast wie an einen Gott geglaubt hatten – wie die Menschen eben an ihre Ärzte glauben –, Bill Sterling wurde praktisch des Mordes beschuldigt.

Danach war alles Nebensache: Jims Aussage über das Auffinden des Autos mit der noch feuchten hinteren Fußmatte und dem nassen Mantel. Fingerabdrücke waren nicht zu finden. Entweder war der Wagen sorgfältig abgewischt worden oder derjenige, der ihn abgestellt hatte, hatte Handschuhe getragen. Es gab keinen Hinweis, daß die Leiche darin gewesen war, als der Wagen versteckt wurde; man ging davon aus, daß die Leiche dort gelassen worden war, wo man sie gefunden hatte, und daß der Wagen dann zum Feldweg gefahren worden war.

»Anders ausgedrückt«, sagte der Coroner, »wer auch immer den Wagen versteckt hat, ist zu Fuß weggegangen?«

»So sieht es aus. Der Boden war zu trocken für Fußspuren.«

Der Pantoffel und der Pyjamaknopf wurden vorgelegt, während die Menge sich die Köpfe verrenkte, um sie zu sehen.

»Sie haben sie im Schwimmbecken auf dem Wainwrightschen Anwesen gefunden?«

»Richtig. Der Pantoffel wurde von einem meiner Leute sichergestellt. Der Knopf wurde nach dem Ablassen des Beckens gefunden.«

Der Coroner schaute auf seine Notizen. »Eine Frage noch«, sagte er. »Wie hat man die Leiche aus dem Bassin geholt?«

»Da sind wir auf reine Vermutungen angewiesen«, sagte Jim. »Wer auch immer es getan hat, hat vielleicht seine Kleider abgelegt und ist hinterhergesprungen. Ich persönlich glaube, so ist es gewesen. Es lagen ein paar feuchte Handtücher herum.«

Das war praktisch alles. Zum Schluß hatten sie – bis zu einem gewissen Grad – ein ziemlich klares Bild davon, was Don Morgan widerfahren war. Aus irgendeinem Grund hatte er am Abend seines Todes Lydias Wagen herausgeholt. An einem noch unbekannten Ort hatte er seinen Mörder getroffen. Er war niedergeschlagen und im Spielhallenbassin ertränkt worden, man hatte sich seiner Leiche entledigt, Lydias Auto in die Hügel gefahren und war verschwunden.

Der Schlüssel, der sich in Bills Besitz gefunden hatte, wurde – vielleicht auf Anraten der Polizei – nicht erwähnt. An jenem Tag wollten sie nur einen Spruch der Geschworenen, der auf Mord lautete, und den bekamen sie natürlich. Es war sechs Uhr am Montagabend, als er verkündet wurde. Unter den Geschworenen befand sich kein einziger Mann, der glaubte, Bill Sterling hätte es getan, und der Urteilsspruch lautete, daß Donald Morgan von einer oder mehreren unbekannten Personen ermordet worden war.

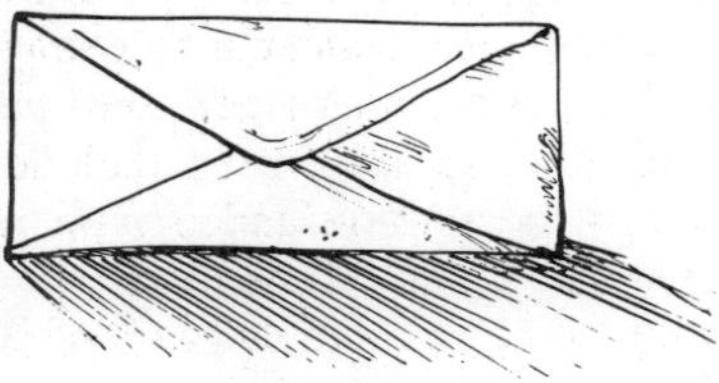

Kapitel 14

Der Trauergottesdienst für Don Morgan fand am nächsten Tag in der Sankt-Markus-Kirche statt. Maud ging es an diesem Morgen etwas besser. Nicht gut. Es würde lange Zeit dauern, bis sie wieder die alte war. Ihre Lippen waren immer noch blau und sahen geschwollen aus, aber zumindest war sie bei vollem Bewußtsein. Kurz nachdem Amy zum Dienst kam – alle drei Schwestern hatten Acht-Stunden-Schichten –, fragte Maud nach mir. Ich ging hinein, wo ich sie unter diesem jammervollen Zelt fand, und ihre Stimme war kaum mehr als ein Flüstern.

»Schicken Sie ein paar Blumen zur Kirche«, sagte sie. »Wann ist die Beerdigung?«

»Heute vormittag. Würden Ihnen Orchideen zusagen? McDonald hat sehr schöne.«

Aber sie schüttelte den Kopf. »Keine Orchideen«, sagte sie. »Alles andere, aber keine Orchideen.«

Ich war ein bißchen überrascht. Die Orchideen des Klosters waren berühmt. Aber Andy McDonald und ich schafften es, das Beste aus der Zeit und den Blumen, die wir hatten, zu machen, und ich selbst nahm sie mit zur Kirche.

Sie war voll an jenem Vormittag. Es sah so aus, als wäre der ganze Landkreis gekommen, um Don bei seiner letzten weiten Reise Lebewohl zu sagen. Und sowohl der Hügel wie auch das Tal wollten Lydia beistehen. Der alte Mr. Berry und Theodore Earle aus dem Tal und Julian Stoddard und Tony vom Hügel waren unter den Sargträgern. Audrey war nicht zugegen, und auch Bill Sterling konnte ich nicht sehen. Lydia erschien allein in Schwarz und mit hocherhobenem Haupt. Dann trug man den Sarg herein, und der Gottesdienst begann.

Ich glaube, es gab ein leises Raunen, als Dr. Leland, der die Predigt hielt, zu der Zeile kam: »Siehe, ich sage euch ein Geheimnis.« Aber seine ruhige Stimme fuhr fort: Der Tod wird verschlungen vom Sieg, das Sterbliche wird anziehen das Unsterbliche. Es gab Hoffnung und ein anderes Leben. Vielen standen die Tränen in den Augen, als es vorbei war, aber Lydias Miene war gefaßt.

Sie begruben Don auf dem hübschen Friedhof von Beverly, wo mein Vater und meine Mutter liegen, taten es ruhig und mit Würde. Dann gingen sie fort in ihre Häuser und zu ihrem gewohnten Leben. Sie hatten sich korrekt verhalten. Der Schicklichkeit war Genüge getan. Jetzt konnten sie ihn Gott sei Dank vergessen.

Vielleicht dachten sie – wenn sie überhaupt darüber nachdachten, jene besten Familien aus dem Tal und vom Hügel –, daß alles vorbei war. Bill Sterling war noch frei und Don tot und begraben. Ich weiß, daß ich mich an jenem Tag, als Gus mich in Mauds Limousine nach Hause fuhr, in gewissem Sinne erleichtert fühlte, als ob eine Seite umgedreht worden sei und die neue frisch und sauber wäre. Die Hügel, entsinne ich mich, waren schön, als ich zurückfuhr, die Bäume bildeten einen Gobelin aus Gold und Rot und Grün, und an der Biegung der Straße konnte ich den Fluß sehen, ein silbrig leuchtendes Band, fern und doch nah. Den Fluß hatte ich immer geliebt.

Bessie war auf der Terrasse, als ich zurückkam. Sie sah verdrossen aus, lächelte mich aber kühl an.

»Sie haben wohl Ihre Christenpflicht getan«, sagte sie. »Bleiben Sie besser eine Weile hier draußen. Die Polizei ist drinnen.«

»Die Polizei? Was wollen sie?«

Sie tat so, als würde sie gähnen, aber das war nur vorgetäuscht. »Woher soll ich das wissen? Reynolds sagt, sie sind im Keller.«

Jim hatte mir ausrichten lassen, ich solle hinunterkommen, und ich fand ein halbes Dutzend Männer dort, die meisten davon Fremde. Denn jetzt waren sowohl die städtische wie auch die County-Polizei tätig geworden – die vom County, weil es sich jetzt um einen Mord handelte, und die städtische, weil Jim um Hilfe gebeten hatte. Der Polizeipräsident war da, der Distriktstaatsanwalt, ein selbstgefälliges Individuum, das ich auf den ersten Blick verabscheute, und zwei oder drei Männer von der Mordkommission aus der Stadt. Einer davon war ein großer, rothaariger Mann mit schleppender Aussprache. Er hieß Hopper, wie wir uns zu merken noch reichlich Gelegenheit haben sollten. Sie standen auf dem Boden des Aufzugschachts, und Jim stellte mich ihnen vor.

»Wir möchten, daß Sie Ihren Unfall rekonstruieren, Pat«, sagte er. »Es macht Ihnen doch nichts aus, oder?«

»Überhaupt nicht«, sagte ich munter. »Auf wen soll ich fallen?«

Aber sie fanden das nicht komisch. Hopper beugte sich vor und fragte mich, ob ich meinte, daß ich bei dem Sturz den Unbekannten unter mir auf diese Weise getroffen hätte. Ich war schon der Meinung, wenn ich auch nur sagen konnte, daß ich auf etwas Lebendiges gefallen war, das ächzte und unter mir nachgab. Sie hatten auch irgendwo von draußen eine Leiter mitgebracht. Ich zeigte ihnen, wie ich sie in der Dunkelheit gefunden und versucht hatte, mich daran hochzuziehen. Alles in allem hatte ich keinen großen Erfolg. Hopper hielt mich offenbar für dumm, wenn nicht sogar für eine Lügnerin. Er stand da und musterte mich verachtungsvoll.

»Ich verstehe es nicht«, sagte er. »Eines Nachts kommt dieser Kerl und wird vom Hund verjagt. Ein paar Nächte drauf kommt er wieder, Hund oder nicht. Beim ersten Mal wußte er anscheinend nichts von dem Hund oder kannte ihn gut genug, um zu glauben, daß er ihn ruhig halten könne. In der zweiten Nacht ist er einfach das Risiko mit ihm eingegangen. Vorausgesetzt«, fügte er mit einem Blick auf mich hinzu, »diese junge Dame sagt alles, was sie weiß.«

Ich wurde wütend. »Vielleicht bin ich gar nicht in diesen Schacht gefallen«, sagte ich. »Wenn Sie daran zweifeln, können Sie sich meinen Knöchel ansehen.«

»Danke!« sagte er trocken. »Das habe ich schon. Er ist sehr hübsch. Stehen Sie gewöhnlich nachts auf, um den Hund rauszulassen, Miss Abbott?«

»Wenn er meint, daß es nötig ist.«

»Hatten Sie keine Angst? Vor ein paar Nächten war jemand im Haus gewesen, aber Sie sind trotzdem im Dunkeln die Treppe runtergegangen.«

»Es war nicht völlig dunkel. Die Haupthalle war beleuchtet.«

»Aha. Warum?«

»Mrs. Wainwright – Mrs. Anthony Wainwright – hat in jener Nacht eine Party in der Spielhalle gegeben.«

Von der Party hatte er nichts gewußt. Er fragte sofort nach einer Gästeliste, aber da es sich um eine spontane Einladung gehandelt hatte, verwies ich ihn an Bessie. Das letzte, was ich – zumindest an diesem Tag – von ihm sah, war, wie er neben ihr auf der Terrasse saß, mit einem Glas Coca-Cola neben sich und einem Notizblock auf dem Knie.

»Nun zu dieser Party, Mrs. Wainwright. Haben Sie irgendwann jemanden in der Spielhalle vermißt?«

»Wie konnte ich? Sie gingen den ganzen Abend rein und raus.«

»War Ihr Mann da?«

»Tony?« Sie zuckte mit den Achseln. »Nein. Wenn Sie uns besser kennen würden, wüßten Sie, daß mein Mann selten da ist, wo ich bin.«

»Wissen Sie, wo er war?«

»Ich bezweifle, daß er im Aufzugschacht war, wenn Sie das meinen. Er war so weit von mir weg, wie er konnte, aber das muß nicht viel heißen, oder?«

Schließlich bekam er die Gästeliste von ihr, und ich glaube, die jüngeren Leute hatten ein paar schlimme Tage. Eines allerdings erfuhr er: Larry Hamilton hatte die Party früh verlassen, um Mitternacht oder so, und als er hinausging, bog ein Wagen auf die Zufahrt ein. Er hatte gedacht, es sei der der Morgans.

Ich kann mir vorstellen, wie Mr. Hopper da seine Ohren spitzte.

»Sicher sind Sie nicht?«

»Ich habe nicht angehalten, um nachzuschauen. Ich war sozusagen – na, ich hatte ein paar Drinks gehabt und mich mit einem Mädchen gestritten. Ich habe nicht sehr darauf geachtet.«

»Wer hat ihn gefahren? Ein Mann oder eine Frau?«

Larry wußte es nicht. Nur über den Zeitpunkt war er sich einigermaßen sicher. Trotzdem waren sich Hopper und Jim Conway über eines einig: Wahrscheinlich hatte Don Morgan in der Nacht von Bessies Party aus irgendeinem Grund versucht, ins Kloster einzudringen, und ich war rein zufällig auf ihn gefallen.

Hopper hatte seine eigene Erklärung. »Wir wissen, daß der Kerl knapp bei Kasse war«, sagte er. »Und jeder weiß von diesem Schmuck von Mrs. Wainwright. Sie soll ihn sogar herumliegen lassen, nicht?«

Jim schüttelte den Kopf. »Morgan war kein Einbrecher. Und bedenken Sie: Wer auch immer ins Haus gekommen ist, hatte Evans' Schlüssel. Morgan war damals allem Anschein nach nicht mal in der Gegend.«

An diesem Abend führte ich mit Dwight Elliott ein langes Gespräch auf der Terrasse. Seit Mauds Nachricht war er die ganze

Zeit im Kloster gewesen, aber bislang hatte er sie noch nicht gesehen. An diesem Abend sah er so alt aus, wie er war. Er tat mir leid, so elegant er auch aussah in seinem Abendanzug, während seine nervösen Finger mit dem Brandyglas spielten.

»Sie hat nicht gesagt, warum sie mich sprechen will?«

»Nein. Wir sollten Sie nur holen.«

»Ist nichts passiert, was sie aufgeregt hat? Keine Briefe oder so etwas?«

»Sie hatte ihre Post und die Zeitungen gelesen. Hilda sagte, sie war völlig normal, als sie sie verließ.«

Ich ließ ihn dort sitzen. Ich glaube, er hat nicht einmal bemerkt, daß ich gegangen war.

Am nächsten Morgen erreichten uns verwirrende Neuigkeiten über den Friedhof. Nora, das Hausmädchen, das meine Räumlichkeiten und mich versorgte, erzählte mir davon. Sie wirkte erschrocken, als sie mein Frühstückstablett absetzte.

»Dieser Mann ist wieder dagewesen«, sagte sie.

»Welcher Mann?« fragte ich schläfrig.

»Der Mr. Morgan umgebracht hat. Er war auf dem Friedhof.«

»Ein guter Platz für ihn«, sagte ich. »Ich hoffe, da bleibt er.« Dann dämmerte mir die volle Tragweite dessen, was sie gesagt hatte. Ich richtete mich im Bett auf.

»Was ist mit dem Friedhof? Ist dort jemand verletzt worden?«

»Nein, aber er ist ganz verwüstet«, sagte sie theatralisch.

»Die Grabsteine umgeworfen und die Beete zertrampelt. Man sagt, es ist ein gräßlicher Anblick.«

Eine halbe Stunde später war ich dort. Jim Conway und zwei Ortspolizisten waren bereits eingetroffen, und auch Dr. Leland, der Pfarrer der Sankt-Markus-Kirche. Natürlich waren noch weitere Leute da, Leute wie ich, ängstlich und wütend oder bloß verwirrt. Denn Vandalen oder ein Vandale waren bestimmt dagewesen. Mehrere kleine Grabsteine waren von den Sockeln gestürzt und lagen auf der Erde, Urnen waren umgekippt und zerbrochen, und die Fenster einer großen Steingruft waren eingeworfen. Die Gräber meiner Familie waren unberührt, aber die sinnlose, rachsüchtige Zerstörung drehte einem den Magen um.

Jim erblickte mich und kam herüber. »Ich bin froh, daß deine Parzelle in Ordnung ist, Pat«, sagte er. »Ich weiß, daß du traurig wärst. Es ist Wahnsinn, nicht?«

»Es ist böse und entsetzlich.«

»Auf jeden Fall ist es sinnlos. Was hat es genützt? Man kann sich vorstellen, daß es jemand mit einer Wut auf die Friedhofsleute getan hat, aber die sind schon seit Jahren hier. Den alten Hodge, den Oberaufseher, hat man ins Bett bringen müssen.«

Ich konnte nicht sprechen. Der Friedhof war immer unser Stolz gewesen. Er lag auf einer Anhöhe auf halbem Wege den Berg hinauf, und meine früheste Erinnerung an ihn war, wie eine Handvoll Veteranen aus dem Bürgerkrieg am vierten Juli mit Autos dort hinaufgebracht wurde, eskortiert von der Ortsgruppe der amerikanischen Ehrenlegion. Es gab Ansprachen, und dann übertönte eine Blaskapelle die Bemühungen unserer Sopranistin Mrs. Dawes, die hohen Töne der Nationalhymne zu erreichen.

Er gehörte zum Tal, dieser Friedhof, und als solchen achtete ihn das Dorf. Er war gut gepflegt und mir natürlich heilig, da mein Vater und meine Mutter beide dort lagen.

Natürlich erzählte es niemand Maud, aber Bessie hatte die Neuigkeiten schon gehört, als ich zurückkam. Sie schien es höchst unterhaltsam zu finden. »Da hat mit Sicherheit einer Spaß gehabt«, sagte sie. »Ich fahre runter und schau' es mir an.«

Was sie, wie ich glaube, auf der Stelle tat.

Maud ging es am nächsten Tag etwas besser. Die gedrückte Stimmung im Haus hob sich merklich, das Personal war fröhlicher, sogar mein Knöchel besserte sich. Daher ließ ich Gus abends meinen Wagen bringen und fuhr hinunter, um Lydia zu besuchen. Roger nahm ich mit. Er liebte es, Auto zu fahren, und sah riesig und wichtig aus auf dem Sitz neben mir, und außerdem gibt es lange, unbelebte Stellen auf der Straße auf dem Weg ins Tal hinab; und mir fielen Jim Conways abschließende Worte vom Vortag auf dem Friedhof ein:

»Sei bloß vorsichtig, Pat«, sagte er, »keine nächtlichen Streifzüge durchs Haus oder übers Grundstück, und nicht im Dunkeln fahren. Wir haben bloß zwei Vermutungen über diese Sache. Die eine ist, daß sich ein ziemlich ausgefuchster Mörder in der Gegend aufhält. Die andere, daß es ein Wahnsinniger ist. Vielleicht beides.«

»Du meinst das ernst mit dem Wahnsinnigen, nicht?«

»Schau dich um«, erinnerte er mich grimmig. »Und wenn du dir einen Reim darauf machen kannst, daß Don Morgan oben in eurem Bassin ertränkt wurde, wo der Fluß vor seiner Hintertür ist, bist du schlauer als ich.«

Ich fand Lydia allein auf der Bank am Fluß. Die Sonne war schon lange untergegangen, aber es war noch ein wenig hell. Sie saß reglos da, die Hände im Schoß und den Blick aufs Wasser gerichtet. Sie wirkte enttäuscht, als sie sah, wer es war.

»Ach, du bist es, Pat«, sagte sie. »Komm her und setz dich. Audrey ist im Bett, und ich bin allein. Sie nimmt diese Sache schwer, das arme Kind.«

Ich setzte mich und zündete mir eine Zigarette an. Ein Boot fuhr vorüber; sein Scheinwerfer schwang von einer Seite des Stroms zur anderen, und einen Moment lang traf er uns. Da erkannte ich, wie blaß und erschöpft Lydia aussah. Allerdings versuchte sie, gefaßt zu wirken. Sie fragte nach Maud und trug mir auf, ihr für die Blumen zu danken. Es seien viele gewesen. Sie werde die Karten später schreiben. Jetzt im Moment könne sie es nicht.

»Ich wünschte, du würdest dich nicht so sorgen, Lydia«, meinte ich. »Schließlich hast du etwas getan, was keine andere Frau, die ich kenne, getan hätte. Du hast ihn wieder aufgenommen und gepflegt.«

»Und ich habe ihn im Stich gelassen. Das denkt Audrey. Aber woher sollte ich wissen, daß er in der Lage war herumzulaufen? Pat, was hatte er vor? Er war nicht krank. Er war nicht einmal mittellos. Warum wollte er zurückkommen? Wenn er weggeblieben wäre, wäre er noch am Leben.«

»Nicht unbedingt. Es ist immer dieselbe Geschichte, nicht? Welchen Weg ein Mann auch wählt, er führt zum selben Ende.«

Sie hörte nicht zu. Plötzlich wandte sie sich zu mir. »Pat, könnte es das Mädchen gewesen sein, mit dem er fortgelaufen ist? Er hat sie verlassen, weißt du. Irgendwo im Ausland sitzenlassen.«

Mir fiel sofort Bessie ein. Bessie, die in Paris einen Mann namens Morgan flüchtig gekannt hatte. Bessie, die in der Mordnacht im Club gewesen war, Bessie mit ihren kalten blauen Augen, die so unschuldig dreinblicken konnten. Doch Jim Conway hatte gesagt, eine Frau hätte es nicht tun können, zumindest nicht allein. Und wie alt war Bessie überhaupt? Sie behauptete, sie sei achtundzwanzig, aber meiner Meinung nach war sie älter. Doch vor fünfzehn Jahren – Lydia redete immer noch. Es tat ihr wohl, glaube ich. Sie ging die ganze Geschichte noch einmal durch. Dons Telefonat mit ihr und seine Ankunft. Er hatte entmutigt und schwach gewirkt, als sie ihn an jenem Abend nach Einbruch der Dunkelheit vom Zug abgeholt und hergebracht hatte.

»Er schien kaum fähig, ins Auto zu steigen«, sagte sie. »Aber jetzt glaube ich es nicht mehr, Pat. Ich glaube, er hat nur so getan.«

Wie auch immer – Audrey hatte jedenfalls einen großen Wirbel seinetwegen veranstaltet, und sie hatten ihn zwischen sich nach oben ins Gästezimmer geführt, wo das Bett schon aufgeschlagen war, und Audrey hatte neue Zeitschriften neben die Nachttischlampe gelegt. Sie selbst hatte seine Taschen ausgepackt und war überrascht gewesen bei der Feststellung, was für gute Kleidungsstücke er besaß: einen Abendanzug, einen aus blauem Serge und den Anzug, den er auf der Reise getragen hatte. Er hatte gesagt, ein alter Freund in New York habe ihn eingekleidet, aber das stimmte nicht. Die Anzüge stammten aus London, und in den Taschen stand sein Name.

»Das hatte er übersehen«, sagte sie, »aber an diesem Abend begann ich zu zweifeln. Es war natürlich zu spät. Er war da, und Audrey war aufgeregt und glücklich. Ich mußte weitermachen.«

Die ersten wirklichen Zweifel an seiner Krankheit waren ihr ein paar Tage darauf gekommen. Eine Flasche Scotch fehlte unten, und sie glaubte, er habe sie genommen. Sie sagte nichts, aber danach beobachtete sie ihn.

»Er war nicht wirklich geschwächt«, sagte sie mit ihrer neuen, ausdruckslosen Stimme. »Und wenn er wirklich krank war, hätte er natürlich keinen Whisky trinken sollen.«

Das hatte dazu geführt, daß er praktisch nie allein gelassen wurde. Sie oder Audrey waren immer in der Nähe. Nicht unbedingt in seinem Zimmer. Einfach irgendwo bereit. Sie meinte, er habe sich dadurch gestört gefühlt. Er versuchte öfters, sie beide loszuwerden, aber sie wurde immer argwöhnischer. Er war aus irgendeinem besonderen Grund zurückgekommen, aber sie konnte sich nicht vorstellen, was der sein könne.

»Nach über fünfzehn Jahren!« sagte sie. »Ich war ihm egal. Er war natürlich charmant und auch dankbar. Aber ich begann, mir Sorgen zu machen. Ich wußte, daß etwas nicht stimmte.«

Bill konnte sie es nicht erzählen. Er kam nie in ihre Nähe. Sie konnte es niemandem erzählen. Aber sie schlief mit offener Tür, und eines Nachts überraschte sie Don im Pyjama auf halbem Weg die Treppe herab. Sie hatte gedacht, er wolle Schnaps. Jetzt war sie nicht mehr so sicher. Eines stand fest: Er hatte niemanden angerufen. Es gab nur einen Apparat, und der stand unten in der Diele. Natürlich konnte Audrey seine Briefe aufgegeben haben, aber sie wußte, daß er nie welche schrieb.

»Allmählich fragte ich mich, ob es wieder diese Frau war«, sagte sie, »oder eine andere. Aber du hast ihn gesehen, Pat. Du weißt, wie liebenswürdig er sein konnte. Er schien so entzückt über alles zu sein. Er hat sogar gebeten, Bill kennenzulernen. Er sagte, er sei bald tot, und ich solle wieder heiraten. Aber Bill wollte keinen Fuß ins Haus setzen.«

Außer mir war niemand gekommen, um Don zu sehen. Es war, als ob die drei plötzlich von der Welt abgeschnitten gewesen wären. »Wie auf einer Insel«, drückte Lydia es aus.

Trotzdem muß er sich mit jemandem in Verbindung gesetzt haben. An dem Tag, an dem er umgebracht wurde, hatte ihn jemand angerufen. Audrey war gerade unterwegs gewesen und Lydia in den Garten gegangen. Als sie in die untere Diele kam, stand er da und legte den Hörer auf.

»Du warst draußen, Liebe«, sagte er, »da hab' ich es geschafft, runterzukommen.«

»Wer war es?«

»Falsch verbunden«, erwiderte er, und sie mußte ihm wieder die Treppe hinaufhelfen.

Aber sie hatte Verdacht geschöpft. Sie hatte sich zu fragen begonnen, ob er nicht nachts den Wagen benutzt hatte. Ein- oder zweimal hatte sie bemerkt, daß wenig Benzin im Tank war, und an jenem Tag wirkte er verschlossen.

»Ich beschloß, daß er in dieser Nacht nicht ausgehen würde«, sagte sie. »Ich war bereit, ihn zu pflegen, aber nicht, irgendwelchen Machenschaften Vorschub zu leisten.«

Deswegen hatte sie seine Kleider in die Reinigung geschickt.

»Alles«, sagte sie bedrückt, »alles bis auf seinen Mantel. Da siehst du, was passiert ist. Er hatte eine Verabredung mit jemandem, und seine Kleider waren weg. Es muß ziemlich peinlich gewesen sein. Aber er ist trotzdem gegangen. Ich –«

Ihre Stimme erstarb, und ein paar Minuten saßen wir schweigend da. Als sie wieder sprach, klang ihre Stimme rauh.

»Ich habe ihn nicht geliebt, Pat. Dafür hat er mich zu unglücklich gemacht. Aber er tut mir entsetzlich leid. Er liebte das

Leben. Er mochte gutes Essen und Trinken und Kleider. Er mochte auch diese Aussicht.«

Ich fragte sie, ob sie gehört hätte, wie er den Wagen herausfuhr. Sie schüttelte den Kopf.

»Nein. Nicht im Traum hätte ich gedacht, daß er wegfährt. Wie konnte er? Und außerdem ist die Garage auf der anderen Seite des Hauses. Er wußte natürlich, daß der Wagen da war. Larry Hamilton hatte Audrey an jenem Abend zum Country Club mitgenommen.« Sie holte tief Luft. »Ich habe Angst, Pat. Bill ist so komisch, und seine Geschichte, wie er dem Wagen gefolgt ist – Pat, wenn ich glaubte, daß er es war, würde ich ins Wasser gehen.«

»Bill schützt dich vor dem Gerede«, meinte ich. »Was seine Täterschaft betrifft, solltest du ihn besser kennen. Was ist mit dieser Frau, mit der Don weggelaufen ist, Lydia? Wer war sie überhaupt?«

»Ich weiß nicht viel über sie. Es ist lange her. Sie war in seinem Büro, eine Stenotypistin. Er hielt es nicht lange bei ihr aus. Er hielt es bei keiner Frau aus. Jedenfalls ist sie, soweit ich weiß, ein nettes Mädchen gewesen, anständig und alles.« Das Thema schien ihr zuwider, und sie ließ es fallen. »Pat, glaubst du, daß Don hier war, bevor er zurückkam?«

»Wie kommst du darauf?«

»Ich weiß nicht«, sagte sie vage. »Die Spielhalle am Kloster war noch nicht gebaut, als er fortging, aber er schien davon zu wissen.«

Wir sprachen bis spät in die Nacht. Sie war erschüttert, trauerte aber nicht. Vor allem sorgte sie sich um Bill Sterling. Er habe ein Motiv. Wer sonst? Nicht, daß sie ihn für schuldig halte, natürlich nicht, aber sie habe Angst vor der Polizei, insbesondere vor Hopper, der sie ausgefragt hatte. Er kenne Bill nicht so wie Jim Conway. Aber sie brachte einen Aspekt zu Dons Ertrinken vor, den ich nicht bedacht hatte. Sie glaubte nicht, daß er ins Schwimmbecken hatte fallen sollen.

»Das machte es nur schwieriger«, hatte sie gesagt. »Es hätte mit Sicherheit eine Autopsie gegeben, und man hätte erfahren, daß er ertränkt worden war. Es gab so viele andere Möglichkeiten, ihn umzubringen. Wenn er ertränkt werden sollte, warum dann nicht im Fluß? Pat, warum um alles in der Welt ist Don überhaupt zur Spielhalle gegangen? Um jemanden zu treffen?«

»Vielleicht ist er bewußtlos gewesen, als er dorthin gebracht wurde, Lydia.«

»Das glaube ich nicht. Er ist aus irgendeinem Grund dorthin gegangen. Und um diesen Grund zu verbergen, wurde er danach weggeschafft und dorthin geworfen, wo man ihn schließlich gefunden hat.«

Bevor ich sie verließ, gingen wir nach oben in Dons Zimmer. Es war ganz so, wie er es verlassen hatte: der chintzbezogene Stuhl am Fenster mit der Zigarettendose auf einem kleinen Taburett daneben, das alte, schmale Bett aus Ahornholz mit den dünnen Pfosten und den gerafften Musselinvorhängen, seine silbernen Bürsten auf dem Kommödchen, seine Zigaretten auf dem Tisch neben dem Stuhl.

»Ich glaube nicht, daß hier etwas ist«, sagte sie stumpf. »Ich habe jeden Zollbreit abgesucht. Die Polizei ebenfalls.«

Aber sie irrte sich. In dem Schrank waren die Anzüge, die sie erwähnt hatte, und außerdem ein Jackett, ein braunes mit fast unsichtbaren roten Streifen.

»Was ist mit dem Jackett?« fragte ich. »Das hast du nicht erwähnt.«

»Ich hatte es vergessen. Die Hosen waren abgetragen, sagte er. Er hat es nie angehabt.«

Ich nahm es heraus und sah es mir an. Ohne Zweifel hatte man es bereits untersucht, und die Taschen waren bestimmt leer. Wie die anderen war es in England gemacht, und der Name des Schneiders von der Bond Street stand in der Tasche. Aber noch etwas stand da, etwas, was die Polizei wahrscheinlich für eine Nummer gehalten hatte, die der Schneider selbst hineingeschrieben hatte.

Das war es nicht. Mit Tinte säuberlich auf dem Etikett notiert stand eine Reihe Ziffern, und ich erkannte sie sofort.

Es war die Autonummer von Mauds Limousine.

Ich sagte Lydia nichts davon. Glücklicherweise schaute sie mich nicht an. Sie blickte sich hilflos im Zimmer um.

»Mir fiel gerade ein, Pat«, sagte sie, »wo sind die Schlüssel? Er hatte eine ganze Menge, an einer langen Stahlkette. Glaubst du, er hat sie mitgenommen?«

Plötzlich überlief es mich kalt.

»Hast du das der Polizei erzählt?« fragte ich.

»Nein. Ist es wichtig?«

»Vielleicht«, sagte ich vorsichtig. »Es scheint so, als seien es vielleicht Evans' Schlüssel gewesen, Lydia. Sie wurden ihm in der Nacht gestohlen, als er niedergeschlagen wurde.«

»Evans? Der Nachtwächter im Kloster? Weißt du, was du da sagst, Pat?«

»Ich fürchte ja.«

Kapitel 15

Es war mir zur Gewohnheit geworden, wach zu liegen, und ich hatte eine Menge zu überdenken, bevor ich in dieser Nacht einzuschlafen versuchte. Ohne irgendeinen nennenswerten Beweis war ich sicher, daß Don Morgan lange vor seiner offiziellen Ankunft in der Gegend gewesen war, vielleicht schon Anfang Juni, und daß ich ihn gesehen hatte, wie er durch die Fenster der Spielhalle starrte – möglicherweise beobachtete er Audrey. Der Rest war allerdings nicht so klar. Sein Überfall auf Evans, die Schlüssel und seine beiden Versuche, in das Kloster einzudringen. Und jene letzte Verabredung mit jemandem in der Spielhalle und sein Ende.

Es war eine Verabredung gewesen. Ich war sicher, daß Lydia recht hatte. Jemand hatte ihn an diesem Tag angerufen und eine Verabredung getroffen. Dann war da noch die Sache mit Mauds Autonummer. Warum hatte er sie notiert? War Bessie doch in das Ganze verwickelt, und hatte er sie in Mauds Auto gesehen? Dann fiel mir etwas ein, was Bessie zu entlasten schien. Die Abendzeitungen hatten berichtet, ein Angestellter in der Zulassungsstelle für Kraftfahrzeuge, der Dons Bild in der Montagszeitung gesehen hatte, habe ihn als den Mann erkannt, der vor einigen Wochen nach dem Besitzer eines bestimmten Wagens geforscht hatte.

»Beinahe hätte er mich umgefahren«, hatte der Mann gesagt. »Wo ich doch Grün hatte. Ich kriege den Führerschein von diesem Drecksack, und wenn es das letzte ist, was ich tue.«

Der Angestellte hatte die Angelegenheit an jemand anderen weitergegeben und erinnerte sich nicht an die Nummer. Aber er sagte, der Mann habe so ausgesehen, als sei er nur knapp davongekommen. Er sei blaß gewesen, und seine Hände hätten gezittert, als er sich eine Zigarette angezündet habe.

Möglich war es natürlich. Es könnte sogar Mauds Zusammenbruch erklären. Wenn Gus mit dem schweren Wagen beinahe jemanden angefahren hätte, würde sie ihn nie verraten. Aber als ich am nächsten Morgen mit Gus sprach, stritt er so etwas rundweg ab.

»Sie können Mrs. Wainwright fragen, wenn Sie mir nicht glauben«, sagte er steif. »Ich habe an diesem Tag niemandem auch nur annähernd ein Haar gekrümmt.«

Das war am Donnerstag. Don war in der Nacht zum Sonntag ermordet worden, und die Ermittlungen waren offensichtlich an einen toten Punkt gelangt. Hopper und die anderen Detektive aus der Stadt waren ziemlich verstimmt. Da hatten sie etwas, was wie ein gut geplanter Mord aussah, aber außer dem Tatort hatten sie nichts.

»Es scheint noch nicht mal jemand ein Motiv gehabt zu haben, bis auf Bill Sterling«, sagte Jim Conway an diesem Tag, als er auf der Terrasse saß, während Roger versuchte, ihm auf den Schoß zu klettern. »Keine Fingerabdrücke, keine Zigaretten mit Lippenstift daran, keine Waffen, keine Kugeln für ihre Ballistikabteilung, kein gar nichts. Wenn ich ihnen nicht mit ein paar Ungereimtheiten im Nacken säße, würden sie behaupten, daß Morgan einen Herzschlag hatte und in einer Pfütze ertrunken ist.«

Was, wie ich jetzt weiß, dem rothaarigen Hopper nicht gerecht wurde.

Tatsächlich versuchte er gelassen, Licht in das Dunkel zu bringen. Eines Tages suchte er den jungen Doktor auf, den Lydia für Don gerufen hatte, als Bill Sterling sich geweigert hatte, ihn zu untersuchen. Er hieß Craven, und er erwies sich als recht ungenauer Zeuge.

»Hielten Sie ihn für einen kranken Mann?«

»Tja, er jedenfalls tat das. Angina pectoris kann man natürlich nicht sehen«, fügte er rechtfertigend hinzu.

Er hatte ihm tägliche kleine Dosen Digitalis verordnet, »nur für den Fall, daß.« Ansonsten hatte er Bettruhe und eine ausgewogene Diät empfohlen. »Ich dachte, er stehe unter einer Art Nervenanspannung«, sagte er. »Ich fragte ihn, ob er sich Sorgen mache, und das stritt er ab. ›Bis darauf, daß ich nicht hierbleiben kann‹, sagte er. ›Mrs. Morgan ist gut zu mir gewesen, als ich Hilfe brauchte, aber das kann natürlich nicht so weitergehen.‹«

»Hat er nicht verängstigt auf Sie gewirkt? Sie hatten nicht den Eindruck, daß sein Leben in Gefahr ist?«

»Überhaupt nicht.«

Da standen sie nun. Sie hatten nur einen Verdächtigen, und das war Bill. Er hatte ein Motiv und die Gelegenheit, und nur die eidesstattliche Aussage von Julian Stoddards Untergärtner über die beiden Autos hielt sie davon ab, ihn sofort zu verhaften. Nicht einmal die Detektive aus der Stadt konnten beweisen, daß er das Mordauto dort versteckt hatte, wo es gefunden wurde, und zwei Minuten später in seinem eigenen Wagen erschienen war.

Trotzdem taten sie ihr Bestes, um einen Fall gegen ihn aufzubauen, versuchten, den Gärtner zum Widerruf seiner Aussage zu bewegen, filzten Bills Auto, durchsuchten seine Kleider und sein Haus, nahmen ihn ins Verhör und ins Kreuzverhör.

»Haben Sie Donald Morgan gekannt, bevor er zurückkam?«

»Nein. Ich war auf dem College für Mediziner, als sie vom Osten hierher zogen. Als er ging, war ich Assistenzarzt in einem New Yorker Krankenhaus.«

»Aber hier war Ihr Zuhause? Ihre Familie wohnte hier?«

»Ja. Mein Vater und meine Mutter sind beide gestorben, während ich auf dem College war.«

»Sie haben die Sommerferien hier verbracht, nicht? Dabei haben Sie Morgan wohl gesehen.«

»Ich habe mir mein Studium selbst verdient. Ich hatte keine Ferien. Ich habe keinen der Morgans je gesehen, bis ich herkam, um hier zu praktizieren, und zu dieser Zeit war er schon weg.«

Darauf wandten sie sich dem Schlüssel für die Spielhalle und dem Überfall auf Evans zu. Wie gut er Evans gekannt habe? Ob er gewußt habe, daß Evans die Schlüssel zum Kloster dabei hatte? Er sagte bloß, er hätte nie darüber nachgedacht. Was den an seinem Schlüsselbund gefundenen Schlüssel betraf, hatte er keine Ahnung, wie er dorthin gekommen war. Aber sie ließen nicht locker, wie Hunde an einem Knochen. Wo er gewesen sei, als Evans überfallen wurde? Er zeigte ihnen das kleine Notizbuch, das er führte: seine Sprechstunde bis acht Uhr oder noch später, ein oder zwei Visiten und ein Besuch bei Lydia bis elf Uhr in jener Nacht.

Sie waren noch nicht zufrieden. Die Verbrechen hatten beide am Schwimmbassin im Kloster stattgefunden; daher standen sie miteinander in Zusammenhang. Aber wer auch immer Evans ins Wasser gestoßen hatte, hatte nicht gewollt, daß er ertränke, in Dons Fall dagegen hatte er es.

»Wieviel Anzüge besitzen Sie?« fragte Hopper unvermittelt.

Bill sah überrascht aus. »Anzüge? Das weiß ich nicht. Genug. Nicht allzu viele.«

»Wer kümmert sich um sie, Doktor?«

»Meine Haushälterin Mrs. Watkins.«

»Sie gibt sie zum Reinigen und Bügeln, nehme ich an.«

»Richtig.«

»In letzter Zeit irgendwelche weggegeben?«

»Sie wird es wissen. Ich nicht.«

»Sie haben nicht in letzter Zeit Ihre Uhr reparieren lassen, oder?«

Aus irgendeinem Grund ärgerte ihn das. »Nein«, sagte er brüsk. »Ich vermute, Sie meinen, ich habe Evans ins Bassin geschubst und bin ihm dann hinterhergesprungen. Na, seither messe ich ständig den Puls mit dieser Uhr, und wenn Wasser darin ist, muß sie für Taucher gebaut sein. Was meine Kleider betrifft, fragen Sie Mrs. Watkins.« Er lächelte ziemlich grimmig. »Ich habe keine Geheimnisse vor ihr. Sie hat mich gewickelt, als ich noch ein Baby war, und wenn Sie glauben, ich könnte einen nassen Anzug in mein Haus schmuggeln oder ihn irgendwo im Gebüsch verlieren, dann kennen Sie sie nicht.«

Aber was Dons Todesnacht betraf, hatten sie ihn mehr oder weniger. »Aber sicher bin ich dem Wagen gefolgt«, sagte er ungeduldig. »Warum auch nicht? Ich dachte, Mrs. Morgan oder Audrey seien darin. Ich habe ihn nicht näher zu sehen bekommen. Er war auf dem Weg den Berg hinauf, als ich ihn sah. Ich mußte wenden und ihm folgen. Mittlerweile war er weit voraus, und ich verlor ihn an der Beaver Creek Road.«

»Was ist mit Morgans Rückkehr? Sie hat Ihre Pläne durchkreuzt, nicht wahr?«

»Das hat sie.«

»Das fanden Sie natürlich unmöglich.«

»In der Tat. Er hatte keinerlei Rechte auf seine frühere Frau. Daß sie ihn aufnahm, hielt ich für sentimentalen Unsinn.«

Sie konnten ihn nicht in die Enge treiben. Warum hätte er Donald Morgan töten sollen? Lydia habe sich von ihm scheiden lassen. Eine Wiederverheiratung sei nicht in Frage gekommen.

Danach kamen sie auf die Mordnacht zurück. Die Autopsie hatte die Tatzeit auf vier bis fünf Stunden nach Dons letzter Mahlzeit oder nicht später als Mitternacht festgelegt. Bill hatte das Kloster um Mitternacht verlassen.

»Wie ein Dutzend andere Leute«, sagte er. »Was zum Teufel hat das damit zu tun? Ich war nicht müde. Ich bin einfach rumgefahren.«

Am Dienstagabend war es, glaube ich, daß Hopper und Jim Conway vor lauter Verzweiflung eine Rekonstruktion des Verbrechens versuchten. Sie verließen das Kloster um Mitternacht – als Bill Sterling gegangen war – und fuhren auf die Hauptstraße hinaus. Hier stellten sie den Wagen ab und gingen zur Spielhalle zurück, wobei sie sich außer Sicht des Hauses hielten, wie es der Mörder wahrscheinlich getan hatte. Sie schafften es in zehn Minuten.

In der Spielhalle dann inszenierten sie einen kurzen Streit. Jim als Mörder schlug Hopper nieder, und Hopper lag mit einer Stoppuhr in der Hand im leeren Bassin und ›ertrank‹. Das Problem war allerdings, ihn herauszubekommen. Jim zog sich bis auf die Unterhose aus und sprang hinein, aber im Becken war kein Wasser, das es ihm hätte leichter machen können. Es dauerte einige Zeit, bis ein fluchender Hopper auf den Fliesen lag, und um das fehlende Wasser zu berücksichtigen, veranschlagten sie die ganze Szene mit weiteren zehn Minuten und ließen es dabei bewenden.

Sie hatten nur eine Stunde, und bereits ein Drittel davon war verstrichen.

Aber das Schlimmste stand noch bevor. Jim mußte nicht nur so tun, als würde er sich abtrocknen und in seine Kleider steigen. Er mußte Hopper zum Wagen tragen oder schleifen. Aber Hopper wog fünfundsiebzig Kilo, was Dons Gewicht entsprach, und die Spielhalle war fast dreihundert Meter von der Stelle, wo, wie sie annahmen, Don Lydias Auto gelassen hatte. Jim schwitzte, und Hopper machte sich schwer und war unausstehlich. »Bleiben Sie um Himmels willen von den Büschen weg. Sie hätten mir fast ein Auge ausgestochen.«

Aber das Anziehen und Schleppen hatte weitere zwanzig Minuten gekostet, und Hoppers Mantel auszuziehen und ihn hinten im Wagen damit zuzudecken, noch ein paar. Hoppers Uhr zeigte insgesamt zweiundvierzig Minuten an, bevor sie bereit waren, um zu der Stelle aufzubrechen, wo man die Leiche im Graben gefunden hatte. Jim fuhr wie ein Wahnsinniger, aber es erforderte zehn Minuten, die Nebenstraße zu erreichen.

Er grinste, als er Hopper aus dem Wagen plumpsen ließ.

»Noch acht Minuten«, sagte er vergnügt. »Und wenn es jemand in acht Minuten bis zu diesem Weg unterhalb des Stoddardschen Hauses geschafft hat, hatte er Flügel.«

Allmählich sah es so aus, als sei das Verbrechen vor Mitternacht begangen worden, was Bill ausschloß. Hopper war sauer.

»Irgendwo ist ein Haken«, sagte er. »Zumindest haben Sie beim Anziehen geschummelt. Glauben Sie, der Kerl hat gewartet, bis er den Schlips anhatte?«

In Jims Büro zurückgekehrt, überprüften sie abermals ihre Listen. Die Frauen bei der Party, da waren sie sich einig, kamen nicht in Frage. Von den Männern war Don für die meisten selbst früher schon nicht mehr als eine Grußbekanntschaft gewesen. Dwight Elliott hatte gesagt: »Ich habe den Kerl nie im Leben gesehen. Was soll das Ganze?« Julian Stoddard hatte Don Jahre zuvor flüchtig gekannt. Er hatte ihn nicht gesehen, seit er zurückgekommen war. Der fast siebzigjährige Theodore Earle hatte nur gelächelt und gesagt, ihr Verdacht sei ein Kompliment, und die anderen beiden hatten noch nie von ihm gehört.

Es war zwei Uhr morgens, als Hopper von seiner Liste aufblickte. »Was ist mit Tony Wainwright?« sagte er. »Er hat kein Alibi für diese Nacht. Wann ist *er* nach Hause gekommen?«

»Seien Sie nicht dumm«, meinte Jim. »Er war ein Junge, als Morgan verschwand.«

Hopper gähnte wieder. »Morgan hatte eine mächtig hübsche Tochter. Vielleicht hatte er was dagegen, daß sie mit einem verheirateten Mann rumspielte.«

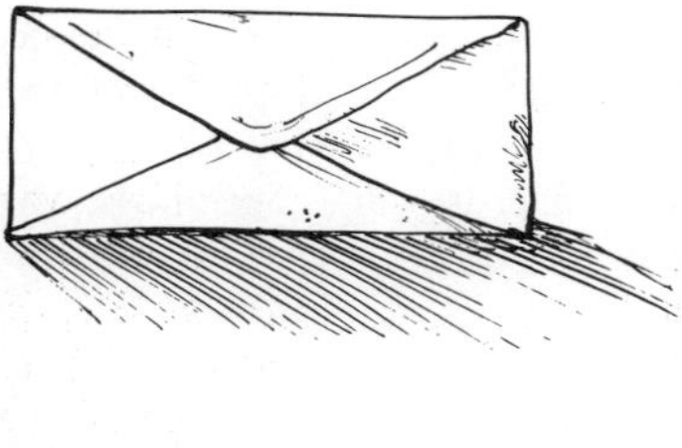

Kapitel 16

Es war genau eine Woche seit unserem Mord vergangen, als Evans aus dem Krankenhaus von Beverly verschwand. Es war ihm besser gegangen, so daß man ihm seine eigenen Kleider gegeben und etwas mehr Freiheit gelassen hatte. Das heißt, er spazierte ab und zu herum und schwatzte mit den Schwestern oder den Patienten, ein alter Mann in einem schäbigen Anzug und Pantoffeln und immer noch mit einem kleinen Verband um den Kopf.

Seine Flucht – wenn es das denn war – war einfach gewesen. Tony hatte ihn in ein Privatzimmer im Erdgeschoß legen lassen, und es waren keine zwei Meter bis zum Weg unter dem Fenster. Trotzdem waren einige der Umstände ungewöhnlich.

Er hatte seine Pfeife und seinen Tabaksbeutel mitgenommen, aber nichts von seinen Kleidern bis auf das, was er trug. Man hatte ihm etwas Unterwäsche geschickt, als es ihm besser ging, und auch seinen Rasierapparat und dergleichen. Das war alles noch in seinem Zimmer.

Um ein Uhr morgens erhielt Tony dann die Nachricht. Die Telefonklingeln in den Schlafzimmern waren abgeschaltet, so daß sie nachts nicht läuten konnten, aber eine der Pflegerinnen, die unten zu tun hatte, hörte es in der Bibliothek klingeln. Sie kam herauf und berichtete es Tony, und da sein Raum nicht weit von meinem lag, hörte ich sie an seine Tür klopfen. Es dauerte etwas, bis er erwachte, und der Lärm weckte mich ebenfalls.

»Das Krankenhaus ist am Telefon, Mr. Wainwright. Evans ist nicht da«, sagte sie, als er endlich Antwort gab.

»Was meinen Sie – er ist nicht da?«

»Er ist weg. Verschwunden.«

»Weg! Wo sollte er hingehen? Na gut. Ich bin sofort unten.«

Ich hörte ihn nicht am Telefon, aber ich stand oben an der Treppe, als er gähnend und nur halb wach heraufkam.

»Was ist mit Evans?« fragte ich. »Stimmt etwas nicht?«

»Kein Grund zur Besorgnis, denke ich. Er ist es gewöhnt, nachts auf zu sein.«

Ich stellte fest, daß mich ein bißchen fröstelte. Irgendwie glaubte ich nicht, daß er bloß spazierengegangen war. »Ich hoffe, daß das der Grund ist«, sagte ich schwach.

»Natürlich ist das der Grund. Hören Sie, Pat, schauen Sie nicht so. Sie bestehen ja nur noch aus Augen.« Er legte mir eine Hand auf die Schulter. »Gehen Sie ins Bett, Mädchen. Wir haben Sie nicht angestellt, um Sie hier zu verschleißen.«

Er beugte sich herab und küßte mich zart, und natürlich wählte Bessie, die den Lärm gehört hatte, diesen Augenblick, um ihre Tür am Ende des Flügels zu öffnen. Sie starrte uns an, und ich möchte behaupten, daß wir wie zwei unartige Kinder aussahen. Dann lächelte sie unangenehm. »Ich möchte kein Spielverderber sein, Tony«, sagte sie kalt, »aber was soll das ganze Theater?«

»Der alte Evans ist nur auf einen Nachtspaziergang draußen. Aber das Krankenhaus macht sich Sorgen.«

Ich glaube, sie sah verdutzt aus. Auf jeden Fall war sie überrascht, als ob sie dieses Stück nicht in ihr geistiges Puzzle einfügen könne. Aber sie zuckte nur die Achseln.

»Na, entschuldigt die Störung«, sagte sie kühl und schloß die Tür. Wir beide kamen uns ziemlich lächerlich vor. Tony erholte sich zuerst. Er grinste zu mir herab.

»Sie hätten nicht schauen sollen wie ein verschrecktes kleines Mädchen«, sagte er. »Jedenfalls mein Fehler. Entschuldigen Sie.«

Er muß sich schnell angezogen haben, denn bald darauf hörte ich seinen Wagen mit der üblichen leichtsinnigen Geschwindigkeit hinausfahren. Es war vier Uhr morgens, als er zurückkam. Er klopfte leicht an meine Tür, und ich öffnete.

»Evans ist nicht zurückgekommen«, sagte er. »Lassen Sie es Mutter nicht wissen. Und setzen Sie sich nichts in den Kopf. Er ist aus freien Stücken geflüchtet, durch sein Fenster. Aber ich bin zu Conway gegangen. Hat keinen Sinn, den armen alten Knaben nachts alleine rumwandern zu lassen. Er kann nicht weit kommen. Er hatte nur ein paar Dollar in der Tasche.«

Später hörte ich von seinem Anteil an der Suche in dieser Nacht. Er hatte sich an die Theorie geklammert, daß Evans auf einen Nachtspaziergang gegangen sei, und hatte die umliegenden Grundstücke und Wäldchen nach ihm abgesucht. Seit seiner Jugend hatten er und Evans ein Signal, einen bestimmten Pfiff.

Wenn Tony noch spät draußen war und nicht wollte, daß Maud es erfuhr, hatte er ihn benutzt, denn Evans hatte nachts seinen Revolver dabei und war ein bißchen vorschnell damit. Tony war, wie ich vernahm, pfeifend durch die Nacht gegangen, aber ohne Erfolg.

Gegen Morgen begann die Situation ernst auszusehen. Es war keine Frage, daß der alte Mann freiwillig gegangen war. Sein Fenster stand offen, und sein Pyjama lag ordentlich gefaltet über einem Stuhl. Aber er war im Bett gewesen. Die Nachtschwester berichtete, daß er um halb elf fest geschlafen hatte.

»Es sieht so aus«, sagte Tony, der besorgt und abgekämpft wirkte, bei einem hastigen Frühstück, »als habe er irgendeine Nachricht erhalten, die ihn dazu brachte zu gehen. Nicht per Telefon. Er ist nicht angerufen worden. Aber das Fenster stand offen. Vielleicht hat ihn jemand vom Weg unten aus angesprochen.«

»Aber wer?« fragte ich. »Wer um alles in der Welt hätte ihn mitnehmen oder – ihm etwas antun wollen?«

»Wir wissen nicht, ob man ihm etwas angetan hat. Und was das Mitnehmen angeht, kann er seine eigenen Gründe gehabt haben zu verschwinden. Die Polizei hatte mit ihm geredet, und vielleicht wußte er etwas, was er nicht hätte wissen sollen. Vielleicht hatte er Angst.«

Bis zum Mittag gab es noch keine Spur von ihm. Wir hatten Maud die Neuigkeit verheimlicht, aber als Bessie erfuhr, daß er noch vermißt wurde, war sie sofort, wie Amy Richards es nannte, in Panik geraten.

»Sie packt«, sagte sie vergnügt. »Gott sei Dank für seine Gnade. Ich habe nie ihr Frühstückstablett vorbeikommen sehen, ohne daß ich versucht war, ihr was in den Kaffee zu tun.«

Die Polizei aus dem Dorf und der Stadt taten an diesem Tag alles Übliche: gaben über Funk die Personenbeschreibung von Evans durch, benachrichtigten das Vermißtenbüro und nahmen in seinem Krankenzimmer seine Fingerabdrücke. Aber Bessie kam dann doch nicht weg. Es war der finster blickende Hopper, der es verhinderte. Er saß in der Bibliothek und zog ab und zu ein schwarzes Büchlein zu Rate, das er dabei hatte.

»Wir untersuchen immer noch einen Mord«, bemerkte er. »Er hat hier im Kloster stattgefunden. Ich unterstelle nicht, daß Sie irgend etwas darüber wissen. Aber ich werde Ihnen eine Frage stellen: Warum haben Sie an jenem Abend den Country Club verlassen? Und sind in diese Richtung gegangen? Behaupten Sie nicht, das wären Sie nicht. Ich weiß, daß es so war.«

Sie erbleichte, schaute aber immer noch herausfordernd. »Ich streite das absolut ab«, sagte sie.

»Das ist sehr dumm von Ihnen«, bemerkte er gelassen. »Wir haben Ihre Fußabdrücke dort und hier gesichert, und –«

»Unfug! Alle Pumps sind gleich.«

»Und wir haben einen kleinen Strauß künstlicher Blumen, den Sie an jenem Abend aus dem Haar verloren haben«, fuhr er fort. »Das war, als Sie sich unter das Gebüsch beim Stall geduckt haben. Sie erinnern sich? Also, Mrs. Wainwright, ich möchte wissen, wo genau Sie in dieser Nacht waren und warum.«

Ihr Ton war immer noch herausfordernd. »Wenn Sie das irgend etwas angeht: Ich habe jemanden getroffen.«

»War dieser Jemand Don Morgan?«

Da gab sie auf. Es sei nicht Don Morgan gewesen. Sie habe ihn seit Jahren nicht gesehen. Sie sei nicht sicher, daß sie ihn überhaupt je gesehen habe. Und selbst wenn, hätte sie ihn aus diesem Bassin und in einen Wagen schaffen können? »Gehen Sie hoch und sehen Sie sich das Kleid an, das ich getragen habe«, sagte sie. »Schauen Sie nach, ob es naß war.«

»Ich habe es mir schon angeschaut«, erwiderte er.

Das brachte sie zum Schweigen. Zumindest sagte sie nichts mehr davon, daß sie abreisen wolle. Aber wen sie in jener Nacht getroffen hatte, darüber schwieg sie sich hartnäckig aus.

»Es hat nichts damit zu tun«, brauste sie auf. »Gott weiß, daß ich hier nicht besonders viel Privatleben habe, aber ein bißchen habe ich. Und das, was ich habe, ist meine Angelegenheit.«

Das ließ er auf sich beruhen. Er ließ sich nicht aus der Fassung bringen. Er griff in die Tasche und zog ein Photo von Don hervor, das vor seinem Verschwinden aufgenommen worden war. »Ist das derjenige, den Sie in Paris kannten?«

Hastig griff sie danach. »Sieht so aus wie er. Beschwören würde ich es allerdings nicht.«

»Ich vermute, Sie sehen ein, warum Sie uns nicht im Stich lassen können«, bemerkte er immer noch ruhig. »Wir werden es Ihnen leicht machen, aber ich rate Ihnen, in der Nähe zu bleiben. Weiß Ihr Gatte, daß Sie in dieser Nacht diesen Mann getroffen haben?«

»Ich habe nicht gesagt, daß es ein Mann war. Nein, auf keinen Fall.«

»Da sind Sie sicher, was?«

»Meine Güte«, sagte sie und lachte. »Können Sie sich vorstellen, wie ich Don Morgan in dieser Nacht treffe und Tony meine Ehre rettet, indem er ihn umbringt?«

»Vielleicht hat er seine eigene Ehre gerettet«, sagte Hopper.

Sie drückte ihre Zigarette aus und saß einen Moment still. Seither frage ich mich, ob sie an jenem Tag nicht in Versuchung war: Sie hätte die ganze Geschichte erzählen können, sogar die Rolle, die sie darin spielte, und dann weggehen können. Sie muß daran gedacht haben, wie sie da saß in ihren englischen Tweedsachen und ihren englischen Schuhen, gegenüber dieser großen, hageren Nemesis. Aber offenbar entschied sie sich dagegen. Sie blickte ihn an und stand auf.

»Na gut«, sagte sie. »Sie haben gewonnen. Ich bleibe.«

Kapitel 17

Das war am Nachmittag nach Evans' Verschwinden. Die Stimmung im Haus war vorher schon ziemlich demoralisiert: Mrs. Partridge lief herum wie ein verschüchtertes Kaninchen, einige der Mädchen drohten zu kündigen, und keines von ihnen war bereit, abends aus dem Haus zu gehen, nicht einmal ins Kino. Als der Sonntag ohne Nachricht von dem alten Mann verstrich, begann sogar das unbewegte Gesicht von Reynolds düster auszusehen. Und was die beiden Hausdiener betraf, hatten sie offensichtlich eine Heidenangst.

Tony war den ganzen Tag unterwegs, und am Montag fingen sie an, die Hügel abzusuchen. Evans war mittlerweile seit sechsunddreißig Stunden weg, und immer noch gab es nicht die geringste Spur von ihm. Es wurden allerdings Dinge erzählt, die seinem Verschwinden einen ernsten Anstrich verliehen. Zunächst berichtete das Krankenhaus, daß er seit dem Mord nicht mehr derselbe gewesen sei.

»Die Schwestern sagen, daß er sehr verändert war«, meinte der Oberarzt. »Bislang war er vergnügt gewesen. Nachdem er die Neuigkeit vernommen hatte, war er verschlossen. Er blieb auf seinem Zimmer und aß wenig oder gar nichts.«

Wegen Evans hätten sich Hopper und die Meute aus der Stadt fast mit Jim Conway entzweit, weil die Detektive aus der Stadt zu der Ansicht neigten, er sei einfach davonspaziert, während Jim sein Verschwinden etwas ernster nahm.

»Vielleicht hat ihn jemand aus dem Weg haben wollen«, behauptete er. »In einem Paar Krankenhauspantoffeln kann er nicht weit gegangen sein. Außerdem war er es gewohnt, tagsüber zu schlafen und nachts auf zu sein. Es ist nur etwa ein guter Kilometer vom Krankenhaus zum Kloster. Angenommen, er ist in der Nacht aus dem Fenster geklettert und bei der Spielhalle gewesen. Vielleicht hat er etwas gesehen.«

Dabei blieb er. Während die Staatspolizei und die anderen die Hügel absuchten, fuhr er an diesem Tag zu Evans' Zimmer und durchsuchte es sorgfältig.

»Wenn er aus freien Stücken gegangen wäre, hätte er vielleicht wenigstens ein Paar Schuhe von dort mitgenommen«, sagte er später. »Es lohnte sich auf jeden Fall nachzusehen.«

Evans hatte seit Jahren in Andy McDonalds Häuschen auf dem Grundstück des Klosters gewohnt. Er hatte dort ein Zimmer im Erdgeschoß, und Jessie, Andys Frau, hatte nichts gegen die Durchsuchung einzuwenden. Der Raum gab allerdings kein Geheimnis preis. Er war ordentlich und bis auf die Sachen, die sie ihm ins Krankenhaus geschickt hatte, ganz so, wie er ihn verlassen hatte. In einer Schublade lagen Schreibpapier und ein Füller und eine Flasche Tinte. Aber der Füller war alt und verrostet.

»Er schrieb keine Briefe«, sagte sie. »Ich weiß auch nicht, ob er je welche gekriegt hat. Er hatte anscheinend überhaupt keine Familie.«

Sein Schrank war ebenso nichtssagend. Auf dem Boden standen zwei Paar Schuhe, wie Jessie sagte, alle, die er besaß. Die alte Hose, die er in der Nacht getragen hatte, als er überfallen wurde, war, so meinte sie, noch auf der Polizeiwache, aber die von dem Bad im Schwimmbassin verknitterte Jacke war da. Sie hatte sie vom Krankenhaus mitgebracht und aufgehängt, neben dem leeren Schulterhalfter für seinen Revolver.

»Hat er je über seinen Revolver gesprochen?« fragte Jim. »Als Sie ihn im Krankenhaus besucht haben?«

»Nein, Sir. Er hat ihn nie erwähnt.«

»Hat er über den Überfall gesprochen? Hatte er irgendeine Idee, wer es war?«

»Er hat eine Menge darüber geredet. Er freute sich eher über die Aufmerksamkeit, die ihm zuteil wurde. Sie wissen, was ich meine, Mr. Conway. Da war Mrs. Wainwright und schickte ihm Blumen und Sachen zum Essen, und alle kümmerten sich um ihn. Dann glaube ich, daß es eine nette Abwechslung für ihn war, nachts schlafen zu können. Er ist seit Jahren hier, und er hat bislang nie freigehabt. Bis auf einmal. Da war er ein paar Tage verschwunden. Das war eine komische Sache. Er hat nie erklärt, wo er gewesen ist. Uns jedenfalls nicht.«

»Ist einfach gegangen, was?«

»Tja, ich weiß nicht. Er ist schon gegangen, aber als er wiederkam, dachte ich, vielleicht hatte er schlechte Nachrichten bekommen. Wenn ja, hat er nie darüber gesprochen. Nur eine Sache habe ich bemerkt: Früher kriegte er ab und zu einen Brief von jemandem. Seither hat er nie wieder einen bekommen.«

Mittlerweile war es Anfang Oktober. Die Bäume wechselten bereits die Laubfarbe und ließen die Hügel wie eine weiche Mischung von Rot und Gelb und Braun aussehen. Die Jagdsaison war eröffnet, und man traf sich bei den Stoddards. Das Jagdgelände war schlecht, aber man hatte Reitwege geschlagen, und es gab ein paar einheimische Füchse wie auch andere, die man importiert hatte. Im Tal war die Sommersaison eindeutig zu Ende. Die Junggesellen aus der Stadt, die das Beverly Hotel als Sommerquartier benutzt hatten, waren in die Stadt zurückgekehrt, das Reit- und Springturnier war vorbei, und Hügel wie Dorf waren gleichermaßen auf eine Ruhepause vor Palm Beach oder Jekyll Island oder Nassau vorbereitet worden.

Dieser Frieden war nun durch den Mord an Don und Evans' Verschwinden gestört worden. Das Leben ging zwar weiter. Die Gärtner bereiteten sich auf den Winter vor, karrten Laub und Dung herum, gruben Mauds Sommergarten um und hegten nebenbei noch ihre Dahlien, Astern und Chrysanthemen. Die Golfplätze waren voll, besonders an den Samstagen und Sonntagen. Die Flußboote schoben riesige, mit Kohlen beladene Lastkähne für das kommende kalte Wetter vor sich her, und eines Tages erschienen einige Polizeiboote, die sich daran machten, systematisch das Flußbett abzusuchen.

Maud wußte immer noch nichts von Evans' Verschwinden, aber ich durfte sie jeden Tag ein paar Minuten sehen. Es war Anfang der Woche, als sie nach Evans fragte.

»Wie geht es ihm? Wir könnten ihm Obst schicken, Pat.«

Sie muß etwas in meiner Miene gesehen haben. Sie versuchte, sich im Bett aufzurichten. »Nicht Evans, Pat!« sagte sie. »Sagen Sie mir nicht, daß Evans etwas zugestoßen ist.«

Ich mußte es ihr erzählen. Ich machte es ihr so leicht, wie ich konnte, aber sie sah so seltsam aus, daß ich Amy rief. An diesem Nachmittag schickte sie nach Dwight Elliott, und er schloß sich lange mit ihr im Zimmer ein.

Was auch immer während der Unterredung geschah: Er sah ziemlich erschüttert aus, als er herauskam. Amy, die hineinging, um ihm zu sagen, daß seine Gesprächszeit um war, sagte, sie hätte ihn über Maud stehend gefunden – mit zornrotem Gesicht.

»Das können Sie nicht tun«, sagte er gerade. »Bedenken Sie, was das nach sich zieht. Zumindest beschwöre ich Sie zu warten, bis Sie wieder die alte sind.«

»Ich hatte reichlich Zeit, darüber nachzudenken, Dwight.«

Dann sah er Amy und riß sich zusammen.

Ich erinnere mich nicht an viel von dieser Woche. Evans wurde nicht gefunden. Mit einem Paar Krankenhauspantoffeln an den Füßen und seiner Pfeife in der Hand war er so völlig verschwunden, als hätte man ihn, wie Amy sagte, mit einem Radiergummi wegradiert. Nachts standen immer noch Wachen auf dem Klostergelände, und den ganzen Tag war ein Mann am Tor. Tony sah erschöpft aus. Bessie war dazu übergegangen, die meiste Zeit bei verschlossener Tür in ihrem Zimmer zu verbringen. Und eines Tages fand Hodge auf dem Friedhof, als er in ein dichtes Gebüsch kroch, eine Spitzhacke, die, wie er glaubte, bei der Verwüstung benutzt worden war, und nahm sie mit hinunter zur Wache.

Auf dem Griff war das K eingeschlagen, mit dem alle Werkzeuge vom Kloster markiert waren. Jim nahm die Hacke mit hoch zu Andy, der sie sofort erkannte.

»Ich habe sie vermißt«, sagte er. »Und wo haben Sie sie also gefunden, Mr. Conway?«

»Auf dem Friedhof«, antwortete Jim grimmig und nahm sie wieder mit.

Gegen Ende der Woche bekam ich Besuch.

Ich war in meinem Büro und überprüfte die Haushaltsrechnungen, als ich Larry Hamilton draußen auf dem Gelände sah. Roger tollte um ihn herum und sprang an ihm hoch, um ihm seine großen Pfoten auf die Schultern zu legen. Mein Schreibtisch stand vor dem offenen Fenster, und Larry sah mich und kam auf mich zu.

»Hallo«, sagte er, »besteht eine Möglichkeit, mit Ihnen zu sprechen? Ich habe mich hereingeschlichen, aber wahrscheinlich wird mich jeden Moment einer raussetzen.«

»Ich glaube, die Tür zum Flur hier ist offen. Kommen Sie herein.«

Wie gewöhnlich begrüßte ich die Arbeitsunterbrechung. Er kam herein, und ich reichte ihm eine Zigarette und nahm mir selbst eine. Er war ein gutausssehender Junge von vielleicht fünfundzwanzig, wirkte aber jünger. Ich weiß, daß ich mich an diesem Tag wie seine Mutter fühlte, denn er war offenbar unglücklich und auf jeden Fall nervös.

»Na gut«, sagte ich munter, »Sie haben sich wohl kaum hier hereingeschlichen, weil Sie sich einfach nicht von mir fernhalten können. Schießen Sie los, Larry.«

Er sah aus, als wolle er weglaufen, aber er stand nur auf, ging zum Fenster und blickte hinaus.

»Ich weiß nicht, was ich tun soll«, sagte er fahrig. »Vielleicht hätte ich nicht herkommen sollen, aber ich habe nicht mehr ein noch aus gewußt. Es ist wegen Audrey und Tony Wainwright.«

Ich gebe zu, daß mich das schwer traf. Die Sache zwischen Tony und ihr war anscheinend vorbei gewesen, wenn überhaupt jemals etwas zwischen ihnen gewesen war. Jetzt lebte es wieder auf.

»Ich vermute, Sie wissen wohl, daß ich verrückt nach ihr bin«, sagte er mit bebender Stimme. »Schon seit wir Kinder waren. Und ich habe Angst, ich habe etwas in Gang gesetzt. Es ist sowieso schon überall bekannt.«

»Was ist überall bekannt?«

So wichtig schien es nicht, als er es erzählte, obwohl es unerfreulich genug war. Kurz gesagt, war eins der ersten Dinge, die Don Morgan nach seiner Rückkehr getan hatte, Audrey den Umgang mit Tony zu verbieten.

»Er hatte gehört, daß Tony verheiratet ist, und Audrey sagt, er hat einen Anfall gekriegt. Er schickte nach Tony, und ich glaube, sie haben sich gestritten. Sie kennen Tony. Er kann ziemlich sauer werden. Na, Audrey hat davon erzählt. Sie wissen, wie sie ist. Sie redet erst und denkt später. Aber der Rest ist meine Schuld.«

»Welcher Rest?« fragte ich ungeduldig.

»Das mit Mr. Morgan und Bessie Wainwright.«

»Mr. Morgan und Bessie Wainwright? Was um alles in der Welt meinen Sie, Larry?«

»Ich habe sie eines Abends zusammen ausgehen sehen«, sagte er verbissen. »Es war ziemlich spät, aber ich erkannte ihn, und es sah aus wie Bessies Auto.«

Ich war wie vom Donner gerührt. »Haben Sie es jemandem erzählt?«

»Tja, das ist das Problem«, gab er zu. »Ich war ziemlich sauer: Er tut so, als wäre er krank, und Audrey bringt ihm das Essen und alles. Und dann fährt er nachts mit 'ner Frau rum. Ich hab' es ein paar Jungs im Club erzählt, und jetzt wissen es alle. Es wird eine Menge geredet. Wissen Sie –«, er hielt inne, dann stotterte er weiter –, »Tony war nicht die ganze Zeit auf dem Ball in der Nacht, in der Mr. Morgan ermordet wurde. Bessie auch nicht. Man sah sie gegen elf kommen, und Tony folgte ihr. Zumindest sagt man so.«

Das war eine lange Rede für ihn. Er holte ein Taschentuch hervor und wischte sich die Hände, als würden sie schwitzen.

»Aber das ist absurd«, sagte ich, und mein Mund war trocken vor Angst. »Man muß diesem Gerede ein Ende machen, Larry.«

Er warf mir ein schiefes Lächeln zu. »Versuchen Sie es, und schauen Sie, was passiert«, meinte er, nahm seinen Hut und ging auf demselben Weg, auf dem er hereingekommen war.

Nun wußte ich, was Hopper damit gemeint hatte, daß Tony seine eigene Ehre verteidige: Tony hatte erfahren, daß Bessie ein Rendezvous mit Don in der Spielhalle hatte, war ihr gefolgt, als sie den Club verließ, und hatte ihn in einem seiner Wutanfälle getötet. Mir wurde am ganzen Körper eiskalt.

Tony war grimmiger Laune, als er an diesem Abend nach Hause kam. Offenbar hatte ihn ein Teil der Geschichte erreicht.

»Schauen Sie«, sagte er, »haben Sie gehört, daß ich mich mit Don Morgan gestritten habe?«

»Etwas in der Art.«

Sein bitteres Lachen klang fast wie ein Bellen. »Also sind meine Freunde und Nachbarn hinter mir her!« sagte er. »Von allem abscheulichen Unsinn – hören Sie, meine Liebe, Sie haben das Recht, alles darüber zu wissen. Es war kein Streit. Tatsächlich benahm sich der alte Knabe ziemlich anständig. Ich hatte hereingeschaut, um etwas Obst dazulassen, das ich Lydia versprochen hatte, und er rief mich. Er wirkte verlegen, war aber deutlich genug. Audrey sei jung. Er wolle nicht, daß sie sich in einen Mann verliebe, der bereits eine Frau habe. Als ich ihm sagte, ich hätte keine Absichten, ob ehrenwerte oder sonstige, grinste er. Das war alles. Aber ich vermute, Audrey war an der Tür.«

Den Rest von Larrys Geschichte erzählte ich ihm nicht. Er sah abgekämpft aus, und nach dem Dinner fuhr er hinunter, um Jim Conway aufzusuchen. Aber ich brachte es an diesem Abend bei Bessie zur Sprache. Das war zu ernst, als daß man es außer acht lassen konnte.

Sie lag mit einer Filmzeitschrift in der Hand in ihrem Wohnzimmer auf einer Chaiselongue. Sie stand auf, um die Tür aufzuschließen und mich hereinzulassen, dann legte sie sich wieder hin. Aber als ich es ihr erzählte, sprang sie auf.

»Das ist eine dreckige Lüge«, sagte sie. »So etwas habe ich nie getan. Glauben Sie, ich hätte den Verstand verloren?«

Sie war ebenso wütend wie erschrocken, aber ich glaubte nicht, daß sie log. Kurz darauf ging ich und hörte, wie sie hinter mir abschloß. Wovor auch immer sie Angst hatte, es war offenbar im Haus selbst.

Am nächsten Tag war es, als Roger den Sockenhalter fand. Es war ein gewöhnlicher Herrensockenhalter, relativ neu, aber unverkennbar der Witterung ausgesetzt gewesen. Ich hatte Roger auf einen Spaziergang mitgenommen, und er kam damit in der Schnauze aus dem Unterholz. Er spielte eine Weile mit dem Ding, warf es hoch und sprang dann darauf herum.

Als ich ihn rettete, war er ziemlich kaputt, und da es eine gewöhnliche Marke war, kein besonderes Indiz. Aber Jim Conway, der ihn inspizierte, als ich ihn ihm zeigte, sah besorgt drein. »Vielleicht müssen wir dieser Stunde von Bill Sterling noch was abrechnen«, meinte er. »Sieht so aus, als ob der Mörder, wer auch immer es war, sich nicht die Zeit gelassen hat, sich anzuziehen.«

Das Haus war ruhig in dieser Woche, als Maud sich allein in ihren großen Räumlichkeiten befand, Tony zwischen der Firma und der Suche nach Evans hin und her pendelte, und sogar Pierre, der sich jetzt auf Krankentabletts und Speisen, die von uns übrigen größtenteils ungegessen blieben, beschränken mußte, schmollte in seiner Küche. Unten auf dem Fluß ging die Suche nach Evans' Leiche weiter, ohne Erfolg, und die Suche in den Hügeln hatte man aufgegeben.

Eine Tages fragte mich James, der Stallmeister, ob ich Lust hätte, eines der Pferde zu reiten, und am selben Abend fragte ich Tony danach. Zu meiner Überraschung weigerte er sich. »Sie sind wochenlang nicht draußen gewesen«, sagte er. »Ich möchte sie Ihnen nicht anvertrauen, Pat. Ich möchte nicht, daß Ihnen etwas zustößt.«

»Ich bin mein ganzes Leben geritten.«

»Ich weiß. Nette, zahme Pferde. Diese sind anders.«

Ich war empört. Jahrelang hatte ich hin und wieder auf dem Reit- und Springturnier im Tal Jagdpferde vorgeführt, und am nächsten Tag holte ich Prince heraus. James lächelte, als ich aufstieg.

»Lassen Sie es langsam angehen, Miss. Sie werden es schon schaffen. Ich habe Sie reiten sehen.«

Ich schaffte es, trotz Princes Neigung, ein keckerndes Eichhörnchen als tödliche Gefahr zu betrachten und das Gebiß als etwas, was man möglichst verschieben sollte. Es war ein harter Ritt, aber es war gut, wieder einmal in Breeches und Stiefeln zu stecken. Ich war beinahe vergnügt, als ich an diesem Tag vom Stall zurückkam und Bessie in der Halle fand.

Sie musterte mich. »Immer sportlich, was!« sagte sie. »Na, ich hasse Pferde wie die Pest, aber vielleicht sind sie besser als das.«

»Besser als was?«

»Besser als dieses Mausoleum. Eines Tages werde ich diesem rothaarigen Gras-Hopper einen Schock versetzen und nach New York abhauen.« Sie sah mir zu, wie ich mir eine Zigarette ansteckte. »Das würde Ihnen gefallen, was?« sagte sie. »Ihnen und Tony. Ich komme der kleinen Affäre ziemlich in die Quere, nicht?«

Dann wandte sie sich dem Spiegel zu und begann, ihr Make-up aufzufrischen. Aber nicht, bevor ich etwas gesehen hatte, was sie mich bestimmt nicht sehen lassen wollte. Ihre Handtasche lag offen auf dem Tisch, und darin war ein kleiner, perlmuttverzierter Revolver.

Kapitel 18

In dieser Nacht, am achten Oktober, geschah es, daß Bill Sterling verhaftet wurde.

Es passierte, kurz nachdem er seine Abendvisite bei Maud im Kloster gemacht hatte. Ich sah ihn an diesem Abend in der unteren Halle und dachte, er sehe besser aus. Schließlich mußte ihn Evans' Verschwinden entlastet haben, denn er hatte gerade im Hospital operiert, als Evans verschwand, und danach hatte er einen der Internisten zu einer Visite auf dem Land mitgenommen. Sie waren um drei Uhr morgens zurückgekommen und hatten sich in einer der Stationsküchen Kaffee und Rühreier gemacht, bevor Bill nach Hause fuhr.

Munter begrüßte er mich. »Hallo, Pat«, sagte er, »wie steht es hier so?«

»So gut, wie zu erwarten. Ich habe gehört, das Dorf hat sich Tony als Verbrecher ausgesucht.«

»Stören Sie sich nicht daran. Das tut die Polizei auch nicht. Sie haben immer noch mich im Auge.«

Und genau diesen Abend suchte sich Hopper aus, um sein Haus und seine Praxis erneut zu durchsuchen. Ich nehme an, daß er einen Durchsuchungsbefehl hatte, oder vielleicht hatte ihm Bill irgendwann gesagt, er solle einfach tun, was er wolle. Wie auch immer, jedenfalls war er da. Mrs. Watkins war empört.

»Sie sind schon einmal hier gewesen, und nach der Unordnung, die Sie veranstaltet haben, habe ich das Haus gerade erst wieder aufgeräumt. Was wollen Sie denn jetzt schon wieder?«

»Nur ein bißchen umschauen«, sagte Hopper. »Sie stellen sich einfach an die Seite, meine Dame, und bleiben da stehen.«

Sie ging in ihre Küche zurück und schlug die Tür zu; und das erste, was Hopper fand, war Evans' Revolver. Er war noch nicht einmal versteckt gewesen. Er lag in der Schreibtischschublade in Bills Sprechzimmer und war mit seinen Fingerabdrücken übersät.

Sie fanden ihn bei Lydia. Eigentlich fand ihn Jim. Er sah zu, wie die Fingerabdrücke untersucht und mit Bills verglichen wurden. Dann schoß er, wie er es ausdrückte, wie vom Teufel gejagt los zum Morganschen Haus. Er fand sie dort zusammen auf der Bank am Fluß. Sie saßen ruhig dort; zwei Leute, die einander seit Jahren liebten und jetzt damit zufrieden waren, einfach beisammen zu sein. Sie hielten nicht einmal Händchen. Einfach in Frieden mit sich und der Welt.

»Ich haßte es wie die Pest, das Idyll zu stören«, sagte Jim. »Aber was sollte ich tun? Als ich ging, versuchte Hopper schon, ihn ausfindig zu machen, und ich wollte zuerst da sein. Ich nehme an, in dem Moment, als er mich sah, wußte Bill, was passiert war, denn er stand auf und gab ihr einen Kuß. ›Ich komme wieder oder rufe dich später an‹, sagte er. Dann kam er mit.«

Jim brachte ihn nicht sofort zur Wache. Sie fuhren etwa eine halbe Stunde herum, und meistens führte Jim das Wort.

»Hören Sie mal, Bill, Sie wissen, daß ich tun werde, was ich kann. Seit wann haben Sie den Revolver?«

»Sie werden mir nicht glauben, aber ich weiß es nicht.«

»Sie müssen ihn gesehen haben. Sie konnten ihn nicht übersehen. Vielleicht haben Sie ihn in der Nacht genommen, als Evans verletzt wurde.«

»Was bedeutet, daß ich ihn verletzt habe? Nein.«

»Das habe ich nicht gemeint. Seien Sie kein Esel. Schließlich hatte er sie in jener Nacht dabei. Vielleicht haben Sie ihn ihm abgenommen, nachdem man ihn ins Krankenhaus gebracht hatte.«

»Danke, Jim. Wer würde das glauben? Wo hatte ich ihn in der Zwischenzeit? Das Haus ist schon durchsucht worden. Sie wissen es, und Hopper und seine Meute wissen es, daß er nicht da war.«

Jim war ärgerlich und aufgebracht. »Warum zum Teufel haben Sie ihn da gelassen, wo man ihn finden würde? Das war eine Dummheit.«

»Woher sollte ich –« Er fing sich. »Verflucht nochmal, Jim. Ich vergesse immer, daß Sie selbst ein Polizist sind. Lassen wir es dabei bewenden. Einmal haben sie das Haus durchsucht. Ich dachte nicht, daß sie zurückkämen. Außerdem, was hat der Revolver damit zu tun? Es ist keiner erschossen worden.«

»Das müssen Sie sich selbst beantworten«, meinte Jim lakonisch.

Sie brachten ihn in derselben Nacht in die Stadt. Sie behandelten ihn gut, glaube ich. Er saß im Büro des Distriktstaatsanwaltes, rauchte und beantwortete die Fragenkanonade, die sie auf ihn abfeuerten. Meist führte Stewart, der Distriktstaatsanwalt, das Wort; und Jim Conway, der mir später von dem Verhör erzählte, sagte, er habe auf Bill eingehämmert wie eine Dampframme.

»Also, Doktor, warum ist Donald Morgan in der Nacht, in der er getötet wurde, in die Wainwrightsche Spielhalle gegangen?«

»Meine Güte, woher soll ich das wissen?«

»Waren Sie dort mit ihm verabredet?«

»Ich hatte nie irgendeine Verabredung mit ihm.«

»Aber Sie haben an jenem Nachmittag im Morganschen Haus angerufen?«

»Ich hatte nicht dort angerufen, seit Morgan zurückgekommen war.«

»An diesem Tag haben Sie angerufen, Doktor. Sie haben angerufen und sich mit Morgan für diesen Abend verabredet.«

»Das ist eine Lüge. Ich habe nie mit ihm gesprochen, weder am Telefon noch sonstwo.«

Sie wechselten die Verhörtaktik. Der Polizeipräsident übernahm die Vernehmung. »Schauen Sie, Doktor«, sagte er zuvorkommend, »wir versuchen nicht, Sie einzuschüchtern. Wir wollen nur die Fakten. Zur Spielhalle also. Wie gut kannten Sie sie?«

»Ziemlich gut. Ich bin öfter dagewesen.«

»Sie meinten nicht, es sei ein guter Ort für eine ruhige Unterredung?«

»Warum zum Teufel sollte ich? Ich hätte jederzeit und überall mit Morgan reden können.«

Aber das eine, was sie hatten und was nicht abgeleugnet werden konnte, war Evans' Revolver. Er lag auf Stewarts Schreibtisch, und der nahm ihn in die Hand und betrachtete ihn.

»Zurück zu Evans, Doktor. Als er niedergeschlagen wurde, hat man ihm seine Schlüssel abgenommen, darunter den für die Spielhalle. Dieser Schlüssel wurde in der Nacht, in der Morgan getötet wurde, benutzt, um die Spielhallentür zu öffnen, und später an Ihrem Schlüsselring gefunden. Aber auch Evans' Revolver wurde gestohlen. Es ist wichtig, daß wir wissen, wo Sie in dieser Nacht waren.«

Bill schaute auf. »Woher wissen Sie, daß dieser Schlüssel benutzt wurde? In dieser Nacht war ein Dutzend Leute in dem

Haus. Und jeder davon hätte den aus dem Tisch im Westflügel nehmen können, sich rausschleichen und ihn benutzen und wieder zurücklegen können.«

»Ah!« sagte Stewart. »Sie wußten also auch von dem Schlüssel im Kloster. Das ist interessant.«

Aber sie waren noch nicht fertig mit Evans.

»In der Nacht, als der Wächter überfallen wurde, wo waren Sie da?«

»Ich habe dazu bereits ausgesagt. Ich machte ein paar Visiten. Den Rest der Zeit verbrachte ich mit Mrs. Morgan.«

»Sie hatten gehofft, sie zu heiraten?«

»Das hoffe ich immer noch.«

Es gab noch mehr zu Evans zu fragen. Offensichtlich glaubten sie, daß Bill hinter seiner Flucht – wenn es denn eine war – aus dem Krankenhaus stecke.

»Er hat Sie erkannt, als Sie ihn niederschlugen, und daher mußten Sie ihn, sagen wir, beiseiteschaffen. Das ist es doch?«

»Gott im Himmel!« schrie Bill. »Ich habe mein Bestes getan, um ihn zu retten, seinen Kopf genäht, ihn jeden Tag besucht. Jetzt behaupten Sie, ich hätte ihn umgebracht. Fragen Sie das Krankenhaus. Fragen Sie Tony Wainwright. Fragen Sie ihn, ob er glaubt, daß ich Evans erledigt habe. Er weiß es besser, wenn diese Versammlung von preisgekrönten Hornochsen es nicht weiß.«

Stewart behielt die Geduld. Er war immer noch höflich. Sanft befingerte er den Revolver. »Na gut, Doktor. Also, das hier ist Evans' Revolver. Er ist identifiziert worden. Wir haben auch die Seriennummer, von seinem Waffenschein. Sie wissen, wo er gefunden worden ist. Können Sie erklären, wieso er in Ihrem Schreibtisch war?«

»Ich habe ihn dort gestern abend zum ersten Mal gesehen.«

»Wenn Sie ihn nicht dort hingelegt haben, wer dann?«

Er zögerte. Dann lächelte er. »Ich könnte wohl sagen, man will mir etwas in die Schuhe schieben. Das ist das übliche, nicht wahr?«

»Behaupten Sie, daß man Ihnen etwas in die Schuhe schiebt?«

»Ich weiß nicht, wie er dahin gekommen ist«, sagte er stur. »In meiner Praxis kommen und gehen ständig Leute. Fast jeder hätte es tun können.«

Sie nahmen die Schußwaffe und gaben sie ihm. »Schauen Sie sie nur mal an, Doktor. Ihre Fingerabdrücke sind darauf.«

»Was haben Sie erwartet? Ich habe Ihnen gesagt, daß ich sie genommen habe, als ich sie dort sah. Was versuchen Sie überhaupt zu beweisen? Wenn ich sie Evans abgenommen hätte, meinen Sie nicht, ich wäre sie schon lange losgeworden?«

»Wir sagen, daß Sie genau das getan haben. Sie haben sie vergraben. Im Lauf ist Erde. Warum also haben Sie sie vergraben, wenn Sie unschuldig sind? Und warum haben Sie sie wieder hervorgeholt?«

Er saß sehr ruhig. Vielleicht dämmerte ihm ein Funken der Wahrheit, aber als er verhaftet wurde, war er von einem langen Tag ermüdet, und mittlerweile war seine Erschöpfung sehr groß. Er machte nur eine Handbewegung und lächelte schwach.

»Tut mir leid«, sagte er. »Das kann ich nicht beantworten. Ich kann nur sagen, daß ich sie nicht vergraben habe.«

Mittlerweile war es fast Morgen. Als Tony von seiner Verhaftung erfahren hatte, hatte er versucht hereinzustürmen, aber man hatte ihn draußen festgehalten. Er hatte den größten Teil der Nacht damit verbracht, im Flur auf und ab zu gehen, aber als man Bill in der Hauptwache im Rathaus in eine Zelle gesteckt hatte, gingen er und Jim zu einem Hotel, um so gut zu schlafen, wie sie eben konnten.

Sie ließen eine abgekämpfte Meute hinter sich zurück. Aber diese Männer im Büro des Distriktstaatsanwaltes waren in jener Nacht sicher, daß sie den Fall abgeschlossen hatten. Stewart lehnte sich zurück, nachdem sie draußen waren, und gähnte.

»Klar wie Kloßbrühe«, sagte er. »Ein ausreichendes Motiv, einen Schlüssel zum Tatort und der Überfall auf Evans, um diesen Schlüssel zu kriegen. Wo zum Teufel, glauben Sie, hat er diese Waffe versteckt?«

»Wie wäre es mit dem Friedhof?« meinte Hopper grinsend. »Vermutlich hat er eine Menge Fehler da begraben.«

Sie lachten. Ihre Augen waren rot wegen des Zigarettenrauches und des Schlafmangels; sie alle waren fast völlig erschöpft. Aber sie lachten. Dem Gesetz war Genüge getan, und sie hatten ihre Arbeit erledigt. Gerade tagten zwei Schwurgerichte, und es war nur eine Frage von Tagen, bis sie einen Anklagebeschluß bekamen. Stewart stand auf und knöpfte seine Weste und seinen Hosenbund zu. Er war ein beleibter Mann.

»Es ist so gut wie gelaufen, Jungs«, sagte er liebenswürdig und ging zu seinem Wagen hinunter und nach Hause ins Bett.

Ich erfuhr am nächsten Morgen nichts davon und auch nichts von dem langen Verhör, das darauf folgte. Es ist auch typisch für das Leben in einem Haus wie dem Kloster, daß ich nicht einmal wußte, daß Tony in der Nacht nicht zu Hause gewesen war, daß Jim ihn abends zuvor, als er heimgekommen war, angerufen hatte und daß er sofort wieder ausgegangen war.

Übrigens hatte ich an diesem Morgen eigene Sorgen. Eine der Schwierigkeiten beim Schreiben dieser Geschichte ist, wie ich mich selbst schildern soll. Um mich herum überstürzten sich die Ereignisse, aber ich wirke dabei wie ein Geist, der sich ungesehen und ungehört durch sie hindurch bewegte. Aber wie der arme alte Shylock hatte ich Gliedmaßen, Sinne, Neigungen und Leidenschaften. Ich fühlte mich ziemlich miserabel an diesem Tag. Zum einen berichtete Amy, Bessie habe versucht, sich in Mauds Zimmer zu schleichen, als sie draußen zu tun hatte.

»Sie fragte, ob sie sie sehen könne, und ich sagte, sie schläft. Was will sie überhaupt da drinnen? Das ist nicht das erste Mal, daß sie es versucht hat.«

Das andere war die wachsende Befürchtung, daß Tony irgendwie in den Mord an Don verwickelt sein könnte. Ich war sicher, daß Bessie etwas wußte. Ihre Unruhe, die Tatsache, daß sie sich in ihrem Zimmer einschloß, der Revolver in ihrer Handtasche wiesen darauf hin; sogar ihre Versuche, Maud zu sehen, und ihre Behauptung mir gegenüber, sie könne Tony jederzeit vernichten, wenn sie wolle. Ich konnte mich sogar an den Morgen besinnen, als Maud im Bad gestürzt war. Hilda war aus dem Zimmer, Maud zum Teil angekleidet, und Tony kam herein.

»Hör mal, Mutter, ich muß dir etwas sagen. Ich kann so nicht mehr weitermachen. Ich –«

Ich hatte niemanden, mit dem ich an diesem Morgen sprechen konnte. Bessie war irgendwo unterwegs. Maud kam nicht in Frage. Und als ich versuchte, mit Hilda zu reden, scheute sie wie ein erschrecktes Pferd. Ich vermute, Bills Verhaftung hatte den Aufenthaltsraum für das Personal erreicht.

»Wie lange waren Sie aus dem Zimmer, Hilda, als Mrs. Wainwright ohnmächtig wurde? Am Tag, an dem sie krank wurde?«

»Nicht länger als zehn Minuten, Miss.«

»Hat Mr. Tony sie an diesem Morgen besucht?«

»Ich weiß nichts davon«, sagte sie steif. »Es ist unwahrscheinlich, wo sie nicht angezogen war, Miss.«

»Oder Miss Bessie?«

»Ich glaube nicht, daß sie schon auf war.«

Aber Hilda sah unruhig aus, und sie entkam, sobald sie konnte.

Um selbst zu entkommen, holte ich vor dem Lunch Prince heraus und ritt durch die Hügel. Roger kam mit, und mit seiner Gesellschaft, dem sanften Rascheln von Princes Hufen auf dem gefallenen Laub und der körperlichen Anstrengung fühlte ich mich allmählich besser.

Wie es so kam, traf ich an diesem Tag Julian Stoddard auf dem Reitweg. Er wirkte zurückhaltend, ließ sich aber zu einem Gespräch herab, als wir einander begegneten.

»Herrliches Wetter, nicht wahr?«

»Wunderbar«, sagte ich.

Da Prince diesen Moment wählte, vor einem Fasan zu scheuen, und beinahe meinen Kopf gegen einen Ast gerammt hätte, war das das ganze Ausmaß unserer Unterhaltung. Aber ich sollte mich später daran erinnern, an seine beeindruckende Gestalt, sein großes Pferd, die allgemeine Aura von Selbstbewußtsein und Wohlhabenheit, die ihn umgab. Er blieb stehen, bis Prince entdeckt hatte, daß die Absichten des Vogels friedfertig waren.

»Alles in Ordnung?« rief er.

Ich winkte ihm zu. »Nur das Genick gebrochen«, meinte ich und ritt weiter.

Ich war an diesem Morgen auf dem Heimweg, als ich Margery Stoddard und Bessie erblickte. Sie waren zusammen auf dem Pfad zwischen dem Anwesen der Stoddards und unserem und so tief ins Gespräch versunken, daß sie Prince nicht herannahen hörten. Bessie saß auf einem Baumstamm und rauchte eine Zigarette, und Margery stand vor ihr und blickte auf sie hinab.

»Ich habe alles getan, was ich konnte«, sagte sie zornig. »Wenn Sie Bill Sterling auf den Stuhl wandern lassen, werde ich alles erzählen, was ich weiß. Alles.«

Bessie lachte. »Ich glaube nicht, daß Sie das tun werden. Denken Sie besser nochmals darüber nach.«

Da kam Prince aus dem Unterholz hervor, und Bessie warf ihre Zigarette fort und stand auf. »Es ist Pat«, sagte sie. »Na, ich habe genug Bewegung gehabt. Ich werde zurück nach Hause spazieren.«

Ich ließ Prince zurück gehen, um ihn abzukühlen, und Bessie blieb ihm dicht auf den Fersen. Ich hatte eine schwache Hoffnung, er werde ausschlagen und sie treten, aber das tat er nicht. Und Bessie war es, die mir von Bills Verhaftung erzählte. Ich konnte es nicht glauben. Erst als ich Mrs. Watkins angerufen hatte, war ich überzeugt. Noch in Reitkleidung und so, wie ich war, stieg ich in mein Auto und fuhr hinunter, um Lydia zu sprechen.

Lydia empfing niemanden. Das Mädchen, das mir aufmachte, sagte, sie habe nicht gefrühstückt, und seit gestern abend sei ihre Tür verschlossen. Sie habe nicht einmal Miss Audrey empfangen. Nein, Miss Audrey sei nicht da. Sie sei zum Friedhof gegangen, meinte sie.

Ich hatte immer noch keine Ahnung, was eigentlich los war. Ich wandte mich den Hügel hinauf zum Friedhof, und auf der Straße dorthin sah ich Audrey, immer noch in Trauerkleidung und zu Fuß. Weder sie noch Lydia hatten seit Dons Tod den Wagen benutzt, und sie humpelte auf hohen Absätzen dahin und trug einen ziemlich welken Dahlienstrauß aus ihrem Garten.

Ich hielt an und nahm sie mit, aber sie hatte wenig zu sagen. Zum ersten Mal tat sie mir wirklich leid. Sie sah jung und verschwitzt aus, in ihren schwarzen Kleidern mußte ihr warm sein, und ihre Augen waren geschwollen, als wenn sie geweint hätte. Sie legte ihre Blumen auf den Sitz und stieg ein.

»Vielen Dank, Pat«, sagte sie. »Ich spürte meine Füße schon fast nicht mehr.«

Sie zog ein Taschentuch hervor und betupfte sorgfältig ihr Gesicht. Ich wollte sie nach Bills Verhaftung fragen, aber der Moment war nicht günstig.

»Warum fahrt ihr nicht weg, ihr beide?« fragte ich. »Du siehst so aus, als könntest du eine Luftveränderung vertragen.«

»Mutter will nicht gehen, und mir ist es egal, wo ich bin.«

»Na, dann hol den Wagen raus und benutz ihn«, sagte ich ungeduldig. »Schließlich wirst du ihn irgendwann benutzen müssen. Du kannst nicht ewig zu Fuß rumlaufen.«

Sie erschauerte. »Ich will ihn nie mehr sehen. Es – es ist entsetzlich.«

»Hör mal, Audrey«, sagte ich, »du hattest deinen Vater nicht gesehen, seit du ein Kleinkind warst. Ich weiß, daß es traurig ist und alles, aber du kannst dir nicht dein Leben verderben lassen. Du bist noch jung, und wenn du alle Tatsachen kennen würdest, würdest du die Sache vielleicht besser verkraften.«

»Was für Tatsachen?«

»Warum fragst du nicht deine Mutter? Ich glaube nicht, daß sie völlig offen zu dir gewesen ist. Schließlich ist er verschwunden und hat euch beide verlassen, und ich glaube nicht, daß es leicht für sie gewesen ist.«

»Sie hat ihn gehaßt. Sie wollte, daß er stirbt«, sagte sie mit plötzlicher Heftigkeit. »Ich habe ihre Miene gesehen, als sie dachte, sie wäre allein. Sie sah mordgierig aus.«

»Audrey«, sagte ich scharf, »red nicht so daher. Es ist falsch und gefährlich. Worauf bist du aus? Ärger zu machen? Du weißt, daß sie nie jemandem etwas antäte oder auch nur daran dächte.«

»Nein?« sagte sie. »Warum hat sie dann einen Revolver im Garten vergraben?« Ihre Stimme schwoll an. »Ich habe sie gesehen, sage ich dir. Ich habe ihr immer vertraut. Sie war alles, was ich jahrelang hatte. Und sie hatte nie eine Waffe. Nie.«

Ich hielt den Wagen an. Ich wußte nicht, warum Bill Sterling verhaftet worden war, aber ich wußte von der Suche nach Evans' verschwundenem Revolver. Bestimmt war es nicht das richtige, daß so ein hysterisches Mädchen herumlief und Lydia beschuldigte, solch eine Waffe versteckt zu haben. Ich vermute, in meiner Stimme war ebenso Furcht wie Zorn, denn sie wich vor mir zurück wie ein verschüchtertes Hündchen.

»Wann war das alles?«

»Vorgestern nacht.«

Wütend wandte ich mich ihr zu. »Versuchst du mit Absicht, deine Mutter in einen Mord zu verwickeln?« herrschte ich sie an. »Jahrelang ist sie verdammt gut zu dir gewesen. Du warst ein verzogener kleiner Teufelsbraten, aber sie hat versucht, etwas aus dir zu machen. Ich dachte, sie hätte es geschafft. Aber erst verbreitest du eine Geschichte, daß Tony Wainwright und dein Vater sich gestritten haben, und jetzt das. Wieviel Leuten hast du das erzählt? Denn daß du den Mund gehalten hast, wäre zuviel gehofft.«

»Ich habe nicht darüber gesprochen«, sagte sie schmollend. »Ich habe niemanden gesehen bis auf Larry, und er war wegen irgendwas wütend. Aber Mutter weiß, daß ich sie gesehen habe. Ich habe es ihr gesagt.«

Ich saß ruhig da und versuchte zu denken. Der Revolver war wichtig, das wußte ich. Wer auch immer Evans niedergeschlagen hatte, hatte einen mitgenommen; und wie ich mein Tal kannte, glaubte ich nicht, daß viele solcher Waffen herrenlos herumschwirrten. Ich versuchte zu denken, während Audrey schniefend neben mir saß. Lydia hatte mir gegenüber keine Waffe erwähnt, obwohl sie bei allem anderen offen zu mir gewesen war. Nun hatte Audrey sie dabei ertappt, wie sie eine vergrub. Ich zweifelte nicht einmal daran, daß sie die Wahrheit sagte.

Sie hörte auf zu schniefen und trocknete sich die Augen. »Es geht schon wieder, Pat«, sagte sie mit einer Klein-Mädchen-Stimme. »Es tut mir leid. Ich glaube nicht, daß Mutter ihn getötet hat. Eigentlich habe ich es nie geglaubt. Sie hat sie bloß für Bill Sterling versteckt.«

Ich hatte die Hand auf dem Anlasser, aber ich ließ sie sinken. »Was meinst du denn jetzt damit?«

Sie sah erschrocken aus. »Ich wünschte, du würdest nicht so auf mich losgehen«, sagte sie gereizt. »Ich dachte nur, wo die Polizei Bill beobachtet, wollte er sie vielleicht loswerden.«

»Hör zu, Audrey, ich will diese Geschichte ganz hören. Wo ist sie jetzt? Ist sie noch vergraben?«

Sie sah mich trotzig an. »Nein«, sagte sie, »ich habe sie gestern ausgegraben, in Bill Sterlings Praxis zurückgebracht und in seinen Schreibtisch gelegt.«

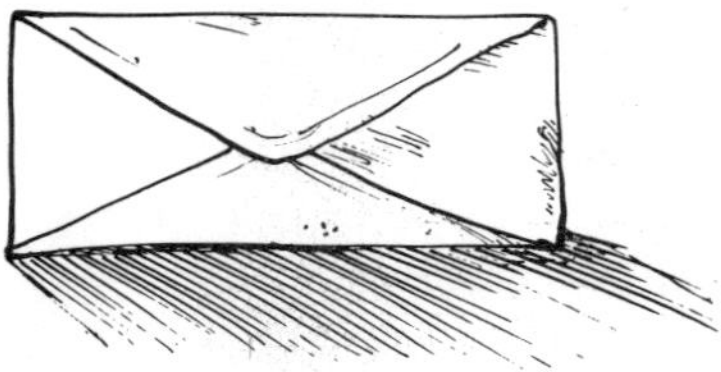

Kapitel 19

Ich setzte sie auf der Stelle aus dem Wagen und war zehn Minuten später auf der Wache. Der diensthabende Sergeant aß gerade einen Apfel, und Cracker Brown hatte sein Funkgerät verlassen und sah über einem Schinkenbrot wichtig drein. Ich kannte die beiden mein ganzes Leben lang, aber in diesem Moment muß ich ziemlich wütend ausgesehen haben.

»Stimmt irgendwas nicht?« fragte der Sergeant. »Entschuldigen Sie den Apfel. Ich hatte keine Zeit zu frühstücken. Wir sind gerade ganz schön beschäftigt hier.«

»Wo ist der Chef?«

»Er ist in der Stadt. Er ist seit gestern nacht da.«

Mein Herz wurde schwer wie ein Stein. »Was ist passiert?« sagte ich. »Haben sie jemanden verhaftet?«

Der Sergeant grinste. »Kann ich nicht sagen, Miss.«

Ich wandte mich zum Gehen, als Cracker Brown etwas sagte. »Sei kein Dussel, Sam«, sagte er. »Nehmen Sie es leicht, Pat. Sie haben gestern abend Bill Sterling in die Stadt mitgenommen, und bislang ist noch keiner zurück.«

»Sie meinen, sie haben ihn verhaftet?«

»Ich weiß es nicht. Als unentbehrlichen Zeugen festgehalten oder so was. Sie haben gestern was Neues gegen ihn gefunden. Ich weiß nicht, was es war.«

Aber ich wußte es natürlich. Sie hatten den Revolver gefunden.

Es gab noch weitere Dinge, die ich nicht wußte. Zum Beispiel, daß Hopper frühmorgens bereits in Beverly gewesen war. Er hatte drei Stunden geschlafen, gefrühstückt und sich rasiert; dann fuhr er direkt zu Bill Sterlings Haus. Wie die meisten Häuser im Tal stand es auf einem eigenen Grundstück; das heißt, das Anwesen umfaßte vielleicht einen Morgen. Es war ein altes Gebäude, und als Bill es übernahm, hatte er einen kleinen, eingeschossigen Flügel mit drei Zimmern anbauen lassen, die als

Praxis dienten. Es gab einen schmalen, asphaltierten Weg zu diesem Flügel mit einem Schild am Eingang und Büschen auf beiden Seiten, und als Mrs. Watkins Hopper erspähte, lag er auf den Knien und betrachtete ein kürzlich ausgehobenes Loch in der Erde.

Wütend schoß sie auf ihn herab.

»Wo ist der Doktor?« fuhr sie ihn an. »Wenn ihr Idioten ihn festhaltet, könnt ihr herkommen und Telefondienst machen. Es macht mich wahnsinnig. Und was machen Sie da gerade?«

»Ein Loch betrachten«, sagte Hopper munter. »Bloße Neugier, das ist alles.«

»Wenn Sie lang genug suchen, finden Sie 'nen Knochen«, sagte sie. »Der Hund hat die letzte Stunde lang hier gegraben.«

Sie beugte sich nieder und zog triumphierend den Knochen hervor, und Hopper erhob sich schafsgesichtig.

»Sind Sie sicher, daß Sie ihn nicht selber dahingelegt haben?« fragte er.

»Wenn mir danach ist, was zu vergraben – und das täte ich jetzt liebend gern! –, würde ich es nicht im Vorgarten tun.«

Das erfuhr ich natürlich alles erst später. An diesem Morgen stand ich bloß in der Wache und fragte mich, was ich jetzt tun sollte. Was ich schließlich tat, war, zu Lydia hinaufzugehen. Ich bat nicht darum, sie zu sehen. Ich marschierte einfach die Treppe hoch und in ihr Zimmer, wo ich sie am Fenster stehend fand. Sie hatte sich nicht die Mühe gemacht, sich anzuziehen. Sie hatte einen Morgenrock über ihr Nachthemd gezogen und sah so aus, als habe sie die ganze Nacht nicht geschlafen.

»Halten sie ihn immer noch fest, Pat?«

»Er ist noch in der Stadt, ich weiß es nicht.« Dann platzte ich heraus. »Lydia, wo ist Dons Revolver, den du vergraben hast?«

»Welchen Revolver?« fragte sie fast flüsternd.

»Das weißt du besser als ich. Weißt du, daß Audrey ihn gestern genommen und in Bill Sterlings Schreibtisch gelegt hat?«

»Audrey!« Sie klammerte sich an einen Stuhl. »Nicht Audrey, Pat. Warum sollte sie mir das antun?«

Ich erzählte es ihr und nahm kein Blatt vor den Mund: Audreys Geschichte, daß ich mir fast sicher war, daß die Polizei die Waffe gefunden hatte, und Bills Verhaftung als Folge von Audreys Tat. Sie konnte anscheinend zunächst kaum begreifen, was das bedeutete.

»Diese Kinder«, sagte sie. »Sie wissen so gut, was richtig und was falsch ist. Sie kennen keine Gnade, Pat.«

Dann ging ihr die volle Bedeutung dessen auf, was ich über Bill gesagt hatte, und ich dachte, sie würde ohnmächtig.

Es dauerte etwas, bis ich die Geschichte aus ihr herauskriegte. Selbst dann war sie noch nicht besonders aufschlußreich. Don hatte die Waffe gehabt. Sie hatte es nicht gewußt, bis er umgebracht worden war. Da hatte sie sie unter seiner Matratze gefunden. Die Polizei war noch nicht da gewesen, und sie hatte keinen Grund gehabt, sie zu verstecken. Warum sollte sie? Niemand war erschossen worden. Aber sie hatte Angst vor Schußwaffen und hatte sie oben in ihren Schrank gelegt – in eine Hutschachtel.

Dann kam nach und nach Evans' Geschichte heraus. Evans' Revolver fehlte, und sie begann sich zu fragen, ob es dieser sei. Natürlich war Don, soweit sie wußte, nicht in Beverly gewesen, als Evans überfallen wurde, aber vielleicht war er es doch. Es klang nicht sinnvoll, aber so hätte es sein können.

Sie begann, sich deswegen Sorgen zu machen. Eins von den Mädchen konnte die Waffe finden oder Audrey. Vor ein oder zwei Abenden hatte sie sie im Garten zwischen dem Rittersporn vergraben, und Audrey hatte sie dabei gesehen.

»Ich dachte, sie sei ausgegangen«, sagte sie trübselig. »Warum sollte sie so etwas tun? Sie in Bills Schreibtisch zu legen! Sie kann doch nicht denken, daß Bill Don getötet hat. Sie kann es nicht.«

»Sie tut es«, sagte ich grimmig. »Bei dir ist sie nicht sicher, aber bei Bill ist sie verdammt sicher.«

Der Schock brachte sie zum Reden. Sie versuchte, Audrey zu verteidigen. »Du verstehst das nicht, Pat. Sie war verrückt nach Don, jede Minute zu seiner Verteidigung bereit, und – ach je, was macht das jetzt noch. Sie wollte, daß ich ihn wieder aufnehme. Sie wollte nicht einmal mit Bill sprechen.«

»Glaubte sie, daß es Bills Waffe ist?«

»Das sagte sie. Es ist wohl verständlich. Ich versteckte sie, und sie wußte, daß ich nie eine besessen habe. Sei nicht zu hart mit ihr. Vermutlich glaubt sie, daß sie den Tod ihres Vaters rächt.«

Bald darauf kam Audrey herein, aber ich schaute sie nicht an. Ich war am Telefon in der Diele, nachdem ich Jim Conway in der Stadt ausfindig gemacht hatte, und Lydia war oben dabei, sich hastig anzuziehen. Audrey schlich sich gerade an mir vorbei, als Jim an den Apparat kam.

»Hier ist Pat, Jim«, sagte ich. »Stopp bitte alles. Ich bringe Lydia und Audrey Morgan vorbei, sobald ich kommen kann. Ich habe einige Neuigkeiten für dich. Die sollten weiterhelfen.«

»Braves Mädchen«, sagte er. »Beeil dich bitte, ja? Sie sind ziemlich schnell hier.«

Ich legte auf und blickte Audrey an. Sie war blaß und sah widerspenstig aus.

»Ich fahre nicht in die Stadt«, sagte sie.

»Oh doch, du fährst«, sagte ich. »Du fährst direkt in die Stadt, und du erzählst den schmutzigen kleinen Trick, den du gebraucht hast. Du hast die Wahl: Entweder fährst du mit mir oder du wirst von der Polizei dorthin gebracht. Meinetwegen kannst du den ganzen Weg Rad schlagen. Aber du fährst.«

Natürlich fuhr sie. Ich glaube, sie wußte, daß ich bereit war, sie nötigenfalls mit körperlicher Gewalt zu zwingen. Sie schmollte den ganzen Weg lang, aber sie war auch verängstigt. Sie begann mir leid zu tun, aber als sie Lydia vor den Kopf stieß, indem sie sich weigerte, überhaupt mit ihr zu reden, wurde ich kalt vor Wut.

Jeder, der unsere Morde verfolgt hat, weiß, was an diesem Tag im Büro des Distriktstaatsanwaltes geschah. Lydias Geschichte konnten sie nicht erschüttern. Sie habe die Waffe gefunden, weggelegt und vergessen. Als dann Evans verschwunden war und sie von dem Revolver gehört hatte, habe sie beschlossen, ihn zu verstecken.

Nein, sie habe keine Ahnung, wie ihr Mann wohl in ihren Besitz gekommen sei. Er habe sie gehabt, das sei alles. Dr. Sterling habe sie nichts davon erzählt. Er habe sie nie gesehen, bis er sie in seinem Schreibtisch fand. Aber sicher hatte sie sie in ihrem Garten vergraben. Wenn Erde daran war, könnten sie es doch nachprüfen, oder? Es müsse Methoden geben, die Erdarten zu bestimmen. Auf ihre Beetumrandungen habe sie irisches Moos eingepflanzt. Das könne man doch erkennen, wenn es da sei, nicht wahr?

Das war kein letztendlicher Beweis, aber in ihrem Gesicht und ihrer Miene stand offensichtlich Aufrichtigkeit; und Audrey, die nach Lydia hereingebracht wurde, erzählte ihre Geschichte mit einem so deutlichen Vorurteil gegen Bill, daß sie ebenso überzeugend wirkte. Nein, sie hätte nicht gewußt, daß ihr Vater eine Waffe hatte. Sie wisse nur, daß sie gesehen habe, wie Lydia sie vergrub. »Und sie hätte alles getan, um Bill Sterling zu schützen.«

Vor was zu schützen? Warum bringe sie den Revolver mit dem Doktor in Verbindung? Ob sie wisse, daß er Evans gehörte? Ob sie ihn sich angesehen hatte?

Ihr hübsches Gesicht war starr vor Haß. Sie hatte ihren Vater geliebt, und sie glaubte, Bill habe ihn getötet. Schließlich wurde klar, daß ihr Motiv, als sie den Revolver in Bills Schreibtisch legte, einfach darin bestand, daß sie glaubte, er gehöre ihm. Dann brach sie in hysterisches Schluchzen aus, und man ließ sie gehen.

Danach fand eine Besprechung statt. Der Distriktstaatsanwalt steckte sich eine Zigarre an und lehnte sich im Sessel zurück. »Wir können eine Anklage bekommen«, sagte er. »Wir haben immer noch den Schlüssel am Ring des Doktors, und sein Auto stand auf der Beaver Creek Road in dieser Nacht. Es besteht kein Zweifel, daß er Morgan verabscheute und ihn aus dem Weg haben wollte. Aber wir haben noch einen langen Weg vor uns, bis wir den Fall abgeschlossen haben.«

Jim Conway war bei dieser Konferenz dabei. Sie hatten ihn nicht gewollt, aber er war da. Jetzt grinste er Stewart an.

»Sie haben nie einen Fall gehabt«, sagte er. »Wie zum Henker hätte Bill Sterling direkt hinter dem Mordauto sein können? Er ist doch kein Zwilling.« Er stand auf und stülpte sich den Hut auf den Kopf.

»Es hat keinen Zweck, Gentlemen«, sagte er, »überhaupt keinen Zweck.« Und knallte die Tür hinter sich zu, als er ging.

Am nächsten Tag ließen sie Bill Sterling frei. Aber sie setzten einen Mann auf ihn an, um ihn zu überwachen, und daraus machte sich Bill den ersten Spaß, den er seit Wochen gehabt hatte. Der Detektiv ging nur ins Bett, wenn Bill es auch tat, und ab und zu rief Bill ihn mitten in der Nacht im Hotel an.

»Also los, Bruder«, sagte er vergnügt, »ziehen Sie sich etwas an, und ich komme Sie abholen. Eine Geburt auf dem Land.«

»Machen Sie nur zu, und holen Sie Ihr Baby. Ich brauche Schlaf.«

»Keine Chance. Ich bin in zehn Minuten da.«

Die Erleichterung war überwältigend. Es war wunderbar, Bill, groß und ruhig, morgens wieder zu Maud kommen zu sehen. Und Tony war wieder der alte. Eines Samstagmorgens fand ich ein Blatt in der Schreibmaschine in meinem Büro:

Mr. Anthony Wainwright bittet um das Vergnügen von Miss ABbotts Gesellschaft – hier zwei Flüche. Diese Maschine ist verrcükt – zu Pferde an den Sätllen und um drei UHr heute nachmittag. u. A. w. g.

Ich ging hin. Ich entsinne mich, daß Tony ohne Kappe ritt und wie der Wind an seinem Haar zauste. Ich entsinne mich an den Herbstduft in der Luft und das scharfe Klicken der Pferdehufe, als wir über den Reitweg galoppierten. Und am besten erinnere ich mich, wie wir oben auf einem Hügel haltmachten und Tony plötzlich ernst wurde.

»Warum kann das Leben nicht so sein, Pat?« sagte er. »Arbeiten und Spaß haben und ein Mädchen wie Sie, zu dem man heimkommt.«

Ich beherrschte meine Stimme. »Es könnte noch werden«, sagte ich fest. »Ein Fehler muß nicht alles ruinieren.«

Er saß regungslos und schaute über die Hügel. Dann beugte er sich im Sattel herüber und berührte meine Hand.

»Eines Tages, mein Schatz«, sagte er still.

Die Angelegenheit war selbstverständlich nicht abgeschlossen. In gewisser Weise fing sie gerade erst an. Aber bis auf die Polizeiboote, die noch auf dem Fluß waren, hatte sich die Sache im wesentlichen beruhigt. Zwar wurde Hopper noch ab und zu gesehen, und der kleine Detektiv in Bills Auto wurde eine vertraute Gestalt. Wenn Bill Maud besuchte, spazierte der kleine Mann über das Grundstück.

Eines Tages sah ich ihn mit einer Orchidee im Knopfloch und hoffte nur, er würde entkommen, bevor Andy es bemerkte.

Aber bis auf diese Nachklänge war alles recht still. Sogar die Reporter hatten uns verlassen, obwohl immer noch eine Handvoll von ihnen da war und sich darüber empörte, daß das Beverly Hotel keine Erlaubnis hatte, Alkohol auszuschenken. Sie hingen meistens in der Polizeiwache herum und holten sich Coca-Cola vom Drugstore, wenn sonst nichts zu kriegen war. Ab und zu störte mich auf dem Grundstück das Klicken einer Kamera auf, und ich erblickte ein grinsendes Gesicht zwischen den Büschen.

»So ist's recht, Mädchen! Vielen Dank.«

Dann verschwand es, und unglaublich bald darauf sah ich ein gräßlich verzerrtes Bild von mir in den Zeitungen.

Inzwischen durfte Maud sich aufsetzen. Sie war sehr dünn für ihre Verhältnisse und ziemlich blaß. Eines Tages fragte sie mich, ob ich glaube, daß Evans Don ermordet haben könnte.

»Evans? Wie hätte er können? Er war im Krankenhaus.«

Sie war nicht überzeugt. Alte Männer würden manchmal seltsam. Da seien die langen Wintermonate, in denen er jahrelang allein im Haus gewesen sei, wenn sie im Süden war und Tony in seinem Club. Es müsse ziemlich trübsinnig gewesen sein, meinte sie.

Das Thema schien sie zu bekümmern. Sie hatte sich seit ihrer Erkrankung deutlich verändert. Welchen Verdacht sie hegte, als sie da allein in ihrem Sessel saß, weiß ich nicht. Körperlich ging es ihr besser. Zwei Pflegerinnen waren gegangen, und nur Amy war geblieben. Aber sie hatte ihre frühere Entschlossenheit verloren. Öfter sah ich Mrs. Partridge mit dem Speisezettel für den Tag in der Hand lange Zeit dastehen, bis Maud überhaupt bemerkte, daß sie da war. Aber vor Tony war sie immer heiter. Er schob sie im Rollstuhl auf ihren Dachgarten hinaus, wenn es warm genug war, und saß dort bei ihr.

»Mit deiner neuen Figur siehst du aus wie eine Debütantin«, pflegte er zu sagen und lächelte sie an.

Sie lachte dann und zeigte ihre kräftigen weißen Zähne.

»Debütantin!« spottete sie. »Nur weil ich nach dreißig Jahren wieder meine Rippen sehen kann. Hör doch auf!«

Aber vor Amy und mir gab sie sich keine Mühe, sich zu verstellen. Sie saß stundenlang da und starrte auf den sterbenden Herbstgarten, die großen Hände im Schoß gefaltet und mit abwesender Miene. Amys Geplauder ging völlig über sie hinweg.

»Was sagten Sie, Miss Richards?«

»Ich habe nur mit mir geredet«, sagte Amy dann. »Zeit für Ihr Ei mit Rotwein. Ich gehe es holen.«

Bei einer solchen Gelegenheit war es, daß Maud mir die Kombination für ihren Safe gab. Wir hatten über den Mord an Don gesprochen. Sie konnte nicht verstehen, warum man unsere Spielhalle benutzt hatte, obwohl sie sagte, den Mord selbst könne sie vielleicht verstehen.

»Wenn er sich bei irgendeiner Frau schlecht benommen hat –« sagte sie. »Aber dieses Mädchen, mit dem er fortgelaufen ist – er hat sie geheiratet, nicht wahr? Und es war merkwürdig, so wie er angezogen war. Beziehungsweise nicht angezogen. Wenn er vorhatte, jemanden zu treffen –«

»Er hatte keine anderen Kleider«, berichtete ich. Und an dieser Stelle zeichnete ich ihr ein Bild vom armen alten Don in dem Haus im Tal: wie die beiden Frauen, Audrey und Lydia, ihn unablässig bewachten, die eine aus Argwohn und die andere aus später Zuneigung. Ich erwähnte selbst das Telefon in der offenen Diele unten und die Tatsache, daß Lydia in seiner Todesnacht seine Kleider weggegeben hatte.

Sie hörte intensiv zu, als ob sie versuche, das von mir Gesagte mit irgendwelchen eigenen verborgenen Kenntnissen in Einklang zu bringen. Einmal fragte sie mich, ob Tony noch Audrey treffe. Sie schien erleichtert, als ich ihr sagte, ich glaube es nicht. Natürlich kannte sie – wie praktisch alle – mittlerweile die Revolver-Geschichte.

»Da bin ich froh«, sagte sie. »Das Mädchen wirkt neurotisch.« Und da Amy genau in diesem Moment hereinkam, trank sie gehorsam ihr Ei mit Rotwein und wechselte das Thema.

So standen die Dinge bei uns während dieser ersten beiden Wochen im vergangenen Oktober. Don war seit zwei Wochen tot. Evans wurde immer noch vermißt. Bill Sterling war auf freiem Fuß, lief aber, wie er es ausdrückte, wie ein großer Komet mit einem Schweif herum, wobei der Schweif der Detektiv war. Und als die Blätter fielen, wurde die Spielhalle, verschlossen und verlassen, vom Haus aus immer deutlicher sichtbar. Man konnte ihr nicht entgehen, zumindest nicht vom Westflügel aus. Ab und zu sah ich Hopper herumschlendern, und Bessie war immer noch bei uns, schloß sich in ihre Räume ein, redete ab und zu von Palm Beach oder Nassau, machte aber keine Anstalten zu gehen.

»Dieses Flittchen«, pflegte Amy zu sagen. »Haltet sie mir bloß vom Leib, sonst hau' ich ihr eines Tages die Nase so platt, daß sie mit den Ohren riechen muß.«

Dann stieß Bessie eines Tages etwas zu, und wir wußten, daß unsere Probleme noch nicht vorbei waren.

Sie hatte großzügig Kleider eingekauft, und an diesem Tag fuhr sie in die Stadt, um sie ändern zu lassen. Sie fuhr mit dem eigenen Wagen, aber abends um sieben Uhr war sie noch nicht zurück. Gus kam von der Garage herauf, um es mir zu berichten.

»Sie ist nicht gerne nach dem Dunkelwerden draußen«, sagte er. »Ich frage mich, ob ich nicht besser fahre und nach ihr schaue. Vielleicht hat sie Probleme. Sie fährt schnell.«

Er vermied es, mir in die Augen zu sehen. Wir wußten beide, daß Bessie während der letzten Wochen beträchtlich getrunken hatte, und ich dachte schnell nach. Tony war noch nicht aus der Stadt zurück, und ich wollte Maud nicht beunruhigen.

»Ich komme mit Ihnen, Gus«, sagte ich, »warten Sie, bis ich mir einen Mantel geholt habe.«

Er holte die Limousine heraus, und fünf Minuten später waren wir auf der Straße zur Stadt. Sie war fast verlassen, da die Leute, die sie der Eisenbahn vorzogen, bereits zu Hause waren. Trotzdem hätten wir Bessie beinahe übersehen. Aber Gus hatte gute Augen. Plötzlich hielt er an und setzte zurück. Ein Wagen war etwa dreißig Meter von der Straße abgekommen und gegen einen Baum geprallt.

Wir stiegen aus und rannten zu ihm hin. Es war kein schöner Anblick. Bessie lag bewußtlos über dem Lenkrad, und das Auto war ein völliges Wrack. Zusammen schafften Gus und ich sie in die Limousine, und auf dem Rückweg stützte ich sie, so gut ich konnte. Eine Zeit, bevor wir das Kloster erreichten, war sie teilweise bei Bewußtsein. Sie öffnete die Augen und sah mich an.

»Jemand hat auf mich geschossen«, sagte sie und schloß die Augen wieder.

Ich nahm mir Gus' Taschenlampe und betrachtete sie. Soweit ich sehen konnte, war kein Blut an ihr. Sie hatte sich an der Windschutzscheibe eine gewaltige Beule an der Stirn geholt, und sie jammerte, das Atmen tue ihr weh. Aber sie weigerte sich, ins Krankenhaus gebracht zu werden. Wir brachten sie zum Kloster zurück und riefen die Männer, um sie hereinzutragen. Erst da bemerkte ich, daß sie immer noch ihren kleinen Revolver umklammerte.

Kapitel 20

Amy war es, die mir an diesem Abend von ihrem Zustand berichtete, eine widerwillig zum Dienst gezwungene Amy, die sich aber dennoch als die pflichtbewußte Krankenschwester verhielt. Bessie hatte eine leichte Gehirnerschütterung und mehrere Rippen gebrochen, »und ich vermute, das wird sie eine Zeitlang ruhigstellen.« Aber sie war unverhohlen ungläubig, als Bessie darauf bestand, man habe auf sie geschossen.

»Ich glaube ihr nicht. Sie hat ihr Auto zu Schrott gefahren und will ein neues. Nicht«, fügte sie unparteiisch hinzu, »daß es nicht reichlich Leute gibt, die sie gern erschießen würden. Mir selbst dürfte man keine Pistole anvertrauen.«

Tony kam an diesem Abend erst um neun Uhr nach Hause. Reynolds erzählte es ihm, und er fand mich in der Bibliothek.

»Was ist mit Bessie? Ist es was Ernstes?«

»Ich glaube nicht. Sie hat ein paar Rippen gebrochen. Bill Sterling sagt, es liegt auch eine kleine Gehirnerschütterung vor. Nicht schlimm.«

»Weiß Mutter davon?« fragte er.

»Ich habe es ihr erzählt. Tony, sie sagt, jemand habe auf sie geschossen.«

»Unsinn! Wer würde so etwas tun?«

Bald darauf kam Jim Conway herein. Ich fand, er sah ziemlich grimmig drein. Er nahm Tonys Einladung zu einem Highball an, aber er entspannte sich nicht. Er strotzte förmlich vor Verdacht, und ich möchte behaupten, es machte die Sache nicht besser, daß er uns zusammen vorfand.

»Ich habe mir den Wagen Ihrer Frau angesehen«, sagte er. »Es sieht so aus, als hätte heute abend jemand versucht, sie zu töten, Tony.«

»Sie zu töten? Meinen Sie das im Ernst?«

»So ernst wie die drei Einschußlöcher im Hinterreifen und das eine in der Karosserie.«

»Meine Güte«, sagte Tony und stand auf. »Wo ist der Wagen? Ich möchte ihn mir ansehen.«

Aber Jim rührte sich nicht. »Ich nehme an, Sie können über Ihre Aktivitäten heute abend Rechenschaft ablegen?«

»Ich habe nicht auf meine Frau geschossen, wenn Sie das meinen«, sagte Tony heftig.

Sein Bericht über diesen Abend war allerdings nicht ganz zufriedenstellend. Das sah ich an Jims Miene. Tony hatte sein Büro wie gewöhnlich um fünf verlassen. Später war er zurückgekommen, um einige Ferngespräche zu führen. Um sieben Uhr dreißig war er zum Dinner in seinen Club gegangen und war um halb neun nach Hause aufgebrochen.

»Wo waren Sie um sieben?« fragte Jim.

»Noch in meinem Büro.«

»Kann das jemand bezeugen?«

»Ich war allein. Der Mann im Aufzug erinnert sich vielleicht, daß er mich runtergefahren hat. Die Zeit wird er wahrscheinlich nicht wissen.«

Jim stand auf. »Tut mir leid, Tony. Das ist eine verteufelte Sache. Sehen Sie, die Uhr im Armaturenbrett ist um sieben stehengeblieben. Sie haben eine Pistole dabei, nicht wahr?«

»Nicht immer. Gewöhnlich ist sie in meinem Zimmer wie jetzt.«

Aber sie war nicht da. Die beiden Männer gingen zusammen hinauf, um ein paar Minuten später wieder herunterzukommen. Ich hörte sie hinausgehen, und es war Mitternacht, als Tony zurückkam. Er war nicht allein. Sowohl Jim als auch der Detektiv Hopper begleiteten ihn, und kurz danach fuhr Dwight Elliott vor.

Amy war es, die mich auf dem laufenden hielt, eine mittlerweile durch eine andere Schwester glücklich von Bessie befreite Amy, die sich darüber riesig freute. Aber es sollte Tage dauern, bis ich erfuhr, was in dieser Nacht in Tonys Arbeitszimmer vor sich ging: wie die vier Männer mit Drinks neben sich dasaßen, Tony mit verschlossener Miene, Hopper mit scharfsinniger und Mr. Elliott mit aufmerksamer. Zunächst ging es ziemlich ungezwungen zu. Als Bill Sterling nach seiner letzten Visite bei Bessie hereingeführt wurde, begrüßte ihn Hopper mit einem Grinsen.

»Wie wäre es, wenn Sie diesen Mann von mir mal etwas schlafen ließen, Doktor? Er droht aufzugeben.«

»Es wird ihm nicht schaden zu erfahren, wie ein hart arbeitender Mediziner seinen Lebensunterhalt verdient.«

Sie ließen ihn gehen, nachdem er Bessies Verletzungen beschrieben hatte. Sie waren nicht ernst, aber sie hatte einen Schock und eine leichte Gehirnerschütterung erlitten.

Danach machte sich das Quartett an die Arbeit. Jim zündete sich seine Pfeife an, und Hopper nahm einen kleinen Schluck von seinem Highball.

»Berichten Sie uns von heute abend, Mr. Wainwright«, sagte er. »Besonders interessiert sind wir an der Zeit zwischen siebzehn Uhr und neunzehn Uhr dreißig. Haben Sie die ganze Zeit in Ihrem Büro verbracht?«

»Nicht die ganze. Aber gegangen bin ich schließlich um halb sieben.«

»Und danach?«

»Bin ich in die öffentliche Bücherei gegangen.«

Sogar Hopper sah verblüfft aus. »Die Bücherei?« fragte er nach. »Würden Sie uns das bitte erklären?«

»Nein«, sagte Tony schlicht. »Und die Telefonate auch nicht. Sie können die Gespräche zurückverfolgen, wenn Sie wollen.«

»Hat man Sie in der Bücherei gesehen?«

»Es war ziemlich voll. Ich weiß es nicht.«

Hopper saß da und blickte ihn an. »Ich nehme an, Ihnen ist klar, daß Sie in diesem Fall kein echtes Alibi von achtzehn Uhr dreißig bis zu der Zeit haben, als Sie in Ihren Club kamen. Ich fürchte, Sie müssen etwas ausführlicher werden.«

»Ich habe Ihnen alles gesagt, was ich sagen werde«, erwiderte Tony halsstarrig. »Ich habe nicht auf meine Frau geschossen, wenn Sie das meinen. Ich hatte nicht mal meine Pistole dabei.«

Danach waren sie hinter der Pistole her. Wann er sie das letzte Mal gesehen habe? Wo sein Waffenschein sei? Er zog den Waffenschein hervor, und Hopper notierte sich die Seriennummer.

»Sie bewahrten sie geladen auf?«

»Das tat ich.«

»Wie lange ist es her, seit Sie sie gesehen haben?«

»Ich weiß nicht. Ich habe sie in meinem Zimmer gehabt, seit den beiden Versuchen, ins Haus einzudringen. Das ist einige Zeit her. Sie ist mir in letzter Zeit nicht aufgefallen, aber das heißt nichts. Ich habe nicht danach geschaut.«

»Wer hätte sie nehmen können?« fragte Hopper. »Sie wurde in Ihrem Zimmer aufbewahrt. Wie viele Leute hatten Zugang dazu?«

Er machte weiter. Mrs. Wainwright – Mrs. Anthony Wainwright – sei in letzter Zeit nervös gewesen, habe er erfahren. Sie habe darauf bestanden, ihre Türen abzuschließen. Sei das nicht ungewöhnlich, im Haus ihres Ehemannes? »Sie ist hier, umgeben von einer – na, sagen wir liebenden Familie.« Er lächelte sardonisch. »Aber die Dame hat Angst. Haben Sie irgendeine Erklärung dafür, Mr. Wainwright?«

»Ich habe nie behauptet, irgend etwas an meiner Frau erklären zu können«, antwortete Tony schroff.

Selbstverständlich verhafteten sie ihn nicht. Das Treffen – wenn man es denn so nennen kann – löste sich um halb drei auf, und Dwight Elliott verbrachte den Rest der Nacht im Kloster. Aber bevor er ging, wandte sich Hopper in der Halle an Tony.

»Was ist denn nun eigentlich Ihre Theorie über diesen Evans?« fragte er fast freundlich. »Glauben Sie, er wußte etwas?«

»Worüber?« sagte Tony aggressiv.

»Das ist es, was ich gerne wüßte.«

»Hören Sie, wenn Sie denken, ich habe Evans aus dem Krankenhaus geschleift und ihn ermordet –«

»Niemand hat ihn geschleift«, sagte Hopper immer noch freundlich. »Ich nehme an, er ist freiwillig mit jemandem gegangen, den er kannte. Und dem er vertraute«, fügte er hinzu und betrachtete den Rauch seiner Zigarre.

»Und dann? Dann hab' ich ihm wohl eins über den Schädel gegeben und ihn weggekarrt! Hab' ich gut gemacht, was, wo niemand ihn finden kann!«

»Das folgt nicht unbedingt daraus«, sagte Hopper und ging hinter Jim zum Wagen hinaus.

Die Morgenzeitungen brachten die Story vom Anschlag auf Bessie. Es war in einer scharfen Kurve passiert, und als ihre Hinterreifen platzten, hatte sie die Kontrolle über den Wagen verloren. Es gab sogar Photos vom Wagen selbst mit einer Abschleppmannschaft und Jim daneben. Maud war sehr aufgeregt über die ganze Sache. Als sie erfuhr, daß Dwight Elliott im Haus war, schickte sie nach ihm. Sie hatten eine lange Unterredung, und als er herauskam, sah er nicht so makellos aus wie gewöhnlich. Er hielt mich in der Halle an und bat mich, das Haus am nächsten Tag nach Tonys Pistole abzusuchen.

»Es ist wichtig«, sagte er. »Ich muß nicht sagen, wie wichtig, Miss Abbott.«

Bessie ging es morgens besser, wenn sie auch garstiger Laune war. Sie blieb dabei: Jemand habe sie ermorden wollen, sie wisse, wer es sei, und die Polizei müsse nicht nach ihm suchen. Alles in allem war es ein Wahnsinnstag. Ich durchsuchte das Haus von der Kofferkammer im zweiten Stock bis zum Keller. Es war keine Pistole da. Und am Spätnachmittag fuhr ich – wie gewöhnlich, wenn ich verzweifelt war – hinunter zu Lydia. Bei ihr war ausgerechnet Miss Mattie, die dort in einem schwarzen Taftkleid saß, das dem glich, das sie in der Tanzstunde zu tragen pflegte, ihre hübschen Füßchen akurat nach außen gekehrt.

»Ich sagte gerade zu Lydia, daß ich nicht weiß, ob ich zur Polizei gehen soll oder nicht«, meinte sie. »Wissen Sie, ich glaube, ich habe gestern abend den Mann gesehen, der auf Mrs. Wainwright geschossen hat.«

»Ihn gesehen!« keuchte ich.

Sie zitterte. »Irgend jemanden habe ich sicherlich gesehen. Ich kam aus der Stadt. Ich war da gewesen, um nach einem Geschenk für Sie zu suchen, meine Liebe.« Sie sah Lydia an. »Ich fuhr langsam zurück. Sie wissen, daß ich eine nervöse Fahrerin bin. Und ungefähr da, wo der Unfall passierte, sah ich einen Mann neben einem parkenden Auto stehen.«

»Was für einen Mann? Was für ein Auto?«

»Je nun, das kann ich wirklich nicht sagen. Es war dunkel, wissen Sie. Es war kurz vor dieser Kurve.« Sie erschauerte. »Ich hätte beinahe angehalten und ihn gefragt, ob er Hilfe brauchte. Stellen Sie sich nur vor, ich hätte!«

»Ich glaube nicht, daß er Ihnen was getan hätte, Miss Mattie«, meinte ich. »Wer auch immer es war, er war hinter Bessie Wainwright her, nicht hinter Ihnen.«

»Ich verstehe«, sagte sie mit sanfter Stimme. »Der arme Tony Wainwright! Aber ich glaube, sie fuhr sowieso immer ziemlich schnell.«

Ich schaute ihr hinterher, als sie in ihren Wagen stieg.

»Da siehst du, wie es ist«, sagte ich bitter. »Sie glauben alle, es war Tony. Sogar die Polizei.«

»Die Wahrheit kommt meist ans Licht, Pat«, sagte Lydia still.

An jenem Tag suchten ein paar Boote den Fluß nach Evans ab. Nicht die Polizei. Die hatte ihre Tätigkeit einige Zeit zuvor eingestellt. Aber Tony hatte eine Belohnung für Evans, tot oder lebendig, ausgesetzt, mit dem Ergebnis, daß ein halbes Dutzend kleine Fahrzeuge am Werk war. Ich konnte sie von dort, wo ich saß, erkennen. Sie machten mich schaudern, aber Audrey und ihre Freunde schienen es zu genießen. Sie hatten unten am Wasser eine Art Hauptquartier eingerichtet, und ich konnte sie an diesem Tag von dort, wo ich saß, hören.

»Schau! Sie haben was!«

»Ganz sicher haben sie was. Wer hat den Feldstecher? Ach du liebes Lieschen, es ist nur ein Baumstamm!«

Lydia sah meine Miene. »Sie sind jung, Pat!« sagte sie. »Der Tod ist für sie nur ein Wort.«

Sie sah besser aus. Sie sagte, sie und Bill hofften, bald zu heiraten, und sie redete ein bißchen über ihre Pläne. Aber auf einmal schaute sie auf den Fluß hinaus und dann auf mich.

»Pat, glaubst du, daß Evans das alles getan haben könnte? Vielleicht ist er noch am Leben. Er könnte sich in der Nähe versteckt halten. Irgendwo oben in den Bergen vielleicht.«

»Warum sollte er auf Bessie schießen wollen?«

»Ich weiß nicht, wenn nicht – was weißt du über Bessie, Pat? Wirklich wissen, meine ich. Wer ist sie? Wer war sie? Warum ist Don nachts mit ihr ausgegangen? Das hat er getan, weißt du, mindestens einmal. Larry Hamilton hat sie gesehen. Ich habe mich gefragt – was glaubst du, wie alt sie ist?«

»Sie ist älter, als sie sagt. Ich weiß nicht, wieviel.«

»Das Mädchen, das mit Don weggelaufen ist, war erst achtzehn, Pat. Sie würde jetzt um dreiunddreißig sein. Ich habe sie nie gesehen, aber – es ist möglich, Pat, nicht? Warum ist Don zurückgekommen? Warum ist Bessie jetzt hier? Angenommen, sie hat ihr Schäfchen ins trockene gebracht, indem sie Tony Wainwright geheiratet hat, und Don kommt zurück und droht auszupacken. Sie hätte fast alles getan, um ihn loszuwerden, oder?«

»Es hätte gute Nerven erfordert, Lydia. Angenommen, jemand hätte sie erkannt?«

»Sie hat gute Nerven, oder?«

»Du meinst –«

»Jemand hat Don getötet.«

»Sie hätte es nicht ganz allein tun können, Lydia.«

»Nein. Nicht alleine«, sagte sie gelassen.

Ich wußte, was sie meinte. Wenn Bessie Don umgebracht hatte, hatte ihr Tony vielleicht geholfen, die Leiche loszuwerden.

Nicht, um sie zu retten. Nicht ihretwegen, sondern seiner Mutter wegen. Ich steckte mir eine Zigarette an und versuchte, mich zu erinnern, so gut ich konnte. Ich wußte eigentlich sehr wenig. Von seiner Heirat nur, was mir Maud erzählt hatte: daß bei der Hochzeit durchaus respektable Eltern zugegen waren, daß sie auf eine gute Schule gegangen war und daß sie einem exklusiven Schülerclub angehört hatte. Aber ein schlaues Mädchen hätte das arrangieren können, hätte sich für diesen Anlaß Eltern leihen und den Rest erfinden können.

»Weißt du, ich hätte sie nicht erkannt«, sagte Lydia. »Du weißt, wie es in einem Büro zugeht. Ich wußte nicht einmal ihren Namen, bis sie verschwunden waren. Für mich war sie halt nur irgendein Mädchen.«

»Wie war ihr Name?«

»Sie nannte sich Marguerite Weston. Ich nehme an, zumindest die Marguerite war ein leichter Anflug von – na, von Phantasie.« Sie regte sich. »Hör mal, Pat, das können wir vielleicht herauskriegen. Oder eher du. Ich könnte es nicht so gut, wegen Bill.«

»Wie kann ich es? Nach fünfzehn Jahren?«

»Vielleicht findet sich etwas in den alten Zeitungen. Ich glaube, sie haben sie hier in der Bücherei. Vielleicht sogar ein Photo, obwohl ich nie eines gesehen habe.«

Ich versprach, darüber nachzudenken, und an diesem Tag, als Audreys Freunde am Flußufer herumschrien und die Boote langsam vorbeiglitten, erzählte sie mir ein wenig von sich und Don.

»Ich war erst achtzehn, als ich ihn kennenlernte«, sagte sie, »aber du weißt, wie er war. Als er jünger war, war er der Traum aller Mädchen. Ich habe ihn in Paris kennengelernt. Er hatte eine gute Position da, im Exportbüro einer großen amerikanischen Firma. Und außerdem war er hier in der Stadt geboren. Von seiner Familie waren alle tot, aber es war eine Art Bindeglied zwischen uns.«

Sie war mit einer Tante in Frankreich gewesen, und die Tante hatte protestiert. »Sie dachte, er wolle mein Geld. Damals hatte ich ziemlich viel. Außerdem dachte sie, er wäre zu alt für mich. Aber – ein Mädchen in diesem Alter –« Sie seufzte.

Jedenfalls hatte sie ihn in Paris geheiratet. Patou hatte ihr Kleid gemacht, und Don hatte ihr weiße Orchideen für ihr Bouquet geschickt. Sie war schrecklich glücklich gewesen. Aber als das Geschäft zurückging, wurde das Auslandsbüro aufgegeben. Don wurde nach New York zurückgeschickt und dann in seine Vaterstadt. Er hatte nicht zurückkehren wollen, aber sie war entzückt. Mit ihrem Geld kauften sie das Haus in Beverly, und Don wurde zum Pendler.

Aber er war glücklich dabei. Er war gerne unterwegs. Dann wurde Audrey geboren, und danach war nichts mehr wie früher. »Ich war an das Haus gebunden und er nicht. Er betete sie an, aber –«

Sie blickte auf ihren Finger hinab, an dem sie einst den Ehering getragen hatte.

»Er ist nie treu gewesen«, sagte sie. »Ich wußte es schon damals, aber er kam dann nach Hause und war so zerknirscht, daß ich ihm verzieh. Vielleicht, wenn ich härter mit ihm gewesen wäre –«

Ihre Stimme erstarb. Sie war mit ihren eigenen, unglücklichen Gedanken beschäftigt, und ich sah Don vor mir, wie er sonntags morgens auf seinem großen Pferd ausritt. »Hallo, Pat. Wie steht's mit dem Springen?«

»Gestern bin ich runtergefallen.«

»Das gehört zum Spiel, Herzchen. Laß dich nicht unterkriegen.«

Die Horde am Flußufer lärmte immer noch, als ich ging.

»Zwei Glimmstengel, daß sie ihn haben!«

»Gib mir mal einer das Fernglas. Verloren, Larry. Sieht aus wie ein alter Reifen.«

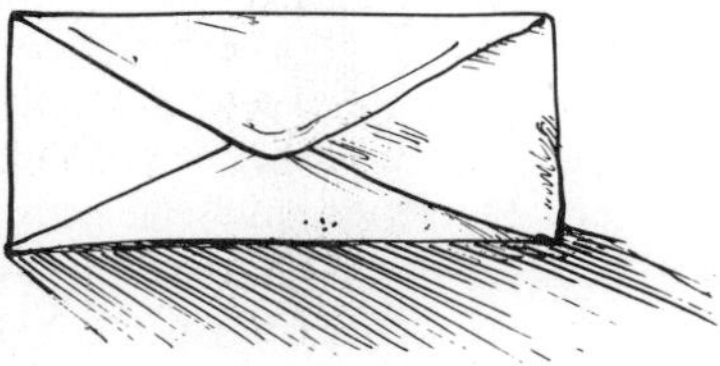

Kapitel 21

Tony kam die ganze Nacht nicht nach Hause, aber ich hatte genug zum Nachdenken. Wenn Bessie Marguerite Weston gewesen war, wo stand er dann? Angenommen, die Polizei würde es erfahren. Es würde ihnen ein Motiv für den Anschlag auf Bessie geben, vielleicht sogar für den Mord an Don.

Ich schlief schlecht, und am nächsten Morgen fuhr ich zeitig zur öffentlichen Bücherei auf der Main Street. Der alte Dan Reeves, der sie seit meinen Elsie-Dinsmore-Tagen leitete, schaute überrascht, als ich nach den alten Zeitungsjahrgängen aus der Stadt fragte. Um ein Uhr tauchte ich wieder auf, schwarz vor Staub, aber in der Sache nicht weiter, als ich zuvor gewesen war. Vor fünfzehn Jahren hatte es noch kein Skandalblatt in der Stadt gegeben, und Donald Morgans Flucht oder Marguerite Weston waren nirgendwo erwähnt. Erst ein Jahr oder so darauf war eine kurze Notiz aus Reno von Lydias Scheidung erschienen.

Ich rief sie an und berichtete. Sie nahm es ruhig hin.

»Vermutlich war es wohl ohnehin eine alberne Idee«, sagte sie, »vergessen wir es, Pat.«

Das war die Lage Mitte Oktober letzten Jahres. Ins Kloster war zweimal eingebrochen worden. Don Morgan war in der Spielhalle ermordet worden. Evans war verschwunden, auf Bessie hatte man geschossen, und sie war knapp mit dem Leben davongekommen. Für die Leute, die etwas näher mit der Geschichte zu tun hatten, gab es ein Dutzend mögliche Erklärungen, aber die Öffentlichkeit stand vor einem Rätsel. Es überrascht nicht, daß die Theorie eines entsprungenen Wahnsinnigen wieder Anhänger gewann.

Ich glaube, Maud neigte selbst zu dieser Ansicht.

»Es hat vielleicht einen Grund für Mr. Morgans Tod gegeben«, sagte sie und sah bleich und müde aus. »Eine Menge Leute scheinen Gründe gehabt zu haben, ihn aus dem Weg räumen zu wollen. Aber Evans, und jetzt Bessie –«

Ich hätte schwören können, daß sie das alles völlig ratlos machte. Stundenlang saß sie da, ihre großen Hände im Schoß gefaltet, den Blick ins Leere gerichtet. Einmal am Tag pilgerte sie langsam zu Bessies Schlafzimmer, wo Bessie grollend zwischen ihren Kissen lag. Ich glaube, Maud fürchtete diese Besuche. Amy sagte, ihr Puls würde danach steigen. Und Bessie war rücksichtslos grob. Eines Morgens ging ich mit. Bessie war auf und lag mit der üblichen Filmzeitschrift in der Hand auf einer Chaiselongue.

Die Pflegerin mußte die Tür aufschließen, um uns hereinzulassen, und Maud protestierte: »Meinst du, es ist nötig, daß du deine Tür die ganze Zeit verschlossen hältst, meine Liebe? Schließlich sind wir für dich verantwortlich.«

Bessie sah sie kühl an. »Ich traue keinem hier«, sagte sie.

»Ich fürchte, das verstehe ich nicht, Bessie.«

»Ich glaube doch. Wenn nicht, frag Tony.«

»Tony? Du glaubst doch sicher nicht –«

»Hör zu«, sagte Bessie. »Tony hat reichlich Gründe, mich aus dem Weg haben zu wollen. Wer sonst?«

»Welche Gründe, Bessie?«

Sie sah mich an. »Einen kann ich sehen«, sagte sie. »Der andere – lassen wir es besser dabei. Ich rede nicht, wenn ich nicht muß.«

Das Ganze war nicht schön, und Bessie war es in diesem Moment auch nicht. Jetzt kann ich Entschuldigungen für sie finden. Sie war wirklich verängstigt und zumindest in dieser Zeit hilflos. Sie war in eine Falle gelaufen, und sie sah keinen Ausweg. Was Maud betrifft, glaube ich nicht, daß sie auch nur in Betracht gezogen hat, daß Tony an dem Anschlag beteiligt sein könnte.

Später schickte sie allerdings nach Dwight Elliott und bat mich, bei dem Gespräch zugegen zu sein.

»Ich möchte sicher sein, daß er mir die Wahrheit sagt. Die ganze Wahrheit«, sagte sie. »Ich möchte nicht, daß er versucht, auf meine Gefühle Rücksicht zu nehmen.«

Aber Mr. Elliott zeigte keine Neigung, auf ihre Gefühle Rücksicht zu nehmen. Zunächst versuchte er ihr auszuweichen. Selbstverständlich glaube niemand, daß Tony auf Bessie geschossen habe. Aber sie war zu intelligent für ihn. Schließlich erfuhr sie von der fehlenden Pistole und Tonys fehlendem Alibi.

»Ein Problem«, sagte er, als er schlank und vornehm an ihrem Bett saß, »ist, daß Tony an diesem Abend von seiner üblichen

Routine abgewichen ist. Wenn er nicht zum Dinner nach Hause kommt, spielt er gewöhnlich im Club Squash. An diesem Tag tat er es nicht. Er ging für eine Stunde in sein Büro zurück. Danach ging er in die öffentliche Bücherei.«

»Die öffentliche Bücherei, Dwight? Das glaube ich nicht.«

»Das hat er getan. Mir sagte er, er habe ein paar alte Zeitungen einsehen wollen. Der Mann am Schalter war beschäftigt. Ich habe ihn aufgesucht. Er sagt, jemand habe an diesem Abend nach den Bänden gefragt, aber es stand eine Menge Leute herum. Er kann Tony nicht identifizieren. Tut mir leid, meine Liebe. Ich hätte alles getan, Ihnen das zu ersparen, aber Sie haben darauf bestanden.«

Es dauerte eine Weile, bis sie wieder sprach. »Ich verstehe«, sagte sie leise. »Und das Büro – warum ist er dorthin zurückgegangen?«

»Ich fürchte, die Polizei hat es herausgefunden. Er ist zurückgegangen, um den Apparat für Ferngespräche zu benutzen, und sie haben den Anruf ermittelt. Tony weigert sich, es zu erklären, aber sie wissen Bescheid. Er hat mit einer Privatdetektei in New York gesprochen.«

Sie richtete sich kerzengerade auf. »Privatdetektive, Dwight! Mein Gott, was sollen wir tun?«

Dann schickten sie mich aus dem Zimmer. Mr. Elliott hatte mich sowieso nicht dabei haben wollen, und er war froh, mich loszuwerden. Es dauerte eine ganze Stunde, bis er herauskam, in seinen Wagen stieg und sich auf den Rückweg in die Stadt machte. Und Amy, die in Mauds Zimmer ging, fand sie heftig schluchzend vor.

Tony erfuhr nie von diesem Besuch. In dieser Woche ließ er sich wenig anmerken. Und nach ihrem Ausbruch tat Maud das gleiche, obwohl ich glaube, daß sie ihn beobachtete.

»Du machst dir doch keine Sorgen über irgendwas, Tony?«

»Aber sicher mache ich mir Sorgen.«

»Kannst du mir nicht davon erzählen?«

Dann grinste er mich an. »Es ist dieser Leberfleck. Ich bin furchtbar ungern undelikat, aber ich bin sicher, daß Pat mir etwas verheimlicht.«

Er brachte ihr alberne kleine Geschenke mit, eine kleine Pokerwürfel-Maschine in Form einer Registrierkasse, Spielzeuge zum Aufziehen. Dann lachte Maud, und für eine Weile verschwand der Schatten. Allein mit mir wirkte Tony allerdings müde und deprimiert. Seine Pistole war nicht gefunden worden, obwohl das Grundstück wie auch die Umgebung sorgfältig durchsucht worden waren. Sie hatten sogar den Brunnen an der Spielhalle abgelassen, und ein Mann mit einer Leiter hatte das obere Becken untersucht. Von Evans gab es noch keine Spur. Die Boote hatten aufgehört, das Flußbett abzusuchen, aber die Jagd ging weiter. Und Bessie war auf und lief herum; sie hatte ständig eine Krankenschwester bei sich, obwohl ich glaube, daß ihr Verdacht gegen Tony nachgelassen hatte.

Irgendwann während ihrer Genesung hatte er eine lange Unterredung mit ihr. Amy schwört, daß sie dabei ihren kleinen Revolver mit dem Perlmuttgriff unter dem Kopfkissen hatte. Wie auch immer – ich glaube, er sagte ihr, daß ihre ganze Haltung ebenso absurd wie gefährlich war.

»Warum sollte ich dich erschießen wollen?« sagte er. »Oder auf dich schießen? Das ist doch Blödsinn. Und ich bin kein völliger Idiot. Wenn ich das irgend jemandem antun wollte, kannst du verdammt sicher sein, daß ich dann ein Alibi hätte.«

Danach war sie nicht mehr so abweisend. Nicht freundlich. Das war sie zu uns nie. Sie schloß immer noch ihre Türen ab. Aber ich glaube jetzt, daß sie wie wir anderen auf Vermutungen angewiesen war. Der Polizei hatte sie nur berichten können, daß sie auf dem Heimweg gewesen und schnell gefahren war, daß sie drei oder vier Schüsse gehört hatte und daß der Wagen plötzlich außer Kontrolle geraten war.

Anders als Miss Mattie hatte sie niemanden gesehen; und als Jim sie verhörte, gab Miss Mattie eine ganz vage Beschreibung.

»Es war einfach nur ein Mann, der neben einem Auto stand«, sagte sie.

Zumindest hatten wir eine Atempause in jenen Oktobertagen. Maud war gekräftigt. Bessie plante abzureisen, die Aufregung im Ort legte sich, und das Wetter war herrlich. Ich ritt ziemlich viel, Princes Hufe raschelten auf dem Pfad im Laub, und Roger liebte die langen Hänge, die Pferd und Hund hinaufgaloppieren konnten. Eines Tages rief Nan Osgood aus dem Dorf an, um zu erzählen, daß der Theaterverein *Lady Windermeres Fächer* geben wollte und ob ich ihnen aushelfen könne.

»Ich bin der Fächer«, sagte ich vergnügt. »Sonst geht es wohl leider nicht, Nan. Ich habe jetzt ein wenig Zeit, aber das wird nicht so bleiben.«

Und es blieb nicht so. Es war, glaube ich, der nächste Tag, an dem Maud nach mir schickte. Bis auf Hilda war sie allein. Amy machte ein Nickerchen, und sie schickte Hilda ohne Umschweife fort. Ich hatte mein Notizbuch und einen Stift mitgebracht, aber sie winkte ab.

»Ich möchte mit Ihnen reden«, sagte sie. »Ich muß da einige Vorkehrungen treffen. Es geht mir besser. Wahrscheinlich lebe ich lange genug, um eine gräßliche alte Frau zu werden. Aber nur für den Fall –«

Sie wollte mir vom Inhalt ihres Wandsafes berichten. Nicht nur von ihrem Schmuck. Ein Großteil davon sei sowieso in der Bank. Sie habe bloß behalten, was sie täglich trage. Es sei alles aufgelistet, und Tony werde eine beträchtliche Erbschaftssteuer für beide Posten zahlen müssen. Aber im Safe sei ein Umschlag. Wenn ihr irgend etwas zustoße, wolle sie, daß ich ihn an mich nähme, »bevor die vom Finanzamt oder wer auch immer herkommen.«

»Nehmen Sie ihn, und geben Sie ihn Tony«, sagte sie. »Lassen Sie ihn niemand sonst berühren. Es sind einige Papiere darin und ein Brief für ihn. Ich möchte nicht, daß ihn jemand anders liest. Bitte öffnen Sie jetzt den Safe. Und schließen Sie erst die Tür ab.«

Sie las mir die Kombination vor, nachdem ich die Täfelung geöffnet hatte, und bat mich, sie mir zu notieren. Dann öffnete ich den Safe und gab ihr den Umschlag, ein großes, braunes Kuvert aus Manilapapier. Einige Zeit saß sie da und hielt ihn in den Händen. Dann holte sie tief Luft und gab ihn mir zurück.

»Für Tony«, sagte sie. »Er wird es verstehen.«

Danach beschloß sie, sich ihren Schmuck anzuschauen, und auf einem Tisch neben ihr legte ich die Schachteln mit ihrem extravaganten Putz aus. Sie überprüfte ihn, und ich machte eine Liste, aber sie behandelte alles achtlos, mit seltsam abwesender Miene. Ich vermute, was da lag, war eine halbe Million Dollar wert.

Danach war sie müde. Sie lehnte sich mit geschlossenen Augen in ihrem Sessel zurück, und mehr als je zuvor wurde mir klar, wie sehr sie sich verändert hatte. Ihr lautes, kräftiges Lachen war verschwunden, ihre Energie, sogar der Glanz ihres schönen Haares.

»Ich fühle mich alt, Pat«, sagte sie. »Alt und müde. Ich hatte gehofft, noch meine Enkelkinder zu sehen, aber das werde ich wohl nie. Wenn Sie und Tony nur –«

Da kam Amy zurück. Ich hatte mittlerweile den Safe und die Täfelung wieder verschlossen und die Tür entriegelt, aber sie sah argwöhnisch drein.

»Was ist das für eine Verschwörung?« wollte sie wissen. »Ihr beide seht aus, als hättet ihr was ausgeheckt. Raus mit dir, Pat. Wenn du Ärger anzetteln willst, geh zu Mrs. Tony. Sie mag das.«

Natürlich waren die Dinge noch im Fluß, obwohl wir im Haus nichts davon wußten. Um diese Zeit war es zum Beispiel, daß Jim Conway noch einmal Evans' Zimmer durchsuchte. Die Tatsache, daß die Polizei Tony verhört hatte und nach seiner Pistole suchte, hatte Jessie McDonald erreicht. Sie war erzürnt und weigerte sich zunächst, ihn einzulassen.

»Ich wäre Ihnen dankbar, wenn Sie mich nicht belästigen würden«, sagte sie und fixierte ihn mit kalten schottischen Augen. »Ich mache den Hausputz für den Winter. Aber eins sage ich Ihnen: Wenn die Polizei ihre Pfoten da raus ließe, könnten anständige Leute nachts schlafen.«

»Anständige Leute müssen die Polizei nicht fürchten, Mrs. McDonald«, hatte er ihr liebenswürdig erklärt.

Er hatte nicht viel erwartet. Bestimmt hatte er nicht erwartet, was er fand. Evans' Teppich war entfernt worden und hing draußen im Hof, und unter dem Bett entdeckte er eine lose Bohle. Unter Jessies empörten Protesten hebelte er sie hoch, und sie gab eine Art Versteck frei. Als er wieder aufstand, hielt er ein kleines Sparbuch in der Hand. Zunächst sah es nicht wichtig aus. Er beäugte es verdrießlich. Dann schlug er es auf, und ihm traten fast die Augen aus dem Kopf.

Es zeigte, daß Evans zusätzlich zu seinen normalen Ersparnissen über eine Zeit von zehn Jahren oder mehr in regelmäßigen Abständen insgesamt über achtzehntausend Dollar eingezahlt hatte.

»Da weißt du, wie es aussah, Pat«, sagte er später. »Er hatte die ganze Zeit hundertfünfzig Dollar im Monat beiseite gelegt. Er kriegte achtzig Dollar im Monat und freies Logis, und was er sonst brauchte, kostete ihn etwa vierzig. Woher hatte er den Rest?«

Er zeigte Jessie das Buch, die verblüfft wirkte, und rief später die Bank in der Stadt an. Ja, Evans habe die Einzahlungen getätigt. Immer bar. Nein, es sei nichts abgehoben worden. Das Geld sei noch da.

So spielte Evans wieder eine Rolle in der Geschichte. In seinem Bürostuhl zurückgelehnt, versuchte Jim, ihn ins Bild einzufügen. Es sah wie Erpressung aus, aber wer wurde erpreßt?

Er ging seine Notizen durch: der Mord an Don, Bills Verhaftung, der Anschlag auf Bessies Leben.

»Bessie war damit entlastet«, sagte er. »Sie hatte Tony erst vor fünf oder sechs Jahren geheiratet. Lydia war entlastet. Sie hatte gerade genug zum Leben. Ich konnte mir sie sowieso nicht vorstellen, wie sie jemandem Schweigegeld zahlt. Dasselbe mit Mrs. Wainwright. Sie hätte es zahlen können, aber sie hätte ihn in diesem Fall wohl kaum im Haus behalten. Selbst Tony war erst zwanzig, als es anfing. Also wer?«

Er berichtete Hopper telefonisch, was er gefunden hatte, und Hopper kam sofort.

»Es muß jemand aus der Gegend sein«, war seine Meinung. »Er hat es bar bekommen, und mit der Post schickt man so etwas nicht. Außerdem sagten die McDonalds, er habe sowieso keine Briefe gekriegt.«

Gemeinsam stellten sie eine Liste von allen auf, die irgendwie mit dem Verbrechen in Zusammenhang standen. Schließlich lehnte sich Jim zurück und seufzte: »Fangen wir bei Morgans Tod an«, sagte er. »Das ist der Schlüssel, Hopper. Angenommen, das Mädchen, mit dem er weggelaufen ist, ist wieder zurück. Angenommen, sie hat einen Hausstand gegründet, ist verheiratet und so weiter. Dann kommt Don und bedroht sie. Vielleicht will er ein bißchen Bargeld. Sie tötet ihn, und Evans sieht es.«

Hopper grinste. »Sie denken an Bessie Wainwright? Sie hat Tony erst vor sechs Jahren geheiratet. Damit ist sie entlastet.«

Angewidert warf Jim das Sparbuch auf den Tisch. »Na gut«, sagte er. »Es ist ein Verrückter. Oder ich bin einer. Ich steuere direkt auf Burton zu, wenn Sie mich fragen.«

»Wenn es ein Verrückter ist, kennt er sich aber ausgezeichnet aus«, war Hoppers trockener Kommentar.

Trotzdem waren sich beide Männer einig, daß zwei Dinge wahrscheinlich waren: daß Evans von irgend jemandem erpreßtes Geld erhalten hatte und daß er infolgedessen tot war.

»Vielleicht hat er nichts mit dem Mord an Morgan zu tun«, meinte Hopper lakonisch.

Jim war anderer Ansicht. »Wenn wir dieser Sache auf den Grund kommen«, sagte er, »werden wir feststellen, daß Don

Morgan, der Anschlag auf Bessie Wainwright, Evans' Verschwinden, vielleicht sogar der Friedhof alle miteinander verknüpft sind. In diesem Bezirk hat es kein Verbrechen gegeben, solange ich zurückdenken kann. Hier leben gesetzesfürchtige Leute. Dann plötzlich überfluten uns die mysteriösen Ereignisse nur so. Man kann alle möglichen Symptome haben bei einer einzigen Krankheit«, fügte er hinzu und grinste.

Hopper fuhr in die Stadt zurück, um die Suche nach Evans oder Evans' Leiche wiederaufzunehmen. Am nächsten Tag waren die Polizeiboote wieder auf dem Fluß, und abermals begann man, die Gegend noch intensiver abzusuchen. Jim aber saß in seinem Büro, erledigte die Routinearbeiten und starrte zwischendurch lange auf die Wände.

Schließlich schickte er nach mir. Es war am Spätnachmittag, und er bot mir eine Zigarette an und gab mir Feuer, bevor er begann. »Ich möchte, daß du mir hilfst, Pat«, sagte er. »Ich erinnere mich, daß du wohl eine Zeitlang in der Stadt gearbeitet hast. Du kennst dich mit Büros und so aus.«

»Bestimmt«, sagte ich etwas bitter, »aus einigen der besten bin ich rausgeflogen.«

»Trotz und alledem«, argumentierte er. »Du kennst dich aus: Wo die Stenotypistinnen und so essen, was sie tun, wie man an sie rankommt.«

»Rankommt? Wie?«

»Wie man sie zum Reden bringt. Nicht die jungen. Die alten Mädchen. Die seit, sagen wir, fünfzehn Jahren in einer Stellung sind. So eine ist in Morgans ehemaliger Firma, nur ist ihr Mund so fest zugenäht, daß ich wette, sie atmet durch die Nase.«

Da kam es heraus. Er wollte Informationen über die kleine Weston. »Du mußt dir folgendes klarmachen«, sagte er. »Als Morgan zurückkam, ist er Lydia und Bill Sterling in die Quere gekommen. Schon gut, du brauchst nicht so zu gucken. Ich glaube nicht, daß ihn einer der beiden umgebracht hat. Aber er ist umgebracht worden. Es war kein Unfall. Es war sorgfältig geplant. Man mußte ihn loswerden. Warum? Weil ihn jemand haßte oder durch ihn gefährdet war.«

»Gefährdet? Wem konnte Don Morgan wehtun? Er war zu lange weg gewesen.«

Er zuckte die Achseln. »Vielleicht. Vielleicht auch nicht. Du weißt, wie er gegangen ist. Das weiß jeder. Er ist mit einem

Mädchen durchgebrannt, nicht? Na gut. Angenommen, sie hat inzwischen geheiratet. Hat sich jedenfalls niedergelassen, ist ehrbar geworden, hat sich einen Platz in der Welt geschaffen. Würde sie das nicht verteidigen wollen?«

»Ich verstehe noch nicht, warum er eine Gefahr für sie wäre.«

»Er hat vielleicht versucht, Geld von ihr zu kriegen. Oder vielleicht wußte ihr Mann nichts von ihrer Vergangenheit. Wie alt wäre sie schätzungsweise? Fünfunddreißig?«

»Etwa dreiunddreißig, glaube ich. Nicht unbedingt. Lydia zufolge war sie sehr jung, als es passierte.«

»Also, was ich von dir will, ist, daß du dich an dieses alte Mädchen ranmachst. Finde heraus, wie die Weston aussah. Wo sie wohnte. Vielleicht gibt es irgendwo ein Photo von ihr. Wenn ja, will ich es haben. Wie wär's?«

Zornig stand ich auf. »Du glaubst, es war Bessie, nicht wahr? Und daß Tony ihr geholfen hat, die Leiche loszuwerden? Ich kann nur sagen, ich glaube –«

»Hör mal, Pat«, bat er, »sei vernünftig. Angenommen, sie trifft Morgan, kriegt einen Wutanfall und wirft ihn ins Bassin. Sie kriegt ihn nicht aus dem Becken, und er ertrinkt. Wir wissen, daß Tony in jener Nacht unterwegs war und sich auch nicht die ganze Zeit im Club aufgehalten hat. Vielleicht findet sie ihn und erzählt es ihm. Es ist eine furchtbare Sache, und er muß an seine Mutter denken. Was kann er tun? Er schafft die Leiche so weit weg vom Kloster, wie er kann, und da er Morgan nicht gekannt hat, verdächtigt ihn niemand. Bedenke, er hatte reichlich Zeit. Er gibt zu, daß er erst morgens um halbzwei zurückgekommen ist.«

Aber ich weigerte mich. Sollte doch jemand anders ihre Drecksarbeit machen. Ich konnte nicht die Leute ausspionieren, die mich angestellt hatten. Ich entsinne mich, wie Jim auf mich einredete, wie er mir sogar zur Tür folgte, als ich ging.

»Denk mal drüber nach«, sagte er. »Wenn Tony darin verwikkelt ist, konnte er vermutlich nicht anders. Wenn nicht, warum sollen wir nicht versuchen, ihn zu entlasten, bevor diese Frettchen vom Staatsanwaltsbüro anfangen, ihn anzuknabbern? Und übrigens«, fügte er hinzu, »falls du deine Meinung änderst: Das alte Mädchen heißt Connor. Miss Connor. Eine Jungfrau, und sie ist stolz darauf.«

Ich verbrachte eine schlaflose Nacht. In Jims Geschichte paßte alles zu gut zusammen, sie könnte sogar Evans' Rolle erklären.

Angenommen, Evans war in jener Nacht aus dem Krankenhaus entwichen? Wo wäre er eher hinspaziert als zurück zum Kloster? Vielleicht hatte er Tony gesehen. Vielleicht hatte er ihm sogar geholfen. Aber er hätte ihn nie mit hineingezogen. Er wäre eher fortgelaufen. Es war sogar möglich, dachte ich unglücklich, daß Tony selbst ihm geholfen hatte zu fliehen.

Kapitel 22

So komme ich nun schließlich zu unserer wirklichen Tragödie. Nicht sofort. Es gab noch ein paar friedliche Tage, an denen Amy gegangen und Maud jeden Nachmittag zum Tee nach unten kam. Tony bemühte sich, um diese Zeit zu Hause zu sein, aber er bemerkte die Veränderung in ihr ebenso wie ich.

Eines Tages bei klarem Sonnenschein beschloß sie, hinaus aufs Gelände zu gehen. Ich holte ihr einen Mantel, und begleitet von Andy McDonald drehte sie eine langsame Runde um das Anwesen, die Orchideenhäuser, die Treibhäuser und so weiter. Als sie damit fertig war, setzte sie sich auf eine Bank und blickte zu dem alten Mann auf. Sie mochte ihn sehr gern.

»Sie sind eine lange Zeit hier, Andy«, sagte sie. »Wenn ich dieses Haus je aufgeben muß, hoffe ich, daß Sie bleiben können.«

»Aufgeben, Ma'am?«

»Es ist ziemlich groß für mich allein, und niemand lebt ewig.«

»Sie werden mich um Jahre überleben«, erwiderte Andy mit Bestimmtheit. »Und was das Aufgeben vom Haus betrifft, würden Sie anderswo nie glücklich sein.«

»Nein«, sagte sie und schwieg eine Weile. Als sie wieder sprach, redete sie über Evans. »Was ist mit ihm?« fragte sie. »Sie haben ihn gut gekannt. Hatte er Feinde?«

»Tja, ja und nein«, sagte Andy vorsichtig. »Er war nicht gerade beliebt. Andererseits hielt er sich abseits, könnte man sagen. Für einen Schwatz war er nie zu haben.«

Da erhob sie sich und blickte dem alten Schotten direkt in die Augen. »Sie glauben, daß er tot ist, nicht wahr?«

»Wo ein Toter ist, ist eine Leiche. Bislang ist noch keine Leiche da.«

»Aber der Fluß ist noch da, Andy.«

»Ja, der Fluß ist immer da, Ma'am«, sagte Andy und verstummte.

Sobald es ihr besser ging, wurden wir von Besuchern belagert. Die meisten davon empfing ich, aber ab und zu machte sie eine Ausnahme. Eines Tages sagte sie, sie würde gerne Lydia sehen, und Lydia kam am selben Nachmittag. Es war ein netter kleiner Besuch, bei dem Maud am Kamin den Tee einschenkte, während ich Teegebäck und Kuchen herumreichte. Nur einmal, als Lydia irgend etwas zu mir sagte, sah ich Mauds Blick nachdenklich und beinahe traurig auf ihr ruhen.

Als Lydia sich erhob, ergriff Maud ihre Hand und hielt sie fest. »Lassen Sie die Vergangenheit ruhen, meine Liebe«, sagte sie. »Es ist die Zukunft, die zählt. Ich hoffe, Sie werden sehr glücklich werden.«

»Ich bin schon jetzt sehr glücklich«, sagte Lydia.

Ich habe mich seitdem gefragt, warum sie an jenem Tag Lydia bestellt hat. War sie noch nicht sicher? Oder hatte sie bereits ihren eigenen Plan gefaßt? Ich erinnere mich, wie Lydia mich draußen in der Halle anhielt und meinen Arm faßte. »Sie macht sich schreckliche Sorgen, nicht wahr, die Arme? Worum geht es? Tony?«

»Sie ist sehr krank gewesen, Lydia.«

»Ja, vielleicht ist es das«, meinte sie. »Aber wenn du mich fragst –«

Wir waren in der Haupthalle, Reynolds hielt ihr den Mantel hin, Thomas die Tür auf, und Stevens war draußen bei ihrem Wagen.

»Himmel, in was für einem Prunk du lebst, Pat«, sagte sie. »Ich glaube, ich könnte es nicht aushalten.«

Margery Stoddard sahen wir häufig, als es Maud besserging. Ich glaube, sie war einsam, weil Julian entweder im Büro oder mit den Hunden draußen war. Sie hatte nie viel gesellschaftliche Kontakte gehabt. Jetzt machte sie sich Sorgen über die allgemeine Lage, wenn sie Maud auch nichts davon sagte.

Eines Tages fand sie mich allein und erzählte mir, daß sie die Kinder auf Besuch zu Julians Familie geschickt hatte. »Ich vermisse sie schrecklich«, sagte sie, »aber Julian hielt es für sicherer. Schließlich, wenn ein verrückter Mörder rumläuft, möchte ich sie nicht hier haben.«

Bessie oder den Streit, den ich auf dem Pfad mitgehört hatte, erwähnte sie nie; aber manchmal sah ich, wie sie mich beobachtete, als frage sie sich, was ich davon hielt. Wenn sie sich begegneten, was selten vorkam, waren sie von kalter Höflichkeit. Aber mehr als einmal bemerkte ich, wie sie Bessie mit ihren Blicken verfolgte, und war verwirrt über das, was ich sah.

Eines Tages erzählte ihr Maud, daß sie das Kloster vielleicht aufgeben werde. Wir waren im Hof, denn es wehte ein frischer Wind, und ich erinnere mich, daß Maud strickte. Sie ließ die Bombe leise platzen. »Es ist zu groß, und die Zeit für solche Häuser ist ohnehin vorbei. Es wäre ein gutes Waisenhaus, nicht? All die Zimmer, in denen die Kinder rumrennen könnten, und dieser Hof für die Kranken, um an die Sonne zu kommen.«

Margery sah ungläubig drein. »Das meinen Sie doch nicht wirklich«, sagte sie. »Sie meinen das doch nicht im Ernst?«

»Natürlich meine ich das im Ernst.«

»Aber Tony! Er liebt es, Maud.«

»Tony wird es verstehen«, sagte sie gelassen und wechselte das Thema.

Sie hatte sich zu dieser Zeit entschieden, wenn wir es auch nicht wußten. Woher auch? Aber in all den Wochen hatte sie oben auf ihrem Zimmer darüber nachgedacht. Jetzt war sie bereit.

Nicht sofort. Sie gab sich zuerst noch ein paar Tage. Sie brauchte ihre Kraft. Außerdem mußte sie Pläne machen. Äußerlich war sie völlig normal. Sie hatte in dieser Woche sogar ein paar Leute zum Tee da, zu einem Tee, der größtenteils aus Cocktails bestand, der aber ihre alten Freunde um sie versammelte. Sie war völlig auf der Höhe an diesem Tag, attraktiv, lächelnd, sogar fröhlich. Dwight Elliott hielt sich die meiste Zeit neben ihr auf, und ich fragte mich wieder, ob sie ihn je heiraten würde. Auf ihre Bitte hin schenkte ich ein. Bessie war nicht in Sicht, und selbst Tony schien wieder so charmant wie früher zu sein. Todesfälle und mysteriöse Vorkommnisse hatten unser Leben beeinflußt, aber angesichts dieser Schar gesetzter Männer und Frauen schien das weit weg zu sein. Dann erschien Bessie. Ich sah, wie sich Tonys Miene verhärtete und Margery Stoddard das Lachen auf den Lippen erstarb. Bessie allerdings schien das nicht zu kümmern. Sie bahnte sich einen Weg zum Teetisch und stand dann vor mir. »Vielen Dank, Pat«, sagte sie. »Ich löse Sie jetzt ab. Tut mir leid, daß ich zu spät bin.« Ich stand auf, und sie nahm meinen Platz ein. Es war natürlich ein Fehler. Sie mochten sie nicht, diese sportliche, geradlinig denkende Schar. Sie zogen sich vom Teetisch zurück, und bald darauf brach die Gesellschaft auf.

Damals schien es nicht wichtig, dieses bißchen Selbstbehauptung und sein Resultat. Aber das war es. In gewisser Weise nahm es unsere Tragödie vorweg, verursachte sie vielleicht sogar. Denn zwei Tage darauf gab Bessie selbst eine Party. Sie plante abzureisen, zur Erleichterung aller im Haus, und das, sagte sie, sei ihre Abschiedsparty.

Sie hatte an die dreißig Leute da, größtenteils jung und alle laut. Der Ärger begann, als sie Reynolds rief und ihm sagte, ein Dutzend von ihnen würden zum Dinner bleiben.

Er wagte es, sie zurechtzuweisen. »Es tut mir leid, Madam, ich glaube nicht, daß genug Lebensmittel im Haus sind.«

»Na, dann müssen Sie sie holen. Ich habe sie eingeladen.«

Pierre, der in seiner Küche davon in Kenntnis gesetzt wurde, weigerte sich hartnäckig, irgend etwas zu tun, und Tony stürzte zornerfüllt aus dem Haus und fuhr zum Beverly Hotel, weil der Speisesaal des Country Clubs geschlossen hatte. Wäre Maud nicht gewesen, hätte er sie sicherlich alle hinausgeworfen; aber wir versuchten, um ihretwillen alles ruhig zu halten. Und die arme alte Partridge kam händeringend und fast weinend zu mir. »Die Läden sind geschlossen, Miss Pat«, jammerte sie, »was soll ich tun?«

»Was ist mit dem Essen für das Personal?«

»Sie haben es mittags gehabt. Um halb sechs haben sie Abendbrot gegessen, wie gewöhnlich.«

Es war dunkel und kalt, aber so spät es auch war, schnappte ich mir Gus und die Limousine und fuhr ins Dorf hinunter. Die Geschäfte waren geschlossen, aber ich klingelte den Fleischer und den Gemüsehändler aus ihren Häusern heraus, und vor acht Uhr betrat ich, gefolgt von dem mit Paketen beladenen Gus, Pierres Küche. Pierre stand mit verschränkten Armen und funkelndem Blick da, die Mütze in die Stirn gezogen, während die Küchenmädchen in einer Ecke kauerten. Er rührte sich nicht, als ich hereinkam.

»Es tut mir leid, Pierre«, sagte ich, »ich habe getan, was ich konnte.«

»Ich koche kein Essen für diese betrunkene Bande«, sagte er unversöhnlich. »Ich, Pierre, ich bin von Mrs. Wainwright angestellt. Nicht von dieser Frau.«

»Dann machen Sie Platz«, sagte ich so wütend wie er. »Ich kann kochen, und ich werde es. Ich werde nicht zulassen, daß

Mrs. Wainwright damit belästigt wird, und Sie sollten sich schämen.«

Ich krempelte die Ärmel auf und begann, die Pakete zu öffnen. Da – ob meine Erwähnung Mauds oder der Anblick von englischen Hammelkoteletts es bewirkte, weiß ich nicht – wandte er sich plötzlich an die zitternden Frauen in der Ecke.

»Kommt da raus und fangt an«, sagte er. »Ich werde nicht zulassen, daß gutes Essen verdorben wird, solange ich in dieser Küche das Sagen habe. Aus dem Weg, Miss Pat. Sie und Ihr Kochen!«

Maud aß ihr Dinner an diesem Abend oben, und ich aß mit ihr. Sie hatte telefoniert, als ich hereinkam, und sah blaß, aber gefaßt aus. Sie aß sehr wenig. Ich erinnere mich, daß selbst in diesem riesigen Haus der Lärm von unten zu uns heraufdrang, aber sie sagte nichts dazu. Nur einmal schien sie ihn zu bemerken, und zwar indirekt. Sie beugte sich herüber und berührte meine Hand. »Ich frage mich, ob Sie je wissen werden, was für ein Trost Sie gewesen sind, Pat. Ich hoffe und bete, daß Sie und Tony eines Tages heiraten werden. Er ist so schrecklich verliebt in Sie, meine Liebe.«

Hilda brachte sie nach dem Dinner zu Bett. Wie gesagt, war Amy endgültig entschwunden, nachdem sie mich gewarnt hatte, mich vor dieser »kleinen Höllenkatze«, wie sie sie nannte, in acht zu nehmen, und ein paar Tränen über die juwelenverzierte Armbanduhr, Mauds Abschiedsgeschenk, vergossen hatte. Maud hatte mich gebeten zu warten, bis sie sich hingelegt hatte, und als sie mich rief, war sie allein und saß in ihrem Bett.

»Ich habe Hilda weggeschickt«, sagte sie. »Ich möchte, daß Sie etwas tun, Pat. Holen Sie mir die Liste, die Sie kürzlich von den Sachen im Safe gemacht haben. Ich möchte sie mir ansehen.«

Ich holte sie, und sie saß da und betrachtete sie. Es war alles verzeichnet: die beiden Perlenketten, die Smaragde, ein halbes Dutzend Diamantarmbänder und der große, eckige Ehering, den sie selten trug. Außerdem waren da Broschen, Ohrringe, Clips und eine lange Diamantenkette. Für mich sah es aus wie die Schätze Indiens, aber sie betrachtete die Liste mißmutig und versuchte, sich an den Preis jedes Stückes zu erinnern und sogar den Wiederverkaufswert zu schätzen.

»Es ist nicht besonders viel«, sagte sie. »Aber bei einiger Umsicht könnte es reichen. Jedenfalls ist es etwas.«

Ich stand vor einem Rätsel. Obwohl ich nur ihr privates Scheckbuch führte, konnte ich mir keinen dringenden Grund für sie vorstellen, ihren Schmuck zu verkaufen. Sie gab aber keine Erklärung ab. Sie behielt die Liste, legte sich in ihre Kissen zurück und sah müde, aber zufrieden aus.

»Ich fühle mich glücklicher als seit langem«, sagte sie. »Gute Nacht, meine Liebe, und schlafen Sie gut.«

Das waren die letzten Worte, die sie zu mir gesprochen hat.

Bessies Party war in vollem Gange, als ich um zehn Uhr auf mein Zimmer zurückging. Ich zog mich aus und ging immer noch verwirrt zu Bett. Dann dachte ich, ich sei auf die Lösung gestoßen: daß sie Bessie wieder einmal auszahlte, bezahlte, was sie einmal ihren Preis für den Frieden genannt hatte.

Das machte mich rasend. Vor einem oder zwei Tagen erst hatte ich Bessie eine Kleiderrechnung über zweitausend Dollar gegeben, und sie hatte mich nur ausgelacht.

»Was soll ich damit tun?« fragte ich.

»Damit tun? Geben Sie sie Tony. Ich bin noch mit ihm verheiratet.«

Sie blickte amüsiert, als sie meine Miene sah. »Geben Sie sie ihm, mit Liebesgrüßen«, fügte sie hinzu. »Für ihn sind es nur ein paar Pfennige, und zum Teufel damit.«

Jetzt zahlte Maud sie abermals aus. Ich fürchte, in dieser Nacht habe ich rot gesehen, wegen des Lärms unten, der Männer, die unablässig mit Drinks herumliefen, und der plötzlichen Heiterkeitsausbrüche. Denn was auch immer Tony besaß, er hatte dafür gearbeitet. Er hatte es mir vor langer Zeit einmal erzählt.

Der alte J. C. hatte ihn an die Arbeit gesetzt, sofort, nachdem er das College abgeschlossen hatte. »Er hat mich in die Fabrik gesteckt«, erzählte er mir. »Er sagte mir nur, ich sollte mir ein paar Overalls kaufen und auf alles draufspucken, bevor ich mich irgendwo hinsetzte. Eines Tages vergaß ich es und habe mir mehr verbrannt als nur den Hosenboden. Aber als ich am Ende der drei Jahre ging, hatte ich zolldicke Schwielen an den Händen und kannte das Geschäft von der Pike auf.«

Er hatte die Fabrik gemocht. Er hatte sogar einen Henkelmann mitgenommen. Er lernte die Männer kennen und mochte auch sie.

»Der alte Herr hatte seines Wissens das für sie Beste getan, sie mußten nicht mehr im firmeneigenen Laden zu überhöhten Preisen einkaufen, er hat Toiletten für sie gebaut und Wäschereien für ihre Frauen. Er verstand es nicht, aber sie wollten keine Wohltätigkeit. Jetzt kriegen sie einen Gewinnanteil. Es ist nicht viel, aber es hilft.«

Endlich schlief ich ein. Da Bessies Party um fünf begonnen hatte, war sie um elf Uhr vorbei. Das Haus war plötzlich still, und um diese Zeit kam Tony zurück und ging nach oben zu Bett. Ich döste gerade ein, als ich hörte, wie Roger unruhig in der Halle herumlief. Dann legte er sich wieder hin, und ich tat dasselbe.

Es war noch dunkel, als ich aufwachte. Ich hatte das Gefühl, jemand sei im Zimmer. Ich erinnere mich, wie ich mich im Bett aufsetzte und sagte: »Wer ist da? Stimmt etwas nicht?«

Niemand antwortete, und ich schaltete die Leselampe an und sah mich im Zimmer um. Es war leer. Mein Wohnzimmer ebenfalls, aber als ich in die Halle spähte, war Roger nicht da. Das machte mich unruhig. Unten schien alles ruhig, aber es war ungewöhnlich, daß der große Hund meine Tür verließ. Ich fragte mich, ob man ihn hinausgelassen und ihm dann nicht wieder aufgemacht hatte.

Meine Uhr zeigte halb vier, als ich meinen Morgenmantel anzog und nach unten ging. Roger war im Westflügel, lag an der Tür und jaulte, und ich sah sofort, daß die Kette nicht vorgelegt war. Als ich nachschaute, war die Tür unverschlossen.

Ich war immer noch nicht beunruhigt. Ich öffnete die Tür, um den Hund hinauszulassen, und blieb stehen und wartete auf ihn. Wenn ich überhaupt etwas dachte, dann, daß das müde Personal die Tür übersehen oder daß sie ein Gast von Bessies Party geöffnet hatte. Sogar als ich das Licht in der Spielhalle sah, war ich nur ein bißchen verärgert. Mein erster Einfall war, daß jemand von Bessies Party geblieben war, um in einem der Gästezimmer dort zu übernachten. Aber das Licht war im Wohnzimmer, und es sah eher so aus wie Feuerschein als etwas anderes.

Das machte mich besorgt. Der Kamin dort wurde, wenn er je benutzt wurde, immer gelöscht, bevor das Haus für die Nacht abgeschlossen wurde. Und Roger war nicht zurückgekommen. Ich pfiff nach ihm, aber er erschien nicht.

Draußen war stockfinstere Nacht. Kurz zuvor war ein leichter Regen gefallen. Später hatte es geschneit. Es hatte aufgehört, aber auf der Erde lag eine dünne Pulverschicht. Ich konnte Rogers Fußspuren sehen, die in Richtung der Spielhalle führten, und schließlich beschloß ich, ihm zu folgen. Ich war immer noch nicht beunruhigt. Irgend jemand hatte das Feuer angemacht und sich selbst überlassen, und ich verfluchte Bessie und alle ihre Taten, als ich mir den Weg zur Spielhalle ertastete.

Ich gelangte sicher dorthin und tastete nach dem Türknauf. Aber ich konnte ihn nicht finden. Die Tür stand offen, und irgendwo drinnen ließ Roger plötzlich ein langes, herzzerreißendes Jaulen hören.

Das ließ mich fast meine Nerven verlieren. Mein erster Impuls war, wie wild zum Haus zurückzurennen. Aber alles war still, obwohl von irgendwo das Geräusch von fließendem Wasser kam. Als sich dann meine Augen an die Dunkelheit gewöhnten, bemerkte ich, daß das Kaminfeuer im Wohnzimmer einen schwachen Schein in die Diele sandte. Da stand Roger und sah mich an. Ich erinnere mich, wie ich ihn ausschimpfte, obwohl meine Stimme bebte. »Sei still«, sagte ich. »Du bist eine verdammte Plage, und ich habe es satt mit dir.«

Das Haar stand mir sozusagen zu Berge, als er den Kopf hob und abermals heulte. Da riß ich mich kräftig zusammen und beschloß, im Haus nachzusehen. Alles schien in Ordnung zu sein, aber offensichtlich hatte jemand das Wohnzimmer benutzt. Ein Sessel war an den Kamin gerückt, und ein neues Päckchen Zigaretten auf einem Tisch war geöffnet worden. Eine davon war geraucht worden – ich dachte, von einem Mann, da Bessie und ihre Freundinnen immer intensiv Lippenstift benutzten.

Roger war mir nicht gefolgt. Ich ließ ein paar Worte über Bessie und ihre Parties fallen und begann, nach einem Schürhaken oder etwas Ähnlichem zu suchen, um das Feuer auszumachen.

So habe ich Maud gefunden. Ich ging zum Schwimmbassin, und da war sie. Nicht im Becken selbst. Sie lag dicht am Rand auf den Fliesen, so dicht, daß ein Arm über den Rand hing. Ein kleines Taschentuch lag neben ihr. Daran erinnere ich mich, und daran, wie ich mich hinabbeugte und sie berührte. Ich erinnere mich auch, wie ich zur Tür rannte und schrie. Als ich zu mir kam, lag ich allein auf einem Bett in einem der Gästezimmer, und Maud war tot. Sie war seit Stunden tot.

Kapitel 23

Ich muß einige Zeit bewußtlos gewesen sein, denn als ich zum Becken zurückstolperte, war Tony da und kniete neben ihr, und Jim und die Männer vom Streifenwagen standen daneben. Draußen sah ich Reynolds, die Hausdiener und auch Gus und die anderen Männer, die im Haus schliefen. Einer der Beamten hielt sie zurück.

»Bleibt jetzt draußen«, sagte er, »ihr könnt hier nicht helfen.«

Gus weinte. Sein Gesicht war reglos, aber Tränen rollten ihm die Wangen hinab.

»Wir können sie ins Haus zurücktragen«, sagte er.

»Alles zu seiner Zeit, Jungs. Alles zu seiner Zeit«, sagte der Beamte. »Sie werden sie noch nicht wegbringen.«

Jim sah mich und fragte mich, ob ich Tony ins Haus begleiten könne. »Es hat ihn schwer getroffen«, sagte er. »Bring ihn zu Bett. Ich werde später Sterling nach ihm sehen lassen.«

Ich zitterte stark, aber es gelang mir zu sprechen. »Was ist mit ihr passiert, Jim? War es ihr Herz?«

»Vielleicht, vielleicht auch nicht. Das werden wir später erfahren.«

Es dauerte eine Weile, Tony von ihr weg zu bekommen. Er stand auf, sah wild und verzweifelt aus, aber er weigerte sich zu gehen.

»Ich kann sie nicht hier lassen«, sagte er. »Nicht hier. Warum soll sie hier bleiben, auf den Fliesen? Sie sind eiskalt.«

»Das macht jetzt nichts mehr aus, Tony«, sagte Jim beruhigend. »Wir bringen sie bald hoch.«

»Es war ihr Herz, nicht?«

»Sicher. Sicher war es ihr Herz.«

Er sah sich verstört um. »Aber wieso hier?« sagte er. »Wieso hier? Was hat sie hier getan?«

Da erhob ich die Stimme. »Ich glaube, sie hat dasselbe gesehen wie ich, Tony. Jemand hatte ein Feuer hier im Wohnzimmer angezündet, und sie ist heruntergekommen, um es auszumachen. Sie wissen, wieviel Angst sie vor Feuer hatte. Ich glaube, sie hat überhaupt nichts gespürt.«

»Gespürt!« sagte er. »Oh, mein Gott!«

Trotzdem kam er mit mir. Jemand hatte die Scheinwerfer eingeschaltet. Er hielt sich an meinem Arm fest, und ich wußte, daß er weinte, die langen, trockenen Schluchzer eines Mannes, der mehr erduldet, als er ertragen kann. Er sagte kein Wort, bis wir zur Tür kamen. Da wandte er sich um und blickte zurück. »Sie da zu lassen!« sagte er gepreßt. »Sie da auf dem Boden zu lassen, Pat. Ich kann es nicht.«

Er versuchte umzukehren, aber irgendwie bugsierte ich ihn in die Bibliothek. Er stolperte wie ein Betrunkener, und ich befahl Reynolds, der uns gefolgt war, heißen Kaffee und Brandy zu holen. Leichenblaß setzte Tony sich hin. »Tut mir leid, Pat«, sagte er. »Bleiben Sie nur bei mir. Ich kann es noch nicht glauben. Es war ihr Herz, nicht?«

»Das muß es gewesen sein. Denken Sie nur an folgendes, Tony: Es muß schnell und leicht gewesen sein. Sie hatte überhaupt keine Schmerzen.«

Und auf einmal hörte ich wieder Lydia, und sie sagte etwas Ähnliches zu mir. »Keine Schmerzen, nichts, Pat. So eine wundervolle Art zu gehen.« Jetzt wiederholte ich es. »Keine Schmerzen, nichts, Tony. So eine wundervolle Art zu gehen.«

Es ist merkwürdig, wenn man bedenkt, daß keiner von uns zu dieser Zeit wußte, wie sie gestorben war. Wenn wir das Blut bemerkt hätten – es war nicht viel –, hätten wir es vielleicht ihrem Sturz zugeschrieben. Und da war ihr schweres Haar, aufgegangen und auf den Fliesen ausgebreitet. Ich bezweifle sogar, daß Jim es zunächst gesehen hat. Als er es sah, war sein erster Gedanke, sie sei gefallen und habe sich am Kopf verletzt. Dann hob er ihr Haar an, und was er sah, ließ ihn erstarren.

Er sagte nichts. Da war ich, immer noch bewußtlos an der Tür, und Tony kniete neben ihr und versuchte, sie ins Leben zurückzurufen. Er ließ ihr Haar wieder fallen. Aber er schaute ins Bassin, und da lag die Pistole, als ob sie ihr aus der erschlafften Hand gefallen wäre. Da ließ er den Platz für alle außer Tony und die beiden Streifenpolizisten sperren.

Zurück im Haus hatte ich außer meinem Kummer eigene Probleme. Bessie, die durch die ankommenden und abfahrenden

Wagen geweckt worden war, hatte die Neuigkeit gehört und aus irgendeinem Grund angefangen, hysterisch zu kreischen. Nachdem Mauds Leiche in ihr großes Bett gelegt worden und Tony in seinem Zimmer untergebracht war, bat mich Nora, sie aufzusuchen.

Es muß mittlerweile sieben Uhr morgens gewesen sein an diesem kalten, grauen Oktobertag. Ich war noch im Morgenmantel und immer noch benommen. Aber der Anblick Bessies brachte mich auf. Sie war vollständig angezogen, und ein gepackter Koffer lag auf ihrem Bett.

»Ich gehe«, sagte sie fieberhaft. »Versuchen Sie nicht, mich aufzuhalten. Ich gehe weg von hier.«

»Das können Sie nicht tun. Nicht jetzt«, befahl ich ihr. »Warum sollten Sie überhaupt?«

»Warum? Weil ich nicht die nächste sein will. Das ist Grund genug, oder?«

»Hören Sie, Bessie«, sagte ich. »Sie ist an einem Herzschlag gestorben. Sie ist nicht getötet worden.«

Sie brach den Versuch ab, den Koffer zu schließen, und sah mich an. »Sind Sie sicher?«

»Es sieht so aus. Wissen Sie, Sie haben in der Spielhalle ein Feuer brennen lassen, und sie muß es von ihrem Fenster aus gesehen haben. Sie nahm sich den Schlüssel und ging hinab, und –«

Sie starrte mich an. Dann lachte sie gräßlich, hysterisch.

»Ich habe also in der Spielhalle ein Feuer brennen lassen?« rief sie. »Sie Närrin, meinen Sie, ich würde auch nur in die Nähe gehen? Ich bin seit Wochen nicht dagewesen.«

Ich traf Jim in der unteren Halle, nachdem ich Bessie verlassen hatte, und berichtete ihm davon. Er hörte aufmerksam zu.

»Ich verstehe«, sagte er. »Na, sie wird nicht gehen. Niemand wird gehen, Pat. Entweder Maud Wainwright hat sich selbst umgebracht, oder jemand hat einen Selbstmord für sie inszeniert. Behalt das für dich, ja?«

»Sie hat nicht Selbstmord begangen, Jim.«

»Na, es ist nicht unsere Sache, das herauszufinden. Geh ins Bett, Pat. Du kannst jetzt nicht helfen.«

Wochen später sollte er mir von diesem Morgen erzählen, als er Reynolds als Wächter bei Mauds Leiche fand und Thomas und Stevens sich anschickten, mich auf ein Bett zu tragen. Er hatte selbst wenig Zeit, bevor die Streifenpolizisten eintrafen. Er rührte nichts an, aber machte eine sorgfältige Bestandsaufnahme. Maud lag, wie gesagt, am Rand des Bassins, ein kleines Taschentuch neben sich, und ihr rechter Arm hing über den Rand des Bassins selbst. Sie war vollständig angekleidet, sogar mit Mantel, und sah recht friedlich aus.

Dann kam Tony, und Jim fand dieses gräßliche Loch in ihrem Kopf. »Ich konnte nichts sagen«, meinte er, »nicht, wo dieser arme Teufel ihr die Hände rieb und versuchte, sie wieder zum Leben zu erwecken. Aber sie war erschossen worden, und ein Schuß bedeutete eine Pistole. Da hab' ich sie gefunden, im Wasser im Bassin.«

Für ihn war es zunächst ein Selbstmord. Aber das Wasser im Bassin machte ihn stutzig. Es strömte schneller hinein, als es abfloß, und es stand bereits ein oder zwei Fuß hoch, als er eintraf.

»Urteile selbst, Pat«, sagte er. »Entweder du füllst ein Bassin, und dann schließt du den Abfluß, oder du läßt es. Und nicht nur das. Alle Becken in der Gegend waren für den Winter geleert worden. Warum also das Wasser? Was hatte es zu bedeuten? Wollte sie sichergehen, daß sie, wenn der Schuß sie nicht tötete, hineinfallen und ertrinken würde? Sie ist nicht hineingefallen. Also warum? Warum sollte sie sich überhaupt anziehen und die ganze Mühe machen, um sich umzubringen? Sie hatte eine Menge Schlafmittel in ihrem Zimmer. Das wäre ein einfacher, bequemer Abgang gewesen. Warum hat sie ihn nicht gewählt?«

Nicht, daß er sich das alles damals ausgedacht hätte, sagte er. Er hatte zu diesem Zeitpunkt nicht übermäßig viel gedacht. Er ließ Tony allein mit seiner Mutter und durchsuchte die Spielhalle. Er war überrascht, das Feuer im Wohnzimmer zu finden. Es qualmte noch, und er dachte, entweder habe man es angezündet oder vor wenigen Stunden frisches Holz daraufgelegt. Und nicht nur das. Ein neues Päckchen Zigaretten lag da. Eine war geraucht worden, und es war ein Sessel an den Kamin gerückt.

»Sie mußte nicht in die Spielhalle gehen, um am Kamin zu sitzen. Mir sah es so aus, als ob sie dort jemanden erwartet hatte. Jemanden, den sie nicht im Haus haben wollte, aber jemanden, dem sie es gemütlich machen wollte.«

Er hatte nur ein oder zwei Minuten Zeit. Er schickte Thomas hinaus, um die Scheinwerfer am Brunnen anzumachen, damit die anderen den Weg fänden. Dann ging er hinaus und suchte den

Boden ab. Er konnte die undeutlichen Umrisse von Mauds und meinen Fußabdrücken im dünnen Schnee erkennen, obwohl die vom Haus herbeilaufenden Männer sie fast verwischt hatten. Aber es war noch eine andere Spur da, die aus der Richtung der Einfahrt her- und wieder zurückführte. Es waren kaum mehr als unscheinbare Vertiefungen, aber ihm kamen sie klein vor. Er hatte kein Maßband dabei, er fand jedoch einen ziemlich deutlichen Abdruck und markierte seine Länge mit einem Stift auf seinem Taschentuch.

»Sah mir wie von einer Frau aus«, sagte er. »Hier und da fand ich etwas, was wie die Spur eines hohen Absatzes aussah. Ich war natürlich nicht sicher. Ich war nur sicher, daß jemand in dieser Nacht durch das Tor hereingekommen und wieder gegangen war. Irgendwie sah es nicht stimmig aus. Ich dachte an Bessie Wainwright, aber die Richtung war falsch. Außerdem konnte sie Bessie jeden Tag treffen. Warum in der Spielhalle?«

Er sagte keinem etwas. Als die Streifenpolizisten kamen, drehte er das Wasser ab, ließ die Pistole aber im Bassin liegen. Kurz darauf war er Tony und mich losgeworden, und Bill Sterling war da. Selbstverständlich konnte Bill nur sagen, daß sie tot war, was er schon wußte. Bill erhob sich von seiner Untersuchung und schaute auf sie herab. »Ich verstehe es nicht«, sagte er. »Warum hat sie das getan, Jim? Sie hatte alles.«

»Das ist es, was ich denke«, sagte Jim. »Das heißt, wenn sie es getan hat.«

Der Coroner erschien bei Tagesanbruch und Hopper nicht lange danach. Der Coroner hielt es für Selbstmord.

»Alle Autopsien der Welt können das Bild nicht ändern«, meinte er mit einem dünnen Lächeln.

Hopper war geneigt, ihm zuzustimmen, sogar als die aus dem Bassin gefischte Automatik nur verschmierte Fingerabdrücke zeigte. »Das Wasser sorgt dafür«, sagte er, »insbesondere fließendes.«

»Wer zum Teufel hat das Wasser angedreht?« wollte Jim wissen.

»Woher wissen Sie, daß es nicht einer der Gärtner war? Um zu verhindern, daß die Leitung einfriert?«

»Warum hat sie sich umgebracht?«

»Vielleicht wußte sie, daß Tony mit Morgans Tod zu tun hat, und konnte es nicht verkraften.«

»Hören Sie«, sagte Jim hartnäckig. »Sie haben sie nicht gekannt. Sie konnte alles verkraften.«

Nachdem ihm dann Jim das Wohnzimmer gezeigt hatte, schickte Hopper nach der Mordkommission in der Stadt. Er war noch nicht überzeugt. Nur kam es, wie Jim sagte, sogar ihm merkwürdig vor, daß jemand ein Feuer gemacht und gemütlich eine Zigarette geraucht haben und dann zu einem kalten Schwimmbassin spaziert sein sollte, um sich zu erschießen.

Mittlerweile war es ein bißchen spät für eine Tatortuntersuchung. Männer waren herein- und herausgetrampelt, Maud selbst war ins Haus gebracht worden. In Anbetracht dessen waren die Resultate unerwartet. Die Fingerabdrücke auf der Pistole nutzten ihnen nichts. Mauds eigene Abdrücke waren am Sessel und Tisch neben dem Kamin. Aber die Tür nach draußen stand noch offen wie zuvor, und auf ihr waren überhaupt keine Abdrücke.

Die beiden Männer sahen einander an.

»Sie trug keine Handschuhe«, sagte Jim. »Wie also ist sie hereingekommen? Durch ein Fenster? Pat Abbott hat die Tür offen gefunden, aber Mrs. Wainwright hat sie öffnen müssen, aufschließen und öffnen. Erzählen Sie mir nicht, das alles hat sie getan und dann den Türknauf saubergewischt.«

Zusammen durchsuchten sie noch einmal das Gebäude. Jim hatte bereits die Kugel aus dem Wandputz geholt, und die Pistole lag auf dem Tisch. Hopper nahm sie auf und untersuchte sie. Dann schaute er eine Eintragung in einem Notizbuch nach. »Tony Wainwrights Pistole«, sagte er und blickte Jim an. »Anzunehmen, daß sie sie die ganze Zeit hatte?«

»Vielleicht. Falls sie sich umgebracht hat.«

»Oder falls Tony es getan hat.«

»Hören Sie«, sagte Jim gereizt, »wenn Sie glauben, daß Tony seine Mutter erschossen hat, haben Sie den Verstand verloren. Er liebte sie über alles. Wenn Sie heute abend hiergewesen wären, als er sie erblickte, wüßten Sie es besser.«

»Wer hat sie dann umgebracht und warum?«

»Derselbe Kerl, der Morgan getötet hat«, sagte Jim, und Hopper lachte leise.

Viel mehr passierte nicht an diesem Morgen. Der Coroner setzte Mauds Todeszeit zwischen elf und zwölf Uhr am Abend zuvor fest, obwohl es auch etwas später gewesen sein könne. Die offene Tür und die kalte Nacht könnten die Todesstarre etwas früher herbeigeführt haben. Die Fußspuren, die Jim gesehen hatte, waren mit dem Schnee bei Tagesanbruch verschwunden. Aber Nachforschungen ergaben, daß es um Mitternacht zu schneien aufgehört hatte.

Natürlich wußte um diese Zeit noch keiner von uns im Kloster davon. Ich ging überhaupt nicht zu Bett. Tony war um diese Zeit in seinem Arbeitszimmer, mit Bill Sterling, der versuchte, ihm etwas zur Beruhigung zu geben, was Tony verweigerte. Bei Tagesanbruch erschien Mr. Elliott, und schließlich stießen die beiden Polizeibeamten zu der Gruppe.

Hopper war es, der Tony berichtete, daß seine Mutter erschossen worden sei. Zuerst weigerte er sich, es zu glauben.

»Erschossen?« sagte er. »Das glaube ich nicht. Wer hätte sie erschießen sollen?«

»Tut mir leid, Mr. Wainwright. Wissen Sie irgendeinen Grund, warum sie es selbst hätte tun sollen?«

Er starrte sie mit geröteten Augen an. »Mutter und sich umbringen!« sagte er. »Nie!« Dann ging ihm die Bedeutung dessen auf, was er gesagt hatte. Leichenblaß stand er auf. »Wenn sie erschossen wurde, ist sie ermordet worden«, sagte er, »und bei Gott, wer auch immer es war, ich werde ihn umbringen.«

Bevor sie auseinandergingen, frühstückten die Männer. Reynolds schaffte es, Tony dazu zu bringen, daß er etwas Kaffee trank und schließlich in sein Zimmer hinaufging. Aber er war immer noch tief erschüttert. Das Telefon begann früh zu läuten, und schließlich ließ ich mich verzweifelt in der Bibliothek nieder und blieb da.

An diesem Morgen lebten wir praktisch im Belagerungszustand. Jim stellte einen ganzen Kordon von Männern um die Spielhalle und das Kloster selbst auf. Das große Tor an der Einfahrt wurde geschlossen und Männer dort postiert. Seither glaube ich, daß angesichts großer Tragödien fast keine Zeit zur Trauer bleibt. Zeit zum Nachdenken gab es gewiß nicht, was mich betrifft. Nur Maud, die noch auf ihrem großen Bett lag, hatte an jenem Tag Ruhe.

Es muß elf Uhr gewesen sein, als Dwight Elliott in die Bibliothek kam. Er war verhältnismäßig ruhig, wirkte aber zutiefst erschüttert. Er setzte sich und fuhr sich müde mit der Hand über das Gesicht. »Ich würde Ihnen gern ein paar Fragen stellen«, sagte er schließlich. »Als Sie das Haus nach Tonys Automatik abgesucht haben, haben Sie da Mrs. Wainwrights Räume durchsucht?«

»Nein. Daran habe ich nie gedacht.«

»Sie hätte sie also haben können?«

»Warum hätte sie sie nehmen sollen, Mr. Elliott? Sie war wegen irgend etwas besorgt. Sie hatte sogar angedeutet, das Haus zu verlassen. Aber letzte Nacht hatte ich eine lange Unterredung mit ihr. Sie hatte ganz bestimmt nicht die Absicht, sich umzubringen.«

»Trotzdem, Miss Abbott, fürchte ich, daß sie genau das getan hat. Sie hatte keine Feinde. Wer würde von ihrem Tod profitieren?« Er schaute mich an. »Worum ging es bei diesem Gespräch gestern abend? War es etwas Vertrauliches?«

Und da fiel es mir ein. Maud und der Safe. Maud und das Manila-Kuvert für Tony, falls ihr etwas zustoße. Ich saß regungslos und sah sie vor mir, wie sie gestern abend die Liste mit ihrem Schmuck durchgegangen war. Sie hatte im Bett gesessen, als ich sie vorlas, und zu diesem und jenem Anmerkungen gemacht: ihr Verlobungsring, die Perlen, die John ihr am Hochzeitstag geschenkt hatte. Tief im Herzen mußte er sie leidenschaftlich geliebt haben, dieser kühle, ältere Mann, der Toiletten und Wäschereien für seine Arbeiter einrichtete, weil er mußte, und der Frau, die er verehrte, großzügig Juwelen schenkte.

»Nicht besonders vertraulich. Sie ging eine Liste mit ihrem Schmuck durch, die ich aufgestellt hatte.«

»Mit ihrem Schmuck? Hat sie gesagt, warum?«

»Ich glaube, sie hatte vor, ihn zu verkaufen.«

Plötzlich stand er auf. »In diesem Fall schaue ich mir wohl besser ihren Safe an«, meinte er. »Wenn sie die Liste letzte Nacht mitgenommen hat, würde das eine Menge erklären.«

Ich ging mit ihm. Tonys Tür oben war verschlossen, ebenso wie Bessies. Aber vor Mauds Gemächern stand ein Polizist Wache, und er weigerte sich, uns hineinzulassen. »Sie müssen den Chef fragen«, sagte er. »Tut mir leid, ich habe meine Befehle.«

Es brauchte einige Zeit, Jim zu finden. Als er schließlich ausfindig gemacht wurde, war er auf dem Gelände und versuchte, eine Spur von den Fußabdrücken der Frau zu finden, die er in der vergangenen Nacht gesehen hatte. Aber sie waren verschwunden. Alles, was er hatte, war die Markierung auf seinem Taschentuch, und er wirkte immer noch verwirrt, als er nach oben kam. Er ließ uns allerdings hinein und stand dabei, um aufzupassen, daß wir nichts durcheinanderbrachten.

Maud lag noch auf ihrem Bett. Man hatte sie nicht entkleidet, aber eine blauseidene Decke über sie gelegt. Die Fenster standen weit auf, und es war sehr kalt im Raum. Diese Kälte war es, glaube ich, die so entsetzlich war. Meine Hände zitterten so sehr, daß ich befürchtete, ich könne den Safe nicht öffnen.

Aber weder die Täfelung noch die Safetür waren verschlossen. Die Täfelung war vorgeschoben, und der Safe dahinter stand offen. Einen Diebstahl hatte es nicht gegeben. Die Schmuckstücke waren alle da in ihren Schachteln, wie ich sie zuletzt gesehen hatte. Nur die Liste, die wir gemacht hatten, und das für Tony bestimmte Kuvert fehlten.

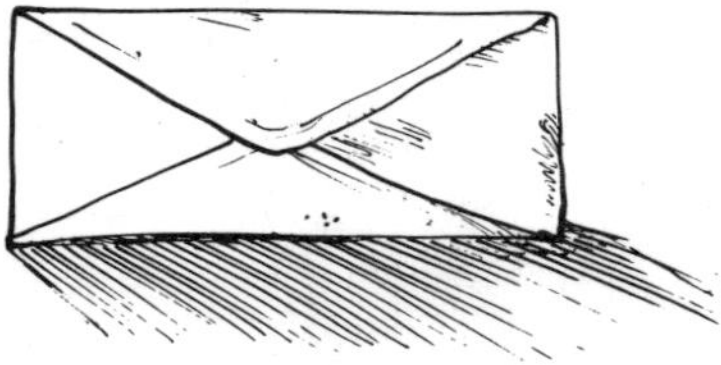

Kapitel 24

Es war Mittag, als Stewart, der Distriktstaatsanwalt, uns überfiel. Hier war ein großer Fall, einer, der ihn nach oben bringen konnte, wenn er es richtig anfaßte. Don Morgans Tod war irgendein Mord gewesen, vor allem deshalb aufsehenerregend, weil er auf dem Wainwrightschen Anwesen stattgefunden hatte. Aber jetzt war Maud selbst tot. Ob Selbstmord oder Mord – das war eine sensationelle Neuigkeit. Seinem Auto folgten an diesem Tag drei oder vier andere verschiedenster Provenienz mit Reportern und Photographen. Ich sah mit eigenen Augen, wie er sich an der Spielhallentür in Positur setzte, während Hopper außer Reichweite stand und sardonischer blickte als je zuvor.

Am nächsten Tag brachten die Zeitungen das Bild. Offenbar waren Hopper und Jim beide bereit, ihm genug Leine zu lassen, um sich aufzuhängen, denn die Unterschrift lautete: *Selbstmord von Mrs. Wainwright, sagt der Distriktstaatsanwalt.* Die ganze Prozession sah eher aus wie eine Tour von Cooks Reisebüro, wo Stewart als Führer auf verschiedene Sehenswürdigkeiten hinwies. »Hier war die Leiche, Jungs. Ihr seht, wo der Umriß mit Kreide angezeichnet ist. Hier war die Pistole, im Bassin. Sehr trauriger Fall. Wirklich sehr traurig. Zeigt, daß Geld nicht alles ist, wie?«

Jim schaffte es, die Reporter aus dem Haus herauszuhalten. Aber Stewart war in seinem Element, als er mit Tony, Dwight Elliott, Jim, Hopper und, nachdem er nach mir geschickt hatte, auch mir in der Bibliothek saß. »Wieso sind Sie zufällig letzte Nacht in die Spielhalle gegangen? Oder eher heute morgen?«

Ich berichtete es ihm, so gut ich konnte: das plötzliche Erwachen, wie ich Roger vermißte, und alles, was folgte. Er hörte mir zu, die kleinen, listigen Augen auf mich fixiert.

»Als Sie sich zur Spielhalle aufmachten, hatten Sie da einen Schlüssel?«

»Daran habe ich gar nicht gedacht.«

»Sie sind dorthin gegangen, um ein Feuer auszumachen, und hatten keinen Schlüssel?«

»Ich bin nicht losgegangen, um ein Feuer auszumachen.«

Aber offenbar verdächtigte er mich. Er sah sich gleichsam bewunderungsheischend im Zimmer um. Keiner rührte sich.

»Sie hatten keine Ahnung, daß die Spielhallentür offen sein würde, als Sie dorthin kamen?«

Und endlich sah ich rot. »Ach, was nützt das alles?« sagte ich verzweifelt. »Hier hat jemand letzte Nacht Mrs. Wainwright ermordet. Wenn Sie aufhören, dumme Fragen zu stellen und hier rumzuposieren, finden wir vielleicht heraus, wer es getan hat.«

Das hat er mir nie verziehen. Jedenfalls fuhr er fort, mich mit Fragen zu bestürmen. Was mit dem Safe sei? Ob ich die Kombination gekannt hätte? Ob ich ihn letzten Abend offengelassen hätte? Warum habe Mrs. Wainwright den Schmuck auflisten lassen wollen, und wo sei die Liste? Tony hörte düster schweigend zu. Hopper rauchte unaufhörlich. Mr. Elliott betrachtete seine Fingernägel und trommelte auf den Tisch. Aber Stewart war nicht zu bremsen. Er ließ nacheinander Hilda und die anderen Dienstboten hereinbringen. Hätten sie in letzter Zeit eine Veränderung an Mrs. Wainwright bemerkt? Sei sie deprimiert, niedergeschlagen gewesen? Bestehe die Möglichkeit, daß sie irgendwo für ihre eigenen Zwecke Tonys Pistole versteckt hatte?

Schließlich machte Tony ein Ende. »Erzählen Sie ihm von der Liste und dem fehlenden Umschlag, Pat«, sagte er, »und dann lassen Sie uns um Gottes willen sehen, daß wir hier herauskommen. Ich kann nicht mehr.«

Das tat ich und erklärte es, so gut ich konnte; aber sogar darauf hatte Stewart eine Antwort. »Ich verstehe«, sagte er. »Das erklärt natürlich das Feuer, das sie in der Spielhalle angemacht hat. Sie hat sie dort verbrannt. Das liegt auf der Hand.«

Endlich ging er, überzeugt, daß Maud sich umgebracht hatte. Er hatte noch einen Highball getrunken, und draußen hielt er den Zeitungsleuten eine kleine Ansprache, bevor er fuhr.

»Tut mir leid, Jungs, da steckt nichts dahinter. Sie ist krank gewesen. Schlechtes Herz. Hat wohl den leichteren Abgang gewählt. Natürlich«, sicherte er sich ab, »kann sich noch was ergeben. Nur im Moment sieht es aus wie Selbstmord. Das könnt ihr zitieren.«

Es war ziemlich grausig, dieser gewöhnliche kleine Mann auf der Terrasse, der sich wichtig machte, die surrenden Kameras, und die Trauer und das Schweigen im Haus hinter ihm. Doch auf seine Weise hatte er recht. Oberflächlich betrachtet sah es aus wie Selbstmord, und selbst Tonys Gewißheit war erschüttert. Als es vorbei war, fand er mich in meinem Büro, den Kopf auf den Schreibtisch gelegt, und er sah gequält aus.

»Warum hat sie das getan, Pat?« sagte er. »Sie war glücklich. Ich habe nie eine glücklichere Frau gekannt. Sie war heiter und tapfer, zumindest bis zu dieser letzten Krankheit. Aber selbst dann – warum kein Wort zu mir? Wir standen uns so nahe. Man könnte meinen –«

Er schluckte es herunter. Er legte seine Arme um mich, und ich fühlte, wie er zitterte.

»Vielleicht dachte sie, sie wäre unheilbar krank, Tony«, sagte ich. »Das hätte sie nicht so leicht verkraftet.«

»Sie hätte alles verkraftet«, sagte er eigensinnig und ließ mich los.

Am nächsten Tag fand die gerichtliche Leichenschau statt. Weil ich sie gefunden hatte, mußte ich daran teilnehmen, aber es kam nur wenig heraus, was ich nicht bereits wußte. Das medizinische Gutachten zeigte, daß der Schuß von rechts nach links abgefeuert worden war und daß die Kugel durch den ganzen Schädel gedrungen war. Das Haar auf der rechten Seite ließ erkennen, daß die Pistole dicht an ihren Kopf gehalten worden war. Der Tod war sofort eingetreten.

Ich wurde aufgerufen, um über das Auffinden der Leiche auszusagen, und es herrschte neugierige Stille, als der Coroner mich fragte, ob ich nicht auch diejenige gewesen sei, die Evans an derselben Stelle gefunden habe. Ich erwiderte, das hätte ich, aber ich hätte ihn weder niedergeschlagen noch ihm seine Hosen ausgezogen. Es war kindisch, aber ich war das Ganze satt und wütend darüber.

Die polizeilichen Aussagen danach waren ziemlich nichtssagend. Sie bestanden hauptsächlich in der Identifizierung der Pistole im Bassin als der Tatwaffe und dem Vorzeigen der Kugel und der Spuren daran und einem ballistischen Gutachten. Jims eigener Bericht beschränkte sich darauf, wie er benachrichtigt worden war, als wir sie gefunden hatten, die Lage der Leiche und so fort. Bezüglich der fehlenden Liste und des Umschlages wurde nichts vorgebracht, und tatsächlich war an diesem Tage der einzige irgendwie wichtige Vorfall Tonys hartnäckige Weigerung zu glauben, daß seine Mutter sich selbst getötet habe. An diesem Abend brachten die Zeitungen den Artikel: *Glaubt nicht an Selbstmord der Mutter – Sohn sagt, Mutter ermordet.* Ich versteckte sie, damit Tony sie nicht sah.

Allerdings identifizierte er die Pistole. Der Coroner las ihm die Seriennummer vor, und er bestätigte sie anhand seines Waffenscheins. Der Coroner nickte.

»Also, Mr. Wainwright, wo haben Sie diese Waffe aufbewahrt?«

»Bis vor ein paar Wochen in meinem Auto. Nachdem wir den Ärger mit Evans gehabt hatten, nahm ich sie in mein Schlafzimmer mit. Ich bewahrte sie in einer Tischschublade neben meinem Bett auf.«

»Wann haben Sie sie zum letzten Mal gesehen?«

»Ich entsinne mich nicht. Vor zwei Wochen vielleicht. Ich bin nicht sicher.«

»Haben Sie sie in der Schublade vermißt?«

»Ich benutze die Schublade selten. Nein.«

»Wer hat Zugang zu Ihrem Zimmer?«

Er bewegte sich unruhig. »Jeder«, sagte er. »Es leben vierzig Leute im Haus oder in seiner unmittelbaren Nähe. Vielleicht zwei Dutzend im Haus.«

»Es tut mir leid, das anzusprechen: Ihre Mutter hatte gewußt, daß sie da war, nicht wahr?«

»Ich glaube nicht, daß sie wußte, daß ich sie hatte. Sie hatte Angst vor Schußwaffen.«

»Aber sie hätte sie dort sehen können?«

»Ja.«

»Andere Leute, Besucher zum Beispiel, sind nicht nach oben gegangen, wie ich annehme.«

»Nein. Die Toiletten für männliche und weibliche Gäste befinden sich unten.«

»Wer hatte Zugang zu Ihrem Zimmer außer dem Personal? Wer war im Haus, als es passierte?«

»Meine Frau und die Sekretärin meiner Mutter, Miss Abbott.«

Da Bessie nicht zugegen war, richteten sich alle Augen auf mich. Ich kannte alle dort, von den Kaufleuten im Schwurgericht bis zu den Leuten, die den Raum füllten: Bill Sterling, Lydia,

Julian und Margery Stoddard, hundert oder mehr, die mich noch mit Zöpfen und einem Fahrrad kannten und mich hatten aufwachsen sehen. Die meisten Augen waren freundlich, aber nicht alle. Ich weiß jetzt, daß selbst ich an jenem Tag nicht über jeden Verdacht erhaben war. Obwohl ich es nicht wußte, hatte man über Tony und mich geklatscht. Wenn Maud Wainwright sich widersetzt hatte, wenn wir uns gestritten hatten –

Der Urteilsspruch mußte mehr oder weniger zwangsläufig wie folgt lauten: Maud, fröhlich und beherzt vor ihrer Krankheit, tapfer und freundlich seither, hatte sich umgebracht. Ich wollte aufstehen und es bestreiten. Tony ebenfalls, das weiß ich. Aber es war nichts zu machen. Als es vorbei war, drängte ich mich durch die Menge hinaus an die kalte Luft. Als ich mich im Rückspiegel meines Wagens sah, war ich weiß bis in die Lippen.

Jim Conway kam mich an diesem Nachmittag besuchen. Ich fand ihn in der Bibliothek, wie er mit den Händen in den Hosentaschen und ernster Miene auf und ab schritt. Er lächelte mich verkniffen an.

»Na, wir haben unseren Urteilsspruch«, sagte er.

»Und er ist eine Lüge«, erwiderte ich aufgebracht. »Du weißt, daß sie es nicht getan hat.«

»Na gut. Wer dann? Gebrauch deinen Verstand, Pat. Wer wollte sie aus dem Weg haben? Du nicht. Du verlierst eine gute Arbeit. Außerdem weiß ich, daß du sie gern hattest. Bessie? Ich habe erfahren, daß sie durch das Testament gar nichts bekommt. Sie war mit der lebenden Schwiegermutter besser dran als mit der toten. Außerdem ist sie außer sich vor Angst. Tony? Er kriegt das Geld und die Firma, aber er scheidet aus unzählig vielen Gründen aus. Wer also?«

Es dauerte einige Zeit, bis er ein Taschentuch hervorzog und mir eine Bleistiftmarkierung darauf zeigte. Er schloß die Tür, bevor er das tat.

»Irgendeine Frau«, sagte er, »ist in dieser Nacht durch das Tor hereingekommen und zur Spielhalle gegangen. Hinein ist sie gegangen, aber so, wie der Schnee aussah, würde ich sagen, hinaus ist sie gerannt. Das ist ungefähr ihre Schuhgröße.«

»Eine Frau! Du glaubst, eine Frau hat sie getötet?«

»Das habe ich nicht gesagt. Ich habe gesagt, es ist eine Frau dagewesen. Sie ist zur Tür der Spielhalle gegangen und hat sie in Eile verlassen. Das ist eine kleine Größe, nicht?«

Das war sie. Verglichen mit meiner eigenen war sie beinahe einen Zoll kürzer. Er sah, was ich dachte, aber er schüttelte den Kopf.

»Bessie war es nicht«, sagte er. »Wenn Maud Wainwright mit ihr sprechen wollte, hätte sie es hier auf der Stelle getan. Sie hat es nicht. So wie es aussieht, ist sie zur Spielhalle gegangen, um jemanden zu treffen, wahrscheinlich eine Frau. Sie nahm Tonys Pistole mit. Vielleicht hat sie sie genommen, nachdem man auf Bessie geschossen hatte, oder sagen wir, Hilda hat sie für sie genommen. Sie hat sie jedenfalls versteckt. Jetzt geht sie also in der Nacht raus, um jemanden zu treffen, dem sie nicht traut. Sie nimmt sie mit, und es gibt einen Streit. Die andere Frau kriegt die Pistole zu fassen und –«

Ich preßte mir die Hände auf die Ohren. »Nicht, Jim«, sagte ich, »ich ertrage es nicht.«

»Du mußt dem ins Auge sehen, Pat«, sagte er. »Entweder das, oder sie hat sich selber umgebracht. Nur zwei Möglichkeiten, und du denkst nicht, daß es Selbstmord war.«

»Ich weiß nicht«, sagte ich verwirrt. »Ich kann nicht mal mehr denken, Jim. Sie war in letzter Zeit so verändert. Erst eine Stunde oder so, bevor das passierte, hatten wir ihren Schmuck aufgelistet. Ich glaube, sie wollte ihn verkaufen. Sie sprach auch davon, dieses Haus aufzugeben. Du kannst Margery Stoddard danach fragen. Sie weiß es.«

»Sie war ziemlich eng befreundet mit Mrs. Stoddard, nicht?«

»Sie mochte sie. Eng befreundet war sie mit niemandem.«

»Irgendein Grund zum Streiten für die beiden?«

»Meine Güte, nein.«

Er begann wieder, rastlos auf und ab zu schreiten. Er war sicher, daß all diese Dinge, angefangen beim Mord an Don, miteinander verknüpft waren.

»Lassen wir Evans beiseite«, sagte er, »und denken mal über alles nach. Morgan wird umgebracht, hier in der Spielhalle. Vielleicht sieht Bessie in dieser Nacht etwas, und später versucht man, auch sie zu töten. Dann kommen wir zu Mrs. Wainwright. Nach dem Mord an Don geht es ihr gut, aber etwa einen Tag danach passiert ihr etwas. Sie erfährt etwas, und sie hat einen Herzanfall. Wenn wir wüßten, was sie erfahren hat und wie sie es erfahren hat, wüßten wir vielleicht, warum sie gestorben ist; aber erst müssen wir herausfinden, warum Don Morgan getötet wurde.

Der Mord an Don Morgan ist auf jeden Fall der Schlüssel zu der ganzen Sache.«

Er fuhr fort: Seit dem Mord hatte er ständig Dons Spuren zurückverfolgt. Er wußte, daß Don im Frühjahr nach Amerika zurückgekehrt war. Er war erster Klasse auf einem guten Schiff gekommen, und wenn er ein kranker Mann war, hatte es keiner dort vermutet. Er hatte auf der Reise Freunde kennengelernt, und einer davon gab ihm eine Stellung, als er zurückkehrte. Ausgenommen ein paar Tage im Juni hatte er bis zum ersten August gearbeitet. Dann hatte er auf einmal seine Arbeit aufgehört und die Stadt verlassen.

»Er ist erst Mitte September hierhergekommen«, sagte er. »Ich gäbe eine Menge darum zu wissen, was er in diesen sechs Wochen getan hat, außer zu versuchen, in dieses Haus zu gelangen. Wenn er das überhaupt getan hat«, fügte er hinzu. »Das ist bislang nur eine Vermutung.«

Er schaute in sein Notizbuch. »Hör mal, Pat, was ist mit diesem fehlenden Umschlag? Irgendeine Vorstellung, was darin war?«

»Er war für Tony. Das ist alles, was ich weiß.«

»Wenn sie ihn verbrannt hat, ist vielleicht noch was davon im Kamin. Gehen wir, ja?«

Es war nicht leicht, unbeobachtet aus dem Haus zu kommen. Autos kamen und fuhren weg, Karten wurden abgegeben, all der Pomp und die Würde des Todes umgaben uns. Wir schafften es in einem Moment, in dem der Ansturm kurzfristig nicht so stark war. Jim holte einen Schlüssel zur Spielhalle hervor, und wir traten ein.

Es war kalt und feucht. Ich konnte nicht einmal ins Schwimmbassin hineinschauen. Wir gingen durch zum Wohnzimmer, und Jim hockte sich am Kamin nieder. Aufmerksam ließ er die Holzasche durch die Finger rinnen, aber es war nichts da. Ich setzte mich. Meine Knie waren zu schwach, um mich aufrecht zu halten. Ich saß in dem Sessel, den man an den Kamin gerückt hatte, und versuchte, mir eine Zigarette anzuzünden. Meine Hände zitterten so sehr, daß mir das Streichholz entglitt. Es fiel zwischen das Polster und die Lehne des Sessels. Als ich danach tastete, entdeckte ich ein Stück Papier.

Ich zog es heraus. Jim hatte sich erhoben und klopfte sich die Knie ab.

»Was ist das?« fragte er.

»Die Liste«, sagte ich. »Die Liste von ihrem Schmuck.«

Er nahm sie mir ab und betrachtete sie. Er wirkte völlig verblüfft. »Das ist es also«, sagte er. »Sie ist hergekommen, um diesen Kram zu verkaufen oder darüber zu verhandeln, und aus irgendeinem Grund ist sie getötet worden. Wer zum Teufel könnte auf diese Weise solchen Schmuck kaufen?«

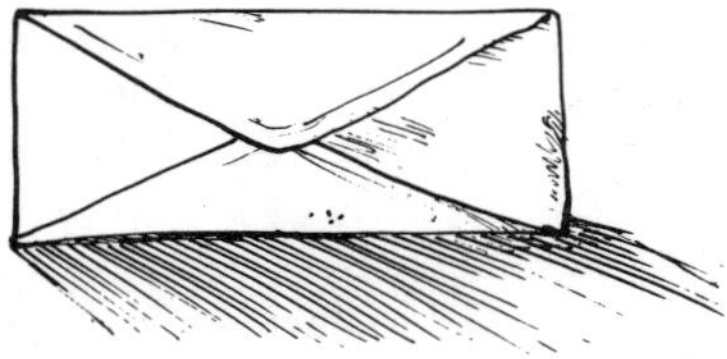

Kapitel 25

Die Beerdigung fand am nächsten Tag statt. Dwight Elliott hatte die Nacht bei uns verbracht und alles arrangiert. Der Gottesdienst wurde im Kloster abgehalten, aber Maud lag still oben in ihrem Zimmer, und Tony saß neben ihr, bis alles vorüber war.

Zu aller Überraschung kamen einige der Wainwrights aus der Stadt. Einschließlich der Frauen war ein halbes Dutzend von ihnen da, aber ich glaube nicht, daß Tony je erfuhr, daß sie dagewesen waren. Nach der Trauerfeier folgte die lange Fahrt zum Friedhof in der Stadt mit Bessie neben mir im Wagen, die nervös war und unaufhörlich rauchte.

Soweit ich mich erinnere, sprach sie wenig. Einmal überlief sie ein Schauer. »Das ist es also, worum sich alles dreht«, sagte sie. »Man lebt eine Weile, und dann stirbt man.« Sie schnippte die Zigarette aus dem Fenster. »Einfach so«, sagte sie.

Es war eine seltsame Fahrt – Maud voraus und ihr herzliches Lachen für immer dahin; neben John Wainwright sollte sie liegen, in dem großen Mausoleum in Fairview. Der lange Leichenzug, der sich durch die Hügel wand, eine strahlende Herbstsonne, und dann die Versammlung um die Gruft, überall Blumen, und Dr. Leland, dem der Totengräber etwas Erde gab, um sie über den Sarg zu streuen. »Du kennst, Herr, die Geheimnisse unserer Herzen, verschließ nicht Deine Ohren unserem Gebet.« Und wie Tony barhäuptig dort stand, ohne zuzuhören, ins Leere blickend. Als ob er es noch nicht glauben könnte, als ob die feste Erde sich unter seinen Füßen aufgetan hätte.

Gegen Ende fühlte ich mich schwach, und jemand ergriff meinen Arm und stützte mich; aber erst, als alles vorbei war, sah ich, wer es war. Es war der Detektiv, Hopper.

Das war am Sonntag, und am Montagnachmittag brachte Dwight Elliott einen jungen Anwalt aus der Stadt mit, um das Testament zu verlesen, denn wie er erklärte, hatte er das Testament nicht selbst aufgesetzt, da er darin mit einem kleinen Legat bedacht war.

Das Testament war vor vier Jahren aufgesetzt worden, und es lautete wie erwartet: Eine beträchtliche Summe war für wohltätige Zwecke ausgesetzt worden, es gab Legate für alle Dienstboten ihrer Dienstzeit entsprechend, zwanzigtausend Dollar waren »meinem Freund und Verwandten Dwight Elliott in Anerkennung seiner langen Freundschaft zu mir« vermacht, und es gab einen kürzlich hinzugefügten Nachtrag, in dem mir fünftausend Dollar und ein Diamantarmband vermacht wurden, das ich immer bewundert hatte.

Bessie war nur an einer Stelle erwähnt. Ihr war ein Dollar zugedacht, mit der Anmerkung, daß sie bereits »reichlich versorgt worden« sei. Das Verbleibende ging bedingungslos an Tony.

Seit Mauds Tod hatte ich nicht geweint. Der Schock war zu groß gewesen, aber an diesem Abend vergoß ich Tränen über das Vermächtnis an mich. Hilda, selbst mit roten Augen und tiefbekümmert, fand mich schluchzend, als sie in mein Zimmer kam, nachdem ich zu Bett gegangen war.

Sie stand, adrett in ihrem schwarzen Kleid und der schwarzen Seidenschürze, direkt an der Tür. »Was soll ich mit ihren Sachen tun, Miss Pat?« wollte sie wissen.

»Ich weiß es nicht, Hilda. Ich vermute, sie müssen geschätzt werden. Lassen Sie sie besser hängen, bis wir es wissen. Hilda, erzählen Sie mir von jener Nacht. War sie in Ordnung, als Sie sie verließen?«

»Sie war im Bett. Sie sah normal aus, ich dachte bloß, sie sei aufgeregt. Ich fragte sie, ob sie ihre Schlaftablette wollte, aber sie sagte, noch nicht. Sie würde sie später nehmen. Aber sie hat das Licht ausgemacht, bevor ich ihr Bett richten konnte. Ich glaube, vielleicht war sie schon teilweise angezogen. Anscheinend wollte sie nicht, daß ich in ihre Nähe käme.«

»Haben Sie irgend etwas Ungewöhnliches im Zimmer bemerkt?«

»Tja«, sagte sie, »da lag ein großer, brauner Manila-Umschlag auf dem Tisch neben ihr. Er war offen. Ich dachte, sie hätte ihn bloß aus der Hand gelegt. Seitdem habe ich ihn nicht gesehen.«

Das war alles, was wir am Abend des vierten Tages nach Mauds Tod wußten. Sie war zur Spielhalle gegangen, vielleicht mit Tonys Pistole. Sie hatte den Umschlag aus dem Safe und ihre Schmuckliste mitgenommen. Und sie hatte dort jemanden getroffen, möglicherweise eine Frau. Was dann passiert war, durfte jeder raten, wie Jim es ausdrückte.

Dann geschah am Dienstag, dem einunddreißigsten Oktober, etwas, was alle Theorien umwarf, die die Polizei entwickelt hatte. Und zwar brachte mir eine hysterische Hilda einen Brief für Tony, adressiert in Mauds großer, kantiger Handschrift. Bessie war gerade zugegen, ärgerlich, weil sie im Testament nicht berücksichtigt war, und drohte, Ärger zu machen.

»Ich weiß mehr, als er glaubt«, sagte sie dunkel. »Wenn er meint, er kann mich für dumm verkaufen, denkt er besser nochmal nach.«

Da kam Hilda herein, eine hysterische Hilda, die sich die Augen trocknete und uns diesen Brief entgegenhielt. »Sie hat ihn für ihn hinterlassen«, schluchzte sie. »Sein Name steht darauf. Oh mein Gott, Miss Pat, warum hat sie es bloß getan?«

Bessie stand da und starrte auf den Brief. Was auch immer sie wußte, das hatte sie nicht erwartet. Sie versuchte sogar, ihn Hilda abzunehmen, aber ich streckte gelassen meine Hand aus und nahm ihn.

»Ich kümmere mich darum. Er ist für Tony«, sagte ich. »Wenn Sie wollen, können Sie ihn anrufen und ihm sagen, daß der Brief hier ist.«

»Sagen Sie es ihm selbst«, entgegnete sie wütend und ging aus dem Zimmer.

Ich glaube, dieser Brief hat Tony fast das Herz gebrochen. Man hatte Mauds Räume gelüftet und geputzt, und Hilda hatte ihn unter ihrer Matratze gefunden. Der Umschlag war in ihrer großen, ausladenden Handschrift adressiert: *An meinen geliebten Sohn,* und darin war der Brief.

Mein lieber Tony – wenn Du diesen Brief findest, werde ich tot sein. Versuche zu verstehen, mein Liebling, und tu, was Du für richtig hältst. Ich habe Dich so sehr geliebt. So schrecklich geliebt, Tony. Eines Tages, wenn Du selbst ein Kind hast, wirst Du begreifen, was das bedeutet. Versuche, mir zu vergeben, was ich getan habe, und vergiß mich nicht, mein Engel. Gott segne Dich und mache Dich glücklich. Mutter.

Ich war nicht bei ihm, als er ihn las. Er nahm ihn mit hinauf in sein Zimmer und blieb stundenlang dort. Als er schließlich herunterkam, hatte er ihn in der Hand.

»Lesen Sie«, sagte er gepreßt, »und schauen Sie, was Sie damit anfangen können.«

Ich las ihn mit einem Kloß im Hals. Dann las ich ihn noch einmal.

»Ich verstehe nicht ganz«, sagte ich.

»Ich auch nicht! Was soll ich verstehen? Daß sie sich umgebracht hat? Das glaube ich nicht.«

»Es sei denn, sie hatte vor etwas Angst.«

»Sie hat nie Angst gehabt. Nie in ihrem ganzen Leben.«

In dieser Nacht geschah es, daß offenbar wieder jemand ins Haus eindrang. Bis zum Morgen erfuhren wir nichts davon. Dann berichtete Hilda, daß Mauds Zimmer geöffnet und durchsucht worden sei. »Ihre Kleider liegen überall herum«, sagte sie. »Die Schubladen auch. Ich weiß nicht, was ich davon halten soll, Miss.«

Ich wußte es auch nicht, ebensowenig wie Tony, als er davon erfuhr. Man hatte den Schmuck aus dem Safe genommen und in ein Schließfach in der Stadt gebracht, und Reynolds berichtete, daß das Haus abends zuvor wie gewöhnlich abgeschlossen worden war, einschließlich der Kellertüren. Als mir die vorangegangenen Versuche Bessies einfielen, in Mauds Räume zu gelangen, verdächtigte ich sie. Aber ich konnte es nicht beweisen, und ich konnte mir auch keinen Grund dafür vorstellen. Der Umschlag war nicht mehr dort, wenn es das war, auf das sie aus war, und die Zimmer selbst waren schon von der Polizei durchsucht worden.

Am nächsten Morgen betrachtete Jim Conway grimmig das Durcheinander. »Ich werde eine Wache im Haus postieren«, sagte er Tony an diesem Tag. »Es gehen seltsame Dinge vor, und das gefällt mir nicht. Ich habe einen Kerl namens O'Brien. Keine besonderen Manieren, aber der reine Teufel, wenn's Ärger gibt. Sie können ihm vertrauen.«

O'Brien kam an diesem Abend. Er war ein äußerst selbstbewußter junger Bursche, der sofort verkündete, er wolle, daß man ihm Essen und eine Thermoskanne Kaffee für die Nacht bereitstelle. Außerdem zog er eine Automatik hervor, die er mit äußerster Lässigkeit handhabte. »Euch passiert nix, wenn ich in der Gegend bin«, sagte er munter. »Nur sagt ihr besser den Leuten, sie sollen mir Bescheid sagen, wenn sie spät noch draußen sind. Ich neige dazu, erst zu schießen und hinterher zu fragen.«

Ich war nicht sehr beeindruckt. Er trug eine Mütze und Schuhe mit Kreppsohlen, und für meinen Geschmack sah er eher wie ein erstklassiger Einbrecher aus wie sonst etwas. Aber er sollte seine Qualitäten später unter Beweis stellen. Der arme O'Brien! Monatelang lag er in diesem Winter im Krankenhaus, mit einer Kugel zwischen den Rippen.

»Überlaßt die Sache einfach mir«, sagte er am ersten Abend, an dem er das Haus besichtigt hatte. »Ich habe nichts gegen Schinkenbrote, wenn ihr kapiert, was ich meine, aber ich bin nicht wild darauf. Das könnt ihr dem Franzmann sagen.«

Trotzdem schlief ich besser, weil ich wußte, daß er auf seinem Posten war.

Ansonsten liefen die Dinge etwa eine Woche wie gewöhnlich. Bessie war immer noch im Haus. Ich glaube, sie bedrängte Tony, der jetzt Mauds Erbe war, wegen eines höheren Unterhalts, aber sie hatte, wie Jim es später nannte, ein As im Ärmel, das sie noch nicht gebraucht hatte. Vielleicht war sie nicht sicher, wie er reagieren würde. Und Tony war meistens in der Stadt, denn daß Mauds Tod die Kontrolle über die Firma in seine Hände gegeben hatte, wurde von der Wainwright-Bande wütend aufgenommen.

Ich war dabei, die letzten Kleinigkeiten meiner Arbeit zu erledigen, und bereitete mich darauf vor zu gehen. Ich wußte, daß es so kommen mußte. Bessie würde gehen, und ohne sie konnte ich nicht dortbleiben. Dieser Abschnitt meines Lebens war vorüber.

Ich machte weiter, so gut ich konnte. Das Haus war still. Leute kamen vorbei, gaben Karten ab, fuhren wieder weg. Mrs. Partridge brach zusammen und wurde für ein paar Tage ins Bett geschickt. Die Pferde standen ungeritten im Stall. Pierre kochte in seiner üblichen Art, aber ohne daß sein Herz bei der Arbeit war, und nachts paradierte O'Brien überaus wichtig aussehend durch das Haus.

Ich hatte eigentlich erwartet, daß Margery Stoddard herüberkäme, um mich zu besuchen. Sie war eher in meinem Alter als in Mauds, und wir hatten uns angefreundet. Aber sie mußte ein paar Tage das Bett hüten. Bill Sterling berichtete eines Tages, nachdem er nach Mrs. Partridge gesehen hatte, es sei nichts Ernstes. »Die Nerven«, sagte er. »Sie vermißt die Kinder, will sie aber nicht zurückholen. Das ist ein Vorteil, wenn man arm ist. Entführung kommt nicht in Frage.«

Er war gut aufgelegt an diesem Tag, obwohl er sagte, er müsse immer noch den kleinen Detektiv mit sich rumschleppen und denke daran, ihn zu adoptieren. »Er wird ein ganz guter Arzt sein, wenn ich mit ihm fertig bin«, meinte er grinsend. »Vor ein paar Tagen mußte er mir in den Bergen helfen, ein Bein abzunehmen. Ist erst ohnmächtig geworden, als es vorbei war. Sagt, er geht in ein Sanatorium, wenn dieser Fall abgeschlossen ist.«

Aber der Fall, wie Bill es nannte, war nicht abgeschlossen. Evans wurde immer noch vermißt. Sogar Hopper gab zu, daß man Mauds Abschiedsbrief an Tony auf zwei Weisen lesen könne, und da war diese Durchsuchung ihrer Zimmer, die uns allen Sorgen machte. Dann rief mich eines Tages, als O'Brien ein oder zwei Tage im Haus war, Jim Conway an. »Komm besser runter«, sagte er. »Ich will mit dir reden. Es ist etwas aufgetaucht, was mir nicht gefällt.«

Als ich ankam, saß er wie gewöhnlich an seinem Schreibtisch und hatte ein paar Photos in der Hand. »Eine schlechte Nachricht, fürchte ich, Pat«, sagte er. »Jedenfalls hat sie mich umgeworfen. Hast du je so etwas gesehen?«

Er reichte mir eins der Photos, aber mir sagte es nichts: ein stark vergrößerter Zylinder mit langen, senkrechten Kratzern darauf. Ich schüttelte den Kopf.

»Das Bild einer Kugel«, sagte er. »Bilder von zwei Kugeln, wie du siehst. Das Schlimme daran ist, daß sie beide aus dieser Pistole von Tony abgefeuert wurden. Die eine ist vom Testschuß, die andere die, die wir aus Bessies Auto geholt haben. Sieht nicht so gut aus, was?«

»Willst du damit sagen, daß Tony auf sie geschossen hat?«

»Ich sage nur, daß die Kugeln aus Tonys Pistole abgefeuert wurden. Weiter gehe ich nicht.«

Weiter gingen allerdings die Distriktstaatsanwaltschaft und die Detektive aus der Stadt. Wie durch einen Schleier hörte ich Jim den Fall darlegen, wie sie ihn sahen: daß Tony jetzt das Geld der Wainwrights und die Firma der Wainwrights habe, daß er Bessie haßte und sie aus dem Weg haben wolle und daß er wahrscheinlich Don Morgan getötet habe.

Das brachte mich auf. »Don getötet?« sagte ich. »Warum sollte er? Was bedeutete ihm Don?«

»Da haben sie etwas, Pat.« Er lehnte sich in seinem Stuhl zurück. »Sie haben Don in Paris überprüft. Dem Polizeidossier zufolge sind er und Bessie vor ein paar Jahren dort ziemlich eng befreundet gewesen. Wenn Tony das wußte –«

»Es wäre ihm egal, Jim. Es scherte ihn keinen Pfifferling, was sie tat.«

»Das denken du und ich«, erwiderte er und verfiel in düsteres Schweigen. Als er wieder sprach, klang er hoffnungsvoller. »Es gibt ein Verbrechen, das sie ihm nie beweisen werden, weil er es nicht begangen hat. Das ist der Tod seiner Mutter. Und ich baue auf eine bestimmte Sache. In der Nacht, in der Maud Wainwright starb, war eine Frau in der Spielhalle. Ich glaube nicht, daß es Bessie war. Wer war es also?«

Er hatte eine Namensliste vor sich. Sie enthielt praktisch die Namen aller Frauen, die Maud gekannt hatte, aber als wir einen nach dem anderen durchsprachen, strich er sie aus. Alle bis auf Lydias. Er saß eine Weile da und starrte darauf.

»Komisch«, sagte er. »Sie ist die einzige, die Don aus dem Weg haben wollte, bis auf Bill Sterling. Hast du je gedacht, daß Lydia es sein könnte, Pat?«

»Und Maud auch, Jim?«

»Na gut. Ganz wie du willst.« Er strich Lydias Namen durch. »Ich vermute, wenn wir damit durch sind, finden wir, daß die alte Mrs. Earle einfach zum Vergnügen Leute ermordet hat und Theodore ihr zur Hand gegangen ist.«

Eine Sache stand für ihn fest. Wir hätten es nur mit einem Verbrecher zu tun. Der Mord an Don und der an Maud stünden im Zusammenhang, wenn er auch nicht wisse, in welchem. Er persönlich wollte bei Dons Ermordung beginnen. »Ein Name steht nicht auf dieser Liste«, sagte er. »Das ist der der kleinen Weston. Vielleicht hat sie einen sozialen Abstieg erlebt. Sie könnte ein Dienstmädchen hier in der Gegend sein. Oder vielleicht hat sie sich verbessert. In diesem Fall könnte sie jeder sein. Aber ich habe eine Ahnung, wenn wir sie finden, haben wir was in der Hand.«

Darauf lief es schließlich hinaus. Was er von mir wollte, war, daß ich die Connor in der Stadt ausfindig machen und sie zum Reden bringen sollte. »Aber ich warne dich: Sie ist eine harte Nuß«, sagte er. »Ein paar von den Zeitungsjungs waren hinter ihr her, und sie ist ganz schön mißtrauisch. Aber sie arbeitete in diesem Büro, als die Weston da war. Ich wette darauf, daß sie sich an sie erinnert.«

Es war die Chance, Tony zu retten, die mich schließlich zustimmen ließ, und an diesem Abend erzählte ich ihm, ich hätte am nächsten Tag in der Stadt zu tun. Er bot mir an, mich hinzufahren, aber ich sagte, ich würde einen späteren Zug nehmen. Er nickte, und er stand – wir waren in der oberen Halle – da und blickte, die schiere Qual in den Augen, auf mich herab. »Wie lange wird Bessie bleiben?« fragte er.

»Das hat sie nicht gesagt.«

»Ich wünsche bei Gott, sie würde gehen«, sagte er schwermütig. »Ich halte es nicht mehr aus, Pat.«

»Ich werde ebenfalls gehen müssen, Tony. Das wissen Sie.«

»Noch nicht, Pat. Geben Sie mir ein bißchen Zeit, mein Herz.«

Ich vermute, er wußte mittlerweile von den Kugeln, aber er erwähnte sie nicht. Im Rückblick erkenne ich, wie wir alle versuchten, einander zu helfen, und was für ein dummes Durcheinander wir verursachten. Er muß gewußt haben, daß er kurz davorstand, wegen des Anschlags auf Bessie – wenn nicht wegen Schlimmerem – verhaftet zu werden. Aber er lächelte auf mich herab, als er Gute Nacht sagte. »Wir fechten es durch, Pat«, sagte er. »Wenn Sie dabei sind, werde ich es ertragen.«

Am nächsten Morgen fuhr ich in die Stadt. Der alte Zug war mir vertraut – der staubige Geruch der Plüschpolster, der kalte und schiefergraue Fluß unter dem Novemberhimmel, die unansehnlichen Behausungen, als wir uns der Stadt näherten. Genauso war ich sechs Jahre lang gefahren, bis zu jenem Junitag, als ich in Maud Wainwrights Boudoir im Kloster getreten war und sie dort erblickt hatte – groß und lächelnd.

Der Schaffner erkannte mich, als er meine Fahrkarte nahm.

»Wie in alten Zeiten«, sagte er. »Ich höre, Sie haben 'ne Menge Ärger.«

Ich blickte zu ihm auf, zu seinen freundlichen alten Augen, seiner schäbigen Uniform. Ich kannte ihn seit meiner Kindheit, und ich fürchte, mein Kinn zitterte, denn er beugte sich herüber und klopfte mir auf die Schulter. »Vergessen Sie es einfach«, sagte er. »Schließlich ist es nicht Ihre Familie, Miss Pat. Es ist das Geld, das den Ärger macht. Das war es immer, und das wird es immer sein.«

Kapitel 26

An diesem Morgen sah ich Bessie in der Stadt, als ich auf dem Weg war, um die Connor zu finden. Sie hatte ihren Wagen vor dem Gebäude abgestellt, in dem Mr. Elliott seine Büros hatte, und stieg gerade aus. Ihr Gesicht hatte nichts Jugendliches an sich. Es wirkte hart und entschlossen. Sie trug eine kurze Silberfuchsjacke, die ich noch nie gesehen hatte, und schritt auf ihren hohen Absätzen zielstrebig auf das Haus zu und ging hinein.

Später sollten wir etwas, wenn auch nicht alles, erfahren, was sich an diesem Tag in Dwight Elliotts Büro abspielte: Mr. Elliott wach und aufmerksam hinter seinem Schreibtisch, und Bessie, die sich nach vorn beugte und mit leiser Stimme ohne Unterbrechung redete. Auch, wie sie triumphierend zum Schluß kam, sich zurücklehnte und sich die Nase puderte.

»Das ist die Geschichte, Mr. Elliott.«

»Ich nehme an, Sie wissen, was das bedeutet?«

»Ich habe eine ziemlich genaue Vorstellung.«

»Sie können sie nicht beweisen, wie Sie wissen.«

»Das überlasse ich der Polizei, wenn ich zu der gehen muß.«

»Ich würde es nicht mit irgendwelchen Drohungen probieren, wenn ich Sie wäre, Bessie. Wie viele Leute wissen davon?«

»Erzählen Sie mir nicht, Tony wüßte es nicht. Er hat versucht, mich umzubringen, nicht wahr? Er hatte Angst, ich würde reden. Aber das habe ich nicht. Jedenfalls noch nicht.«

Sie stand auf, und er erhob sich ebenfalls. Er ragte wie ein Turm über ihr auf, und seine Stimme bebte. »Lassen Sie uns das ein für allemal abklären«, sagte er erregt. »Sie sind mit dieser Räuberpistole über Maud Wainwright schon einmal hier gewesen. Sie können sie nicht beweisen, aber was macht Ihnen das schon? Soll ich Ihnen sagen, was passiert ist? Sie haben ihr diese Ihre Geschichte erzählt. Vermutlich haben Sie gedroht, damit zur Polizei zu gehen. Und um an Geld zu kommen, um Sie zum

Schweigen zu bringen, war sie bereit, ihren Schmuck zu verkaufen.«

»Das ist eine Lüge. Ich habe ihr nie davon erzählt.«

»Sie ließ eine Liste mit ihrem Schmuck aufstellen, und in der Nacht, in der sie starb, traf sie Sie in der Spielhalle.«

»Niemals. Ich wäre dort nicht hingegangen, darauf können Sie Gift nehmen.«

»Ich glaube doch. Bedenken Sie: Ihr Tod bedeutete einen deutlichen Vorteil für Sie. Vorher hatte Tony ein Gehalt. Jetzt hat er ein Vermögen. Und was Sie von mir wollen, ist, daß ich bei ihm Schweigegeld abhole, damit Sie den Mund halten.«

Sie schnappte nach Luft. »Wenn irgend jemand glaubt, ich hätte sie getötet, ist er verrückt«, sagte sie kühl.

»Der offizielle Urteilsspruch lautet immer noch auf Selbstmord«, sagte er. »Aber sie hat in dieser Nacht in der Spielhalle eine Frau getroffen, und sie hatte ihre Schmuckliste dabei. Maud Wainwright hat sich auf keinen Fall selbst umgebracht. Diese Frau hat sie umgebracht.«

Sie war völlig außer Fassung. Sie griff nach ihrer Handtasche und ging. Sie ließ ihren Wagen stehen, wo er war, und nahm nur einen Koffer heraus. Danach winkte sie einem Taxi und fuhr zum Bahnhof. Dort kaufte sie eine Fahrkarte nach New York und verschwand spurlos.

Ich hatte natürlich keine Ahnung, was passierte. Meine Arbeit bestand an jenem Tage darin, Kontakt mit der Connor zu knüpfen, und ich hatte keine Vorstellung, wie ich das anstellen sollte. Es stellte sich allerdings als ziemlich einfach heraus. Ich ging einfach zu dem Büro, das einst Don Morgans gewesen war, und wartete draußen auf den mittäglichen Exodus. Ich tat so, als würde ich mein Make-up auffrischen, aber ich sah mindestens zwanzig Mädchen herauskommen, bevor mein Wild erschien. Sie oder Frauen ihrer Art waren leicht zu erkennen. Ich kannte sie gut, diese älteren ängstlichen Frauen, die sich strikt für sich, fern vom Tratsch, von den unablässigen Maniküren und sogar von der Seife in den Waschräumen halten. Sie sind hin- und hergerissen zwischen der Überzeugung, daß die Firma ohne sie nicht auskäme, und der Furcht, daß doch; und Miss Connor entsprach diesem Typ. Sie aß nicht einmal mit den anderen zu Mittag. Ich folgte ihr, als sie unbeirrbar um die Ecke ging und eine kleine Teestube betrat. Dort suchte sie sich einen Tisch für sich allein und bestellte Kaffee und Doughnuts, die sie, als sie kamen, sorgfältig kaute – offensichtlich nicht mit den eigenen Zähnen. Ich ließ den Kaffee zur Wirkung kommen, bevor ich mich an ihren Tisch begab.

»Entschuldigen Sie die Störung«, sagte ich, »aber ich glaube, ich habe Sie vor ein paar Tagen im Büro der Atlantic Company gesehen.«

Sie beäugte mich. Ich hatte mir mit Absicht die schäbigsten Sachen angezogen, die ich hatte, aber wie Jim prophezeit hatte, war sie argwöhnisch.

»Reporterin?« fragte sie brüsk.

»Nein. Ich wünschte, ich wäre es. Ich suche eine Arbeit.«

Ich erzählte ihr, wo ich gearbeitet hatte, und langsam erstarb ihr Verdacht. Sie brauchte zehn Minuten, um mir zu erzählen, ich solle besser mein Haar bleichen und mich schminken, und schließlich griff ich mein Stichwort auf.

»Ich kümmere mich nicht um die Chefs«, sagte ich kurz. »Damit hat man kein Glück. Schauen Sie sich nur diese Wieheißt-sie-noch an, die mit diesem Morgan durchgebrannt ist, der kürzlich ermordet wurde. Der hat man übler mitgespielt, als ich je gehört habe.«

Ich befürchtete, ich sei zu unvermittelt gewesen, aber da unser Lokalblättchen die Geschichte bereits gebracht hatte, zuckte sie bloß mit den Schultern.

»Das ist es, was ich meine«, sagte sie grimmig. »Sie war eine Blondine, und Sie sehen, was es ihr eingebracht hat! Ich habe sie gekannt«, fügte sie hinzu und verstummte wie eine Auster, als ob sie zuviel gesagt hätte. Ich wagte nicht, auf dem Thema zu bestehen, und aß noch das Stück Zitronencremetorte, das in meinen Bürotagen zu den Grundnahrungsmitteln der Mädchen gehört hatte, als sie plötzlich aufstand und ging. Allerdings zögerte sie, bevor sie hinausging. Sie ließ ein Zehn-Cent-Stück neben ihrem Teller liegen, und die Kellnerin betrachtete es später erstaunt.

»Da hat der alte Sauertopf doch was lockergemacht«, sagte sie.

»Ich vermute, für die zählt jeder Zehner.«

»Für mich auch«, bemerkte sie und ließ ihn in ihre Tasche gleiten.

An diesem Tag konnte ich offensichtlich nichts mehr tun, also fuhr ich nach Hause. Bessie war nicht zurückgekommen, und eins der Hausmädchen berichtete, daß sie einen Koffer mitgenommen habe. Aber Bessie hatte im Kloster immer ihr eigenes Leben geführt, und wenn ich überhaupt einen Gedanken daran verschwendete, nahm ich an, sie wolle die Nacht in der Stadt verbringen.

Es war noch früh, also rief ich Lydia an. Schließlich war Miss Connors Behauptung, die kleine Weston sei eine Blondine gewesen, zumindest interessant. Aber als Audrey ans Telefon kam, klang ihre Stimme scharf. »Tut mir leid«, sagte sie. »Du kannst nicht mit Mutter reden. Es geht ihr nicht gut.«

»Es ist doch nichts Ernstes, oder?«

»Sie empfängt niemanden. Außerdem schläft sie gerade. Ich kann sie nicht stören.« Sie legte auf und ließ mich mit dem wilden Wunsch zurück, diesem hübschen Gesicht eine Ohrfeige zu versetzen.

Danach rief ich Jim Conway an und erzählte ihm von den Tagesergebnissen. Er schien befriedigt. »Bravo, Mädchen«, sagte er. »In ein paar Tagen frißt sie dir aus der Hand.«

»Frißt ein Stück davon, vermute ich. Sie hat ein recht kräftiges Gebiß.«

Ich war unruhig an diesem Tag. Auf meinem Schreibtisch türmte sich die Arbeit. Die Dankeskarten für die Blumen und dergleichen waren gekommen. Briefe mußten geschrieben werden, auch um das Haus mußte man sich kümmern. Als Bill Sterling am Spätnachmittag hereinkam, um Mrs. Partridge zu sehen, paßte ich ihn in der Halle ab.

»Was ist mit Lydia los?« fragte ich.

Er wirkte müde. Er stellte seine schwarze Tasche auf einen Stuhl, stand da und blickte auf mich herab. »Ich wünschte, ich wüßte es«, sagte er freiheraus. »Vielleicht ist es die Reaktion. Sie hat eine Menge durchgemacht. Vielleicht ist es etwas anderes. Ich wünschte, Sie würden mit ihr reden, Pat.«

»Audrey sagt, sie will niemanden sehen.«

»Ach, diese verdammte Audrey«, sagte er und nahm seine Tasche wieder auf.

Aber er war nicht sehr besorgt. Ich begleitete ihn zu seinem Auto hinaus, in dem der kleine Detektiv am Steuer saß. Bill lachte über meine Miene, als ich ihn erblickte. »Gibt einen ganz guten Chauffeur ab«, sagte er. »Er lernt auch ein bißchen Chirurgie.«

Ich fuhr an diesem Spätnachmittag zu Miss Mattie hinunter. Sie war entzückt, als ich ihr erzählte, ich würde in ein paar Tagen zurückkommen.

»Mir hat es nie gefallen, daß Sie da oben sind«, sagte sie mit ihrer dünnen, hohen Stimme. »Die Idee, ein Haus das Kloster zu nennen! Es ist fast lästerlich.«

Alles war vertraut und freundlich. Selbst der Seifengeruch, als Sarah mir eine feuchte, rote Hand entgegenstreckte, war ein wenig anheimelnd, und als ich in mein altes Zimmer hinaufging, hatte ich das Gefühl, nach Hause zu kommen. Es war nicht groß, dieses Zimmer, aber ich hatte es mit ein paar Sachen aus unserem alten Haus möbliert, bevor es verkauft wurde. Es wirkte heiter und friedlich, und ich erinnere mich, wie ich mich in Mutters ehemaligen Lieblingssessel niederließ und versuchte, mich neu zurechtzufinden.

Auf einmal schienen Gewalt und plötzlicher Tod weit weg zu sein. Ein Boot tutete auf dem Fluß, man hörte das langsame Rumpeln eines Güterzuges, der die Steigung hinabrollte, und um mich herum waren die vertrauten Straßen und Häuser des Tales.

Hier gehörte ich hin. Der ankommende Fünf-Uhr-Fünfzehn, aus dem Männer mit den Abendzeitungen unter dem Arm strömten, schlagende Autotüren und irgendwo erleuchtete Fenster und eine Begrüßung. »Bist du das, John?« – »Na klar. Wie geht's, wie steht's?«

Dort nach Beverly gehörte ich. Ich wollte Frieden und ein geregeltes Leben. Kein Geld. Keinen Prunk. Nicht den Hügel. Nicht einmal Liebe.

Ich legte den Kopf aufs Bett und weinte mir die Augen aus.

Die nächsten Tage hielten mich auf Trab. Bessie war nicht zurückgekommen. Tony war ebenfalls beschäftigt, nicht nur mit der Fabrik, sondern auch mit den Vorbereitungen, den Nachlaß seiner Mutter zu ordnen. Nachts arbeitete ich an meinem Schreibtisch. Die Tage verbrachte ich mit Miss Connor.

Am Ende der Woche waren wir fast Freunde. Es gelang mir, jeden Tag mit ihr zu Mittag zu essen, und mit jedem Tag nahm ihr Argwohn gegen mich ab. Ein- oder zweimal bemerkte ich einen kleinen, dunkelhaarigen Mann in unserer Nähe, aber mir kam nicht der Gedanke, daß meine Schritte von irgendeinem Interesse für die Polizei waren. Dann, am letzten Tag, rückte Miss Connor mit der Sprache heraus.

Das war am Freitag. Ich hatte sie an den drei vorhergehenden Tagen wie durch Zufall getroffen, und sie hatte akzeptiert, daß ich an ihrem Tisch saß. Sie verdächtigte mich nicht mehr, aber sie war noch auf der Hut. An diesem Tag aber war sie etwas lockerer. Die lange Woche lag hinter ihr, und sie konnte sich auf Samstag und Sonntag freuen. Sie wurde recht menschlich, und sie brachte selbst das Gespräch auf Marguerite Weston.

»Wir haben in derselben Pension gewohnt«, erzählte sie mir. »Ich wohne übrigens immer noch dort. Sie war nicht gerade hübsch, aber sie hatte, worauf es ankommt. Ich habe versucht, sie vor Mr. Morgan zu warnen, aber er hatte ihr den Kopf verdreht. Das hatte er auch der Hälfte der anderen Mädchen im Büro, aber ich habe ihn vom ersten Moment an durchschaut. Er gehörte zu der Sorte Mann, die eine Affäre mit einer Frau hat und dann ihrer Gattin zu Hause ein Dutzend Rosen mitbringt. Mich hat er nie getäuscht.«

»Ich war damals ein Kind«, sagte ich. »Natürlich habe ich in letzter Zeit eine Menge darüber gehört. Ich dachte immer, sie war schön.«

Miss Connor schnaubte. »Ich habe einen Schnappschuß von ihr. Ich bringe ihn irgendwann mal mit.«

Aber ich war zu weit vorgedrungen, um sie entkommen zu lassen. Auf dem Weg aus der Teestube erwähnte ich, daß ich ein nicht zu teures Zimmer suche, und nach kurzem Zögern sagte sie, wo sie wohne, sei ein Zimmer frei. Ich kam mir mittlerweile ziemlich gemein vor, aber sie bat mich, mitzukommen und es mir anzusehen. Irgend etwas an ihrer Miene berührte mich, und mir wurde klar, daß sie einsam war. Jedenfalls ging ich nach der Arbeit mit ihr, und auch der unauffällige kleine Mann ging mit, obwohl ich es nicht wußte.

Im Gedanken an diesen Tag habe ich mich immer unwohl gefühlt, wegen meiner eigenen Heuchelei und was ich ihr damit angetan habe. Monate später beschaffte ich ihr als eine Art stummer Entschuldigung eine bessere Stelle. Aber das hat sie nie erfahren. Ich habe sie danach nur noch einmal gesehen, und da hat sie mich geschnitten.

Als ich das freie Zimmer sah, gruselte es mich. Nach dem Kloster oder auch nur Miss Matties Haus war es fürchterlich, und Miss Connors Behauptung, daß die kleine Weston hier gewohnt hatte, machte ihre Flucht verständlicher. Da standen ein durchgelegenes Bett, eine Kommode mit einem Spiegel, ein Tisch neben dem Bett und zwei Stühle, der eine davon ein Schaukelstuhl. Das Fenster ging auf einen Hof hinaus, und ich stand da und schaute hinaus. Marguerite muß oft hier gestanden haben, zunächst mutlos und dann mit wachsender Hoffnung. Ein neues Leben, ein Mann, der sie liebte. Europa. Paris. Diese Kammer mußte zu klein gewesen sein für ihr Glück.

Als ich mich umdrehte, fixierte mich Miss Connor. »Sie sehen müde aus«, sagte sie. »Kommen Sie in mein Zimmer, und ich mache Ihnen eine Tasse Tee. Es ist hart, eine Arbeit zu suchen.«

Ich fühlte mich schuldiger denn je, denn als ich mit ihr in ihr Zimmer – nicht viel größer als Marguerites ehemaliges – ging, stellte sie nicht nur einen Teekessel auf eine kleine Kochplatte im Bad. Sie eilte zu einem Lebensmittelladen hinaus. »Wenn es Ihnen nichts ausmacht, daß ich Sie allein lasse«, sagte sie ziemlich atemlos, »setzen Sie sich jetzt einfach und ruhen sich aus. Es dauert nicht lange.«

Ich wollte schon aufgeben, als sie, die Arme voller Pakete, zurückkam. Aber sie wollte mich nicht gehen lassen.

»Seien Sie nicht albern«, sagte sie. »Ich koche Ihnen eben ein paar Eier. Die sättigen und halten einen bei Kräften. Sie können sich auf mein Bett legen, bis sie fertig sind.«

Das brachte ich nicht fertig. Ich war gräßlich beschämt wegen der ganzen Sache. Ich saß auf einem Stuhl, während sie die Lampe vom Tisch nahm und ein sauberes Tuch darüberbreitete. »Es ist lange her, seit ich Gesellschaft gehabt habe«, sagte sie. »Marguerite pflegte ab und zu hereinzukommen. Einmal, an einem Sonntagmorgen, habe ich Bückling für sie gemacht. Liebe Güte, wie lange her das scheint.«

Es war eine lange Zeit, ein und ein halbes Jahrzehnt der Einsamkeit. Kein Wunder, daß sie ihre Erinnerungen an jene kleine Romanze pflegte, die sie vor so langer Zeit aus der Ferne mitbekommen hatte.

»Ich erinnere mich, wie ich sie hinausbegleitete«, sagte sie. »Ich sagte, sie war nicht eigentlich hübsch, aber an diesem Tag war sie es. Ich weinte, weil ich wußte, daß es alles falsch war, aber sie umarmte mich und sagte, ich sollte mir keine Sorgen machen. Sie würden heiraten, sobald sich Morgans Frau scheiden ließe, und sie würde mir oft schreiben. Das hat sie natürlich nie getan. Was gab es schon zu schreiben?«

»Haben Sie sie nie wiedergesehen?«

»Nein, nicht einmal mehr von ihr gehört. Ich habe oft im Bett gelegen und mich gefragt, was aus ihr geworden ist. Sie war nicht von der Sorte, die ihren eigenen Weg macht.«

Jede Vermutung, daß Bessie die kleine Weston gewesen sei, war damit zunichte gemacht. Wenn je eine Frau fähig war, ihr Leben zu meistern, war es Bessie Wainwright.

Ich schaffte die zwei Eier, den Tee, das Butterbrot. Ich kriegte sogar die Schokoladenplätzchen hinunter, die, wie ich wußte, reiner Luxus waren, und schließlich lehnte sich Miss Connor zurück und beäugte mich befriedigt. »Es geht nichts über gutes Essen, um einem Mut zu machen«, sagte sie.

Es dauerte eine Weile, bis ich sie auf Marguerite Weston und den Schnappschuß zurückbrachte, und es dauerte noch länger, bis sie ihn gefunden hatte. Als sie es geschafft hatte, brachte sie ihn zur Lampe – es war mittlerweile dunkel – und betrachtete ihn eingehend.

»Er ist nicht sehr gut«, bemerkte sie. »Ich hatte eine von diesen Ein-Dollar-Kameras, und sie hatte ein neues Kleid. Ich habe es hier im Hinterhof aufgenommen.«

Dann endlich gab sie ihn mir, und ich warf einen Blick darauf und spürte, wie sich das Zimmer um mich drehte. Ich streckte eine Hand aus, um mich festzuhalten, und Miss Connor fing mich auf. »Nana!« sagte sie. »Vielleicht haben Sie zu schnell gegessen. Legen Sie sich einen Moment hin.«

»Es ist nichts«, gelang mir hervorzustoßen. »Vielleicht bin ich müde. Ich werde mich ein paar Minuten hinsetzen.«

Das Zimmer kam zur Ruhe. Ich sah, wie sie das Bild nahm und weglegte, und ich schaffte es, mir eine Zigarette anzuzünden. Ich bot ihr sogar eine an, aber sie lehnte ab. »Es ist teuer«, sagte sie, »und ich bin zu alt, um damit anzufangen. Wie fühlen Sie sich jetzt? Besser?«

Irgendwie kam ich aus dem Haus heraus. Der kleine Mann auf der anderen Straßenseite fiel mir gar nicht auf. Mir war nie in den Sinn gekommen, daß Hopper ebenfalls der kleinen Weston auf der Spur war und Miss Connor beobachtete. Ich war nur sicher, daß ich das Rätsel gelöst hatte, auf entsetzliche, herzzerreißende Weise gelöst: der Mord an Don, das, was Bessie wußte, der Anschlag auf ihr Leben, sogar ihre Flucht – wenn es eine Flucht gewesen war. Ich glaubte sogar zu wissen, wer die Frau war, die

Maud in der Nacht, in der sie starb, in der Spielhalle getroffen hatte.

Ich zitterte wie im Fieber, als ich aus dem Zug stieg. Gus bemerkte es. Seine Miene war ganz besorgt, als er mir eine Wolldecke umlegte. »Gehen Sie besser zu Bett, wenn Sie nach Hause kommen, Miss«, sagte er. »Sie sehen ziemlich erledigt aus. Ich mache die Scheiben hoch. Die Luft ist kalt heute abend.«

Ich lehnte mich im Sitz zurück, und meine Gedanken wirbelten durcheinander. Margery Stoddard und ihre Kinder, die kamen, um im Becken in der Spielhalle zu schwimmen, Margery und Maud, die ihr erzählte, sie müsse das Kloster vielleicht verlassen, und Margerys liebevoller Blick. Aber da war noch etwas. Da war Margery auf dem Pfad, trotzig und zornig, und eine ungerührte Bessie, die rauchte und ihr zuhörte.

Denn es bestand kein Zweifel. Das Photo, das Miss Connor mir gegeben hatte, zeigte Margery Stoddard. Eine jüngere Margery natürlich, aber die attraktiven, unregelmäßigen Züge waren die ihren, und das vertraute Lächeln. Auf dem Bild war ihr Haar blond und wehte ihr ins Gesicht, und die Geburt der beiden kleinen Mädchen hatte ihre Figur etwas fülliger gemacht. Aber Marguerite Weston war Margery Stoddard, und ich wußte nicht, was ich tun sollte.

Kapitel 27

Auf dem Weg den Hügel hinauf versuchte ich, mich unter Kontrolle zu bekommen. Es gelang mir recht gut, aber als ich ins Haus trat, wurde ich von einem wild blickenden Tony empfangen, der mich ansah, als hätte ich ihn persönlich beleidigt. »Wo zum Teufel sind Sie gewesen?« wollte er wissen. »Ich habe überall in der Stadt außer im Leichenschauhaus angerufen.«

»Es tut mir leid. Ich hatte geschäftlich in der Stadt zu tun.«

»Geschäftlich! Freitag abends um sieben Uhr! Denken Sie sich besser was Besseres aus, Pat.« Dann sah er meine Miene. »Ich bin fast verrückt geworden. Sie hatten den Wagen für drei Uhr bestellt, und ich dachte, Sie hätten einen Unfall gehabt.«

Ich hätte es ihm wohl erzählen sollen. Aber was hätte er tun können? Er hatte selbst genug Sorgen in diesem Moment. Bessie war seit fünf Tagen verschwunden, sie hatte kein Wort von sich hören lassen, und offenbar hatte Dwight Elliott der Polizei etwas erzählt, denn sie versuchten, sie ausfindig zu machen.

»Ich bin nur müde«, sagte ich und versuchte zu lächeln. »Ich werde mich besser fühlen, wenn ich ein heißes Bad genommen und mich umgezogen habe.«

Damit ließ er es gut sein. Später sagte er, er hätte mir nicht geglaubt, und ich hätte an diesem Abend eine Million Jahre alt und ganz wie eine Hexe ausgesehen. Aber irgendwie überstand ich das Dinner; nun waren nur noch wir zwei dort beim Essen, dem glänzenden Silber, den drei Dienern, die uns nie allein ließen, und Tony beobachtete mich und hegte ich weiß nicht was für einen Verdacht. Später in der Bibliothek dann teilte ich ihm mit, daß ich am Montag zu Miss Mattie zurückkehren würde.

»Ich werde jeden Tag kommen, bis alles in Ordnung gebracht ist«, sagte ich. »Danach werden Sie mich nicht mehr brauchen.«

»Ich werde Sie immer brauchen, Pat. Das wissen Sie. Aber eine Sache steht fest, und zwar endgültig. Ich möchte nicht, daß Sie im Dunkeln fahren. Es ist nicht sicher.«

»Wieso nicht? Ich habe es gerade noch getan.«

»Lesen Sie das«, sagte er und reichte mir die Abendzeitung. »Das meiste davon ist der übliche Quatsch, aber vielleicht hat der Kerl recht damit.«

Es war eine ziemlich enervierende Sache, dort im Kloster genau im Zentrum dessen zu sitzen, was der Autor als das »Reich des Schreckens« bezeichnete. Ich habe den Artikel aufgehoben und gebe ihn daher hier wörtlich wieder:

Das Verschwinden eines Zeugen im Fall Morgan zieht wieder einmal die Aufmerksamkeit auf die merkwürdigen Ereignisse, die Beverly, das einst friedliche Städtchen am Fluß, heimgesucht haben. Zwei Leute sind getötet worden, der eine ermordet, die andere durch ihre eigene Hand, und zwei weitere Personen sind verschwunden: der Nachtwächter Evans, auf den zuvor ein Mordanschlag verübt worden war, und die Ehefrau von Mr. Anthony Wainwright. Die Polizei hat eine diskrete Suche nach ihr angestrengt – bislang ohne Ergebnis.

Wir veröffentlichen heute einen Brief eines Bürgers von Beverly, der behauptet, daß dort jetzt ein Reich des Schreckens herrscht, und der vermutet, daß vielleicht ein Insasse der staatlichen Irrenanstalt in Burton, etwa sechs Meilen von Beverly gelegen, entkommen und für die Untaten verantwortlich ist. Nachfragen bei der Anstalt haben ergeben, daß eine solche Flucht nicht stattgefunden hat. Trotzdem ist die Forderung dieses Lesers nach zusätzlichem Polizeischutz offenbar gerechtfertigt.

Ich darf hier anmerken, daß der Informant dieses Artikels ein Beamter aus der Stadt war, der die meiste Zeit damit verbrachte, mit dem Sergeanten in der Wache Binokel zu spielen. In dieser Nacht allerdings ließ der Artikel mich erschauern.

»Glauben Sie, daß es ein Verrückter ist, Tony?«

»Ich weiß nicht, was ich glauben soll.«

Ich ging früh nach oben und ließ ihn allein. Er versuchte nicht, mich aufzuhalten. Jetzt weiß ich, daß er an diesem Abend vermutete, ich verfolge einen Plan, obwohl er keine Ahnung hatte, was für einen. »Es war Ihnen an der Nasenspitze anzusehen«, sagte er beiläufig ein paar Stunden später zu mir. Aber ich wußte durchaus, was ich zu tun hatte. Ich mußte Margery Stoddard aufsuchen, aufsuchen und warnen. Keine Sekunde glaubte ich, daß sie jemanden getötet hatte, und wenn Julian es getan hatte, konnte ich sogar eine Art archaischer Gerechtigkeit in der Tat erkennen.

Es war zehn Uhr, als ich sie anrief. Da Tony noch in der Bibliothek war, mußte ich sie von meinem Zimmer aus anrufen, was bedeutete, daß jeder, der einen Hörer abnahm, mithören konnte. Aber ich mußte das Risiko eingehen und sagte so wenig wie möglich.

»Ich möchte Sie sehen«, sagte ich. »Wenn es geht, heute abend. Sind Sie allein? Sagen Sie nur ja oder nein.«

»Nein.«

»Können Sie zum Schwimmbecken hinausschlüpfen und mich treffen? Sagen wir, in einer halben Stunde.«

»Nicht sehr gut. Tut mir leid, Pat.«

»In einer Stunde?«

»Ich weiß es nicht.«

»Hören Sie, Margery«, sagte ich. »Es ist wichtig. Ich kann Ihnen nicht sagen, wie wichtig. Sie müssen es tun.«

Ein kurzes Schweigen folgte. »Ich werde es versuchen«, sagte sie dann mit veränderter und gepreßter Stimme. »Ich gehe nicht viel aus, aber wenn Sie wollen, daß ich – morgen um fünf? Gut. Danke.«

Woraus ich ersah, daß Julian bei ihr im Zimmer war.

Es war Viertel vor elf, als ich hörte, wie Tony heraufkam und in sein Zimmer ging und Reynolds das Haus für die Nacht zusperrte. Er schien lange zu brauchen, aber schließlich schaffte ich es, ins Erdgeschoß zu kommen. Aber trotz alledem hatte ich O'Brien vergessen, und ich entwischte ihm nur, indem ich mich in einem Garderobenschrank im Westflur versteckte. Ich war mittlerweile ziemlich mit den Nerven fertig, aber ich möchte behaupten, daß der Schrank in dieser Nacht mein Leben rettete. Ein weißer Sommermantel von mir hing noch darin, und ich zog ihn an.

Zu meinem Glück hatte Roger sich angewöhnt, nachts mit O'Brien seine Runden zu machen. Er schnüffelte einen Moment an dem Schrank und ging weiter. Aber ich kam nicht ohne weitere Schwierigkeiten weg.

Die Garage war noch offen und niemand in der Nähe, aber als ich den Motor anließ, tauchte plötzlich Gus auf, und sein kantiges, ehrliches Gesicht wirkte besorgt.

»Wenn Sie wegfahren, fahre ich besser mit Ihnen, Miss«, sagte er. »Mr. Wainwright würde es nicht gerne sehen, daß Sie alleine fahren.«

»Ich habe zu tun, Gus. Ich werde nicht lange weg sein.«

»Ich habe sonst nichts zu tun«, sagte er hartnäckig. »Mr. Wainwright hat Befehl gegeben –«

»Mr. Wainwright hat mir keine Befehle zu geben, außer bei der Arbeit«, erwiderte ich scharf und fuhr los.

Ich zitterte wieder, als ich die Zufahrt hinabfuhr. Ich hatte keine Ahnung, wie ich Margery beibringen sollte, was ich wußte. Nach Tonys Warnung muß ich verängstigt gewesen sein. Ich entsinne mich an die gewaltige, dunkle Masse des Hauses und die lange, unbeleuchtete Zufahrt, die sich unter den toten Bäumen wand, und jeder immergrüne Busch war ein möglicher Hinterhalt. Aber als ich die Landstraße erreichte, auf der Autos hin- und herfuhren, fühlte ich mich erleichtert, und als ich zum Stoddardschen Anwesen kam, war ich relativ ruhig.

Ich ließ den Wagen auf der Zufahrt hinter dem Tor stehen und ging zum Schwimmbassin. Margery war nicht da, und ich wartete eine Weile auf einer kalten Marmorbank, bevor sie erschien.

»Was ist los, Pat?« fragte sie. »Sie haben sich am Telefon so komisch angehört.«

»Ich denke, Sie wissen es vielleicht«, sagte ich so sanft wie möglich. »Ich war bei Miss Connor.«

»Miss Connor?« wiederholte sie. Dann hörte ich sie nach Luft schnappen. Plötzlich setzte sie sich und blieb eine Weile reglos, sprach nicht, atmete kaum.

»Die alte Connor!« sagte sie. »Ich hatte sie ganz vergessen. Was soll ich tun, Pat? Was soll ich tun?«

»Ich glaube nicht, daß sie redet, Margery.«

»Mit Ihnen hat sie geredet.«

»Nicht so, wie Sie denken. Sie hat nicht die blasseste Ahnung, wer Sie sind. Aber sie erinnert sich an Marguerite Weston. Sie scheint Sie gemocht zu haben.«

Sie war erleichtert. »Die gute alte Connor«, sagte sie. »Sie war gut zu mir. Sie versuchte, mich zurückzuhalten, aber ich war jung und unbesonnen. Und Sie wissen, wie Don war. Ich schäme mich nicht, Pat. Er hat mich geheiratet, wissen Sie. Ich habe mich später scheiden lassen, nachdem er mich verlassen hatte.«

Ich sehe sie noch vor mir, wie sie dort am Bassin saß, eine von meinen Zigaretten rauchte und die Vergangenheit wieder aufleben ließ, als ob es sie erleichterte, darüber zu sprechen. Es war die übliche Geschichte. Eine Zeitlang war sie glücklich gewesen. Dann ging Don eines Tages weg und kam nicht wieder. Das war in Paris. Er hatte etwas Geld gehabt, es aber verschwenderisch ausgegeben. Als er verschwand, war sie außer sich. Sie sprach kein Französisch und hatte den Gegenwert von zwanzig Dollar im Portemonnaie und eine Hotelrechnung zu bezahlen. Schließlich bekam sie Arbeit als Stenotypistin bei der American Express Company, und eines Tages kam Julian Stoddard herein. Sie hatte einmal kurz in seinem Büro gearbeitet, und er erkannte sie.

»Ich habe ihm die Geschichte erzählt, und er war sehr freundlich«, sagte sie. »Er wies mir Geld an, um das Hotel zu bezahlen und nach New York zurückzukommen, und später verschaffte er mir dort eine Stellung. Ich sah ihn ziemlich oft, und – na, den Rest kennen Sie.«

Natürlich steckte mehr dahinter. Sie hatte Angst gehabt, zurückzukommen. Aber Beverly war zehn Meilen von der Stadt entfernt, und sie war jahrelang kaum dorthin gegangen. Außerdem hatte sie sich verändert. Vor allem war ihr Haar weiß geworden. Sie begann sich wieder sicher zu fühlen. Und dann war Don Morgan zurückgekommen. Es war eine ziemlich ausweglose Situation gewesen, für Julian wie auch für sie.

»Wir wußten nicht, was wir tun sollten«, sagte sie. »Ich bin fast verzweifelt. Aber dann erfuhren wir, daß er nicht lange bleiben wolle. Außerdem war er krank. Alles schien relativ sicher.«

Sie hatten darüber gesprochen. Zunächst hatte Julian sie fortschaffen wollen, aber einem der kleinen Mädchen war es nicht gutgegangen. Und anscheinend war alles in Ordnung. Don wurde im Dorf festgehalten, und sie blieb auf der Farm und verließ den Hügel nicht. Dann kam der furchtbare Moment, als Bessie eines Nachts mit einem Mantel über ihrem Pyjama herüberkam und ihr sagte, sie kenne ihre Geschichte.

»Ich war wie vom Donner gerührt«, sagte sie. »Sie wußte alles. Sie hatte Don in Paris kennengelernt, und er hatte es ihr erzählt. Ich konnte nicht zu Julian gehen. Ich wagte es nicht. Ich zahlte ihr, was ich konnte, aber es war nie genug. Immer kam sie zurück und wollte mehr. Der Tag, an dem Sie uns auf dem Pfad gesehen haben, war nur ein Mal. Es gab unzählige Male.«

Mir fiel etwas ein. »Haben Sie je Maud davon erzählt, Margery?«

»Nein. Wie hätte ich können?«

Sie fuhr fort. Als man Dons Leiche gefunden hatte und gesagt wurde, daß er in irgendeinem Schwimmbassin ertrunken war, verlor sie fast den Verstand. »Sie suchten alle Becken nach Indizien ab«, sagte sie versonnen. »Und ich wußte es nicht, Pat. Ich war nicht sicher. Jetzt weiß ich, daß Julian es nicht getan hat. Aber da war dieses gräßliche Auto bei uns im Hohlweg, und Julian war von Mauds Party nicht direkt zurückgekommen. Dann hörte ich, daß Jim Conway das Becken absuchen wollte. Er suchte nach irgendeinem Indiz. Er hatte sogar eine Wache aufgestellt. Der Mann saß den ganzen Nachmittag hier auf der Bank. Es war scheußlich.«

Also hatte sie getan, was sie konnte. Daß die Wache abgezogen wurde, hatte sie verwirrt. »Ich kam in der Nacht heraus und habe das Becken abgelassen«, sagte sie. »Ich konnte nicht warten. Ich mußte es wissen. Und es war nichts darin. Überhaupt nichts.«

Es war nur eine spontane Regung aus reiner Panik gewesen. Als sie darüber nachdachte, wußte sie, daß Julian nichts mit Dons Tod zu tun hatte. »Es war nicht nur, daß er so etwas nie tun würde, Pat. Er hatte keinen Grund. Ich hatte ihm nie von Bessie erzählt. Wie er die Sache sehen mußte, waren wir überhaupt nicht bedroht.«

Ich glaubte ihr. Ich glaubte ihr auch, als sie leugnete, in Mauds Todesnacht in die Spielhalle gegangen zu sein. Schon der Gedanke an die Spielhalle stieß sie ab. Schaudernd sagte sie, sie sei seit Dons Tod nicht in dem Gebäude gewesen, und sie hasse schon den Anblick. »Das ist die Wahrheit, Pat«, sagte sie, und legte eine kalte Hand auf die meine. »Sie müssen mir glauben. Wenn Maud nach mir geschickt hätte, wäre ich vielleicht gegangen. Sie hat es nie getan.«

Danach trennten wir uns, sie, um ins Haus und zu Julian zurückzukehren, ich, um zu meinem Auto zu gehen. Ich wußte nicht, was ich tun sollte, außer Miss Connor zu vergessen. Ich glaubte nicht, daß Julian Don getötet hatte, und Margerys Geheimnis war bei mir sicher.

Ich erinnere mich nicht, niedergeschlagen worden zu sein. Ich entsinne mich nur, daß ich jemanden dicht hinter mir hörte und mich halb umwandte, um zu sehen, wer es war. Das war alles, woran ich mich zwei volle Tage lang erinnern sollte.

Kapitel 28

Sie verhafteten Julian Stoddard am Sonntag und nahmen ihn mit in die Stadt. Ich wußte nichts davon. Zwischen dem Zeitpunkt, als ich Margery Stoddard am Freitagabend um dreiundzwanzig Uhr dreißig zum Haus hatte aufbrechen sehen, und dem Moment am Sonntagabend, als ich die Augen aufschlug, um etwas Kaltes und Feuchtes auf dem Kopf zu fühlen und Amy Richards mit Haube und Tracht an meinem Bett stehen zu sehen, klaffte eine völlige Lücke.

»Was ist los?« fragte ich. »Bin ich krank?«

»Du hast eine knappe Chance zu überleben, wenn du den Eisbeutel da läßt, wo er hingehört. Du hast ihn die letzten achtundvierzig Stunden immer runtergeworfen.«

»Ich will ihn nicht«, sagte ich verdrossen und warf ihn wieder runter.

Danach muß ich geschlafen haben. Als ich aufwachte, döste Amy in einem Sessel, und ich lag still und versuchte zu denken. Zuerst konnte ich mich an gar nichts erinnern. Ich hätte ein neugeborenes Baby ohne jegliche Vergangenheit sein können. Es gab keinen Don Morgan, keinen Tony, keine Maud, keine Margery Stoddard. Nur Amy, die mit leicht geöffnetem Mund am Kamin döste. Als mein Verstand zu funktionieren begann, erschienen Bilder in beliebiger zeitlicher Reihenfolge.

Seit dieser Zeit habe ich immer von Leuten gelesen, die nach einem Schlag wie dem auf mich sofort weiterkämpfen oder -reden oder was auch immer sie gerade getan haben. Ich glaube das nicht mehr. Es war eigentlich Montag, bevor ich irgend etwas begriff. Und da begriff ich nicht mal viel. Ich war die Zufahrt zur Farm hinabgegangen, und jemand war hinter mir gewesen. Soweit war ich bis Montag gekommen, als ich irgendwann nachmittags wieder erwachte, um Jim Conway im Zimmer zu sehen und Bill Sterling, der sorgsam den Eisbeutel wechselte.

»Ich wünschte, Sie würden das verdammte Ding wegnehmen«, sagte ich gereizt.

Bill grinste. »Sie ist in Ordnung«, sagte er, »ich meine, Sie können mit ihr sprechen.«

Das war der Moment, in dem mein Verstand zu arbeiten begann, und ich wußte, daß ich nicht mit Jim reden konnte. »Mein Kopf tut weh. Ich wünschte, du würdest mich in Ruhe lassen«, sagte ich kläglich.

Aber Jim hatte nicht die Absicht, mich in Ruhe zu lassen. Er kam herüber und stellte sich an mein Bett. »Ich will dich nicht aufregen«, sagte er. »Ich möchte nur wissen, wie du dir diese Beule am Kopf zugezogen hast.«

Ich schloß die Augen. »Ich muß hingefallen sein. Ich erinnere mich nicht.«

»Hingefallen? Behauptest du, du bist in das Schwimmbecken *gefallen?*«

»Was für ein Schwimmbecken?« fragte ich ungläubig. »Ich war in keinem Schwimmbecken.«

Er grinste. »Na gut«, sagte er. »Was hast du mitten in der Nacht bei den Stoddards gemacht? Das weißt du doch wohl?«

Ich schloß wieder die Augen. »Ich fuhr spazieren«, sagte ich schwach. »Ich bin dort eingebogen, weil ich hoffte, daß noch jemand auf war. Das ist alles, und ich wünschte, du würdest weggehen.«

Aber Jim rührte sich nicht. Er stand da und starrte kühl auf mich herab. »Du bist eine verflixte Lügnerin, Pat. Du hast dich mit Margery Stoddard verabredet. Reynolds hat dich dabei gehört. Du bist dorthin gefahren und hast deinen Wagen auf der Zufahrt gelassen, und du hast Mrs. Stoddard getroffen. Streite es nicht ab. Sie gibt es selbst zu. Und dann? Sie sagt, als sie dich zuletzt gesehen hat, warst du auf dem Weg zu deinem Wagen. Stimmt das?«

Ich versuchte zu nicken, was mir bewußt machte, daß mein Genick zumindest im Moment außer Funktion war.

»Ich würde sie nicht aufregen«, warnte Bill. Aber Jim stand unbeweglich am Bett und betrachtete mich unfreundlich.

»Ich fange an, mich über dich zu wundern, Pat«, sagte er. »Wenn du glaubst, daß du irgendwem hilfst, irrst du dich. Sie haben Julian Stoddard geschnappt. Es ist zu spät, um irgendwas zu tun.«

Ich war entsetzt. Ich entsinne mich, wie ich jammerte, ich hätte Julians Verhaftung verursacht, wenn ich auch nicht wußte, wie. Und schließlich erzählte ich ihm die ganze Geschichte: den Schnappschuß von Margery, meine Verabredung mit ihr, ihre Bestätigung der Fakten und mein Gefühl auf der Zufahrt, daß jemand hinter mir war. Er hörte aufmerksam zu.

»Bist du sicher, daß es nicht Stoddard war, der versucht hat, dich umzubringen?«

»Das würde er mir nie antun.«

»Ein Mensch würde eine ganze Menge tun, um dem elektrischen Stuhl zu entgehen«, sagte er trocken. »Du wußtest über Margery Bescheid. Niemand sonst. Dir zufolge wußte nicht einmal die Connor, daß sie Stoddard geheiratet hatte.«

»Er wußte nicht, daß ich da war.«

»Woher willst du das wissen? Es gibt eine Menge Büsche um das Bassin. Er kann seiner Frau gefolgt sein und alles gehört haben, was du gesagt hast. Es sieht übel aus, Pat. Man weiß, was dir zugestoßen ist. Deswegen haben sie ihn geschnappt.«

»Ich weiß selbst nicht, was mir zugestoßen ist.«

Da berichtete er es mir. Gus hatte sich um mich gesorgt, und als ich nicht zurückkam, machte er sich mit der Limousine auf, um mich zu finden. Zuerst fuhr er ins Dorf hinab, aber um zwölf war er wieder auf dem Hügel. Mein Auto war immer noch weg, also rief er Reynolds im Haupthaus an und fragte ihn, ob er wisse, wohin ich gefahren sei. »Zu den Stoddards«, sagte Reynolds. »Ich habe gehört, wie sie sich verabredete.«

Gus kam sich allmählich albern vor. Er dachte daran, die Limousine abzustellen und den Dingen ihren Lauf zu lassen. Aber da war Tonys Befehl, mich nachts nicht alleine hinauszulassen. Schließlich fuhr er zur Farm hinüber, wo er meinen Wagen drinnen auf der Zufahrt abgestellt und das Stoddardsche Haus dunkel vorfand.

»Ihm kam es komisch vor«, sagte Jim. »Er stieg aus und sah sich auf dem Grundstück um. Es war ziemlich dunkel, und wenn du nicht diesen weißen Mantel getragen hättest, hätte er dich übersehen. Aber da warst du, ins leere Bassin geworfen, und er dachte, du seist tot.«

Ich erfuhr, daß es eine beträchtliche Aufregung gegeben hatte, als ich zurückgebracht wurde. Bill Sterling befürchtete einen Schädelbruch, und Tony hatte einen Chirurgen in der Stadt wecken und ihn kommen lassen. Er hatte mich zum Röntgen ins Krankenhaus mitnehmen wollen, aber Tony widersetzte sich. »Wenn irgend etwas getan werden muß«, sagte er, »wird es hier getan. Ich möchte sie hier haben, wo sie bewacht werden kann. Sie wird nicht denselben Weg gehen wie Evans.«

Ich hatte nichts gebrochen. Es war eine Gehirnerschütterung, aber ich stöhnte, als ich erfuhr, daß sie eine kleine Stelle an meinem Hinterkopf rasiert und mit vier Stichen genäht hatten. Sie hatten mir Spritzen gegeben, um mich ruhigzustellen, und einen Teil der Zeit hatte ich verschlafen.

»Du warst ein ganz schön müdes Mädchen«, sagte Jim, als er sich erhob. »Du kannst dich jetzt meinetwegen ausruhen. Es gibt nichts, was wir für Stoddard tun können. Sie glauben, sie haben ihn in der Falle.«

Es sah so aus, als hätten sie das. Natürlich war es der kleine, unauffällige Mann gewesen, der es geschafft hatte. Als ich Miss Connor verließ, war er einfach hineingegangen und hatte der Zimmerwirtin seine Dienstmarke gezeigt. »Hier ist 'ne Frau namens Connor«, sagte er. »Ich will sie sehen.«

»Meine Güte, sie fällt tot um! Die Polizei!«

»Will nur mit ihr sprechen. Ist nichts passiert.«

Er fand sie, wie sie nach unserem Tee abwusch und leise vor sich hinsang. Der kleine Mann trat ein und knallte der Wirtin die Tür vor der Nase zu. »Keine Aufregung, Miss Connor«, sagte er. »Nur ein bißchen plaudern. Sie haben ein Mädchen namens Marguerite Weston gekannt, nicht?«

Sie trocknete sich die Hände ab und starrte ihn an. »Was ist mit ihr?« sagte sie. »Sie ist doch nicht – tot?«

»Nicht, daß ich wüßte«, sagte er munter. »Ich will 'ne Beschreibung von ihr, das ist alles. Sie hat ein bißchen Geld geerbt, und wir möchten sie finden.«

»Tatsächlich!« sagte sie. »Wie schön für sie. Ich habe einen Schnappschuß von ihr, aber der wurde vor fünfzehn Jahren aufgenommen. Aber vielleicht nützt er etwas.«

Der kleine Mann verzog keine Miene, als sie das Photo hervorzog. »Ich würde es gerne mitnehmen«, sagte er. »Hoffentlich macht es Ihnen nichts. Sie kriegen es bestimmt wieder.«

Er verstaute es sorgfältig in seiner Brieftasche, und Miss Connor strahlte, als sie ihn zur Vordertür hinausließ. Die Wirtin wartete, aber Miss Connor gab keine Erklärung ab.

»Nur eine Freundin von mir, die etwas Geld geerbt hat«, sagte sie und ging mit glücklichem Lächeln hinauf in ihr Zimmer.

Die Polizei hatte den Samstag mit Ermittlungen verbracht, darunter auch mit Nachforschungen zum Überfall auf mich. Dann hatten sie am Sonntag nach Julian Stoddard geschickt. Distriktstaatsanwalt Stewart saß mit dem kleinen Schnappschuß von Margery vor sich an seinem Schreibtisch. Er nahm ihn in die Hand.

»Erkennen Sie dieses Photo, Mr. Stoddard?«

Julian nahm es. Er muß gewußt haben, was es bedeutete, aber seine Hand war ruhig. »Aber sicher«, sagte er, »es ist meine Frau.«

Keiner im Raum bewegte sich. Ein halbes Dutzend Männer war da: der Polizeipräsident, der Leiter der Mordkommission, Hopper und zwei oder drei andere. Nur Stewart starrte Julian mit seinen kleinen Schweinsäuglein an. »Sie war Marguerite Weston?«

»Ja. Ich habe sie geheiratet, nachdem sie sich von Donald Morgan hatte scheiden lassen.«

»Sie wußten, daß sie ihn geheiratet hatte und von ihm verlassen worden war?«

»Das wußte ich.«

Stewart lehnte sich zurück. »Ich verstehe«, sagte er. »Da war seine Rückkehr also nicht besonders erfreulich für Sie. Insbesondere, da Sie die frühere Identität Ihrer Frau begraben hatten. Stimmt's?«

»Ihre frühere Identität war ihre Angelegenheit und nicht meine.«

»Ach, kommen Sie, Mr. Stoddard! Es war mehr als das. Sie oder Ihre Frau haben Geld gezahlt, um es geheimzuhalten, oder etwa nicht?«

Das war eine listige Frage. Nicht einmal Hopper, der sie vorgeschlagen hatte, war allzu sicher. Aber Julian sah bloß indigniert auf. »Ich habe niemandem Schweigegeld bezahlt«, sagte er steif.

»Ich vermute, irgend jemand hat, Mr. Stoddard. Vielleicht Ihre Frau.«

Dabei beließen sie es, aber auf ein Wort von Hopper schlüpfte einer der Männer hinaus. Ich bezweifle, daß sich Julian selbst völlig im klaren war über seine Lage. Bei der nächsten Frage dann muß er es gewesen sein. »Haben Sie Morgan nach seiner Rückkehr gesehen?«

»Nie.«

»Hat Ihre Frau ihn gesehen?«

»Nein.«

»Sind Sie sicher?«

»Absolut.«

Dann brach seine eiserne Selbstbeherrschung zusammen. Er stand auf. »Ich weiß nicht, was das alles soll. Ich habe ihn nicht getötet, wenn Sie das meinen, Stewart. Warum sollte ich ein Dutzend Jahre warten und dann so etwas tun? Er war nicht hergekommen, um zu bleiben. Er wollte doch nach einer Zeit weggehen. Das letzte, was ich wollte, war, die Sache an die große Glocke zu hängen, und seine Ermordung hätte mit Sicherheit diese Wirkung gehabt.«

Der Distriktstaatsanwalt lehnte sich zurück und blickte zufrieden drein.

»Setzen Sie sich, Mr. Stoddard«, sagte er leutselig. »Ich erzähle Ihnen gleich, was das soll. Ich schlage vor, wir gehen zu der Nacht zurück, in der Morgan ermordet wurde. Um welche Zeit haben Sie das Kloster verlassen?«

»Gegen Mitternacht.«

»Zu Fuß?«

»Zu Fuß. Auf dem Pfad ist es nur einen Kilometer bis zu meinem Haus.«

»Wann sind Sie zu Ihrem Haus zurückgekommen?«

»Ich bin nicht sicher. Ich hatte einiges zu überdenken. Ich bin eine Weile herumgelaufen.«

»Hat Sie jemand auf dem Weg gesehen oder als Sie nach Hause kamen?«

»Ich fürchte nein.«

»Und Ihre Frau?«

»Sie schlief.«

»Sie hat sich ganz schön sicher gefühlt, was?« meinte Stewart. »Kein Skandal, nichts. Dann ist es aufgeflogen. Ich verstehe.«

»Nichts ist aufgeflogen, wie Sie es nennen«, sagte Julian wiederum steif und würdevoll.

Selbstverständlich glaubten sie ihm nicht. Sie gingen jene Nacht noch einmal durch. Er hätte Morgan anrufen und sich mit ihm an der Spielhalle verabreden können. Nach Aussage seiner Frau hatte Morgan einen Anruf erhalten. Er hätte ihn dort treffen können und –

»Das ist lächerlich. Warum hätte ich ihn dort treffen sollen? Wo es hundert andere Stellen in der Gegend gibt?«

Aber Stewart fragte unablässig weiter. »Warum ist Ihre Frau bloß in dieser Nacht früh nach Hause gegangen, Mr. Stoddard? War das mit Ihnen abgesprochen?«

Das brachte ihn auf. Er lief rot an und ballte die Fäuste. »Noch so eine Behauptung, Stewart«, sagte er, »und ich ramme Ihnen die Zähne in Ihr Lügenmaul.«

Umringt von seinen Hilfstruppen, lächelte Stewart bloß. »Na gut«, sagte er. »Ich lege meine Karten auf den Tisch, Stoddard. Wir glauben, daß Sie in dieser Nacht Donald Morgan getötet haben, daß Sie den Wagen, in dem er gekommen war, genommen und die Leiche dort abgesetzt haben, wo sie gefunden wurde, daß Sie dann den Wagen in den Hohlweg hinter Ihrem Haus gefahren haben und nur den Hügel hinaufklettern mußten, um wieder zu Hause zu sein.«

Stoddard wurde blaß, aber er kämpfte immer noch. »Ich bin kein verdammter Narr«, sagte er. »Wenn ich es getan hätte, hätte ich den Wagen da abgestellt, wo er gefunden wurde?«

Hopper hatte in seine Notizen geschaut. »Sie haben letzte Woche dreitausend Dollar bar von der Bank abgehoben. Möchten Sie uns mitteilen, warum Sie das getan haben?«

»Nein. Es war eine Privatangelegenheit.«

»Haben Sie am vergangenen Freitagabend Patricia Abbott gesehen, als sie Ihre Frau traf? An Ihrem Schwimmbassin?«

»Ich hatte keine Ahnung, daß meine Frau an diesem Abend jemanden getroffen hat, bis sie es mir später erzählt hat.«

Er wurde müde. Müde und verwirrt. Er saß da und versuchte zu erkennen, worauf das alles abzielte, aber das Kreuzverhör ging weiter. Er hatte keine Zeit nachzudenken.

Dann spielten sie ihren Trumpf aus.

»Hören Sie, Stoddard«, sagte der Distriktstaatsanwalt, »Sie packen besser aus. Wir haben Sie, und das wissen Sie. Sie sind in der Nacht, in der Morgan getötet wurde, nicht direkt nach Hause gegangen. Wir wissen, wann Sie nach Hause gekommen sind und wie. Wir wissen, daß Sie Evans im Krankenhaus besucht haben und in der Nacht, in der er verschwand, an seinem Fenster waren. Und wir sind ziemlich sicher, daß Sie versucht haben, Miss

Abbott in der Nacht, in der sie Ihrer Frau erzählte, was sie wußte, auf der Farm zu töten. Reden Sie besser, Stoddard. Wir wissen es sowieso.«

Stoddard sah sich mit müden Augen im Zimmer um. Hier gab es kein Mitleid. Nur ein halbes Dutzend Männer und eine Stenographin, die Notizen machte, und draußen das dumpfe Rauschen des Großstadtverkehrs.

»Soll das heißen, daß ich verhaftet bin?«

»Es sieht wohl ganz so aus«, sagte Stewart liebenswürdig.

Kapitel 29

Sie hatten ihren Fall. Tony, der hinabeilte, um mit Dwight Elliott zu konferieren, war entsetzt, als Hopper es ihnen berichtete. Den ganzen Samstag und den Sonntagvormittag hatten sie den Fall unter diesem neuen Gesichtspunkt überarbeitet, die Bediensteten auf der Farm verhört, sogar die Schwestern im Krankenhaus.

Das erste, was sie erschütterten, war Julians Alibi für die Nacht, in der Don ermordet wurde. Erschüttert wurde es von der Frau des Untergärtners Joe Smith, desjenigen, der Lydias Auto in den Weg hatte fahren sehen.

Sie war allerdings zurückhaltend. Sie hielt ein Baby im Arm und blickte sie kühl an. »Ich weiß gar nichts. Und es ist Zeit, das Kind hier zu füttern. Haben wir nicht genug Ärger gemacht? Wenn Joe den Mund gehalten hätte, wären Sie jetzt nicht hier.«

»Angenommen, dieses Baby würde groß und jemand würde es umbringen? Würden Sie den Mörder schützen wollen?«

»Mr. Stoddard ist kein Mörder«, sagte sie empört, und dann wurde ihr bewußt, was sie gesagt hatte. Sie wirkte erschreckt, aber wie zu erwarten, gab sie unter der Drohung, sie in die Stadt mitzunehmen und von ihrem Kind zu trennen, nach.

In der Nacht, in der Don getötet wurde, war sie aufgeblieben, um auf ihren Mann zu warten. Er kam später als gewöhnlich, und sie hatte vor, ihm »die Meinung zu sagen«. Es war eine warme Nacht. Sie saß auf der dunklen Veranda vor ihrem Häuschen, nicht weit von der Böschung des Hohlweges, und ein paar Minuten nach eins sah sie Julian Stoddard vorbeikommen. Er war aus der Richtung des Hohlwegs gekommen und schritt langsam, als ob er müde sei.

»Kam Ihnen das nicht ungewöhnlich vor?«

»Warum? Er war zum Dinner ausgewesen. Er kam oft spät, und er ging gerne zu Fuß.«

»Hat er Sie gesehen?«

»Ich glaube nicht.«

Es gab einige Ungereimtheiten. Zum Beispiel behauptete sie, daß sie Julian auf dem Pfad gehört habe, bevor sie ein Auto im Hohlweg anhalten hörte. Was den Wagen selbst betraf, habe sie gedacht, jemand bringe Joe nach Hause. Aber es habe einige Zeit gedauert, bis Joe erschien.

Ebenso vernichtend war die widerwillige Aussage von Julians Kammerdiener. Nachdem man ihm hart zugesetzt und von der Aussage der Smith berichtet hatte, gab er zu, daß Julians Abendanzug am nächsten Morgen in einem üblen Zustand war. »Nicht schlimmer, als wenn er einen Spaziergang im Dunkeln gemacht hätte«, sagte er kriegerisch. »Das hat er oft getan. Da waren ein bißchen Dreck und Feuchtigkeit an der Hose.«

»Und seine Schuhe?«

»Die waren auch ein bißchen schmutzig«, gab er mürrisch zu. »Worauf wollen Sie denn überhaupt hinaus? Wenn Sie glauben, er hat was mit dem Ärger im Kloster zu tun, kennen Sie Mr. Stoddard nicht.«

Sie versuchten, mich zu sprechen, aber ich war nicht vernehmungsfähig. Auch Margery lag im Bett, nachdem sie von dem Überfall auf mich gehört hatte und sich Gottweißwas dabei dachte. Trotzdem machten sie an diesem Tag Fortschritte. Es gelang ihnen sogar, Evans' Verschwinden mit Julian in Zusammenhang zu bringen. Er hatte Evans des öfteren im Krankenhaus besucht, und am Abend seiner Verhaftung, als sich die Neuigkeiten in der ganzen Stadt verbreitet hatte, meldete sich eine Schwesternschülerin. Nicht bei der Polizei. Furchtsam betrat sie das Büro des Ausbildungsleiters. Sie war verschüchtert, aber entschlossen.

»Ich nehme an, ich werde dafür rausfliegen«, sagte sie. »Es tut mir leid. Es hat mir hier gefallen. Ich hatte gehofft, ich könnte bleiben, aber –«

Dann weinte sie ein bißchen, aber sie erzählte ihre Geschichte recht tapfer. In der Nacht, in der Evans verschwand, war sie draußen gewesen. Nicht sehr spät, aber nach Toresschluß. Es gab eine Möglichkeit hereinzukommen, wenn man sie kannte. Die Röntgenabteilung, die den ganzen Tag geschlossen war, wurde gewöhnlich abends zum Lüften geöffnet, und es war möglich, durch ein Fenster einzusteigen.

Sie hatte einen Wagen auf der Landstraße parken sehen, als sie hereinkam. Es hatte sie überrascht, weil am Krankenhaus selbst reichlich Platz war. Sie erkannte den Wagen nicht, aber als sie um die Ecke des Gebäudes bog, sah sie einen Mann unter Evans' Fenster stehen. Nein, Evans selbst hatte sie nicht gesehen. Sie war umgekehrt und zur Röntgenabteilung auf der anderen Seite des Gebäudes gegangen. Aber Mr. Stoddard hatte sie oft gesehen, und jetzt dachte sie, daß er es gewesen war.

Das kam am Sonntagabend heraus. Der Distriktstaatsanwalt war noch in seinem Büro, und Hopper war bei ihm. Stewart rieb sich die Hände. »Das war's wohl«, sagte er. »Diesmal ist es kein Irrtum, Hopper. Nächste Woche kriegen wir eine Anklage.«

Aber Hopper war skeptisch. »Fast zu gut«, sagte er. »Und es ist noch 'ne Menge unklar.«

Stewart war gereizt. »Was ist los mit Ihnen?« wollte er wissen. »Der Kerl ist so schuldig wie nur was. Was ist unklar?«

»'ne ganze Menge«, sagte Hopper gedehnt. »Wer hat Maud Wainwright umgebracht und warum? Wer hat auf Bessie Wainwrights Auto geschossen? Wer hat den Friedhof von Beverly verwüstet? Wenn Stoddard Evans gekidnappt hat, wo ist er? Und warum?«

»Wahrscheinlich tot und vergraben.«

Aber Hopper lächelte. »Haben Sie je versucht, 'ne Leiche zu vergraben, Herr Staatsanwalt? Das ist nicht so einfach. Erstmal muß man die Leiche haben. Dann braucht man Werkzeug. Danach braucht man Zeit, wenn man seine Sache gut machen will. Und wenn Evans vergraben ist, hat jemand seine Sache verdammt gut gemacht. Und in kurzer Zeit. Die Sonne ist an diesem Morgen vor sechs Uhr aufgegangen.«

»Wir machen Stoddard nicht wegen dem Mord an Evans den Prozeß«, sagte Stewart säuerlich. »Wenn Ihnen der Fall nicht gefällt –«

»Oh, er gefällt mir.« Hopper stand auf und reckte sich. »Er gefällt mir sehr. Warum hat Tony Wainwright an dem Tag, an dem jemand auf seine Frau geschossen hat, New Yorker Privatschnüffler angerufen? Warum ist er am selben Abend in die Bücherei gegangen? Wann hat er erfahren, daß seine Frau die Stoddard erpreßte? Wer hat seine Pistole aus seinem Zimmer gestohlen? Warum wollte Mrs. Wainwright ihren Schmuck verkaufen? Warum war –«

»Machen Sie, daß Sie hier rauskommen«, brüllte Stewart. »Am Ende werde ich denken, daß Sie es selbst getan haben.«

»Danke«, sagte Hopper und nahm seinen Hut. »Wer auch immer es war, er besaß Verstand, Stewart. Verstand, und zwar im Überfluß.«

Wie Jim später sagte, glaubte Hopper immer noch, Julians Verhaftung sei vorschnell erfolgt. Sie wußten, daß Bessie Schweigegeld von Margery erpreßt hatte. In ihrer Verzweiflung hatte Margery es selbst zugegeben. Tatsächlich hatte sie sogar noch mehr zugegeben. Praktisch entlastete sie Bessie von der Mittäterschaft an Dons Ermordung.

»An diesem Abend«, sagte sie, als sie weiß und reglos auf ihrem Chintzsofa im Wohnzimmer der Farm saß, »hatte ich ihr versprochen, Geld für sie bereitzuhalten. Sie verließ den Club, und ich traf sie auf dem Pfad. Sie wollte damals tausend Dollar, und ich mußte ein Armband verkaufen, um sie zu bekommen.«

Aber obwohl Bessie entlastet worden war, dachte Hopper immer noch an Tony. Am Tage nach Julians Verhaftung faßte er seine Verdachtsmomente gegen ihn zusammen. Er war nach Beverly gefahren. Er und Jim hatten eine private Unterredung.

»Was ist mit Wainwright?« fragte er. »Seine Frau war in Paris eng befreundet mit Morgan. Er hatte einen Streit mit Morgan, als er zurückkam, und wir haben nur sein Wort, daß es sich um die Tochter drehte. Später unternimmt seine Frau mit Morgan eine nächtliche Spazierfahrt. Vielleicht mochte er sie nicht besonders, aber das wollte er nicht mitmachen.«

Er wies auch darauf hin, daß Tony kein Alibi für die Mordnacht hatte. »Vielleicht ist es bloß eine dumme Idee«, sagte er. »Aber schauen Sie sich die Fakten an. An diesem Abend hat er seine Frau in seinem Wagen mit zum Club genommen. Wahrscheinlich haben sie sich wegen irgendwas gezankt. Jedenfalls ist sie ohne ihn zurückgekommen. Er kam um ein Uhr dreißig an diesem Morgen zurück. Sagt, er wäre auf dem Golfplatz rumspaziert. Eine ausgezeichnete Truppe Fußgänger haben Sie hier, Conway.«

»Ich verstehe«, sagte Jim grimmig. »Seine Frau scherte ihn keinen Pfifferling, aber er hat ihren Liebhaber umgebracht. Und was ist mit seiner Mutter? Vielleicht haben Sie dafür auch eine Erklärung!«

Das hatte er. Er wies darauf hin, daß Maud, als er – Hopper – sie am Tag nach dem Mord an Don aufgesucht hatte, erschüttert war, aber nicht mehr. Am Montagmorgen war sie noch gesund. Dann hatte sie ohne Vorwarnung, als ob ihr jemand mit dem Hammer auf den Kopf gehauen hätte, einen Herzanfall, der sie beinahe tötete.

»Angenommen, Tony hat es ihr an diesem Morgen erzählt?« sagte er. »Seine Zimmer liegen neben ihren. Er sagt: ›Tut mir leid, Mutter, aber ich bin ein unartiger Junge. Ich habe den bösen Wolf umgebracht.‹ Er geht raus, und sie bricht zusammen wie von der Axt getroffen. Irgendwas ist ihr an diesem Tag passiert. Da können Sie Ihren letzten Dollar drauf wetten.«

»Also hat sie Selbstmord begangen!« sagte Jim. »Wir machen uns wer weiß was für eine Mühe, um zu beweisen, daß sie ermordet wurde. Und jetzt ist es Selbstmord.«

»Ich habe nicht gesagt, es war Selbstmord«, sagte Hopper, und damit kehrte der große, schlaksige Mann in die Stadt zurück.

Ein Teil der Aufregung nach Julians Verhaftung entging mir, wenn Amy auch sagte, in der Stadt brodele es wie in einem Teekessel. Keiner, der ihn kannte, hielt ihn für schuldig. Margerys Identität wurde noch geheimgehalten, und es schien überhaupt kein Motiv für Julian zu geben, Don Morgan zu töten. Der Jagdclub veranstaltete eine Protestversammlung und schickte eine Delegation zum Büro des Distriktstaatsanwaltes. Gedemütigt kehrte sie zurück. Stewart hatte seine fetten Hände auf dem Tisch gespreizt und sie angefunkelt.

»Stoddard hatte ein Motiv, Gentlemen«, sagte er. »Wenn ich alles unter Dach und Fach habe, werde ich es erzählen. Und jetzt rate ich Ihnen, zu Ihren Pferden zurückzukehren und zu Ihren Füchsen oder Kaninchen oder was auch immer Sie da jagen. Ich habe zu tun.«

Bis auf die bloße Bekanntgabe von Julians Festnahme erfuhr man nichts. Tüchtige Reporter schafften es, Bilder von den Farmgebäuden zu bekommen, darunter auch den berühmten Hundezwinger, der einem bei Middleburg, Virginia, nachgebildet war. Die Tatsache, daß er eine Küche enthielt, in der das Futter für die Hunde vorbereitet wurde, einen Fütterungsraum, Wasch- und Baderäume und einen Platz zum Abrichten wie auch eine Krankenstation und Quartiere für die Meutenführer bot guten Stoff für Artikel. Ich glaube, daß – so wie die Lage war – der Bericht von dem sogenannten Hundepalast mehr zur Voreingenommenheit der Öffentlichkeit beitrug als alles andere.

Mir schien die ganze Geschichte unglaublich, aber ich konnte sie nicht allzu ernst nehmen. Es handelte sich um ein Versehen. Trotz der Dinge, die ich wußte, konnte ich mir Julian nicht wirklich auf der Anklagebank vorstellen. Ich verbrachte eine Woche im Bett, in der mich alle mit Freundlichkeit überschütteten. Andy pflückte seine besten Blumen aus dem Treibhaus, um meine Räume zu schmücken, Tony brachte mir Bücher, und eines Tages kam von Jim Conway ein kleines Aquarium aus einem Ramschladen. Es enthielt vier Goldfische und eine Karte mit der Aufschrift: *Hier ist was faul.* Sogar Pierre kam morgens herauf, um zu fragen, was ich gerne zu essen hätte, und schwatzte – zu Amys Verdruß – auf Französisch mit mir. »Sie müssen zunehmen, Mademoiselle. Für mich es ist keine Ehre, wenn Sie in vier oder fünf Monaten so dünn werden. Ich kann Sie wegblasen. Puh – und weg sind Sie.«

»Sag dem Franzmann, er soll aufhören, Knoblauch ins Zimmer zu blasen, und verschwinden«, sagte Amy eines Tages. »Was sagt er überhaupt?«

»Er erzählt mir, daß ich schön bin und daß er mich liebt.«

»Wie der Herr, so 's Gescherr«, sagte Amy. »Der Hanswurst!«

Wären nicht Julian und Margery gewesen, ich hätte in jener Woche glücklich sein können. Es war lange her, seit man sich so um mich gekümmert hatte. Aber als ich mich dann aufsetzen konnte, war der Fall vor dem Schwurgericht. Mit dem Staat als Kläger hörten die dreiundzwanzig Geschworenen Stewart und den paar Zeugen zu und klagten Julian ohne Zögern an. An diesem Abend überbrachte mir ein ziemlich angegriffen aussehender Tony die Neuigkeiten.

»Wir haben ihm Brander Jones als Verteidiger besorgt«, sagte er. »Elliott ist ein reiner Firmenanwalt. Stoddard hat es nie und nimmer getan, Pat.«

»Nein«, sagte ich nachdenklich, »aber ich habe dazu beigetragen, ihn auf den elektrischen Stuhl zu schicken. Das werde ich mir nie verzeihen.«

Ich erinnere mich, wie Tony an diesem Tag am Fenster stand und hinausblickte. Der Winter war schließlich gekommen. Die Bäume waren kahl, und der Blick fiel ungehindert auf die Spielhalle. Er sprach, ohne sich umzuwenden. »Wer hätte Mutter töten wollen, Pat?« sagte er. »Sie hat ihr Leben lang nichts Unrechtes getan.«

»Vielleicht ist *wirklich* ein Verrückter in der Gegend, Tony.«

»Wie hätte er an meine Pistole kommen sollen?«

»Vielleicht hat sie sie in jener Nacht mitgenommen. Nach dem, was in der Spielhalle passiert war –«

»Sie hat jemanden getroffen«, sagte er stumpf. »Sie ist dorthin gegangen, um jemanden zu treffen, und derjenige hat sie umgebracht.«

Er kam herüber, dahin, wo ich saß, in einem Sessel am Kamin und von Kissen gestützt, und schaute auf mich herab.

»Hören Sie, Pat«, sagte er. »Wegen Bessie. Wollen Sie versuchen herauszufinden, wieviel sie von Margery gekriegt hat? Ich kann meine Frau nicht Schweigegeld kassieren lassen – und sie ist noch meine Frau.«

Ich fragte ihn, ob er wisse, wo sie sei, aber ihm schien es völlig gleichgültig zu sein. »Sie wird wieder auftauchen«, sagte er. »Das ist sie bisher noch immer. Ich vermute, das wird sie auch immer. Nein, doch nicht immer, Pat. Ich habe etwas erfahren. Bessie hat ausgespielt. Ich möchte, daß Sie das wissen.«

Am Dienstag war es, dem elften Tag, nachdem man mich niedergeschlagen hatte, daß die »kleine Audrey« – wie Jim sie immer nannte – wieder ins Spiel kam.

Ich hatte Lydia nicht mehr allein gesehen, seit Audrey und ihre junge Horde eine Art Dauerpicknick aus der Suche nach Evans' Leiche gemacht hatten. Da war Mauds Tod gewesen und danach die Tage in der Stadt auf Miss Connors Spuren. Aber eines Tages brachte Bill Sterling, der die Verletzung an meinem Kopf untersuchte, das Gespräch auf sie.

»Es stimmt etwas nicht mit ihr«, sagte er und sah beunruhigt aus. »Natürlich sind wir im Moment alle nicht normal. Aber sie bleibt viel auf ihrem Zimmer. Ich möchte, daß Sie sie besuchen, sobald Sie können. Sie ist jahrelang stark gewesen. Jetzt ist sie verändert. Nicht einmal mir gegenüber ist sie dieselbe.«

Amy, die nach seinen Besuchen aufzuräumen pflegte, war nicht im Zimmer, so daß wir Zeit hatten zu sprechen. Er sagte, es sei nicht der Mord an Don. Sie sei natürlich schockiert gewesen, aber sie trauere nicht um ihn. Wenn er es nicht besser wüßte, würde er sagen, es habe etwas mit Mauds Tod zu tun.

»Sie ist anders, seit es passiert ist«, sagte er, und sein sympathisch-häßliches Gesicht wirkte besorgt. »Aber sie hat sie kaum gekannt. Warum sollte sie das verändert haben?«

»Nein«, sagte ich, »sie hat Maud nicht gut genug gekannt, um wirklich um sie zu trauern, Bill. Aber das gilt für die ganze Angelegenheit, nicht wahr? Don Morgan kommt nach fünfzehn Jahren zurück und wird umgebracht. Die Leute haben sich kaum an ihn erinnert. Evans war ein Eigenbrötler, der nachts lebte und tags schlief – er verschwindet auch. Bessie kommt auf einen Besuch und geht, ohne Bescheid zu sagen. Und die arme Maud Wainwright, die keinen einzigen Feind auf der Welt hatte, wird ermordet.«

Er sah mich an. »Sie glauben das also auch?«

»Ich bin sicher. Tony desgleichen. Jim Conway ebenfalls. Die Hausbediensteten auch. Wenn Sie in einem Haus wie diesem etwas wissen wollen, reden Sie mit dem Personal.«

»Was sagen sie?«

»Sie schwanken zwischen Bessie und Evans, aber sie setzen auf Bessie«, sagte ich bitter. »Sie mögen sie nicht.«

»Wenn das der einzige Grund ist, den sie haben –«

»Sie haben schon etwas mehr«, gab ich zu. »Sie glauben, sie hat zumindest Mauds Brief an Tony dorthin gelegt, wo er gefunden wurde.«

»Das versteh' ich nicht, Pat.«

»Hören Sie«, sagte ich. »Jeder Brief, der dazu bestimmt ist, nach dem Tod gelesen zu werden, kann wie ein Selbstmörderbrief aussehen. Angenommen, sie wollte sich umbringen. Warum Tonys Pistole stehlen? Warum in die Spielhalle gehen, um es zu tun? Warum das Wasser im Bassin andrehen? Ich glaube, sie wußte nicht einmal, wie man das macht. Und warum eine Selbstmörderbotschaft – wenn es eine war – verstecken, wenn nicht irgend jemand Zeit gewinnen mußte?«

»Das bedeutet wohl, daß es jemand im Haus war, der es getan hat?«

»Genau. Und deswegen setzen sie auf Bessie.«

Kapitel 30

Am selben Tag kam Audrey wieder ins Spiel. Bill war gegangen, und Amy hatte im Dorf zu tun. Ich hörte sie in ihrem alten Wagen hinausfahren, und das Getriebe krachte, daß es Gus fast die Tränen in die Augen trieb, und eine halbe Stunde später meldete Reynolds, daß Audrey mich sehen wolle. Ich hatte keine Zeit abzulehnen, denn sie war direkt hinter ihm und sah trotzig und verschüchtert zugleich aus.

»Es tut mir leid, Pat«, sagte sie mit dünner Stimme, »aber Larry hat mich hergeschickt.«

Ich war nicht allzu erfreut. »Was hast du denn jetzt angestellt?« fragte ich resigniert. »Na ja, komm rein, und setz dich. Ich lasse dir besser ein Glas Sherry holen. Du siehst ganz erledigt aus.«

»Das bin ich. Ich will nichts zu trinken.«

Daß sie zu weinen begann, überraschte mich, aber ich hatte genug von Tränen für den Rest meines Lebens, einschließlich meiner eigenen. Ich befahl ihr ziemlich barsch, sich zusammenzunehmen, und schließlich trocknete sie sich die Augen. »Ich wollte gar nichts sagen, Pat. Nur meint Larry, wenn ich es nicht tue, muß er es Jim Conway erzählen. Er denkt, vielleicht kannst du es erklären.«

»Was erklären, Audrey?«

»Erst mußt du dein Ehrenwort geben. Wenn du es der Polizei erzählst, springe ich in den Fluß.« Sie preßte entschlossen die Lippen zusammen, und ich kapitulierte sozusagen. Ich erklärte mich bereit, nicht zu Jim zu gehen, aber bei ihren ersten Worten begann mein Herz bis zum Halse zu schlagen.

»Es ist wegen Mutter«, sagte sie und kämpfte abermals mit den Tränen. »Weißt du, sie war in der Nacht, als Mrs. Wainwright getötet wurde, in der Spielhalle.«

Ich schaute sie an. Sie war eine Nervensäge und gefährlich. Beinahe hätte sie Bill Sterling des Mordes überführt. Sie hatte absolut keine Skrupel, ihren Willen durchzusetzen. Aber an diesem Tag sah sie aus, als wäre ihr eine Hand übers Gesicht gestrichen und hätte alles Leben und alle Schönheit weggewischt.

»Das glaube ich nicht«, sagte ich. »Was hast du gegen deine Mutter, daß du so etwas sagst? Was hätte sie dort tun sollen?«

Das brachte sie abermals zum Weinen, aber schließlich erfuhr ich ihre Geschichte. Sie und Larry waren in Mauds Todesnacht zum Dinner in der Stadt gewesen und danach ins Theater gegangen. Sie fuhren zurück, kamen kurz vor Mitternacht am Tor zu unserer Zufahrt vorbei, und während sie vorbeikamen oder kurz vorher bog ein Wagen ein. Larry hatte darauf bestanden, daß es Lydias sei, und sie hatte gesagt, das sei lächerlich. Einen Teil des Weges ins Tal hinab zankten sie sich darüber. Dann sagte Larry, er werde es beweisen, und wendete.

Als sie fast dort waren, kam der Wagen aus der Zufahrt geschossen, und ihre Scheinwerfer trafen ihn voll, als er um die Ecke bog. Es war Lydias Auto, und Lydia saß darin.

»Sie sah entsetzlich aus«, sagte Audrey, immer noch mit dünner, gepreßter Stimme. »Sie hat uns nicht gesehen. Ich glaube, sie hat nicht mal gemerkt, daß ein Auto da war.«

Sie waren nicht sofort nach Hause gefahren. Sie wußten noch nichts von Mauds Tod, aber sie waren zwei Kinder, die vor etwas standen, das sie nicht begreifen konnten. Lydia und Maud waren bis zu diesem Sommer fast Fremde gewesen und auch seither nicht eng befreundet. Larry hatte gedacht, sie sei vielleicht hingefahren, um mit Tony zu sprechen, und beschuldigte Audrey, sie würde Tony gegen ihn ausspielen. Sie hatten sich gezankt, und er setzte sie zu Hause ab und fuhr schlechtgelaunt davon.

Der nächste Morgen veränderte natürlich alles. Lydia war im Bett und ließ verlauten, sie wolle schlafen, weil sie Kopfschmerzen habe. Kurz nach dem Frühstück brachte Larry die Nachricht von Mauds Tod, und die beiden gingen hinaus, um auf den kalten Fluß im kalten Herbstwind zu starren und sich zu fragen, was sie tun sollten. Larry war ganz dafür, zu Lydia zu gehen und ihr zu erzählen, was sie wußten, aber Audrey hatte Angst.

»Angst wovor?« fragte ich. »Du glaubst doch nicht, daß deine Mutter Mrs. Wainwright erschossen hat, oder?«

»Irgend jemand hat sie erschossen«, sagte sie mit zitterndem Kinn. »Auf keinen Fall hat sie es selbst getan, aber Mutter war da.«

»Jetzt hör mal zu, Audrey«, sagte ich. »Überlegen wir doch mal vernünftig. Erstens: Warum hätte deine Mutter so etwas tun sollen? Sie hatte überhaupt keinen Grund. Zweitens: Wie hätte sie an Tonys Pistole kommen sollen? Sie ist in ihrem Leben noch nie oben in diesem Haus gewesen. Du hast darüber gebrütet, bis du nicht mehr vernünftig denken konntest.«

»Das weiß ich alles«, sagte sie. »Larry und ich haben es tagelang diskutiert. Er glaubt, sie hat gesehen, wie es jemand tat. Aber warum war sie da? Und noch dazu mitten in der Nacht?«

Sie hatte nicht mit ihrer Mutter gesprochen. Tatsächlich hatte sie sie kaum gesehen. Die meiste Zeit hatte sich Lydia in ihrem Zimmer eingeschlossen, und Audrey glaubte, sie habe es noch nicht einmal Bill Sterling erzählt. Er schien sich Sorgen um sie zu machen, benahm sich aber ganz normal. Dann kam sie schließlich auf das, was sie und Larry wollten. Sie wollten, daß ich Lydia erzählte, sie sei gesehen worden – aber nicht, von wem.

»Ich habe ihr genug Probleme gemacht«, sagte diese neue und geläuterte Audrey. »Aber dir vertraut sie, Pat. Dir wird sie es erzählen, wenn überhaupt jemandem.«

»Wahrscheinlich wird sie mich nicht empfangen.«

»Ich kriege dich da rein. Sie schließt ihre Tür nicht ab. Sie macht sie nur zu.« Ihre Augen füllten sich wieder mit Tränen. »Sie ißt nichts. Ich glaube, sie schläft nicht einmal, Pat.«

Mein Kopf schwirrte, aber ich wußte auf der Stelle, was ich zu tun hatte. Ich mußte Lydia besuchen, und da Amy unterwegs war, hatte ich vielleicht die einzige Chance, die ich in der nächsten Woche haben würde.

»Hast du einen Wagen?« fragte ich.

»Ja. Larry hat mich gebracht.«

»Dann hilf mir in irgendwelche Kleider. Ich bin immer noch wacklig auf den Beinen.«

Ich kann nicht behaupten, daß sie besonders nützlich war. Gemeinsam schafften wir es allerdings, mich anzuziehen und dem Personal zu entwischen, und kurz darauf war ich in Larry Hamiltons Auto, zwischen den beiden eingeklemmt, auf dem Weg hügelabwärts.

Ich stellte bald fest, daß Larry mehr Urteilskraft bewies als Audrey. Er verdächtigte Lydia nicht.

»Was ich glaube«, sagte er und fuhr mit jener einhändigen Lässigkeit, die mir durch Mark und Bein geht, »ist, daß sie etwas gesehen hat. Vielleicht hat sie durch ein Fenster geschaut und gesehen, wie sich Mrs. Wainwright umgebracht hat, wahrscheinlicher aber hat sie jemand anderen da gesehen. Was wir uns nicht erklären können, ist, warum sie selbst um diese Zeit da war. Als wir sie verließen, las sie ein Buch und wollte früh ins Bett. Bill Sterling war zu einem Patienten unterwegs.«

Fünfzehn Minuten später stieß ich die Tür zu Lydias Zimmer auf und trat ein. Sie war nicht im Bett. Sie war teilweise angezogen und schaute auf den Fluß hinaus. Als sie sich umdrehte und mich erblickte, mußte sie nach einem Stuhl greifen, um sich festzuhalten.

»Pat!« sagte sie. »Du hast mich erschreckt.«

Ich musterte sie und drängte sie in einen Sessel. Dann küßte ich sie, und sie holte tief Luft.

»Ich dachte, es wäre die Polizei«, sagte sie und schloß die Augen.

Ich ließ ihr ein wenig Zeit, sich zu erholen, und sprach von anderen Dingen. Ihre Farbe kam wieder, aber sie war immer noch ein Schatten ihrer selbst. Ihre Augen lagen tief in den Höhlen, und das Leben war daraus verschwunden. Außerdem bemerkte ich, daß sie mir mißtraute. Sie wich jedem Versuch aus, das Kloster ins Spiel zu bringen, und schließlich beugte ich mich vor und sagte: »Warum erzählst du mir nicht alles, Lydia?«

Ich hatte weitere Ausflüchte erwartet, aber sie kamen nicht. Statt dessen machte sie eine kleine Geste, die zeigte, daß sie aufgab.

»Ich muß es jemandem erzählen. Wenn ich verhaftet werde, gibt das Audrey den Rest. Und der arme Bill –«

»Du wirst nicht verhaftet, Lydia. Es braucht überhaupt nicht rauszukommen. Du warst in jener Nacht da. Zufällig weiß ich das. Möchtest du mir erzählen, warum?«

»Du wirst es nicht glauben.«

»Ich wüßte nicht, warum nicht, Lydia. Ich habe dir viele Jahre lang geglaubt.«

»Na gut. Ich war da, weil sie mich bestellt hatte.«

»Dich bestellt!«

»Das hat sie getan. Zuerst sollte ich ins Haus kommen. Dann rief sie gegen sieben Uhr an diesem Abend wieder an. Sie sagte, Bessie habe einige Leute zum Dinner da und ob ich etwas dagegen hätte, statt dessen zur Spielhalle zu kommen.«

Sie hatte nicht dorthin gehen wollen. Sie konnte den Gedanken an diesen Ort nicht ertragen. Aber Maud sagte, was sie zu sagen habe, sei privat. Wenn sie zu Lydia käme, müsse sie jemand hinbringen, und sie wolle nicht, daß man darüber rede.

»Ich bitte Sie sehr ungern«, hatte Maud gesagt, »aber ich versichere Ihnen, daß es wichtig ist. Es wird nicht schlimm sein, Mrs. Morgan. Ich mache den Kamin im Wohnzimmer an. Wir können allein sein, und niemand braucht davon zu erfahren.«

Zu ihrer Überraschung sollte das Treffen um elf Uhr dreißig stattfinden, und Lydia hatte etwas gezögert. Aber Maud war fest entschlossen. Um diese Zeit könne sie das Mädchen loswerden, und die Angelegenheit sei überaus vertraulich.

»Sie sagte etwas über Audrey«, sagte Lydia. »Ich glaubte, sie meinte Tony und Audrey, obwohl das seit Monaten vorbei war. Aber es wirkte alles ziemlich merkwürdig. Dann begann ich, mir wegen Bill Sorgen zu machen. Vielleicht wußte sie etwas, was ihn wieder mit dem Mord an Don oder mit Evans in Zusammenhang bringen würde. Du weißt, wie es ist. Man legt sich alles Mögliche zurecht.«

Jedenfalls hatte sie zugestimmt.

Audrey und Larry waren in die Stadt gefahren, und um elf Uhr ging sie hinaus, um den Wagen zu holen. Aber ein Reifen war platt, und bei solchen Sachen kannte sie sich nicht gut aus. Sie rief bei der Tankstelle an, und der Mann, der Nachtdienst hatte, kam vorbei und reparierte ihn. Ein Nagel war darin. Als sie schließlich abfuhr, war es fast zwölf Uhr. Sie fuhr hinauf, so schnell sie konnte, stellte den Wagen hinter dem Tor ab und ging am Brunnen vorbei zur Spielhalle. Sie war überrascht, sie unbeleuchtet zu finden, überrascht und beunruhigt. Aber durch die Fenster des Wohnzimmers drang der Feuerschein, also ging sie hinein.

Die Tür war nicht verschlossen, und das Feuer erleuchtete den langen Gang, an dessen Ende das Schwimmbassin liegt. Sie ging dorthin, aber der Raum, in dem ein Feuer munter prasselte, war leer. Mittlerweile war sie sehr nervös. Es gelang ihr, einen Schalter zu entdecken, und sie machte das Licht an. Nun fühlte sie sich besser. Aber von Maud war keine Spur, also ging sie den Gang hinab und schaute ins Bassin. Da lag Maud – tot.

»Zumindest vermute ich, daß sie tot war«, sagte sie matt. »Sie fühlte sich zwar warm an, hatte aber überhaupt keinen Puls, und sie atmete nicht. Zuerst war ich zu gelähmt, um loszurennen. Ich erinnere mich, wie ich ihr Haar anhob und diese gräßliche Wunde sah, und ich glaube, ein paar Minuten war ich nicht bei Sinnen. Ich rannte zum Telefon hin – dem zum Haus – und nahm den Hörer ab. Dann wurde mir klar, in was für einer Patsche ich steckte. Don war hier umgebracht worden, und wenn ich mit dieser Leiche gefunden würde, hatte ich keine Zeugen dafür, daß sie mich dorthin gebeten hatte.«

In diesem Moment hatte sie völlig den Kopf verloren. Alles, was sie außer der Leiche berührt hatte, war das Telefon, der Türknauf und der Lichtschalter. Sie machte das Licht aus. Dann wischte sie die drei Sachen mit ihrem Taschentuch ab. Sie zitterte so sehr, daß sie kaum gehen konnte. Sie wagte nicht einmal, die Tür zu schließen.

Sie rannte zu ihrem Wagen zurück und gelangte wohlbehalten nach Hause, aber sie ging nicht zu Bett. Sie ging die ganze Nacht auf und ab. Angenommen, Maud war nicht tot gewesen und sie hätte sie retten können? Angenommen, ihre Spuren im Schnee würden gesehen? Wer würde ihr glauben? Und warum lief das Wasser ins Becken? Warum, wo der Winter kurz bevorstand? Dann, gegen Morgen, erinnerte sie sich, daß sie einen Pelzkragen getragen hatte, und sie konnte ihn nicht finden. Er war weder in ihrem Zimmer noch unten in der Diele. Sie machte sich auf das Schlimmste gefaßt. Aber noch vor dem Morgengrauen fiel ihr der Wagen ein, und sie fand ihn auf dem Boden neben dem Fahrersitz. Vor Erleichterung wurde sie fast ohnmächtig.

»Hast du die Pistole gesehen?« fragte ich.

»Nein. Ich wußte nicht einmal, daß sie erschossen worden war. Ich dachte, man hätte sie mit einem Schlag getötet und vorgehabt, sie in das Bassin zu werfen. Wie Don.«

Es hatte ihr gut getan, die Geschichte zu erzählen. Sie zitterte, vor allem, als sie auf den Kragen zu sprechen kam, aber ihre Gesichtsfarbe war besser geworden.

»Das ist es also, Pat«, sagte sie. »Es hat keinen Zweck, damit zu Jim Conway zu gehen. Was sollte er damit? Ich habe niemanden gesehen. Sie war tot, als ich ankam, und Bill sagt, sie sei sofort gestorben. Ich habe nicht einmal einen Schuß gehört. Und« – sie versuchte zu lächeln – »ich habe sie nicht getötet. Die einzige Waffe, die ich in meinem Leben angefaßt habe, ist die in Dons Zimmer, und du erinnerst dich, was damit passiert ist. Aber woher hast du es gewußt?«

Auf einmal war sie wieder aufgeregt. Sie erhob sich halb aus dem Sessel, als ob ihr etwas Wichtiges aufgegangen wäre.

»Jemand, dem wir beide vertrauen können, hat deinen Wagen in jener Nacht hineinfahren sehen«, sagte ich. »Aber du mußt dir keine Sorgen machen. Man wird nichts sagen.«

Aber sie wußte sofort die Wahrheit. »Larry und Audrey!« sagte sie. »Die armen Kinder. Was soll ich tun, Pat? Was soll ich nur tun?«

»Ruf sie herein und erzähl ihnen, was du mir erzählt hast. Sie warten jetzt unten. Natürlich verdächtigen sie dich nicht, aber sie machen sich große Sorgen. Erzähl es ihnen besser, Lydia.«

Und vor uns dreien und Bill Sterling, den ich auftreiben konnte, wiederholte sie an diesem Tag ihre Geschichte. Wiederholte sie, während Bill ihre Hand hielt und Audrey vor ihr auf dem Boden kniete. Sie berichtete sie sogar noch mit mehr Einzelheiten als zuvor: Mauds dringlich klingende Stimme, der Blutfleck auf ihrer Hand, als sie nach Hause kam, wie sie das Blut abgewischt hatte, das Trocknen und Putzen ihrer Schuhe.

Es war Larry, der am Ende etwas Überraschendes sagte. »Was stimmte an diesem Abend nicht mit Ihrem Reifen?«

Sie sah verblüfft aus. »Ein Nagel war darin. Wieso?«

»Na, schauen Sie«, sagte er, und sein junges Gesicht war aufgeregt, »angenommen, jemand wollte, daß Sie an diesem Abend zu spät oder überhaupt nicht dorthin kommen. Was wäre einfacher, als einen Reifen kaputtzumachen?«

»Ich glaube nicht, daß jemand wußte, daß ich sie dort treffen sollte.«

»Da sind wir verschiedener Ansicht«, sagte er. »Jemand hat es gewußt, und dieser Jemand hat Mrs. Wainwright dort gefunden, als sie wartete, und sie erschossen. Das ist doch klar.«

Danach hielten wir eine Art Kriegsrat ab. Bill und ich meinten, man solle es Jim Conway mitteilen, aber nicht den Detektiven aus der Stadt. Jim kannte Lydia und würde ihr glauben. Audrey wollte es geheimhalten. »Was hat es für einen Sinn, es zu erzählen? Sie weiß nicht, wer es getan hat.« Und Larry wollte einen Geheimbund mit Bill bilden, damit die beiden das Geheimnis aufklärten und den Mörder auf den, wie er es nannte, Grill schickten.

Schließlich wurde beschlossen, es Jim zu erzählen, und wir beendeten unser Treffen bei Tee und getoasteten englischen

Muffins, als ob wir dadurch, daß wir unsere Probleme auf Jims breite Schultern abwälzten, sie mehr oder weniger losgeworden seien.

Es überrascht nicht, daß seine erste Reaktion auf unsere Geschichte die reine Empörung war. »Euch ganze Bande sollte man ins Kittchen stecken«, sagte er. »Den ganzen Fall über haben die Leute der Polizei was verheimlicht. Warum haben Sie die Geschichte nicht bei der gerichtlichen Verhandlung erzählt, Lydia? Dann hätten wir einen anderen Urteilsspruch.«

»Jetzt hat sie es erzählt«, sagte Bill streitlustig.

»Na und? Was soll ich jetzt damit? Was ihr getan habt, ist, mir noch einen Mordfall zu überreichen, und die Spuren sind Wochen alt. Es war Mord. Sie hat Sie nicht in die Spielhalle bestellt, um sich umzubringen.«

Schließlich beruhigte er sich genug, um einige Fragen zu stellen. Zunächst wollte er wissen, ob Lydia den fehlenden Umschlag gesehen hätte, und wieder war die Antwort nein. Sein eigentliches Interesse aber galt dem Reifen und Larrys Meinung dazu. Aber als er erfuhr, daß die Garagentüren den ganzen Tag und oft auch die Nacht über unverschlossen waren, war er, wie Larry sagte, reif für die Irrenanstalt. Auf einer Sache bestand er allerdings.

»Tony Wainwright muß es erfahren«, sagte er. »Hat er den Zug in die Stadt genommen, oder ist er mit dem Wagen gefahren, Pat?«

»Den Zug. Normalerweise kommt er mit dem Fünf-Uhr-Dreißig her. Jetzt wird er zu Hause sein.«

Jim rief ihn an. Es gab eine lange und, wie ich vermutete, hitzige Debatte am Telefon, und Tony war wütend, daß ich das Kloster verlassen hatte, während Jim wie gewöhnlich gelassen blieb.

»Sie wird es überleben«, sagte er, »und sagen Sie Amy, sie soll aufhören zu brüllen. Ich kann sie bis hierhin hören ... Aber sicher habe ich sie nicht gekidnappt. Sie ist freiwillig hergekommen.« Er blickte sich nach mir um. »Sieht auch prima aus ... ach, seien Sie still, Tony, und kommen Sie hier runter.«

Amüsiert legte er auf. »Vielleicht mag man dich da oben nicht, Pat, aber es scheint ganz schön etwas loszusein. Laß besser erst mich mit Tony reden. Er hört sich an, als sei er im Begriff, Amok zu laufen.«

Tony hatte sich beruhigt, als er mich eine Stunde später heimfuhr. Er war hin- und hergerissen zwischen der Wut auf mich und der Verblüffung über Lydias Geschichte. Aber auf halbem Wege den Hügel hinauf hielt er am Straßenrand an und legte seine Arme um mich.

»Ich liebe Sie so schrecklich sehr, mein Herz«, sagte er. »Vielleicht ist es jetzt nicht der rechte Ort oder Augenblick, aber als ich heute merkte, daß Sie verschwunden waren – Pat, Sie werden mich eines Tages heiraten, wenn ich frei bin, nicht wahr?«

»Ich wüßte nicht, was mich davon abhalten könnte, Tony.«

Den Rest des Weges sprachen wir nicht viel. Seine Miene war ruhiger, als ich sie seit langem gesehen hatte, als ob er endlich seinen Seelenfrieden gefunden hätte. Der arme Tony – wenn ich an diesen Tag denke, könnte mir das Herz aus Mitgefühl für ihn brechen. Keine Warnung gab es, keine Drohung, daß noch mehr Probleme kamen. Aber ich werde mich immer daran erinnern, wie er aussah, als er mich die Treppe zur Terrasse hinauf und in die Halle geleitete.

Da stand Bessie – im Abendkleid.

Kapitel 31

Ich möchte mich nicht über diese ihre Rückkehr auslassen, ihr amüsiertes »Hallo«, die Mienen der Hausdiener an der Tür und Reynolds' im Hintergrund. Tony ließ mich unvermittelt los, und ich wäre fast hingefallen.

»Was hat dich zurückgebracht?« sagte er und ignorierte die Bediensteten.

»Warum nicht? Das ist mein Zuhause, nicht?«

»Wer hat dich hergebracht? Die Polizei?«

Sie lächelte ihr kühles, amüsiertes Lächeln. »Falls es dich interessiert: Ich bin aus freien Stücken gekommen.«

Sie sah anders aus an diesem Tag. Ihr langer Pferdeschwanz war verschwunden, ihr Haar in Locken auf ihrem Kopf festgesteckt. Aber der Unterschied ging tiefer. Sie war nicht mehr so angespannt. Sie zündete sich eine Zigarette an und lächelte wieder.

»Also Julian Stoddard war es die ganze Zeit!« sagte sie, die harten blauen Augen auf Tony gerichtet. »Der große Julian, mit seinem affektierten Getue und seinem Stolz. Na, das macht der Sache wenigstens ein Ende.«

»Nichts ist zu Ende«, sagte er grimmig. »Bis darauf, daß vor Gericht Dinge ans Licht kommen werden, die dir nicht gefallen werden.«

»Ich weiß nicht, wovon du redest.«

Aber sie wußte es. Ihr Lächeln erstarb, ihre lockere Zuversicht verließ sie. Als Tony mich Amy übergab, die mich offenbar am liebsten geschüttelt hätte, stand sie noch reglos in der Halle, als ob sie wieder unmittelbar vor der Flucht stünde.

Sie kam nicht weg. Jim Conway, der an diesem Abend heraufkam, warnte sie. »Sie sind eine Zeugin«, sagte er, »und zwar eine ziemlich wichtige. Egal, was Sie getan haben und wie Sie es getan haben – Sie haben Margery Stoddard erzählt, daß Sie wußten, wer sie ist. Die Anklage behauptet, daß Stoddard Don Morgan umgebracht hat, um eine Bloßstellung zu vermeiden.«

»Warum hat er mich nicht umgebracht?« fragte sie scharfsinnig. »Warum den armen alten Don, der nie jemandem was getan hat?«

»Ich habe Ihnen gesagt, was die Anklage behauptet, nicht, was ich behaupte«, erwiderte er. »Man wird Sie brauchen, also versuchen Sie keine Tricks. Diese Kerle aus der Stadt meinen es ernst.«

An diesem Abend fand im Kloster ein Treffen statt, nachdem Bessie verdrossen auf ihr Zimmer gegangen war. Dwight Elliott kam herausgefahren, und bald darauf sah Amy Lichter in der Spielhalle. Nachdem wir ein oder zwei schlimme Stunden nicht miteinander geredet hatten, sprachen wir wieder miteinander, und sie platzte fast vor Neugier.

»Was machen die da?« sagte sie und spähte aus dem Fenster. »Das ist Jim Conway. Und das sieht wie dein Tony aus. He, hör mal, Pat. Wenn ich nicht übergeschnappt bin, ist das Lydia Morgans Auto. Das ist es. Da ist Lydia. Also was um alles in der Welt macht sie da?«

Ich konnte es ihr nicht sagen. Ich wußte es selbst nicht, obwohl ich dachte, sie würden wahrscheinlich die Nacht rekonstruieren, in der Lydia Maud gefunden hatte. Das war es natürlich. Sie ließen sie eintreten, ins Wohnzimmer gehen, umkehren und die Leiche finden. Um dann zu überprüfen, ob Maud das Wasser selbst angedreht hatte oder nicht, baten sie sie, es zu versuchen. Sie ist eine kräftige Frau, aber sie konnte es nicht. Der Absperrhahn ist ein kleines Rad in einem Verschlag, und Dwight Elliott wies darauf hin, daß nur jemand, der das Haus gut kannte, es finden könne.

»Ich vermute, Stoddard hätte wohl nicht gewußt, wo es ist?« fragte er.

»Nie im Leben«, sagte Tony.

An diesem Abend fanden sie etwas. Jim hatte die Lage der Pistole auf dem Grund des leeren Bassins mit Kreide angezeichnet, und jetzt stieg er hinab und untersuchte die Stelle mit einer Lupe. Das Bassin war blau gestrichen, und innerhalb der Kreidemarkierung war die Farbe abgesplittert. »Ich kenne mich nicht aus mit so was«, sagte er, »aber ich würde vermuten, die Pistole ist reingefallen, als das Bassin trocken war.« Er schaute zu Lydia auf. »Wieviel Wasser war darin, als Sie sie gesehen haben?«

»Ich weiß es nicht. Ich habe es gehört, aber nicht darauf geachtet.«

Tony war still und beobachtete sie ernst bei der Arbeit. Jims Theorie war, und Elliott pflichtete ihm bei, daß man, nachdem Maud erschossen worden war, wahrscheinlich versucht hatte, ihre Fingerabdrücke auf die Pistole zu bekommen. Aber solche Abdrücke wären, wie Jim sagte, nicht glaubwürdig. Es sei schwierig, das verzweifelte Zupacken des Selbstmörders an der von ihm benutzten Waffe vorzutäuschen.

»Was er getan hat – ich sage er, obwohl es eine Frau gewesen sein kann –, war, die Pistole hineinzuwerfen und dann das Wasser anzustellen. Die Pistole lag in der Nähe des Wassereinlaufs, so daß der Strahl sie vermutlich abwaschen würde. Es war wohl eine ziemlich dumme Idee, aber ich stelle mir vor, daß er oder sie um die Zeit ziemlich durcheinander war.«

Dann hielten sie eine Konferenz im Wohnzimmer ab. Es war kalt, und Tony zündete das Feuer an. Keiner von ihnen zweifelte daran, daß Maud ermordet worden war, aber viel weiter kamen sie nicht. Lydia selbst, die blaß und müde aussah, hatte keine Ahnung, warum Maud sie hatte sehen wollen, außer, daß sie gesagt hatte, es sei wichtig.

»Von ihrem Schmuck hat sie nichts gesagt?«

»Überhaupt nichts.«

Schließlich lief es auf eine von zwei Möglichkeiten hinaus: Entweder hatte Maud eine frühere Verabredung, oder jemand wußte, daß sie Lydia treffen wollte, und war entschlossen, das zu verhindern. Der Nagel im Reifen hatte sie nicht am Kommen gehindert, aber zumindest aufgehalten. Die Garage war nicht verschlossen gewesen. Jeder hätte sich Zugang verschaffen können.

»Hat sie gesagt, daß noch jemand dabei sein sollte?« fragte Jim.

»Nein. Ich nahm an, sie wollte mich alleine sehen.«

»Und das Telefon? Die meisten Telefone da oben hängen an derselben Leitung. Hätte man sie im Haus belauschen können?«

»Ich glaube schon. Ihr zweiter Anruf kam gegen sieben Uhr abends. Dabei änderte sie die Zeit auf elf Uhr dreißig.«

Dann notierten sie sich die Leute, die um sieben Uhr im Haus gewesen waren. Das Personal war da, aber es wurde nicht aufgelistet. Um sieben Uhr war Bessies Cocktailparty in vollem Gange. Es war eine gemischte Gesellschaft. Selbst der zu Hilfe gebetene

Reynolds kannte nur einige Gäste. Diejenigen, die zum Dinner geblieben waren, waren ziemlich früh, gegen elf, gegangen, und soweit er wußte, waren keine Freunde des Hauses darunter. Außer den Gästen war nur Bessie dagewesen, die zu Bett gegangen war, sobald die Party vorbei war, und ich selbst.

Sie waren an einem toten Punkt angelangt. Als Bill Sterling Lydia abholen kam, gaben sie es auf. »Wir haben Stoddard nicht sehr geholfen«, sagte Jim, als er in seinen Mantel schlüpfte. »Sie haben ihren Fall. Wenn wir beweisen, daß ein zweiter Mord passiert ist, werden sie ihn nur ihm anhängen. Sie werden behaupten, Margery hätte es Mrs. Wainwright erzählt, und deshalb hätte er sie – na, aus dem Weg räumen müssen. Außerdem kannte er das Haus. Seine Kinder sind im Sommer hier schwimmen gewesen. Am besten behalten wir es jedenfalls eine Weile für uns.«

Aber er war bereits irgend etwas auf der Spur. Er sagte ihnen nichts davon, doch als sie gingen, fuhr er in sein Büro zurück und nahm einen kleinen Zeitungsausschnitt – vielleicht drei mal fünf Zentimeter groß – aus seiner Brieftasche, setzte sich und betrachtete ihn einige Zeit.

»Allmählich schwante mir was«, sagte er später. »Nicht viel. Keine Ahnung, wer die Morde begangen hatte, aber ein bißchen begann ich von der Geschichte zu ahnen. Und es war eine verdammt seltsame Geschichte.«

Trotzdem kam er am nächsten Tag herauf, um Bessie zu sprechen. »Was haben Sie in der Nacht getan, in der Mrs. Wainwright starb?« fragte er ohne Umschweife.

»Welche Nacht war das?« erwiderte sie frech. »Ich bin nicht gut mit Daten.«

»Jetzt hören Sie mal zu, Mrs. Wainwright«, sagte er, »spielen Sie kein Theater mit mir. Sie wissen, welche Nacht das war. Fangen Sie da an. Sie haben eine Cocktailparty und ein Dinner gegeben. Das Dinner war vorbei, und die Leute gingen vor elf. Was haben Sie danach gemacht?«

»Ich bin ins Bett gegangen. Allein, falls es Sie interessiert.«

»Das ist alles?«

»Das reicht doch, oder?«

Aber still und beharrlich ließ er nicht locker. Sie habe erwartet, von Mauds Testament zu profitieren, nicht? Sie sei enttäuscht gewesen, als sie festgestellt hatte, daß sie nichts bekam. Aber wenn man es recht bedenke, sei sie doch nicht schlecht dran.

Tony hätte alles gekriegt, und sie sei immer noch seine Frau. Sie hörte zu. Dann begann sie zu lachen, ein lautes und ziemlich gräßliches Lachen.

»Ich habe sie also umgebracht!« sagte sie. »Gott, ist das komisch.«

Darauf wurde sie sofort hysterisch. Er rief Amy und Hilda, aber er mußte weggehen, ohne sie noch einmal gesprochen zu haben. Eine Sache war allerdings geklärt, bevor er ging. Sie durfte auf keinen Fall Beverly verlassen. Das verkündete er Tony. Sie sollte nicht nur als Zeugin beim Stoddard-Prozeß auftreten. Er hatte die Vermutung, daß sie eine Menge Dinge wisse, die sie noch nicht gesagt habe.

»Was für Dinge?« fragte Tony mit vor Müdigkeit geröteten Augen.

»Wenn ich das wüßte, wüßte ich alle Antworten«, sagte Jim und fuhr weg, um wieder den kleinen Fetzen Papier zu studieren, den er in seiner Brieftasche trug.

Am nächsten Tag brachten sie Bessie in die Stadt. Sie war eine widerspenstige Zeugin, wie sie da mit ihrer Silberfuchsjacke und einem kleinen schwarzen Hut im Büro des Distriktstaatsanwalts saß und unablässig rauchte. Ja, sie habe Margery Stoddard gesagt, daß sie wisse, wer sie sei. Nein, sie habe sie nicht erpreßt. Das sei ein schmutziges Wort, und sie verbitte sich das. Welchen Effekt diese Enthüllungen auf Mrs. Stoddard gehabt hätten? Na, sie hätten ihr natürlich nicht behagt. Wem hätten sie das schon?

»Hatte sie ihrem Mann gesagt, was Sie wußten?«

»Woher soll ich das wissen?«

»Sie hatten Angst vor ihm, nicht wahr?«

»Angst? Warum?«

»Wovor hatten Sie dann Angst, wenn es nicht Julian Stoddard war?« fragte der Distriktstaatsanwalt, beugte sich über seinen Schreibtisch und starrte sie an. »Jemand hat eines Abends auf Sie geschossen? Wer war das? Und warum leben Sie hinter verschlossenen Türen?« Er hielt den Blick auf sie gerichtet. »Sehen Sie, wir wissen eine ganze Menge. Wir wissen sogar, daß Sie einen kleinen Revolver dabei haben – oder hatten. Haben Sie ihn jetzt dabei?«

»Nein«, sagte sie verdrießlich.

Der Distriktstaatsanwalt blickte sich triumphierend im Zimmer um.

»Seit Stoddards Verhaftung nicht, was? Ich verstehe. Das ist ein hübscher Grund.«

Sie waren nicht völlig zufriedengestellt, als sie sie gehen ließen. Sie versuchten, sie zum Eingeständnis zu zwingen, daß sie in der Nacht von Dons Ermordung an der Spielhalle gewesen war, aber das stritt sie rundweg ab.

»Wenn Sie es wissen wollen: Ich habe in dieser Nacht Mrs. Stoddard getroffen«, teilte sie ihnen mit und funkelte Hopper an. »Sie mit Ihrer Blume, die ich aus meinem Haar habe fallen lassen! Fragen Sie Margery Stoddard, wo ich war.«

»Noch eine kleine finanzielle Transaktion?« sagte Hopper gedehnt.

»Das ist einzig und allein meine Angelegenheit«, brauste sie auf.

Sie gab zu, daß sie Don in Paris kennengelernt hatte und daß er ihr erzählt hatte, wer Margery war. Aber sie leugnete beharrlich, daß es eine Absprache zwischen ihnen gegeben habe. »Ich wußte nicht einmal, daß er nach Amerika zurückgekommen war«, sagte sie.

Sie stürmte hinaus, als es vorbei war, nachdem man ihr mitgeteilt hatte, sie dürfe die Gegend nicht verlassen. Sie muß sich erleichtert gefühlt haben – mehr als alles andere. Sie hatte ihnen genug, aber nicht zuviel erzählt. Wenn sie überhaupt einen Gedanken an Julian verschwendet hat, dann, daß Männer wie er nur selten auf den elektrischen Stuhl wandern, und dabei hatte sie es bewenden lassen.

Aber sie irrte sich. Der Distriktstaatsanwalt hatte sich vorgenommen, ihn auf den Stuhl zu schicken, und er meinte es ernst. Er bereitete bereits sein Eröffnungsplädoyer für die Verhandlung vor, ging in seinem Büro auf und ab und diktierte einer geduldigen Stenographin:

»Die Staatsanwaltschaft wird beweisen, meine Damen und Herren Geschworenen, daß dieser Angeklagte sowohl das Motiv wie auch die Gelegenheit zu dem Verbrechen hatte, durch das ein unglücklicher Mann sein Leben verloren hat. Wir haben vor, dieses Motiv zu erläutern und zu zeigen, daß es billige und gemeine Gründe waren, aus denen das Verbrechen begangen wurde.

Hier ist ein Mann, der stolz ist auf seine Stellung in der Gesellschaft. Als er feststellte, daß sie bedroht ist, wandte er –

das ist die Überzeugung der Staatsanwaltschaft, und wir beabsichtigen, sie zu beweisen – verzweifelte Mittel an, um sie zu schützen und sein Geheimnis zu verbergen.

Wir werden nicht nur seinen Haß auf den Toten beweisen, sondern wir werden zeigen, daß er in der fraglichen Nacht bis Mitternacht oder um diese Zeit Bridge gespielt hat – jawohl, meine Damen und Herren, Bridge gespielt! Und daß er dann, im Abendanzug, von dieser heiteren Gesellschaft nach Hause aufgebrochen ist, zu Fuß. Andere Gäste fuhren mit dem Wagen, er aber ist zu Fuß nach Hause gegangen.

Sein Haus ist einen Kilometer oder weniger entfernt. Ein Spaziergang von höchstens zehn Minuten. Aber er kam erst nach ein Uhr morgens in diesem Haus an. Und zwar kam er von dem Hohlweg, wo man das Mordauto abgestellt hatte. Er hat kein Alibi für diese Stunde. Er sagt, er wäre herumgelaufen. Ich habe seine Aussage hier. ›Ich hatte einiges zu überdenken. Ich bin eine Weile herumgelaufen.‹ Ist das die Aussage eines Unschuldigen?

Man wird bei diesem Fall Ihr Augenmerk auf die Frage des Zeitfaktors lenken. Man könnte argumentieren, daß die Zeit nicht ausreichte für all das, was getan wurde. Aber wir werden Ihnen beweisen, daß dieser Angeklagte mehr als eine Stunde Zeit hatte. Aufgrund der seit dem Mord verstrichenen Zeit war es nicht möglich, die Tatzeit dieses abscheulichen Mordes genau anzugeben. Aber wir werden zeigen, daß es diesem Angeklagten möglich war, den Bridgetisch unter irgendeinem Vorwand zu verlassen, sich zum Ort des Verbrechens zu begeben, es zu begehen und wieder zurückzukommen. Wir werden sogar zeigen, daß er den Bridgetisch verlassen hat und einige Minuten abwesend war. Und dieses Verbrechen, meine Damen und Herren, hat nicht mehr erfordert als ein paar Minuten. Einen von der Krankheit geschwächten Mann bewußtlos zu schlagen und in ein Schwimmbassin zu werfen, damit er ertrinkt – wie lange dauerte das wohl?

Wir werden zeigen, daß seine Kleidung, als er schließlich nach Hause zurückkehrte, in bejammernswertem Zustand war. Wir werden seinen Diener – ja, es bedurfte eines Dieners, um ihn und sein Äußeres in Ordnung zu bringen – in den Zeugenstand rufen und zeigen, daß seine Schuhe am nächsten Morgen lehmig und die Aufschläge seiner Anzughose feucht und beschmutzt waren. Und wir werden noch etwas zeigen.

Er drohte, bloßgestellt zu werden. Eine andere Person kannte die Geschichte. Wer kann sagen, in welcher Gefahr diese Person schwebte? Dieser Zeuge wird aufgerufen werden. Es wird gezeigt werden, daß sie – denn es ist eine Frau – bis zur Verhaftung des Angeklagten in Angst um ihr Leben hinter verschlossenen Türen lebte und daß mindestens ein Anschlag auf ihr Leben verübt worden ist.«

So fuhr er fort und stützte seinen Fall nicht so sehr auf die Fakten, sondern appellierte vielmehr an die Empfindungen der Geschworenen. Was er wirklich sagen wollte, war, daß hier ein reicher Mann, stolz und hochmütig, stand. Zu gut für Sie und mich, meine Damen und Herren. Er ist Vorsitzender des Jagdclubs. Ich vermute, keiner von uns hier weiß, was das bedeutet, außer von Photos her. Das ist eine ganz schön teure Sache, so ein Jagdclub. Während Kinder hungern, müssen die Hunde gefüttert werden. Sie haben sogar Meutenführer, die nach ihnen schauen, und einen Tierarzt, der sie pflegt. Und auch Pferde und Stallungen und Pferdeknechte.

Das ist Ihr Angeklagter. Er hat einen Kammerdiener. Er hat einen Landsitz. Aber er hat ein Geheimnis. Er hat einst eine Frau nicht nur mit Vergangenheit, sondern auch von niederer Herkunft geheiratet. Wie weit würde er gehen, um diese katastrophalen Tatsachen zu verbergen? Würde er bis zum Äußersten gehen? Wer könnte es bezweifeln? Würde er feindlich gesinnte Zeugen beiseite schaffen? Warum nicht? Ein möglicher Zeuge in diesem Fall sei bereits verschwunden, und ein weiterer sei angegriffen und lebensgefährlich verletzt worden. Sie würden diese Zeugin rechtzeitig aufrufen, und sie werde aussagen.

Nur funktionierte es natürlich nicht so. Bessie Wainwright hat den Zeugenstand nie betreten.

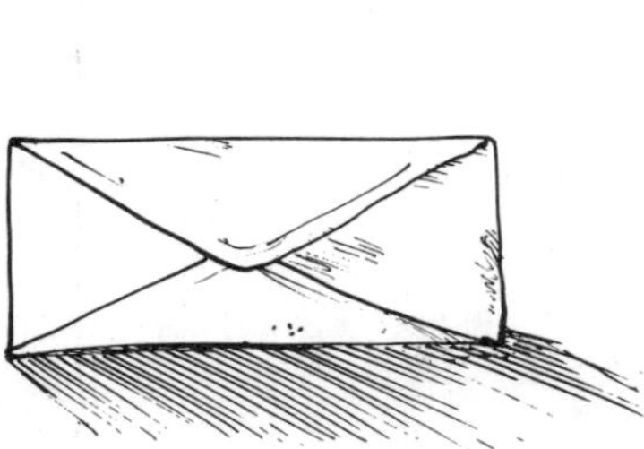

Kapitel 32

Ein oder zwei Tage darauf zog ich zu Miss Mattie hinunter. Amy war gegangen, und Bessie machte es mir unmöglich, im Kloster zu bleiben. Sie kam an dem Abend, an dem Amy ging, in mein Zimmer, kam herein, ohne anzuklopfen, und sagte mir ausdrücklich, ich würde besser verschwinden. Lächelnd stand sie da und sagte es.

»Wenn Tony ein Verhältnis haben will, soll er es haben«, sagte sie. »Ich bin keine eifersüchtige Frau. Aber es findet nicht mehr unter diesem Dach statt.«

Ich glaube, wenn ich einen Tomahawk in der Hand gehabt hätte, hätte ich sie auf der Stelle umgebracht. »Müssen Sie jede Frau nach sich selbst beurteilen?« sagte ich kalt. »Es gibt kein Verhältnis, und das wissen Sie.«

»Das sagen Sie, und was mich betrifft, können Sie dabei bleiben, bis die Hölle zufriert. Ich sage nur, daß Ihre Zeit abgelaufen ist. Aus und vorbei, Miss Pat Abbott.«

Sie stand genau in der Tür in ihrem dunkelblauen Morgenrock aus Samt – wie gut ich mich an ihn erinnere! –, und wenn ich je den Teufel in einer Frau erblickt habe, dann damals.

»Noch etwas«, sagte sie. »Ich lasse mich nicht von Tony scheiden, und er läßt sich nicht von mir scheiden. Er wird es nicht mal versuchen, Pat Abbott. Warten Sie's ab.«

»Das interessiert mich nicht«, sagte ich, und sie lachte und ging hinaus.

Ich weiß nicht, ob sie Tony davon erzählt hat oder nicht. Ich weiß, daß ich es nie getan habe. Die ganze Sache war zu erniedrigend. Aber ich möchte behaupten, daß er genauso gut wie ich wußte, daß die Dinge nicht so weiterlaufen konnten wie bisher.

»Bleiben Sie auf jeden Fall noch ein paar Tage«, sagte er mit bekümmerter Miene, als ich ihm mitteilte, ich würde gehen. »Schlafen Sie bei Miss Mattie, wenn Sie möchten, aber – na, machen Sie hier Ihre Arbeit fertig, wenn Sie es aushalten. Sie werden Bessie nicht sehen. Dafür werde ich sorgen. Und sie wird binnen kurzem verschwunden sein«, fügte er grimmig hinzu. »Dafür werde ich ebenfalls sorgen.«

Ich dachte in dieser Nacht darüber nach, als ich das erste Mal nach fast sieben Monaten in Miss Matties Haus schlief. Welche Waffe Bessie auch über seinem Kopf schwang – er wußte bestimmt nichts davon.

Ich schlief so gut wie lange nicht mehr. Es war, als wäre ich durch ein Reich des Schreckens gegangen und jetzt wäre es vorbei. Das große, dunkle Haus, in dem O'Brien nach Einbruch der Dunkelheit seine Runden drehte, eine Taschenlampe in der Hand und seine Automatik im Gürtelhalfter, war eine ständige Erinnerung an das gewesen, was passiert war. Und doch vermißte ich O'Brien. Seine Kabbeleien mit Pierre waren eines meiner wenigen Vergnügen gewesen. Er pflegte am riesigen Kühlschrank zu stehen und den Inhalt zu mustern.

»He, Franzmann! Was ist mit dem kalten Hummer?«

»Der ist für morgen. Salat.«

»Ich wette, du hast was Schottisches intus, und ich meine keinen Whisky.«

Er konnte schnell zupacken. Einmal sah ich Pierre, wie er ihn durchs Eßzimmer jagte: O'Brien hielt ein ganzes Brathühnchen in der Hand, während Pierre ein Messer schwang. »Ich schneide dir die Ohren ab«, schrie Pierre. »Ich schneid' dir den Magen raus. Du bestehst aus nichts als Magen. Ich habe noch nie jemanden wie dich gekannt. *C'est terrible!«*

Trotzdem waren sie gute Freunde. In der Nacht, in der O'Brien angeschossen wurde, war es Pierre, der mit ihm ins Krankenhaus fuhr. Pierre war es auch, der, als O'Brien sich erholte, darauf achtete, daß er die Täubchen und das Kalbsbries und dergleichen bekam, die mit französischer Sparsamkeit vom Haushaltsgeld des Klosters gekauft, aber von ihm selbst gekocht worden waren.

»Rate, was ich dir bringe heute.«

»Ich wette, es ist Lachs in Dosen. Warum packst du nicht aus, alter Gauner?«

Und mit stolzem Grinsen öffnete Pierre seine Box.

»Es ist Perlhuhnbrust, mein Junge.«

»Diese Vögel, die man ölen muß? Was treibst du? Soll das ein Witz sein?«

Ja, ich vermißte sogar O'Brien, als ich in jener Nacht in meinem altvertrauten Bett lag. Aber ich war ruhiger, als ich seit Bessies Angriff auf mich je gewesen war. Vor allem hatte mir Miss Matties Entzücken, mich wieder hier zu haben, wohlgetan. Während ich auspackte, berichtete sie mir vom Klatsch der Stadt. Man nahm an, Audrey und Larry Hamilton hätten sich verlobt. Das Ehepaar Earle hatte für den Rest des Winters ein Haus in Miami gemietet. Der alte Joe Berry war nach Arizona gegangen. Alles harmlos, alles Teil eines geordneten Vorstadtlebens.

Doch als ich dort lag, ereignete sich gerade einer der seltsamsten Vorfälle der ganzen Geschichte. Er betraf ausgerechnet Theodore Earle und seine Frau, und zunächst hatte er anscheinend nichts mit unserem Problem zu tun.

Zudem entbehrte das Ereignis nicht einer gewissen Komik.

Es war Samstag. Die Earles waren in die Kinospätvorstellung gegangen, und es war elf Uhr, als sie auf dem Heimweg waren. Sie wohnen ein bißchen oberhalb des Dorfes, und ihre Zufahrt geht von der Landstraße ab, die auf den Hügel führt. Als sie einbogen, fielen ihre Scheinwerfer plötzlich auf etwas, und Mrs. Earle kreischte auf.

»Da ist ein nackter Mann auf dem Weg«, schrie sie.

Theodore Earle, der kurzsichtig ist und auf das Tor geachtet hatte, hielt an und schaute nach vorn.

»Ich sehe niemanden.«

»Er ist ins Gebüsch gegangen.«

»Ich glaube nicht, daß du irgend etwas derartiges gesehen hast«, sagte er. »Warum sollte jemand in so einer Nacht nackt herumlaufen?«

Aber Mrs. Earle war sich sicher. Sie fuhren weiter bis zum Haus, und Theodore und der Butler nahmen sich eine Taschenlampe und machten sich zu Fuß auf. Sie hatten wohl fünf Minuten gesucht, als aus einem Immergrünstrauch jemand Theodore beim Namen rief.

»Mr. Earle.«

»Ja. Wer ist da?«

»Ich bin es, Sir, Haines. Ich wäre dankbar für 'ne Decke oder so was. Ich erfriere bald.«

Da sahen sie ihn. Es war einer der Motorradpolizisten, die auf der Straße am Fluß patroullierten, und er war so nackt wie bei seiner Geburt. Theodore war außer sich.

»Was zum Teufel machen Sie hier ohne Ihre Kleider?«

»Ich bin beraubt worden, Sir. Es tut mir leid.«

Der Butler lief ins Haus und brachte eine Decke hinaus. Außerdem brachte er etwas Brandy mit, und binnen kurzem konnten sie ihn ungesehen ins Haus bringen. Ein Feuer und der Brandy – und die Decke – stellten ihn wieder ein wenig her, und er erzählte seine Geschichte. Er hatte ein Auto verfolgt, das schneller fuhr als erlaubt. Es war auf die Straße zum Hügel abgebogen, und er war ihm gefolgt. Aber er hatte es etwa eine Meile hinter dem Earleschen Grundstück verloren und war auf dem Rückweg zur Straße am Fluß, als er von einem Wagen hinter ihm von der Straße gedrängt wurde.

»Ich hatte ihn überholt«, sagte er, »und bremste vor der Kurve ab. Vielleicht dachte er, ich wäre hinter ihm her. Er hat aufs Gas gedrückt und ist direkt auf mich los. Ich hab' versucht auszuweichen, aber er hat mich am Hinterrad erwischt, und ich bin durch die Luft geflogen.«

Das war alles, woran er sich erinnerte, bis er zu sich gekommen war. Man hatte ihn ein paar Meter von der Straße auf ein Feld geschleift, und seine Kleider waren verschwunden. »Alles weg«, sagte er und errötete unter seiner Bräune.

»Da war ich nun, Sir«, sagte er. »Ich wußte nicht, was ich tun sollte. Ich bin die letzte Stunde lang rumgehopst und hoffte, daß vielleicht ein Mann zu Fuß vorbeikommt und ich ihn anrufen könnte. Aber der einzige, den ich sah, schrie auf und rannte weg. Ich wette, er rennt immer noch.«

An dem Auto war ihm nichts Besonderes aufgefallen bis auf die Tatsache, daß es nicht so aussah, als gehöre es zum Hügel. Es war klein und schäbig und fuhr nicht sehr schnell. Ein Mann hatte es gefahren. Er hatte den Eindruck, er sei mittleren Alters oder älter gewesen. Mr. Earle rief Jim Conway an, und sie gingen – Haines war mittlerweile mit ein paar Sachen des Butlers bekleidet – zur Straße zurück. Sie fanden das übel zugerichtete Motorrad unweit des Earleschen Anwesens. Von Haines' Uniform und seiner Automatikpistole fand sich keine Spur, aber sie stießen auf seine Unterwäsche, die irgendwo die Straße hinab zum Dorf hin weggeworfen worden war.

Jim musterte sie. »Was der Kerl wollte«, sagte er, »war die Uniform. Er hat Haines ganz ausgezogen, um ihn davon abzuhalten, Alarm zu schlagen.«

»Vielleicht dachte er, ich wollte ihn anhalten«, sagte Haines, »und wollte sich Zeit verschaffen, um zu flüchten.«

Sie fuhren zu den Earles zurück. Haines' Frau hatte mit dem Streifenwagen ein paar Kleider geschickt, und während er sich anzog, ging Jim ans Telefon. Zuerst rief er im Rathaus an und ließ Cracker Brown eine Fahndungsmeldung durchgeben, so ungenau sie auch sein mußte. »Alte Limousine, möglicherweise Dodge oder Chevrolet. Sucht nach verbeulten Kotflügeln und anderen Unfallspuren. Fahrer möglicherweise mittleren Alters oder älter. Kann Uniform eines Motorradpolizisten tragen und eine Automatikpistole der Verkehrspolizei dabeihaben. Vorsicht. Der Mann ist möglicherweise gefährlich.«

Dann schickte er Haines nach Hause und Theodore Earle ins Bett. Daraufhin – es war mittlerweile ein Uhr morgens – stieg er in seinen eigenen Wagen und fuhr zum Kloster. Er ging nicht zum Haus. Er ging hinten herum zum Häuschen der McDonalds und klingelte. Es dauerte einige Zeit, bis sie aufwachten. Als Andy schließlich erschien, war er empört.

»Was stimmt denn jetzt nicht, Mr. Conway?« sagte er. »Ich arbeite hart und brauche meinen Schlaf.«

Jim sah sich um. Das Häuschen war dunkel. Er trat ein.

»Den ganzen Abend zu Hause gewesen, McDonald?«

»Das bin ich.«

»Besuch gehabt?«

»Besuch? Nein. Wer hätte kommen sollen?«

»Sie haben doch 'nen Wagen, oder?«

»Ja. Was ist damit?«

»Ich würde ihn gerne sehen«, sagte Jim. »Wo ist er?«

»Im Schuppen. Er ist ein oder zwei Tage nicht draußen gewesen. Was ist damit?«

»Ich will ihn mir nur ansehen.«

Andy verschwand mit vernehmlichem Grollen, um sich ein paar Kleider anzuziehen, und Jim ging nach hinten in Evans' Zimmer, machte das Licht an und durchsuchte es. Nichts Verdächtiges war da. Es war geblieben, wie Jessie McDonalds Hausputz es zurückgelassen hatte, kalt und offenbar unbenutzt. Er schaute in den Schrank, aber auch der war so, wie er ihn bereits gesehen hatte: Evans' wenige Anziehsachen hingen darin, und seine Schuhe standen auf dem Boden. Allmählich kam er sich lächerlich vor.

Andy führte ihn ein Stück vom Häuschen weg zu dem, was er den Schuppen nannte. Er war unverschlossen. Er stieß die Türen auf, worauf ein alter Chevrolet sichtbar wurde, und Jim nahm seine Taschenlampe und untersuchte ihn. Das Gebäude war nicht geheizt, und der Kühler fühlte sich kalt an unter seiner Hand. Aber als er aufblickte, sah er Andy vorne auf das Auto deuten.

»Irgendein dreckiger Dieb hat ihn draußen gehabt«, sagte Andy und wurde sehr schottisch in seiner Erregung. »Schau'n Sie sich das an, Sir. Gestern war es noch nich' da.«

An diesem Abend war Jim seiner Sache sicher. Er hatte das Auto gefunden, das Haines gerammt hatte. Der vordere rechte Kotflügel war übel verbeult. Er beobachtete Andy, aber dessen Empörung war offensichtlich der gerechte Zorn eines guten Schotten, den man geschädigt hatte. Er ließ ihn stehen und suchte mit seiner Taschenlampe das Gelände ab. Ein Weg führte vom Schuppen zur Garage und den Stallungen, aber es gab noch einen anderen, einen Feldweg, der auf den Hügel hinaufführte. Jeder konnte den Wagen hinausgeschoben haben, eingestiegen und mit gelöster Bremse den Abhang hinuntergefahren sein, bevor er den Gang einlegte. In diesem Fall hätten weder Andy noch Jessie das Geräusch gehört. Und was das Zurückbringen betraf –

»Sie haben ihn nicht wegfahren oder ankommen hören?«

»Wann hätte das sein sollen?« fragte Andy vorsichtig.

»Heute abend. Zwischen zehn Uhr dreißig und, sagen wir, zwölf.«

»Wir gehen früh zu Bett. Um neun oder so. Glauben Sie, wenn ich den dreckigen Lumpen gehört hätte, ich wäre nicht draußen und hinter ihm her gewesen?«

Danach durchsuchte Jim das Häuschen. Jessie war auf, in einem alten Flanellmorgenrock und sprachlos vor Zorn. Es fand sich keine Uniform noch sonst etwas Verdächtiges, und die beiden behaupteten standhaft, daß Evans seit seinem Verschwinden nicht dagewesen sei.

»Bislang war ich einer Ahnung gefolgt«, sagte Jim später. »Bei Haines' Beschreibung des alten Autos und des älteren Mannes hatte es bei mir geklingelt. Ich hatte Evans ein paar Mal das alte Auto der McDonalds fahren sehen, und ich wagte den Versuch.«

Allerdings wiesen Andy und Jessie, als er ihnen die Geschichte von Haines erzählt hatte, wütend jede Vermutung zurück, es könne Evans gewesen sein. »Er ist kein mordender Irrer«, sagte

Andy, »und auch kein Dieb. Er konnte gerne meinen Wagen haben, und das wußte er. Nie im Leben war es Evans, Sir.«

Jim tappte inzwischen völlig im Nebel. Er sah Licht bei Tony im Haupthaus und rief ihn vom Häuschen aus an. Gemeinsam untersuchten die beiden Männer noch einmal das Auto. Offenbar war das Lenkrad abgewischt worden. Sie konnten keine Fingerabdrücke finden.

Nachdem er den verbeulten Kotflügel betrachtet hatte, schaute Tony auf. »Eines steht fest, Conway«, sagte er mit einem trockenen Lächeln. »Stoddard war es nicht.«

»Nein«, pflichtete ihm Jim bei. »Aber wer zum Teufel war es?«

Am nächsten Abend brachten die Zeitungen die Geschichte. Natürlich war in einer Saure-Gurken-Zeit ein Polizist ohne seine Kleider Manna für die Presse. Sie stürzten sich darauf, brachten Aufnahmen eines verlegenen, unglücklichen jungen Mannes mit verschiedenen Überschriften: *Verrückter wieder am Werk – Polizist nackt aufgefunden,* und eine alliterierende mit der Überschrift: *Kradpolizisten-Kleider konfisziert.* Neugierige junge Männer mit Notizblöcken in den Taschen spazierten wieder einmal auf den Hügel, griffen dies und jenes auf und machten ein imposantes Gesamtbild daraus. Sie griffen Bessies Unfall und die Einschußlöcher in ihrem Wagen auf. Sie riefen den Überfall auf Evans und seine fehlenden Hosen in Erinnerung. Sie brachten alte Aufnahmen vom Friedhof, und ein Jüngling schaffte es sogar, in mein Büro zu kommen und zu fragen, ob es stimme, daß ich mit einem Beil niedergeschlagen und ins Bassin der Stoddards geworfen worden wäre.

Der aufgebrachte Distriktstaatsanwalt ließ Hopper kommen. »Was soll dieser ganze Zeitungskram?« wollte er wissen.

»Warum lesen Sie's nicht? Liest sich prima. Vielleicht stimmt was davon.«

»Ein Verrückter! Haben Sie den Verstand verloren? Was meinen Sie – stimmt was davon? Was hat ein Polizist, der seine Kleidung verliert, mit diesem Fall zu tun? Oder mit jemandem mit 'ner Wut im Bauch, der auf dem Friedhof Grabsteine umwirft?«

»Na«, erwiderte Hopper schleppend und zündete sich eine Zigarette an, »ich würde sagen, irgend so was ist es. Vielleicht ein Verrückter, vielleicht auch nicht. Möglicherweise ist es nur ein nettes kleines Spielchen.«

»Was für ein Spielchen? Machen Sie Witze?«

»Zum Teufel, nein«, erwiderte Hopper. »Es könnte eine Entlastung für Stoddard sein. Er ist im Gefängnis, und diese Sachen passieren weiter. Was ist die Lösung? Ein mordender Wahnsinniger geht um, also kann Stoddard nicht schuldig sein. Entweder das, oder der Mörder ist noch frei. Vielleicht denkt er sich, wenn Stoddard freigelassen ist, werden wir nach einem suchen, der den Tick hat, Hosen zu klauen.«

»Das ist Quatsch.«

»Vielleicht«, sagte Hopper und erhob sich. »Es gibt natürlich noch eine andere Möglichkeit.«

»Und die wäre?« fragte Stewart argwöhnisch.

»Vielleicht bereitet er etwas vor, was noch passieren wird«, sagte Hopper und schlurfte aus dem Büro, während ihm der Distriktstaatsanwalt hinterherstarrte.

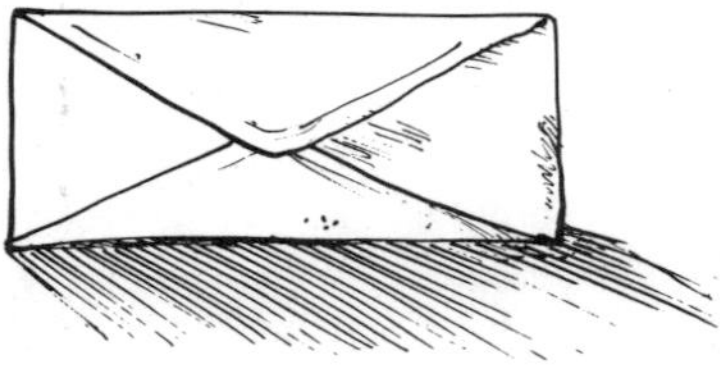

Kapitel 33

Irgendwie ging während der nächsten paar Tage das Leben für mich weiter. Ich nahm Miss Mattie zur Vorstellung des Theatervereins von *Lady Windermeres Fächer* mit. Ab und zu besuchte ich Lydia. Das Wetter war, wie im Spätherbst üblich, grau und trübsinnig, und der Rauch von den Fabriken kam das Tal herab und vermischte sich in der Nacht mit dem Nebel. Morgens fuhr ich den Hügel hinauf zum Kloster, aber das Haus ging mir ziemlich auf die Nerven.

Ich war völlig isoliert. Ich habe keine Ahnung, was Bessie mit ihrer Zeit machte. Ich sah sie nie. Mein Mittagessen wurde im Büro serviert, und bis auf Roger – und Mrs. Partridges Beschwerden über Bessies Versuche, das Haus zu führen – war ich meistens allein.

Ab und zu fand ich eine Notiz von Tony auf meinem Schreibtisch, kurz und unverbindlich. Er kam spät nach Hause, aß in der Stadt zu Abend und war weg, bevor ich morgens dort ankam.

Glücklicherweise hatte ich reichlich zu tun. Eines Nachmittags kam Mr. Elliott früh her, und wir gingen zusammen Mauds Papiere durch, soweit wir sie finden konnten. Es gab sehr wenige. Briefe hatte sie immer vernichtet, nachdem sie sie beantwortet hatte. Aber an jenem Tage schien er verwirrt.

»Hatte sie keine privaten Unterlagen?« fragte er.

»Nichts dergleichen.«

»Na, vielleicht sehen Sie sich mal um«, sagte er. »Lassen Sie mich wissen, wenn Sie etwas finden. Und ich würde nicht darüber sprechen, Miss Abbott. Tony weiß, daß ich hier bin, aber das, wonach ich suche, war wahrscheinlich in dem Umschlag, der verschwunden ist.«

Am nächsten Tag setzte ich die Suche fort, als ich Mauds persönlichen Besitz für die Erbschaftssteuer auflistete. Hilda half mir, und in einer kleinen Innentasche des Mantels, den Maud in ihrer Todesnacht getragen hatte, fand ich einen Zettel. Es war nicht viel. In Mauds großer Handschrift stand Lydias Telefonnummer darauf, aber darunter war ein Firmenname, den ich nicht kannte.

»Summers & Brodhead«, las ich. »Wer ist das, Hilda?«

»Mrs. Wainwrights Juweliere«, antwortete Hilda unter Tränen. »Sie haben ihre Sachen repariert und manchmal Stücke umgearbeitet.«

»Hat sie gesagt, daß sie etwas in Auftrag geben müsse?«

»Soweit ich mich erinnere, nicht, Miss.«

Es schien unwichtig. Aber ich behielt den Zettel, und wir machten weiter. Die Arbeit riß kaum verheilte Wunden wieder auf: die gold- und schildpattbelegten Toilettenartikel, die schönen Pelze, darunter ein Zobelmantel, die prunkvollen Négligés und Hausröcke. Außerdem gab es Dutzende von Abendkleidern, reihenweise Pumps in den entsprechenden Farben und sogar ein Skizzenbuch, das jedes Kleid in Farbe zeigte, mit den dazugehörigen Accessoires und dem passenden Schmuck. Manches von dem Schmuck hatte ich nie gesehen. Er wurde in der Bank in der Stadt aufbewahrt und nur zu besonderen Anlässen hervorgeholt. Aber der Name Summers & Brodhead blieb mir im Gedächtnis haften, und nachmittags um vier rief ich sie an und erläuterte, wer ich war.

»Hat Mrs. Wainwright Sie am Tag vor ihrem Ableben oder kurz davor angerufen?« fragte ich.

Am anderen Ende der Leitung zögerte man ein wenig.

»Wer sagen Sie, daß Sie sind?«

»Ihre Sekretärin, Miss Abbott.«

Da wurde er mitteilsam, zumindest für seine Verhältnisse. Wie sich herausstellte, war es Mr. Brodhead selbst, der sagte, er habe vor Jahren meine Mutter gut gekannt. Als das heraus war, kamen wir auf die anstehende Sache zurück. Er senkte die Stimme. »Tja, sie hat tatsächlich angerufen, Miss Abbott«, sagte er. »Es war eine vertrauliche Angelegenheit, aber ich frage mich seither, ob ich nicht doch etwas davon sagen sollte. Nicht, daß es irgendeinen Einfluß auf ihren – auf das, was ihr zugestoßen ist, haben könnte. Aber wie ich Mr. Summers sagte: Immerhin, wenn sie Geld brauchte, sollen wir es vielleicht sagen.«

»Mir können Sie es sagen. Ich werde nichts verlauten lassen, wenn es nicht wichtig ist, und dann nur gegenüber ihrem Sohn.«

Das erleichterte ihn, obwohl seine Stimme immer noch verschwörerisch klang. »Meines Wissens wollte sie ihren Schmuck verkaufen, Miss Abbott.«

»Verkaufen? Alles?«

»Alles, was sie besaß.«

An diesem Abend wartete ich auf Tony und erzählte es ihm. Seine Miene war sehenswert. »Warum? Warum um alles in der Welt den Schmuck verkaufen? Sie hatte reichlich Geld.« Dann sah ich Argwohn in seinen Augen. »Bessie natürlich. Sie wollte sie wieder auszahlen. Pat, es gibt Zeiten, da bin ich kaum noch zurechnungsfähig.«

Ich wußte, daß ich nicht viel länger bleiben konnte. Mein Schreibtisch war fast aufgeräumt, aber er bat mich an diesem Tag, noch eine Weile auszuharren. Er habe wegen der Scheidung Schritte eingeleitet. Er habe Bessie gebeten, in ein Hotel in der Stadt zu ziehen, habe sogar Zimmer für sie reserviert. Aber sie bestand hartnäckig darauf, im Kloster zu bleiben.

»Gott weiß, warum«, sagte er. »Aber da sie es nun einmal tut – halten Sie sie von Mutters Sachen fern, ja? Hilda sagt, sie hat versucht dranzukommen.«

Danach wurden Mauds Zimmer abgeschlossen, und ich behielt die Schlüssel.

Soweit ich es erkennen konnte, tat die Polizei nichts. Es war, als hätten sie mit Julians Verhaftung den Fall aufgegeben. Natürlich irrte ich mich. Hopper suchte noch – oder wieder – nach Evans, und unten in seinem Büro hatte Jim Conway eine Schublade in seinem Schreibtisch, die er ab und zu öffnete. Dann breitete er den Inhalt vor sich auf dem Tisch aus und studierte ihn.

Vor ein paar Tagen erst hat er mir die Sachen noch einmal aufgezählt.

(a) *Der im Spielhallenbassin gefundene Pantoffel und der Knopf.*
(b) *Eine Skizze der Narbe auf Don Morgans Brust.*
(c) *Der Sockenhalter, den Roger auf dem Grundstück gefunden und den ich ihm gegeben hatte.*
(d) *Das Photo der Kugeln aus Tonys Pistole.*
(e) *Der blaue Farbsplitter aus dem Spielhallenbassin.*
(f) *Die Liste von Mauds Schmuck, die in ihrer Todesnacht im Sessel am Kamin geblieben war.*

(g) *Die Fingerabdrücke an Mauds Safe, die man photographiert hatte, nachdem man ihn offen gefunden hatte, und die nur von Maud und mir stammten.*
(h) *Der Zeitungsausschnitt aus seiner Brieftasche.*
(i) *Das Etikett des Londoner Schneiders aus Dons Mantel, auf dem Mauds Autonummer in Tinte geschrieben war.*

»Es war alles da«, sagte er. »Ich schob die Sachen herum, als würde ich Dame spielen, und kriegte immer dasselbe Ergebnis. Zum Teil erriet ich es. Nimm den Sockenhalter. Für mich sah es so aus, daß, wer auch immer Don aus dem Bassin geholt hatte, sich nicht die Zeit genommen hatte, sich anzuziehen. Das verkürzte den Zeitraum ein bißchen. Nimm die Narbe. Da habe ich auch geraten, aber ich war ziemlich sicher, daß ich recht hatte. Aber wer zum Teufel hatte es getan? Da wußte ich nicht weiter.«

Es war eine düstere Zeit, und dann geschah eines Tages etwas Trauriges. Roger wurde vergiftet.

Es fällt mir schwer, darüber zu schreiben. Monatelang, insbesondere nach Mauds Tod, war er mein ständiger Gefährte gewesen. Er hatte nachts vor meiner Tür geschlafen, bei mir im Büro gelegen, wenn ich beschäftigt war, und war den Reitweg entlanggetrottet, wenn ich Prince auf einen Ritt durch die klare Luft mit hinausnahm.

Damals bestand kein Grund zu der Annahme, es wäre Absicht gewesen. Ich hatte ihn auf seinen Lieblingsspaziergang mitgenommen, den Fußweg zur Farm. Er war glänzender Laune gewesen, aber auf dem Rückweg begann er zurückzubleiben. Bevor wir es nach Hause geschafft hatten, brach er völlig zusammen, und ich rannte zum Stall, um Hilfe zu holen. Aber er starb, bevor ihm jemand helfen konnte. Als Tony nach Hause kam, fand er mich im Stall auf den Knien, wie ich mich über diesen großen, reglosen Körper beugte. Er sah schlecht aus, aber er beugte sich herab und küßte mich in den Nacken.

»Hören Sie, meine Liebe«, sagte er, »er hat ein glückliches Leben gehabt, und jetzt ist er wahrscheinlich in seinem eigenen netten Hundehimmel. Kommen Sie besser mit mir ins Haus zurück.«

Ich ging mit, immer noch tief erschüttert, und, Bessie hin oder her, er hielt den Arm um mich gelegt. Erst am Abend unterrichtete der Tierarzt ihn von dem Gift, und Tony kam zu Miss Mattie herab und berichtete es mir.

»Strychnin in einer Frikadelle«, sagte er. »Wahrscheinlich irgendein Farmer, der hinter den Hunden her ist. Die meisten von ihnen hassen die Jagd.«

Aber ich denke, das hat er selbst nicht geglaubt. Ich glaubte es bestimmt nicht.

Tagelang trauerte ich um Roger. Ansonsten ging es irgendwie weiter. Lydia bereitete endlich tatsächlich ihre Hochzeit vor. In der Stadt arbeiteten Julians Anwälte an seiner Verteidigung, wobei Tony und Dwight Elliott jetzt an den Besprechungen teilnahmen. Maud war seit über einem Monat tot, und der auf Selbstmord lautende Urteilsspruch war immer noch in Kraft. Ich fuhr eines Tages in die Stadt und kaufte mir einen Pelzmantel, nur weil ich so unglücklich war.

Dann hatte ich Anfang Dezember einen Besuch von Jim Conway. Er kam in mein Büro, öffnete ein Fenster, setzte sich, stopfte seine Pfeife und zündete sie an, und dann zog er eine Automatik hervor und legte sie vor mir auf den Tisch. Ich musterte sie argwöhnisch.

»Hast du je eins von diesen Dingern benutzt?«

»Nie.«

»Na, dann wirst du es jetzt lernen.« Ich blickte auf, aber er meinte es ernst.

»Keine Witze, Schwester«, sagte er. »Ich halte nicht soviel davon, daß du alleine herumziehst, und schon gar nicht im Dunkeln. Ich möchte dich nicht eines Nachts frierend und ohne Kleider in einem Straßengraben finden. Komm mit raus. Ich habe einen Platz für deine erste Lektion ausgesucht.«

Es war nicht sehr hell draußen, aber an diesem Spätnachmittag erhielt ich meine erste Lektion im Pistolenschießen. Die Stelle, die er ausgewählt hatte, war die kleine Senke neben der Spielhalle, und ich kann nicht behaupten, daß ich irgendwelche Rekorde brach. Ich lernte allerdings, nicht die Augen zuzumachen, wenn ich den Abzug betätigte, und Jim drückte mir brüderlich den Arm, als es vorbei war.

»Braves Mädchen«, sagte er. »Ich lasse sie bei dir. Nimm sie mit ins Auto, ja? Und nicht in einer Tasche. Leg sie auf den Sitz neben dir.«

»Ich verstehe nicht, wieso ich sie brauche, Jim.«

»Vielleicht weißt du etwas, von dem du nicht weißt, daß du es weißt«, meinte er kryptisch.

Aber das war noch nicht alles, was er von mir wollte. An diesem Tag ging er mit mir zurück ins Haus. In der Bibliothek brannte ein Feuer im Kamin, und ich ließ ihm einen Highball kommen, während er sich die Hände wärmte. Er sagte nichts, bis er sich, mit seinem Drink neben sich, eine Zigarette angesteckt hatte. Seine erste Frage überraschte mich.

»Hör mal, Pat, ist dir je in den Sinn gekommen, daß Maud Wainwright Don Morgan kannte?«

»Ich glaube, das hat sie nicht«, sagte ich. »Er ist weggegangen, zwei oder drei Jahre, nachdem die Wainwrights auf den Hügel gezogen waren, und damals kannte das Tal die Leute vom Hügel nicht besonders gut. Jedenfalls nicht näher. Ich weiß, daß sie Lydia nicht gekannt hat. Sie hat mich nach ihr gefragt.«

»Ist dir je eingefallen, daß er in der Nacht, in der er getötet wurde, in die Spielhalle gekommen ist, um Mrs. Wainwright zu treffen?«

»Im Pyjama? Warum sollte er?«

»Na«, meinte er logisch, »wenn er nur den Pyjama hatte und sie treffen mußte – na gut. Kommen wir auf Evans zurück, auf die Nacht, in der du ihn in der Spielhalle gefunden hast. Er wird niedergeschlagen, und jemand nimmt ihm seine Schlüssel weg. Warum?«

»Ich vermute«, sagte ich, »jeder hätte gern die Schlüssel zu diesem Haus. Die Sachen hier sind eine Million Dollar wert.«

»Du weißt es besser. Ich auch. Wer auch immer diese Schlüssel wollte, war nicht auf Diebstahl aus. Wenn Morgan sie hatte, was ziemlich sicher scheint, wofür hat er sie gewollt?« Er sah mich über seine Zigarette an. »Wer geht hier ans Telefon?«

»Ich oder Reynolds. Wer gerade da ist.«

»War es leicht, Mrs. Wainwright an den Apparat zu kriegen?«

»Sie hat ihn nie benutzt, wenn sie es vermeiden konnte. Die Leute hinterließen ihren Namen oder sagten, was sie wollten. Gewöhnlich habe ich ihr die Mitteilungen hinaufgebracht, und sie sagte mir, was ich tun sollte.«

»Ich verstehe«, sagte er nachdenklich. »Wenn Morgan sie am Telefon sprechen wollte, hatte er keine Chance, oder?«

»Ich glaube nicht, daß er es versucht hat. Jim, was soll das alles? Warum hätte er mit ihr sprechen wollen? Über Bessie?«

»Vielleicht über Bessie. Vielleicht auch nicht. Aber er ist zweimal in dieses Haus eingedrungen. Warum? Angenommen, er versucht, mit Maud Wainwright Kontakt aufzunehmen, und er schafft es nicht. Vielleicht treibt er sich hier herum, aber erst ist sie krank, und später ist sie nie allein. Bessie ist hier. Du bist hier. Leute kommen und gehen. Wenn er an der Tür klingelt, muß er sein Anliegen vorbringen, und wenn er eines nicht möchte, ist es, zu sagen, was er will. So hätte es sein können, oder?«

»Warum konnte er nicht sagen, was er wollte?«

»Vielleicht war es ziemlich privat«, sagte er grimmig. »So privat, daß es ihn getötet hat.«

Das einzige, dessen er sicher war, war, daß Donald Morgan, als er sich am Abend seines Todes aus seinem Haus geschlichen hatte, eine der beiden Frauen, Bessie oder Maud, getroffen hatte. Er selbst glaubte, es sei Maud gewesen.

»Aber sie ist nicht dorthin gegangen«, sagte ich. »Sie gab ein Essen. Erinnere dich.«

»Trotzdem«, sagte er. »Ich glaube, er ist dorthin gegangen, um sie zu treffen. Er ist mit dem Wagen seiner Frau hergefahren. Er hatte den Schlüssel zur Spielhalle und hat wahrscheinlich drinnen gewartet. Jetzt möchte ich, daß du dich zurückbesinnst, Pat. Wie wirkte sie an jenem Abend? Ganz normal?«

»Ich glaube schon«, sagte ich langsam. »Ich hatte diesen kaputten Knöchel, weißt du. Sie kam herein, um nach mir zu sehen, bevor sie nach unten ging. Mir gefiel ihr Kleid, und sie schien erfreut.«

An diesem Tag stellte er eine Menge Fragen. Was mit Evans sei? Ob er zu der Sorte der alten Familiendiener gehörte? Mit anderen Worten: Sei er mit Leib und Seele der Familie, insbesondere Maud, ergeben gewesen? Darüber mußte ich lächeln. »Ich habe ihn nicht gut gekannt. Wenn er irgendwelche starken Gefühle hatte, hat er sie gut verborgen.«

»Nicht von der Sorte, die rumlaufen und die Ehre der Wainwrights retten und so weiter? Anders gesagt, nicht die treusorgende alte Seele. Na gut, weiter im Text.«

Ich erzählte ihm alles, was ich wußte: daß Mauds Haltung gegenüber Evans ebenso oberflächlich wie nachsichtig gewesen sei, aber mit Sicherheit nicht herzlich. Sie sei durch den Überfall auf ihn ebenso verstört gewesen wie wir. Bis darauf, daß sie ihm Sachen ins Krankenhaus geschickt habe, vornehmlich Obst und Blumen, habe sie sich lediglich nach ihm erkundigt. Jim nickte, als ich fertig war.

»Na gut. Behalt dieses Gespräch für dich, ja?« Er stand auf und warf seine Zigarette ins Feuer. »Und vergiß die Pistole nicht. Lach nicht. Ich meine es verdammt ernst.«

Ich tat, wie er mir gesagt hatte. Wenn ich danach hin- und herfuhr, lag sie im Wagen auf dem Sitz neben mir. Eines Abends holte ich Amy ab, und sie sah sie.

»Hör mal«, sagte sie, »leg das Ding weg, ja? Ich hab' nicht oft Gelegenheit, mich hinzusetzen, aber wenn ich es tue, will ich keine Kugel in dem Teil, auf dem ich sitze.«

Sie deprimierte mich an diesem Abend ziemlich, als sie mich erinnerte, daß alles dreimal passiert.

»Was meinst du mit dreimal?« sagte ich gereizt. »Das ist albern.«

»Kein bißchen. Paß auf, Mädchen. Zwei Tode bedeuten einen dritten. Wart's ab. Ich höre, daß ihr eine Wache oben im Kloster habt.«

»Wir haben einen Hilfssheriff, den Jim hochgeschickt hat. Heißt O'Brien.«

»Die kleine Krabbe«, sagte Amy. »Der wird euch auch 'ne Hilfe sein. Wir haben ihm mal die Polypen rausgenommen. Ich wette, das war alles, was er im Kopf hatte.«

Aber bei O'Brien irrte sie sich. Er tat sein Bestes in dieser fürchterlichen Nacht, als ich ihn in die Brust schoß, und er wäre beinahe daran gestorben.

Kapitel 34

Ich vermute, der Herbst und der Winter in Beverly verliefen ganz wie gewöhnlich. Die Debütantinnen debütierten, sahen jung und unschuldig aus und schlichen sich ab und zu auf eine Zigarette nach draußen. Es gab die üblichen Wohltätigkeitsveranstaltungen, die üblichen Bridge- und Dinnerparties und natürlich mehr als den üblichen Tratsch. Ich wurde ziemlich viel eingeladen, aber mir lag nichts daran auszugehen. Früher oder später kam das Gespräch auf den Hügel, und ich konnte es nicht ertragen.

Auch das Kloster konnte ich nicht länger ertragen. Wenn ich Zeit hatte, las ich die Stellenangebote in den Zeitungen. Niemand schien jemanden mit meinen besonderen Qualitäten zu brauchen: »Französisch anständig, Golf schlecht, Tennis gut, auf dem Pferd ausgezeichnet und keine Leberflecken.« Aber in einem Büro gab es um diese Zeit eine kleine Szene, die mich – als ich später von Margery davon hörte – nachhaltig unglücklich machte. Nach Julians Verhaftung hatten die Zeitungen sein Bild und das von Margery veröffentlicht. Miss Connor war gerade im Büro, und irgend jemand zeigte es ihr.

Sie warf einen Blick auf das von Margery, dann setzte sie sich an ihren Schreibtisch und begann zu weinen, lange, schreckliche Schluchzer, die die gesamte Belegschaft hilflos um sie versammelten. »Dieses Mädchen!« sagte sie langsam. »Diese hinterhältige Schlange! Und ich habe ihr Tee gemacht!«

Jetzt kann ich darüber schreiben, aber zu den Nebeneffekten der Verbrechen um uns im letzten Jahr muß ich Eliza Connor und die Vernichtung ihres letzten Vertrauens in ihre Mitmenschen rechnen. Wie gesagt, habe ich versucht, für diesen meinen Verrat zu bezahlen. Ich verschaffte ihr indirekt eine bessere Stellung, und ab und zu schicke ich ihr anonym Sachen – einmal ein kleines Kofferradio für ihr einsames Zimmer, und dann ein kleines

Teeservice und ein Tablett. Das letztere hat mich wahrscheinlich verraten, aber auf meine Bitte hin hat ihr Margery nie gesagt, wer ich war, so daß sie es nicht zurückschicken konnte.

Das wußte ich damals noch nicht. Mein eigenes Leben war zu einer trübseligen Routine geworden: auf den Hügel kommen, arbeiten, Bessie ausweichen, und abends hinab zu Miss Mattie fahren. Dann sah ich eines Tages in den Geschäften von Beverly eine Flut von Purpurrot, Grün und Weiß, die nur Weihnachten bedeuten konnte. Das Schaufenster des Blumenladens war mit kleinen, weißgefiederten Bäumchen geschmückt, und in der Sankt-Markus-Kirche probten die Sternsinger ihre Lieder und waren bereit, am Heiligen Abend überall anzuhalten, wo eine brennende Kerze in einem Fenster sie hereinbat.

Ich fühlte mich miserabel und einsam. Mutter hatte immer Myrtenwachskerzen für sie aufgestellt, und ich sah sie vor mir, die Männer und Frauen, wie sie draußen im Schnee standen und sangen, die ernsten Gesichter in die Nacht erhoben. Wir hatten immer Kakao und Kuchen für sie. Mutter hielt nichts von Alkohol bei solchen Gelegenheiten.

Im Kloster herrschte keine Weihnachtsstimmung. Eines Tages fragte mich Mrs. Partridge, ob sie einen kleinen Baum für den Aufenthaltsraum des Personals bestellen könne – Bessie fragte sie nie nach etwas –, und ich gab ihr grünes Licht. »Es wird nicht wie in alten Zeiten sein«, sagte sie bekümmert. »Mit dem hell erleuchteten Ballsaal und den Bäumen und den Geschenken. Die Kinder werden es wohl vermissen.«

»Was für Kinder, Partridge?«

»Arme Kinder. Früher kamen sie in Bussen von überall her, und Mrs. Wainwright hatte Geschenke für sie und ein Kasperletheater. Oder einen Zauberer. Der hat ihnen am besten gefallen, glaube ich.«

Es stellte sich heraus, daß sie Mauds Liste in ihrem Wohnzimmer hatte, und an diesem Abend hinterließ ich Tony einen Zettel: *Was ist dieses Jahr mit dem Weihnachtsfest für die Kinder? P.A.*

Am nächsten Morgen war eine Antwort für mich da. Reynolds händigte sie mir mit verschwörerischer Miene aus: *Immer mal los. Keine Grenze nach oben. Sie hätte es gewollt. Tony.*

Ich lehnte mich zurück und dachte nach. Was sollte ich mit Bessie tun? Bislang hatten wir einander förmlich gegrüßt, wenn wir uns begegneten, aber seit dem Abend, als sie mich aus dem

Haus gewiesen hatte, hatten wir kein Dutzend Worte gewechselt. Aber eine Weihnachtsparty, auch wenn sie für die Armen war, war unmöglich, ohne ihr wenigstens davon zu berichten.

An diesem Tag bat ich Reynolds, es ihr mitzuteilen und sie zu fragen, ob sie irgendwelche Vorschläge hätte. Zu meiner Überraschung kam sie in das Büro. Sie schloß die Tür hinter sich, stand da und wirkte unsicher. »Eine Party werden wir also haben«, sagte sie. »Na Gott sei Dank, wenigstens etwas.«

Sie hatte sich verändert. Ein Großteil ihres guten Aussehens war verschwunden. Wie sie da stand, sah sie fast ungepflegt aus. Die Locken auf ihrem Kopf waren nicht aufgesteckt, und sie trug kein Make-up. Mir war es so vorgekommen, als habe sie seit ihrer Rückkehr ständig getrunken, aber jetzt war sie nüchtern. Zum ersten Mal fragte ich mich, ob sie an dem Abend, an dem sie mich weggeschickt hatte, betrunken gewesen war.

Ich erklärte es ihr, so gut ich konnte. Dann gab ich ihr die Liste, und sie überflog sie. »Ich werde die Einkäufe machen, wenn Sie möchten«, sagte sie. »Das wird mir was zu tun geben. Aber wenn ich an hundertfünfzig miefende Kinder auf einem Haufen denke –«

»Sie werden nicht miefen. Für sie ist es ein richtiges Fest.«

Sie nahm die Liste und stand auf. Die momentane Aufregung war vorbei, und sie kam mir fast krank vor. Zum ersten Mal tat sie mir wirklich leid. Sie gab mir allerdings keine Möglichkeit, etwas zu sagen. Sie ging zur Tür und hielt inne. »Eines Tages werde ich Ihnen eine Geschichte erzählen, Pat Abbott«, sagte sie. »Das wird Ihre Meinung über eine Menge Dinge ändern, einschließlich Tony Wainwright. Aber fangen Sie nicht an, Vermutungen anzustellen. Das ist gefährlich hier in der Gegend.« Sie lächelte. »Das ist der erste uneigennützige Rat, den ich seit Jahren gegeben habe. Beherzigen Sie ihn besser.«

Sie hat mir die Geschichte natürlich nie erzählt. Wie vor Wochen Maud, muß sie an diesem Tag versucht gewesen sein, alles zu sagen, hin- und hergerissen zwischen Gehässigkeit und Habgier. Aber da sie Bessie war, siegte die Habgier. Sie hoffte immer noch, ihre Kastanien aus dem Feuer zu holen, hoffte noch auf eine einträgliche Abfindung von Tony, und danach auf eine Scheidung und die Freiheit.

Ich war die nächsten Tage sehr beschäftigt. Allmählich fühlte ich mich normaler. Auch die Stimmung im Haushalt wurde fröhlicher. Der Ballsaal wurde geöffnet und saubergemacht. Bessie fuhr jeden Tag in die Stadt, um Geschenke für die Kinder zu kaufen. Ich saß am Telefon und war abends froh, zu Miss Mattie zurückzukommen, friedlich mit ihr zu Abend zu essen und ins Kino oder ins Bett zu gehen. Wenn er konnte, kam Tony mich besuchen, aber Miss Matties Vorstellung von Obhut waren sehr strikt. »Er ist immer noch ein verheirateter Mann, meine Liebe. Ich muß Sie bitten, die Wohnzimmertür offenzulassen.«

Ich habe mich oft gefragt, ob je ein Liebeswerben mit so wenig Zärtlichkeiten durchgeführt wurde wie zwischen Tony und mir. Aber auch er war wieder mehr der alte. Der erste Schock durch den Tod seiner Mutter war vorbei. Er kam vorbei, groß und von der kalten Luft draußen erfrischt, überreichte Miss Mattie eine riesige Schachtel Pralinés und trat dann einen Schritt zurück und betrachtete mich kritisch.

»Wie geht's der alten B.S. heute abend?«

»B.S.? Das klingt nicht nett, Tony.«

»Das liegt daran, daß Sie ein verdorbenes Gemüt haben, Miss Abbott. B.S. steht für Bohnenstange, und so sehen Sie aus.« Bessie erwähnte er selten. Eines Abends aber tat er es. Er saß an der Kohlenglut in Miss Matties viktorianischem Wohnzimmer, während ich mich auf dem Sofa am Kamin kuschelte.

»Waren Sie sehr verliebt in sie, Tony?« fragte ich. »Als Sie sie geheiratet haben?«

»Ich war verrückt nach ihr. Es dauerte drei Monate. Vergessen wir das, mein Herz. Es ist vorbei.« Aber ich sah ihn nicht oft. Er war furchtbar beschäftigt. Wenn er abends nach Hause kam, dann mit einer Aktentasche voller Papiere und oft mit Dwight Elliott und ab und zu mit dem Geschäftsführer der Fabrik. Ich erfuhr auch, daß die Wainwrights, die die Kleinaktionäre anführten, immer noch Probleme machten. Eines Abends schlief er sogar im Sessel am Kamin ein. Da sah ich, daß er kurz vor dem Zusammenbruch stand. Ein schlafender Mann hat etwas Hilfloses an sich, und ich vermute, daß alle Frauen mit auch nur einem Funken Mutterinstinkt sich bei solchen Gelegenheiten zu Männern hingezogen fühlen. An diesem Abend fühlte ich mich sicherlich sehr zu ihm hingezogen, mit aller Kraft, bis Miss Mattie, die ein verdächtiges Schweigen registrierte, in der Tür erschien und ihn weckte.

Diese kurze Zeit der Normalität währte nicht lange. Ich hatte eines Abends mit Lydia gegessen und war ziemlich lang geblieben. Mauds Tod war immer noch ein Rätsel. Julian erwartete in seiner Zelle die Verhandlung, die Suche nach Evans oder seiner Leiche wurde fortgesetzt – gemäß der Theorie der Anklage, daß er gesehen hätte, wie Don ermordet wurde, und ihnen – lebendig oder tot – bei ihrem Fall helfen könne. Wir plauderten fast bis Mitternacht, bis mich Bill Sterling nach Hause brachte, und ich zog mir gerade das Abendkleid aus, als das Telefon klingelte. Es war Bessie, und sie klang, als wäre sie außer sich.

»Ich habe fürchterliche Angst«, sagte sie. »Fragen Sie mich nicht, warum. Ich habe einfach Angst. Das ist alles.«

»Ist etwas passiert?«

»Noch nicht. Würde es Ihnen was ausmachen raufzukommen? Ich weiß, daß es albern ist, aber ich bin alleine hier. Tony übernachtet in der Stadt, und O'Brien sagt, er hat jemanden auf dem Grundstück gesehen.«

Ich sagte, ich würde kommen. Es war eine kalte Nacht, und ich brauchte eine Weile, um den Wagen zu starten. Es war weit nach zwölf Uhr, als ich aufbrach, mit Jims Automatikpistole neben mir auf dem Sitz und einer Art fröstelnder Vorahnung, die mir am ganzen Körper eine Gänsehaut machte. Als ich in die Zufahrt einbog, nahm ich die Pistole in die Hand, aber ich erreichte das Haus unbehelligt. O'Brien ließ mich grinsend ein.

»Kein Grund zur Sorge, Miss«, sagte er. »Hat sich wohl eins von den Mädchen rausgeschlichen, das ist alles. Aber ich hab' es Mrs. Wainwright erzählt, und sie hat das ganze Haus verrückt gemacht.«

Ich fand sie neben einem verlöschenden Feuer in der Bibliothek. Sie hatte einen Highball neben sich, aber ihre Hände zitterten so, daß sie kaum das Glas halten konnte. »Ich bin wohl nichts als eine verdammte Närrin«, sagte sie, »aber ich war drauf und dran, Schreikrämpfe zu kriegen.«

Sie weigerte sich, allein zu bleiben, und wir drei machten eine sorgfältige Runde durchs Haus, einschließlich der Keller. Aber wir fanden alles verschlossen, und schließlich brachte ich sie dazu, ins Bett zu gehen. Ich hörte, wie sie sich einriegelte, und dann ging ich, während O'Brien auf Posten war, in mein altes Zimmer und zog mich aus.

Ich war müde, aber ich konnte nicht schlafen. Vor allem war es seltsam, wieder zurück in dem altvertrauten Quartier zu sein, wo ich einst solche Höhen und Tiefen durchlebt hatte. Ich lag da und dachte über die vergangenen sechs Monate nach: an das Gespräch mit Lydia an jenem Abend, an Dons Ermordung, Julians Verhaftung und an die merkwürdige Verabredung von Maud mit Lydia in der Nacht, in der sie umgebracht wurde. Lydia hatte vage gemeint: »Sie sagte etwas von Audrey.« Wieso Audrey? Welche Rolle spielte Audrey in dieser geheimnisvollen Geschichte?

In diesem Moment war mir, als hörte ich den Aufzug. Der Schacht lag neben meinem Zimmer, und der Fahrstuhl schien sich zu bewegen. Er machte niemals ein lautes Geräusch. Bei Tageslicht schien er sich völlig geräuschlos zu bewegen. Aber ich war unruhig. Ich stand auf und ging in die Halle hinaus. O'Brien saß, wie Bessie es gewollt hatte, mit der Waffe in der Hand und den Überresten seines Essens neben sich auf der Treppe.

»Ich dachte, ich hätte den Fahrstuhl gehört«, flüsterte ich.

Er grinste. »Hat es Sie auch erwischt?« sagte er. »Ganz schön unheimlich nachts, was? Nur gut, daß ich nicht nervös bin.«

Beruhigt ging ich wieder ins Bett. Aber nicht, um zu schlafen. Ich war kaum zurück im Bett, als ich hörte, wie sich über mir etwas bewegte. Es machte mir Angst. Die Personalkammern waren größtenteils drüben im Ostflügel, und über meinem eigenen Zimmer war, wie ich wußte, die Kofferkammer, ein riesiger, mit Schrankkoffern gefüllter Raum mit Regalen für Koffer und kleines Gepäck. Und das Geräusch selbst war seltsam. Es war, als würde ein Koffer vorsichtig über den Boden geschleift. Oder millimeterweise geschoben, denn die Bewegung war unendlich langsam. Ich hörte noch eine Weile zu. Das Geräusch fing an, hörte auf und fing wieder an; aber schließlich war es nicht zu überhören, und ich rief O'Brien. Er war nicht in Sicht. Beim zweiten Rufen allerdings erschien er in der unteren Halle, offensichtlich amüsiert.

»Hat es Sie wieder erwischt?« fragte er.

»Seien Sie nicht so ein Dummkopf«, sagte ich. »Es ist jemand oben in der Kofferkammer. Ich kann ihn deutlich hören.«

Er war immer noch höchst belustigt. »Vielleicht eins von den Mädchen, das packt, um abzuhauen, Miss. Ich kann es ihr bestimmt nicht verdenken.«

Aber dann hörte ich ein anderes Geräusch. Der Fahrstuhl bewegte sich abwärts. Ich schrie O'Brien etwas zu und rannte in die untere Halle, aber er hielt nicht dort an. Er bewegte sich stetig bis hinunter in den Keller. Das Licht in der Kabine war nicht an, und es war etwas Erschreckendes an dieser fast lautlosen Reise. O'Brien, der mir gefolgt war, war starr vor Erstaunen.

»Herrjemine«, sagte er. »Er fährt ja!«

Mittlerweile war ich über den Punkt hinaus, an dem ich Angst verspürte. Ich schob den Riegel der Weinkellertür zurück und schoß die Treppe hinab. Aber ich war einen Moment zu spät. Es war niemand da.

Aber es war jemand dagewesen. Die Tür nach draußen, die verschlossen und mit der Kette versperrt gewesen war, als wir sie zuvor überprüft hatten, stand offen. O'Brien rannte hinaus, und als er einen Wagen die Zufahrt hinabrasen hörte, feuerte er ihm hinterher. Aber er entkam. Alles, was O'Brien davon sah, waren die roten Rückleuchten. Er kam zurück und blickte dümmlich drein. »Dieser Teufelskerl«, sagte er. »Er war die ganze Zeit drinnen.«

Das war seine Erklärung, und jetzt glaube ich, daß sie zutraf, daß man die Kette an der Kellertür vorsätzlich oder zufällig offengelassen hatte und daß der Eindringling bereits im Haus war, als wir unsere Durchsuchung unternahmen. Vielleicht hatte er sich im Aufzug versteckt.

Als ich schließlich nach oben ging, nachdem ich die Kellertür abgeschlossen und die Kette vorgelegt hatte, fand ich Bessie in der Halle. Sie sah leichenblaß aus und hielt sich am Galeriegeländer fest. Sie konnte kaum sprechen.

»Die Schüsse!« sagte sie. »Was war das?«

Sie war nicht in der Verfassung, daß man ihr das Vorgefallene hätte erzählen können. Ich sagte, O'Brien hätte gedacht, er habe den Eindringling wieder auf dem Grundstück gesehen, und ließ es dabei bewenden. Sie ging wieder ins Bett und schloß wie gewöhnlich hinter sich ab, aber ich nehme an, sie hat mir nicht geglaubt. Sie sah mich lange an, bevor sie die Tür hinter sich zumachte.

In der Kofferkammer, diesem Chaos aus Koffern und Taschen, war nichts zu sehen. O'Brien und ich durchsuchten sie in dieser Nacht sorgfältig. Aber wir fanden eine Sache, die Reynolds, wie er am nächsten Tag behauptete, noch nie gesehen hatte. Es war eine Schachtel mit Kofferschlüsseln. Es müssen hunderte in allen Größen und Formen gewesen sein.

»Nein, Miss«, sagte er. »Das gehört nicht hierhin. Alle Schlüssel haben Anhänger und hängen in diesem Kästchen an der Wand. Sehen Sie selbst.«

Kapitel 35

Ich versuchte in dieser Nacht, Jim Conway zu erreichen, aber seine Mutter hat die Angewohnheit, die Telefonklingel abzustellen, wenn sie glaubt, daß er Schlaf braucht. Daher berichtete ich ihm erst am nächsten Morgen in seinem Büro. Ich erinnere mich, wie frisch und ausgeruht er aussah, und daß ich wütend auf ihn war.

»Ich hoffe, du hast letzte Nacht gut geschlafen«, sagte ich etwas bitter.

»Aber sicher. Ich hatte es nötig.«

»Egal, was passiert, du mußt deinen Schlaf haben. Stimmt's?«

Er richtete sich auf. »Na gut«, sagte er resigniert. »Mutter hat wohl mal wieder die Klingel abgestellt. Schieß los, Pat. Was ist passiert? Und wo?«

»Im Kloster. Jemand ist eingedrungen.«

»Woher weißt du das?«

»Ich war da.«

Jetzt war er dran, wütend zu werden. Er habe mich gewarnt. Er habe mir sogar eine Pistole gegeben, damit ich mich schütze. Und dann sei ich mitten in der Nacht wie ein kleines Dummerchen dorthin zurückgekehrt. Er war in vollen Zügen dabei, seine Hände in Unschuld zu waschen, als ihm aufging, was ich gesagt hatte.

»Jemand ist eingedrungen! Und O'Brien war da und das Haus verriegelt wie eine Bank! Das glaube ich nicht.«

Aber er glaubte mir, als ich es ihm erzählte, obwohl er verächtlich schnaubte, als ich von der Schachtel mit den Schlüsseln berichtete.

»Also hast du sie angefaßt, und O'Brien und Reynolds haben sie auch betatscht. Dafür sollte ich O'Brien feuern. Die einzige Chance in diesem ganzen gottverdammten Fall, Fingerabdrücke zu kriegen, und ihr streut Sand ins Getriebe.«

Danach beruhigte er sich. Er saß eine Zeitlang da und sah eher durch mich hindurch als mich an. »Sag mir folgendes«, sagte er. »Ich bin keine Frau, Gott sei Dank. Aber heben Frauen nicht Sachen auf? Sentimentale Erinnerungen, meine ich. Babykleider und alte Liebesbriefe – solchen Kram?«

Ich grinste ihn an. »Ich habe noch den Zettel, den du mir vor Jahren in der Schule geschrieben hast, Jim.«

»Um mich zu erpressen, was?«

»Du hast mir mitgeteilt, daß man meinen Schlüpfer sieht.«

»Ich war immer ein liebes Kind«, sagte er. »Hör mal, Pat. Bewahrte Mrs. Wainwright derartige Dinge bei den Sachen auf, die du gefunden hast? Tonys erste Windel oder die Liebesbriefe vom alten J.C.? Das wäre doch was, oder?«

»Es war nichts da, Jim.«

»In der Kofferkammer hast du es nicht versucht?«

»Nein. Hilda sagte mir, da sei nichts.«

Es war etwas da. Bessie war zum Einkaufen in der Stadt, als Jim an diesem Nachmittag zum Kloster heraufkam. Ich ließ ihn durch die Tür im Westflügel ein, und um dem Personal auszuweichen, nahmen wir den Lift in den zweiten Stock. Der Raum war so, wie wir ihn nachts zuvor verlassen hatten, mit Schlüssel und allem Drum und Dran, und unsere ersten Versuche sahen ziemlich hoffnungslos aus. Dann stöberte Jim endlich in einer Ecke einen kleinen, schäbigen Koffer auf, und schließlich schaffte er es, einen passenden Schlüssel zu finden.

Diesen Koffer werde ich nie vergessen. In gewisser Weise war sein Inhalt rührend. Da waren Mauds Brautkleid und Schleier aus weißem Satin. Sie muß sehr jung und schmal gewesen sein, als es angefertigt wurde, denn es waren kleine Rüschen daran, um die Büste auszupolstern. Sogar Jim faßte es sanft an, und ich hätte weinen können. Da waren Tonys Babysachen und ein altmodisches Büchlein, in dem sein Geburtsgewicht stand, und weiterhin ein Abdruck in Tinte von seinem Fuß. Auch eine Haarlocke von ihm fand sich, fein und blond und leicht gekräuselt.

Ich nahm sie mit an ein Fenster, um sie anzuschauen, und als ich zurückkam, war Jim dabei, den Koffer zu schließen und zu versperren. Er blickte zu mir auf.

»Tut mir leid, Pat«, sagte er. »Ein Polizist muß eine Menge schnüffeln, und ich will verdammt sein, wenn ich es mag. Erzähl Tony nicht, daß ich an dem Koffer war, ja?«

»Er weiß vermutlich nicht einmal, daß er hier ist.«

Er war an diesem Tage sachlicher, als ich ihn je gesehen hatte, und jetzt weiß ich, daß er in sein Büro hinabfuhr, die Tür schloß und eine Reihe Dinge tat. Er zog einige Briefe hervor, die er aus dem Koffer genommen hatte, während ich ihm den Rücken zugekehrt hatte, und studierte sie. Er ging die Indizienliste noch einmal durch, die er vor ein paar Tagen aufgestellt hatte, und er kramte ein paar alte Akten hervor und schaute sie durch. Danach tätigte er einen Anruf und setzte ein Fernschreiben nach Übersee und ein paar Telegramme auf, die er telefonisch in die Stadt durchgab, damit nichts im Ort bekannt wurde. Dann lehnte er sich zurück und überdachte, was er erfahren hatte.

»Jetzt war ich sicher«, sagte er später. »Zumindest kannte ich die Geschichte. Wahrscheinlich hättest du sie auch gekannt, wenn du darüber nachgedacht hättest. Es war ziemlich klar. Aber überleg mal, was ich wußte! Ich hatte ein Motiv – und zwar ein gutes – für alle von Tony Wainwright und Bessie über Margery Stoddard, Julian und Bill bis hin zu Lydia. Und um das Durcheinander zu vergrößern, wollten Bill Sterling und Lydia heiraten. Wenn das mal nicht was war!«

An diesem Tag schickte er die Schachtel in die Stadt. Ich glaube, er bekam ausgezeichnete Fingerabdrücke von O'Brien, Reynolds und mir, aber das war alles. Am selben Nachmittag kam ein Mann heraus, um eigenhändig die Kofferkammer zu durchsuchen – mit demselben Resultat, nur noch mehr Fingerabdrücken. Er fand alle möglichen Fingerabdrücke, von denen des Kammermädchens bis zu einem undefinierbaren Ding, das sich als ein Pfotenabdruck des armen alten Roger herausstellte. Da man bereits die Fingerabdrücke des Personals genommen hatte, ließ er es in Ruhe. Aber als Bessie von dem Detektiv angesprochen wurde, wies sie ihn zunächst zurück.

»Ich weigere mich absolut«, sagte sie. »Ich werde mir meine Hände nicht von diesem Zeug ruinieren lassen. Nehmen Sie das weg. Sie wissen, was Sie sich damit können.«

»Sind 'ne Menge Fingerabdrücke von Ihnen in Ihrem Zimmer, Madam«, sagte der Detektiv ungerührt. »Das hier ist einfacher.«

Endlich gab sie nach und drückte ihre Finger auf das Stempelkissen und dann auf ein Blatt Papier.

»Was soll das?« fragte sie. »Ich habe hier wohl Mord mit Mengenrabatt begangen, was?«

»Das sagen Sie«, sagte der Detektiv und ging.

Jim verbrachte diesen Nachmittag in seinem Büro. Es war zu früh für ein Fernschreiben, aber er hoffte auf Antworten auf seine Telegramme. Damals war es, als er seine sogenannte Verdächtigenliste aufstellte. Jetzt habe ich sie, geschrieben in seiner kleinen, leserlichen Handschrift.

(1) Julian Stoddard. Motiv und Gelegenheit, obwohl Zeitfaktor noch unklar. Hätte eher Bessie Wainwright aus dem Weg geräumt. Morgan machte keinen Ärger, aber Bessie nahm Schweigegeld. Warum hätte er Maud Wainwright töten sollen?

(2) Evans. Kein offensichtliches Mordmotiv, aber möglicherweise noch am Leben. In diesem Fall hat er Andy McDonalds Auto benutzt, um Haines anzugreifen. Für sein Alter stark. Kannte das Haus. Hat wahrscheinlich durch den Keller in die Kofferkammer hinaufkommen können, wenn die Kette nicht vorgelegt war. Nachschlüssel? Wenn ja, was wollte er in der Kofferkammer? Mit Maud Wainwright verwandt? Hätte er sie in diesem Fall getötet? Und nochmals, wo ist er?

(3) Bessie Wainwright. Grund, Morgan zu töten, falls er gedroht hat, die Geschichte auszuplaudern. Hat es nicht ohne Hilfe tun können. Hat Maud Wainwright töten können, insbesondere, wenn sie Angst hatte, Maud Wainwright wolle die Sache an die große Glocke hängen. Vergangene Nacht nicht in der Kofferkammer.

(4) Maud Wainwright. Hat möglicherweise erst Morgan und dann sich selbst umgebracht. Kräftige Frau. Hatte Morgan sich in seiner Todesnacht mit ihr in der Spielhalle verabredet? Hat Tony ihr in diesem Fall geholfen, die Leiche wegzuschaffen?

(5) Bill Sterling. Starkes Motiv (siehe Briefe aus dem Koffer). Zeitfaktor unsicher, besaß aber Schlüssel zur Spielhalle. Und keine Zeit, Lydias Auto abzustellen und sein eigenes zu holen, als er auf der Beaver Creek Road gesehen wurde.

(6) Tony Wainwright. Unwahrscheinlich, wenn er die Geschichte kannte. Hatte andererseits reichlich Zeit. Aber kein Motiv, falls er die Fakten kannte.

(7) Margery Stoddard. Hat möglicherweise Morgan getötet und zusammen mit Julian später die Leiche weggeschafft. Vergangene Nacht nicht in der Kofferkammer. Schwester sagt, schlaflose Nacht, aber nicht aus dem Zimmer gewesen.

Er muß eine Weile nachgedacht haben, denn dann schrieb er:

(8) *Audrey Morgan. Hat möglicherweise die Tatsachen gekannt. Ziemlich bemüht, irgend jemandem etwas anzuhängen. Es spricht dagegen, daß sie sehr an ihrem Vater hing. Außerdem nicht stark genug, wenn ihr nicht der junge Hamilton geholfen hat. Hat Morgan es ihr erzählt? Ziemlich jung, aber ist vielleicht verzweifelt gewesen.*

Er arbeitete noch an der Liste, als Hopper aus der Stadt anrief. »Hab' eine Spur von Evans«, sagte er. »Zumindest sieht es so aus. Ich komme her.«

»Wie haben Sie das gemacht?«

»Lebensmittelläden«, sagte Hopper. »Das ist die Sache, ohne die man nicht auskommen kann.«

Sie aßen an diesem Abend zusammen im Beverly Hotel. Jim berichtete ihm, was er in der Kofferkammer gefunden hatte, und gab ihm ein paar der Briefe zu lesen. Hopper war gehörig beeindruckt.

»Gute Arbeit«, sagte er. »Hilft allerdings nicht viel. Natürlich ein neuer Gesichtspunkt.«

»Hilft Stoddard ganz schön, finden Sie nicht?«

»Nicht, wenn Stewart an dem Fall sitzt«, sagte Hopper und aß seine Blaubeertorte.

Nein, Evans hatte er nicht gekriegt. Aber er hatte herausgefunden, wo er sich versteckt hatte. Durch die Lebensmittelläden, wie er gesagt hatte.

»Wenn er am Leben war, mußte er essen«, sagte er. »Wir haben jeden Lebensmittelladen und jeden Metzgerladen im Bezirk abgeklappert. Er war in einem verlassenen Haus am anderen Flußufer gewesen. Hatte ein Fahrrad und ist zweimal die Woche in ein Kleinstädtchen namens Coventry gefahren, um Essen zu kaufen.« Er gab seiner Torte den Rest und zog einen hölzernen Zahnstocher für die Kerne hervor. »Vielleicht interessiert es Sie, daß das Haus Stoddard gehört hat.«

»Allmächtiger! Was bedeutet das?«

»Stewart meint, eine ganze Menge. Ihm zufolge war Evans in der Nacht, in der Morgan getötet wurde, aus dem Krankenhaus geflohen. Er hat was gesehen, und Stoddard hat ihn bestochen, damit er flieht. Das waren die dreitausend Dollar, die er abgehoben hat und nicht erklären wollte. Sie erinnern sich?«

»Wo ist er jetzt?«

»Tja, wir haben ihn seit einer Weile verloren«, sagte Hopper.

»Wir kriegen ihn. Er muß immer noch essen. Aber er ist bestimmt sehr eilig geflüchtet. Wir haben sein Fahrrad zehn Meilen flußabwärts von Coventry gefunden. Er könnte ein Boot rüber zur Eisenbahn genommen haben. Es fehlt eins. Oder vielleicht ist er eine ganze Strecke gefahren, bevor er gelandet ist. Die Leute im Laden sagen, er habe sich nicht unterhalten. Er kam immer rein, lud auf und machte sich davon. Aber er hat regelmäßig Zeitungen gekauft. Sie hatten Anweisung, sie ihm zurückzulegen, bis er kam.«

Hoppers Eindruck war, daß irgend etwas Evans in die Flucht gejagt hatte. Nichts in den Zeitungen. Er hatte sie durchgesehen. Vielleicht dachte er, man hätte ihn erkannt. Vielleicht war etwas passiert. Jedenfalls hatte man ihn seit einiger Zeit nicht mehr gesehen. Aber Jim dachte nach.

»Hören Sie«, sagte er, »was ist mit Haines?«

»Haines?«

»Na, sehen Sie selbst: Evans schöpft Verdacht, daß Sie hinter ihm her sind. In dem Laden, von dem Sie reden, kann er nichts mehr kaufen, und ihm geht das Essen aus. Er rudert über den Fluß, marschiert den Hügel rauf und nimmt sich Andy McDonalds Auto. Damit kann er zu irgendeinem Städtchen im Tal fahren, wo man ihn nicht kennt, und seine Vorräte ergänzen. Er weiß, daß man ihn sucht. Er hat die Zeitungen gelesen. Er kommt problemlos weg. Dann überholt ihn Haines und bremst ab, und er denkt, sie haben ihn geschnappt. Er geht nicht nur auf Haines los. Er nimmt ihm die Kleider weg, so daß er den Wagen zurückstellen und entkommen kann, bevor die ganze Angelegenheit gemeldet wird.«

»Ziemlich spät, oder? Sind die Läden so spät abends auf?«

»In einigen Fabrikstädten werden die Einkäufe meist Samstagabends erledigt.«

Hopper warf den Zahnstocher weg. »Na gut«, sagte er, »das scheint zusammenzupassen. Wir werden vielleicht sogar herausfinden, daß Evans der Wahnsinnige war, von dem die Zeitungen geredet haben. Aber er ist nicht verrückt. Setzen Sie sich das nicht in den Kopf. Er ist so klar im Kopf wie Sie und ich.«

»Was soll dann das Ganze?«

»Der Distriktstaatsanwalt meint, und das tut auch der Polizeipräsident, wenn sie Evans kriegen, schicken sie Stoddard auf den elektrischen Stuhl. Er wäre für sie ein Geschenk des Himmels.«

Bessie blieb an diesem Tag die meiste Zeit im Bett. Ich glaube nicht, daß meine Geschichte von der vorigen Nacht sie getäuscht hat, denn als sie herunterkam, sah sie erbärmlich aus. Wir arbeiteten den ganzen Nachmittag zusammen, packten die Geschenke aus, die angekommen waren, und verschnürten sie wieder mit roten Bändern in weißes Papier. Sie machte hübsche, ordentliche Päckchen, und bei der Arbeit entspannte sie sich ein wenig.

Sie hatte ihre Pläne gemacht. Sie hatte einen Mann in New York, der sie liebte, und sie würde eine Abfindung in Bargeld von Tony nehmen und verschwinden, sobald der Prozeß vorbei war.

»Nur muß es eine große sein«, sagte sie. »Ich lasse mich nicht billig kaufen.«

Was sie wollte, war eine Million Dollar! »Und die kriege ich«, sagte sie und band schwungvoll eine rote Schleife. »Entweder schiebt er sie rüber, oder –«

Wir arbeiteten bis spät am Abend. In einer freundschaftlichen Anwandlung bat sie mich, zum Dinner zu bleiben, und da Tony nicht zurückerwartet wurde und sie einsam wirkte, blieb ich. Das Essen war fast vorbei, als Tony erschien. Er war kalt vor Wut. Er schickte die Diener aus dem Zimmer, setzte sich gegenüber Bessie an den Tisch und starrte sie an.

»Ich habe einige Nachforschungen angestellt«, sagte er. »Als du mich geheiratet hast, hattest du keine Familie. Gott weiß, woher du die hattest, die ich gesehen habe, oder wie du gelebt hast, bevor ich dich kennenlernte. Was den Rest betrifft – warum hast du es getan, Bessie? Warum hast du nicht einmal damals ehrlich sein können? Ich wollte dich heiraten. Ich wollte niemanden aus einer guten Familie. Ich suchte jemanden, der einfach anständig war.«

Bessie war weiß unter ihrem Make-up. Aber sie war immer noch gelassen. »Ich möchte meinen, es liegt auf der Hand, Tony«, sagte sie mit ihrem ironischen Lächeln.

»Dir hat nie etwas an mir gelegen, oder? Nicht einmal damals.«

»Du warst schon in Ordnung. Ich habe Männer gekannt, die mir besser gefielen.«

»Und zwar reichlich«, sagte er mit erhobener Stimme. »Also bist du hergekommen und hast einen Skandal verursacht. Uns alle hast du benutzt. Du hast meine Mutter für deine schmutzigen Absichten benutzt. Du hast mich benutzt. Du hast sogar Margery Stoddard benutzt. Das war Erpressung, und das weißt du.«

Aber sie hatte sich bereits etwas gefaßt. »Sie hat mir ein bißchen gezahlt«, erwiderte sie schnippisch. »Warum auch nicht? Ich hatte ein paar schlechte Investitionen gemacht und eine Menge Rechnungen. Sie hatte reichlich.«

»Ich verstehe. Sie hatte reichlich«, sagte er. »Das erklärt alles, nicht wahr? Das muß eine nette kleine Masche gewesen sein, solange es klappte. Nur ist es jetzt vorbei. Es ist vorbei, und du bist erledigt. Begreif das, und begreif es ein für alle Mal. Du bist erledigt.«

Er stand abrupt auf, stieß dabei seinen Stuhl um und knallte die Tür zu, als er den Raum verließ. Vom Anrichtezimmer muß es sich angehört haben wie Handgreiflichkeiten. Auf jeden Fall wurde es am nächsten Tag so dargestellt, als die Polizei Reynolds verhörte.

»Sie sagen, sie haben gestritten?«

»So hörte es sich an. Mr. Tony schien erregt zu sein.«

»Haben Sie irgendwas gehört, was sie sagten?«

»Er sagte, es wäre vorbei. Er sagte, Mrs. Wainwright wäre erledigt. Das ist alles, woran ich mich erinnere.«

»Er hat sie da gelassen? Im Eßzimmer?«

»Ja, Sir. Er hat den Stuhl umgeworfen, als er aufstand. Als ich die Tür knallen hörte, bin ich hineingegangen.«

»Mrs. Wainwright war noch da?«

»Ja. Sie zündete sich eine Zigarette an.«

Kapitel 36

Früh am nächsten Morgen fanden sie die tote Bessie. Andy McDonald, der in seinem Auto auf dem Weg in die Stadt war, sah unmittelbar vor der Tür des Westflügels etwas Leuchtendes liegen. Er stieg aus, um nachzuschauen, und es war Bessie, immer noch in dem lohfarbenen Abendkleid, das sie am Abend zuvor getragen hatte. Sie lag auf dem Gesicht, und neben ihr lag ihr kleiner Revolver mit dem Perlmuttgriff. Offenbar hatte sie keine Zeit gehabt, ihn zu benutzen. Andy beugte sich über sie und sah, daß ihr Hinterkopf blutig und zerschmettert war.

Aber er war ein umsichtiger Schotte. Er klingelte an der Vordertür und sagte Reynolds, er solle die Polizei holen. Danach stand er Wache. Er erlaubte niemandem, sich der Leiche zu nähern, und berührte sie auch selbst nicht. »Zurückbleiben, oder ich schlage euch Bande die Schädel ein.«

Das war es, was ich vorfand, als ich nach einer schlaflosen Nacht an diesem Morgen vorfuhr: Andy auf Posten, Bessie auf der Erde, die Seitentür offen und Reynolds dabei, das Personal zurückzuhalten. Andy wollte nicht einmal meinen Wagen durchlassen oder mir erlauben auszusteigen. »Bleiben Sie, wo Sie sind«, sagte er. »Vielleicht finden wir hier ein paar Reifenspuren.«

»Aber was ist denn los?« fragte ich verstört. »Ist sie –«

»Jawohl, sie ist tot«, sagte er. »Ich habe sie nie gemocht, Gott möge mir verzeihen. Aber sie ist ermordet worden, und Recht muß Recht bleiben.«

Ich fühlte mich sehr übel. Wie Andy hatte ich sie nicht gemocht, aber sie hatte das Leben geliebt. Eben das war der Grund für ihre Fehler: ihre Gier, dem Leben abzupressen, was sie nur konnte. Jetzt war sie nur ein lohfarbenes Bündel am Fuß der Treppe zum Westflügel. Nicht einmal zugedeckt worden war sie. Sie lag einfach da.

Nicht, daß ich all das gedacht hätte. Zum Denken war keine Zeit. Ich hörte ein Auto hinter mir und sah die Männer von der Funkstreife an mir vorbeikommen. Ich sah, wie Reynolds eine Decke herausreichte, um sie zu bedecken, aber Andy winkte ihn zurück. Und ich sah auch Jim ankommen und sich über sie beugen. Aber nichts davon schien wirklich zu sein. Es schien erst Realität zu werden, als Tony die von der Tür aus gaffenden Diener beiseite stieß und herauskam.

Es war bitter kalt. Die Männer, einschließlich Tony, standen über ihr und schauten hinab. Jim zischte einen Befehl, und Reynolds gab ihm die Decke. Die Haustür wurde geschlossen, wonach nur die fünf Männer, einschließlich Andy, dort stehen blieben. Tonys Gesicht konnte ich nicht sehen. Jim ging umher und schaute zu Boden. Thomas brachte Tony einen Mantel und legte ihn ihm über. Dabei drehte Tony sich halb um und erblickte mich. Er sprach mit Jim, und die beiden Männer kamen zu meinem Auto herüber. Tony sah aus, wie ich mich fühlte – übel. Es war Jim, der sprach. »Fahr wieder nach Hause, Pat«, sagte er. »Du kannst nichts tun. Du bist nur im Wege.«

»Könnt ihr sie nicht hineinbringen? Es ist so kalt.«

»Wir warten auf Bill Sterling.«

Mich überlief es kalt. Tony griff in den Wagen und stellte die Heizung an. Bisher hatte er noch kein Wort gesprochen. »Es nützt nichts, wenn Sie Lungenentzündung kriegen«, sagte er ruhig. »Fahren Sie runter, und trinken Sie einen heißen Kaffee. Sie tun am besten etwas Brandy hinein.«

Sie wollten mich nicht dort. Ich fühlte mich verloren in einer Welt der Männer, Männer, die mit solchen Angelegenheiten umgehen konnten, Männer, die kein Mädchen wollten, das im Wagen saß und ihnen zusah, Männer, die auf einen anderen Mann warteten, ruhig und gelassen, während Bessie auf dem gefrorenen Boden lag.

Ich wendete meinen Wagen. Auf dem Weg waren noch mehr Männer – die Stallburschen, die Chauffeure, ein paar von den Gärtnern. Andy hatte dafür gesorgt, daß sie nicht zu nahe herankamen, aber da waren sie, zwanzig oder mehr. Mord war Männersache. Wie hatte Amy gesagt? Alles passiert drei Mal. Aber die Männer waren nicht zu dritt. Die Männer –

»Gus!« rief Tony scharf. »Fahren Sie Miss Abbott ins Dorf. Sagen Sie Miss Sprague, sie soll sie ins Bett bringen.«

Ich war bei vollem Bewußtsein, aber ich zitterte am ganzen Leib. Ich rückte hinüber, und Gus kletterte auf den Fahrersitz und ließ den Motor an. Am Tor begegneten wir Bill. Er schien uns nicht einmal zu bemerken. Gus blickte zu mir. »Wenn Sie sich schwach fühlen, Miss, legen Sie den Kopf auf die Knie.«

Ich legte den Kopf auf die Knie, und Gus hielt mich mit einer Hand fest. »Na, so geht's schon«, sagte er. »Wir sind im Nu unten. Der Wagen sieht ziemlich beladen aus heute morgen.«

»Schmuck für den Weihnachtsbaum«, sagte ich. Danach brach ich in Tränen aus, was wahrscheinlich das beste war, was ich tun konnte. Ich fühlte seine große Hand mir den Rücken streicheln. »Nehmen Sie es leicht, Miss. Es ist der Schock. Hat Miss Mattie irgendwelchen Schnaps?«

»Ich glaube nicht. Ich will keinen.«

»Ich schicke was von Nelson's«, sagte Gus der Tüchtige. »Trinken Sie ihn. Vielleicht mögen Sie ihn nicht. Trinken Sie ihn trotzdem.«

Das Allheilmittel der Männer, dachte ich und trocknete mir die Augen. Bessie tot auf der Erde, und Tony und Gus schlagen vor, etwas zu trinken. Ich begann zu lachen, und plötzlich wurde Gus' Streicheln zu einem kräftigen, harten Schlag. Ich war so verblüfft, daß ich zu lachen aufhörte und ihn anstarrte.

»Tut mir leid, aber das war nötig«, sagte er mit feuerrotem Gesicht. »Ich kann Sie nicht hysterisch werden lassen. Ich hoffe, Sie vergessen es. Ich bin selber ziemlich aufgeregt.«

»Danke, Gus. Ich habe es gebraucht.«

Das ist alles, was ich selbst von diesem Morgen weiß. Miss Mattie steckte mich ins Bett. Ich lag da und zitterte, bis Gus mir eine Flasche Brandy brachte. Miss Mattie stand bei mir, während ich einen Schluck trank, und allmählich begann ich mich zu entspannen. Ich glaube, es gelang mir sogar zu schlafen.

Es dauerte Wochen, bis ich alles über die Geschichte dieses Morgens erfuhr. Bill Sterling sagte, Bessie sei seit Stunden tot gewesen. Er bewegte die Leiche nicht, aber nach dem, was er erkennen konnte, sah es so aus, als sei ihr Schädel zerschmettert. Sie sei wahrscheinlich entweder sofort tot oder bewußtlos gewesen. Es gebe kein Anzeichen dafür, daß sie erschossen worden sei.

Ich glaube, dann nahm Jim den Revolver, indem er einen Bleistift in den Lauf steckte, und wickelte ihn vorsichtig in ein sauberes Taschentuch ein. Danach deckten sie die Leiche wieder zu und warteten auf den Coroner. Reynolds hatte heißen Kaffee hinausgebracht. Einige tranken ihn, Tony aber nicht. Als ein junger Deputy Coroner eintraf, fand er die genannte Gruppe noch dort. Die anderen hatten sich auf Jims Geheiß verteilt, um das Gelände nach der Waffe abzusuchen.

Die Untersuchung des Coroners war kurz. Er drehte die Leiche um, und Tony schaute weg. Im scharfen Morgenlicht kontrastierten Bessies Rouge und Lippenstift gräßlich mit der bläulichweißen Blässe ihres Gesichtes, aber sie sah ruhig und eher friedlich aus. »Wahrscheinlich hat sie gar nicht gewußt, was sie getroffen hat«, sagte der Coroner, stand auf und klopfte sich die Hosenbeine ab. »Ich muß eine gründlichere Untersuchung durchführen, bevor ich was sage.«

Dann trafen die Leute von der Mordkommission ein und entstiegen, mit ihren Geräten beladen, ihrem Wagen. Eine lange Zeit machten sie, nachdem das Gelände geräumt war, Photos und untersuchten die nähere Umgebung.

Inzwischen war O'Brien erschienen. Seine Lässigkeit war verschwunden, aber er hatte ihnen nichts Wichtiges zu berichten. Er war wie gewöhnlich um sieben Uhr morgens gegangen, und zwar durch die Küchentür. Da er keinen Wagen hatte, hatte er die Abkürzung zum Dorf über den Country Club genommen und daher die Leiche nicht gesehen, die von der Rückseite des Anwesens durch eine immergrüne Hecke verborgen war.

Was die vergangene Nacht betraf, blieb er hartnäckig dabei, daß er die Tür des Westflügels überprüft hatte, nachdem jeder im Haus sich zur Ruhe begeben hatte, und daß die Kette vorgelegen hatte. Er hatte kein Geräusch gehört, noch war irgend etwas Verdächtiges passiert, soweit er wußte.

»Bis darauf, daß Mr. Wainwright und die Dame sich beim Dinner gestritten haben«, sagte er. »Die Mädchen haben darüber gesprochen.«

»Was für ein Streit?« fragte Hopper.

»Ich weiß es nicht«, sagte O'Brien und sah Tony unsicher an. »Halt Stühle umgeworfen. Sie haben's ja gehört.«

Der Deputy Coroner war Bessies Leiche nach oben ins Haus gefolgt. Als er herunterkam, sagte er, für ihn sehe es wie Mord aus, und ob er was zum Frühstück haben könne? Er sei seit Tagesanbruch auf den Beinen. Gasvergiftung. »Einer von diesen

Herden mit 'ner Gummileitung«, sagte er. »Das sind natürlich Todesmaschinen. Die Leitung ist abgerutscht, und –« Er zuckte mit den Schultern. »Lausiger Job ist das«, sagte er.

Sie brachten ihm ein Tablett in die Bibliothek. Hopper war da, Jim, Tony und Bill Sterling ebenfalls. Während der Deputy Coroner Eier mit Speck aß, fragte Hopper Tony aus.

»Natürlich haben wir uns gezankt. Pat Abbott war da. Sie wird es Ihnen erzählen.«

»Worüber haben Sie gezankt?«

Tony zögerte. »Sie ist tot«, sagte er. »Ich will sie nicht schlechtmachen. Sie hat eine miese Geschichte inszeniert, und das habe ich ihr gesagt. Aber ich habe sie nicht umgebracht.«

Hopper sagte nichts. Er ging hinaus in den Aufenthaltsraum für das Personal und verhörte dort die Dienerschaft. Reynolds ließ sich nicht festlegen, wie ich bereits sagte, aber die anderen Männer, Thomas und Stevens, waren leichtere Beute. Ein Stuhl sei umgeworfen worden, und Mr. Wainwright habe die Tür zugeknallt, als er hinausging. Nein, sie seien nicht gut miteinander ausgekommen. Sie hätten getrennte Zimmer gehabt und kaum miteinander gesprochen, wenn sie sich begegneten. Stevens hatte sogar Tonys letzte Worte gehört, bevor er aus dem Zimmer stürmte. »Es ist vorbei, und du bist erledigt. Begreif das, und begreif es ein für alle Mal. Du bist erledigt.«

Jetzt hatte Hopper eine heiße Spur gefunden. Er saß in dem gemütlichen Aufenthaltsraum und forschte weiter. Er rief die arme, dumme, alte Partridge, Hilda und Nora. Und er rief Ethel, das Hausmädchen, das sich um Bessies Räume kümmerte, und lächelte sie zuvorkommend an. »Jetzt sagen Sie mal, Ethel, hatte Mrs. Wainwright eine eigene Waffe?«

»Wieso, ja, Sir, das hatte sie. Sie hat damit unter dem Kopfkissen geschlafen.«

»Ist das nicht eher ungewöhnlich? Hat die restliche Familie das auch getan?«

»Oh nein, Sir.«

»Warum glauben Sie, daß sie es getan hat, Ethel? Sie scheinen eine aufmerksame junge Frau zu sein. Sie sah nicht so aus, als gäbe es viel, wovor sie Angst hätte.«

»Tja, genau das ist es«, sagte Ethel und gab seinem Drängen schließlich nach. »Sie *hatte* vor etwas Angst. Und zwar in diesem Haus. Warum hätte sie sonst ihre Tür abschließen sollen?«

»Das hat sie also getan?«

»Ja, Sir. Tag und Nacht, und zwar wochenlang.«

Hopper ging in die Bibliothek zurück. »Erzählen Sie uns nochmal von gestern abend, Wainwright«, sagte er. »Was haben Sie nach dem Dinner gemacht?«

»Ich hatte zu arbeiten. Ich bin bis elf im Arbeitszimmer geblieben. Reynolds hat mir einen Whisky gebracht.«

»Wo war Ihre Frau zu diesem Zeitpunkt?«

»Reynolds sagte, sie war in der Bibliothek und hat gelesen. Ich sagte ihm, er solle abschließen, wenn sie ins Bett gegangen sei. Ich selbst habe sie nicht gesehen.«

»Wann ist Miss Abbott gegangen?«

»Unmittelbar nach dem Dinner, glaube ich.«

»Sie sind um elf zu Bett gegangen.«

»Ungefähr. Sie können O'Brien fragen. Ich habe ihn im ersten Stock getroffen.«

»Und Ihr Zimmer haben Sie nicht verlassen, nachdem Sie hinaufgegangen sind?«

»Nein. Keinesfalls.«

Hopper saß still. Als er wieder sprach, klang seine Stimme sachlich. »Ich werde es für Sie mal wie folgt formulieren, Wainwright. Sie haßten Ihre Frau. Sie wollten sie aus dem Weg haben. Ich vermute, daß Sie ihre Vergangenheit unter die Lupe genommen haben. Tatsache ist, daß ich weiß, daß Sie es getan haben. Und wahrscheinlich hat Ihnen nicht gefallen, was Sie herausgefunden haben.«

»Das hat es nicht. Das heißt aber nicht, daß ich sie umgebracht hätte.«

»Das habe ich nicht gesagt«, sagte Hopper. »Ich sage folgendes: Sie lieben eine andere Frau, und Ihre Frau will sich nicht scheiden lassen. Vielleicht spekulierte sie auf eine größere Abfindung. Vielleicht gefiel ihr die Sache gerade so, wie sie war. Es sieht nicht gut aus, Wainwright. Sie haben sie bedroht, und –«

»Ich habe sie nie bedroht. Nicht körperlich.«

»Na gut. Das sei mal dahingestellt. Wir hatten drei Todesfälle hier, und bei allen handelte es sich um Mord. Ich gebe zu, daß vielleicht ein Dutzend Leute Don Morgan hätten umbringen wollen. Wer wollte Ihre Mutter umbringen? Tut mir leid, aber wir müssen darauf zurückkommen. Schauen Sie sich ihr Testament an. Wer hat davon profitiert? Das Personal kriegt ein bißchen.

Elliott kriegt zwanzigtausend, ein Taschengeld für ihn. Pat Abbott kriegt fünftausend und ein Armband, aber sie wußte nicht, daß sie das kriegt. Eine Menge Geld ist für wohltätige Zwecke vorgesehen, aber wir können kaum behaupten, daß der Pfarrer der Sankt-Markus-Kirche ein Verbrechen begangen hat, um eine neue Kirchenorgel zu kriegen. Es ist nicht passend, darüber dumme Sprüche zu machen.

Also. Ihre Frau kriegt einen Dollar, aber sie konnte sich an Sie halten. Und Sie kriegen das ganze Vermögen.«

»Also habe ich meine Mutter umgebracht«, sagte Tony gepreßt. »Meine Mutter und meine Frau! Bei Gott –«

Er stürmte auf den Detektiv los, aber Jim bekam ihn noch zu fassen. »Hören Sie auf, Tony«, sagte er, »was nützt das? Sie helfen keinem damit, auch nicht sich selbst.«

Hopper blieb ungerührt. »Ich werde Ihnen eine Frage stellen«, sagte er. »Wenn Sie die Wahrheit sagen, werden Sie sich später eine Menge Ärger ersparen. Wußte Ihre Frau irgend etwas, weswegen sie befürchtete, umgebracht zu werden?« Er grinste. »Sie lasse ich für einen Moment aus«, sagte er nicht unfreundlich. »Angenommen, sie hatte nicht Angst vor Ihnen, sondern vor jemand anderem. Haben Sie eine Ahnung, vor wem oder warum?«

»Nein. Bis darauf, daß zwei Verbrechen bei uns verübt wurden. Das hätte jede Frau erschreckt.«

Damit verließen sie ihn, Jim Conway, um in sein Büro zurückzufahren und auf ein Fernschreiben zu warten, das nicht gekommen war, und Hopper, um sich einem erzürnten Distriktstaatsanwalt zu stellen.

»Sieht so aus, als ob Ihr Fall gegen Stoddard noch ein Loch gekriegt hat, Chef«, schloß er, nachdem er die Einzelheiten geschildert hatte. »Auf der Straße sind mir die Verteidiger begegnet, die schnell wie der Blitz nach Beverly fuhren. Was wollen wir wetten, daß sie die Anklage niederschmettern?«

»Was hat dieser Mord mit Stoddard zu tun? Tony Wainwright will seine Frau loswerden und tut es. Ist doch einfach.«

»Schlechter Ort dafür, Chef. Vor der eigenen Haustür. Eine Menge anderer Stellen wär' besser gewesen.«

»Ein Friedhof vermutlich«, schnaubte Stewart.

Kapitel 37

Ich hatte keine Ahnung, was an diesem Tag passierte. Tony rief zweimal an, um Miss Mattie zu fragen, wie es mir ging, aber ich wußte nichts von der Konferenz im Kloster zwischen Dwight Elliott, Brander Jones und Tony oder der Autopsie, die zeigte, daß Bessie – wie vermutet – durch einen Schlag auf den Kopf getötet worden war. Der kleine Revolver wies keine Fingerabdrücke außer ihren eigenen auf. Der Knauf an der Tür des Westflügels zeigte ihre, aber auch Reynolds' Abdrücke. Es sah so aus, als sei sie einfach hinausgetreten und sofort angegriffen worden.

Was ich bis sechs Uhr abends wußte, stammte ausschließlich aus den Zeitungen. Natürlich traten sie die Sache breit. Alle druckten Schlagzeilen wie: *Dritter Mord im Kloster. Gattin eines jungen Millionärs umgebracht.* Keine beschuldigte Tony direkt, aber praktisch alle sprachen von einer Entfremdung zwischen den beiden. Ich erfuhr später, daß Jim Conway die Reporter in sein Büro bestellt und seine Karten offen auf den Tisch gelegt hatte.

»So sieht es aus«, sagte er. »Wir wissen nicht, wer es war. Ich schwöre, daß ich es nicht weiß, und das gilt auch für die Leute von der Staatsanwaltschaft. Wir haben die Tatwaffe nicht. Ihr könnt sagen, daß wir erwarten, bald eine Verhaftung vorzunehmen, aber ich will verdammt sein, wenn ich weiß, wen wir festnehmen werden. Das müßt ihr nicht schreiben, außer, ihr wollt einen neuen Polizeichef für Beverly, aber so steht die Sache.«

Er nahm sie mit zum Hotel hinüber und bestellte Ginger Ale, worauf sie lange Gesichter machten, bis er eine Flasche hervorzog. Dann wurden sie munterer.

»Raus mit der Sprache, Chef. Kein Hinweis?«

»Kein Hinweis. Warum sucht ihr nicht nach der Waffe? Wer auch immer es getan hat, weit hat er sie nicht mitgenommen.«

Das letztendliche Ergebnis dieser Unterredung war, daß eine ziemlich wüste Meute von jungen Reportern die Gehölze und

Gräben und sogar das Gelände des Country Clubs durchstöberte. Kurz bevor es dunkel wurde, kam einer von ihnen in Jims Büro zurück. Er hatte ein sorgfältig in Papier eingewickeltes Päckchen dabei. Er schnürte es auf und trat zurück.

»Im Graben hinter diesem Spielhallen-Ding. Sieht ganz so aus, als ob es das wäre, was?«

Das tat es, obwohl man es sorgfältig abgewischt hatte. Jim Conway betrachtete es. Es war ein sehr schwerer Bronzebuddha, und Jim hatte eine deutliche Ahnung, woher er stammte. Aber seine Miene blieb ungerührt.

»Schon mal gesehen?« fragte der Reporter und beobachtete ihn.

Jim lächelte. »Dutzende hier in der Gegend«, sagte er. »Welches Heim ist denn heutzutage noch ohne einen fetten Buddha?«

»Was wetten wir, daß er direkt aus dem Kloster kommt? Da gibt's doch ein chinesisches Zimmer, oder?«

»Man braucht kein chinesisches Zimmer, um einen zu haben. Ich habe selber ein Paar. Bücherstützen«, fügte er hinzu, als er den Jungen grinsen sah. »Gehen Sie nachsehen, wenn Sie wollen. Sie sind beide noch da.«

Als er allein war, rief er Reynolds an, und Reynolds rief das Stubenmädchen. Er kam zurück, und seine Stimme klang erschöpft.

»Es fehlt einer, Sir«, sagte er. »Sie weiß nicht, wohin er gekommen ist. Sie sagt, sie hat ihn seit zwei oder drei Wochen nicht mehr gesehen. Wissen Sie, Sir, der Raum ist voller Zeug, und manchmal werden die Sachen umgeräumt.«

Jim war an diesem Abend ziemlich niedergeschlagen. Er wußte, worum es ging. Er war sicher, daß er auf der richtigen Spur war, aber der Mord an Bessie paßte nirgendwo in das Gesamtbild, soweit er es erkennen konnte. Er begann sich zu fragen, ob er es mit zwei Arten von Verbrechen zu tun hatte – ein oder zwei mit kaltem Vorsatz geplante, und das an Bessie ein impulsives, aus rasendem Zorn und Abscheu heraus verübtes Verbrechen. Aber den Buddha konnte er nicht verheimlichen, nicht, wo ein rotbackiger junger Reporter schon eine Story darüber schrieb.

Er rief Hopper an und berichtete ihm. »Kein Zweifel, woher er stammt«, sagte er. »Ich hatte den Butler und eins von den Mädchen hier unten. Sie identifizieren ihn.«

»Irgendwas drauf?«

»Nein. So sauber wie abgeleckt.«

Hopper konferierte ein paar Augenblicke mit jemandem. Dann kam er wieder an den Apparat. »Sie bringen besser Wainwright her«, sagte er. »Der Staatsanwalt will mit ihm reden. Bringen Sie das Dingsbums da auch mit, aber sagen Sie ihm nichts davon.«

Und wieder begann das Ganze von vorn: erst Bill, dann Julian, jetzt Tony. Dasselbe grelle Licht, dieselbe rauchgeschwängerte Luft, dieselbe Gruppe von Männern, die ihn abwechselnd verhörten. Tony war müde. Er verlangte nach seinem Anwalt, aber sie sagten, sie wollten bloß ein paar Punkte aufklären. Als sie schließlich den Buddha vor ihm aufstellten, sah er kaum hin.

»Haben Sie das je gesehen, Mr. Wainwright?«

Da musterte er ihn flüchtig. »Sieht aus wie einer aus dem Haus. Ich weiß es nicht.«

»Aus welchem Teil des Hauses?«

»Ich vermute, aus dem chinesischen Zimmer. Hätte überall sein können.«

»War er nicht gestern nacht in Ihrer Hand, als Ihre Frau vor die Tür trat, wo sie gefunden wurde?«

Da straffte sich Tony. »Ist sie damit getötet worden?«

»Wir stellen die Fragen, Mr. Wainwright.«

Wenn sie gehofft hatten, er würde zusammenbrechen, wurden sie enttäuscht. Sie brachten ihn dazu einzugestehen, daß seine Ehe ein Fehler gewesen sei. Er gab auch zu, daß er eine New Yorker Privatdetektei auf Bessies Spuren angesetzt hatte. Er habe es nicht tun wollen, aber sie habe behauptet, etwas zu wissen, was seine Mutter diskreditieren würde. Er habe Gleiches mit Gleichem bekämpfen müssen.

»Was war das für eine Sache, die sie über Ihre Mutter wußte?«

»Was konnte sie wissen? Jeder, der meine Mutter kannte, weiß, daß sie nie im Leben etwas Unrechtes getan hat.«

Sie hielten ihn nicht fest, nicht einmal als unerläßlichen Zeugen. Sie wußten, daß sie ihn nicht auf unabsehbare Zeit festhalten konnten, also ließen sie ihn in dieser Nacht laufen. Es war allerdings eher Morgen, als er und Jim nach Beverly hinausfuhren, einer unserer seltenen klaren Wintermorgen mit einer frischen und scharfen Luft. Einen Teil des Weges schlief Tony vor lauter Erschöpfung. Er erwachte, als Jim zum Kloster einbog und langsamer fuhr.

»Schauen Sie, Tony«, sagte er, »Sie müssen irgendeine Ahnung haben, was Bessie wußte.«

»Nein. Vielleicht hat sie gedacht, ich hätte sie.«

»Deswegen hat sie sich eingeschlossen?«

»Deswegen hat sie sich eingeschlossen«, sagte Tony und stieg müde aus.

An diesem Morgen fuhr ich wieder zum Kloster. Tony und Dwight Elliott waren da, aber ich sah sie nicht. Ich war jedoch froh, daß ich gekommen war. Die Arbeitsmoral des gesamten Personals war schwer erschüttert. Mrs. Partridge hatte sich ins Bett zurückgezogen. In der Küche hatte Pierre die Küchenmädchen mit dem Messer bedroht, und sie waren schreiend davongestürzt. Das Silber war nicht poliert, die Asche noch auf den Rosten, und eine allgemeine Stimmung aus Unsicherheit und Demoralisation durchzog das gesamte Haus.

In dieser kritischen Lage rief ich den Haushalt zusammen und hielt ihnen eine unzweideutige Ansprache. Tut eure Arbeit, oder packt und geht, war der Tenor, und zu meiner Überraschung schien es ihnen zu helfen. Sie brauchten Befehle, und ich gab sie. Aber jeder, der einmal ohne jegliche Autorität etwa zwanzig Bediensteten gegenübergestanden und ihnen die Kriegsartikel verlesen hat, weiß, daß ich mich erschöpft fühlte, als es vorbei war.

Ich erinnere mich, daß mir Pierre an diesem Tag eine fette kleine Wachtel auf meinem Lunchtablett schickte. Ich nahm sie, wie sie gemeint war: als Friedensangebot, und ich aß sie, obwohl mich schon der Gedanke ans Essen würgen ließ.

Damals hätte mir keiner sagen können, daß wir kurz vor dem Ende der rätselhaften Ereignisse um uns standen oder daß Jim Conway an diesem Tag ein Fernschreiben bekommen und eine Falle aufstellen würde. Daß eine Leiche in der städtischen Leichenhalle ihre eigene Rolle bei der Lösung spielen sollte. Daß ich spät in eben dieser Nacht eine Unterredung mit Margery Stoddard haben würde. Oder daß ich nur ein paar Stunden danach auf O'Brien schießen und ihn beinahe töten sollte.

An diesem Tag war ich beschäftigt. Statt die Weihnachtsfeier abzusagen, rief ich Dr. Leland an und fragte ihn, ob er sie ins Gemeindehaus verlegen würde. Das bedeutete, Geschenke und Baumschmuck zusammenzutragen und in der Limousine hinabzuschicken. Der Wagen mußte mehrere Fuhren machen, aber schließlich war der Ballsaal leer. Ich ging zur Damentoilette, um mir die Hände zu waschen, bevor ich mich auf den Heimweg machte. Mr. Elliott war in der Westhalle, als ich herauskam. Er sah so elegant aus wie immer, aber er wirkte müde. Ich fragte ihn, ob ich ihm einen Drink holen lassen sollte.

»Ich glaube, ich nehme einen«, sagte er. »All diese Aufregung – nehmen Sie besser selbst einen, Miss Abbott. Sie sehen müde aus.«

»Tun wir das nicht alle?« erwiderte ich.

Wir setzten uns an den Kamin in der Bibliothek, und er berichtete mir ein wenig über Tonys Situation. Er wirkte besorgt, wenn seine Stimme auch so nüchtern klang wie gewöhnlich. Es sehe nicht gut aus für Tony, sagte er. Die Sache mit dem Streit sei übel. Dann gab es die Frage nach dem Buddha, und –

»Was für ein Buddha?«

Mir sank das Herz, als er es mir erzählte. Ich kannte ihn gut. Er hatte auf einem Schränkchen im chinesischen Zimmer gestanden, wo ein wütender Mann ihn griffbereit finden konnte. Aber ich ging kämpfend unter.

»Warum um alles in der Welt sollte sie einen Revolver nehmen und nach draußen gehen, um ihn zu treffen? Er war den ganzen Abend im Haus.«

»Die Polizei ist nicht sicher, daß sie draußen war, als sie erschlagen wurde.«

Es war schrecklich. Ich hatte ein merkwürdiges Sausen in den Ohren. Sie dachten, Tony habe auf sie gewartet, sie niedergeschlagen und dann nach draußen in die Winternacht getragen; er habe sie dort gelassen, sei zur Spielhalle hinübergegangen, habe den Buddha abgewischt und an einer Stelle gelassen, wo man ihn, wenn überhaupt, nicht vor dem Frühjahr finden würde.

»Aber warum?« fragte ich. »Was hatte er für einen Grund? Er wollte sich von ihr scheiden lassen. Er mußte sie nicht umbringen.«

Elliott zögerte. »Natürlich war er aufgebracht. Außerdem – na, Sie werden es früh genug erfahren. Sie hat mir erzählt, und ich zweifle nicht daran, daß sie es auch ihm erzählt hat, daß sie etwas über seine Mutter wüßte. Er hatte schon eine Menge eingesteckt. Das hätte er nicht so leicht hingenommen.«

Weder er noch Tony wüßten, was es war, sagte er. Es sei Bessies Geheimnis, und sie habe es bis zum Schluß bewahrt.

»Vielleicht nur eine Ausgeburt ihres kranken Hirns«, bemerkte er und erhob sich, um zu gehen. »Ich vermute, sie stand nicht auf vertrautem Fuß mit Ihnen.«

»Nein. Sie hat mir gesagt, daß sie Angst hatte, aber nicht, warum.«

Ich bin mit ihm hinaus. Er sah besser aus, sicherlich wegen des Whiskys und vielleicht wegen des Gesprächs. Aber bevor er Gas gab, bat er mich, unsere Unterredung als streng vertraulich zu betrachten.

»Ich brauche Ihnen nicht zu sagen, daß die Polizei sich auf diese Tatsache stürzen würde.«

Ich nickte, und ich sehe ihn noch vor mir, adrett, vornehm, bedeutend, wie er seinen großen Wagen anließ und mir würdevoll zuwinkte, als das Auto anrollte.

Ich habe ihn nie wieder lebend gesehen.

Das war am Freitag, dem zweiundzwanzigsten Dezember. Bessie war in der Nacht zum Donnerstag umgebracht worden, und die auf Ersuchen der Polizei um einen Tag verschobene gerichtliche Untersuchung war für Samstagvormittag angesetzt. Unten in seinem Büro in Beverly wartete Jim Conway noch auf ein Fernschreiben. Er war allerdings nicht müßig dabei. Er stand mit Hopper im Detektivbüro in der Stadt in Verbindung; und infolgedessen hatte ein unauffälliges Individuum mit einer kleinen Ladung Weihnachtsbäume diese auf einem leeren Grundstück gegenüber Lydias Haus abgeladen, und der kleine Mann, der Bill Sterling beschattet hatte, war zu Mrs. Watkins Empörung wieder da.

»Was wollen Sie hier?«

»Ich warte auf den Doc. Hab' 'ne Erkältung. Und wie geht's Ihnen in letzter Zeit?«

»Mir geht es um einiges besser, seit Sie weg sind. Wenn Sie wegen Ihrer schmutzigen Arbeit zurückgekommen sind, können Sie verschwinden. Wir wollen Sie nicht.«

Aber er blieb. Einmal ging er nach hinten in die Küche. »Das wird doch nicht etwa Hackfleischpastete sein, was ich da rieche?« fragte er sehnsüchtig.

»Doch«, sagte Mrs. Watkins barsch. »Riechen Sie mal gut hin. Das ist alles, was Sie kriegen.«

Gegen sechs Uhr abends fand eine Besprechung statt – nicht in Jims Büro, sondern bei ihm zu Hause. Die Männer ließen ihre

Autos in einiger Entfernung stehen und gingen allein und zu zweit hinein. Jim war da, Tony und O'Brien. Sogar Hopper kam, blieb eine kurze Weile und ging wieder, nachdem er die Schlüsselschachtel dagelassen hatte, die in der Kofferkammer gefunden worden war. Um sieben Uhr trennten sie sich, immer noch heimlich, gingen vorsichtig über den hartgefrorenen Boden und fuhren in verschiedenen Autos die Hill Road hinauf. Nur Tony fuhr weiter zum Kloster. Die anderen ließen ihre Autos, einzeln oder zu zweit, am Country Club, andere auf dem Grundstück der Stoddards, aber nicht beim Haus, und bei den Earles.

Ich wußte nichts von alledem. Wenn doch, wäre vielleicht ein Leben gerettet worden, und der kleine O'Brien hätte sicherlich nicht den Rest des Winters im Krankenhaus verbracht.

Kapitel 38

Wie gesagt, war ich an diesem Nachmittag im Begriff zu gehen. Ich hatte Mr. Elliott hinausbegleitet und war zurückgegangen, um mir Hut und Mantel zu holen, als das Telefon in der Bibliothek klingelte. Zu meiner Überraschung war es Margery Stoddard. »Sind Sie das, Pat! Gott sei Dank, daß Sie noch da sind. Ich habe nur eine Minute. Die Schwester ist unten und trinkt Tee. Pat, ich muß Sie sehen.«

»Wann? Ich kann jetzt rüberkommen.«

»Nicht jetzt. Ich will nicht, daß es jemand erfährt. Heute abend. Sie müssen kommen. Ich werde fast wahnsinnig. Und bringen Sie den Wagen nicht mit. Kommen Sie zu Fuß herüber. Ich will nicht, daß es jemand erfährt.«

»Was ist mit Ihrer Nachtschwester?«

»Sie ist gegangen. Ich habe sie entlassen. Kommen Sie nicht zu früh. Warten Sie, bis alle im Haus schlafen, ja? Nicht vor elf. Wenn Sie können, später.«

»Als ich das das letzte Mal getan habe, hatte ich nicht allzuviel Glück!«

»Ihnen passiert nichts, ich verspreche es Ihnen. Das war ein Versehen.«

»Gott im Himmel, meinen Sie damit –«

»Ich erkläre es alles heute abend«, sagte sie fieberhaft. »Da kommt die Schwester. Ich werde unten auf der Veranda sein. Die Tür wird auf sein.« Unvermittelt legte sie auf.

Ich erinnere mich, wie ich unsicher und unruhig am Telefon stand. Nach dem, was Bessie widerfahren war, hatte ich keine Lust, allein spät in der Nacht auf den Hügel zu fahren. Und mein letztes Erlebnis auf der Farm war nicht ermutigend. Margery wußte also etwas darüber, und es handelte sich um ein Versehen! Aber wenn sie das wußte, wußte sie wohl noch mehr, noch etwas, das man wissen sollte. Schließlich steckte sie bis zum Hals in dieser Sache, während Julian auf den Prozeß wartete, in der Stadt in einer Zelle saß, seine Anwälte empfing, versuchte, das Spinnennetz der Indizienbeweise zu zerreißen, das die Staatsanwaltschaft um ihn gewoben hatte.

Da kam mir die schlaue Idee, an diesem Abend überhaupt nicht nach Hause zu fahren, sondern einfach oben in meinen früheren Zimmern zu bleiben, bis es Zeit war, Margery aufzusuchen. Es war durchaus möglich. Meine Zimmer waren verschlossen, aber aufgeräumt. Es bedeutete, daß ich ohne Abendessen auskommen mußte, aber ich hatte seit Tagen keinen Hunger mehr. Und es bedeutete, daß ich Gus' wegen meines Autos Bescheid sagen mußte.

Ich sperrte die Tür des Westflügels auf und ging zur Garage. Einer der Männer hatte Dienst, aber Gus war nicht zu sehen. Ich sagte ihm, ich würde über Nacht im Kloster bleiben, und schaffte es, die Automatik aus meinem Wagen zu holen, ohne daß er es sah. Mit der Pistole unter meinem Mantel fühlte ich mich sicherer. Ich war beinahe vergnügt, als ich zurückging. Das Hauspersonal würde denken, ich wäre weggefahren, die Leute in der Garage, daß ich bliebe.

Keiner sah mich, als ich zurückkam. Im Aufenthaltsraum für das Personal war Essenszeit, und der vordere Teil des Hauses lag verlassen da. Ich gelangte ohne Schwierigkeiten nach oben und in mein Wohnzimmer. Aber ich hatte nicht mit den langen Stunden bis elf Uhr gerechnet. Um meine Nöte zu vergrößern, schien es überall um mich herum leise, ungewöhnliche Geräusche zu geben, und einmal vernahm ich sie so deutlich, daß ich die Tür öffnete und hinausspähte. Es war nur O'Brien, der auf die Treppe zuging, und er sah mich nicht.

Um zehn Uhr waren mir die Zigaretten ausgegangen. Ich wagte nicht, hinunterzugehen, um mir welche zu holen oder auch nur ein Buch zum Lesen zu nehmen. Ich war zu nervös, um stillzusitzen. Die letzte Stunde ging ich auf und ab und hätte vor lauter Verzweiflung fast auf den Nägeln gekaut.

Als ich erst einmal aus dem Haus war, wurde es besser. Meine Taschenlampe brauchte ich nicht. Im blassen Sternenlicht war der Pfad ein dünner gelber Strich unter den kahlen Bäumen. Ich hatte die Pistole in der Manteltasche, aber es geschah nichts. Das Haus auf der Farm war dunkel, und Margery wartete auf der verglasten Veranda. Sie machte mir die Tür auf, und ich schlüpfte hinein, worauf sie mich umarmte und festhielt, als wäre ich ihre letzte Hoffnung auf der Welt.

»Ich weine nicht«, sagte sie. »Ich habe keine Tränen mehr.«

»Setzen Sie sich. Sie zittern. Was ist denn überhaupt los, Margery?«

»Es ist wegen meines Vaters. Eigentlich meines Stiefvaters. Pat, ich weiß nicht, was ich machen soll.«

»Ihr Stiefvater?« sagte ich verdutzt. »Was ist mit ihm? Wer ist es?«

»Evans«, sagte sie. »Evan Evans. Und ich glaube, er hat den Verstand verloren.«

Ich saß sehr still da. Ich war zu verblüfft zum Sprechen. War Evans also unser Mörder? Margery dachte das offenbar. Sie saß da im Dunkeln, in eine Bettdecke gekuschelt, und erzählte es mir mit vor Erregung heiserer Stimme.

»Er hat Don gehaßt«, sagte sie. »Nachdem ich mit ihm durchgebrannt war, sagte er, er würde ihn töten, wenn er ihn je wiedersehen würde.«

»Aber Maud? Und jetzt Bessie? Sie wissen nicht, was Sie sagen, Margery.«

»Oh doch, das weiß ich«, sagte sie verstockt. »Seit Dons Tod ist er seltsam. Erst dachte ich, es wäre, weil er meinte, Julian hätte ihn umgebracht. Aber jetzt –«

Evans, sagte sie, hatte Don nie verziehen, was er ihr angetan hatte. Selbst als sie, mit Julian wohlverheiratet, zurückkam, hielt sich sein Groll. Er mochte Margery aber immer noch. Als sie und Julian versucht hatten, ihn dazu zu bewegen, das Kloster zu verlassen, hatte er sich geweigert. Julian hatte ihm seither monatlich hundertfünfzig Dollar gezahlt. Aber ihm hatte nichts am Geld gelegen. Er hatte es für die Mädchen auf die Bank gebracht.

»Ich habe mich seiner nicht geschämt«, sagte sie. »Nach Mutters Tod war er gut zu mir gewesen, wenn ich auch nicht zu Hause wohnte. Aber ihn als meinen Vater vorzustellen, hätte vielleicht die alte Geschichte von Don und mir wieder aufgebracht. Er war glücklich – auf seine Weise –, und es ging ihm gut, also ließen wir ihn in Ruhe.«

Er hatte die Kinder gemocht. Ab und zu sah er sie. Sie hatten keine Ahnung, wer er war, aber er kaufte kleine Geschenke und versteckte sie auf dem Grundstück. Die kleinen Mädchen nannten sie Feengaben und erfuhren nie, woher sie stammten.

»Anfang des Sommers ist er dann anders geworden, Pat. Ich glaube, er hat irgendwo Don gesehen. Er sagte mir noch einmal, er würde ihn töten, wenn er auftauchte. Vielleicht hat er sogar mit ihm gesprochen. Das weiß ich nicht. Sie kannten einander. Vater war vor Jahren zu Don gegangen, als er erfahren hatte, daß wir uns trafen. Damals drohte er ihm. Das war ein Grund, warum wir ins Ausland gegangen sind.«

Aber mit Dons Rückkehr nach Beverly war die Sache für sie ernst geworden. Julian konnte nicht schlafen. Er gewöhnte sich an, nachts spazierenzugehen und sich zu fragen, was er tun sollte. Dann passierte der Mord, und Julian war überzeugt, daß Evans es getan hatte.

»Er stritt es ab. Er sagte sogar, Julian habe Don getötet, und es sei nicht schade um den Lump! Es war entsetzlich.«

Wie auch immer, nach Dons Ermordung war es nötig geworden, ihn wegzuschaffen. Julian hatte ihn nachts aus dem Krankenhaus geholt und in ein Haus von ihm am anderen Flußufer gebracht. Er hob Geld von der Bank ab – dreitausend Dollar in bar – und drängte Evans wegzuziehen. Aber er ging nicht. Ab und zu rief er sie an, aber er klang nicht normal. Einmal sagte er ihr, wenn sie höre, daß ein Wahnsinniger umgehe, solle sie sich keine Sorgen machen.

»Das betraf den Friedhof, Pat«, sagte sie und erschauerte. »Das war sein Versuch, den Verdacht von Julian abzulenken.«

Sie taten ihr Bestes für ihn. Er wollte kein Auto. Er wollte ein Fahrrad, weil es nicht so auffällig sei, und Julian brachte ihm eines. Mittlerweile waren sie und Julian sicher, daß er Don ermordet hatte, aber sie konnten ihn nicht der Polizei ausliefern. Mauds Tod hatte sie allerdings verwirrt. »Er hatte sie auf seine Weise gemocht«, sagte sie. »Das hätte er nie getan, Pat. Und jetzt Bessie!«

Zunächst war es ihnen gelungen, ihn versteckt zu halten. Der Vorfall auf dem Friedhof hatte sie zu der Überzeugung gebracht, er sei geistesgestört. »Und was hätte es gebracht, wenn man ihn eingesperrt hätte? Er hätte das nicht überlebt, und er war gut zu mir gewesen.«

Aber zuletzt war man ihm immer näher auf den Fersen gewesen. Eines Tages bemerkte er, wie der Ladeninhaber, bei dem er seine Lebensmittel einkaufte, ihn scharf musterte. In dieser Nacht ging er weg. Er war nicht mehr jung. Es mußte fürchterlich für ihn gewesen sein. Er kam herüber und lieh sich Andy McDonalds Auto, und der Polizist hatte ihn verfolgt. Er fuhr ihn an und nahm ihm seine Kleider weg, um Zeit zu gewinnen.

»Er hat sie in dieser Nacht hergebracht, Pat«, sagte sie. »Sie sind irgendwo hinter den Zwingern vergraben.«

Aber sie dachte, daß er jetzt zumindest sicher sei. Er hatte natürlich nie zugegeben, Don umgebracht zu haben, obwohl er es vielleicht tun würde, wenn Julians Prozeß schlecht ausginge. Aber er blieb bei seiner Meinung, daß es Don gewesen sei, der ihn in der Spielhalle niedergeschlagen und ihm die Schlüssel abgenommen hätte.

»Ist er an einem Ort, wo Sie ihn finden können, wenn Sie ihn brauchen?« fragte ich.

»Ja. Ich habe die alte Connor hergeholt und ihr die ganze Geschichte erzählt. Er hat ein Zimmer da, wo sie wohnt. Man hält ihn für ihren Bruder.«

Ich hatte mich kaum von dieser Neuigkeit erholt, als sie mir von dem Überfall auf mich berichtete, an dem Abend, an dem ich mit ihr an dem leeren Bassin gesessen hatte. Evans war in dieser Nacht auf dem Grundstück gewesen und hatte mitgehört, was ich ihr gesagt hatte.

»Da dachte ich allmählich, er hätte den Verstand verloren«, sagte sie. »Ich hatte nicht gewußt, daß er da war, aber später hat er es zugegeben. Wissen Sie, wenn Sie je erzählen würden, was Sie über mich wußten, würden entweder er oder Julian auf den elektrischen Stuhl wandern. Ich glaube wirklich, er wollte Sie töten.«

Es war allerdings Bessies Tod gewesen, der sie gezwungen hatte, mich herzubitten.

Er pflegte nachts herüberzukommen, sagte sie, nach Einbruch der Dunkelheit zum Fluß zu radeln, herüberzurudern und zur Farm hinaufzugehen. Er kannte die Schleichwege. Was sie ängstigte, war, daß sie ihm einmal von Bessie und ihrer Erpressung erzählt hatte.

»Ich befürchtete, er würde einen Schlaganfall bekommen«, sagte sie. »Die Adern auf seiner Stirn schwollen an, und sein Gesicht war puterrot. ›Dieses Miststück‹, sagte er. ›Wenn sie dir Ärger macht, ist das ihr Ende.‹«

»Er hat es nicht tun können, Margery. Nicht, wenn er nicht ins Haus gekommen ist.«

Ich berichtete ihr von dem Buddha, aber sie war nicht überzeugt. Er kannte das Kloster vom Keller bis zum Dach. Vielleicht hatte er eigene Möglichkeiten hereinzukommen.

Wir saßen im Dunkeln. Einmal allerdings zündete sie sich eine Zigarette an, und in ihrem Schein sah ich ihr Gesicht. Es war schmal und verzweifelt, als ob sie keine Hoffnung mehr auf dieser Welt hätte.

»Mein Mann oder mein Vater, Pat«, sagte sie. »Was soll ich nur tun?«

»Julian hat es auf keinen Fall getan. Da können Sie sicher sein.«

»Ich kann nichts beweisen. Wenn mein Vater verrückt ist – und das muß er sein –, würde nicht einmal ein Geständnis von ihm viel nützen, oder?«

Das einzige, was mir einfiel, war, Jim Conway die ganze Geschichte zu erzählen. Er hatte Julian nie für schuldig gehalten. Vielleicht war er in der Lage, einen Ausweg zu finden. Sie versprach, darüber nachzudenken.

Als ich in dieser Nacht nach Hause ging, hielt ich meine Automatik in der Hand, und zwar entsichert. Ich hatte kein Bedürfnis, auf dem Rückweg einem halbverrückten Evans zu begegnen. Es war einfach gräßlich. Der Himmel hatte sich bewölkt, und ich mußte die Taschenlampe benutzen. Es war, als würde ich durch einen schwarzen Tunnel marschieren, in den das Licht ein blaßgelbes Loch bohrte. Der Kilometer war das reine Grauen, denn ich hatte noch kein Drittel des Weges zurückgelegt, als ich merkte, daß ich verfolgt wurde. Es war jemand hinter mir.

Es bestand überhaupt kein Zweifel. Jemand – vielleicht auf Gummisohlen – verfolgte mich. Man hörte nicht den scharfen Tritt von Leder auf gefrorener Erde, sondern ein sanftes, regelmäßiges Geräusch. Wie eine Ratte in der Falle drehte ich mich plötzlich um und leuchtete den Pfad hinter mir ab. Wer auch immer es war, sprang zwischen die Bäume, aber mehr Bestätigung brauchte ich nicht. Den Rest des Weges rannte ich, wie ich noch nie gerannt war, und wenn ich irgendwelche Zweifel gehabt hatte, waren sie ausgeräumt, als ich den Pfad verließ und über den Rasen am Kloster lief. Wer auch immer es war, rannte weiter den Pfad entlang, und zwar schnell.

Ich glaube allerdings, daß er am Waldrand stehenblieb. In Nullkommanichts war ich an der Tür des Ostflügels, wo ich die

Kette nicht eingehängt hatte. Irgendwie schloß ich die Tür auf und gelangte hinein. Ich legte die Kette vor und setzte mich völlig außer Atem und zitternd auf einen Stuhl in der Halle und rang nach Luft. Alles war still. Nur mein eigenes heftiges Atmen durchdrang das Schweigen. In der Haupthalle brannte wie gewöhnlich gedämpftes Licht, und schließlich zwang ich mich zum Aufstehen. Ich bebte immer noch. Mir war kalt, und ich hatte einen Schock erlitten.

Da muß mir die Thermoskanne mit heißem Kaffee eingefallen sein, die nachts für O'Brien dagelassen wurde, und mit der Taschenlampe ging ich nach hinten in die Küche. Sie war wie üblich makellos aufgeräumt: der Herd, lang genug für ein Hotel, glänzte, und Pierres Kupferkessel schimmerten ringsum an den Wänden. Da stand O'Briens Essenstablett, und ich goß mir eine Tasse Kaffee aus der Thermoskanne ein. Ich hielt sie noch in der Hand, als ich sah, daß die Tür zum Aufenthaltsraum für das Personal offenstand und dort ein Licht brannte. Ich ging hinüber und spähte hinein. Zu meiner Verblüffung schlief dort auf der Couch O'Brien.

Ich ging hin und war drauf und dran, den heißen Kaffee über ihn zu schütten, ihn aufzuwecken, an die Arbeit und nach draußen zu schicken, um nach dem Mann zu suchen, der mich verfolgt hatte. Aber es war nicht O'Brien. Es war eine Puppe, aus Decken gemacht und mit einer weiteren zugedeckt, den Kopf in den Kissen vergraben, und ein paar Schuhe am anderen Ende. Meine erste Reaktion war reine Wut. Ich hatte keine Zweifel, daß er in irgendwelchen eigenen Angelegenheiten aus dem Haus war. Er würde gegen Morgen auftauchen, lässig wie immer, und sich mir stellen.

»Na, vielleicht hab' ich wirklich ein Nickerchen gemacht, Miss. Versuchen Sie es selbst mal des Nachts. Nach einer Weile erwischt es einen hier im Haus.«

»Sie waren überhaupt nicht hier, O'Brien.«

»Ich bin nur eben rausgegangen, um mich umzuschauen. Das ist ein alter Trick mit der Decke. Der Verbrecher schaut rein, sieht mich und geht wieder weg.«

Aber vielleicht war er trotzdem irgendwo. Ich nahm die Taschenlampe und suchte Zimmer für Zimmer das Erdgeschoß ab. Ich fand ihn nicht, aber ich hörte leise Geräusche, die mich nervös machten. Ich versuchte, mir einzureden, daß sei das

Knarren und Knistern des Hauses in einer kalten Nacht, aber schließlich wurde es zuviel für mich. Ich schoß die Treppe hinauf und stand in meinem Zimmer, keuchte und war hin- und hergerissen zwischen dem Wunsch, dazustehen und mir die Lunge aus dem Hals zu schreien, Tony zu wecken, die Polizei zu rufen oder aus dem Haus zu stürmen, den Hügel hinabzufahren und bei Miss Mattie ins Bett zu kriechen. Und ich tat nichts, außer regungslos in meinem Zimmer zu stehen, und überall um mich herum waren diese schrecklichen Geräusche, und O'Brien war nur eine zusammengerollte Decke und ein Paar Schuhe.

Ich entsinne mich, wie ich Jims Automatik aus der Tasche zog. Ich entsinne mich, wie ich den Mantel auszog und mich mit der Pistole in der Hand auf die Bettkante setzte. Ich entsinne mich, daß ich mich wie ein Kind fühlte, das nicht weiß, was überhaupt los ist, aber trotzdem Angst hat. Und dann hörte ich wirklich Geräusche. So leise und vorsichtig sie auch waren, da waren sie, über meinem Kopf in der Kofferkammer.

Das war mehr, als ich ertragen konnte. Ich schlich so leise, wie ich konnte, in die Halle hinunter und öffnete die Tür zu Tonys Wohnzimmer. Der Raum war dunkel. Sein Schlafzimmer ebenfalls. Ich ging geradewegs zu seinem Bett, um ihn zu wecken, und zuerst dachte ich, er wäre da. Aber was wie ein menschlicher Körper aussah, waren nur Kissen unter der Decke. Wie O'Brien, dachte ich stumpfsinnig. Wie O'Brien.

Ich habe wohl eine Weile dort gestanden, mit weichen Knien und während mein Herz wie sinnlos raste. Dann kam ich gewissermaßen wieder zur Besinnung. Es war Tony über mir in der Kofferkammer, vielleicht waren es Tony und O'Brien. Ich ging in die Halle zurück und lauschte. Oben war alles still. Meine Anspannung löste sich sogar ein bißchen. Da hörte ich es. Der Aufzug kam herauf.

Ich geriet auf der Stelle in Panik. Wenn Tony in der Kofferkammer war, mußte ich ihn warnen. Jemand war in dem dunklen Käfig, und vielleicht brachte er wieder den Tod.

Daran erinnere ich mich. Ich erinnere mich, wie ich die Treppe zum zweiten Stock hinauf- und zur Tür der Kofferkammer rannte. Ich erinnere mich, daß mich jemand packte und mir eine Hand auf den Mund legte. Und ich erinnere mich an eine heftige Explosion, und wie die Arme erschlafften, die mich festgehalten hatten. Ich fiel zu Boden, aber nicht allein, und plötzlich schien sich das ganze Haus in Aufruhr zu befinden. Jemand schrie etwas vom Erdgeschoß herauf, und wohl ein Dutzend Männer stürmten aus der Kofferkammer und rannten den Flur entlang zum Aufzug. Irgendwo ging ein grelles Licht an, und ich versuchte, auf die Beine zu kommen. Aber ich konnte nicht. Auf mir lag ein stöhnender Mann.

Es war O'Brien, und ich hatte ihn in die Brust geschossen.

Kapitel 39

Drei Tage lag ich bei Miss Mattie im Bett, bevor Jim mich besuchen kam. Von Tony und aus den Zeitungen hatte ich erfahren, daß unser Mörder in dieser Nacht in die Falle gegangen war und im Fahrstuhl Selbstmord begangen hatte. Aber Tony wollte mit mir nicht darüber sprechen.

»Das ist Jims Geschichte, mein Liebling«, sagte er. »Ich bin mir noch nicht über alles im klaren. Warten Sie ein bißchen.«

Er verbrachte viel Zeit mit mir. Nicht, daß ich wirklich krank gewesen wäre. Ich hatte einen Nervenschock, der mich geschwächt hatte, und die langen Wochen davor waren voller Anspannung gewesen. Als Amy Richards an meinem Bett stand, sagte sie, ich sähe aus wie ein Mäuschen, für das keine Katze mit etwas Selbstachtung ein Mauseloch bewachen würde.

»Nur Haut und Knochen«, sagte sie verächtlich. »Was Tony Wainwright an dir findet, weiß ich nicht. Hier ist deine Sahne. Trink das.«

Sie barst vor Neugier über diese letzte Nacht im Kloster. Denn es sah so aus, als würde auch ich Gegenstand des öffentlichen Interesses. *Polizist schwer verwundet. Aufgeregtes Mädchen schießt auf Wachmann.* Sie las mir die Schlagzeilen vor, bis Tony ihr die Zeitung aus der Hand nahm.

»Halten Sie den Mund, Amy«, sagte er liebenswürdig. »Lassen Sie mein Mädchen in Ruhe.«

»Es ist Ihr Mädchen, was?«

»Meines, mit Leberflecken und allem Drum und Dran.«

»Leberflecken! Sie hat keinen einzigen, daß Sie es nur wissen. Sie hat eine so schöne Haut, wie ich nur je eine gesehen habe.«

»Na, na«, sagte Tony. »Bewahren Sie sich einen Rest an Anstand. Und wo wir gerade davon sprechen, wollen Sie nicht ein bißchen spazierengehen?«

Tony war fast wieder der alte. Er pflegte lächelnd hereinzukommen und brachte mir Sachen mit, die mich amüsieren sollten, eine Zigarettendose, die eine Melodie spielte, zwei Edelsittiche, Inséparables, die er Bill und Coo taufte, obwohl wir beide nie herausfanden, wer welcher war. Er füllte mein Zimmer auch mit Blumen, obwohl keine davon aus den Treibhäusern des Klosters stammte. Ich wunderte mich darüber, bis Jim es mir erklärte.

An diesem Tag kam er allein; er wirkte ziemlich zufrieden und berichtete, daß es O'Brien besser ging.

»Er wird lange Urlaub machen«, sagte er. »Das war ein schweres Kaliber, Pat. Aber er macht dir keine Vorwürfe. Er versteht es. Aber trotzdem, wenn du es zehn Minuten – oder sogar noch weniger – früher getan hättest, hättest du die ganze Sache verpatzt.«

Er brauchte nicht lange, um die Geschichte zu erzählen. Eine Menge davon hatte er gewußt, nachdem wir den alten Koffer von Maud geöffnet hatten. Er hatte es schon vorher vermutet, als er ihre offizielle Todesanzeige las. Er hatte sie ausgeschnitten und studiert. *Jessica Maud Wainwright, Witwe des seligen John C. Wainwright.* Jessica hatte sie also geheißen, und da war die Narbe auf Don Morgans Brust.

»Ich begann nachzudenken. Er hatte sie lange zuvor wegschneiden lassen, aber das bedeutete nichts. Eine Menge Mädchennamen beginnen mit einem J. Dann brachte ich eines Tages Tony dazu, über seinen Vater zu sprechen. Er erinnerte sich nicht an ihn. Sagte, er sei im Krieg umgekommen, sei früh mit den Kanadiern rübergegangen und nie zurückgekommen. Ich fragte mich, ob er wirklich gefallen war. Fünf Jahre darauf hatte Maud Wainwright den alten J. C. geheiratet. Wenn Don noch am Leben war, ist diese Heirat ihr Fehler gewesen. Sie hätte sieben Jahre warten sollen, aber das hatte sie nicht.

Es war nur eine Möglichkeit, aber urteile selbst. Offensichtlich hatte er Evans niedergeschlagen und ihm die Schlüssel abgenommen. Er war mehr als einmal in das Kloster eingebrochen. Und schließlich ist er dort in der Spielhalle getötet worden. Es mußte einen Grund geben. Natürlich gab es einen. Die wahre Geschichte ist die:

Don Morgan war Maud Wainwrights erster Ehemann. Und überdies sah es so aus, als sei ihre zweite Ehe nicht legal gewesen.

Das wußte ich natürlich nicht. Ich war noch auf Vermutungen angewiesen, bis ich seine Briefe an sie in der Kofferkammer fand, aber ich habe sie mit ein paar Steuererklärungen verglichen, die wir hier in den Akten hatten. Die Handschrift war dieselbe, und auf einmal begannen die Dinge, ein gewisses Gesamtbild zu ergeben.

Denken wir etwas zurück. Eines Tages im August fährt Maud in die Stadt. Der alte J. C. ist tot, aber ansonsten geht es ihr prächtig. Sie hat Tony, sie hat reichlich Geld, Freunde, und was du dir sonst noch so wünschen kannst. Sie fährt herum, und da ist Morgan auf der Straße neben dem Auto. Er sieht sie, und sie sieht ihn. Sie bricht im Wagen zusammen, aber Morgan merkt sich die Zulassungsnummer des Autos, geht in die Zulassungsstelle und erfährt, wer sie ist. Er muß einen Schock bekommen haben, der arme Teufel. Falls er der Mann war, den du im Juni am Fenster der Spielhalle gesehen hast, versuchte er wahrscheinlich nur, einen Blick auf Audrey zu erhaschen. Aber seine Gemahlin ist jetzt Mrs. J. C. Wainwright, und die Klatschspalten munkeln, daß Tony und Audrey dies und das miteinander vorhaben. Sie sind Halbgeschwister, und sie wissen es nicht.

Nun hast du Morgan gekannt. Wenn es nicht gerade um Frauen ging, war er kein übler Kerl, aber er ist in einer verdammten Klemme. Er will nicht Mauds Leben zerstören, aber er muß sie sprechen. Er versucht es, aber erst liegt sie krank im Bett, und später findet er heraus, daß er sie nicht ans Telefon bekommen kann und daß sie eine Sekretärin hat, die ihre Post öffnet.

Er bleibt in der Stadt und mietet einen Wagen. Er treibt sich nachts am Kloster rum, aber es nützt nichts. Also schlägt er schließlich Evans nieder und nimmt seine Schlüssel. Den Rest kennst du. Er wußte natürlich, wo der alte Mann arbeitete. Immerhin war er mit seiner Tochter durchgebrannt!

Also gut. Angenommen, das alles stimmte: Wer hat ihn also getötet? Ich war ziemlich sicher, daß Tony die Geschichte nicht kannte, falls es eine gab. Selbst wenn, ist er nicht von der Sorte, die ihren eigenen Vater umbringt. Also? Hatte Maud Wainwright es getan? Vielleicht. Da saß sie, gut versorgt mit dem Wainwrightschen Geld, und wenn meine Vermutung zutraf, hatte sie kein Recht darauf. Tony auch nicht. Es wäre auch verständlich, daß sie es getan und sich dann erschossen hätte. Aber ich war sicher, daß ihr Tod Mord und nicht Selbstmord war.

Du weißt, wie es war. Da war Bessie. Sie mochte das Geld beträchtlich lieber als ihr eigenes Seelenheil. Angenommen, sie kannte die Geschichte? In Frankreich hatte sie Morgan ziemlich gut gekannt. Sie hatte fast mit Sicherheit die Narbe gesehen. ›Was ist das?‹ – ›Die Initialen meiner Frau. Hieß Jessica Maud.‹ Du siehst, wie es gewesen sein könnte. Was glaubst du, wie viele Jessica Mauds es gibt? Und die kleine Bessie mit ihrem unschuldigen Gesicht – tut mir leid, Pat, aber sie hatte ein unschuldiges Gesicht – machte sich an die Arbeit. ›Wie sah sie aus? Wo ist sie jetzt?‹ Er wußte es nicht. So viele Jahre hatte er sie nicht gesehen oder von ihr gehört. Aber wenn er erwähnt hat, wie sie aussah und wie ihr Haar aussah, konnte Bessie ziemlich sicher sein.

Er hat ihr von Margery erzählt. Bessie sah in ihr nur eine zusätzliche Einkommensquelle – durch Erpressung. Aber wenn Maud noch seine Frau war, waren das schlechte Neuigkeiten. Wie, das Wainwrightsche Geld verlieren? Man nahm es Tony ab, und wo blieb sie dann? Du kannst absolut sicher sein, daß Bessie sowohl Morgan wie auch Maud aus dem Weg geräumt hätte, bevor sie das zugelassen hätte.

Na, den Rest kennst du. Ich holte Mauds erste Liebesbriefe aus dem Koffer. Ein paar stammten aus Frankreich. Sie waren mit Anthony unterschrieben, aber hinten auf dem Umschlag stand sein voller Name. Anthony Donaldson Morgan. Der letzte besagte, er ginge an die Front und erwarte nicht zurückzukommen.

Was er natürlich auch nicht tat. Er kam unbehelligt durch, aber er gab einen Teil seines Namens auf und blieb in Frankreich.

Hier war Maud, hob seine Briefe auf und trauerte um ihn. So eine war sie. Aber er kümmert sich nicht darum. Er kriegt eine Arbeit in Paris und – das ist der Clou – läßt sich von ihr scheiden. Sie weiß es nicht. Niemand weiß es. Ich habe verdammt lange gebraucht, um es aus der französischen Polizei herauszukriegen. Aber das ist wahrscheinlich eines der Dinge, die Morgan ihr erzählen wollte. Er hatte sie benachrichtigt, aber sie war mehrfach umgezogen. Als die Mitteilungen an ihn zurückkamen, ließ er es einfach auf sich beruhen.

Na, so sah es aus. Er gab den Versuch, Maud zu sehen, auf und ging nach New York zurück. Aber er sorgte sich noch um Audrey und Tony. Er schrieb Lydia, aber sie schickte den Brief ungeöffnet zurück. Mittlerweile muß er ziemlich verzweifelt gewesen sein. Am Ende mußte er sich krank stellen, um zurückzukommen, aber Lydia behielt ihn recht scharf im Auge. Er hätte ihr von Maud und seiner ersten Ehe erzählen können, aber ich glaube, er war immer noch entschlossen, nicht auszupacken, wenn er es vermeiden konnte. Was er tat, war schlau. Er ließ Tony kommen, und Tony sagte ihm, er habe keine Absicht, Audrey zu heiraten. Er habe bereits eine Frau.

Es muß ein Schlag für Morgan gewesen sein, als er erfuhr, daß er mit der Frau seines Sohnes herumgespielt hatte. Jedenfalls ist es ihm mindestens einmal gelungen, Bessie zu treffen. Er machte sich nachts davon, und sie fuhren zusammen in ihrem Auto herum. Was sie gesagt hat, weiß ich nicht. Wahrscheinlich hat sie ihm erzählt, daß weder Maud noch Tony ein Recht auf das Wainwrightsche Geld hätten, und er ließ sie in dem Glauben! Warum? Na, du mußt das so sehen. Sie war eine schlechte Schauspielerin, und das wußte er. Vermutlich wollte er, daß sie Tony verließ. Er hätte ihr drohen können, die Sache sonst hochgehen zu lassen, und dann wäre sie pleite gewesen.

Sie war eine ziemlich gute Verdächtige, als ich soweit gekommen war. Nur eine Sache sprach dagegen. Sie hatte vor Tony selbst Angst. Das war nun seltsam. Schließlich brütete sie in ihrem verdrehten kleinen Hirn – entschuldige nochmals, Pat! – aus, daß Tony die Geschichte kannte und seinerseits vermutete, daß sie sie kannte. Sie war sicher, daß Tony an dem Abend, als sie verletzt wurde, auf sie geschossen hatte.

Abgesehen davon waren die Verdachtsmomente gegen sie ziemlich überzeugend. Sie hätte keine Skrupel gehabt, Morgan aus dem Weg zu räumen, wenn sie damit hätte davonkommen können. Nur glaubte ich nicht, daß sie ihn selbst erledigt hatte. Wer hatte ihr geholfen? Und an dem Abend, als Maud Wainwright umgebracht wurde, hatte sie Leute zum Dinner da, und Gus berichtete, daß kein Auto aus der Garage gefehlt hatte. Sie hatte nicht ins Dorf hinabfahren und Lydias Reifen zerstechen können.

Mittlerweile war ich überzeugt, daß Bessie und ein Komplize die Täter waren.

Ich begann, über Evans nachzudenken. Nachdem Haines mit Andys Auto angegriffen worden war, wußte ich, daß er sich irgendwo in der Gegend aufhielt. Aber wir konnten Evans nicht finden, und es gab noch jemanden, der durch Morgans Tod etwas zu gewinnen hatte. Schön ruhig bleiben, Pat. Hier ging es um Mord. Tony war es nicht, aber er stand durchaus auf der Verdächtigenliste.

Als ich so weit gekommen war, wurde mir natürlich einiges klar. Ich konnte mir durchaus vorstellen, warum Maud Wainwright nach Lydia geschickt hatte, um sie in der Nacht, in der sie getötet wurde, in der Spielhalle zu treffen. Sieh mal: Wenn ihre Ehe mit J. C. nicht legal war, war es Lydias Ehe mit Don auch nicht. Mit anderen Worten: Audrey war ein – na, sagen wir, sie hatte keinen Vater.

Du begreifst die Lage, nicht? Was hatte Maud Wainwright noch an Eigentum? Wenn sie nicht J. C.s gesetzliche Ehefrau war, gehörte das Vermögen nicht ihr. Vielleicht hat sie sich rechtlich beraten lassen. Ich weiß es nicht. Aber wie sie es sah, hatte sie Audrey Morgan ein tödliches Unrecht zugefügt.

Bedenke: Sie wußte immer noch nicht, daß Don sich von ihr hatte scheiden lassen. Bis einen Tag oder so nach seiner Ermordung wußte sie nicht einmal, daß der Don Morgan, der getötet worden war, und der Gatte, der sie verlassen hatte, ein und dieselbe Person waren. Erinnerst du dich an den Tag, an dem sie den Herzanfall hatte? Sie war absolut normal gewesen. Sie hatte ihr Frühstück eingenommen und die Post durchgeschaut. Sie hatte sogar die Titelseite über den Mord gelesen. Aber während sie dann darauf wartete, daß Hilda ihr irgend etwas brachte, blätterte sie um, und da war sein Photo.

Das hätte ihr beinahe den Rest gegeben.

Sie muß wochenlang im Bett gelegen und sich gefragt haben, was sie tun sollte. Dann hatte sie eines Tages eine Idee. Sie konnte ihren Schmuck verkaufen und Audrey das Geld geben. Der gehörte ihr. J. C.s Frau oder nicht, er hatte ihn ihr geschenkt. Und das Kloster auch.

Was konnte sie sonst tun? Eine große Geste machen, die Wahrheit erzählen und Audrey ruinieren? Ich glaube, sie hatte vor, in jener Nacht in der Spielhalle die Karten auf den Tisch zu legen, Lydia die Fakten zu erzählen und sie entscheiden zu lassen. Natürlich hatte sie nie die Gelegenheit. Darum hat sich jemand verdammt gründlich gekümmert.

Wer war es? Wer wußte, daß sie dort sein würde? Oder daß sie den braunen Manila-Umschlag mitgenommen hatte? Denn das hat sie getan. Ich nehme an, daß er ihre Heiratsurkunde mit Anthony Donaldson Morgan enthielt, vielleicht Tonys Geburtsurkunde und ein paar alte Photos von Morgan selbst. Aber bevor sie in dieser Nacht ging, tat sie eine Sache, die uns, ohne daß sie das ahnen konnte, in die Irre führte. Sie wollte, daß Tony nach ihrem Tod diese Urkunden bekäme, und sie hatte eine Art erklärenden Brief an ihn dazugelegt.

Nur würde sie nicht in dieser Nacht sterben – wie sie glaubte. Also nahm sie den Brief an Tony heraus und versteckte ihn zeitweilig unter ihrer Matratze. Eine Zeitlang hat er uns alle getäuscht.

Nun für eine Minute zu ihrem Mörder. Als er Don in der Nacht, in der er ihn in der Spielhalle traf, in das Bassin warf, fand er eine Goldgrube. Don hatte Evans' Schlüssel! Danach konnte er, indem er in den Keller hinabging und die Kette aushängte, jederzeit ins Haus kommen, wenn er wollte. Und das wollte er durchaus. Bei Frauen weiß man nie. Was hatte Maud aus dieser ihrer Vergangenheit behalten? Wo war es, wenn überhaupt etwas da war?

Schließlich fällt ihm die Kofferkammer ein, aber in dieser Nacht hast du ihn verscheucht. Er mußte aber trotzdem hinein, und auf diese Weise haben wir ihn dann geschnappt: Wir haben angedeutet, daß etwas da wäre und wir vorhätten, noch einmal danach zu suchen.

Na, das ist die Geschichte, Schwester«, sagte er. »Vielleicht war ich ziemlich langsam von Begriff, aber selbst, nachdem ich die Papiere aus der Kofferkammer hatte, wußte ich noch nicht, daß Don Morgan sich von Maud hatte scheiden lassen. Aber wenn nicht, war die einzige Person, die von seinem und Mauds Tod profitieren konnte, Bessie.

Sie wollte die Geschichte ebensowenig ruchbar werden lassen wie ein Bein verlieren.

Dann wurde sie selbst umgebracht.

Das werde ich nicht noch einmal durchgehen. Du kennst alle Antworten. Sie wurde ermordet, weil sie zuviel wußte und weil der Preis, für den sie den Mund gehalten hätte, zu hoch war. Aber es gab eine Sache, die sie nicht wußte, sonst kannst du drauf wetten, daß sie sie gehabt hätte. Das waren diese Briefe in der Kofferkammer. Wie gesagt, das war der Köder, mit dem wir in der betreffenden Nacht die Falle gespickt haben.«

Er stand auf und ergriff seinen Hut. Dann schaute er auf mich herab und grinste.

»Tut mir leid, daß wir dich in dieser Nacht auf dem Pfad erschreckt haben, Pat. Einer unserer Männer hat gesehen, wie du das Haus verlassen hast, und ist dir zu Margery gefolgt. Du hast eine Pistole dabeigehabt, und er war verdammt argwöhnisch deinetwegen. Er sagt, beim Zurückkommen hast du den Weltrekord gebrochen.«

Ich richtete mich im Bett auf. »Meinst du damit, der Mann auf dem Pfad war ein Polizist?«

»Aber sicher.«

»Das war ein gemeiner Trick«, sagte ich wütend. »Ich hasse dich, Jim Conway. Ich habe genug von der Polizei für den Rest meines Lebens.«

Er lachte. »Na«, sagte er, »du kannst dich über nichts beschweren, Schwester. Ich hatte in der Nacht im ganzen Haus Leute postiert. Als du anfingst, das Erdgeschoß im Kloster abzusuchen, mußten sie alle in Deckung gehen. Es war kein Sofa da, hinter dem nicht ein Polizist war und gottserbärmlich fluchte.«

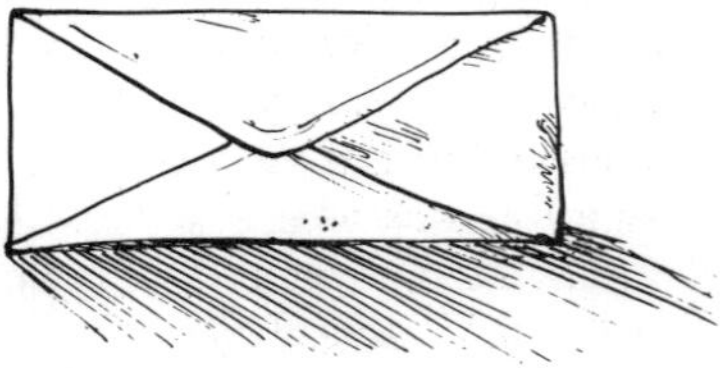

Kapitel 40

Das ist die Geschichte, wie Jim sagen würde. Tony und ich haben nie darüber gesprochen, seit es passiert ist, aber vor kurzem hat er Kapitel für Kapitel gelesen, was ich geschrieben habe. Er hat versucht, das für mich zu ergänzen, was mir unbekannt war, aber er hat auch einiges von den Dingen erfahren, die er nie wußte. Dann schaut er plötzlich auf und sagt: »Ich finde nichts darüber, was mit Evans passiert ist, Liebling. Das ist dir entgangen, nicht wahr?«

»Ich bin sicher, daß es drinsteht«, sage ich vage. »Wie er bei Miss Connor gewohnt hat und wegen des defekten Gasherds erstickt ist? Das steht an der Stelle, wo der Deputy Coroner kommt, als Bessie – du weißt schon, als er sagt, daß sei sein zweiter Fall an diesem Morgen.«

Es folgt ein längeres Rascheln von Papier und ein Schnauben von Tony. »Hier ist es. Dir zufolge sagt er: *›Einer von diesen Herden mit 'ner Gummileitung. Das sind natürlich Todesmaschinen. Die Leitung ist abgerutscht, und –‹ Er zuckte mit den Schultern. ›Lausiger Job ist das.‹* Ich vermute, das erklärt alles.«

»Na, es war Evans«, sage ich demütig. »Ich habe nur vergessen, das hinzuschreiben.«

»Und wurde er ermordet? Hat die gute Miss Connor ihn aus dem Weg geräumt?«

»Ich glaube nicht, daß er ermordet wurde«, sage ich bekümmert. »Sie war ein nettes altes Mädchen, Tony.«

»Natürlich hat sie ihn umgebracht«, sagt er. »Weißt du nicht, daß man nichts ungeklärt lassen darf? Er hat sich eines Tages über den Tee beschwert, und sie geht auf die Palme und tritt die Leitung von seinem Herd los. Warum stand es nicht in den Zeitungen? Sein Tod, meine ich.«

»Er war als Miss Connors Bruder da. Ich weiß, daß ich das erwähnt habe. Also mußte er auch Connor heißen. Das ist doch völlig logisch, oder?«

»Wenn du es sagst, ja. Was ist mit Margery? Hat die Connor ihr nicht erzählt, daß ihr Vater tot war?«

»Nicht sofort, Margery war krank und in Schwierigkeiten. Ich glaube, sie hat ihn sogar begraben lassen, Tony.«

»Und es war schließlich doch Evans auf dem Friedhof?«

»Das steht drin«, sage ich erschöpft. »Er hat versucht, Julian zu schützen, indem er vorgab, ein Verrückter ginge um.«

Ab und zu läßt er das Manuskript sinken und sitzt nachdenklich da. Zum Beispiel verwirrt ihn die Tatsache, daß Mr. Morgan und seine Mutter etwa drei Jahre lang in so enger Nachbarschaft gewohnt haben können. »Es scheint nicht möglich, Pat.«

»Na, Maud hat achtzehn Jahre hier gewohnt, und ich habe sie in der ganzen Zeit nur ein- oder zweimal gesehen.«

Er hat natürlich noch weitere Einwände. Er ist zutiefst überzeugt, daß ich ihn als Mittelding zwischen einem Idioten und einem Schizophrenen dargestellt habe und als miserablen Liebhaber. Aber eigentlich will er seine tieferen Gefühle verbergen. Das weiß er, und ich weiß es auch. Es gibt viele Kapitel, die er ernst und kommentarlos liest. Und die Stelle über Rogers Tod hat er immer wieder gelesen. Das ist immer ein wunder Punkt für ihn gewesen. Er hat den Hund geliebt.

»Was ist ihm widerfahren, Pat?«

»Es tut mir leid, Tony. Das habe ich absichtlich weggelassen. Weißt du, Bessie –«

»Schon gut. Weiter.«

»Sie ging nachts aus, um Margery Stoddard zu treffen. Ich vermute, er hat gebellt oder so etwas. Vielleicht hat sie es ausgelegt. Das weiß ich natürlich nicht sicher.«

»Ich verstehe«, sagt er und schweigt lange.

Ab und zu reagiert er ein wenig empfindlich, insbesondere bei der Schilderung der Nacht, in der sein Vater ermordet wurde.

»Du mußt den Verdacht wohl auf mich lenken«, sagt er. »Das einzige, was mir nicht paßt, ist, daß du es anscheinend genießt. Warum zum Teufel dieser ganze Kram, daß ich kein Alibi für diese Nacht habe?«

»Du hattest keins«, sage ich zuckersüß zu ihm. »Ich habe dich selbst eine Zeitlang verdächtigt. Was hast du in dieser Nacht denn überhaupt getan, Tony?«

Er grinst, steht auf und küßt mich. »Ich zog umher und fragte mich, wie lange ich wohl ohne dich auskommen könnte, Liebste.«

Aber später legt er das Manuskript hin und starrt ins Feuer. Er hat etwas über Maud gelesen, und sein Mund sieht weich und zärtlich aus. »Sie war eine großartige Frau – Mutter«, sagt er. »Wenn sie mir bloß davon erzählt hätte. Aber das hat sie nicht. Sie –«

Über Jims Liste mit Beweisstücken sinniert er lange. »Was ist mit diesem Sockenhalter?« fragt er. »Roger hat ihn auf dem Grundstück gefunden. Du hast ihn Jim gegeben. Dann läßt du die Sache fallen. So geht das nicht.«

»Er war nicht wirklich wichtig, Tony. Jim sagt, als er und Hopper die Zeit stoppten, die man braucht, um – na, um deinen Vater in der Spielhalle umzubringen und so weiter, brauchte er einige Zeit, um sich anzuziehen. Jetzt meint er, daß der Mörder sich nicht angezogen hat. Vielleicht hat er nur einen langen Mantel übergezogen. Weißt du –«, hier zögere ich, »er glaubt, das Ertränken hat früher stattgefunden, bevor die Party zu Ende war. Es war also nur erforderlich, sich schnell auszuziehen, die Leiche herauszuschaffen und wegzubringen.«

Auch die Verabredung seiner Mutter mit Lydia in der Spielhalle verwirrt ihn. »Was ist damit?« fragt er. »Hat Mutter ihn benachrichtigt, daß sie und Lydia sich in dieser Nacht treffen wollten?«

»Wie hätte er es sonst wissen können, Tony?«

»Lydia hat sie nicht gesagt, warum sie sie sehen wollte?«

»Nein. Aber irgendwie hat Lydia geahnt, daß es um Audrey ging.«

Vielleicht klingt meine Stimme ein bißchen kühl, denn er schaut auf und lächelt. »Immer noch eifersüchtig auf die kleine Audrey?« fragt er.

»Nicht mehr. Es gab Zeiten, da wollte ich ihr die Augen auskratzen.«

Aber er wird wieder ernst. »Ich vermute, Bessie hat ausgepackt«, sagt er. »Sie hat ihm gesagt, was sie wußte oder was sie zu wissen glaubte. Also mußte sie verschwinden.«

Dabei läßt er es bewenden, aber ich muß noch eine Reihe von Dingen klären, die zu bemerken er gerade zu beschäftigt oder zu abgelenkt war. Die Möglichkeit, die Kellertreppe in den Keller unter dem Ballsaal hinabzuschleichen und die Kette auszuhängen. Die Wahrscheinlichkeit, daß der Buddha einige Zeit vor Bessies Tod weggenommen und draußen versteckt worden war.

Sogar der Grund, warum ich mich in dieser letzten Nacht in meinem Zimmer im Kloster versteckte. Das amüsiert ihn. Er lehnt sich zurück und mustert mich. Wir sind in Miss Matties Salon, und das Manuskript befindet sich neben ihm auf dem Tisch. Daneben liegen die Baupläne meines Elternhauses. Tony hat sie immer griffbereit, denn dort werden wir wohnen, wenn wir geheiratet haben. Das Kloster wird ein Erholungsheim für arme Kinder.

»Ich bin mir bewußt, daß es gefährlich ist, dich zu heiraten«, sagt er. »Du schießt auf Polizisten, du fällst in Aufzugschächte, und man schlägt dir in Betonbassins auf den Kopf. Du springst mit Pferden über gefährliche Zäune. Du bist eine dieser eifersüchtigen Frauen. Und du wanderst nachts mit einer Pistole in der Hand herum! Kein Wunder, daß ich vor Angst bebe. Sieh mich nur an. Aber zumindest«, sagt er nachdenklich, »hast du Köpfchen.«

»Gestern abend hast du gesagt, mein Kopf sei voller krauser Gedanken.«

»Nicht Gedanken, Liebste, Haare. Wobei mir etwas einfällt. Warum machst du nicht weiter und erzählst ein bißchen über die netten Leute in der Geschichte? Das ist so üblich, oder? Daß Julian aus dem Gefängnis ist und so weiter.«

»Ich schreibe kein Märchen«, spotte ich, »bei dem alle glücklich leben bis an ihr seliges Ende. Das tut niemand, Tony.«

»Na, wir werden unser Bestes tun«, sagt er nüchtern. »Ich habe eine Menge über das Leben gelernt, Pat, und du auch.«

Er hat mir auch bei dieser Geschichte geholfen. Es hat so viel Gerede gegeben, das wir beide richtigstellen wollten. Und erst vor ein oder zwei Tagen hat er mir von den Einzelheiten der Falle erzählt, die sie im Kloster gelegt hatten. »Wir hatten wohl ein Dutzend Polizisten da in dieser Nacht«, sagt er. »Sie verteilten sich, und ich bin ins Kloster gegangen und habe mich in den Keller geschlichen. Die Kette war ausgehängt, so daß wir annahmen, er würde im Fahrstuhl sein.

Da tauchtest du auf! Wenn je jemand so schuldig wie nur was ausgesehen hat, bist du es gewesen, Liebste. Du hattest eine Pistole in der Hand und schlichst die Treppe hinab und aus dem Haus, als wärst du auf dem Weg, jemanden zu töten. Hopper packte mich am Arm. ›Mein Gott, die Sekretärin!‹ sagte er. ›Sie hängt also auch mit drin!‹

Er schickte dir einen der Männer nach und war so sicher, daß du auf Mord aus warst, daß er die nächste Stunde lang auf einen Schuß horchte. Als du dann zurückkamst, mußte ich alles tun, was ich konnte, um ihn davon abzuhalten, dich zu erwürgen. Du machtest dich mit der Taschenlampe auf, und es sah so aus, als sei unser Plan aufgeflogen.

Aber inzwischen war unser Mann im Keller. Falls er dich gehört hat, hat er gedacht, es wäre O'Brien bei seinen Runden. Wir hörten den Fahrstuhl in den Keller hinabfahren, und wir wußten, daß es geklappt hatte. Wir hatten ihn. Wir hatten ein halbes Dutzend Polizisten, die die Aufzugtüren bewachten, in allen Stockwerken, und er besaß nicht die geringste Chance.

Er wußte, daß er festsaß, als deine Pistole losging. Das hat ihn erschreckt. Er ließ den Fahrstuhl nach unten fahren, aber er konnte nicht heraus. Er konnte das Ding nur in Bewegung halten. Da fiel mir ein, den Strom abzuschalten. Damit hing er zwischen den Geschossen fest und wußte, daß das Spiel aus war.«

Da hat sich Dwight Elliott erschossen.

Das Motiv, behauptet Tony immer, war absolut klar, wenn man erstmal die Fakten kannte. Er hatte sich aus dem Nichts eine starke Position in der Wainwright Company aufgebaut. Sie bedeutete nicht nur Reichtum, sondern auch Prestige. Dann legte Maud an dem Tag, an dem sie mich gebeten hatte, ihn ins Haus zu schmuggeln, ihre Karten auf den Tisch.

Sie sei nicht die rechtmäßige Frau des alten J. C.s. Sie habe ihren Mann gesehen. Er sei noch am Leben, und an diesem Tag wollte sie mit Sack und Pack ausziehen, die Wahrheit sagen, die Fabriken und das Kloster der Familie Wainwright übergeben, wo sie, wie sie dachte, hingehörte, und fortgehen.

Er aber schaffte es, sie zumindest für den Moment ruhig zu halten. »Nehmen Sie sich Zeit, es zu überdenken«, wird er wohl gesagt haben, »es besteht kein Grund zur Eile.«

An diesem Tag muß er allerdings ziemlich verzweifelt gewesen sein. Er hatte nie geheiratet. Die Firma war ihm Frau und Kind gewesen, und außerdem gab es fünfzigtausend im Jahr, die er als Berater bezog. Aber es stand noch mehr auf dem Spiel. Jahrelang hatte er die Wainwright-Verwandtschaft bekämpft, bekämpft und gehaßt. Jetzt drohte Maud, ihnen alles zu übergeben.

Selbst da hatte er wohl noch etwas Hoffnung. Er konnte sie beeinflussen. Mit der Zeit könnte er sie vielleicht überzeugen.

Aber dann erhielt er einen Brief von Don Morgan aus New York: *Ich habe gerade erfahren, wer und wo Maud ist. Ich würde sie gern sehen. Tatsächlich ist es unbedingt notwendig, daß ich sie sehe. Es gibt Angelegenheiten, die man sofort erledigen sollte.*

Nach seinem Tod fand man diesen Brief in seinem Safe. Aber der eigentliche Schlag war Dons Rückkehr nach Beverly. Elliott hatte keinen Anlaß, an ihn oder an seinen guten Willen oder an sonst etwas zu glauben. Vielleicht hatte er zunächst gedacht, er könne ein Arrangement zwischen den beiden, Maud und Don, herstellen; sie treffen, irgendeinen *modus vivendi* vereinbaren. Er rief Don an, willigte ein, daß Maud ihn abends treffen würde, und Don kam.

Was ist denn passiert? Gab es einen Streit? Ist er von seiner Bridgepartie in die Spielhalle hinübergehuscht und hat in einer Zornaufwallung Don ins Bassin geworfen? Oder war der Mord kaltblütig verübt worden? War Elliott in seinem Abendanzug, adrett und makellos, zu ihm hinüberspaziert, und Don hatte ins Wasser geschaut?

»Hübsches Schwimmbecken, nicht wahr? Sie hat es ganz nett weit gebracht.«

Und dann der Schlag und das Ertrinken. Die Lichter aus, die Leiche im Bassin, den Schlüssel an Bill Sterlings Bund gehängt, und Dwight Elliott kommt nach fünf Minuten zurück an den Bridgetisch. »Was haben Sie ausgespielt, Partner?« – »Pikvier.«

Keine Spur an ihm, die Hände ruhig, die Miene regungslos. Mischen und austeilen, reizen und spielen, und der Verstand arbeitet. Die Leiche kann nicht da bleiben. Er muß sie herausschaffen, irgendwohin bringen, so weit wie möglich.

Jim Conway war immer der Meinung, daß Elliott sich in dieser Nacht, nachdem er gegangen war, irgendwo in der Nähe versteckt und in seinem Wagen ausgezogen hat, daß er sich seiner Jacke, des Hemdes, der Schuhe und der Hose entledigt und statt dessen seinen Mantel übergezogen hat. Und vielleicht hat er auf dem Rückweg zum Bassin einen Sockenhalter verloren. Mittlerweile hatte er, so behauptet Jim, einen festen Plan, angeregt durch die Tatsache, daß Don sich nicht hatte anziehen können. Der Plan war, die Leiche in den Fluß zu werfen, so daß es wie Selbstmord aussähe. Was das zufällig verhinderte, war wahrscheinlich der Benzinmangel in Lydias Auto. Er mußte wieder auf den Hügel und zu seinem eigenen Auto kommen.

Schließlich konnte er den Fluß nur da erreichen, wo das Ufer dicht besiedelt ist. Also warf er die Leiche dort hinaus, wo sie gefunden wurde, und raste wieder den Hügel hinauf. Aber hier passierte etwas, was all seine Berechnungen über den Haufen warf. Bill Sterling sah das Auto und folgte ihm.

Elliott fuhr weiter und sah sich verzweifelt nach einem Weg um, irgendeinem, um Bill zu entkommen und den Wagen stehenzulassen. Wie wir wissen, ließ er ihn im Hohlweg hinter der Farm. Wie er zu seinem eigenen Wagen zurückgelangte, sich anzog und in die Stadt kam, können wir nur vermuten.

So schlecht die Lage auch war, es war nur der Anfang. Maud war entsetzt, als sie erfuhr, daß es Don war, der umgebracht worden war. Elliott bemühte sich, sie aufzusuchen. Er hatte sie schon lange heiraten wollen, um seine eigene Position zu festigen. Als er sie tatsächlich aufsuchte, drängte er sie wieder dazu. Aber Maud dachte nur an Lydia und Audrey. »Ich kann es nicht so weitergehen lassen. Ich muß etwas tun.«

Er begann zu ahnen, daß es Probleme geben würde. Nicht nur mit Maud. Bessie redete seltsame Dinge und deutete Tony an, sie wisse von einem Geheimnis. Tony ging zu ihm. »Ein Geheimnis? Das Ihre Mutter betrifft? Das ist absurd, Tony. Sie sollten es besser wissen.«

Aber er war besorgt. Er versuchte, mit Bessie zu sprechen. Sie lachte ihn nur aus. »Ich werde es erzählen, wenn ich soweit bin. Nicht vorher und nicht Ihnen.«

Vielleicht nicht mit diesen Worten, aber in dieser Art. Das muß der Punkt gewesen sein, an dem er versuchte, sie zu töten, als sie in ihrem Auto aus der Stadt hinausfuhr. Dann kam schließlich der eigentliche Schicksalsschlag. Maud rief ihn an und sagte, sie hätte Lydia bestellt. Sie wolle sie diese Nacht in der Spielhalle treffen. Sie werde den Umschlag mitnehmen, von dem er wußte, und eine Liste ihres Schmucks. »Ich habe ihr ein schreckliches Unrecht getan. Sie soll entscheiden, was geschehen soll.«

Die Sache entglitt seiner Kontrolle. Da saß Bessie in seinem Büro und bedrohte ihn noch, während sie sich das Näschen puderte. »Sie können Tony erzählen, was ich weiß. Wenn er das Richtige tut, halte ich den Mund. Wenn nicht, lasse ich die ganze Sache hochgehen. Er hat kein Anrecht auf das Geld der Wainwrights, und das wissen Sie.« Das war vermutlich der Tag, an dem sie eine Million Dollar verlangte.

Die genauen Umstände ihres Todes werden wir nie erfahren. Sie muß ihn mittlerweile in Verdacht gehabt haben. Aber da hatte es an diesem Abend die Szene mit Tony gegeben. Sie wußte, daß Tony endgültig nichts mehr von ihr wissen wollte. Ihre einzige Hoffnung war, an diesem Abend Dwight Elliott zu treffen und ihn unter Druck zu setzen. Vielleicht hatte sie ihn bestellt. Was sie sagte, hatte ihn wohl herbeieilen lassen. »Ich werde rausgeschmissen, aber ich kann immer noch den Mund halten – für einen bestimmten Preis.«

Sie hatte ihren Revolver dabei, als sie ihn traf. Sie traute ihm nicht. Um O'Brien zu entgehen, hatte sie wahrscheinlich vereinbart, ihn an der Tür des Westflügels zu treffen, und aus der Lage des Körpers schließt Jim, daß sie dort auf der Treppe saß und redete, als es geschah. Er wird ruhig und überaus vernünftig gewesen sein. »Geben Sie mir Zeit, Bessie. Ich kann nicht im Handumdrehen Geld aufbringen.«

Und Bessie befingerte den Revolver und sah ihn mit ihren kalten Augen an. »Sie können, wenn Sie müssen. Und Tony auch.«

Da muß er sie getötet haben. Vielleicht hatte er den Buddha draußen für diesen Zweck versteckt. Vielleicht hat er sich eine Ausrede ausgedacht, ist ins Haus geschlüpft und hat ihn geholt. Jedenfalls hat er sie, soweit wir wissen, damit getötet.

Das ist alles, was wir über Bessie wissen oder vermuten, die am nächsten Morgen auf der frostigen Erde lag, mit dem hellen Sonnenlicht auf ihrem blonden Haar und ihrem lohfarbenen Kleid, während der alte Andy über ihr stand.

Nur über eine Sache haben wir nie gesprochen, Tony und ich. Das ist die Nacht, in der seine Mutter starb, und das, was in der Spielhalle geschehen ist. Warum hat Dwight sie umgebracht? Er muß immer noch gehofft haben, daß Lydia um Audreys willen die Geschichte nie erzählen würde, daß Maud selbst mit der Zeit erkennen würde, daß sie das Unrecht an Audrey wieder gutmachen könnte, ohne sich bloßzustellen. Aber ich bin sicher, daß ich den Grund kenne.

Sie hatte ihn in Verdacht, Don umgebracht zu haben. Nicht sofort. Vielleicht erst in dieser letzten Nacht, als er die Spielhalle betrat und sie ihn dort sah. Sie war scharfsinnig. Ich glaube, sie hat ihn selbst zum Bassin geführt. Sie hatte keine Angst. Wie Tony sagte, hatte sie vor nichts Angst. Sie wird dort neben ihm, er adrett und vornehm in seinem Abendanzug, gestanden und auf die Stelle hinabgeschaut haben, wo Don gelegen hatte. »Hier also hast du ihn getötet, Dwight. Er hat alles bedroht, was du in dieser Welt gewollt hast, Macht und Würden, also hast du ihn getötet.«

Etwas in dieser Art muß passiert sein. Vielleicht protestierte er, aber sie hätte ihm nicht geglaubt. Soweit sie wußte, kannten nur sie drei die Geschichte. Von diesen dreien war Don tot und sie unschuldig. Nur Dwight blieb übrig.

Ich glaube, er hat sie auf seine Weise geliebt. Aber da stand sie neben ihm und bedrohte sein nacktes Leben. Selbst heute noch frage ich mich, ob das, was er getan hat, nicht einem gewaltigen Zorn, vielleicht sogar der Eifersucht entsprungen ist. Er, der so lange für sie gesorgt hatte, sollte für den Mann sterben, der sie verlassen und vernachlässigt hatte. Vielleicht hat er es sogar ausgesprochen. »Du hast ihn immer geliebt, nicht wahr? Du hast ihn nie vergessen.«

»Nein. Ich habe ihn nie vergessen.«

Das ist die Geschichte. Tony hat sie bis zu diesem Punkt gelesen. Jetzt legt er sie aus der Hand. Er sitzt eine Weile sehr still da und starrt ins Feuer. Dann holt er tief Luft. »Vergessen wir es, Liebste. Es ist vorbei, Gott sei Dank. Ich schlage vor, wir hören auf, in Erinnerungen zu kramen, und planen ein bißchen für die Zukunft.«

Er hat die Baupläne bereit. Ich lege das Manuskript weg und beschäftige mich mit solchen Dingen wie Installation und Küchenherden und getönten Scheiben für ein mögliches zukünftiges Kinderzimmer. Irgendwo von hinten dringt der Duft von heißem Kakao herein, und bald wird Miss Mattie an die Tür pochen, und ich werde von Tonys Knie gleiten.

»Ich dachte, Sie hätten vielleicht gern eine Kleinigkeit zu essen«, sagt sie. »Dann können Sie besser schlafen.«

Das ist die echte Stimme von Beverly, und wir beugen uns ihr.

Nachwort

Ein junges Mädchen tritt in eine ihr neue Umgebung ein: als Erzieherin, Sekretärin, Gesellschafterin, junge Ehefrau oder mittellose Verwandte – die Anlässe sind vielfältig. Was dann passiert, ist fast immer ähnlich: Zunächst gilt es, sich an Konventionen zu gewöhnen, die der Heldin fremd sind. Zwar hat sie stets eine hervorragende Erziehung genossen – sie stammt in aller Regel aus einer guten, wenn auch verarmten Familie – aber wenn bislang der Mangel oder gar die Not ihre Begleiter waren, so sind es jetzt Reichtum und Überfluß. Scharen von Dienern – Butler, Haushälterin, Koch, Küchen- und Zimmermädchen, Zofen, Gärtner, Chauffeure, Stallknechte usw., usw. – sorgen für einen lautlosen Ablauf des Alltags, bei dem auch ein improvisiertes Dinner für zwölf Personen nicht mehr Probleme bereitet als das Aufschütten einer Tasse Kaffee in einem normalen Haushalt. Doch kaum hat sich die Heldin in diese Welt eingewöhnt, beginnen sich auch schon Risse zu zeigen, die die scheinbar so geordnete, gelassene, in der Sekurität ihres gediegenen Reichtums ruhende Welt urplötzlich verändern. Hinter der Fassade des Wohlstandes und des Wohlverhaltens werden Abgründe sichtbar; statt sich wieder zu schließen, klaffen die anfangs kaum sichtbaren Risse immer stärker, bis diese ganze scheinbar so wohlgegründete Welt in sich zusammenstürzt.

Zwei Schriftstellerinnen waren es, die diese Formel für den Schauerroman der Weltliteratur erfunden bzw. aktualisiert haben: die Engländerin Ann Radcliffe (1764–1823) und die Amerikanerin Mary Roberts Rinehart (1876–1958). Die Engländerin schuf ihre Variante der »Gothic Novel«, des Schauerromans, indem sie die kurz zuvor von ihrem Landsmann Horace Walpole entdeckten Schrecken eines »gotischen«, d. h. katholisch-mittelalterlichen Italiens mit dem Romanthema der verfolgten Unschuld verband. In ihren »Geheimnissen von Udolpho« (1794)

wird eine junge Waise im Apenninenschloß ihrer Verwandten mit bedrohlichen Geheimnissen konfrontiert, die zum Teil das Übersinnliche streifen, aber zum Schluß eine rationale Auflösung finden. Ann Radcliffes Formel hat lange nachgewirkt – Wilkie Collins' »Frau in Weiß« (1862) steht ebenso in ihrer Schuld wie E. Marlitt mit ihrem »Geheimnis der alten Mamsell« (1868). Hatten diese Autoren das Vorbild aus dem italienisch-katholischen Milieu des späten Mittelalters schon in ihr englisches bzw. deutsches Umfeld heimgeholt, so leistete dies Mary Roberts Rinehart unter Erneuerung und Verfestigung der alten Formel für die USA.

Zum Schreiben kam Mrs. Rinehart durch wirtschaftliche Not. Mary Roberts stammte wie viele ihrer Heldinnen aus einer verarmten Familie; ihr Vater hatte noch während ihrer Ausbildung zur Krankenschwester als gescheiterter Erfinder Selbstmord begangen – ein prägendes Erlebnis, das noch in den vorliegenden späten Roman von 1940 Eingang gefunden hat. 1896 heiratete sie den Arzt Dr. Stanley Marshall Rinehart. In fünf Jahren vergrößerte sich die junge Familie um drei Söhne. Durch unglückliche Börsenspekulationen fanden sich die Rineharts zu Beginn des Jahrhunderts in finanziellen Schwierigkeiten, und Mary Roberts Rinehart ergriff einen der wenigen Auswege, die Frauen schon seit langem zu standesgemäßem Nebenverdienst offenstanden – sie begann zu schreiben, zunächst Geschichten für Zeitschriften. Gleich das erste Jahr ihrer Karriere, 1903, war außerordentlich erfolgreich. Den Kurzgeschichten folgten in den Magazinen Fortsetzungsromane; der zweite von ihnen, »The Circular Staircase«, erschien 1908 auch als selbständiges Buch. Er wurde ein großer Erfolg und gilt heute als Klassiker und Prototyp einer neuen Traditionslinie des »gotischen Geheimnisromans«. 1986 wurde er deshalb in »DuMont's Kriminal-Bibliothek« als einer der ersten Bände der Reihe in neuer Übersetzung vorgelegt.

Nach Goethes vielzitiertem Diktum hat Amerika »es besser als unser Kontinent, das alte«; denn es hat »keine verfallenen Schlösser«. Dennoch hat es »ein gut Geschick« nicht »vor Ritter-, Räuber- und Gespenstergeschichten« bewahrt, die Goethe offensichtlich nicht mochte, obwohl er mit seinem »Götz von Berlichingen«, mit dem Gespenst und anderen Schauerelementen in »Wilhelm Meisters Lehrjahren« und mit seiner Vampirballade »Die Braut von Korinth« durchaus an der Entwicklung dieser Genres mitgewirkt hat. Amerikas Schreckensorte lagen zunächst in der unberührten Wildnis, die eine Zeitlang an die Stelle der europäischen Verliese, Klosterzellen und Ruinen trat. Doch auch dem neuen Kontinent wuchsen mit seiner fortschreitenden Geschichte schnell potentielle Spukhäuser zu, etwa George Lippards »Monk-Hall«, Hawthornes »House of the Seven Gables«, Twains gespenstisches verlassenes Haus in »Tom Sawyer«, von den Stätten der Hexenverfolgung in Lovecrafts Neuengland ganz zu schweigen. Im 20. Jahrhundert wurden vor allem die alten Häuser des architektonischen Historismus zum beliebten Schreckensort – »gotische« Häuser im Doppelsinn, wie sie die Zeichnungen von Charles Addams und Filme wie »Psycho« berühmt und berüchtigt gemacht haben. Auch das »Kloster« unseres Romans ist ein klassischer Vertreter dieses Typs, allerdings in gigantischen Dimensionen, ein stilsynkretistischer Bastard, der gleichermaßen an das Capitol in Washington wie an die Epochenmischungen provinzieller Amtsbauten erinnert und in seinem Innersten eben jenen originalen gotischen Kreuzgang beherbergt, der dem ganzen Haus den Namen gegeben hat.

Das einsame »gotische Haus« wurde nicht zuletzt durch das reiche Werk von Mary Roberts Rinehart zum etablierten Locus terribilis des neuen Schauerromans. Ihr ureigenster Beitrag, der immer wieder kopiert wurde, war jedoch die von ihr gewählte Erzählform: Die Heldin berichtet das gesamte Geschehen nach dessen Abschluß in der Ich-Form. Theoretisch ist dieser rückschauende Aspekt jeder Ich-Erzählung zu eigen, da niemand während des Erlebens erzählt, außer etwa im Tagebuch- oder Briefroman, bei dem der Held nach kleineren Handlungsabschnitten immer wieder Gelegenheit zum Schreiben finden muß. Dennoch sind gerade handlungsreiche Ich-Erzählungen so abgefaßt, als würde unmittelbar während des Erlebens erzählt, etwa bei Karl Mays Old Shatterhand oder bei Raymond Chandlers Philip Marlowe. Mary Roberts Rinehart erzielt ihre besonderen Effekte mit Hilfe des exakten Gegenteils: Wenn das gesamte Geschehen abgeschlossen ist, greifen die Heldinnen zur Feder, um die für sie seinerzeit so aufregenden Ereignisse festzuhalten. Sie überblicken so von vornherein das Ganze, kennen Ausgang und Täter, Ursache und Auflösung der Geheimnisse, entschließen sich aber dennoch dazu, die Geschichte in chronologischer Abfolge zu erzählen, so wie sie sich nach und nach begeben hat.

So kommt es zu jener eigentümlichen Ich-Dopplung, die der ganzen Rinehart-Schule den Namen »Had-I-But-Known-School« eingetragen hat: »Hätte ich damals doch gewußt, was ich inzwischen weiß ...« Diese Mischung aus andeutender Überschau über die Gesamtheit des Geschehens und strenger Beschränkung auf das damals jeweils Gewußte erzeugt die den »romantic thrillers« von Mary Roberts Rinehart und ihrer Nachfolger, z. B. der nach demselben Muster geschriebenen »Rebecca« (1938) von Daphne Du Maurier, eigentümliche Atmosphäre des Geheimnisses. Die ständigen andeutenden Vorgriffe auf die zukünftigen Geschehnisse verfremden die scheinbar so gesicherte, in sich ruhende Welt von Anfang an und schon lange vor den ersten bedrohlichen Ereignissen. Eine Tür wird beiläufig erwähnt, und wir erfahren, daß durch sie einmal der Mörder eindringen wird; ein Schlüssel wird gesucht – sein Fehlen wird später verhängnisvoll sein; die monströse »Spielhalle«, ein Hallenbad mit integrierten Tennisplätzen und Gästesuiten, wird beschrieben und zugleich gesagt, daß die Erzählerin sie bald hassen sollte. Noch die friedlichsten Bilder des Anfangs sind so immer schon in das düstere Licht des Verhängnisses getaucht, und bei allen Versuchen, das Verhängnis zu verhindern, weiß der Leser schon von deren Vergeblichkeit. Was im traditionellen Detektivroman mehr oder weniger die Ahnungen und mit Überzeugungskraft vorgetragenen Behauptungen des Detektivs leisten müssen, stellt hier das Wissen der Erzählerin sicher: die Gewißheit, daß alle disparaten Phänomene, jede noch so unwichtige Kleinigkeit, jede für sich genommen absurde Einzelheit Teil eines großen Zusammenhangs sind, der einmal ans Licht kommen wird. Die oft unbedeutenden marginalen Ereignisse, die den Frieden einer scheinbar geordneten Welt stören, wirken so von vornherein wie die weit getrennten Spitzen eines Eisbergs, an dem diese Welt am Ende zerschellen wird.

Die Schwäche der »Had-I-But-Knowns« liegt nicht in ihren Vorausdeutungen – sie machen gerade ihren unnachahmlichen Reiz aus. Dennoch hat diese Erzählweise mit zwei grundlegenden Schwierigkeiten zu kämpfen. Da die Erzählerin nicht nur im Sinne einer »Zentralgestalt« die jeweilige Heldin ist, sondern auch im Wortsinne, muß sie selbst uns ständig erzählen, wie schön, mutig, selbstbewußt, unerschrocken und begehrenswert sie ist. Dies ist eine Crux jeder Ich-Erzählung – die andere Schwierigkeit ist mehr gattungsspezifischer Art: Da die Erzählerin sich, abgesehen von den atmosphärestiftenden Vorausdeutungen, streng an ihren Wissensstand während des Geschehens hält, ist es für sie sehr schwierig, ihren Lesern einen Überblick über die Gesamtheit des Geschehens zu verschaffen, soweit es sich um Vorgänge handelt, an denen sie nicht beteiligt war und von denen sie seinerzeit keine Kenntnis bekommen hat. Dies betrifft in unserm Roman etwa die gesamte Polizeiarbeit. Beim lokalen Polizeichef, mit dem die Erzählerin eine Sandkastenfreundschaft verbindet, ist dies weniger gravierend als bei der Arbeit der Profis aus der Großstadt, über deren Ermittlungsarbeit, deren Indizien und Verdächtigungen der Leser recht wenig erfährt.

Ihre Geheimnisromane und ihre Detektivromane mit einer »Nurse Pinkerton« genannten Krankenschwester als Serienheldin haben Mary Roberts Rinehart zur erfolgreichsten amerikanischen Autorin der ersten Hälfte unseres Jahrhunderts werden lassen; ihre Werke waren wichtige Stützen des von ihren Söhnen gegründeten und bis heute bestehenden Verlages und genießen das unbestrittene Ansehen von Klassikern. »Der große Fehler« – »The Great Mistake« –, erschienen 1940, ist Rineharts Spätwerk zuzurechnen und trägt alle Züge der Meisterschaft: Das bewußt reflektierende Erzählen der Heldin zeigt dies ebenso wie die deutliche Anspielung auf das gotische Genre, die im wortwörtlichen Versetzen eines mittelalterlichen Kreuzgangs ins moderne Amerika liegt. Mit großer epischer Ruhe wird die Handlung zu einem klassischen Höhepunkt geführt: der Flucht der Heldin vor dem noch unbekannten Monster durch den nächtlichen Park zum einsamen »Kloster«, das inzwischen zum Ort aller Schrecken geworden ist – eine Klimax, die dann unvermittelt in die Antiklimax der Farce umschlägt. Im letzten Kapitel hat das Erzählen die Vergangenheit an die Gegenwart herangeführt; im Präsens wird der Lesevorgang, den der Leser soeben abgeschlossen hat, selbst erzählt: Der zukünftige Ehemann der Heldin liest das abgeschlossene Manuskript und gibt durch Fragen und eigene Informationen Gelegenheit, letzte Lücken zu schließen und die Perspektive über die beschränkte der Ich-Erzählerin hinaus zu erweitern.

Noch in einem weiteren Zug ist »Der große Fehler« ein klassischer Vertreter einer spezifisch amerikanischen »Gotik« – im Sinne des berühmten Bildes »American Gothic« von Grant Wood: Das puritanische Erbe, dem Moral vor allem eine rigide

Sexualmoral ist, gilt nach außen hin noch unangefochten weiter, während es die geheimen Handlungsweisen der einzelnen nicht mehr unbedingt zu prägen vermag. So kommt es, ähnlich wie beim späteren Ross Macdonald, zu den Sünden der Väter – und Mütter! –, die dann an den Kindern heimgesucht werden könnten. Dieses Doppelgesicht des puritanischen Erbes führt zu einer Konstellation, die für einen deutschen Leser eines Romans aus der Mitte des 20. Jahrhunderts gelinde gesagt ungewöhnlich ist: Als ganz große Katastrophe, fast noch schlimmer als Mord, lauert im Hintergrund die Möglichkeit, ein junges Mädchen könne, ohne Verschulden seiner Eltern, allein durch unglückliche Umstände unehelich geboren sein.

Volker Neuhaus

Band 1085	Ellery Queen	**... und raus bist du!**
Band 1086	Phoebe Atwood Taylor	**Kalt erwischt**
Band 1087	Conor Daly	**Mord an Loch acht**
Band 1088	Lee Martin	**Saubere Sachen**
Band 1089	S. S. van Dine	**Der Mordfall Benson**
Band 1090	Charlotte MacLeod	**Aus für den Milchmann**
Band 1091	William L. DeAndrea	**Im Netz der Quoten**
Band 1092	Charlotte MacLeod	**Jodeln und Juwelen**
Band 1093	John Dickson Carr	**Die Tür im Schott**
Band 1094	Ellery Queen	**Am zehnten Tage**
Band 1095	Michael Innes	**Appleby's End**
Band 1096	Conor Daly	**Tod eines Caddie**
Band 1097	Charlotte MacLeod	**Arbalests Atelier**
Band 1098	William L. DeAndrea	**Mord live**
Band 1099	Lee Martin	**Hacker**
Band 1100	**Jubiläumsband**	**Mord als schöne Kunst betrachtet – Noch mehr Morde**
Band 1101	Phoebe Atwood Taylor	**Zu den Akten**
Band 1102	Leslie Thomas	**Dangerous Davies und die einsamen Herzen**
Band 1103	Steve Hamilton	**Ein kalter Tag im Paradies**
Band 1104	Charlotte MacLeod	**Mona Lisas Hutnadeln**
Band 1105	Edmund Crispin	**Heiliger Bimbam**
Band 1106	Steve Hamilton	**Unter dem Wolfsmond**
Band 1107	Conor Daly	**Schwarzes Loch siebzehn**
Band 1108	S. S. van Dine	**Der Mordfall Skarabäus**
Band 1109	Ellery Queen	**Blut im Schuh**
Band 1110	Charlotte MacLeod	**Der Mann im Ballon**
Band 1111	Steve Hamilton	**Der Linkshänder**
Band 1112	Phoebe Atwood Tayor	**Todernst** (Juli 02)
Band 1113	Lee Martin	**Der Tag, als Dusty starb** (Juli 02)
Band 2001	Lee Martin	**Neun mörderische Monate** (3 Romane)
Band 2002	Charlotte MacLeod	**Mord in stiller Nacht** (Sonder-Doppelband)
Band 2005	Anne Perry	**Mehr viktorianische Morde** (2 Romane)

Band 1106

Steve Hamilton

Unter dem Wolfsmond

Alex McKnight hat keine Ruhe: Eine Indianerin sucht in seiner Waldhütte Unterschlupf und Hilfe. Doch am nächsten Morgen ist sie verschwunden. Der Ex-Polizist McKnight ist überzeugt, dass ihr ehemaliger Freund sie entführt hat.

Band 1107

Conor Daly

Schwarzes Loch siebzehn

Endlich ist Kieran Lenahan ist am Ziel seiner Träume: Er spielt in der Profi-Golftour. Doch am siebzehnten Loch wird sein Glück mit einem Schlag auf den Kopf beendet. Als er erwacht, liegt neben ihm die Leiche einer Frau. Lenahan kann sich beim besten Willen nicht erinnern, was geschehen ist. Kein Wunder, dass er zum Hauptverdächtigen wird.

DuMonts Kriminal-Bibliothek
Charlotte MacLeod
Der Mann im Ballon

Band 1111

Steve Hamilton

Der Linkshänder

Wie gut kennt man seine besten Freunde? Eigentlich sieht sich Alex McKnight noch immer nicht als Privatdetektiv. Aber schließlich muß er seinen Ex-Rivalen Leon Prudell, der so gerne Detektiv spielt, als Partner akzeptieren. Und der wirbt unermüdlich für diese Firma ohne Fälle.
So holt McKnight unvermittelt die Vergangenheit ein – zu ihm kommt ein Teamkollege aus seiner Zeit als Catcher beim Baseball. Randy Wilkins ist auf der Suche nach Maria. Er lockt Alex McKnight in ein romantisch klingendes und mehr als blutig endendes Abenteuer voller Lügen und Leidenschaft.

Band 2001

Lee Martin

Neun mörderische Monate

Deb Ralston ist schwanger. Ihrem Einsatz als Detective tut das keinen Abbruch. In drei spektakulären Fällen bringt sie Job und Familie unter einen Hut. In *Ein zu normaler Mord* glaubt sie an die Unschuld eines Amokläufers. Sie enttarnt das *Komplott der Unbekannten* und kommt dem *Tod einer Diva* auf der Spur.